在时光沿岸

1987-2017

1

舒洁◎著

人民出版社

责任编辑：冯　瑶
书名题字：顾建平
插　　图：刘兆平
封面设计：常　帅

图书在版编目（CIP）数据

在时光沿岸：5卷本 / 舒洁　著 . — 北京：人民出版社，2019.5
ISBN 978 – 7 – 01 – 020506 – 9

I. ①在…　II. ①舒…　III. ①诗集 – 中国 – 当代　IV. ① I227

中国版本图书馆 CIP 数据核字（2019）第 044515 号

在时光沿岸
ZAI SHIGUANG YAN'AN

舒　洁　著

人民出版社 出版发行
（100706　北京市东城区隆福寺街 99 号）

北京新华印刷有限公司印刷　新华书店经销

2019 年 5 月第 1 版　2019 年 5 月北京第 1 次印刷
开本：710 毫米 ×1000 毫米 1/16　印张：161.5
字数：600 千字

ISBN 978 – 7 – 01 – 020506 – 9　定价：480.00 元（5 卷本）

邮购地址 100706　北京市东城区隆福寺街 99 号
人民东方图书销售中心　电话（010）65250042　65289539

目　　录

三十年书——《在时光沿岸》/ 舒洁　1

关于《天使书》/　1

梦：或天使的序诗 /　1

天使书 /　19

天使：补写的信札 /　235

蒙古：追寻辞 /　238

在时间的另一边 /　306

诗人书简：燎原与舒洁 /　335

通透 /　337

美丽女孩 /　344

切·格瓦拉 /　349

铭 /　356

与中原有关的断章 /　363

第三种岸 /　370

沙尘暴：生命之痛 /　390

科尔沁草原上的银狐 /　398

生日：失去了母爱的阅读 /　405

心灵中遥远的道路 / 422

静虑 / 427

发现 / 439

蒙古高原 / 445

岚 / 449

十日记 / 460

顿悟 / 466

谶语 / 475

断章 / 484

三十年书

——《在时光沿岸》

舒　洁

《在时光沿岸》（五卷），是我的自选集，这五卷诗歌的写作时间是三十年（1987—2017）。这不是我的全部诗歌，在一校时，我删除了近三百首。除此之外，我的长诗集《帝国的情史》《仓央嘉措》《红》《母亲》四部，没有收入这个选集。

实际上，到今年，我写作诗歌已经四十二年了。从十八岁开始，到六十岁，我在这条没有尽头的长旅上未曾感到疲惫；相反，恰恰是诗歌的恩赐，让我在原本平淡无奇的生活中，时时体味到这种恩赐的珍贵！很难想象，如果没有诗歌，我会怎样存活于世间？不可否认，诗歌改变了我的一生。至少，在以往四十二年光阴中，诗歌给了我无尽的怀想，她会让我安静，在星海般灿烂的意象中确认神灵的存在与庇佑。在更多的时候，我感觉母亲就是神灵，她的大爱，在她永远离开后，变为大痛，继而变为永恒怀念的梦！说永恒怀念，就要说到诗歌的属性。我从不怀疑，在某一个特定的时刻，我已故的母亲进入我的某一首诗歌，她在那里望着我，就如诗歌仁慈的眼睛。这就是我理解的永恒——将来，即使我也离开了世间，这首诗歌也将存在。

并没有刻意编辑五卷一套三十年诗歌选集。在整理旧作和新作时，我突然意识到，在这三十年里，我与我的诗歌都在路上。相对而言，从1976年至1986年，我有十年稳定期。到北京工作后，我的行走的人生就开始了。这个形态不是我能决定或改变的，我服从，是因为我无法抗拒远方的风景，也就是魅惑。这三十年，也是我的儿子从幼儿到中年的历程。于是我想，就从这三十年写作的诗歌中选编五卷诗歌吧！这个选集编就后，在一校时，看到我写给诗人骆一禾的诗歌，我猛然想起，到2019年，这个杰出的青年诗人，也离开世间三十年了！就这样，一个意念出现了——我对自己说，就以我这五卷本诗歌集，纪念我亲如手足的诗歌兄弟！

三十年，在路上的发现原来会回到最初，如我在十八岁离别故乡，在五十八岁重返故乡，感觉就像隔了一天。但诗歌不是这样，在每一首诗歌中都有一个清晨，存在于写作过程中的差异性，决定了不同写作阶段的语境。在相对年轻的时候，我可以骑车从北京东城北新桥出发到朝阳区十里堡；我在三十岁之前写作了长诗《顿悟》，那时的诗歌语言如同酒后奔马，肆意蔓延，激情被激情推动，真的有一种放纵的自由。到五十岁，当我写作长诗《蒙古：追寻辞》时，感觉就舒缓了，像漫步。可能每一个诗人都会经历这样的过程，我们的写作分为长跑、快走、漫步三个阶段，我们对世界和生命的感觉也会发生变化。或许，这是必然。

有一点不会变，在诗歌里，我们一定会仰望尊贵的生命，一朵云也有生命。当我们俯视的时候，厚重的大地总是缄默。说到乡愁，我们就会遥望故园；这时，一首诗歌也就到来了。说真切，不仅仅是我们表达的方式，那是气息，在诗歌的字里行间，那是神韵。说所得，我们必须承认岁月的恩宠，在每一个诗歌的清晨或夜晚，我们都会体味悄然的降临。这非常奇妙，在千变万化的世界里，因为诗歌，我们亲近未知，将每一片随风摇动的树叶视为自然的奇异。

我相信机缘。

我相信，在路上的一切都是命定。对人、自然、季节，对身后出现的某种声音，我相信都不是偶然。为此，我感激在路上遇见的一切！我相信，人在路上，只要用心感悟，就会有诗意的伴随。所谓机缘，是我们在不经意间进入一个新的境地，一切都是新的，一切都存在延伸的边界；机缘，就是特定时刻的抵达。哪怕面对遥远的异旅，这个机缘的性质也如衔接的环节，真实而生动。三十年，在远离母亲的异乡，我遇到很多好人，他们向善的语言、目光与微笑，他们源自心灵的语言，是平易可信的亲近，这无关距离。我相信，在向善的心灵之间存在神秘的感知，即使瞬间对视，也能读懂友善的含义。

年轻时写过这样几行诗："秋天将至 / 如果你读不懂晚霞 / 就将疑问放在山下"。后来，关于人间友善，我在长路间的所有际遇，其间获得的所有的诗歌，都得益于此。像午夜前方的灯光一样，像寒夜里有人递上一碗醇酒一样，像孤寂中突然听到歌唱一样，像焦渴时发现波光粼粼的溪流一样——友善的人间，让我感动的人间，恩赐我诗歌的人间，让我相信平凡如草，如真理、自由与微笑。

关于诗歌，在很久以前，我就发现无穷怀念的特质了。三十年，我的这套诗歌集，基本上能够记录我的心路历程。属于我的隐入诗歌的时间，在一个背景中闪亮，但没有声息。怀念也没有声息，这像泪水流过夏季。在一首小诗的最后一节，我这样对世界说："如果苦难的心智必须漂泊 / 我祈愿不要失去火 / 在雪山之顶对空而歌"。在我的青年时代，因为在《青年文学》编辑诗歌，我得以结识一些杰出的诗人，20 世纪 80 年代，中国诗歌以其不可替代的精神走向引领着复活的文学。就在那个时期，我与青年诗人骆一禾、海子、陈所巨等结下了深厚纯粹的友情！可是，天妒英才，他们分别故去！就在这套选集中，我为三位不朽的诗人写作了很多祭诗。2017 年 4 月 9 日，在北京福田公墓，我和友人用一杯杯净水清洗一禾小小的墓碑和墓志铭。那一天阳光灿烂，一禾永恒长眠于此，公墓静静的。站在一禾墓前，我点燃一支香烟，对早逝的一禾说了一些话。

那是心语。

怀念没有声息。

如果我说，一些人真的活在我的诗歌里，你们不要怀疑；如果我说，一句不洁的词语会惊扰逝者的灵魂，你们不要怀疑；如果我说，人生一瞬，为了自由不惧荆棘，你们不要迟疑；如果我说，我曾在午夜面对神秘的异象，我没有恐惧，也没有躲避，你们不要怀疑。……是在皖南桐城，1991 年夏天的某个夜晚，我迎接了神圣的降临。

那是一次极为独特的体验。在后来的很多年里，那个夜晚的体验深深影响了我的诗歌写作。不错，我看到了异象，不是瞬间，是一个持续的过程——在午夜原本黑暗的墙壁上，看见光芒聚拢，然后我就看见气韵飞旋的佛龛！……那夜，我入住的宾馆停电，窗外落雨，临睡前，我拉上厚重的窗帘。……翌日黄昏，诗人陈所巨骑车，我坐在自行车后座上，在几乎没有行人的桐城街上突然遇到一位故人！那是一个通信极不发达的年代，是书信年代。据我的朋友说，如果她没有听到我的口哨声，我们就会错失桐城。

此刻，我在蚌埠龙子湖畔古民居老宅追忆往昔，内心感慨良多。总会有人问我，诗歌给了我们什么？我就会反问，作为诗人，你给了诗歌什么？是啊，写作诗歌四十二年，我给了诗歌什么呢？在一首精美蕴藉的短诗里，你说安坐着什么？是什么在无声伴随？是什么在静静倾听？有什么在悄然接近？是什么在决绝远离？……

我出生在赤峰市，过去叫昭乌达盟。时至今日，在国内外行走，若有人问我哪里人？我还是说昭盟人。这是习惯语境，就如呼伦贝尔盟人回答自己是呼盟人一样。在我的回答里，如果你听出某种失落，你就会理解马背民族苍凉仁慈的心绪。这是感情，不是情绪。我的此种感情，最终成为我写作诗歌的精神激励，写作长诗《蒙古：追寻辞》依赖这种激励；写作长诗集《帝国的情史》，我的一切灵感都来自于这种激励。

在我六十周岁这一年，我编就五卷本（1987—2017）三十年诗歌选集，以此视为我对往昔岁月的致敬吧！需要感谢的人很多，我就不一一提及了。对诗歌，我的感受是，它是我生命中的一部分，它在我的血液中，我忧郁，它就抑郁，我快乐，它就快乐。就是这样，写作诗歌，总会感觉是向上行走的，就如走在天路上，但不会失去对大地、河流、草原、山脉的感激！我的五卷本诗歌选集书名为《在时光沿岸》，可视为我对无尽感激的珍重，并在以后的岁月中时时提醒自己，不可轻慢一切充满尊严的心灵。

2018 年 9 月 1 日下午，
于蚌埠龙子湖畔古民居老宅

关于《天使书》

是的，在这个正午，我觉得，我该写这篇札记了。

《天使书》最初的部分，也就是第一首的写作时间是 2008 年 11 月 10 日午夜，在北京。这缘于一个郑重的心灵承诺。那夜，当我把这首诗歌的标题写在本子上的时候，我感受到冥冥中珍贵的赐予。我对自己说，在我的余生，这是多么巨大的、不可替代的精神激励。是的，诗歌是我的宗教，我是朝觐者，这条道路无限漫长。从 1976 年开始，到今年，我已经在这条寂寞的道路上跋涉了三十三年。期间，无论世事和我的生活发生了怎样的变化，无论多么艰难，我都没有动摇心灵写作的信念。

只是，在 2008 年 11 月 10 日午夜，我没有想到，《天使书》会成为一首近六千行的长诗。此刻，神明暗示我，我获得了这首长诗，余下的部分，已在我的心中了。我所需要的，就是顺从灵魂的驱动，在每天夜里记录下来。

在夜里，我们距神明最近。

依赖一个温暖的心灵背景，我独自走过了 2008 年冬天。

此刻，我蓦然记起，在我的少年时代，我听到的第一句箴言，也是在冬天，在内蒙古，在雪后的草原，在贡格尔河畔。

诗歌，就在那个冬天的日子，将我指向了遥远。

除了诗歌本身的信仰，我是一个没有什么“主义”的人，我至死也不会通过诗歌写作逢迎什么。铭记心灵承诺，我在写作《天使书》的夜里，会感受到那么多真诚灼热的注视。为此，我暗暗提醒自己，写作诗歌，要对得起自己的心。一切非诗歌的、功利的、世故的、谄媚的、丑的、假的、虚的东西，我都会避之。

用心写着，很辛苦，也很幸福。

不错，这是内心的激励，真的来源于天使。

我常常沉默，但充满怀念和感激。

2009 年 5 月 14 日，正午于北京

梦：或天使的序诗

人的女儿
这个时刻
在大雪铺展的北方
我想到安睡的青草
多么像一个梦

在睡梦里飞
在南国赣江之畔
我试图描述你的素雅
人的女儿
我联想到云
一朵或一片
是那样的圣洁
让我相信古典的忠贞活着
它在斧凿一样震颤的意念中
珍藏一件旧时的花衣

这很疼痛
你看遍地积雪
这充满缄默哀伤的大地
已经破碎的雁阵
最弱小的一羽在何处飞徊

立体的寒冷

我的黄金海岸在日苏里之秋
人的女儿
这个时刻
在纵向的距离上
色彩不同的树木依次展开
越过树冠
我的目光在更高的空间阅尽苍远
我的被深深触动的心灵停在原地
就如一粒无形的尘埃

你要热爱青草间的溪流
它在你精神的一隅
你的女儿的家园

你要关注
在植物渐变的色彩中
你告别了什么？痛失了什么？
你在怀念着什么？

人的女儿
我在梦飞的过程发现你青翠的竹林在浮动
那么美　那么洁净　那么婉约
然后　我发现无边的芦花
它们也在飞
它们在必然凋谢的时节
守望你的岁月

你的流水的记忆
那个无比年轻的地方不是乌托邦
它是忧伤的成长
在一件洗净的衣衫上

那就是故乡

我们
永不可忽视暴力的摧残
阳光把光明留在山上
在山坳的阴影中
一只雏鹰向高空飞去
接近云
也接近白色的燃烧

我能看见光明与云海的舞蹈
背景湛蓝
仿佛有什么忽隐忽现
人的女儿
在赣江之南
名词包裹动词
魂在梦幻

我听到雏鹰羽翼上的渴求
那么真实　又那么静
扶摇上升　那初次飞翔的生灵
那么美丽　它几乎靠近了预言的边缘
也就是靠近了水
冲破羁绊

活着
人的女儿
在何方安顿我们敏感的心
母亲　我们永恒的神
她首先喂养我们乳汁
然后喂养我们食物

她在我们选择了自由的后来
渐渐老去

如果我们不能顺从她的相思
也就悖逆了水的汇集
那优美的形态名叫河流
而父亲
是母亲一生唯一的水手

我在温暖的照耀中醒来
看到了雪

我的神思凝重的北方
阿尔泰山麓牧羊的人
我的兄弟
他在混沌的云层下
把足迹留在寂寥的雪野
觅草的头羊
那朵移动的云
渐渐隐没于我的梦境

人的女儿
我愿你在艰难的人间与幸福为邻
在一滴朝露上感悟洁净
那是被花瓣或绿叶之手托举的美丽与尊严

如果命里注定你不能成为一个母亲
你要懂得回望那个生养了你的人
那个把最美的华年给了你的父亲
把最深的慈爱给了你
把寂静的追忆给了世界

那个在第一根白发出现后
独自叹息的人

总会有那一天的
人的女儿
我们的生命会因为母亲的离世
失去内心安宁的秩序
那时　世界上最美丽的树倒下了
天空中将划过诡异的彗星
一切都将黯淡
包括湛蓝

你听
此刻　这岁初的正午
人类细密的思想在记述着什么
你听雪后北方的高原　山脉　平原
你听庞大古城那条久远的甬道
青石夹缝间永不言语的遗痕与遗恨暗示着什么

面对泪水
你听破碎
面对阳光
你听黄昏
你听蜿蜒着的血脉
母亲活着的箴言和目光追随的祈福
人的女儿
你听大地醒着的心

你听一支曲子深处迂回的感伤
留在灰瓦上的想象与光芒
你听手掌

它曾经握住了什么
丢弃了什么
你听山那边女子的歌唱
水井中的月光

然后
我就带着你飞
你听最后的玫瑰，或者血
向着一月之梦的白云飞翔
飞出你的极致

我的梦如此静穆
我在天使的海滨设想鹰巢
那类羽动
那不屈的鸣唱富有岩石的特质
赖水而生　伸向蔚蓝的大陆架
绽放精美的花纹

如果必须栖落
人的女儿
你要选择家乡
你应该是一片踩着灯光轻轻下降的云
飘向守望你的母亲

此刻
我面对午后
头顶上方银灰色的窗沿上积雪融化
在不远的天台
白色的雪闪耀炫目的光芒
人语在楼的那边
春天在岸的那边

我的灯光不熄的每一个夜晚
每一首抒情诗歌的摇篮
在梦的那边
月光洒
心未眠
一声叹
往昔远
你要干净地活在人间
人的女儿
你不要问
谁是谁的河流
谁是谁的岸
谁是谁的凝眸
谁是谁的火焰

翻开典籍
那位睿智的长者把双手放在烛台上
他从不畏惧真实的击打
他在我们只能意会的大念中
持续着一种祭礼
是那样的行进
使两片大陆发出轻轻问询的声音

人的女儿
你要相信
每一季的风中都有最真的祈祷
有些接近叠印的记忆
在草尖　在花瓣
在流水的波纹里
在人类世世代代的劳作生息中
爱如白雪与苍翠

覆盖山脉大地
畅饮地泉

爱如阳光
爱如母亲永不僵硬的十指
所描绘的奇异
人的女儿
你不可忘却
至少你能够想象
母亲对你的第一次沐浴
她的眼神　她如圣母般轻托圣婴
那啼哭的天使就是你

像缎子一样光洁柔韧
奇迹铸造的凝脂
你的闪耀着迷人光辉的身躯
你的婴儿时代的身躯
在母亲的十指下苏醒

那个年轻美丽的女儿
初为人母的女人——
母亲！人世最伟大的称谓
我们的身躯是她信仰终生的王国
而她真实的形象是一棵仁慈的树木
直面霜雪

我们
这棵树木上成长的果实
就那样被她一生注视
她啊　母亲　常常含着泪水
她的心在说：成长吧！

你们不要跌落

母亲
我们周身的每一寸肌肤
都是她的领地与山河
她是我们永不背叛的捍卫者
直至燃尽最后一滴心血
那最后的、我们的
最美最悲的花朵

人的女儿
你必遭遇野草和人性
你会在豹子的凶猛与鸽子的柔美中
体味背影
它跟着你
行走广大的世界
你将学会甄别
但不会逃避

人的女儿
你将承袭母亲最优秀的品行
敏感　这像目光
坚忍　这像道路
柔软　这像心灵
忠诚　这像爱情
负重　这像悲痛

母亲时代的歌谣清波闪动
水穿岩层
我们看不见大地的骨骼
但能够看到连绵的山脉

山涧泉涌
我们崇敬母亲的乳汁
源起精神的圣地

我曾梦见已故的母亲坐在一面斜坡
背对山峦　她的周围是葱茏的草
母亲无语

母亲在另一个世界里凝望
仿佛还在选择
那一定与我们有关
与成长有关　与血脉
也就是我们的泪水有关
你说啊　母亲与我们
那连接生命的脐带
是不是断在夜里

你说啊
人的女儿
我们活着
行走千里万里
哪怕远隔生死两界
哪怕长夜的群星不再闪现
我们的心与母亲的心
也不会出现一丝距离

母亲时代的歌谣花开原野
在一万种理想中
母亲只选择了一种
那是养育

让她的血液在我们的周身循环
让她默念心灵的安宁
在我们的脸上变为微笑
让原野上浮动变换的色彩
交融为我们幸福的生活
让每一夜每一夜苦恋一样的相思
飘飞为我们睡梦中天空的云朵

人的女儿
我给你的祈福具有铁轨般的光泽
但不会那么冰冷　这并行的铺展
直入远方的意象
怎么也不会让我联想到母亲柔软的双臂
在任何一个瞬间所传导出的悲悯

是的
你要铭记母亲是树木
我们是身在异乡倦了的归鸟
顺着思念　我们就能够回到故乡
那个时刻
奶水一样的馨香在田野上飘逸
就像五谷　你再次踏上了童年的道路
如果是在夜晚　人的女儿
你会轻易找到母亲温暖的灯光

人的女儿
你不必向母亲倾诉遥远的孤寂
你可以对她说
在纷纭的尘世
在那么陌生的人海中
你曾贴近另一颗心灵

比如伟大纯洁的爱情
比如飘落　像月光或雨
像一句诺言破碎于失眠的凌晨
像神的拯救与怜悯

你曾仰慕喷薄的火山
那么灼热

人的女儿
你没有伤及一寸肌肤
你的躯体是天使的躯体
这不可荼毒　我能看见的阳光
在身后的天空照耀你
你那么安静　像一片叶子
你脱离了母树　人的女儿
可你没有失去甘甜的源流

我无比崇尚那样的历史
你的历史　人的女儿
你真实的华年　在告别生母的一瞬
把信仰的话语写在母亲的掌心
你没有说：妈妈，我走了
我不知道前方存在什么
可我知道　妈妈
你会在我的后面
年复一年地注视

人的女儿
我愿把这颂辞给你
在诗歌之峰为你留下唯一的岩画
这充满血色的追忆和祝福

我并不奢望你的仰视
这世纪之初的岁首
雪落北方，雪落自然的心灵
雪落母亲的鬓发
那是另一种叮咛

我在一个梦里
我飞　我见证了白云幻化
我在一句谶语的应验中
对你说一些母亲的消息
她很平安　正在老去
她在自己的心幕上不停地写着你的乳名
她是你生命之河的上游
你是她永远的离愁

这是一定的
人的女儿　你会用吮吸母乳的双唇
亲吻一个与母亲毫无血缘的男人
到那一天那一刻
母亲将会垂首
任凭泪流

后来啊
母亲以她全部人生的体味
提示你如何躲避世间的险恶
她也会沉默
她是树木
你是花朵

如果命里注定你成为一个年轻的母亲
人的女儿　你也就成了一部新的典籍

那一天那一刻
你不要怀疑
一首仁慈的诗歌
始终照耀那些被遗忘的人们
他们行走在前定和风雨里
母亲将会微笑
她说：多么好啊
活着　并感激

西拉木伦河岁末的最后一点灯火
在祈祷中熄灭
我梦见了最后的陨落

人的女儿
天使　你的歌声里青草依然
你干净的心灵
在准备迎迓雪阵的时刻
升腾永生不变的崇敬和怀念
在巴林桥那边
一匹自由的红马驹
回到了冬天的故园

你没有回来
你使母亲无比迷恋星空变奏
你使母亲把每一个梦归的瞬间
都当成了节日

人的女儿
你是白云的翅膀
属于远方

你的眉宇间会升起少女的晨曦
它逶迤而来
它在证明割也割不断的血脉
在大兴安岭最高峰
就是幻化的黎明
在母亲的遥望中雪片重叠
你的回应那么远
如山顶的白桦
你高举的手臂

你没有回来
分离　这成长的代价
花朵拽着纤细的草根
朝天空接近

如果母亲看到一片跌落的花
她就会感觉你的疼痛
她是你的根　人的女儿
她将以最柔软的谦卑问询泥土
你的起伏　你的道路啊
哪一条通往平安与幸福

人的女儿
你这精致的王国四季花开
除了母亲　谁还能成为你灵魂的主宰
母亲啊
那个生养了你的女性从不说自己伟大
她平凡的痛苦源自隐秘的本质
我只能想到人的乳汁
被太阳照耀后
会呈现血的殷红

人的女儿
你听　夜晚到了
母亲在你的远方
如果她感知到某种侵袭在朝你靠近
她会无言落泪
而你　一定面对着泪光深处的破碎
缅怀少女时代的完美
那神性的追随——
母亲　背影　云　水
相对　大地　梦　飞
圣洁的花蕊

人的女儿
我梦境与诗歌中的天使
你的意义如同岩石
超越了地域　也如云朵
在无限自由的飘展与飞翔中
形成流动的暗喻和记忆

人的女儿
一定是神的点化
让你赢得了七重色彩
我看重你飞天的洁白与铺展的湛蓝
我看重一个寓言逐渐完美的过程
为此　我看重日苏里海滨牧羊的长者
他苍凉歌声中隐忍的苦痛

人的女儿
母亲时代的歌谣里珍存着你少女的倩影
我们说幸福的人生
就是拥有这样的追忆

它依恋母树，像回旋的副歌
从容地走向心灵的永恒

人的女儿
那些爱穿越大陆而存在
犹如行走的花朵
在时节中所象征的隐忍

我们红色的心灵
被照耀者　坐在冬天马车上的人们
他们朝哪里奔赴

他们在人间从不说痛失
人的女儿　他们将苦恋的心结幻化为
柔软的垂柳
让土地听到风的语言
河岸幽静
亲人们长眠树下
他们以离乡的方式暗喻红色山崖
关于水
那样的滴落
还有一个女孩吹散蒲公英的晴天
被照耀者的身影
在一滴净水里依稀可寻

母亲
她在自己最美丽的年代里活着
如五月槐花
人的女儿
你要以叩伏的身姿
倾听大地的呼吸

你该如一片虔诚的叶子
把自己交给最真切的回声

人的女儿
你是一条河流
母亲是另一条河流
这并行的美丽与绸缎般的相思
让骄傲的男人们站立为凝望的岩石
这永无改变
他们因此而茂盛葱茏

不能交叉
河流不是道路
也不能相融
人的女儿
你要终生铭记命中的脉源
神赐的母乳
也会成为遥念的泪珠
那种洁净超越了一切世俗
在神光中闪耀
那是我们此生此世最崇高的幸福

2010 年 1 月 23 日，回蒙古故乡前夜，于北京

天使书

天使
你和岁月铭记着往昔与史实
只身横越生死大洋的祖父告诉航程
人间有爱　是那样的奔赴
让你认识了奇异和美丽
它源自血脉　如果滴落
会在岩石上绽放红色的花

天使
你说那有多么幸福
被天空注视　被浪涛托举
或随一叶扁舟坠向大水的谷底
是那样的飘飞
让你在神秘的颂歌中追念
水之慈
神之赐
泪之思
灵之子

天使
我相信你的笑容深处掩映一部典籍
蔚蓝色的封面上飞翔着鸥鸟
在这人间
假如我们果真读懂一颗心灵

就会被无字之书感动
是那样的浩渺　让我珍视清澈
如你没有一丝哀怨的眸子
成为那部典籍黑白相间的封底

天使
感谢秋天
我甚至可以为高原代言
一切是如此的自然而恬淡
是那样的凝望
让我在一派灵息的舞动里
暗自盟誓　活着
永远安慰这真实的心
这不可轻慢的圣洁
这秋天　这温暖
这世世代代写满了遗憾的道路
是那样的牵手
使天空出现弦月
那片秋水的周边
蓦然辉映橘红色的光明

天使
没有承诺　只有过程
看大地暮色已远　风栖湖畔
被轻轻融合的时间
是那样的跳动
在游移的隐秘中证明
活着　是如此美好
形如初始　神明中的对视
必将成为永生永世
最难忘的怀念

天使
我依然是那个十六岁的蒙古牧羊少年
想象此刻　你应该醒着
你神思的翅羽静静飘飞
像梦一样撒满人间
人间　在你的目光下幸福安眠

这是一个不可重复的故事
在你的海滨
正值青春的太阳
把最后一抹光辉投向山谷
等待迎接夜晚的人
在水边目送黄昏

天使
你将最美的微笑与吻痕印在原野上
那是冬季
你在古刹的钟鸣声中任思想翻越山脉
在更广大的地域　一切植物
都在暗喻爱与自由的含义
飞过心海的军舰鸟寻找岛屿
如一个孤单的人
寻找朝向故乡的归期

天使
我首先想到一个名词
然后想到一个动词
远隔夜色　被轻轻触摸的幸福与光阴
稀释距离　一种记忆被翻阅了十万遍
停留在某一天　秋水微澜　关于怀恋
不是神秘的拉萨

不是珠峰峭壁上神的雪莲

活在一隅
在日升月落的过程感觉一些艰难
独对午夜珍重凝视
泪滴瞬间　泪那么温暖
泪光深处的自然进入冬天
在一座叫联想的桥梁下
通向北郊的道路
被灯光照耀的夜晚
蓦然出现的农田

天使
关于回返
那是两颗心灵交融的奇迹
所遥指的中原

在前世
一定有一个圣歌颂扬的清晨
云托举星辰
风托举鹰翅
大地托举花朵
心托举祝愿
浩荡的恩泽托举相思
花蕾托举晨露
神圣托举平安

天使
你给予我这发现之后的发现
从四个方向聚集的人群
朝圣的人们啊

他们渴望改变痛苦的生活
身影连着故乡
那是一句永远不能破解的语言

天使
关于源泉
我相信就是诞生之地
在我的梦中
在等待之旅
在洛河以南

在草红的那个月
默者取出往昔信札
泛黄的文字中没有记录战乱

但有离散
他阅读寒冷
山前那条河流
一座与联想有关的桥梁没有架在水上

天使
在草红的那个月
他每天都看见散发异香的花
那是一些幸福的日子
你坐在花影里
成为默者的晚霞

天使
此刻窗外阳光明亮
摇曳粉色的五月
透过边城高楼的缝隙

我凝视远天无比轻柔
即刻变幻的白云
神的音讯

天使
眼前的一切让我相信人间勇敢的爱情
需要一个人无怨献身
把生命交给漫长幸福的等待
哪怕死亡
也要最后一次念你的名字

那样的严寒确认绝对的真实
为约定奔赴
或隔桥相望

那灯火
铺展到古城每一个角落的橘黄
多么像你恬静的青春
你的犹如百合花一样的微笑

入夜
你赋予第一封信札诗歌的魂灵
天使　你曾说落到纸上的字迹不会死亡
你把光明留给了默者
在一派蔚蓝的背景下
你成为五月的隐秘

天使
在草红的那个月
我感觉你在凝望
此刻　在山海关以东

我远离故乡
我凝望

这漫长的寂静啊
我无比崇敬的默者
他在阅读　在他噙泪的目光下
为何总会出现你的身影
在文字的结构中
那个天堂　那无穷的想象
默者低语　天使　你是我的太阳
我的月亮

后来
在你们分别的地方
默者写了一封无法投递的信
在最后的倾吐里　默者说
我的天使　你要微笑
你要相信　我不是你的忧伤
我是你前生　今世　未来
不可忘却的边疆

我不是离你最远的星辰
我是高原骑手
可我失去了草地
我的梦幻常常贴着山脉飞翔
在水之上　鹰翅之下
在我不变的注视里
道路是你　河流是你
起伏的田畴是你

天使

你是我时时葱茏的马莲
是一个预示
你是我一生颂歌的激励
无比美丽平安的屋宇

在我的诗歌中有一架红马鞍
那是史实的细节
它在夜里发光
它也在移动

它是尊严富有永恒生命的信物
它是怀念　在一束火焰的照耀下
天使　我在光明的边缘看见了你的眼睛
你含着泪花
我们之间隔着马鞍

像谜一样
这样的时空
从岁末到五月　冰已经融化
我等待　仰望天宇
我谛听鸿雁呢喃

我独自穿越了漫长的寂静
在燕山以南
那些树木突然就绿了

是清晨
我沿着护城河向北行走
天使　我再次想到一个柔美的地名
芙蓉北里　芙蓉北里　要经历多少时日
你才会进入下一个冬季

而我
将今天的这首诗歌呈给了五月
我记录了一条大河接续的流程
天使　隔着马鞍
我面对不可倒写的历史
我的确看到了你含泪的眼睛

记得一次日落
那片平原　向西的路消失在
宁静神光的照耀里
我们追求恒定的真理
默立在水边

那一天
我们说起古老的劳作
但没有抚摸智慧的遗痕
顺着你注视的方向
我看到山脉被氤氲笼罩
几乎接近了预言

天使
还有肃穆的庙宇
是的　在更远的地方
比如心灵　一定存在某种极致

记得一个午夜
很多语言在空间穿行
彼此躲避　那么陌生
你说　我相信最终的抵达就如神祇
不是因为星辰闪现　是因为心
复苏于遥远往昔的早晨

天使
黄叶飘落　也不是悲伤
你说　在有水的地方
我们就会觅见折射
比如午后
一定存在某种飞翔

记得一次远行
从梦境出发
没有走到梦境的尽头
我们把足够的时间
留给了未来
把四月的树冠
留给了最茂盛的夏天

天使
在如此的过渡中
我把一切心愿写入背影
你要平安　你要以全部的热爱阅读沧海
你甚至可以遗忘我在等待
是的　比如此刻
一定存在某种归来
在最近的海岸

记得一声呼唤
你在我的遥远
我在你的遥远
雁落湖畔

天使
你说那是第几个春天

无数年前　一个信使回到贡格尔草原
他对母亲哭诉死去的马
在灯光下　美丽的草原牧女
为他洗净带血的衣衫

我的天使
我就降生在那个家族
你不要怀疑我的记述
比如诗歌　一定存在某种箴言

感受吧
在一片叶子的浮尘上
感受积累
那不断迁徙的时光的印证

天使
你曾经美丽
如今依然美丽
在我诗歌的王国
你是唯一的公主
你没有宫殿
却拥有无限遥远的疆域

而我
是你最忠诚的界碑历经风雨
我保持站立的形态
对你久久凝望

我不会对你说
阳光　通常呈现在我们前头
让辉煌留在我们身后

感受吧
在一线流水的波纹里
感受纯净
那被神庇佑的自然的永恒

天使
你曾经回眸
如今依然回眸
在我精神的世界
你是唯一的花朵
你没有冬季
却拥有犹如温情的雪飘

而我
是你最坚定的守望永不游离
我保持沉默的形态
为你久久祈福

我不会对你说
寒冷　通常降临在某个午夜
让记忆刻在人的心灵

感受吧
在蓝色大海的潮声中
感受抚慰

那不断轮回的庄严的存在
你曾经憧憬
如今依然憧憬

天使

在我迷醉的天空
你是唯一的飞翔
你没有负重
却拥有独自体味的感伤

而我
是你最亲切的故乡
每时每刻　我保持安宁的形态
对你久久期待

我不会对你说
痛苦　通常贯穿在无言过程
让幸福流在血的信仰

如今我远离所有的亲人
追念雨季
我的少年的蒙古高原
在贡格尔河畔牧羊的岁月
我学唱古歌　在最初的马背上
我感觉旋转的世界
阳光炫目

天使
我在那里等待了你很久
冬天　大兴安岭之顶白了一次
我就离你近了一岁

我曾恐惧鹰翅
那有形无声的盘旋
就在大兴安岭以西
我隐约听到有人呼唤我的姓名

天使　你降临人间
在一个燕归的早晨
你学会了微笑

许久以后
我猜想鹰翅上一定驮载你的音讯
那是上苍对我的恩赐
那时隐时现的灵
它也俯冲　对着洁白寂寥的雪野
如今我再也难觅它的踪迹

天使
我是想过的　关于天空
是否横亘某种阻隔
我在广大的世界里寻找了你很久
我走出谶语　进入命定
从那天开始　我坚信你也在等我
被我感应的原野青草
是否记得马嘶雁鸣

或许
我必须把自己交给夜晚
在遥远的地方
有一颗心醒着
这就够了

天使
时光流逝了那么久
我们没有迷途　我们
在一片神明的熹微里彼此注视
这生命中最美丽的语言

可以信赖的语言
没有遗失在无雪的冬天
这静默的时光　这静默的夜晚
怀念啊　我们可以感觉的绵长与灿烂

伊默塔拉夏季的清晨
我走过一个谷地
那是我一个人的蒙古
安宁的六月　我的远行
决定于一首泣泪的牧歌
天使　那个年代　你是多么单纯的女孩
你在伟大母爱的呵护下成长
经历着只有一次的童年

在传说里
高原谷地的尽头有一位占卜者
我决意躲避　那一天
我蓦然嗅到你真实的气息
走出谷地　我面对广大的青草
七色的花　七个姐妹　天使
你是其中最小的一个　你迎着我
你的身后萦绕牧歌
还有一条美丽的河

天使
我至今铭记绿色的背景
那么辽远　我的前定的魅惑

没有任何人预言岁末的朔风
在庞大的都城　天使
我遥念伊默塔拉草原上的花朵

我的年轻的夏
我的蒙古马
你成长的家

天使
岁末无雪
你说　公主为什么睡在那里
为什么她的领地被道路围困
你说　是谁在忍受非凡的孤独与痛苦
在灯火点燃的一瞬
那片湖泊一定红了
你说　岁末去了
是谁　把短暂相逢的身影
永远留在了桥下

岁末
我的寒冷中的温暖
不是满城灯火
是隔着铁栅栏的北方
夜幕悄然垂落的一瞬
你所流露的沉静

我依稀发现
在最亮的一颗星辰上写着你的名字
你就从那里飞来
我的梦幻的神鸟
你把翅羽的倒影刻在山岩上
成为仰望

天使
你的羽毛成为雪中最洁白的部分

飘落芙蓉北里
那夜　近在咫尺的风
吹拂永不冰冻的湖
净水浸岸　天使
我们说到铁的锈蚀
但依然渴望风雨

光辉依然
穿越了古城之夜的人
同时穿越了宿命
在最高的塔顶
间歇的闪耀与黑暗
似乎都未曾脱离天空

是的
在这之前　我们把什么留在了身后
芙蓉北里　护城河　指向北方的路标
当然还有人　那陌生的移动
时间　在一扇窗子的里面
春天在冬天的前面　天使
你飞着　你在我的诗歌里优美地休憩
我在你睡梦的外面

在你身边
或者离得遥远
有关中原　凄婉宋词中歌咏的山川
是你　天使　你说啊
你把什么珍存在北地
沿黄河流域　我追寻色彩
如追寻美与尊严
黑骏马　鹰翅　遍地蓑草

芙蓉北里的夜晚
向着中原流淌
麦田　春日洛河之畔的牡丹
黄昏后　渐渐恢复安宁的小站

天使
你的微笑属于北方
你会阅读以往　你在异乡
大概在没有灯塔的海边
看一颗流星
滑过静静的山南

天使
我曾与你游历遥远的山河
在长江以北完成一个梦境
有一棵树上结着鲜红的果实
上苍说　那就是一生

我们的足迹没有抵达我故乡的草原
这是我留给你的悬念
天使　我在等待不远的秋天
一个季节的守望真的不长
一天也不短
还有一年

5 月 12 日
这一天很痛很痛
一年前的同一天
我在诗歌里失声痛哭
你在群山之间哀伤
祈祷通往爱与安宁的道路

天使
你知道
我们怀念那些罹难的孩子
愿他们安息　在泪雨中
愿他们怀抱开放在人间的花束

是的　活着
我们选择了自己的方式
珍爱草木　用我们的心灵问询风

在哪里啊
我们能够听到最崇高的训诫
天使　你曾说　在阳光下
假若我们垂下双臂
就不会看到飞翔的身影

活着
我们怀念
我们用绝对忠诚的心颂歌凯旋与祥瑞
在灯光温暖的地方
有我们的圣地

天使
岁月作证
一支乐曲缠绵忧伤的旋律未曾消失
它在圣地的夜里响着
一如往昔　一如被神明恩赐的过程
一个瞬间一个瞬间有形的接续

5 月 12 日　天使
犹如耕者与他脚下的土地

犹如云和雨　聚和离　血和身体
剪断脐带后婴儿的哭泣
还有神鸟　天空　翅羽　梦
飞向美好未来的灵息

天使
我们活着
为这无限忧伤的怀念
还有内心深处的神迷

贡格尔河畔的秋天之旅
在一个牧童的歌谣里飘到中原
古北口　我故乡的边缘　我的天使
我在都城不眠的夜晚想象金山岭
那最后的长城　到了四月　那里的山野
开遍映山红

天使
我们放弃了约定
华北平原　昌平　你是否还记得离去的诗人
午夜　从达里诺尔到永定河边
谁在等待　谁在倾听　风雨未停

我马背上的民族眷恋着北地
我的母亲　那个教会了我蒙古摇篮曲的人
长眠在兴安岭下　天使
她把最后一滴奶水给了最小的女儿
把无边的悲痛给了我
把生前的目光给了花朵
把苍老的心愿给了沉默

我把什么给了你
我的没有一丝忧虑的童年
我的蒙古马背上的夏天
我的草原　我的阿斯哈图山顶上透明的眺望
我的神秘的地平线

天使
如果你面对波涌的沧海
我所深爱的蔚蓝
你可以遗忘我
但你不会遗忘冬天的火焰

我相信
你终会跟随我走向塞外
直面青草与远方的时节
你会在那里的天空看到一只鹰
看到一匹蒙古马奔过贡格尔河以东
看到一个孩子遥指流云
看到兴安岭上仿佛飘落七月的雪
看到我接过哈达和酒
看到我的诗歌穿过厚重的时光尘埃
然后朝你接近

天使
告诉你
在遥远世纪的某个黎明
诞生了歌唱自由与爱情的歌声
你似乎完全能够读懂
马背民族贴近自然的心情
真的　它轻盈　也很沉重

我忆起高原上的雨季
马入栅栏　我的父兄们在毡房里饮酒歌唱
母亲站在门前
我们望着一个方向
斜飞的雨幕

我少年时代最为神奇的梦
积水　大地上越来越干净的草
我的目光只能飞到那座山前

天使
后来　我就关注年轻的母亲
她那么美丽
她也曾拥有你的今天
高原雨丝飘动　母亲没有歌唱
就在那一天　从她迷醉的眼眸
我第一次读到了人间忧伤

那一刻啊
我想到远行
我渴望知道在群山的那边还有什么
天使　我对自由最初的想象
来源于母亲的忧伤

如今
一切都太迟了
母亲去了　我在异乡噙泪回首
我少年的山
我青草的故园

我的母亲

那个给了我生命与大爱的女人
我的精神海洋上不落的太阳
陨落远方

如果我能分开一层黑暗
我赞美光
如果我能阅尽一层净水
我赞美天鹅的翅膀

天使
如果我能把握一瞬的流淌
我就握紧你的手
说一说雨后的贡格尔花地
食草的牛羊　我的活在人间的母亲
我的永远静默的故乡

我只有倾诉
我是一个脱离了本源的词语
我远别你　天使
也痛失了生母
我的最亲爱的故乡
可是　我的天使
你要安睡　我会守在你的梦境
等待长夜过去　我就走开
感觉你的窗子渐渐发亮

天使
你向南而去
没有牵着马匹

许久以后　草地落雨

天使　我在你和圣山之间
梦见篝火已被点燃
我在芙蓉北里

人们围着篝火舞蹈
天使　我在边缘站立
我是夜晚唯一隐藏的身影
为了一句黄金密语在古驿道上传递
我愿是那条远途上最后的骑手
我念你　把浸着汗水的马鞍给你
然后　我会自己洗净征衣

天使
这梦的飘飞不同于雨飞
八个世纪烛光未熄

如一日
那是庄严的迎迓还是告别
鄂尔多斯　谁在质询你的往昔

你的往昔
我只记得新娘出嫁
酒　新衣　送亲的马队驮着古老的礼仪
鄂尔多斯　我的高原上的圣地
你将无尽的感伤成就为光荣
你缄默　这多么像父亲
他依然牧羊
他相信深怀大爱的灵魂
不是供人膜拜的庙宇

那是广袤

在清泉之上　苍穹之下
那是心灵最厚重的典籍
但没有文字　那是不可替代的寄托
是一个孩子成长起来的记忆
是起伏　是远方　是群山逶迤
完美呈现的极地

天使
这就像怀念
通常无语　就像你向南而去
我们甚至未曾告别
仿佛你依然挽着我的手臂

我的天使
世界远大神秘
我在都城的五月遥想大海的潮汐
这是温暖的时节
天使　你在哪里
你当然知道
我在芙蓉北里

此刻
我在天籁深处独坐
光向四个方向辐射
然后聚拢一个核心

想象归隐
那个所在　我弯曲右手中指
提前敲响无形的门
天使　告诉我
当夏天来临，花开了

你会听见什么声音

我相信
大地上的湖泊是不瞑的眼睛
假如隔着尘埃与乌云
假如星辰　天使　我是说夜晚
那有序的神迹不再照耀我
假如幽暗成为不解的谶语
我依然微笑
依然珍爱大地的眼睛
依然会在芙蓉北里
等待神

如今
我的一个人的芙蓉北里
栅栏依旧　此刻　这里绿树成荫
即使明天我就死了
我依然相信　天使
在生命的世界
红色的故地永远也不会锈蚀
这个故地是：心

我相信
只要心活着
人就无法遗忘寒冷中的温存
如果一只手握住另一只手
天使　你说
究竟哪只手的掌心
会更潮润

我相信

在遥远的缄默中
留下了极美的印痕
它就在我们熟悉的旋律里
它不属于文字
当然就没有副歌
我相信　往日的时光是未来的上游
花开花落　天使　你看啊
礁石上的灯塔旁有守护的人
关于痛苦和幸福
它们真的是孪生兄弟
对此　我没有任何疑问

很多年前
在高原雪野为我指明圣途的男人
背着行囊向北走了
他或许知道
我的目光在追随他
最终　他的身影
在一片洁白的铺展中形成小小的黑点
突然消失
天使　他突然消失
就像他从未抵达我少年的世界

这是我的秘密
也是隐痛

天使
我至今记得他的语言
他的语言是另一种神秘

在芙蓉北里

我怅望北方
那仿佛凝固的云　在那里
他的语言飘展为永不破碎的旗帜
就在我的天空　有梦在飞
就在我的心灵
他建筑了不朽的塔楼
他让我成为这个神圣领地
唯一的主人

可是　天使
我却不知道他是谁
他甚至准确预测了我一生的命运
是的　我不知道他的名字
他是我精神的父亲

我不否认　天使
我曾长久地将他遗忘
关于雪　预言　清晨
我的永远敞开的故园之门
你是可以凝望的
那些自由的马匹
迎风飞奔

可我接受了他转向辽远的目光
天使　那是冬天的夜晚
我走了　天使　走了
就是割舍了故园
我的懵懂的青春
就这样领悟了他的指引

我不否认

他没有预言芙蓉北里
我的天使　你说这是什么原因
还有啊　在往昔
在我用虔诚的目光叩问前路时
我为什么遗忘了头顶的星辰

天使
那是神的空间
你飞来　你降临午夜
在最严寒的冬日
你与我守住同一盏灯火
窗外黑暗　我醒在梦里
我面对你　回味所有的怀念

你安静
如一泓清水
细密的波纹是你的笑容
我想说冬天
但我却来到一条河边

你在那里梳妆
你鲜红的上衣形如火焰
天使　我想说冬天　你却无言
你望着我　那么安静
对我暗示上苍与蔚蓝

你飞了多远
在你的世界　天使
阳光里闪现洁白的羽毛
与大地上的对映百合

百合是你
在人间　你是我最美丽的梦
在高原　你是我轮回的八月
你是永不凋残的花
开在贡格尔河畔

我猛然醒悟
三十年前　那个智者
我的精神的父亲
曾遥指弯曲静美的岸
在群山那边
经过古北口
到华北平原
到芙蓉北里
天使　你身靠生锈的栅栏
你的气息至今覆盖着那个夜晚

天使
关于灿烂
肯定不是一个瞬间
现在　我必须对你说　我啊
是你此生最忠诚的守护
你是我迷醉的百合
也是我休憩的岸

总有一天
我会恐惧远途
那时　我就选择停滞

天使
你要记住

我会走向最近的河流
也是在夜晚
在凌晨星空的变奏中
目送你飞翔　我的天使
然后　我就静静而眠

沉入没有尽头的思想
我的目光离开金黄的麦芒
我追随　服从自己的心
走向一个雪季

天使
那非常悲伤
在东八时区
我目睹了人间纯粹的挚爱
那种消亡

结束极地白夜旅行的时候
男孩失去了恋人
他的犹如朝露一样通透的女孩
跌落雪原缝隙

随后
大雪坍塌闭合
天使　男孩凄然跪下
仰首对天　天无限苍茫
他的泪珠滚落在衣襟上
那是一颗一颗灵魂的太阳

顺着风的方向
也是地河流淌的方向

男孩追踪亡灵　我追踪他
天使　那一天　我想到在地河的出口
应当正值春季
雾气升腾　飘动七色之光

天使
那一天
我想到了你
你说　如果有梦　梦在飞翔
如果那个被永远凝固了美丽的女子
梦见了男孩泪珠里的太阳
她会不会告诉男孩
她去了天堂

可是　天使
悲痛的男孩走到了边缘
他没有发现地河的出口
是啊　是冬天的极地
他没有发现飞瀑
我站在男孩的侧方
天地万分静谧　风已静止
他那么绝望

天使
就在一个瞬间
我看到了另类飞翔
男孩高喊　萨迪娅　我来啦
他纵身飞跃　他也消失了

天使
我在那一刻哭了

我多么想念你
那一刻　我远离芙蓉北里
我的眼前是极地白夜
那不可透视的神秘与苍茫
就像诞生和死亡

萨迪娅
那个和你一样美丽的女孩
像一粒种子深埋地下
她融入雪原的呼吸
自己停止了呼吸

天使
她的坠落决定了男孩的坠落
他们超越了生命的临界
在我无法想象的领域
他们飞

在某一个沉痛的夜晚
他们飞进亲人的梦境
然后盘旋
月光照耀原野
他们飞

他们年轻的心愿
从此不会栖落
天使　你说　是什么激励他们
向极地的白夜旅行
他们火热的心海
一定珍藏着彼此的誓言

一万年后
如果被后人发现
他们的誓言就是红色的宝石
里面闪现极地的冬天

我真切地听到了他的呼唤
萨迪娅　你的生命开放在巨大雪花的内部
顺着光明的甬道
你去探寻最深的水
你年轻的恋人在雪原的尽头
以豹子的腾跃使誓言趋向完美

萨迪娅
你是多么幸福
他腾跃　为你奔赴
你们再次相爱
重逢在无形的天路
萨迪娅　我为你们落泪
对于我　那是梦在飞
他在飞

天使
我在那里停留了很久
在雪原的尽头
我为他们的爱情垂首祭奠

我的天使
我要回去了
回到芙蓉北里
我要在青色的石头上刻下一行文字
我的高原在等你

我的春季和秋季

我的一个人的芙蓉北里
我的夜色阑珊的蔚蓝色的海滨
我的午夜　芙蓉北里
我的一个人的圣地

芙蓉北里
我的距离或孤寂
如果还有一盏灯光亮着
那是我在守护　天使
我在焚烧　那不是记忆
我的耳畔响着浩荡西风
我在联想　我的高原
第一片叶子飘落的秋季

我的忧伤
我的陷在极地雪原上的足迹
我的回眸　芙蓉北里
我在那里目送最终的离去

那是极地
相爱的两个人
他们相继去了天国
那个决意奔赴的男孩
在雪原危崖前没有犹豫

天使
在他最后的微笑里
我看到了凄苦
那深刻的绝望

他就那样飞

在最后的时刻里
他苦苦呼唤一个女孩的名字
我看到他的翅膀闪现纯白的光
那是不是神谕

我的一个人的回程
我的七颗北斗下生死的故地
我的马匹　芙蓉北里

我的极地上的晨曦
那么漫长　也没有人语
只有男孩最后的呼唤
久久回旋于东八时区
那么疼痛　但不凄厉

天使
在极地
在短暂的黑夜降临后
我走了

我知道
我把什么留在了那里
它活着　是一个寓言
在我寂寥的身后
光明未熄

我告诉芙蓉北里
我回来了
他们没有回来

他们飞了

天使
那两个生死相爱的人
他们在天国相拥
我想也会哭泣
为那相依

我已经赢得一个世界
我们的世界
我独处一隅
静观山河日升月落

天使
我从不怀疑洁净的莲花上安坐着信仰
是的　尽管喧沸很近
可我能够抵御

遥想平原雨后
面水流湍急
那漂浮的草与朽木
并非夭折的时日
我们再次进入夏季

天使
我说这是纪念
像青石　不仅仅属于往昔的时间
在一切艰难的体味中
我们拥抱幸福
这很柔软

是该想一想
谁在孤独之上点燃孤独的火焰
谁用右手握住左手
忽视左手的语言

天使
谁在指点四季轮回的自然
谁在喟叹——
地球家园就是一粒微尘
漂浮苍宇　唯有心灵
才能感知神明无限

我曾在贡格尔草原阅读远山
绿的树木　白的雪　黑的鹰翅
黎明时红的山峦

天使
那一天
我也看见了河畔的牧人
他站在那样的流动中
像岛屿一般　他歌唱
为了一岁一生的华年

那一天
我的内心里充满了感激
这个世界啊
有多少人　以怎样的坚毅
忍受不可倾吐的煎熬
如果灵魂也有双眼
我们不会发现幽怨

天使
这就是为什么
我可以长久地沉默
我可以守在一个人的芙蓉北里
精心选择尊严的文字
描述这里灯光初燃的夜晚
你当然也会铭记
那是多么温暖

你一定要铭记那脉水流
自然之书只有四页
冬季是沉重的一页
但那不是痛楚

你要知道
上苍是唯一的撰写者
我们是其中的细节
虔诚而隐秘　天使
会有很多很多人忽视阅读
仰望天空　不是所有的人们
都在寻觅鸟迹

你一定要铭记那片沧海
扶栏光亮的双桅船　天使
那承载了太多渴望的漂浮
听从了什么召唤

越海而来
在没有道路的海面
让信仰的心指向祖先的陆地
惊涛　军舰鸟　喷吐着不屈热望的眼眸

在哪一片水域投下了恳求
岛屿　大地母亲的胸乳　无畏地裸露
在遥远的港口　他们曾完成神的祭祀
只为亲近母亲的躯体
获得净水　那圣洁的流体
大地母亲仁爱的乳汁

你一定要铭记那次旅行
但不是海路的接续
是点燃的生命
让你发现这个国度如此广袤
就像自由

天使
我们为誓约激荡的心
珍存绝对的宗教
在最古老的歌谣中
那最高的山上有悬浮的星辰
但是　我们再也不会看到预言者的身影

你一定要铭记那座桥梁
它的跨度多么接近弯曲的痛苦
它在呼吸　天使
当我们在桥下穿越
我们就是它的倾吐

就是这样
我们可以描述有形的建筑
可我们永世也不可触摸无形的孤独

这大地啊

托起了一切生命的灵息
她运行苍宇　在物质的明灭中
对另一颗星宿发出辽远的对语
天使　还有她的恩赐　比如水
粮食　我们必需的空气
比如爱　比如记忆
比如我们的圣地芙蓉北里

天使
我的母亲在节日到来前
用她决绝的西去
对我关闭了家门

这最后的疑问
在蒙古高原异常寒冷的午夜
暗示我　母亲没了
我已是真正的游子

清晨
我跪在一幢奇怪的屋宇下
垂下头颅
烟囱　在我左侧的圆柱体
蓝烟缥缈

我泣泪
面对冰凉坚硬的土地
我对天空说
我的苍宇
我的仁慈的无尽
我将用余生
用我的诗歌颂你

你看那烟囱的顶端
那烟雾　就是我母亲的灵魂
她飘向了你　向着至高与至远
向着我只能仰望的怀念
请接纳她　我的远行的母亲
请让我在梦飞的夜里
验证一个奇迹

生我后　母亲抱我
别我后　我抱母亲的骨灰
天使　隔着鲜红的棉布
我感觉母亲的体温
悲痛那么近

我的冬天
我的红色的视野里
只有雨幕

一个绝美的蒙古少女从河边归来
她牵着马匹

她曾回头
我在时光河流的远岸
望着她　我的微笑的母亲
她的目光充满羞赧
但没有一丝慌乱

她是不是想到了我的父亲
我在梦中　我说　母亲
那一天　我想象你的那一天
你牵着谁的坐骑

我的贡格尔草原啊
我的母亲的春天
在一片棉布的包裹中
回到了从前

天使
生我后　母亲喂我乳汁
别我后　我用泪水为母亲编织挽联

究竟为了什么
我如此迷恋冬天
送八万里长风
母亲没有走远
她活在一片雪花与另一片雪花之间
她活在我清醒沉思与梦幻之间
她曾对我说起战乱中的汴梁
为陌生的女人和孩子悲伤

关于南宋中原　还有汴梁
母亲说　那是一次事变
天使　这就是我的承袭
我的源　我的隐秘血色的心灵
需要一个圣地

我的芙蓉北里
冬天　梦一样飞来的精灵
靠着生锈的栅栏
然后　究竟是什么
点燃了一个瞬间接一个瞬间

午夜过后

我站立窗前
在冰凌花奇妙的图形上
寻找通往山谷的路径

我在想　走过去
是否能够回返刚刚消隐的晚秋
天使　那个时刻灯光明亮
是橘黄　我与黑暗近在咫尺
中间是一层玻璃
开满白色的花朵

我知道那是短暂的美丽
是神秘之手用温暖与寒冷描绘的奇异
我在观望时倾听神的曲子
那足以覆盖整个冬夜的旋律

在神的创造前
我相信不会看见血迹
天使　我在芙蓉北里想象幸福
还有麦加　有多少人奔赴那里
追寻慰藉

我听到了歌唱
那么真切　仿佛有很多人在原野上歌唱
他们归乡
或者离乡

天使
生活从来也不曾安睡
它在劳作与期待中丰盈
在汗水与泪水相融后获得浸润

在果实成熟的最后一刻告别青涩
即使跌落　也不说疼痛
只为写就艰难成长的历程

是无色的光阴让我们感知了珍贵
一个季节的珍贵

北望高原
苍老的浮云如同祈祷
从阴山上空飘过　天使
你听天籁　鹿鸣　你听草地黄了又绿
你听马头琴声　回旋穿越了十个世纪
回到我的故里
恰逢雨季

我曾颂歌伟大的知遇
它来源于我精神的父亲
我的深刻的孤独
常常出现在落叶之后
那是雪的记忆

天使
怀念遥远的雪
感叹仅仅隔着一层玻璃的寒冷和温暖
怀念一条河流的名字
她那么干净　她迂回向南
流过静静的远山
那大概就是典雅的从前
属于两个少年

从前

一只银狐蹲在高处
被光辉托起
那是红色山崖

我在山谷
伐木的人　他们斜躺在山坡上
将锯齿伸向大树

我少年的心灵
第一个感觉到刺痛
是在大兴安岭以东
我坐着　脚下青草茂盛
天使　多年之后　我感觉那片草地
就像人类丧失的爱情

一棵一棵大树相继倒下
发出脆响　那只银狐没有被惊动
它就蹲在那里
俯视大树哭诉的山谷

天使
自然之母有个心愿
比如象征绝望沉默的银狐
在它的眼前
被割刈的美丽是大地的伤痕
树身倾倒　树冠砸向幼树
然后砸向青草

我坐着
我依稀听到传来呻吟
那一天　我初次品尝到人的耻辱

额尔古纳河从七月流过
是雨后　长辈们在一边谈论洪水
天使　我怀念清澈
但却只见浑浊

蒙古东南方的三片草原
三个昔日纯美的姐妹变得憔悴
她们在午夜醒着
彼此对视

她们思念那些消失的树木
天使　我是她们的后人
我常怀崇敬的心灵
至今滞留于那个山谷
此刻　我依然坐着
红色山崖在我的对面
可我再也没有发现那只银狐

对于高原
我在另一种意义上的远方
我看见一片星光陨落
毫无声息

天使
我所凝视的方向
是往昔天堂一样的科尔沁草原
如今已经成为沙地

真的　天使　我们是人
我们　人类是该时时知罪
是应该用自己的右手击打左胸

对自然发出沉重的忏悔

树木减少
青草枯萎
银狐真的不见了
我们　人类啊　被欲望之魔驱使
在生命的世界里
扼杀了多少美丽

今夜　都城落雨
天使　芙蓉北里灯火未熄

走在雨花绽放的路上
我念起焦渴的居延海　黑河
我的额济纳不可剥夺尊严的血脉
已被切割

她的上游是粮仓张掖
每当那里的果实变红
我就联想额济纳的血

天使
在这雨中的地上
我看着自己的影子
我念额济纳
我的土尔扈特东归后的家园
我爱你　我为你祈祷
在一首伟大的颂诗中
我阅读落日　我对已经死去
依然站立的胡杨说
躺下吧　你曾经美丽

躺下　你就再次听见了水流

今夜　都城落雨
天使　芙蓉北里灯火未熄

断流
到处都是断流
苍天落雨　这是岁月的泪
额济纳　我的故园的歌者
在咏唱时祭奠亡失的天鹅

而另一只天鹅
它悲鸣着　也会夭折
天使　在东南方向
额尔古纳河未老
额尔古纳　你这铺展的灵旗

在纵向的草地上
准备迁徙的牧人
把目光投向最小的孩子
母亲们在那里整理衣物
毡房拆除了　对呼伦贝尔草原一个平凡的牧人之家
那个地方是没有命名的旧址
被心灵所铭记

今夜　都城落雨
天使　芙蓉北里灯火未熄

关于岸与轮回
我曾设想第三种可能
我的两条生命的绿脉

额济纳　额尔古纳
两个相依相望的姐妹
把最美的年华给了孩子

天使
她们开始变得孱弱
在高原祈雨的人告诉歌唱追寻的女儿
把你的心灵献给前路
不说痛楚
把最庄严的祭祀
献给消失的树木

今夜　都城落雨
天使　芙蓉北里灯火未熄

仰首天宇
我忍住泪水
我的额济纳
鹰飞十日　为何不见一棵活着的胡杨
随双亲迁徙的孩子
那些未来的牧者
在额尔古纳河畔
关于童年
他们将会留下怎样的记忆

我的追寻之旅曾停滞在某个晚秋
我远离所有的亲人
伫立庞大古城的街头
天使　幻灭的光在流

我难以想象

天使　在我的身后
那些住在高楼里的人们
他们的感觉　是否也会在某一时刻接近无言的痛苦
但很多人会回避离愁

天使
那是我从关外归来的一天
幻灭的光流着
毫无色彩

那一刻
我问自己
谁会念你　谁会懂你
谁会唤你一声　坚定地奔你而来
对你微笑　挽住你的手臂朝前行走

那一天
我深深依恋胸中的山河
感动依旧　天使　五千年飞瀑
你听回声　你听雾　月沉深潭　你听节奏
你听水的波纹　那不断扩散的自由

如果你仰望　天使
在群山之首　一种生灵伏在那里
一动不动　嗅着血红
即使在重重黑暗中
它也不再期盼黎明

没有什么可以阻拦
你飞来　天使　或者飞去
在永恒的气象里　你不是云

你是梦幻通往现世的风
像叶子一样飘动

在一棵树下
你是青草间的花朵
象征最纯洁的爱情

那一天
我的目光有些沉重
天使　我在那一天痛思从容自戕的诗人
他二十五岁的年龄
凝固在古城以东

那一天
我想到一个遥远的地方
让心灵幸福归隐的可能

早逝的诗人没有获得爱情
历时十年　他在想象的土地上建立了诗歌王国
生前　他也被诅咒
他年轻的理想是让最美的海伦住进宫殿
他说　你遗忘吧
你的特洛伊平原
你的前世应该生在蓝色的东方
在淮河边上的村庄
我等待了你很久　海伦
你遗忘吧
你的特洛伊之战

没有人说那是智慧
诗人说　海伦

只要你复活
我就可以死
我在那个村庄凝望了你那么久
我握住岁月的门环
相信你终会出现

他是产生过幻听的孩子
他追问荷马　如果我也盲了
我能否看到海伦

海伦
在史诗中被无限延长的春季
随夜暗起舞
她绝望的泪滴
浸润诗人的双眼

他说
海伦　你遗忘吧
你到来　这就是一切
我把王国给你
我把烛光给你
海伦　如果你热爱荷马
你就为他照亮黑暗

诗人追问
我的荷马
子夜　谁在凯旋
谁在马背上举着火把
谁在呼喊　谁击碎了孩子们的梦幻
我的城池陷落了
诗人说　海伦

荷马顿足　我的城池陷落了
在我的第二十五个春天的夜晚

在相对的远方
山海关　用月光中移动的暗影迎迓了诗人
特洛伊　海伦　在石头雕刻的历史中
你们是否长眠

你们是否会张开双臂拥抱他
在春天　他抉择了
他躺在坚硬铁轨上
被沉重的车轮截为两段
就这样　天使
他完成了一个预言

这个诗人选择八月的拉萨
放弃了贡格尔
贡格尔　我的母亲
她从不拒绝爱她的人
她的儿子们
那些写诗的人

其中的一个选择了拉萨
太阳城　它的秋季随着一道晚霞悄然降临
它在寒冷到来前落下那一年最后一场雨

这个诗人回到华北
在纸上书写贡格尔
他的窗外出现了落叶
是那种金黄　就像忧伤
他说　贡格尔　我回来了

我未能见你　在拉萨的雨里
我脱离了宿命

天使
那是不同的旅途
向北　我们去贡格尔草原
你会看到元朝最后的王城
那个遗址　如今巨石散乱
向东　我们去悲哀事件的中心
寻找那个诗人　去追寻他的灵魂
你要记住　哪怕在一首仅有四行的诗歌里
你也会看到太阳和月亮
水草和星辰

他选择了拉萨
他在雨水中面对凋谢的玫瑰
他被刺痛

他的脸上流着雨水和泪水
在遥远的书简里
他说　我的贡格尔
我拒绝了牧女的奶酒
还有高原上的哈达
那圣洁的柔软与飘动

我的牧羊的妹妹
我在诗中望你　你不要忧郁
天使　他是一个获得了真知的诗人
保留了远途的神秘

静谧

是我的今夜
我的芙蓉北里
天使　你不必记住他的姓名
但是　你要体味他的伤痛

有时候
我觉得他就在护城河那边
与我对视　我在芙蓉北里
他站立　似乎说了什么
我看到一片月光飘落他的近旁
辉映写诗的少年
他在呼吸　天使
他一脸稚气

人类失去了他
这年轻多情的诗歌土地
最终　他也没有娶一位女子为妻
他的梦中的女儿
那个美丽非凡的圣婴
在另度空间轻声呼唤父亲

这灾难一样的隔绝
这不可抗拒的生命荒芜
他走了　从桥上经过　穿越山楂林
进入人类生命乐章的核心
把背影给了我们

他伸展双臂
像我所热爱的鹰
消隐于无垠的蔚蓝

天使
我在烛光中听过神的祈愿
我相信　他的前方永远盛开洁白的花海
在云的尽头
他年幼的女儿正在戏水
岸边落满了天鹅
他们就在那里相逢
他将渐渐遗忘悲痛

他在人间歌唱过四个姐妹
在一首抒情诗描述的雨日
他说　在她们中间
最美的那个将成为我的妻子
我为她牧羊　而她是我一生的葱茏
即使我们老了
她也纯真依旧

他说
海伦　如果那样
请原谅我娶她为妻
她是你的姐妹
你们流着相同的血液
我爱她　拥抱她　也会在心里呼唤你
我的海伦　她是你的姐妹
你们拥有一样的心地
就像体温

天使
他在诗歌中给未来的女儿一个美丽的名字
——海伦

天使
我们怀念海伦的父亲
以凄苦的神思朝他靠近
在这个过程中
我想到被很多人忽视的细节
比如你在芙蓉北里梳理青丝
对着净水　我仅仅关注你水中的神情
这是我必然的局限
如果仰望午后的云
我也会忽视很快到来的黄昏

山楂林
你风中的歌吟
已不见海伦　海伦
你在天堂的圣河边等待年轻的诗人
他是你的父亲

山楂林
我记得你红色的果实
那种摇曳　从地泉开始　到根
流过树身
在阳光的照耀下慢慢告别青涩
对原本善良的人类暗示
成长着　爱着
可以告别仇恨

山楂林
我来了
不是来凭吊兄弟的亡魂
我服从梦　梦的声音　红色的召引
如期降临在芙蓉北里的清晨

红色的纱巾
真的　它像梦一样
像一个诗人隐含了无尽忧郁的荣光
飘落在少女柔软的肩上
她是一首诗歌里最鲜明的意象
她肯定行走了遥远的路
她正值青春　她也来了
她清澈的眸子里
为什么闪过无声的疑问

山楂林　如果你想知道
人间的幸福伴随着什么
你就问心　在超越了疼痛的层面
不是云　是星群
在某种光明的背后
是暗影　那里可能没有水
但我想对你说水的波纹

山楂林
我来了
我的身后是门
门的后面还有门
遥想日苏里海滨
那里自由的鸥鸟不会想到你的秋天
你的缀满鲜红色果实的王冠
你的林间　曾经穿行了哪些人

天使
此刻　我希望你走入初夏的午后
像美丽的鸥鸟远离山楂林
我希望你彻底遗忘飞转的车轮

天使
我的母亲
把一瓣心香放在百合上
在湖泊微漾的贡格尔草原
她供奉　以自己的方式　她默念了佛语
我站在一匹白色马驹的身影里
听天鹅起落

那个年代
我常常仰望
我把左手举过眉沿遮蔽高原阳光
我不知道它们向哪里飞翔

母亲曾经是我少年的故园
我的灯光
因她的守候从不熄灭

冬天
我多么迷恋天国的雪
它飘来　仿佛掩盖了一切
甚至声音

我就在那个时节遇见了智者
一首诗歌最初的律动
在雪后的高原泛着洁净的光辉

它经久不散
温暖着被开启智慧的孩子
天使　那就是我
我的冬天的贡格尔河蓝波远逝
那是我诗歌的诉说

少女编织的马莲花
挂在节日门前　雨季之前
母亲把我引向一匹成年的马
后来　我就学会了纵马驰骋
我在掠过耳边的风声中
忆念漫天的雪

天使
你要相信
在高原无比仁慈的怀抱
我开始珍重生命自由的心灵

现在
我与母亲隔着十二层天空
除了心灵　没有一只鹰可以飞到那个高度
天使　那里超越了传说
当然超越了征服

它也超越了雪
风雨　闪电与雷鸣
可是　天使　只要忧郁的怀念存在一天
那里　就无法超越大地上的疼痛

天使
你说人类苦难欢乐的爱情
是不是最深的信仰
在微笑和泪水之间
描述甘愿赴死的永恒

天使
闭上双眼

把你的右手贴在胸口
感觉悬浮的城
那些无名的岛屿
一颗一颗凝重的泪滴落海洋
归来者啊　他们把最鲜艳的衣衫挂在桅顶
对硕大的落日表达虔诚

在第九十九日
年老的水手说
我曾漂泊　我故国的土
隔着深海　我曾梦回中原
我的洛河两岸三月的麦子
围着一个村庄另一个村庄
梦醒之后　看着窗外的椰树
我笑　我哭　我找不到回家的路

天使
你的先人们就在船上
你要感觉　那浪涛轰响的世界不是我的高原
除了岛屿　大水的视野中没有凝固的起伏
没有苍鹰　只有凄鸣的军舰鸟
提示最新的海难

入夜
乌云遮蔽了星空
那飘向北方大陆的悬浮的城
那片深海上的叶子
托着信仰和梦

归来者
即使睡了

他们的头顶也对着北方
天使　在失去灯塔的暗夜
他们不睡　他们把心交给血液
把血液交给灵魂
把灵魂交给眼睛
把眼睛交给风浪艰难凝望
把凝望交给倾诉
献给北方大陆

天使
在同一个年代
蒙古高原上的一个部族选择了东归
他们把里海扔在了身后
很多人死在中途
他们不悔　一些年轻的母亲失去了父兄
她们在马背上擦干泪水
亲吻刚刚醒来的婴儿
然后轻声唱着
托起一只美丽饱满的母乳

他们回到祖先的草原
首先把净水捧给母亲
他们哼唱　他们浑厚的声音
飞抵伏尔加河流域
他们在额济纳河畔回望归路
那些永远长眠的人们

天使
他们以心灵庄重的礼仪告慰逝者
他们带回了一切
母亲　孩子　牛羊　马匹

这浩荡绵延的神祇

在东南海边
历经九死的人们登上陆地
他们跪下
整理褴褛的衣衫
久久无言

天使
后来　他们将前额贴在黄土上
这里已是往昔梦中的祖国
他们挥泪
他们把第一声问候
呈给怀念

天使
这是我们不同的源
梦观红尘十万里
一骑独舞
飞越十万个边关

问苍茫岁月
什么是冷
什么是暖
什么是真爱世界里最美丽的语言
冥思三千年
无数荣华如山前雾霭
随风飘散

天使
我们记住了生命之源

面对世间无尽灿烂
只有一盏灯最亮
在母亲身边

又是夏天
我依稀听到高原马嘶
雁栖湖畔

天使
一首优美的古歌就在那里等你
在贡格尔河以南
晨曦初现

天使
你要谛听
日苏里海滨晚霞飘逸的一瞬
晚风止息
西山遥远

天籁回旋了千年
我在那里学会的第一个名词不是母亲
是水　母亲指着一片蔚蓝
我说　水　那一天
我看见了母亲的泪
那是水
在山前

不要告诉我
你的梦为什么飞了又飞
你铭记着谁
忘却了谁

天使
日苏里海滨暮色低垂
谁是谁的抚慰
谁是谁的负累
你看　日苏里海滨夕阳静美
昨夜　栈桥未睡

千年天籁
那孤独的舞者
在遥远的山崖展示她的舞衣
是燃烧的色彩
比鲜血淡　比月光红
比篝火静　比忧郁忧郁
比沉醉更接近沉醉

天使
你要谛听沉重的喘息
两团飓风相遇前
那个空隙

我少年的印记就在七月的青草上
向海的方向眺望
我们单纯的年华
在奇迹降临前
显得那么匆忙

奇迹
就是我们一旦获得了珍爱的心情
在夜里回首故乡
那里最美　因为有母亲
就有雁归　神也在那里

与母亲相随

独舞者
会在星光乍现的时刻消隐
天使　想到世间苍翠
年年秋之尾　眼中泪
我们就想什么在飞
想到雪与水

日苏里海滨
她微缩的影像常常出现在我的脑际
在芙蓉北里

节日之前
也就是这个夜晚
某种祝愿传递在空中
那么虚幻

我们把什么样的语言
留给了冬天

天使
节日之前
你是否会想到遥远的航线
那时隐时现的幽蓝
在左舷　还是右舷
浪花飞溅
是不是象征人的怀念

我是独舞者默然的追随
我相信心灵

流过思想峰峦的血
如同舞者的衣衫

也像一层一层忧郁覆盖大地
我将永世注目并倾听旋律
在一个骑手的遗言中
在一匹蒙古马驹的鸣叫中
在无人回应的倾诉中
建筑我的诗歌屋宇

天使
我一定会守住焚烧般的孤寂赞美幸福
在今夜
在我一个人的芙蓉北里

今夜
我选择了歌声
是优美的蒙语
我的牧羊的妹妹
她获得了爱情

天使
在贡格尔河畔真实的黄昏
她歌唱千年不变的追寻

在芙蓉北里
我走着　我一个人
在节日的前夜　天使
除了诗歌　我不愿发出任何声音
想象蓝色的波涌凝固在什么时候
在遥远　在日苏里海滨

风中静静飘飞梦幻的纱巾

我拥有一条光明的通道
逝去的武士们
他们带走了兵器
在十三世纪

在一句古老的预言中
我是高原未来的青草
我的父母　将在九月
看到我的身影

天使
我啼哭
大概为迷失戈壁的马
传说那匹黑骏马折断了前蹄

天使
你可以作证
在充满缅怀的诗歌里
我躲避柔软的鞭子
我想过　被手掌紧握的皮鞭有力挥舞
风会不会痛

我在昔日的年代里拒绝了一条道路
那与车轮有关
我神往空灵
比如飞翔

黄昏时分的蝙蝠
在夜幕下穿透神秘

我感受更深的神秘

白昼
宁静的天宇飘飞羽毛
迎着炫目的日光
我追踪飞翔

天使
我在少年的黎明跨越了隔离
你可以想象燕子飞越沟壑
时钟鸣响
击碎广袤与岑寂

天使
我伸出手臂
渴望触摸到另一只手臂
面对空无
我仰望飞翔
总是无语

我不知道用什么样的方式
完美融合两颗心灵
站在诗歌的高地
我会回忆东八时区
那个呼唤着飞翔的人
他被白夜托举
在极地

天使
你说　今夜
他和他的恋人

是否相遇

天使
面对东北
我深深问询
我在节日前夜的芙蓉北里
听到一声沉重的叹息

昨夜
我怀念一位诗人
在那个悲痛的事件中
我们选择手语
彼此注视
站立为五月的疑问

我们阅读不可续写的断章
在这一天　在诗人的节日
我的脑际驶过一列黑色的火车
像忧愁那么长

天使
那是诗人
一生诗歌最后的意象
像春夜一样忧伤

像他钟爱的麦子
光芒穿透浮动的平原
然后回返

凝聚麦地中央
他说　在光芒的深处隐藏着什么

四姐妹　你们一定要好好相爱
活着啊　我没有给你们留下嫁妆

二十五岁　春天
他的二十五岁的北方
夜暗黏稠　我联想流淌风中的血
恋人的泪　我们走也走不出的苍茫
他抉择了　他死亡　他完成了心灵史诗
最华美的终章　天使
我们丧失了歌唱

北方
你见证了什么
你把什么还给了淮河
你在空中流传着谎言的节日
让那么多人念起他的名字
如果心灵是一个辽远的王国
他的名字就是无人守护的边疆

天使
他去了二十年
我在宿命的迷阵里走了二十年
我听到那么多人念起他的名字
怎么没有一个人问这大地
他苦苦挂念的四姐妹
是不是早已离散到陌生的异乡

天使
他以天才的心智告诉目光
墙的后面还是墙

只有那草原
流过索伦河谷的水
沉入清澈的巨石上显现远征者的马蹄
月形的马掌

铁的气息漫过十三世纪
马蹄的图形
源自一双劳作的手
天使　还有燃烧
你要寻觅比心还红的遗存

一骑飞来
王朝的信使殒命索伦河谷
他怀中的金牌掩埋沙中
我们再也不可描摹年轻的生命
金牌上神秘的八思巴文
历经洗濯
在金色的质地上闪耀光芒

消失了
飞去了
静默了
我们曾经的世界语
让一个年轻的诗人沉醉平原

索伦河谷
众神祈雨的领地
十三世纪　最后的旨意没有抵达
纷乱的边陲

和平　相爱　幸福　安宁

在一首献给索伦河谷的诗歌里
他为四姐妹起了四个名字

天使
他只有二十五岁
他是王　那么孤独　他没有王后
他把如此吉祥的名字写入诗中
他渴望婚礼的隆重
在他还是一个青年的春天
他丧失了生命

二十五岁
他携带四本书进入暗夜
是的　他给这个世界留下遗嘱
天使　他仿佛遗忘了四姐妹的名字
他携带着四本书
这最后的伴随
像他断开的身躯
这最后的隐喻

四姐妹
那个时刻
你们是否都在梦中
和平　相爱　幸福　安宁
在神秘静止的时刻
他丧失了生命和爱情

天使
在车轮碾过身躯的一瞬
他喊了一声：妈妈

最后的诗篇缓慢上升
他仰卧大地
他的灵魂说
我的王国啊
就因为一匹马
谁亡失天涯

他仰卧大地
三月无雪　也未曾告别
我在古老的边关寻找他的血
那个夜　在他的王国
所有的麦田都在呜咽

天使
我在梦境里看到奇异的交错
不是道路　更不是对立的思想
我看到玫瑰花瓣飘落
如雪中的血
血中的花
破碎的童话
离散的家

在他的诗中
渡海的羊群离开了草原
天使　它们在漂浮中
在三角帆船的倾斜中
平安驶过一个海岬

这年轻的祷语
属于未来聪慧的人类
四姐妹　她们仍在人间

她们一定会相继成为别人的妻子
四姐妹　他灵魂的四个部分
四片美丽的麦田
进入了最后的诗篇

天使
你在我每天夜里的倾诉中走远
你要微笑
这是 2009 年的夏天

我的贡格尔草原的五月
四座毡房坐落四个方向
四朵百合
四个凝望青草生长的姑娘

我的遥远
我的双手铭记的童年
悬在夜里　我的恐惧与渴望
传到纹络断失的指尖

天使
是在贡格尔草原
篝火点燃在我的左侧
那些人影　他们在拒绝什么
他们遵从千年族训
让女人和孩子们
坐在平安的窗前

四朵百合
四种色彩的光芒
飘向四个异乡

美丽的四姐妹啊
谁第一个做了新娘

天使
比自由更自由的不是心灵
也不是爱情
那太疼痛

是我的草原
西拉木伦河以北的沙地云杉
发源于静谧之隅的清泉流过母体
是我独行高原的夜晚

我怀念童年的手
纹络断失的指尖
我的右手贴近黑暗
我看不见远山
我的左手连着心灵
等待神的语言

天使
你说自由是不是像溪流一样纯净
像哈达一样柔软
像爱情一样艰难
像美丽忧伤的四姐妹
所尘封的从前

四月
谣言汇成诅咒
亵渎庄严

我沉默
我相信被大地托举的花朵
其中一种色彩如血
我相信久长
阳光会在最高的山峰上刻下记忆
哪怕只有鹰飞
无人仰望

天使
诅咒的箭镞穿透窗纸
但不会穿透灯光与高贵的忧伤
它们纷纷撞在墙上
在暗影中堆积罪恶
玷污天堂

天使
我们也选择了四月
护送年仅二十五岁的诗歌灵魂
回到了他的故乡

四月
有人想象
他们在刀尖上狂舞
把悲痛的一天视为节日
四月的北方　阳光那么苍白
我在幻觉中凝视蛇立的倒影
还有成群的蝙蝠
它们飞来　发出尖叫
癫狂的舞者进入洞穴
他们甚至没有蝙蝠的翅膀
他们　拒绝光

四月
华北平原降落诗歌雨
还有泪　天使
你要沉思掌纹之间的交错
在密集消失灯下的午夜
面对庄严的陨落
还有人间的四姐妹
她们破碎的心
如今到了什么地方

在上帝的光耀下
天使　愿她们成为树
移向温暖平安的山谷
孕育花朵和果实
愿她们幸福
像你一样微笑
从此不再哭

将来
当她们老了
白发苍苍　被后人称为祖母
愿她们真切怀念永世的恋人
那个二十五岁离开世界的男孩
愿她们守住珍贵的隐秘
在不同的维度

愿她们虔诚地感念夏天
流过叶子的雨水
那片光滑绿色的天空
浓缩的天空
愿她们倾听风声

那无尽的倾诉

愿她们一生热爱最微薄的生命
把仁慈植入泥土
获得浩荡与起伏
愿她们传诵上苍的福音
从一行血色的诗歌开始
直到岁月深处

愿她们告诉自己的孩子
在这个世界上
曾经有一个诗歌王子
他拒绝了王冠
十年孤独
他看到了百年日出
在一个春夜
他走向了天路

天使
愿她们珍藏这天地恩泽
那不可回返的相爱旅途
愿她们是静默的书
无语的阅读
当她们老了
愿她们的心灵
美丽如初

我和太阳被帘子隔开
葱绿色那边的橘黄
在我的对面
让窗子显现出窗棂的暗影

这个时刻　太阳是我的朋友
它应该放弃了马
在那里挪移

像盘子那么大
那种橘黄
中心的部分最亮
也许最忧伤

天使
我也放弃了马
我和你之间隔着时光的栅栏
说了那么多话

隔着帘子仰望
我向左　太阳向左
我向右　太阳向右
若我忧愁　天使
你说太阳会不会忧愁
它照耀我　仿佛跟着我走
我跟着心走
你跟着自由

九十九州
第一百个城池从未陷落
在大漠那头
古琴依旧

幻听羌笛
巴山蜀地迎风的杨柳
故人远行　他就没有马

枕浪涛千重
夜宿忠州

天使
我在芙蓉北里等待日落
遥想夜空星辰絮语
飞天衣袖

遥想我的阿斯哈图山顶
雅丹　这个名词
活了一亿岁

她依然美貌
她怀抱鲜红的芍药花等你
天使　若你到来
她会让天空对你说一个晴日
给你贡格尔
那片肃穆
给你西拉木伦
缠上额头

天使
给你关于永远年轻的秘密
给你一面草坡牧马
给你一碗奶酒相留

雅丹
这应该是你的名字
天使　她在高原的八月等你
那个时候天鹅轻飞
围绕一泓蓝湖

那些精灵
它们是前世草原未嫁的牧女
为了找寻　它们拥有了美丽的翅膀
过了一个世纪
恋人未归
心未碎

天使
心灵永恒的边陲
遗落这滴泪
达里诺尔
你是前世十万个少女的故园
你的命定的追随

雅丹
我的祖母和妹妹
我的魅惑　我在芙蓉北里等待了这么久
我背对一道生锈的栅栏
念你　我知道风向北吹

天使
你要安睡
再也不要流泪

雅丹
她已经对你发出了召唤
她在你的梦境里穿一袭白裙
她说　守住你的圣洁
跟我飞吧
我带你飞

天使
那就是我的蒙古高原
不可回避的史实

亡失者
他们的生命在春天萌发为新草
他们内心深处的遗愿
开放为八月的花

蒙古高原真实的形态不是天地
你看不到那种相接　也就是地平线
蒙古　那是我的民族无尽心灵的疆界
天使　你听古歌　那溯源的人
为什么歌唱母亲

你听心之寻
八百年从未熄灭的烛光
我的黄金家族　那些男人们
宁愿付出生命　也要面对燃烧
躺在草原　他们会感觉母亲
恋人的身躯　怀抱　还有气息
他们无限崇尚英雄的供奉
用血肉　骨骼　筋脉
最后献上仍在滴血的心灵

蒙古
我心灵的疆域生于动词
被名词孕育　之后　天使
我的蒙古被一个伟大的词组激励
依恋纯白的形容词
云与哈达

都不是宽广心绪的象征

蒙古
在我的诗歌中就是信仰
是蒙古字母歌里的第一个音符
那盘旋的飞翔

天使
蒙古　那个给了我生命心智的地方
刚刚进入夏天的晚上

这个夏天
幸福离我很远
天使　我在芙蓉北里
对遍地缄默道一声晚安

我刚刚从一条环形路上归来
我发现很多人迎面而来
是逆向环绕
我走一个圆
他们走一个圆

我是高原投放到这座都城的影子
这不同于鹰
甚至不同于水边的啼鸣
走在墙外　我看见那个长者高举双手
他似乎想要回什么
我看着他的双臂
他看着天空

天使

我不知道
有什么在注视我的眼睛

我知道我在注视一种深刻的悲痛
那石头一样的孤独
与坚硬　是我们共同的岁月
流过指尖的风
拂过谁的姓名

我知道会有一盏灯亮着
或许直到天明
我对缄默道一声晚安
此刻　我感觉这座城市也要睡了
夏夜安静　我想到河源
没有听到回声

天使
我醒着　我相信星辰醒着
诗歌就会醒着
悲痛醒着
那也是安宁

我多么希望
你生活在深刻的怀想中
选择把什么带走
把什么放下

你要学会躲过藩篱
在苹果的核心发现种子
你不要仅仅关注果实的外形
或者跌落

如果你发现了寻找古堡巨石的人
你也就发现了拯救

但是　天使
你要拥有素雅的花衣
爱你的人　他或许正在屋檐下劳作

你望着田园
想象神秘的孕育
这个时候的风有些接近于蓝色
估计你会想到渐行渐远的青春

这样的场景属于某个年代
准备做母亲的女子
把一本诗集压在枕下
她会告诉腹中的孩子
向日葵边缘的花瓣
那种嫩黄　但他不会对孩子说
一穗向日葵跟随阳光移动的过程
有些类似女人的命运

天使
她们可能一生
都会守住某个时刻
因为丢失使她们感觉沉重
那巨变总使我联想大地龟裂
在隐忍的疼痛中
到底谁记住了谁的叮咛

在一句话改变一生的夜晚
天使　时间不是物质　是承诺

如果有人问你
西山的落霞为什么那么鲜红
你该怎么回答
一匹马从那里跑过
或者在山脚下开遍红色的花朵

天使
你还要拥有透明的心绪
像蝉翼　有一点点隔离
但是幸福啊　天使
从来就不是一件花衣
留在风雨中的记忆
当然也不是高举着想象的手臂

我是草原牧童睡梦深处的旅人
我是他的传说
此刻　我走到某个临界
想对童年招一招手

投身清凉的贡格尔河
我的八岁的裸体
被牧羊的姐姐指为马驹

那是没有一丝忧郁的日子
趴在岸上
我的目光掠过羊群
还有姐姐黑发闪亮的头顶

我渴望食物
我的幼小的胃仿佛与草摩擦
在我还不懂得遮蔽隐私的岁月

我是那么无畏

牧童的梦有些飘忽
如疾飞后慢慢盘旋的鸟
它的小小的黑翅
被一个巫师缀上诅咒
可我相信那是翅膀
上面一定嵌着天光

天使
我告诉孩子
那不是鹰　是鹰的同类
夜里　它们累了
就落在达里诺尔的草丛中
把最后一口食物衔给幼鸟
幼鸟睡去了　那花纹美丽的母鸟
微闭眼睛听每一丝风声

多么想念把上衣服搭在肩上的午时
我从河边回来
姐姐赶着羊群
我跟在身后

我不记得过了几个夏天
在姐姐的注视下我渐渐长大
还是午时　我坐在贡格尔河边
我穿着衣服
河水很静

我知道
在我和羊群中间

站立着姐姐　我没有投身河
姐姐无语

她一定看见风吹动我的头发
那种飞扬和倒伏
如初燃的火
刚刚长成的马鬃

姐姐
我知道你为什么不语
为什么在那里叹息
我坐在那里穿着衣服
我把成年后第一次泪滴
给了草地

姐姐
我知道你恐惧距离
你在我的身后
你的目光移向河
我知道你在寻找昨日的马驹

天使
后来我的姐姐出嫁到锡林郭勒以西
阿巴嘎旗　我的蒙语　我的叔叔的旗
想到姐姐　想到成长与渴望的代价
就是生命的遮蔽和远离
你说这究竟有什么意义

我的姐姐
她最深的记忆该是洁白
她的随羊群一起流动的青春

几经磨砺后终成记忆
那么多年　她在草原上走　跟着羊群
她用无言劳作为我踩出通往外部世界的道路

在她出嫁的早晨
我看到她哭了　那么伤心
她拥抱了我　我的美丽的姐姐
她在一道霞光里跃上马背
她勒紧缰绳
好像要拽住光阴

这个时候
姐姐将目光转向
身边年轻的骑手　他是她的新郎
姐姐毫无羞赧　她露出了微笑
可她的脸上还遗留着泪痕

那个时刻
我感觉到沉重的一击
我站在门前　看着贡格尔河
那里已经没有我的姐姐
我的牧羊的姐姐
她去了更远的西部
我不知道那是哪里

可是　姐姐拥抱了我
人生第一次
我嗅到了神秘的气息
我在一个美丽女人的怀抱中
贴近了另一片山河
姐姐啊　她暗示我

走向草原之外陌生的土地

那一天
蓝得忧郁的贡格尔河微澜吻岸
你用液体的祝词
用你从容的漂浮诱惑我

贡格尔河
我就那样望着你
我告别了姐姐
你告别了她的注视
当然也就告别了裸体的牧童
我和姐姐目光相遇的夏季
达里诺尔　你告别了水质的牧女

天使啊
我以为那就是结束了
我站在家门前　送姐姐去做幸福的妇人
姐姐　在迎亲的马队中
她却唱起了我们的古歌
诺恩吉雅　诺恩吉雅　姐姐
我的诺恩吉雅
你真的是离开了我们的家

天使
是姐姐教会我珍重那片山河
那无比圣洁女性的胸怀
激荡五千年谱就一曲古歌
我的蒙古我的源
我的寄托　我的诺恩吉雅
姐姐　贡格尔皎洁的月色

在锡林郭勒静静飘落

天使
我带你游历这广大的地域
我给你心
我把失语的冬天
给芙蓉北里
把一切艰辛都给了姐姐
那岁月的痕迹

我不能给你特洛伊
那属于海伦
我把睡梦中获得的诗歌给你
让你学会另一类语言

我给你无上的光荣与尊严
我把最真的心愿写在落叶上
它将变成粉尘
在风的挤压下
进入龟裂的缝隙

我把雅歌一样的爱情给了怀念
像我的童年
把目光给了黑白电影
那露天的场地
我看到人头静立
这让我联想到黑色的蘑菇
那些容易被什么感动迷惑的头颅

我把故乡给了那一年
我永远的十八岁

给了没有恋人的别离
还有我的母亲
我把回眸
给了高原上寒冷小站

我把无数夜晚给了想象
在英雄落寂的年代
我把赞美给了征鞍
那锃亮的木头与白银
勒紧马腹的皮革
像我记忆的盲区
停在某时

天使
此刻　我忆念你的神情
我把启示给了典籍
我生命的乐章
我把最后的航程
给了第九十九个夜晚
我在一颗悬浮的星球上安坐
等待奇迹的降临

我听到午夜那边仿佛传来马蹄声响
我把呼唤
给了一座桥梁

你是我二十年前的雨日
百神下界的夜晚
透过细密的雨丝
我看到了另类飞翔

我们向高处上升
逃避繁复向天空接近
你是飘飞了二十二年的旗帜
为我垂落

那一瞬
你是我的拯救
我翻阅圣书
倾听最美的吟唱
你是我的红

我是你的牧
我的青草茂盛的往昔只为等你
十年　二十年　三十年　甚至更久
为你　我愿做一块沉默的石头
我会立在流水的一侧
你的必经之路

那个雨日
手打黑伞的人遮住面部
试图遮住一道天光　也遮住预言
我们从那个城市的北部穿过
我牵着你的左手
我们的心灵同时回应了暮色恩赐
你是我的红
我是你的牧

天使
你降生在这之前
你是雨中行者喃喃叙述的今日
持续远离

我的一首旧诗滞留雨中
海宁　那幢沧桑的建筑里
坐着很多人

他们跻身必需的黑暗
在不停更迭的画面中
人类之痕显得迷离而深重

海宁
那欧式的屋顶
通常栖落几只鸽子
据说从那里出发
向西三百里可抵天堂
海宁　那一夜风雨未停

天使
那把黑伞已经收拢
风雨过后　你把真实托付梦境
你感觉仍在飞
你是我的红

你让我确信
我不仅可以张望迷蒙的山谷
还能够自由出入

自由
我用最干净的水
在最干净的沙地上
写下最干净的语词

我的九岁的贡格尔河边

姐姐毫无疑问地注视
自由　假如蒙上了尘土
你说它会不会痛楚

自由
我的九岁的裸体
在河水中像一条成长的鱼
而我的姐姐　那昔年最美丽的牧女
在九岁牧童绝对自由的天地
在我的眼里　她不是女人
是开启性灵的气息

姐姐在那一天拥抱了我
也深深刺痛了我
她让我懂得
真爱一个人
很痛很痛

许久以后我才顿悟
在远嫁他乡的路上
我的成为新娘的姐姐
为什么给我留下忧伤的歌声

我顿悟
我在一扇开启的门前
看到另一扇门　那温暖
那成熟的爱与胸
人间最深的情与痛

你让我确信
十个牧女守望十万只天鹅

那是圣境

天使
哪怕在一片秋叶上
也会写满夏日的红

这是我们的人间
换一件新衣
不会褪去一层记忆
总会有人到来　有人离去
有人在节日的焰火里独自哭泣

是啊
这不神秘
天使　你曾抉择的芙蓉北里
真的进入了夏季

向东
我去看形而上的海
相对于西　决意出行的夜晚
前方可视的距离
我的芙蓉北里的夏季

我是离开了
关于身后的雨
那个早晨　或者一个人等待的子时
我的少年的俄罗斯　一首抒情诗
被诗人投入绝望的火焰
我确实接近了蓝色的燃烧
圣彼得堡　你的充满谣言与离散的往昔
是谁家的女子刚刚为灵魂的爱人

精心洗浴　她也那么孤单
就像我美丽的芙蓉北里

天使
没有归期
我确信人的心灵没有归期
相望八万里

栀子花开
这一季的风景
这世世代代对神与善的祈祷
那月下滴着血泪的枫树
被时光巨轮碾碎的爱情

我的人间
我的群山静卧的怀念
是哪一句箴言把我领出了草原
是哪一个牧女重走了姐姐的路

在北方以北
我的贡格尔河畔
是哪一个骑手扬鞭飞奔
为了爱情泪流满面

天使
这个夏季
我们总会听到悲哀的消息
悲哀是雨
我们是大地

我们是轮回世界永不停歇的歌者

我们珍重沉默
哪怕体味真实的烧灼
我们也珍重火

向东
我去看形而上的海
天使　你要确信每个人的心中
都有一座灯塔
总会有一个地方留下最深刻的记忆
比如潮汐　比如极地
比如我们的芙蓉北里

我看见水
两山之间弓形的海岸线

夏天
我是遥远年代拽着先祖
衣襟的少年

我的父兄们松开蒙古马的缰绳
他们欢呼最后的海洋
声言到了天边

我站在那里
感觉被大水推动的陆地
微微颤动　结束了
这牺牲之旅　我的部族
最终服从心中的牧鞭
回归草原

那个梦扶摇十个世纪

等我降生　我啼哭黎明
剪开连接母亲脐带的瞬间
我啼哭分离　我的母腹
我的汇聚日月精华的孕育之路
十个月　我仿佛学会了十首牧歌
十个世纪　我的母亲心头的日出
我的梦　我的百花盛开的山谷

我的被牧歌预言的命运
守望一夜
我在翌日的光照下
晒一层心血

天使
再过十个世纪
阴山落雪
在堆积了沉重记忆的高原
那个张望的牧童
能不能默念我的追寻辞
假如他手握枯枝在雪上书写
会不会改动一些词语
比如沙尘　冷月　呜咽的湖
孤独或忘却

这里不是我的日苏里海滨
入夜　我站在一片礁石上
倾听海浪

天使
你说我的眼前呈现了什么
我的身后是远大的黑暗

遥想边关　谁丢弃了佩剑
目送一骑绝尘

天使
这是命定的夏夜
我远离亲人　在东部听海
雨后　空中笼罩乌云
天使　这是我的一个人的远行
这个时刻　在我的高原
那满天壮丽的星群
应该不会消隐
还有随风飞扬的歌吟

北方
那是多么伟大的忧伤
七颗星斗
七匹蒙古马
在光明中被安葬

在第一颗星斗上牧羊
在第二颗星斗上怀念
在第三颗星斗上种粮
在第四颗星斗上睡眠
在第五颗星斗上怅望蓝色故乡
把另外两颗星斗留给那些
美丽善良的姑娘

在七颗星斗间架上桥梁
引圣湖之水在桥下流淌
北方　那是多么遥远的幸福
七颗星斗　七个家乡

七个生死不泯的心愿
伏在天鹅高飞的翅羽上

天使
我在东边阅读沧海
那浪涛叠加的神秘苍茫

海鹰
那灵　它伴着危难的航船
飞翔了那么久
它没有离开左舷
在最猛烈的雷电中
它发出最后一声悲鸣
它攀升　随之投向海
永远告别孤独的船长

北纬 35 度向西
海流脊　随大水变换的
广袤沙地　深重的殇
失去了最细微的光

天使
航船的倾覆就发生在这里
那不可抗拒的力
瞬间折断了船体

天使
此时　我面向水
背对北方　夜降临了
想到罹难的船长
他曾苦苦奔赴的陆地

我就想到身后
七颗北斗的故乡

一碗马奶酒里沉淀的克什克腾
飘动着新娘的嫁衣

天使
对于故乡
我是游子
可我常常梦见骄傲的公主
她属于十三世纪

天使
公主的情郎在传说的异地
久无消息　她内心的恐惧
像尊严的草
萌生每一年春季

是秋天
克什克腾苍天落雨
公主恳求出嫁
或者死去

午夜
草原长者喧喻
开始吧！把祖传的银碗斟满奶酒
唱起牧歌
拜祭北地

看护草原的人们
那些老者女人和孩子

他们举着银碗朝北跪下
以最虔诚的方式
对公主说了祝福的话语

长者说
开始吧！这是午夜
这该是浴血征战的间隙
唱起摇篮曲
让我们舞蹈

这个时刻公主泣泪
她以最美的舞姿纪念
没有新郎的婚礼

摇篮曲
公主自语
我的男人　你回来
我们在一起
我就会孕育

摇篮曲
我的孩子啊
你的摇篮曲
在梦里在风里
在蒙古马的嘶鸣里

天使
一碗马奶酒里沉淀的克什克腾
飘动着嫁衣　最终
那个梦中的新郎没有归来
美丽非凡的公主

在年轻时死去

回望芙蓉北里
天使　我无力折叠这种视线
在不可更改的史实中
我依然是那个寻找父亲的孩子
我永远的十六岁
关于爱情与苦难的记载
铸造了人的思想

这使我不得不联想早熟的果子
我追随一个脉系
把疑问留在了中亚

天使
我的叛逆曾是母亲的忧郁
如今我失去了她
我便承袭了忧郁

隔着生死之尘
我与母亲仍在对话
我说　妈妈　原谅我
我错过　我不止一次深深迷失
那些日子我多么需要你的手臂
妈妈　如今你安息在我们的高原
一层黄土掩埋一层神秘

天使
回望芙蓉北里
此次别离　我把答案给了你
那是我的十六岁的疑问

我的十六岁的草原上
没有父亲

我的十六岁的河流
姐姐　不远处最美的风景
她的长发舞动
让我仰望　夏天
我的十六岁的天空
是一只鹰
在云里穿行

天使
回望芙蓉北里
我听黄海潮汐
不愿说某种距离

我不清楚
我为什么会选择这个方向
炽热而陌生的海滩

昨夜
就在昨夜啊
我梦见雁落湿地
大兴安岭顶端显露积雪的白光
是的　我不愿说某种距离
你好　我的芙蓉北里

一路上我确实看到神的花朵
这季候的细节
那么忠诚又可信　人
走在其间　刈草者

他也刈了花朵

天使
你听北地钟鸣
或许你正在忘记
正在一个深重的魅惑里寻找旧衣
而我　一天也未曾失却
十三世纪的恩赐

我选择停滞
我在一条绝对自由的道路上
选择停滞

就像贡格尔草原上那个
六岁的牧童
那个英雄的遗腹子
选择了问询

他的母亲
她的被粉碎的心
贴向马头琴

我在停滞的海滨之夜等待早晨
我不睡　我从不怀疑
在我携带的这本书中
存在一个远大的理想
我承认苦难
但是　我从不怀疑
在苦难的接续里
一定存在对幸福的预言

天使
你不要忘记
你是这本书的灵魂
而芙蓉北里
是这本书的领地

游历精神的河流后
我坐在岸边
午夜的岸边

这个时刻
你们都睡了
我的童年在彼岸的一面
朝阳的草坡上停下来
就如此刻
我坐在午夜的岸边
写一封没有地址的信札

除了天堂
我无法投递
夜这么静　我想到雪后高原的视野
人那么远　我心灵的血
在融入唯有众神看护的夜海之后
改变了性质　天使　对此
熟睡在什么近旁的你
不会感知　这是我的时刻

我是那个丢失过羊群的孩子
但我没有受到责备
是这样的记忆
让我认定人间大爱与真爱

像石头一样真实
后来　我觉得也像一首毫无杂质的诗歌
我一生的命定

今夜
我丢失了什么
那肯定不是心灵
是这样的书写
使我看到了光

不
那不是星子
或者谁的眼睛
我不愿揭穿这个谜底

我微笑
我与你们隔着梦
我醒着　我没有面对某种虚幻
在夜海深处　天使
我嗅到一阵异香
飘自我的彼岸

这是我今夜的获得
黑暗笼罩了群山
我独坐一隅
写这封不可投递的书简

天使
在一个传说中
我的自由的雨季
依然在群山那边

这一切诞生自然
归隐来路
总要回到最初
我们亲爱的泥土

我们赖以生存的盐
从晶莹的颗粒到水
到我们周身
到睡眠

门里门外的发现
碱性与酸性的平衡
从语言到微笑
从悲到潸然

从遗传到品格
桅杆与帆
这无限的感激幻化为一只手牵住另一只手
我们在必然的冬天里走过
不说温暖

在平凡的世界里
我们不说神圣
我们含蓄的表达
无法回避自然的悲欢

问询者
你被诗歌照耀
你曾抵达的地域
河流干涸　祈雨的人
怎么对羊群说这焦渴

总有那么一些方式成为魅惑
那窒息的生活　问询者
你的答案不在此生
如果胡杨不死
如果胡杨不倒
如果胡杨不朽
如果生命尊严的青春不再唱卑贱的挽歌
你所注目的祭坛
会不会被尘埃湮没

供奉美丽
一天一天走向喟叹之门
迷途者　你得到了什么　丢失了什么
在血的图案里你描摹泪痕
那春天中的光影里
重叠着什么

你曾那么稚气
像我的天使　但你没有进入一个传说
比如公主　她最后安息的一隅
比如我们从那座立交桥下走过
天使说　公主的梦
是不是已经残破

这是忧伤的疑问
风翻过一页书　然后又是一页
风没有颜色　我的天使
如果你看到青涩的果实从树上跌落
那也不是风的过错

天使

我们活着
在宇宙的尘埃里
我们是最细微的一颗

那个时候我经过一片湿地
是达里诺尔初秋的早晨　我在
将要消失的岑寂中寻找姐姐的马
天气有些微凉　很像激情耗尽的爱情
遵循一个轨道　一个真理
在我忧郁的视线里　我计算秋季
我的命定之旅

晨曦从一只天鹅飘到一只天鹅的翅羽上
然后沉入水
我看到蓝湖晨雾深处
似乎有一道屏障

姐姐
这一年秋天
你已经生养了第三个孩子
他们是你新的高原
我是说你根本不懂的象征
姐姐　你怎么这么快就变成了一个妇人
仿佛比母亲还要衰老

我没有找到马
却再次看到了晨曦
那是渐渐稀释的氤氲被光明推动
姐姐　这个时刻　我的天使
正从一条大河边醒来
这像一个事件

与战乱和离散无关

姐姐
那个时候
我与你之间
相隔遥远的贡格尔草原
我没有找到你的马

天使说
寻找的心愿是错开的花
一匹马
是一个天涯

姐姐
你在开启又闭合的时光中
有没有想象　比如三百里外的世界
一片开满荞麦花的地方
姐姐　如果你想象
会不会特别忧伤

天使
我们的姐姐
一辈子守着北方
我的灵魂之乡

我又要离开了
贡格尔　我在你慈母一样的怀抱里休憩了十日
关于结局
它在开始就已注定

攀上阿斯哈图山顶

我走入静静的白桦林
看到有人在树身上刻下歪斜的文字
那是很多姓名
渴望不朽的人
总是戕害美丽

雅丹
那一天我轻轻叫了你一声
我的心语应该传到第十棵树木的位置
我知道　十棵树木相加的年轮
就是十个世纪

雅丹
贡格尔女神
我回来　我在你的近旁
完成了一个必需的仪式
以便回应雪中的诉求

贡格尔
我唱了牧歌
这是我的表达　身在异乡时
我也常常分解旋律中的语词

我回来
回到出生地
回到牧歌的故地
回到记忆　回到没有姐姐的家里
我的亡失天国的父母
他们骑着白马　我的母亲
怀抱给我的新衣

雅丹
告诉我你准备沉默到什么时候
我面对你　贡格尔女神
对大地的心　我问了又问

告诉我
一层尘土掩盖另一层尘土的岁月
这生命的明灭
这自由与追寻
为什么总是源于痛楚心

比如海伦
她的特洛伊最后的黄昏
她最后的纱巾
没有幻化为云
比如一颗灵魂遭遇梦中的奇异
能否留下一些声音

那是秋季　贡格尔
我在那个午后走了
我的天使在等我
我要归去　心怀黄金史上的秘语
回到我们的芙蓉北里

我在一个年老牧人的眉宇
看到了天宇

他说
你不要想到辽远
辽远很淡
我是说沧桑

那近在咫尺的逼近

我在贡格尔河东岸的一面
草坡上站立了很久
在牧人身后
就是闪闪发光的达里诺尔

牧人
在我与湖之间
我在忧郁和感动之间
我和牧人肯定在血脉与无声之间
传递了一个信息

这必然的邂逅
发生在雨之前
他是我的陌生的亲人
他的全部希望就是牧羊的道路
奶茶奶酒炊烟
女儿水的舞蹈与儿子鹰一般
同样沧桑的牧歌
来源于这条道路
这高原哈达
忧愁一样曲折
也系着生命无限的温暖

2003 年草原之秋
我注视洞开的天国之门
你不要想到异象
异象很远
我是说眷恋
那触手可及的召引

我的滋生都城午夜的孤单
那么轻　甚至不抵一句诺言
那个时候我完全遗忘了这条旅途
从贡格尔向东
必过经棚
直至赤峰

我在车上穿越了雨日如穿越往昔的悲痛
再见了　我的乌兰布通　我的姐姐　我的
必须完成的仪式
我的姐姐出嫁的黎明

再见了
我的父母之邦　我的雅丹
我的马背民族世世代代寻求的旅程
我的鹰　在英雄长眠的年代
我仰望鹰　我的童年的苍穹

再见了
我的牧人　我的绿色牧歌
我的八月的极致　为了心灵
我愿死在朝觐的圣途
为了丧失了爱情的爱情

我要告诉我的天使
为了爱情　有人坐在鲜花当中
婚礼隆重　祝福的人们挤满了客厅
为了爱情　有人甘愿献出了生命

此刻我感觉你
你感觉凯旋的武士在第六层

空间把旋律描述成火焰中的凤凰
我们同飞　我们在音符的最高处眺望
古寺的金顶

我们离那一天那一刻近了
我们牵手送走午夜　翻过一页旧书
我们由此进入被记录的时光
我们当然就是细节
我们是醒着入梦　梦中醒着的思想
拒绝任何形式的阅读
但我们从不拒绝倾听风铃

贡格尔草原在第二层
在云之下水之上
武士凯旋　他借助怀念
抵达那个高度
他在你蔷薇一样的青春里放弃了马
你的怀抱从此成为武士永远的故乡

他对你说什么
都不会说那类凋谢　他不会说
蒙古袍上凝固的图案
那些失去了水分与气息的花朵

他会在扶摇的迷醉中告诉你
那些印在棉布和绸缎上的花
如果没有风
就不能重新获得美丽与灵动

凯旋
祥瑞的云飘在第七层

他说　记住这灯光中的旋律吧
往昔的蜜蜂落在石榴上
蝴蝶在飞

天使
我注视你
你在幻想一片洁白的悬浮
你坐在那里
一片鲜红的浸润
呈现在两条弯曲的道路之间
你微笑　我看到你清澈的眼睛
注视鲜红　你的梦
你的水中的倒影

热爱女红的少女想绣一条洛河
但忽视牡丹
她为此踏上相约的旅途

热爱女红的少女珍藏起绣架
竹制的花绷子　剪刀　各色绣线
对了还有针　她带着一颗心去看洛河
她相信一颗心

像一月中原那么神秘而辽远
还有自由的火
挂在人性枝头最美丽的果子
啼血的杜鹃
是这样的推动
使她神往无限的未知
她决意历险
把自由与尊严托付给年轻的道路

这是她精神的两辕

黄昏之后
她要绣一个人
他将出现在洛河之畔

距龙门不远
她要为他绣一轮圆月
如果必须绣出洛河两岸七月的花朵
她就选择鲜红

她准备咬破左手的小指
让干净的血滴在心愿上
这样的构图曾出现在她的梦中
洛河　一点鲜红
她在梦中说
妈妈　请允许我自己走一次
让我绣一次
爱一次

我的洛河
如果我没有看到最美的月色
我就等待
妈妈　我可能会心生忧郁
我守在岸边　守住草
守住洛河
我的日落

沿途她看到很多近似的山谷
身旁是那么多神色疲惫的人
她们为什么奔赴　为什么沉默

为什么隐含了真实的诉说

她为一件绣品而来
她告诉自己的心
真爱一次
远方的背景应该是蓝色
形态是火
她相信这一定可以迷醉触摸

我的信札已经接近午后
这有点像我的中年
所谓斑驳的事物
也就是过去

我只记得一双手朝我伸展
洁净　坚定　自由　温柔
这个午后也如一条河流的记忆
我在下游
你在入海口

我的江海分界线
我的信札　我的高原梯田一样
立体的层次　黄的菜花　白的荞麦花
玉米粉色的吐穗　红的高粱　黑的忧伤

我的把生命全部都献给了
仁慈劳作的亲人们
我恳求你们相信　我的信札
这些见证了午夜燃烧的诗歌
仅仅是我一天的诉说
不是一生一世

我的天使
一生一世　是血脉相融
是一盏灯亮着两个人相守
直到黎明

我的信札
依然没有找到投递的地址
我有四个方向　通往
四个无限陌生的远方
我写着　固守心灵的边疆

我的一个人的芙蓉北里
那始终高扬的精神之旗
又一次进入雨季

我在一条大江的近旁
远离故土　花在开放
在枝叶繁茂的树下
在草坪上　我听到传来机器轰响
这是我所面对的六月人间
看着陌生的人们　我想说
我们在过程中失去的
不仅仅是承诺的语言

我的信札
以血的鲜红和理想的清澈
记录了一隅生活
曾经的　现时的
但没有描述我们的未来
比如日升月落
两条心灵的航船

将在哪里停泊

你听
闭上眼睛
窗帘那边此刻的神谕
比玻璃更透明

你梦
放牧心灵
世界那边此刻的世界
比夏夜更安宁

你悲
独行长路
幻想那边此刻的现实
比故地更泥泞

你痛
无言承受
记忆那边此刻的过程
比感觉更沉重

你泣
夏花遍野
视线那边此刻的景观
比蝉翼更轻盈

你喜
天雨淅沥
手心那边此刻的纹络
比幻象更朦胧

你惧
尘世天庭
奔赴那边此刻的呈现
比黑暗更无声

你默
现时种种
语言那边此刻的存在
比狞笑更无情

你思
浩渺心海
波涛那边此刻的手语
比祈福更珍重

你歌
仁慈人间
旋律那边此刻的双眸
比倾诉更生动

是什么在空间堆积五月终结
雨连续下着
越来越低云的山脉
它最薄的一片贴着碧空
而那翻腾变幻迁徙着的云阵
在惊雷炸响之前
一驾马车的幻象
时隐时现

不要寻觅驾车的驭手
有关往昔

一片枫叶摇动的秋季
或者谶语

他睡了　那么沉
他的马车在无际的飘浮中飘浮
远离了人类

八百年前
一个智者选择了远寻之路
他是那驾马车的主人
他把新鲜的青草移栽到车厢
想带走故乡　在语言杂乱的异域
他停住马车独自面对浓缩的翠绿

是的
那是五月
雨后彩虹连接起南方和北方
彤云之下　蹚水的少年如圣殿香童
那么纯真　他无邪的瞳仁黑白分明
那灵魂的夜与昼
他举起裸露的双臂
躲避齐腰的浊流
没有脏了双手

五月
那个世纪的预言已被终结
在密云的迁徙中
在雨后

无人诅咒
为了一炷清香

智者舍弃了心爱的马车
断绝了还乡之路

他的马车随一缕烟尘驶向了天宇
苍云深处
草未死
不见牧羊的山谷
依稀可闻马嘶秋诉

今夜
我要对你说树木的初夏
大概是一首诗歌在一天中走过的距离
天使　你不要联想恋爱的一季

在一条河边
一棵树木比祖父年老但比少女美丽
它们一寸一寸地接近天空
那么含蓄　这让渴望留住外观美丽的人类
感到有些绝望

蹲在树杈上张望南方的少年
并不关注树下的妇人
她在两棵树干系上绳索晾晒衣衫
那些色彩　在湿漉的褶皱之间
一些东西被洗去
一些东西留下
一些声音飞到比树冠更高的地方
反观人类和爬行的蚁群

老哈河以北的古榆被人砍伐
我们听不懂树木那一刻的语言

我们从来就没有读懂冬天
不是严寒　是冰冻的河
岸　夜晚　瞬间　火焰
比如发现与被发现

比如倒下的树木被做成车辕
坐车的新娘对一个村庄诉说离别的痛楚
而古榆的树冠
那曾经传递风响的生长
在焚烧时化为灰烬　树木
人类最亲密的近邻
比如被忽视的晚秋走到某个尽头
这使我想到水　干涸的湖泊
额济纳人口中的苦涩

坚硬的车辕可以累死十匹马
那些渴望不朽的人
从未想过死去的驭手
就是这样　我的天使
如果走到道路的尽头
我们仍会面对另一个尽头

白沫河上的艄公讲述一座石桥的历史
他也讲到了童年
往昔清澈的河流

那一天
平乐古镇刚刚迎来一场大雨
我们到来　与老人不期而遇
在绝对的陌生中
他的语言非常自然

就像回忆自己的家事

天使
一座古桥的历史就是石头的历史
被后人见证

你不要联想伤痕累累的山脉
被砍伐树木后随意切割的大山躯体
永远消失的绿
亡失的兽类和被惊飞的鸟类
山体伤残露出的惨白与破败
多么像人类的欲望

天使
在这个世界上
如果诗歌都不能记录一种灾难
那么你就可以忽视很多语言

逆水的竹筏启动在这个夏天
在接近深水的区域
我看到顺光
那么明亮

是六月的午后
岸边垂钓的人
仿佛在感觉天堂
他们像石佛一样一动不动
隐藏水下杀戮的钩子上挂着诱饵
这有些接近于俗世爱情　钩子与诱饵
失去了表情的人精心设计一个迷局
自由　人间海　游弋

诱惑与捕获　无形的笼子
那一生的悲伤

天使
你一定知道
人类也渴望自己飞翔
但没有翅膀

苦难萌生了最初的想象
最终抵达一个边疆
怅然回望

白沫河
岷江的支流
我在风雨再次降临前进入一些巷子
寻找一位身穿蓑衣的诗人

天使
他也消失了
如古桥一端
那永远消失的牌楼一样
那个时刻　我看见了巴蜀的夕阳

我开始怀念你了！芙蓉北里
我看见诺言的火焰那么虚幻
我看见一种舞蹈　在缥缈的云中
我看见恒久与神圣

我看见日苏里海滨的夏天
一驾马车断了左辕　驭手西去
我看见在祭祀中集合的人群

没有我的家人　天使　我看见
祈雨的人们在路边燃纸那么虔诚
他们跪着　但仰望苍天

我看见芙蓉北里的冬夜并没有走远
那些灯亮着　还有生锈的栅栏
天使　我知道把什么留在了那里
我看见了落叶在风中飞舞然后落下
我看见那条曾经迷失的道路上
已经没有人迹

天使
关于永远
我看见预言的树上还没出现果实
在更远的地方　我看见海面平静
山崖上那个守望灯塔的老者
用目光焚烧命中的孤独

我看见了那么多门
墙壁　没有物质形态的阻隔
我看见自由的群鸟飞翔在此刻
它们真的比人类幸福

我看见一座边城被笼罩在阳光下
一个孩子在草地间学步
我看见他的母亲　那个美丽的妇人
把一只手搭在眉宇上眺望远方

我开始怀念你了！芙蓉北里
我看见了我的未来　天使
我的未来

那个无法揭示的隐喻
正在逃避雨季

我看见一个人活在窒息的过程里
重复面对心灵罹难

天使　这个时节高原花开
草期待雨　牧人迁徙
母亲期待儿子
和羊群归来的消息

在你只能想象的地域
神性未泯
不仅仅在我的日苏里海滨

如果你能够看见飘移在正午的巨大的云影
如果你在高原上面对一个缄默的部族
天使　如果你愿意呈现出最美丽的真实
像一叶摇动的草
即使化为粉尘
你也将属于丰厚的大地

你会看见一部史籍中亮着烛光
母亲在严寒里对新生的羔羊歌唱
骑手拥抱着亲爱的姑娘
最洁净的雪
在大兴安岭最高的山峰上
闪耀银色的光芒

你还能看见什么
天使　如果你坐上七月的勒勒车

慢慢接近水边牧场
你会看见你绝对自由的心灵
如夏花开放

天使
这个时候
你才会感受一首远古牧歌的色泽
它最深的悲伤
永远也不会在青草中闪动

你会看见车后的两道辙痕
那么曲折　天使
你不要问询驾车的母亲
那辙痕起自哪里
最终消隐在哪里
你永远也不要奢望获得那个答案

它在四季浩荡的风中
没有依托悲痛
也不会通向悲痛

那遥远的海拉尔
海拉尔河　我的采摘野韭菜的祖地
呼伦城　她的沧桑不过是一叶秋草的两面
是我梦中牧羊的妹妹
走向坐骑时平静的一瞥

在怀念的今昔
生命为什么会显得如此凝重
那么多人啊　究竟为了什么
让独自忍受的心灵风雨兼程

天使
在一叶秋草的正面你会看到
阳光的遗存
随尘埃轮回的早晨或黄昏

在秋草的另一面
你不要仅仅想到呼伦贝尔的夜晚
你要相信沉默的智慧
通常掩映在一片暗影中
像我们曾经熟读的某一句哲言
历经苦难的提炼
也如最真的情感

我曾在一叶秋草下面看见最纯净的水流
那里投映着往日天光
牧歌忧伤
十万铁骑终于回归母亲身旁

是的　天使
我们怎能遗忘年轻的死亡
如果你让我回忆童年时代草原上的月亮
我就会说起非常陌生的村庄

从海拉尔向西
选择一条草原之路
寻着马蹄的痕迹与青草的气息向西
经过科尔沁　你将在生长百柳的迎金河畔
发现一座红色山峰

天使
横越七千年西拉木伦

到达我降生的克什克腾
旋律不变的东蒙牧歌
一定不会远离你
而我的牧羊的妹妹
会在某一时刻进入我的描述
成为高原上最美丽的诗句

天使
就在那座红色的山峰下
我见证了被人为阻隔的绿水
那个时代我是一个习惯仰望苍鹰的少年
我关注高度与飞翔
比如山脉与远空
可我还不懂得想象下游那些枯死的树木
我更不会想到
那么多赶着牛羊的人
纷纷对河流发出了疑问

如今
当年的大坝已经坍塌
一代人生命群体的记忆
像越来越孱弱的流水
穿过一道一道夹缝
没有声息

天使
关于自由
我想绝对不是那类凝滞的形态
自由　是没有任何外力阻挡的奔赴
是降生瞬间循环的鲜血直到凝固
像一条河流失去最后一滴水

喧喻终结曾经浩荡的流程

自由
当然也不是我对北方高原的凝望
我只能在怀念中感觉绿色的智慧
默读一些亲切的字母

天使
我感激语言
这无限神奇的发声组合与音律
母亲父爱　我的血脉之源
我的泪水　一种光明深处含蓄的表达
我的蒙古马
我的高原上的家
如今已经没有妈妈

天使
你要坚信
曾经有一个望族走向了最后的海洋
那些疲惫的马在沙滩上睡了
天空里升起一轮硕大的月亮
有人歌唱
更多的人开始回望遥远的故乡

穿越沼泽的红马驹向东南奔跑
斜插莽原的箭镞　那魂魄
在最后的弧线里刺伤恳求
开始锈蚀的过程

道路废弃
在英雄呜咽的年代

随处可见断裂的车轮

这个时期怀念已经苍老
时间漫过辽远的空间
在一些散落大地的巨石上
留下鹿　羚羊　还有马的图形
也留下年轻母亲隐约的身影
据说时间曾经幻化为风
停在一条河边　等待云
然后是雨　然后是对无名亡失
最庄严的祭祀

然后
那红色的马驹出现了
这孤独的灵
沿着弯曲的河岸
飞到阿尔泰山前食草休憩
然后　它在一百个夜晚
燃烧为一路火焰

伊默塔拉　伊默塔拉
一个赤足牧童在贡格尔河畔
呼唤红色马驹的名字
整整一个夏天
牧童拒绝说出一句别的语言

天使
最终　那红色马驹在史书的扉页前
无声消失了
在没有一个人证明的道路上
它消失了

再也没有出现

最终
那个牧童成为一个寡言长者
在贡格尔河冰封的前夜
他投身河中

后人们说　他去了
没有留下遗嘱
他一生的呼喊
消隐于阿斯哈图以东

一个新的牧童被霞光照耀
他决定守住梦中的秘密
犹如守住一面圣旗

隔着一月寒冷的雪山
默者在山南闭目触摸山北的火
父亲！他打着手语
只天鹅已经起程
它会飞越白光闪耀的极地
把口中的草籽放在另一条河边

日苏里海滨
寻找族谱的人被黑暗挤压
父亲！这一切多么崇高
我该把什么还给你
在形而上的远方
遗留一颗沧桑的泪

花开梦境

女子的窗外飘舞白雪
父亲！我们经历了艰难的生活
我用十年时间给你绣了荷包
你和我对望了十年
你在天国
我在人间

感觉灼疼的人远离火
关于年轻的心智怎样在落叶上
刻下精美的花纹

关于马
初上马背的蒙古少年
在高原上听到了什么声音
天使　劳作的草原母亲
从来不会发出问询

天使
在这个世界
很多很多人活在习惯中
他们往返行走在同一条路上
而那个默者
他将雪山想象为
人类的骨骼
雪的舞动与晶莹是不屈灵魂的光泽
他所触摸的火
我是说那样的形态
是对自由的唱诵与诉说

天使
你的足迹还没有抵达那里

这是七月
你真该接近高原上
大片大片自由的花朵

一架弃用的烛台上落满浮尘
还有灰烬

在密集的蛛网之间
一切似乎已经静止
像画中的黄昏

墙
这无所不在的围困
囚禁一天一天孤寂的心
远天有云
可树下无人

枪声惊散九月的雁阵
惊飞马群
暴雨骤然而降
有一种存在没有逃遁

神
这白昼光明的依存
夜晚的星辰

神在漫长海岸的启示
原来是一条白纱巾召唤渡轮
神在辽远辽远的大地上
是五谷食盐　是父亲母亲
神在我们干净的视野中

也是鹰翅　是山顶的积雪
神在河流上就是流动的波纹

天使
在人类怀念的最深处
神也是亲吻
是热恋时节火一般的贴近
是煎熬等待中最渴望听到的声音

天使
一架弃用的烛台上印着指痕
你可以想象曾经的信仰
是什么人　在多少时刻
以什么样的虔诚呼唤了神

天使
你必须相信
我把最纯粹的东西留在那里了
那里　就是我的日苏里海滨

天使
七月听海
你听古老的禁忌
在水幕一侧游弋

双桅船
孪生的风之子
将信赖的目光给了长者
罗盘　在如同附着巫术的手上转动
这悬浮的星体
归来的心

心
只想亲吻坚实的大地
天使　是那些人决意向西
他们在海上砸碎了镜子
是恐惧看到迟疑的自己

另一些人在家园里修筑栅栏
他们从未失去水土的恩惠
却失去了最真的祝愿

囿于一隅
他们不知道远方有海
有黑白相间的鸥鸟在蔚蓝的海面上飞翔
他们不知道
一些男人正渡海而来

踏浪而来
他们成为搏击的精灵
假如死了
他们会枕着大洋的涛声
把夙愿还给梦
把梦幻给永恒

天使
七月听海
你听穿过雨幕燕子
栖落阴山

一条旧路
梦醒的女子看到阳光
透过树冠的缝隙　她感觉破碎

她感觉诺言的雾气漫过原野
飘向河的那边

无尽空间
那天的巨浪早已止息
这不像往昔悲痛
悲痛那么近　又那么远
悲痛　真的让我们懂得了苦苦怀念

我相信在一切消隐之外
不是尽头

车停在草原
但不见马匹
我相信万籁俱寂中
那有序的斜飞不会留下痕迹

那最终的抵达
时光隧道里永恒的透明
的确在一滴泪珠里闪现过
在那一天　我们将获得遗忘
并摆脱负重的引力

我相信在一切怀念之外
凝视永存

马奔向致远
但不见人烟
我相信花开花落间
那昆虫的低鸣不会留下幽怨

那最后的夜晚
威严高原上陨落的星宿
的确在一个梦幻里闪耀过
在那一天　我们将无语而别
并痛惜无形的改变

我相信在一切语言之外
山川美丽

雨熄灭火焰
但不见云翳
我相信日月轮回中
那年轻的追寻不会留下迷茫

那最初的抉择
生命过程里珍贵的沉思
的确在一缕清风里停滞过
在那一天　我们将记忆珍存
并想象遥远的理想

我相信在一切等待之外
心灵安澜

路断在河边
但不见船帆
我相信波峰浪谷间
那淹没的呼声不会留下遗憾

那最柔的情感
人类世界里独特的景观
的确在一点泪光里出现过

在那一天　我们将神性证明
并感激无限的温暖

我相信在一切祝福之外
苍宇依然

月悬在山巅
但不见容颜
我相信夜幕合拢后
那迢遥的途中不会留下誓言

那最深的凝望
生命长风里飘动的旗帜
的确在一语缅怀里垂落过
在那一天　我们将彼此相拥
并传递永世的尊严

天使
你光辉的羽翼
一翅淡粉
一翅金黄

日苏里海滨视线里的那抹幽蓝
被乌云围困
时隐时现

越来越远
是谁的手指向谁的心
在越来越静的所在怀疑涌动
这必然的疏离

在比梦境更高远的地方
无限温暖的词不会衰老
那是你的飞翔
那是我的日苏里海滨
养育的少年
他幻境中的夏夜
一朵百合飘散的异香

天使
你光辉的羽翼
一翅坚韧
一翅忧伤

谁也不能终结你飞的命运
天使　你不是一个梦
没有任何力量拦阻你超越
阿尔泰山和正午的雪
你将拥有更广大的蔚蓝
把心灵托付给对信仰的崇敬

在比海洋更深的地方
炽热燃放的花不会凋谢
那是你的故乡
那是我的日苏里海滨养育的少女
她幻境中的夏夜
一点萤火象征的光芒

天使
你光辉的羽翼
一翅眷恋
一翅久长

那是我此刻遥念的日苏里海滨
两行雁阵划过的天空
那是你的双手永生护卫着
不可被剥夺的自由

天使
你光辉的羽翼
一翅沉思
一翅歌唱

你光辉的羽翼
我透明的书
我的梦飞往一片水域
在预言的岛屿回首芙蓉北里

那些精美的石头　城池
你光辉的羽翼所掠过的领地
活在一个意念中　天使
我理解了一生一世的追寻与奔赴

你光辉的羽翼
在最高的一穗麦芒上留下了别辞
那是一季的话语

它摇曳
它把自由的馨香融入风
它是我的芙蓉北里
午夜之后依然明亮的灯盏
严寒包围的童话
那前世注定的印痕

你光辉的羽翼
在无限的空间留下了挽歌
为一些灵魂　所有忠诚的眼睛
天使　关于海　我相信你的缄默
就是对神秘的证明

你光辉的羽翼
我的第一章默念中的奇迹
没有远离水　我所精心选择的词语
因此灵动　像一个彩色的梦
穿越寂静的山谷
把迷雾留在永远的身后

你光辉的羽翼
我余生不可失去的阅读
如此丰富

天使
我不敢肯定
会走到圆满的终章
但是　我一定会在梦境里
学习飞翔　携带一生写就的诗歌
把最真的祝愿
刻在水边坚硬的岩石上
永对天光

我知道世间没有那条岸
只有第三种可能
我知道那位白发长者再也不会出现

天使

我知道你多么亲近水
那划船老人的神情蓦然凝固在
一条大河大雾弥漫的清晨
他为苦苦怀念累死的心灵
皈依于亚马孙丛林深处
但没有脱离水

我知道
他将永远恐惧陆地
那面对亲人瞬间无比沉重的一击
天使　我知道这没有必然的联系
我是说总在渴望着的心
也会沉寂

我知道心灵的疆界没有形态
只有第三种可能
我知道曾经的降临比雪还要洁白

天使
我知道一匹马终会累死高原
那刈草老人的双手蓦然停顿在
一个季节霜期突降的傍晚
他为久久萦绕灵魂的祖训
驻足于贡格尔一生一世
但没有背弃火

我知道
他将永远拒绝忘川
那面对山河变幻无比纯净的一隅
天使　我知道这没有必然的承袭
我是说总在微笑着的人

也会啜泣

我知道会有那般如云的想象
当暮鼓响起　天使
我知道第三种可能
会在一线灵光中闪现

第三种岸
第三个夏季的第三个雨天
谁在走远
谁把永恒寄托给一个
注定流逝的瞬间

我应该对你说
在金山岭长城以北
那个信使把一面旗帜给了戏水的牧童

他没有违背英雄的遗嘱
他和他的坐骑同时倒下
他口吐鲜血
在金黄的沙滩上
绘成一片灿然的花

我应该对你说
在西拉木伦河以北
那面旗帜把一种精神给了草原的晚秋

它没有失去梦中的追随
它和它的长风同时垂落
它曾经灵动
在广袤的地域上

象征一团不熄的火

我应该对你说
在北方以北不见边陲
是那种精神
把一句箴言给了坚毅的生命

它没有归属最初的源流
它和它的年代同时消隐
它那么神秘　在高洁的雪山上
成为一尊不死的神

我应该对你说
在箴言以北无人流泪
是那句箴言
把永生血脉给了苍茫的高原

她没有停止无声的循环
她和她的尊严同时搏动
她如此温暖　在岁月的旷野上
留下一个永恒的梦

天使
我应该对你说
如果贡格尔河干涸
草原花落　那绝对不是流水的过错
更不要怀疑太阳与火

我已经听到隐约的尾音
我的最终的副歌
在高原晨雾一般的回旋中

我确认了洁净

我少年的山谷里没有鹰迹
但我记得水　那是一个抒情年代
在同一条河流上
我发现雨落在上游
阳光照耀在下游

我的心灵
贴着蒙古草地吻遍故里
七月的这个夜晚
我在安静的深处听到一声召唤
存在了那么久
我想到归去

去我少年的路上寻觅生母的身影
远天夕阳　那样的光投映母亲的侧面
她那么清瘦　白发整洁
她注视我多次消失的地方
那个山谷　我相信总有一天
我会在那里听到母亲的目光
在岩石上发出雨打的声响

我接受宣喻
正如我接受放下的手臂
从此不会再现
像晨雾一般
曾经缠绵

我接受宣喻
我所崇尚的最高礼仪

是垂首默立
就是那样　无论我在途中
还是在芙蓉北里
我都将深深铭记
阿斯哈图山前的马匹
还有一个少年的足迹

追随鹰翅飞向高远的心愿
在危崖上盘旋了很久
白的雪　绿的松
红的石头　黑的夜
是这样的过程
深刻影响着期望的眼睛

我们从不回避沉重
清晨　一个孩子在彼岸的大雾里
看见一道光明在空中分开一条道路
那是我们都曾有过的年华
像青草一般鲜嫩
但却能够托举蝴蝶的翅膀

我们无声的祈愿里蜿蜒着山脉
在逐渐升高的维度
接近理想　那是蔚蓝
山顶接近天空
山脚接近海岸

如果我们拥有了一种上升的怀念
就不会恐惧飞翔
在梦里　在苦难一侧
在必须直面的朔风中

我们可以谈起夕阳下的家乡

仿佛非常遥远
醒着的心　何时才能用语言
解释昨夜的梦幻

亲人们
他们常常忍受燃烧的焦灼
不可诉说　一只手在危难时
牵住一只手
感觉自由的果实上
飘着忧愁

那些孤苦的先哲们
他们在最后一个驿站放弃了马车
他们回望马
在无法透视的境地
他们道别　那样的形态如两个拳头
突然分开后呈现的十指
暗示不同的方向
将悬念留给缝隙

而自由的马
在某一个十月让沉寂的大地
发出了真实的秋诉
落叶在风里的喧响
也就掩盖了啼哭

在这人间
什么是最珍贵的抚慰
如果我们丧失了感知

该怎样获得发现

语言已如脚步一样纷乱
往昔　现时　未来　遥远
走入绵亘的群山
谁在寻找那脉圣泉
谁能让最高的心愿
不再盘旋

谁能描述过去的身影
以怎样的方式割断了视野
那永远年轻的记忆
那必须守住的隐秘
那气息　那隔着冰川与火焰的距离
忠诚的心
一生阅读一部典籍

挥一挥手臂
难说忘却和舍弃
凝重的云　屋宇
天使　你的光辉的羽翼
在日苏里海滨迷醉于潮汐
背景中洁白的花朵
多么接近你年轻的记忆

天使
午夜之后
那些大河在流
隔着墙壁　我感觉夜海
神念独舟

除了信仰
一切都可能错
只有一次的抉择
泪与火

肉体与魂魄
飘在梦中的云朵
夜晚的大地与银河
露珠与晨色

最深的诉说
忘也忘不掉的蹉跎
星辰背后的神秘
预示什么

十万里江山
阳光掠过
落叶的树下
曾经有什么人安坐

生活让我们懂得了艰难的生活
也有欢乐
以往的灯光
在何方闪烁

我们难以猜测
故人的手中紧握着什么
渡海的人
心中装着母亲的村落

距离

一片月色覆盖一片月色
一颗心灵感念一颗心灵
一面山坡接着一面山坡

飞鸟亡失于七月的早晨
一首哀歌
它落入高山湖泊
不会有人发现完美的残破

生死誓约
在一个无风的傍晚识别纹络
远行的人
从孤寂的海岬悄然走过

一切都可能错
所谓生活
谁也无法躲避
爱的炽热与冷漠

遥望特洛伊
梦见海伦复活的女子
在两句咒语之间寻找死海

一株花枝从根部断在七月
我目睹鲜红色的枯萎
如光阴一样缓慢
那个女子　决意舍弃了一切的人
她不是夏花　她坚毅的目光
飞在这一天摇动的麦芒上
那是神的感伤
死海　那奇特的漂浮

只为仰望

当美丽被视为交换的筹码
爱情就死了
海伦　她在十年战乱里
感觉心碎　像被刀切的藕片
但不见鲜血
那个女子　她在幻觉的平原上
听到从帕特农神殿方向
传来圣乐　就是那个地方
就是希腊　就是特洛伊木马
就是斩断一切的天涯

就是母亲安睡的墓地
成了我们最后的家

天使
我不知道她是谁
那个女子　我依稀记得她的背影
我记得海伦　她站在城垣上
凝视自己最亲爱的人
走向临界
另一个美丽的女子
让光阴重叠

夏夜
天使　我觉得你在涛声之上
对什么告别
我联想断了的花枝
不应该属于这个季节

遥远的特洛伊
十年战乱后的岁月
被荷马一笔省略

阿丽雅
在满洲里到海拉尔的路途间
一切仿佛被草托举
我们的汽车从呼伦湖西北驶过
静静的海拉尔河
我看到一些水鸟
栖落于珍贵的湿地
那是一条指向东方的道路
沿途都是草原

阿丽雅
七月　在呼伦贝尔
这命中的相遇让我再次心怀对神性的膜拜
在呼和哈达牧场
你用童声蒙语解释挂在胸前的祈福
我知道　对你年轻的父母
那个心愿给了神

阿丽雅
你一定是在等待我的到来
你是我的蒙古高原最娇羞
也是最美丽的百合花
我愿意把你形容为一轮小小的太阳
照耀静静的海拉尔河
让草原获得最自由的伸展

阿丽雅

因为降生大地
你成为海拉尔河畔最天真的女儿
而那戏水的鸟群
它们偶尔发出的鸣叫
也只有你　阿丽雅
才能听懂它们的语言

阿丽雅
你那么清澈的眸子
让我在一个悠远的传说中
想起两颗星
并行在呼伦贝尔草原上的两条追寻的道路
这之间　阿丽雅
你的两个色彩不同的梦交融重叠
这就像两颗高原上的心灵
绿色的草与蓝色的河
而你的美丽　阿丽雅
无疑是我最纯真的守候

阿丽雅
这一天阳光灿烂
在满洲里到海拉尔的路途间
阿丽雅　你这小小的旗帜吸引了我们
隔着窗子　你的注视犹如隔着历史
我问询身旁的海拉尔河
那个被我寻找了许久的圣婴
是不是你的姐妹

阿丽雅
我与你没有告别
在我们祖先的草原上

你给了我象形的蒙古马
那诞生于辽远岁月的微型的景观
它在午夜时分让我感觉奔驰与嘶鸣
向北　永安山下的额尔古纳河
我母亲的源流　属于你和我　阿丽雅
那是不可替代的馈赠

在满洲里到海拉尔的路途间
阿丽雅　你在呼和哈达牧场握住一支笔
书写这个世界最神秘的文字
阿丽雅　我在牧歌深处面对你七岁的山河
你七岁的海拉尔河
那匹象形的蒙古马依然悬浮
阿丽雅　它高于山崖
守护圣洁的百合花

阿丽雅
是的　我在那个午后听到克鲁伦河
接近干涸的消息
感觉那么疼痛
是你绝对无邪的笑容
让我确信庇佑的存在
我确信　在阿尔泰山与兴安岭之间
广大的土地上　追寻的足履与歌唱
会感动水　这上苍之泪
这仁慈高原的乳汁
必将轮回涌现　阿丽雅
我确信　你就是奇迹的象征

阿丽雅
昨夜　我在呼伦贝尔听到了雷鸣

那么凝重　然后我听到了雨声
我可以想象被畅淋被洗净的树叶和草叶
如你一样静美　还有你身边的海拉尔河
那一圈一圈扩散的波纹
像忧伤的花朵一样在水中开放
最美的花瓣飘向岸边
神把一缕光辉洒在你的枕畔
那是暗示　没有语言

阿丽雅
突然发现呼伦贝尔的图形
多么像一个长久怅望的母亲
她背东而坐　额尔古纳河是她最长的泪
在翘首贝加尔故地的岁月里
阿丽雅　母亲的泪水汇成了呼伦湖
呼伦湖　她下降的水位
让我想到母亲沉重的心
而缓慢飘移在高原上的云影
那上面的牛羊马匹
还有你强壮的纵马驰骋的父亲
这一切　都让我确信
期待中的最高尊严是无边静默
这也接近你的笑容

阿丽雅
在昨天的呼和诺日
我想念你　你在距离我不远的南方
在海拉尔河边　阿丽雅
在一座毡房里　你朗读蒙语
双眸那么清澈
我看见草叶在摇动

一驾古老的勒勒车停靠在水边
那代表了我们永生不变的心情
我看见一匹蒙古马
在毡房之间悠闲吃草
阳光那么明亮　照耀花朵
阿丽雅　我看见你七岁的生命
原来那么从容

阿丽雅
此刻已是八月
在呼伦贝尔腹地我感觉你的呼吸
我们同在一条河边
海拉尔　我们的源流
母亲胸前飘展的哈达
阿丽雅　对于你
海拉尔河刚刚七岁
她就在那里　如你一样
她宁静美丽　如青草一样
与母亲同时呼吸

走过十万里江山又十万里江山
我只看重一个泣血的祈愿
阿丽雅　我在不可抗拒的时刻进入圣境
你的七岁的呼伦贝尔草原

是的
阿丽雅
你还不能理解苦难
被认为分割的大兴安岭
在她的东边
成片消失的森林以绝望的吼声砸向山峦

消失的水　消失的色彩　消失在贪婪中的
无比美丽的鹿群　成为想象世界里的永远
永不愈合的伤痕展示在雨天

阿丽雅
你说　用什么能安慰大地的心
河流的魂　焦渴的马
用什么能破解天鹅的悲鸣
夜晚　它们飞去了
劈开时光的翅羽
无法分开厚重的黑暗

阿丽雅
你七岁的呼和哈达
此刻　祖先的营盘亮着灯盏
向东　顺着海拉尔河的流向到大雁河
再向东　越过诺敏河与甘河
我们可以看到树木伤痛的心
那大片大片改变了颜色的年轮
随星光浮动
像很多很多渴望倾吐的灵魂
在新天镇和古源镇以南
散生的幼树如世间弃婴
那么孱弱和孤单

阿丽雅
这里是我们千年的蒙古
是我们的家

此刻
牛羊入栏星空灿烂

你将入梦
你将用一生一世描述无尽的蔚蓝
你将守护
像海拉尔河那样挽着湿地
湿地托举着天鹅
天鹅驮着你的梦幻
阿丽雅　你的梦幻中存在我们古老的理想
那真的就像引领的旗帜
迎风飘展

重返十万里江山又十万里江山
我只看重一句流泪的箴言
阿丽雅　我在不可稀释的此刻沉入怀念
你要安睡啊
你拥有高原
当然就会拥有平安的明天

我在八月第一天湿地的边缘
注视一片青草的倒影
当思想分解时间
当奔流的水变得如此安澜
我的目光在泥土中凝为根的果实
长满细密的触须与褐色的表皮
关于洁白或者内里
已经成熟于我的呼伦贝尔草原

还有风
我们总是通过旗帜和树冠
证明它的存在　还有云
那堆积或者飘浮的异象
一定会让我想到苍茫

但不忧伤

阿丽雅
你还不能理解什么是真正的自由
所以你才那么幸福
我的七岁的蒙古公主
愿你一生也不要离开我们的故地
就这样活下去
让你的发现随着海拉尔河浸入呼伦湖
被你后来的孩子们虔诚阅读

我站在那里
仿佛听到历史在无限公正的时间里
发出喟叹

这是八月的呼伦贝尔
在圣山之侧
舒缓的草原如爱人的身躯
如斜卧时刻对自然的袒露
而这静水
在它每一个秘而不宣的分子里
都维系着我的源流

是的
我把生命最深刻的怀念给了高原
天使　你要相信有一类沉默
像彤云一样燃烧
它也可能对应草原边缘

在森林的空地上
那些开放在草间的鲜红色的花朵

这一切都依赖水　天使
你是否想知道
在圣山之侧
我伟岸的先人们留下了什么

阿丽雅
我的呼伦贝尔七岁的精灵
海拉尔河之女　阿丽雅
好好珍爱你自由的家
我们自由的蒙古马
在没有藩篱的高原上
你是我的如诗的童话

天使
我在呼伦贝尔圣山之顶
忆念逶迤不绝的钟鸣
大概就像我的隐痛
我看见了沙漠
一片　然后又是一片
那草地上的殇
闪耀金黄色的光芒

金黄
曾经被无数人歌唱
比如阳光

天使
长久以来
是什么在无声蚕食人的心灵
不用寻觅　在大兴安岭深处
你会发现野罂粟绽放娇艳的花

它蛇一样柔软的诱惑披着多彩的外衣
它也摇动　像邪恶的示意
不会在风中留下一丝痕迹

天使
在兴安岭林区
一片野罂粟花开放的草滩上
振翅的群蝶逆风飞翔
那才是真实的美丽
它们奔往天光　天使
它们嗅着净水的气息
躲避了迷幻

在我的近旁
敖包上彩带飘动
往日朝觐的人把马或马车停在山脚
他们徒步攀缘
在一层一层叠加的巨石上
接近祭祀　负罪的人
总是以跪拜的方式
把忏悔留在内心

阿丽雅
我的七岁的故园精灵
你同样不能理解古老的祭祀
那很沉重

而你是那么剔透晶莹
你在高原的阳光下赠我编织的马
因为我们传递的手
它就腾飞

它的雄姿呈现在我们亲切的注视里
像一句祈祷
在海拉尔河上空
它朝向广袤的北方驰骋
踏响云海的蹄音
与河流形成相同的节奏

阿丽雅
我该怎么对另一些人说
在我们精神的王国
你那么剔透　阿丽雅
你就是蒙古高原未经污染的海拉尔河
养育的圣婴

天使
这就是为什么
我马背上的民族崇尚追寻心灵
是如此的血色
让阿丽雅的脸颊飘着高原红
上面是一双那么清澈的眼睛

在古老的生活中
呼伦贝尔进入了八月
一个女童用软皮精心编织她的想象
那是蒙古马
它出生在中亚
而女童的身旁
就是我们的生活
有一些幸福
一些怀念里也有一些哀伤

那个傍晚
我没有看到高原落日

昨天还葱绿的草突然黄了
我在旅途中认识了几条道路
有的指向远东
在界碑那边的土地上
一幢形如废墟的建筑仿佛在诉说必然的年代

有的指向科尔沁
这让我联想到绝望的银狐
在猎枪游移的枪口下
它们一天天丧失了领地
还有一条道路直接指向我的灵魂
我的呼伦湖
你是我与生俱来的心室
我们生命的时光轮回在你的周围
这难以改变
如常年积雪的山岭

入夜
我醒着
我选择了一只乐曲
贯穿神秘的主题

这个时刻
阿丽雅应该睡了
她在自由的星光下呼吸自由的空气
在没有生铁栅栏的高原　阿丽雅
你是否会梦见我们的马
还有巴尔喀什湖的中亚

我的内心充盈无边的祈福
这没有疆界
在高原古老的生活中
我珍重礼仪

这个时刻
八月之初的高原一定是睡了
满目青草　满天星斗
在北方的北方
那个叫蒙古的地方
我长眠的亲人啊
枕着永恒的离愁

我长眠的亲人挂念遥远的血脉
有关自由　从欧洲到亚洲
从非洲到美洲
从你的祖国到我的祖国
从黄金海岸到爱人的臂弯
我们总会发现
人类不如鸟类
它们迁徙
但没有被限定的故乡

在人的世界不会存在天堂
自由与幸福却拥有一个相同的梦乡
通过想象
我们永远都可以感受唯一的阳光
而怀念　总是流浪在未知的远方

我接受馈赠
对一株青草吐露的灵息

我的亲人　今夜月满
在一万种可能中
我愿为你选择一条光明的通道
我可以被压在黑暗深处
目送你在这银辉下投入仁爱的胸怀

在海拉尔要塞
那个在苦难之营唯一逃亡的人
失去了泪水　我们抵达那里
在文字记录的史实里感觉窒息

活着
渴望自由与爱
灵魂告诉伤痕累累的肉体
凝视吧　忍受痛楚
哪怕对着冰冷的石壁

我的亲人
我接受煎熬
在这没有星光的午夜
成为你的伴随
如果能够
我会从暗夜的边缘折叠到另一个边缘
缩短属于你的时间
让霞光重现

海拉尔要塞的广场两侧摆满了黄花
那是月色　风里无歌
深入地下的岩洞
灵魂的火曾经烧灼了什么

是的
呼伦贝尔霜季降至
然后是雪
从阿尔泰山到大兴安岭
那铺陈的洁白　神的静谧
醉酒的人　在恍惚中回到了童年
他可能会死在一面斜坡上
把最后的目光投向白桦林

我接受等待
我的亲人　我愿用整整一生
为你们开凿充满安宁的诗歌长旅
在某一个临界　我的亲人
我会微笑
并谛听你们渐渐走远的足音

我将留在那里
在孤寂的包围中
遥想童年的日苏里海滨
还有一条蓝色纱巾

在昨夜蔚蓝色的梦境里
我漂浮于顺风的水上
我身边的人
我的亲人们
我就在你们中间
我们在友善语言倾吐的沧海
认同了微笑与宽容

我承受了
那花朵一样绽放的记忆

是天使的童年

借助双臂的挥动我们感觉流动
如同借助云影
我们感觉蒙古高原的凝重

是海
我告诉自己
是深沉睡眠的这个夜晚
让我追随了风的方向

我知道
海超越了大陆架
风超越了水　天光超越了风
怀念超越了苦痛的想象
心灵超越了目光
目光超越了草原之鹰的飞翔

故园远了
在阿丽雅的早晨
在羊群开始流动的高原
蒙古醒了

在阿尔泰山和大兴安岭合拢的臂弯
喀尔喀牧女蹲在河边
她知道漠南醒了
十一世纪的弘吉剌部落也醒了
一支古老的追寻曲回旋到呼伦湖畔

阿丽雅
怀念醒了

海拉尔河醒了
在高贵的痛苦上
我孤独的花开了

水
我梦中的吉兆
向着远大的东方浮游
如决意回返的土尔扈特部族
把异乡最后的篝火熄灭于里海沿岸

阿丽雅
你不知道　这个时刻
地球的另一面睡了

在人类夜晚无声仰望的尽头
目光停滞在某一颗星辰

是遥远
让我们悲怆的心灵感受了光明
在两颗星辰之间
十颗星辰或百颗星辰之间
依然可见高远的星体

这有序的运行容易使我们陷入绝望
天幕的墙
午夜被粉碎的星光
变为清晨的雨
牧羊的人丢失了蓑衣
时间没有记忆

如果你在人海里握住一只新的手臂

你一定会怀念另一只手臂
或者遗忘

这不同于我的伊默塔拉牧场
深秋时节的远别
是的　更不同于往昔唇语
焚烧的时光
让心灵所体味的重量

这不一样
人的距离是从南极遥想北极
栅栏　铁的或木质的横亘
隔着正午的清晨与黄昏
隔着夙愿的单纯与沉沦
隔着枝杈的果实
隔着风的云
隔着语言的温存
隔着山的心

隔着大洋的欧洲与美洲
隔着期待的忧愁
隔着时间的自由
隔着烛光的祈求

这不一样
在一座桥梁的那边
我看到灯火渐熄
大街上出现了越来越多的行人
这个时刻　仿佛已经无人仰望
隔着阳光的天宇那么迷离
天使　你要笃信

人类全部历史演绎的过程
对于神　就是夜晚一刻
在无限苍茫瞬间留下的点滴
那毫无痕迹

我的精神的王国不受地理疆界的禁锢
她建立在水边
我也无法描述如此的辽阔

她与云是近邻
风是另一个女子　她的姐妹
你可以在无意一瞥中发现流动
岚一样美丽

我的王国是立体的
我的两个庭院具有相近的颜色
那是海洋和天空
你可以想象蓝色的王冠
这不属于我　属于我的王国
它的上面在夜晚缀满星子
还有一颗叫月亮的宝石

白昼
你可以想象她蓝色的纱巾
那么飘展　那是海
有飞翔的鸥鸟　岛屿散落
它们是星子的兄弟

我安坐一隅
守护唯一的花朵

如果你仅仅联想什么鲜红
你就不能理解破碎
我要告诉你我的心
这属于神的花朵
这红色之河的源地
没有岸　她具有雪的洁白
这像鸽子　向日葵一样的嫩黄
还有黑色的忧伤
这像暗影　也非常接近诅咒的箭镞
常常不可躲避
她最鲜明的当然是红色
与蔚蓝映衬

在一个叫心的地方
你可以发现灵魂的故乡

我的坐骑奔跑在云海之上
去迎接信使
他在地球光辉的西面
一扇虚掩的门外长着榕树
比信使年轻
比祖父苍老

燕子低飞
十三世纪的那个雨日
信使将右手按在左胸
对天发誓记住了最终的托付
我的尊贵的血脉　信使凝望
他追寻盘旋的燕子含泪自语
我的血脉　你也可以飞
我要把隐秘的口信

送到安宁的领地

天使
我在大幕垂落的午夜等待
成为核

我的敏感的心智
在硕大仁慈的果实中感觉时光
感觉花瓣张开
像最初的恋情
那么粲然而圣洁
也像羞涩的唇
第一次吻

最后
我如天体在时空间滑落
感觉裂变的疼痛
我成为种子
我的微小的心
在无限的轮回中丰盈
接受不可抗拒的命定

我等待信使
那个让我认识了太阳的人
他在一派辉煌下给了我梦境
还有记忆里的第一个雪季
我所看到的神秘的铭文

天使
我们都在飞
像幻想那样

像苦涩的忆念那样
像无声别离的岁月那样
也像火光托举的寒冷
一片羽毛飘落在近旁
你不要问　那受伤的鸟儿
飞到了什么地方

面河而坐
我问询流水
沿岸的树木有没有语言
如果你干涸
你的河床是否会燃起火焰

我告诉自己的心
一切　都没有那么久
信使走了没有那么久
地平线　你涌动的氤氲深处奔跑着庞大的马群
我的坐骑从那里上升
在神鸟啼鸣的瞬间
它飞越了八百年

仰望神祇
我不会忽视一棵白桦的灵秀
它象征着我们泥土上的生活
大概如同我们姐妹

我等待
我从不怀疑一匹马的忠诚
它在我的梦中嘶鸣
在十颗太阳的照耀下奔向信使
它是安抚

如果我必须承受断指一样的剧痛

天使
我要在诗歌里记录这些灼热的日子
记录一座古塔
隐隐地预示

如果自由
遭遇突兀的横亘
天使　你说我们该选择哪一面窗口
发出最真切的祝愿
你说啊　哪一滴圣水
会浸润一个少女焦渴的额头

面河而坐
我的身后有什么正在缓慢苏醒
我希望那是某一种降临

我在巨大穹庐的下面等待坐骑
这是瘟疫流行的年代
我们心碎　如风里散落的花瓣
我们永生永世也不可能远离
自己的星体　天使
我甚至不愿再次见到
我的奔往了圣境的马匹

我为你记录了一百个时刻
不是第一百日
我在这个过程里亲近了海
还有我的高原　我看重隐喻
像你的祖先

在艰难渡海的那些长夜
内心无限向往坚实的岛屿

天使
我知道
这是我一个人的倾吐
无人谛听　只有神
在光明飘逸或星辰璀璨的天空
提示我只有一生的思想
应该在身后的足迹里留下气息
它可以不那么浩荡
但富有仁慈　这非常接近爱
或树木的年轮

天使
我独自行路
我的想象远至两极
甚至不可垄断的苍宇
我小心地选择每一个文字
在我的诗歌中
我真的害怕惊扰安宁的灵魂

天使
第一百个时刻
我所处的临界出现在赤色的峰峦上
感觉雪落心灵
那么多会飞的生命
它们翅膀上美丽的花纹
在哪一刻永远消失
一驾马车驶过河岸
我听不见车轮的响声

我只能感觉到某种离别

天使
穿越梦境后
如果一个人错过了早晨
他会抵达哪里

这个时刻
我面对西下的太阳
那团神火燃烧着
但也没有声音　就像我的诗歌
我发出了心灵深处的祈祷
可在时光变迁的大地上
真的不会留下一丝印痕

我们朴素的心灵
深怀对崇高的敬畏
匍匐的身影不能不仰视
属于一朵玫瑰的黎明
道路总是那么远
谦卑的花开总是那么静

像棉朵一样柔软
洁白也赤红
天使　那不是山峰
那是我们的心灵
在自由的空气中被深深感动

这是一个什么样的日子
我看到了泪水　在京郊
在神祇应验的刹那

伊默塔拉的箴言以含蓄的呈现
让我关注生长的白杨
伊默塔拉的箴言　曾经被厚重的雪
掩埋于我少年的某个严冬

天使
相信纯洁的双手
一定会紧紧地握住不可剥夺的自由
也不要怀疑命定
直面暴雨里的泥泞
还有一个人孤独的哭声
相信这就是我们真实的生活
铭记疼痛　在自由的呼吸中
把你年轻的目光洒向缄默的平原
然后　你要注视路旁的幼树
你千万不可忘却
祖母时代仁慈的歌声

是的
你必须懂得用心感激
不是用你的语言　是用心灵
修正你的身影

而我
从明天起
将结束不眠的秋夜
在无边的祝福里
幸福地闭上眼睛

我在遥想
某个深秋的最后一片落叶

它不一定染着金黄

隔着墙
我感觉前世巨大的隐秘
像暗影的中心
在无限的冥思中
我亲近云　那柔软的梦
与自由的飘飞

天使
云朵之上梦幻的飘飞
也存在破碎
那是阳光真实的印痕
像万里花海　那是你精神的宫殿
无比静美

天使
在所谓人间
我们记住了一些人的名字
当然也会淡忘　在河流干涸的年代
我们开始怀疑河源
我们已经习惯于默问
在最后一片落叶上
记录了怎样的华年
是谁在雨后的一刻
走进了芙蓉北里的夜晚

真的　我们真的不是大地上的果实
我们是微尘
牵着慈母的心

我们感觉不到轻盈的盘旋
花开一季　草生一季
信天翁在神秘的声波里迁徙
守着一世的忠贞
但是　这些精灵是那么惧怕人

活在必须想象的年代中
我们还是依赖灯塔
天使　如你的祖先
他们在回返的海洋上面对星光下的岛屿
在最温暖的闪烁中
确立一个航向

天使
我还是希望你飞
累了　你可以流泪
然后　你可以归

天使
我肯定会给你一种守候
在芙蓉北里　通向致远的十条道路
我只凝望一条
那些高大的白杨总在暗喻午后
遍地的阳光　陌生的行人那么友善
如我来世的手足

天使
那一天你在回眸
在你身后的远空
我看到你年轻的旗帜迎迓风雨
那是必然的过程　那一天

我相信人类的来日
被古老的预言平和注定

那一天
在北太平庄一个岔路口
我发现红灯亮了
安全岛内站着孩子
随后转换为绿灯

静默
在我的夜晚
旷野安睡
我在等待

在芙蓉北里
在两行诗歌过渡的时光中
我安坐　我知道那扇窗子开着
我甚至可以感觉阴山落雪

天使
那是不可触摸的灵
而你的羽翼
就在洁白飘舞的圣境
渐行渐远
直到星光完全呈现
我的阴山依然缄默不言

天使
我在守候一个辽远的空间
向南　由海岸向南
我是海上的礁石

一任浪涛击打

向北
由芙蓉北里向北
我是贡格尔草原
直立风雪的沙地云杉
你在飞　你也在冥想
我大概是你北地的冬天
独自拥有的温暖
天使　你是我的慰藉
我的恒久不变的视线

总有一天
我会将这部诗章给你
把我精神的山河给你
在能够眺望大海的地方
我希望你安居下来
那是我用诗歌铺展的土地
你一定要幸福地活下去

天使
你要让行走夜路的旅人
看到你的灯火
你要让无数回返故乡的人们
久久怀念人的女儿

总有一天
你会无畏地告诉这个世界
你多么尊重心灵的史实
你还会说　你懂得一座桥梁的象征
它跨越了道路

它在冬天严酷的夜晚
让你年轻的心萌生了犹如青草
覆盖春天的信念

天使
你要在追忆的领地上
重新再现往昔的岁月
你还要告诉未来的女孩
你曾年轻　也曾美丽
你在芙蓉北里留下了最纯粹的记忆

总有一天
我将在自然的律动中永远别你
把我安睡的高原给你
我不需要祭奠
我希望你铭记共同的迷失
我们无意错过的都城
以它没有灯光的近郊昭示苍远

天使
你要面对黑暗降落的边缘
那异常轻柔　你要让恐惧岑寂的人们
久久追寻神的安澜

总有一天
你会在梦中再次飘飞
你会俯视　你会在鹿群出没的山谷
发现一簇盛开的花
那是罂粟　你会突然破解一句谜语
你一定会在洁白的纸上
画出神秘的图形

但你绝对不会描述道路

天使
或许你会重返芙蓉北里
在我诗歌的栅栏边
你张望草原
我睡着　再也不会醒来
天使　可我知你　我念你
但我不语

天使
这是一个忧伤的日子
在地上
或在天上

天使
关于鹊桥
那条横亘在我们想象之上的天河
总是那样　我们知道那是星海
因为遥远　我们就会产生隐秘
在这个日子里
东方人类用最仁慈的传说
表达了最深的愿望
这很忧伤

最深的痛苦
让我想到脚下的泥土
我们站在那里仰望
一年只有一天相会的日子

天使

假如我们看不见星光
也就看不见织女的泪滴
人间当然存在类似的悲剧
咫尺的概念　它的另一面就是天涯
关于家　还有亲爱的妈妈
我们告别了多久
多久之后
我们在梦中见到妈妈
说了什么话

天使
在这一天
如果我们交出自己的心
总是渴望感觉另一颗心的搏动
天使　很久以来我心怀疑问
许许多多远离故园的人
面对长风　或异乡的景致
能否念起生母白发飘动的叮咛

这非常悲痛
隔着天河
他们怅望自己的亲人
只有一天的重逢
这样的秋季　谁将眼泪洒在摇篮上
谁年幼的儿女睡在箩筐里
谁的泪雨被星雨掩盖
谁的叹息屈服于无罪的云霓

天使
这一天不是什么节日
此刻　我又一次想到思念的残破

在传说里
一个年轻的母亲正在哭泣
她叫织女

我接近了光明通道的终端
保持向上的形态　像一脉枝蔓
也像帆

在我一生迷醉的蔚蓝中
我获得了托举
是这种恩赐
让我不敢忘却马的意象
它总是那么美
在高原河流的沿岸
它那么真

是它使我感受到没有翅膀的飞翔
充满了快意　那叫自由
如果爱在前方等待
那叫奔赴

在上升的意念里
我们体味成长　肉体与思想
都依赖阳光　一片净水的微茫
映着天堂

天使
你要记住我的话
人类的怀念有多长
痛苦就有多长
这不同于玫瑰　花开一季

还有下一季　所谓天堂
是我们醒着的灵魂
在众神穿行的梦乡
把变幻的奇异给了记忆
把夏天给了雨
把鸽子给了天空
把无限感激的泪珠
给了大地

向着终端接近
天使　我回望波光粼粼的海面
岩岛孤单

海岸线
废弃的栈桥与古老的渡船
向大地的纵深观望
那里就是人间

天使
在不远的地方
又是冬天

天使
你的圣水铺展在东方
不变的凝眸中　那么纯净
阳光透过云和叶子的缝隙照耀你
我看到柔和的金黄　但没有斑驳
与往事相关的旋律那么缠绵
你成为其中的一部分
你也是谷地与山峦
你与岸　与茂盛的树木完美融合

在蓝色的星体上实现了神的约定

天使
还有鲜红
你生命最美的符号
在洁白的背景上就如三途河边的接引之花
充满魔力　都说可以唤起死者生前的记忆
我曾面对辉煌
在你仿佛休憩的剪影里
你成为辉煌的主宰
是那样的极致
把你推向红色的边缘

天使
在严寒的一月
你说我们能够看到什么样的花朵
除了云　河流
还有我们的心灵

你说
还有什么能够让时光流动
你会说风　它无形
你会说麻雀的翅膀
没有绿色的树冠
或许你还会说一件鲜红的衣衫
振动　摇动　飘动
在洛河以东
是的　就在那里
此刻依然回旋着古刹的钟鸣

天使

因为心灵
寒冷已经变得如此温暖
是这样的弥漫
让我纵马　让我深入一个梦境
让我听到那句神语
感受吧　用你的心灵
夜　很平安

必须重返那条路径
它在我少年的传说里
天使　在饥饿的年代中
我跟随长者的描述
进入大山的腹地

总是与狐狸有关
它会变成年轻美丽的女子
它曾被一个砍柴的壮汉拯救
在它的危难中
他曾显示出贫穷的仁慈与尊严

为了报恩
它等在那里
修炼为人形　饥饿
似乎永远也无法抗拒食物的诱惑
这当然美丽
这是传说中的一个细节

天使
结局总是那么忧伤
这个美丽的女子
只能与壮汉相爱相守一百日

之后还是相隔两个不同的世界
还是永别

之后是一个太阳出现前的清晨
美丽的女子消失了
壮汉从一片湿漉漉的青草上醒来
他开始寻找
直到暮年

天使
如果传说凄婉美丽
人间一定比弦月还要残缺

必须保持那种仁慈
我们干净的血液
如果滴在花瓣上
应该引来更多的蝴蝶
或者蜂群

天使
高贵的精神不一定形如旗帜
它可能是某个雨后的夏日
一双轻轻托起受伤幼鸟的双手
所感受的疼痛

天使
你说　最深的感动
是不是不可倾诉的心灵疼痛
就像荒原上无比孤独的身影
也如泣血泣泪的歌声

我将在一匹蒙古马北去腾起的尘埃下
完成对高原的阅读
然后我坐在黄土路边
看秋霜遍野

天使
我知道就要结束了
我用心血写就的信札
肯定会有遗漏

一生做一个诚挚的人
与树木为友　保持静默的品质
目送我亲爱的马匹
在奔赴自由的这一天
永远离开它的主人

不是它服从了我的意志
那是本能
我服从神性

到底囿于什么
我们在原本短暂的一生中
不停地围困自己的心灵

天使
就要到那个时节了
在古北口　在司马台
在金山岭长城
望去的山坡上
枫叶将红
我北去的坐骑必然经过这三个要塞

往昔的烽烟已经飘散
我的坐骑一路嗅着青草的气息

这个时刻
如果再说祝福
我会觉得非常沉重

天使
马鞍的意象并不令我忧郁
感受负载的重量后
我选择了舍弃

对我的坐骑
这是多么迟到的礼仪

那一天
它的双眼里流出了滚烫的泪滴
我突然想到曾经的驰骋
它剧烈喘息的声音
它的殷红的血
背上深重的伤痕

天使
如一幅山水画的留白
我的坐骑在那里消隐
是不是太迟了呢
我问询自己不安的心

我问询记忆
如果我们的努力永远也无法
到达思念的高度

如果一切都真的迟了
在这个世间
我们一定会恐惧某个清新的早晨

天使
如果灯火未熄
雨已经飘洒
我所写就的信札最终被你遗失在路途
在面对沧海的瞬间
我希望你默念一声我的名字
我曾讴歌浩瀚与蔚蓝
仅仅为你
我也会在每天的潮汐里
留下一缕气息

我为你建筑了文字的塔楼
取名心灵

天使
在七彩之间
你看高原上的七个牧童
捧着七个心愿
在七颗北斗下面
我的坐骑回到了故园
从此　我的坐骑不再入栏

天使
那里就是你的王国
但没有物质的宫殿
只有我的高原上的心灵
那凝固了的波涛上结着透明的果实

像塔楼洞开的窗口
象征阳光与风穿越的自由

轻轻问询
天使　这遥远的缄默
星光灿烂的夜晚

关于冬天
我们最深的记忆不是严寒
在岁末的北方
两条暗流在一点神光中融合
相望于岸
相隔无罪的时间
两颗心灵
在午夜燃烧为最美的火焰

天使
公主坟南桥在没有行人
跨越的子时走进了九月
守望者　那个在西边走上旋梯
在东边走下旋梯的人
仿佛经历了一个世纪

天使
这一天没有雨
这一夜　在进入秋季的第一时刻
你圣洁的花期覆盖了一层微凉
圣洁　那是最自然的原野
没有被污染的溪流
保持岑寂的山谷
是处女地

天使
月照蓝湖
照耀你清澈的眸子
天幕里点缀宝石
你翅膀一样柔软的双臂
在梦境中学习飞翔
飞向海　但不是我的日苏里
在你的先人们登陆的方向
你停滞　你以最高的虔诚
送别了夏季

天使
在一个词语里起飞
在花蕊里　隐忍的时光裹着暗香
北风起自极地
在天涯平息
你见证了这一切
你将懂得垂落的含义
与天光无关
不是因为某种负重
让你在海边收拢想象的翅羽
你感激
你休憩
你美丽

天使
曾经芙蓉花开
曾经在寒冷与黑暗中寻找光明
感觉浩荡的灵息
曾经作出最初的抉择
在芙蓉北里

在芙蓉北里
立体交叉的空间中也有辉映的色彩
比如阳光下不时呈现的暗影
比如云　比如蓝色的天空
比如守望　黑色的消亡
一弯柳枝的嫩绿
一点鲜红可能就点缀在水中央
比如紫色的藤萝
黄色的郁金香
比如被爱情
深深困扰的忧伤

比如从那个秋天到这个秋天
天使　你走了多远
还有我的坐骑
它在什么时刻回到了绿色的高原

没有答案
一只鹊飞到最高的树上
躲避某种危险
中轴线最远的那端燃起火焰
但没有语言

天使
在芙蓉北里
我曾对世界倾吐发现之后的发现
这与有形的栅栏无关

奇迹诞生的源流
凝结为巨石
它静卧在那里

被心灵追随为圣地

在仁慈陨落的年代
我们多么需要智者的话语
唤回鸽群　天使
那些朝觐的人们
不会遗忘故园滴水的屋檐
那就是记忆
是怀念活着的证明
在最古老的柳树下
一定会出现最新的摇篮曲

天使
在芙蓉北里
我守望　比如时光的苍茫
比如午夜无边的沉寂
因为存在梦幻的飞翔
我等待神祇
没有恐惧

想到青瓷
那种易碎的精美
在窑变的纹络与蓝色的花朵间
我看到一位安坐的匠人
他在灯下描摹　那么专注
像对待同样易碎的爱情
一生与笔为伴
面对浑圆的瓶体
把典雅的宋朝遗忘在身后

天使

想到生命我就想到油灯
亮了灭了
就是一辈子的过程
亮着温馨
灭了很冷

想到彩陶的碎片流淌为河流
在渭水以南
或者秦川
远望赵国的人
注视尘埃飘落地面
那么轻柔
像昔日恋人的手轻抚额头
他在异国的夕阳下
苦苦念起一个少女的名字
往昔不远
他再也不可能回到邯郸

天使
想到隐忍
像悲痛一样醒着的秋夜
还有我的高原
最后的皇城已经成为遗址
经卷残破　一段史实
断裂在消失的文字里
被后人们无怨追寻

想到鹰
可以忘却云翳
天使　那孤独的灵
为什么总在飞

在没有树木的天空
它们很少发出凄鸣

你飞翔
你张开的翅膀指向对称的两极
白的雪和蓝的水
那些企鹅
它们在月下迁徙

那黑白相间的梦
在冰川逐渐形成的世纪
以族群的形态
在雪夜上留下了足痕

你飞翔
你的首尾指向对称的黄昏和黎明
这就是你的世界
比神的苍宇小
比人的心灵广大
当西山暮色渐蓝
东山霞光飞升
我闭目　我在这个遥远的空间里
看到一座拱形桥
上面刻着美丽的雕饰

你飞翔
在一个古老的夙愿中
你穿越雨幕
抵达一片海洋的远空

天使

你对山一样的波涌示意
你来了　你久久盘旋
在闪电辉煌的照耀下
你把两片羽毛轻轻抛向一个谷底
我可以想象你殷红的血
顺着羽毛滴落海水
然后沉淀　在未来必然的时刻
形成固体的红珊瑚

你飞翔
你的梦幻绝对属于暗夜
但通体透明

你是我故园的雅丹
希腊的海伦
你是灵秀山峰依偎的海滨
史诗的灵魂
你是人间世界不可寻觅的奇异
如圣洁之水
在山谷里发出的声音
源自星辰

你让我感受到如此的宁静
在众神的上苍
白云深处的家园里盛开奇葩
你被恩宠　你在起飞的前夜嘱托一位圣灵
把一杯净水洒向清晨时分光辉的塔顶

在大地上
被沐浴者　在雨中倾听自然回旋的人
牵着心爱的马匹

这个昔日的牧童
曾经站在通向外部世界的山口
面对横亘的河

你飞来
你的那杯圣水在高原上空形成云层
然后是雨　在一个仁慈的传说里
那是你的泪滴

我曾是无限迷醉星空的少年
在南蒙草原
我热爱星星草
我在它的铺展中认识了美丽和距离
还有遥远　我的阿斯哈图山
那些留下了神秘遗迹的石林
在月夜里浮动
非常接近我的梦境

天使
最终　你让我相信
仁慈就是一棵高大的树木
而信仰　一定存在一个巅峰
它的高度超过了喜马拉雅
它是人类内心的祈福
不需要烛光
它叠印着人类世世代代善行的足迹
由耶路撒冷到麦加
然后到拉萨

天使
这个峰峦

一定对应你告别的圣塔
这就是人类灵魂的家

天籁降临于九月的午夜
它聚拢　不是针对光明　是对寂静
在人类所能认识的上方
它洗濯一颗星辰　然后是另一颗
子时之后　它洗濯地球
从一条大河开始
从最初的源头

人类的双手
似乎万能的双手握着什么
神说　如果一个人的左手握住罪恶
右手一定不会握住自由

天使
想象飞天衣袖
在敦煌的洞窟的岩壁上已经不再飘展
是什么样的意志
让月牙泉一天一天消瘦

我听到天籁漫过阿尔泰山
向着南部飘移
我在芙蓉北里
我在母亲生我的这个月份
静静谛听广大的忧郁

隔着墙
我也没有丧失仰望
我的无限遥远的心灵的边疆

是什么在风雨里生长
一缕光芒　一瓣心香　一片海浪
天籁把最纯洁的祈愿写在群峰上
人类阅读伟岸　读沧海
读百结柔肠
读一万里青草浩荡
地久天长

天使
你翅羽的影子
曾轻轻掠过日苏里海滨
那个时刻不见行人
我在芙蓉北里
也无意错过了那个黄昏

今夜
我能感到与你交融的气息
还有断裂的根
如地质一般的结构
它深入松软的泥土
甚至岩层　水
这暗涌或流动大地之上的物质
让它愈合　让它以树的名义
在风里发出喧响

今夜
一只鹰沿着山脊向下滑翔
它躲避危岩　它在一个草原女人
长久怅望的历史中
时隐时现　它巨大的黑翅
在所谓的北方

一条河流的上空
孤独地开放为预言的花朵

今夜
我决意离开高耸的峰峦
不会守在那里数点无尽的星群
我将把自己的往昔供奉于一个所在
我的嵌在山岩上的身影
永远也不会发出问询
九月之后
或许就要迎来雪季

今夜
我体味梦飞
这逐渐向下的路
身后的山谷已经显露出迷蒙
我接近平原
我看到你渐渐闭合翅羽
在神秘的回声中
优美地休憩

今夜
我要告诉你一座古城
在火焰里毁灭
但不会焚尽文字
在雕刻的石头上
或一条甬道的尽头
它们活着　在唯一的流向里
它们注入奇幻的湖泊

就这样

天使　我从逆向的航程归来
在一个早晨

这一天
我获得一本泛黄的书籍
散发久违的墨香
是清晨　我与智者对视
他的背影里起伏着回声

是的
自然中一定存在一些不同的路径
有时候　我们站在桥上
云在头顶游走　在正午
我们想到寻找红色蜡烛的人
实际上苦恋着夜晚与童年

在桥上
我们想到不可稀释的欢乐与哀痛
想到从此点到彼点
在心与心之间
隔着橘黄色的灯光
一个女儿望着年老的母亲
她们谈到时光与疾病
东方的草药在煎熬下变成唯一的色彩
如果我们想到夏天
窗外突然出现的闪电
在桥上　我们是否会忽视
下面的人流

想到生命与食物
我们尊重劳作和种植

我们相信对光明的直觉
在不停的渴望中
有人在水的波纹里
寻觅昨日的幻影

入夜
年老的母亲握住女儿的手
她说　我是如此爱你
你要相信
即使在另一个空间
我也不会改变

天使
第四个空间就是时间
我看不到那种移动
船行黑海
谁能说明倾斜的船尾拖着什么
如果我们站在桥上
如果夜晚的灯光幻化为水
如果我们身在船首感觉飞行
如果我们看到一座开花的岛屿
关于金黄的海岸
你会不会再次问询
它为什么那么弯曲

天使
我知道
我正在临近那个时刻
尘封雪夜　我将铭记蓝
无比珍重你心智的洁净
在时光中渐渐老去

天使
我在寂静的夜晚幻想你的足音
枝头上的雪　日苏里海滨的九月
时光回返　幻想指向极致的通道
扭曲的时空与流泻

天使
我的心里也有一个百慕大
在潜入的过程神秘叠加
你当然不会忘却天庭的圣乐
那么持久的伴随

天使
举起的手臂永远也不可能高过心灵
而垂下的头颅
总是面对泥土
用泪水写下无言的缅怀

天使
关于方向
人类只能参照北斗
还有两极　我们不会熄灭安宁的思想
让生命变得从容而有序

天使
你来自最远的星体
这是人的认知　顺着一条直线延伸
你仍然拥有不可怀想的遥远
那里应该就是你的异乡

天使

在人间　给了你生命的人
首先皈依海　这无法违逆的天定
你同时飞在一个幻梦中
挥别了你的星宿

天使
我用一百一十九片夜色
为你建筑了诗歌屋宇
然后我就离去
把这座建筑托付给芙蓉北里

天使
今夜　大幕垂落
今夜　荷马的海伦
在特洛伊永恒的悬念里
成为史诗不可愈合的伤痛
荷马　精神的王者
他将最后的祷词献给了希腊
给了他来世的爱人　海伦
爱琴海的四季因你而花开不谢
那是浪涌　是帕特农神殿的光
那也是鸽群　它们把金色的种子
衔给了大地

天使
今夜　我在芙蓉北里回首几条道路
不是为了告别
怎么能够告别
我用诗歌为你建造了一座宫殿
对面是绿树簇拥的塔楼
在绝对超越树冠的空中

有两扇朝向南北的窗子
向南　你可以眺望想象海洋与诸岛
向北　你可以注视倾听高原与马群
你当然是两种色彩之间幸福的公主
心中珍藏着同一面圣旗

天使
今夜　我的醒着的心
感受到无边无际的激励
因为有你
因为在两句神语形成的山谷深处
在氤氲之上
我突然看到了久已消失的古城
这使我相信预言的真实
相信在灵魂的旷野上
那静卧无声的陨石
一定透露着神秘的信息
这就是可能　比如来世
或许会重新遭遇我的坐骑

天使
今夜　史前的风漫过两极
神说　这只是苍天一瞬
今夜　在人类最高的山峰上
是什么留下了新的痕迹
我想到梦飞　雨
飞落大地的灵息
想到精神在黎明前凯旋
然后是祥瑞的晨曦
想到必须珍重的天籁
那起伏中的旋律

想到在人间书写信札
在圣境接收信札的人是我
因为你　天使
我终将成为一个奇迹——
做一个牧童梦入天堂
为你把两扇巨门轻轻开启

2008 年 11 月 10 日午夜始，至 2009 年 9 月 7 日午夜全诗写就，于北京、承德、坝上草原、克什克腾旗、赤峰、成都、呼伦贝尔写作完成

天使：补写的信札

你的笑容绽放在那个时节
比夏花灿烂
比月光柔软
比雪美丽和温暖

你的背影
留在两排高大的白杨之间
你的不可抗拒的旅途
在午后斜射的阳光里成为一部颂诗的初章
那是圣乐的前奏
诗歌里的旗帜

我的日苏里海滨
因此而浪止风息
天使　在抵达这个星体以前
你是神的女儿
就像一棵素雅的桂树
证明时间与空间
它隐形的通道中飘逸着光明

溯源而上
我追寻手书的历史
一千年　一万年
你回眸的一刻天空澄湛

我听到一个声音说：为爱活着
为了永远无法回返的往昔
为尊严和记忆

为了芙蓉北里
天使　我敬畏消失的海洋
那激荡的潮涌
嵌入岩层的贝类
退去的水

独行故园
面对奇异的雅丹地貌
我分辨色彩
在一片褐色的石头上
仿佛凝固了一滴泪
置身山崖
我眺望十月的贡格尔

天使
我的身后是秀美的白桦林
我知道远空静谧
没有云没有鹰翅
谁在那里安睡
谁心碎心随
谁的梦在飞

你的笑容让我铭记那个午后
天使　那个季节最独特的风景
关于幽冥
手书的历史中回避了夜暗
祥瑞与凯旋

就在那一天
在那个以太平命名的地方
你是我的时光坐标
那是你的微笑
最美的祈祷

天使
那是我必须终生吟唱的雅歌
为爱活着
那是我的月色
我的天宇对应海
那一波一波的奇迹
洁白的鸥鸟
在蔚蓝的家园里起落

天使
我在你的注视下注视
在柔软合拢的湖畔
那片浸染的血色

2009 年 10 月 9 日 14 时 1 分，于北京

蒙古：追寻辞

母亲说："嫁到对岸啊，那就是异乡。"
献给坚忍、美丽、善良的蒙古女性
是你们使我相信了神的存在。

最终
那匹蒙古马没有回到漠南草原
它浮动的形象进入一部乐章
被传诵了千年

那部乐章的核心山脉绵延
蒙古马站立于最高峰
每天翘首黎明的一瞬
它遗忘长夜
在四季的风里
它的灵魂从没停止凝神与飞翔

多少年来
你们说谁在追寻
他们在追寻什么
琴声以马的嘶鸣回旋旷野
马头琴　那包容了整个高原的旋律中
生活着一个母性的群体
她们是美丽的春草　是夏花

是秋天大河沿岸最迷人的风景
是冬天圣洁的雪
紧密地依恋高原

她们延续了多少个世纪的追寻和怀念
是草原河流
她们灵动叠印的目光
成为永无止息的波涌
但不是哭诉

母亲说
那匹黑色的骏马消失在中亚
巴尔喀什湖畔的一个夜晚

那失去了主人的生灵驮着征鞍
低头饮水的时刻
只有天空看到了它的倒影
此后　它离开湿地
在干旱的戈壁扬鬃奔跑
传说　它身后飘舞的尘埃
掩埋了所有的驿站

九月落雨的黎明
在克什克腾
一个帝国最后的宫殿里
最后一个女人走向了马匹
她身后无人的屋宇轰然坍塌

漠南草原
蒙古最美丽的女子背对废墟
老人们朝突然消失的宫城奔跑

挥动着手臂
一群天鹅闪现苍宇
它们鸣叫着
编织人字

从大都开始
一扇窗口的后面
是祖父一样的箭楼
向北　再向北
神秘的中轴线在此处到了尽头
在心灵中结束
留下无限遥远的哀愁

你们不要怀疑
史籍的终章里印着马蹄
里面浸润鲜血
灵息啊　呈现于泪水流干的正午
她们是守望者
母亲　姐妹　妻子　女儿
那么多年　她们在草地守住了坚贞
还有被苦难泡大的孩子
维系生命的羊群

背对废墟的女子呼喊父亲
我的亲人啊
你说山连着山
山与山不见
地泉连着地泉

女子仰望
她清澈的目光深处堆积乌云

那遥远的雨
属于永别的夏季

梦飞天空的蒙古少女
曾经幻想风中的翅膀
就是纯净的星语
一个翅膀诉说亲人
一个翅膀诉说故乡

在九月北地
你会看到静谧开放的百合
感觉月光在栅栏上留下了温暖
像柔软的手拂过岁月
刻在心灵上的印痕

记忆里
玫瑰色的西山并不遥远
移动的光
箴言一样的湖水渐渐平息

梦飞天空的蒙古少女
寻找父兄昨日的牧鞭
由北向南
她低落的泪珠在高原上形成许多湖泊
向上飞升　在星光与星光之间
她盘旋俯瞰
在流过草原的贡格尔河上
少女看到两个字
——草原

草原
你的魂
我的与生俱来的神圣母体
这一生下一世割不断的脐带
是你蜿蜒的河

草原
你的辽远轻柔的曲折
你的歌声和月色
从不失清澈

我的故园
你的岑寂的蓝色高地
曾经听不见一声人语

你服从神意
而不是服从必然的岁月
用饱满的仁慈托举起马背上的民族
然后是雨
那飘洒的奇迹

我的先祖们
跟随水的声音朝一片地域行进
这个过程依赖车轮
因为女人　我的久远的母亲们
家终未离散　后来
她们温存的手
对上苍充满朴素的感激

那是母亲们的手
布满掌纹

十个指头一定连着十颗心灵
母亲们的手
在黎明时刻举起
示意爱　劳作和久长
总是这样　是她们
把平安的一天交给亲人和黄昏

草原雨后
第一只天鹅栖落湖畔
第二只　一万只
一万里浩荡静穆
只为血脉相连的绿草

敬天的礼仪
接受白色精灵的启示
她们开始珍视牵着生命情感的哈达
那是帛书　记录高原女人
无言的阵痛和惊喜
那是剪也剪不断的缅怀
迎迓最初的雪
降落夜晚

草原
血色的盟誓走了多远
克鲁伦河边
每个部族都有噙泪的女人
她们站在远处
听到父兄们唱颂约定
所有的女人都手捧哈达
传导久远的心情

草原
我的先人们隔着云层彼此交谈
说一脉净水上面的泥土
覆盖一层黄沙
金子的色彩
在失去语言的地下
竟然那样暗淡
像古老高原上无人倾听的爱情
被骑手俘获
第二层水　泥土　黄沙
如此叠加　最上一层珍贵的土
回应阳光和雨萌生嫩绿
感觉风　像骑手赢得爱情后的第一个亲吻
以无畏的勇气接近神圣
在蒙古高原最美的那个黎明
又一个圣婴啼哭降生

草原神秘的源头啊
是什么在时光里长跪不起
云杉树冠摇动
遮挡北来的风

草原
那一刻　神秘的雁阵突然出现
在白云和大地之间久久盘旋
清晨劳作的蒙古母亲
仰首苍天　让热泪奔流
对自然说出了这一天最新的语言

成长中的少女
凝视生母无怨的身影

她看到荒芜的路上奔跑着马匹
它们由东而来
在西边隐去

草原
是永生的草
岁岁年年支撑起一片天
而八月　以开放的花海提示女人们
秋天到了　那些离家许久的男人
依然没有消息

跟随母亲
少女的耳边传来一支牧歌
母亲啊　那是痛　无边无际
那也是爱与幸福
源自最深的怀念
鹰的翅羽上写着一句箴言
男人们　你们走啊
无论走了多远
都不能脱离她们的视线

她们
草原的女性们从不说恨
哪怕遭遇暴戾的风雪
没有谁丢弃羊群

活着
要朝家的方向行走
茫茫草原　家的象征
是一座蒙古毡房里
不时出现的光明

摇篮边母亲的歌声

在上苍的注视下
白色蒙古包犹如一粒微尘
静卧午夜
被大雪围困

那个时刻
在传奇的色雷斯
远征大军遭遇一场黑雨

欧亚大陆
混血一样凄美的色雷斯
两片大陆相连的色雷斯
如两个无助的姐妹
牵手走入夏天的傍晚
她们对视　青石的城垣陷落了
她们的耳边失去了鸽子的声音

色雷斯
雨点的敲击形如迅疾的马蹄
那个总在预言归期的年轻智者
第一次仰天哭泣
他双唇抖动
但没有说出一句蒙语

色雷斯
你记住了什么
当锋利的刀尖将英雄的文字刻入岩石
当武士在被征服的城头上挥舞旌旗
当逃难的人群隐没山里

当一个金发女子落下泪滴
你是否记得那个绝望离去的蒙古智者
他曾预言死亡
他曾惊叹你的美丽
他曾在你的面前恳求仁慈与宽恕
他说　色雷斯
这一切
不是上苍的旨意

夜晚
黑雨停息
圆形金帐内传来轻柔的牧曲
灯光微明的空间里坐着一些沉默的男人
他们面向东南方向
神色痴迷

母亲啊　故园
额尔古纳河流域
美丽绝伦的蒙古牧羊女
在两棵白桦树之间
计算遥远的距离

除了年轻的智者
谁还在说
从色雷斯到漠南草地
用马蹄丈量啊
什么时刻才能看到那里的晨曦
这里　这里是色雷斯
是同样忧伤的土耳其

黑海以北纵向的草原上
乌拉尔河　顿河、顿涅茨河　第聂伯河　布格河
落日的余晖投向河面
那是血色　鏖战之后自然的呜咽
在伤残的大陆上回传
年轻的战死者仰卧在水底
一万年　他思乡的灵魂活着
不会闭上忧戚的双眼

纵向的草原
欧洲的蒙古利亚
那里啊　不是你们的家

午夜
大地的心说
如果你们选择了回程
也就服从了神性
服从水　那柔软的浸润
如恋人的唇
服从初吻

征程万里　男人们
为什么你们的心中充满永生的渴望
因为你们的身后蜿蜒着不竭的河流
是那些蒙古女人
让你们心动
即使在异乡的冬天
也会远离寒冷

大地的心说
我知道高原上有多少无比忧伤的母亲

长调安睡的午夜
她们未眠的双眼
在七颗星斗照耀的故园
是两颗最亮的星辰

北方以北的河
溯源而上　沿途每一朵摇曳的花下
都有一片移动的阴影
像不可分解的苦难那样
锤炼心灵　母亲们
把成长的蒙古女儿视为春天的接续
她们微笑　总是说起前方的节日
用无言负重的身影
遮挡花朵下的阴影

大地的心说
你们　与鹰比翼的男人们
不要犹豫了
顺着温暖的灯光向东南走吧
那边才是故乡
如果你们走过第三个冬天
也不要忘记感念天鹅戏水的六月
你们蓝色的蒙古
永生永世
那么多永不背弃你们的女人

大地的心说
鹰飞长天
那高傲孤独的生灵
总在午夜的异乡歌唱
它将星光抖落

在我的身躯上点亮行路的灯盏
它将四个季节的箴言护在翅下
飞越阿尔泰山　乌拉尔山　兴安岭
它将安纳托利亚高原东南部河流的气息
驮回蓝东方蓝色的草原
它在一个透明的早晨低空盘旋
鸣叫着　告诉忙碌的女人和仰望的少女
你们的亲人们都在想家
他们也落泪
在酒后念起一个女人的名字
并久久难眠

年轻的蒙古智者相信
多瑙河　底格里斯河　幼发拉底河
莫斯科河　额尔古纳河　他故园的贡格尔河
在神明温暖的地下
一定会交错为某种关联
如同周身的血液
潮声滚滚　那叫感动
透迤沉寂　那叫忧伤

除了智者
还有很多人听懂了大地的语言
他们隐隐地感到
在辉煌的中心
正在形成巨大的风暴
往昔　在牧羊的途中
他们都曾遭遇突兀的雪灾
这无法躲闪

正午的太阳辉映旷野
他们不远的前方缓缓移动一片暗影
智者说　你们听啊
那是风声
风动　云就在动
在苍云蔽日的时刻
就会出现谶语一样的暗影

冬天
额尔古纳冰封的河面上覆盖白雪
远山仿佛苍老的额头上
闪耀奇异的光芒

山谷里没有人迹
觅食的银狐在黎明时分
奔向一个微笑的草原母亲
它横越额尔古纳河道
在一面斜坡下喘息

蒙古包前
牧童手指银狐
如同示意一个奇迹

这是个透明的女孩
她的心中装着巨大的疑问
当晨曦突然分开高原晨暗
歌声传来了
漠南以东唤醒了她的睡梦

在这之前
女孩在蔚蓝色的浪涛上奔跑

追逐一匹黑马
她并没有看到骑手
含着眼泪　她回头对安静的草原呼喊
母亲　你看啊
那是不是父亲的马
它飞入了山中

是母亲在歌唱
女孩醒来
听母亲在外面歌唱

蒙古歌谣里春草浮动
小雨飘落蓝湖
雾气升腾
夏天的牧场空旷而忧伤

她的亲人们
父亲和兄弟
依次出现在牧归的秋季
然后是雪　又是冬季
在歌声深处　寒夜降临的时刻
母亲熄灭灯光
怀抱新生的羔羊
坐在黑暗里
守着草原和梦想

远方
对于梦幻的蒙古少女
不是明天　也不是遥远
是从前　大群大群蒙古马
消失在天边

是祖母思念的泪水
流淌在黎明
风干在夜晚

是大雁去了又归
那一线蓝天
唯独不见苍鹰盘旋

阳光下的羽毛扶摇飞升
那是洁白　仿佛有一丝血迹
透露远方的音讯
远方　远方　远方啊
不是没有成年男人的草原

远方
伴随没有圣乐的亡失
一座接一座城池陷落
被先人们无数年描述的日苏里海滨
乌云凝重

我诗歌的灵魂曾经抵达那里
渴望发现往昔尘埃
以什么样的形态缓慢飘落
那匹嗅着青草气息飞奔后的蒙古马
为什么拒绝饮水
它的嘶鸣中行走着一个牧人
背对黄昏　那个时刻
他不知道日苏里海滨

在蒙古高原
背对黄昏

肯定是面对自己呼唤的亲人
还有马匹　归栏的羊群
一条祖先们踏出的道路
依然铺着玫瑰色的落霞
那么温暖　而柔软的草
总是发出迷人的声音

这是一个被史诗结构的空间
当然存在苦难的历程
如果一个人的生命里珍藏太多的苦恋
当然会迷醉某些歌声
想象季节　落雪的山与泛绿的山
雨后彩虹　有人无人的渡口
一句诺言　那不是石头
某种沉痛　如秋水一样寂静

我曾问询日苏里海滨
那么多年轻鲜活的生命都去了哪里
他们魂归何处
为什么源自一匹蒙古马的旋律
至今能够覆盖广袤的高原
并时刻感动一个民族的心灵

在我的诗歌中
遥远是一次悲伤的日落
十万匹马垂首
所有的骑手松开缰绳
双手搬起石头
走向一棵树
那一天　他们遗忘兵器
在月升之后想到一个年轻的预言者

是否已经回到了达里湖畔

我没有获得仁慈的认知
借助神性的引领
我的精神游历了一个广大的地域
中亚　然后向西　色雷斯　土耳其
在一座古老的城堡上
我看到了美丽的多瑙河
那一时刻
我蓦然遭遇了泣血的诉说

草原
我的倾听从这个亲切的名词开始
归去　到这个动词结束

不要问我倾听的过程
这个过程包含了太多的疼痛
还有忏悔和隐秘
一声太远太远的叹息

智者回乡
他用十个不眠的夜晚
对一个少女口述了箴言

最后
智者说
在将来的世界
他们都要记住
只有圣主的陵寝不能寻找
那个地方　曾经有一棵开花的树木
一百年后　它会落下种子

会有人看见一道金光
树木倒下的深夜
会有人听到歌唱

那些石头
在圣主安息的地方
变成了一座绵延的山脉
年轻的牧羊人顺着山脊行走
可以发现树木的花纹

智者在随军征战的西亚丧失了爱情
返乡途中
他感知到一个灭绝的信息
他年迈的父母
在贡格尔草原的同一个雨日
抱憾归西

那一天中亚晴朗
天空挂着滚烫的太阳
智者朝东南方跪下
突然听到沉闷的雷声
他举起双臂
示意风与大地

雷声滚过他的头顶
智者垂首　面对龟裂的泥土
感觉逶迤不息的声音
在上苍编织奇特的十字
智者发出长叹
草原啊　我的不可再生的父母
记住这一天吧

圣主已经永远地离去

1227 年
那个秋天
有谁听见了智者的呼唤

历史不远
敞开心灵与窗子
在阳光无法照耀的地方
就是历史的庭院

苦难不远
铭记诺言的人
他精神的足迹
总是不能离开某个雨天

爱情不远
日苏里海滨不远
时光深处尘烟笼罩
或许隔着无形的山
或许隔着有形的背叛
或许面对必然的亡失
把一切留在从前

没有仪式
走入克什克腾山谷
智者拒绝哭诉

在晨雾轻柔的中心
智者流泪
他的身边没有一个陪伴的人

那天早晨
智者独自离开了故园
一只蹲在贡格尔河边饮水的银狐
转头目送他的身影
从此　智者消失了

铭记箴言的美丽少女走出毡房
面对一轮新鲜的太阳
她依稀听到
在贡格尔河西边
传来一个男人绝望的哭声

少女凝望
眼前的草地随风倒伏
铺展在上面的阳光
如血一样鲜红

智者重返中亚
那个曾经煎熬他心智的地方
百花凋残　但冬天还没有到来
他背向东南　阅读向西北涌动的大水
巴尔喀什湖　你这苍天之泪
你的每一层波纹下
都有战死者年轻的手臂
无语抚慰苦难的心灵

这是安息的方式
被神明注视
永远缄默的人
永远失去了故园的人
他们的亡魂相信地下的净水

可以洗沐沉重的征尘

智者跪下
在一派苍茫的暗示里
他紧缩的内心突然涌出这样的语言
你们　感激水吧　那地泉
真的连着南蒙草原的春天
还有冬雪　目光与怀念中的融化
从一个瞬间　你们啊
完全能够赢得另一个瞬间

那个夜晚
智者枕着巴尔喀什湖的蔚蓝睡了
他在午夜时分梦见一隅山河
那是西夏
绵延的山上残留最后的落霞

凌晨
智者闻到一阵奇异的馨香
一只柔软的手掌
拂过他的额头
他在睡梦中呼喊
恩图雅　恩图雅
日子过了那么久啊
你为何去了陌生的天涯

我的倾听没有终止于这个秋夜
我无比真切地感到
冥冥中的恩泽就在我的左右

我必须虔诚地记录此刻的流动
那不是思想
不是光明
不是流星
不是我沉默苦涩的心灵
所默念的一语珍重
那是被我信奉的
无所不在的神性

此刻
往昔岁月牵着我的左手
永不衰老的智者牵着我的右手
我跟着行走
在公正的时间海洋中
我顿悟了什么是尊贵的生命
还有浩荡的
不可剥夺的自由

想一想
我们常常用忧伤的目光透视怀念的日子
离散的日子
守着一扇窗口思慕未知世界的日子
所有所有无奈的日子
我们都失去了什么
被文字记载的人类情感毫无血色
其间夹杂的咒语
往往具有诗的韵律
古老的巫术犹如诡异的云影
总会在我们熟睡的时候压迫胸口
那个瞬间　我们多么无助
我们在生死之间徘徊

高原上灯火依旧

可我们绝对遗忘了智者的歌唱
活着啊　你们就感激风
那匹奔跑的马
永不醒来的骑手带走了什么
道路　泪水的温柔
他将马鞭指向神秘的天际
他说　你们会在云间看到一片草原
花开八月　那里不见归家的牧女
她在追寻　跟随雁群
她所选择的长旅没有尽头
蒙古马背没有尽头

智者遭遇了人间天使
他们对视　她蓝色的双眼如无云碧空
也如水一样清澈深远
巴尔喀什湖畔
那奇异的馨香一定飘自圣境
追记六月草原　凌晨
年轻的母亲在星光下伫立
久久无语
未来的智者进入时光的某个缝隙
他的凝视变得坚毅而痴迷
他获得的第一句密语是
学会忍受苦难吧
你将得到恩赐
但你不要轻易说出什么感激

南蒙草原的牧人之子啊
他的另一种智慧被神秘开启

他们的对话从疑问开始
但没有陌生与恐惧

美丽的姑娘
你是谁
为何会在这里

我在等你
已经等了一百个秋季
我是你命中的妻子
我们在前世分离

智者潸然
他向东南天空举起手臂
在那里
你说女人们为什么在夜里哭泣

因为生
他们害怕亲人死去
她们滴落草地的不是泪水
你看八月草原上红色的花
兴安岭最高峰那块岩石上
是不是总有鲜红的血迹

智者垂首
他听见凌晨的巴尔喀什湖
说了另一些话语

她张开双臂发出恳求
抱住我　亲吻我吧
我想在这个早晨怀上你的孩子

无论男女
孩子的名字都叫草地

我站立在神河边
那是弥漫的气息
是啊　我不眠的前方是一个新的早晨
面对一部无字的断章
我惊叹那个时代的人与爱情
中亚　湖水　启明星
天使奶酪般的肌肤使我敬仰生命的圣洁
他们自然融合
与天地一体

今天
巴尔喀什湖以轻柔的波动
在那片人迹稀少的大地上重复一些铭言
我是你的女人
我的眼睛
在等待你的日子里
如果离开湖水
就转向天空
我的眼睛改变了颜色
我的心没有改变
在过去的南蒙草原
我就是那个牵着黑色马驹的少女
你要记住这个早晨
我把等待给了你
我把誓言给了你
我把未来给了你
我的疼痛　我的欢乐
我的智者　我把灵性给了你

我的前世今生只有一次的隐秘
我的血滴和泪滴

那个天使
是十三世纪蒙古民族
一个伟大部落美丽非凡的祖母
今天　以至未来
只要翻阅金字塔结构的族谱
我就会感觉到温暖的庇护

那些人相信神灵
是一个过早夭折的蒙古少年
他初上马背
还不能感知破碎山河的悲恸
可他知道　发生在眼前的一切
就是让草原祖母流泪的战争

多瑙河边
那座被围困的城
凌晨　乌云低沉的天空下
不见一只飞鸟
对生的祈求　幻化为尘埃
飘落彩色的屋顶

鏖战之后
城墙外围的原野上
无数死难者保持不变的姿势
将一切还给了烟尘
他们以鲜血和死亡
把不死的警醒写在大地上
征战　就如同伐树　年轮呈现

自然里就消失了一个生命

少年骑在马上
在圣主的一侧前行
他听到祖父说了一句生涩的词语
我的孩子　从明天开始
这里就是你的领地
你是他们王
拥有最快的马
最美的女人
还有金色的宫廷

少年迷惑
顺着祖父鞭梢的指向
他发现那座陌生的城池一片死寂
没有炊烟
当然也没有歌声

少年微笑
他依稀看到一只黑色大鸟急速飞来
那是毒咒一样的箭矢
它飞来　在圣主的惊呼中
锋利的毒箭正中少年的眉心
祖父　少年应声落马
他最后孱弱的气息里
饱含留恋与疼痛

黎明之前
黑暗降临了
圣主的坐骑突然发出一阵长嘶
身披征衣的将士屏住呼吸

他们见证了那凄惨的一幕
寂静　仿佛到处都是死亡的寂静

圣主暴怒地举起皮鞭
再度指向绝望的城池
无数双眼睛凝视移动的鞭梢
如果圣主把手臂挥下
他们就是洪水
淹没多瑙河
撞毁城墙
淹没里面无辜的生命

寂静
星光隐没
大地上笼罩可怕的阴影

雷鸣
那是被历史记录的一瞬
神灵降临的一瞬
圣主调转马头
将皮鞭指向遥远的东方
回去　我们　回草原去
少顷　在百万大军中
传出一声呼喊
草原　伊默塔拉
精灵

后来
多瑙河边的人们说
是那个蒙古少年挽救了他们的城市
那一天清晨落雨

可他们都说
他们看到了血红的黎明
在金光四射的天空里
他们看到了一个蒙古少年
微笑的表情

为追寻不逝的天籁
我回归故地
独自进入山里
在逐渐向上的道路两旁
树木葱茏
那一天　我想到历史
它依托的背景
是地平线更远的地方
是天空
还是心灵

攀上阿斯哈图山顶
我凝望静静的贡格尔草原
母性的湖
于山涧不时闪现的鹰
父亲一样沉默的穹窿

我总是选择八月
那个时节的高原鲜花的摇动
是啊　不是我　是风
对不同的色彩说出语言
我眺望废墟　草原皇宫倒塌的九月
我的远方　在一派氤氲中
七千年的西拉木伦河刚刚流过七月
是的　我看不到流水

那是某一种升腾
有马的图形

一定会有母亲在河边哼唱
主题是怀念
旋律悠远
斜飞的雨丝清洗巨大的石头
纹理呈现

曾经的辉煌　神秘　奢靡
曾经的节日　膜拜　礼仪
在石头的平面上显出影像
那么沉重而冰冷

在那个时刻
我们不说记忆
只要问询
泪洗黄昏的是谁家的女儿
如果所谓岁月摧残了女性的善良
就是扼杀美丽

巨石的另一面贴近泥土
毫无声音
那是很多年轻女子的渴求
阳光从未照耀的一面
印满她们的指痕

你可以想象暗夜深处的抚摸
不是恋人的肌体
是石墙的内壁
如山一般残忍的阻隔

自由　爱　青草地　花季
曾经驮着嫁衣的马匹
只能回味
永生的失去
越来越远的真爱
风走云行自由的气息

你说
生命就是一个世界
你说深远　你说浩荡　你说神秘
那么　我请你回答
活在轮回的四季
你是否能够读懂
一个女子含泪的目光
她的手语
她的等待
她的忧伤透明的心
和你的距离

你说
当第一根白发出现在草原母亲的头顶
那样的色彩里流淌着什么
你所能想到的词汇
云太轻　心太重
天太高　血太红
水太淡　情太浓
泪太咸　风太冷

请你凝望她的眼睛吧
那里珍藏着你诞生后成长的道路
那里珍藏着你相恋后走过的道路

那里珍藏着你背弃后延伸的道路
那里珍藏着你消失后祝福的道路
那里　就在那里
她们坚强地活着
星斗闪烁　是夜晚
仁慈劳作　是黎明
轻声吟唱　是感动
独对身影　是哀痛

在阿斯哈图山顶
我冥想七千年的花海与河流中
行进着一望无际的大军
马的交错
时空的交错
那送行群体
草原上的蒙古女人
她们不再手捧哈达
而是捧着滴血的心灵

年老的母亲们捧着上马酒
像捧上自己的奶汁
我知道　我理解那久远的习俗
饱含多少无助与叮咛
战争　我前方的河流似乎在说
战争　是男人们最迷醉的游戏
掠夺　占有　蹂躏地球母亲的身躯
战争　从来就没有远离女人
她们不仅支付了怀念
也支付了青春
爱情与生命

远行巴尔喀什湖畔的智者
在那一天光明飞升的瞬间
神奇地掌握了另一种语言

一切
果真远了吗
牧归　夜晚　清晨的茶香
马莲紫色花瓣点缀的家园
勒勒车上的童年
蒙古　天鹅戏水的漠南
第一首马头琴曲涂染的山与河岸
长调里的爱情与离散
曾经的道路　对视与相拥
谁在说　多么好啊　秋天
还有雨　灯下的身影
重叠交融的风
从前

天使降临
天使　是那个发出无畏恳求的女子
与智者终生相伴

接受苦难
接受迁徙中美丽的神赐
在同一片静谧中
不说草原　河水　或者记忆
智者擦掉脸上的泪痕
向幽淡的自然示意

上苍啊
我们生在这个世界

热爱母亲　常常离别母亲
热爱女人　常常伤害女人
热爱土地　常常践踏土地
热爱生命　常常摧残生命
渴望永恒　却让战争终结一生

我的圣主　你热爱马
却让它奔死
在呼喊的征程

那些马
它们应该飞扬于苍绿的草地
养育马驹
为草原上一代一代如花的新娘
驮着绸缎嫁衣

智者微笑
人啊　活在忧愁中
不如选择自由行走
想一想心灵
总会敞开隐秘的窗口
以一种方式
表述欢乐或痛苦的心绪
那个时候
如果把一切都托付给大地
就会听到近似的节奏

一支没有填词的曲子
在辽远的地域上流传了数千年
它源自庄严的祭祀
也就是死亡

在中亚
智者跟随虔诚的人们抵达午夜
时节是晚秋
风有些微凉
天空晴朗
七颗北斗的下面
是谁的故乡

我的爱人
智者对女子低语
七颗星斗的下面
是人类　马匹　草与树木的故乡
一切生命
都应该在没有血腥的河流之间
享受温暖的阳光

天使说
我的智者
你看那轮月亮
在它的后面会不会有你思念的草场

智者说
有很多人去了那个地方
苍茫　那里叫苍茫
一百万匹蒙古马
望着一个方向

智者垂首
他想说　你们听
地泉奔涌　与南蒙草原空中的鹰翅
这两种声音　有什么不同

你们听　在祭祀中被追怀的人
活在颂辞中的人
他在身后留下了什么
他带走了什么
除了生者的悲恸
还有他终将被淡忘的姓名
在生与死之间
只有风

你们听
在广大的世界上
战争　征服　黎明　爱情
没有任何一种诅咒和仇恨可以赢得
哪怕一个季节和谐的风景
只有心灵才能感动心灵
自然之躯的伤痛
被欲望揉碎的和平
是母亲内心最深重的恐惧
如果必须唱颂永恒
那就凝视平凡伟大的女性
不说孕育　也不说阵痛
但一定要铭记我们降生时刻
母亲周身的汗水
如神露一样剔透
那汗水源自为我们祈福的圣泉
纯净　神圣而晶莹

回到南蒙草原的蒙古马
在世界上奔了一个圆
它丧失了主人
但依然驮着征鞍

它老了　拒绝嘶鸣
每个夜晚
它都睡在蒙古包边

一个奇妙的圆
生者在这条漫长边缘线的里面
亡失的人们都在外面
蒙古草原母亲的心
时刻穿行在两个空间
一个光明　充满残缺
一个黑暗　无法交谈

男人们
在神的注视下
他们奔跑的过程是那样短暂
十年　五十年　如同梦幻

那个年代的蒙古男人
他们如岩石般层层累积的激情
光荣　献身与无悔的奔赴
原来不是在异地的征服
而是牧羊女人守护的毡房
她们的名字叫母亲
或者妻子
是她们的胸怀
是她们如水的抚摸和一语安慰
是绝对干净的星光下
血脉的流动与温暖

他们终于懂得
活着和死去的重大意义

就是与她们同守故地

他们终于懂得
在相爱的人间踏向征战的远途
远离了母亲
也就远离了活着的神

他们终于懂得
鏖战　使自己的双眼冒出烈火
会烧灼无辜女人的心
在疆场上成为英雄
就是让一个母亲获得虚荣
让另一个母亲感受剧痛
让一个妻子露出微笑
让另一个妻子发出哭声

他们周身的伤痕
像高原上走向不一的河流
最终归于相同的境地
那是草原女性柔软的双臂

是她们
托起生活和绿色的智慧
她们是家　是慰藉
是他们疲惫的灵魂
无法选择的皈依

那么多年
草原母亲们
怀着沉重牵挂的女性们
在最严寒的季节里

看着长者和孩子们入睡
然后　她们伏在窗口
面对荒草舞动的岁末
或雪后的高原
凝视惨淡的月光
移动在贡格尔河边
母亲时代的歌谣
就诞生在这样的夜晚

追寻
她们放飞自己的心
翻越阿斯哈图山
向北　掠过沙地　再向北
她们肯定会错过所有的春天

是的
她们都记得巴尔喀什湖
那深蓝色的水
她们汇聚的泪
说心碎
绝对不是水的波纹
是远湖的气息与色彩
永不消退

向西
那无比遥远陌生的地域
他们多么希望觅见马匹
哪怕是尘埃逶迤
她们也会投身其中
寻找熟悉的眼神和手臂

她们想说
回家吧
我的亲人
草地黄了
但还会绿
若你的命没了
我就哭干泪滴
告诉身后的老人和孩子
我啊　会和他们好好活在人间
我不能随你而去

在南蒙草原
那是许多无眠的夜晚
守望与倾吐的夜晚
所有女性的夜晚
孤独与怀念交织的夜晚

就在这样的夜晚里
出山觅食的银狐
把幼狐扔在巢穴
向着一盏灯光奔跑
从她们的目光中
银狐听懂了人类最仁慈的语言

站立于巴尔喀什湖畔
智者提示
我的兄弟们
如果你们放下杀戮的兵器
你们就会把身上的伤痕
视为刀斧砍出来的友情
那确实非常深重

就像草原上的河流
时光留给我们的声音里
总会出现她们的身影和柔情
你们不要怀疑
在光明与黑暗中
有一条回家的道路
在四季交替之间
你们的家门始终没有关闭
停止奔袭和呐喊
听一听她们的呼唤
在爱与恨之间
她们鲜红的心
对你们从没改变

容得下一颗孤独心灵的中亚
因久旱而干裂
祈雨的人们
把最虔诚的心语献给大地
他们像成片倾倒的树木
先弯曲上肢
然后跪下
面对一方黄土
他们感觉艰难的鹰翅
它黑色的巨影自西向东缓慢移动

那个炎热的正午
在平凡的人群中
天使对智者说
好好爱我　还有我们的将来
你已经永远结束了
那种寂寞的一个人的远征

入夜
一个女婴
在睡梦里听到了滚滚雷声

她在歌唱
智者把右手放在胸口
我却停止了歌唱
我的痛失　我的草原
我的朦胧的属于青春的爱情
往昔的爱情

我的乌兰布通水草茂盛的七月
西去的父母
如今　他们走到了哪里
我的少年时代的马
消失了　无影无踪
在我童年的路旁
一定有废弃的车轮
月光照耀铁锈
滑过一段有雨无雨的日子
风穿越某种缝隙
接近我的记忆
那个无雪的冬季啊
母亲以突然的死亡
凝固了两个世界不可折叠的距离

月光透过窗子
斜射而入
辉映天使绝美的面庞
星空鸣响

智者凝望
一首颂诗的前奏一层一层波动而来
那是我的所爱　是下一生不可奢望的富有
巴尔喀什湖养育的女儿
她的身后站立着一个伟大的母族
她们等待　也在追寻
她们孕育了草原上最尊贵的生命
她们忍受了草原上最绝望的时光
是这样的恩赐
让我破解了谶语
在这个时刻听到了恢宏的旋律

这个时刻
我想象十三世纪的蒙古智者
端坐在一片云上
有天使陪伴

我的深秋
我的一个人的夜晚
四面墙壁仿佛隔开了远天

我用心智记录的追寻辞
应该是那首颂诗的补充部分
在这个纷繁的都市
我深入孤寂　体味往日智者的孤寂
我的心　在一种交错中渐渐温暖和感动

那一年
跪下祈雨的人们
选择了一条精神长途
他们听从智者的劝诫

祈天　祈雨
但不再屠杀牲畜

说拯救
说灵性会在你的身边神奇驻足
说你会躲避某种劫难
你就洗净自己的双手
拒绝血流

这个时刻
我可以想象星光均匀地洒落旷野
一部蓝色的寓言
生长在贡格尔河以南
我可以想象这个世界
记得我名字的人们
我对你们发出无言的祝福
但是　此刻　我的夜晚
不是你们的夜晚
窗外那么宁静
夜依然这么孤单

我用坚忍焚烧的每一个瞬间
不见火光　被一点一点切割的
不仅仅是黑暗　我知道
这是我不可抗拒的命定
此刻　在我阅读的苍茫里
有形而上的海洋
我来自那里　最后回归那里
没有波涛　没有边际
甚至没有一句人语
当然就没有岸

追寻
十三世纪之后的草原和天空
一首蒙古歌谣的旋律
向我提供了联想一切的可能

母亲们
高原上的女人
她们一个一个如一朵一朵百合花的名字
美丽忧郁的名字
被季节的车轮重复碾过
从不说伤痛
她们的泪水
在绸缎一样的草原
成为永不冰封的河流
而她们的鲜血
在河流的每一个曲折处
矗立为月光下的山峰

就在那里　母亲们
把初恋羞赧的色彩嵌入飘动的蔚蓝
让浪迹异乡的我久久凝视
启示　就是这样冰冷
因为凋谢
我只能倾听

追寻
我从不怀疑
在白云上下有展翅的女神

在白云深处
堆积的静止不是一种威严

成群奔跑的马匹
正在朝温暖的漠南迁徙

你说它们的背上驮着什么
它接近生命　比生命沉重
它接近歌声　比歌声轻盈
她接近苦难　比苦难深远
它接近爱情　比爱情神圣

如果我说它们的背上驮着亡灵
日夜兼程
我希望你们把目光投向高原上的女人
她们是永恒的风
睁着永恒的眼睛
她们是黄昏
是黎明
而我　在体味了五十年苦与痛之后
回到她们中间
我还是那个赤足的牧童

是的
我失去了母亲
我怀念的草原上垂落了一轮太阳
将近两千个日夜
我经历了五个夏天
在一首描述炎热的诗歌中
大雪纷飞　母亲的白发
丝丝穿行于七月北地的光阴
幻化为羽毛
那么真切
我默默面对透明的寒冷

克什克腾
站在废弃的王宫前
回望无形的横亘
越过栅栏遗忘羊群
还有湖畔雁鸣
一条折返的长路上有我的足迹
那象征告别
和一首蒙古歌谣忧伤的起始
在节日之前　我的白发苍苍的母亲
目送我走入漫长的过渡
然后　母亲就去了
在大都南城　一个凛冽的清晨
我获得灭绝的音讯
母亲没了　她走向了另一条追寻的道路
我猛然醒悟
古老的中轴线啊
一端是草原
一端是梦境
渐渐荒芜的不是岁月
是心灵

叩拜母亲那天
我将前额贴近高原冰冻的泥土
我知道　我的身后是兴安岭绵延的余脉
蒙古啊　你的一个女儿已经归隐
她是我的母亲
她走了　家啊　给了我生命
我贴近你　大地　我泪如泉涌
从此　母亲的房门
对于我　再也不会发出开启的声音

鹰从兴安岭起飞
到阿尔泰山
遥望雁群腾空漠南
栖落贝加尔湖畔

这绿色的智慧
期间点缀的苍翠与金黄
我的母族　她梦境深处最灵动的翅羽
是穿越沼泽的红色马驹
那负重的信使
用飞扬的马鬃告诉远方
总会有一只响箭穿透节日的午后

西域
年轻的蒙古武士被利器刺中胸部
他跌落马背
瞬间接近一道耀眼的彩虹
他的坐骑　将前蹄高高扬起
像人类对未知那样交替挥手
更多的马匹掠过武士身旁
然后是尘埃消散
岑寂

蒙古马咬住武士的征衣
异乡　那片黄土大地上
留下一道血痕

在南蒙
美丽的牧羊女在马背上发出惊叫
她凄然下马
跪在蓝色的贡格尔河边

遥望西天
那里有一片黑色的流云
变幻的形态非常诡异

我再也不能回家了
武士喃喃自语
忘记我
哈斯高娃——琼玉
母亲——额吉

武士啊
他留在南蒙草原最后的形象
是饮下上马酒后策马飞向了远方
是一个身影
在飞翔

此后
他的哈斯高娃常常独自歌唱
我的恋人呀
我多么悲伤
你为什么总是在我的远方
你呀　难道从不回头张望

祭奠武士的凌晨
母亲——他的额吉面朝月光流泻的山谷
等待为幼崽觅食的银狐
她失去了唯一的儿子
她甚至无法想象他战死的异域

直到黎明
那只银狐也没有出现

额吉把食物放在干净的草地上
轻轻叹息

这个时候
刚刚醒来的高原上
回旋起一支牧曲
额吉转身
她看到歌唱的哈斯高娃从河边走来
绝望而忧郁

额吉双唇嚅动
脸上流下苍老的泪滴
我的女儿
额吉呼喊一声
向哈斯高娃伸出仁慈的双臂

额吉的双臂
高原岁月中两条散发光明的道路
延伸到阿尔泰山
色楞河两岸
巴尔喀什湖畔

不要问
那年轻的武士为什么没有留下遗言
也不要问
那穿越沼泽的红色马驹
是否回到了漠南草原

七千年
因为草原母亲的泪水
血液般的河流未曾干涸

额吉的双臂
那两条无限柔软的道路
永远连接着生生不息的春天

而哈斯高娃吟唱的牧曲
属于贡格尔河
一波推动一波的缅怀
她握住了额吉的双臂
也就承接了两条青草之间的道路
或者命运　诅咒中蛇立的倒影
只能是一个噩梦
青草远大葱茏
她还会成为一个妻子
在阵痛里生下一个圣婴
但是　在未来
她会以死阻拦长大的儿子
走上武士征战的路程

秋天的蒙古高原遍地缄默
孤单的树木
一片接一片刺目的金黄
秋水　流淌无形的飘逸
连接两个方向

是那样的情怀
阴山下渐渐昏暗的路径
昭示遥远的心
在必然的停滞里
飞翔着的　天地之间的大魂
醒在午夜　谛听者　在月光中
用双臂托举蒙古少年的人

踏着节律祈愿神祇

是什么常常刺痛我们
所谓历史　光阴在思想的领地
矗立起巍巍巨碑
噙泪回眸　除了母亲
还有谁的名字让我们长久感动
我们一天一天的想象
我们一年一年的挽留
我们　在一块岩石叠加一块岩石的北地
远离了雨　透过浑圆的山脊
我看到一个归家的牧女
在十月的乌兰察布
扛着牧鞭走出山谷
这未来的蒙古母亲
她的身影消失在苍茫深处
我想到主宰　草与羊群的主人
守护神　有泪无泪的生活
她们永生永世歌声里的追寻

是什么常常迷惑我们
所谓感恩　双手伸展或合拢后
指向并躲避河畔的篝火
第一次说爱　与一个人对视
第一次对另一个身躯感觉吸引与神秘
第一次远征　月照高原　照耀我的母亲
正在热恋的蒙古少年憧憬前路
有些急切地告别故地
他忽视了谁　五年之后
成为武士的昔日少年血流异乡
忠诚的蒙古马紧紧咬住他的衣襟

额吉　武士望着蒙古马
我回不去了
很多人回不去了
我的坐骑可能会出现在草原的早晨
额吉　你就看看它吧
还有我的哈斯高娃
我的女人
我伤透了她的心

重归高原
从乌兰察布到呼和浩特
我与先人们在深夜对语
我们之间隔着黑暗
如蒙古高原上的广大青草
隔着时节　必须谦卑吗
我看到　一个伟岸的先人对我微笑
这夜海　重复降临的无际的掩映
我懂了　所谓憧憬与热爱
一定与时间有关
比如等待　比如相约
比如一场小雨
洒落城池与旷野
比如星河两岸夜与昼的凝望
比如曾经的过程
怎么可能被无言省略

阴山脚下安息着一个汉家女儿
她睡了　身上盖着黄土
但没有枕着水声
只有青草和西风提示亡魂
远方有回不去的秭归

还有厚重的中原
如今　一首出塞曲
唱在阴山以南
成为怀念

昭君
面对你的青冢
我默念你最后的江南
你的一生的最后一个夜晚
在我的故园　在北地
在无数草原母亲祈求和平的眉宇之间
升起一颗星子
昭君　那是你
永远也不会入眠的往昔与今天

用信仰护卫旌旗的人
途经巴尔喀什湖畔
无雪的冬天

他见证了破碎
那种残缺　像鞭子抽在水上
水拍打岸　岸不能分割
无色无形的时间

像一个为爱奔赴的女子
在难觅乡音的路途焚烧故园的六月
孤寂的心　只为一个人
留下最洁净的位置
穿透黑暗的风
止于火焰

生止于箭矢
泪止于眼
痛止于静默
魂止于天
爱止于从前
死止于血
梦止于枕边
雨止于风
恨止于怀念

遥远
遥远的故园
彩虹下面　站立着一个蒙古少年

我的黄金史上的秘语
从不消隐的光辉
照耀隐忍
树木身躯的斧痕
华年未老
褐色记录的纵横中
奔跑忧伤的马群

大地抖动
肆意的尘埃里飘浮记忆
干涸　散落河道的乱石
朝阳的一面裸露纹理
那真的是回也回不去的往昔
鹰折翅羽

额吉
六十年

你所拒绝的来路上
祖父的叮咛
那苍老的云
停在一个黄昏

额吉
我没有违背祖训
也不愿成为一个英雄
我一生渴望朝觐的圣地
是母腹
我感激你年轻的孕育

我的十个月的天堂
星光辽远　额吉　你饮水
我饮你的血液
你食五谷
我食你的乳汁
你歌吟寒风
我依偎你温暖的怀中
你默默体味内心的苦痛
我痴迷于雨后的天空
我就是那个蒙古少年
手指彩虹

额吉
那个年代
我在青草的包围中成长
仰望雁阵　身在自然
可我不懂得静对自然的幽冥

额吉
西拉木伦河记得你的身影
每年八月　我都叩拜于那脉圣水
我看到一面绿草柔软的斜坡上蜻蜓飞舞
在河流的对岸
牵着马匹的牧女
牵动我的心
我的魂

我的不可回返的青春
至今在高原望我
额吉　你已长眠
我痛失生母的第六个冬天
时隐时现

额吉
你曾对我说起一个梦生的孩子
他走遍世界寻找自己的父亲
没有人告诉他
那面被骑手护送的旌旗上
有他父亲的血字——
我的孩子
活着啊　千万千万不要离开你的母亲
她就是草原

我虔诚阅读的一册山河
它的主体　是额吉代表的母族
十万里长路铺展　它的尽头是水
被蒙古男人们视为最后的海洋

它蓝色的扉页

地中海　那激荡的无垠与倾诉
三层空间　水　陆地与天空
最终的征服与抵达

马踏潮汐
马踏弯曲的海岸线
红日落尽
马卧沙滩
心疲惫
人未还

第三层空间下飞翔鸥鸟
那不是鹰
尽管它们也拥有天空

我虔诚阅读的一册山河
人未眠　他们跳下征鞍
在一片庄严的涛声中回眸
星光均匀洒落
马的脊背　山的脊背
浮动与静默的夜
走在一声乡音中的骑手
遥念草原女子的温柔

拯救
长满荒草的心灵
无辜的手
相爱相拥相吻相融的自由
听一支牧歌阴山落雪
亲一片青草母亲泪流

哲人说
就这样　他们选择了东归
他们把精美的罗盘留给海洋上的人们
把火药　祝福一样的造纸与印刷术
永远留在了西路
他们带回了对天文的认知
开始相信人的血脉
是一条更加遥远神秘的路途
他们学习并迷恋历算
用一种奇妙的数字
推演风雨寒暑

我虔诚阅读的一册山河
母亲们望啊
她们看到了什么
她们的目光
在这个世界里推动了什么
她们用不泯的大爱孕育了什么
她们曾经年轻美丽
都丧失了什么

草原母亲们的目光
她们的泪水
在 1238 年忧伤的莫斯科久久凝固

哲人说
那蹂躏的马蹄啊
只有她们能够拦阻

我虔诚阅读的一册山河
谁在驻足　谁在焚烧遥远的孤独

遥远的时间
遥远的　荒芜的征途
我的奔赴的一日
不可抗拒的前定
我的不可选择的承袭
我的血　我的源头　我的羽翼
我的如此多情多雨的夏天
与时光的盟誓
我的痛苦
我的遥远的倾吐

我的近在咫尺的记忆
风掠过湖面
拂动草
草开始燃烧
纵深　源自隐秘的溪流
缠绕神性的树
目光升腾
像渴望那样
像午夜的承诺那样
覆盖朦胧迷醉的山峰与山谷
我的发现　我的温暖　我的雨
我的圣洁的领地
我的一首颂歌中
永恒铺展起伏的大陆
我的遥远的幸福

今天
顺着逐渐向西蜿蜒的山脉
不会找到那棵树
那曾经平行伸向四个方向的枝干

像两双手臂托举繁茂
上面结满七色的果实

永无止境的追寻
母亲们　我的源　我的光荣与崇敬
在这个十月
我的脚步远至阴山南麓
然后向东
在长城起点感觉时间波涌

结束了
仰望蔚蓝
以至更远　在心灵无法抵达的天堂高原
那棵树活着
草地上流淌醇美的清泉

那里有母亲的家
紫色的花
我的前世来生的爱人正在梳妆
牧童在夕阳下
牵着我的马

结束了
在先祖们没有遗骨的墓地
我跪下承认
我未曾忘却
在多雨的途中
丢失了第五个季节

结束了
第五个季节

第十三个月
北地落雨　南方落雪
一驾木车驶过梦境
原野　驾车的默者
被车轮碾过的废弃的宫阙

但是
宣喻不远
你们看那红色山崖
我们一再唱颂的心灵
没有泯灭

智者啊
在巴尔喀什湖畔
依然遥念故园的河
沿岸怒放的红色的花朵
亡失的爱情
一生一世的夜
最终的诀别
永远的血

我在传说中凝视鲜红的果实
它垂在神树的顶端
那样的辉映
仿佛微微飘动的光明中
把草原母亲们的岁月分为三层
第一层是爱恋
第二层是久别
第三层是归来的大雪
寂静无声

这一年
我的一脉秋诉
接受古老箴言的暗示
形成旋律　但没有脱离辽远自然的怀抱
由南向北　然后向西
在神思回返的长途间
我怀念无数疲惫的马匹

我知道
谁在高原的灯火深处醒着
谁在独行
谁在一曲长调消隐后
期待我描述清澈的眼睛

这个夜晚
此刻　星光均匀地洒落我的北方
阴山未睡
贡格尔河注入曼陀山下的蓝湖
那里啊　没有村庄
可以想象的苍茫
覆盖无言的追寻
在每一滴泪水里
都会觅见鹰飞的翅膀

我是草原的儿子
放弃马　终生选择诗歌的儿子
我静默　我感知　我告诉自己的心
必须忠诚于这样的夜晚
面对孤寂　独自谛听与守望
用我全部的智慧和爱
书写追寻辞　这神赐的诗歌

此刻　我听到圣女在水边歌唱
地久天长

完美的静默
两个追寻的方向　河流闪闪发光
在远方的远方大漠安谧
先人们静静栖息
蒙古人　曾经的生命里有两个故乡
一个在身后　一个在心上

那匹黑骏马没有回到漠南草原
远行中亚的智者也没有回到漠南草原
贴着草尖移动的牧歌
亲吻四季　在苍天下催开多彩的花海
呈给醒着和安睡的祖国

火热的心灵
被温暖手掌十万次爱抚的心灵
是最初的源地　要说圣泉
她发端于母亲对我们轻轻传递的第一句语言
那世间最动听的音符
随着慈母的乳汁滋养我们
使我们的周身循环奇迹
流淌闪耀黎明一样的色彩
铭记从哪里来
在哪种时刻奔赴不可抗拒的相约
我们生在肃穆的高原
对于葱茏的青草
这个奇迹就是叶脉

如同夜空间散落数不尽的星子

那些象征永恒的灵魂
从一个春天出发
在夏季沿河站立
看一看纵深　树冠摇动轰鸣的森林
人类的近邻　为晚归的牧女错开一条
通向山坳的道路
人的女儿体态优美
她终会成为人的母亲

没有结论　这追寻
真的　没有忧伤　那黄昏
还有依次闪现的星辰
那歌声　那泪痕　那灵魂

唯有相爱
在巴尔喀什湖箴言的终章
智者最后预言　你们啊
唯有相爱　在这蓝色星球上
唯有仁慈的生命才能推开智慧之门

把青草还给羊群　把回忆还给青春
把洁净还给河流　把和平还给母亲
把幸福还给爱情　把目光还给忠贞
把心灵上的足迹　还给自然与追寻

克什克腾十月的早晨
草原母亲们依旧无声劳作
我在一种大爱里沉思
关于启示　我岁岁叩伏的这片营地
是什么从未远离

一个女孩在包门前静对远山
她的双眸　犹如海子般清澈的底色
毫无杂质　那就是黑白相间的梦幻
我的故园的天使啊
我该用什么语言
对你描述山那边的蔚蓝

你是不会相信的　天使
因为怀念　我获得了诗歌
可我却丢失了坐骑
我走向了你所眺望的遥远
可我却不再属于故园

我想对你说　草原天使
心灵中有一条至善的道路
没有尘埃　如果你想到精灵一样的雪
你就不会怀疑尊严和圣洁

十月
我在贡格尔河南岸凝视北方
我的耳边萦绕着一首古歌
很多人在时光里行走
我知道她们是谁
是早晨　我知道山顶的上空红了
玫瑰色的光芒
将铺展大地　这是草原上新的一日
哲人们说这叫起始
我知道　有一位草原母亲
就在不远处望着我
她扶着一驾祖传的勒勒车
上面有两个巨大的木轮

我知道　如果我再次离去
我的草原母亲
依然会泪洒衣襟
我知道　即使我永别这个世界
我的神圣的高原
那车轮滚动的声音
也必将永存

2008年9月16日—10月18日，
于北京、承德、坝上草原、克什克腾、呼和浩特、丹东、北京写作完成

在时间的另一边

荷马死了
仁慈的盲者进入更深的黑暗
诗歌活着
或许会成为久远

爱琴海边
世界的希腊美丽依然
沙滩　永无止息的波涌从眼前直到天边

被鲜花点缀的春天洒落阳光
一面破碎的帆
留在深海　军舰鸟的叫声在海天之间
女子的怀念
常常是守望孤灯
久坐无言

梦幻的雅典
和平对于人类还是心灵的祈愿
帕特农神殿
倾吐人类可以感觉的气息
落日的辉煌　实际上停留了瞬间
然后再度回返

热爱诗歌的女子渴望描述与倾吐

她守护一片天空
放飞鸽群　放飞永不示人的隐秘
她扬起手臂召唤飘逝的风筝
日光　月光　若隐若现的岚
这个女子的理想
与大地上的屋宇毫无关联
或许会有谁默读她的背影
但是不能看到她含泪的双眼

在告别雅典娜的时代
被灵魂之语描述的光荣和梦想
呈现出斑驳与残破
总是这样　在我们降生的这个蓝色的星球
一颗心灵肯定挚爱过另一颗心灵
或深重伤害过一颗心灵
宣喻无罪的双手
垂落于死亡的尽头

火光升腾
呼声飘向威严的天宇
一座被围攻许久的城市开始哭泣
大街上奔跑着人群
在宫殿的中心
将死的王者把最心爱的女人拥入怀中
亲吻她的唇
王妃的双眸里留下了最后的声音
最后的温存　是她充满弹性与惊悸的肉体
死亡的临近
如同鲜血流淌一般逼真

流弹凄厉　受伤的飞鸟哀鸣着飞翔

王妃没有流泪诉说
她箍紧的双臂间残存着往昔
那么多倾听天籁的日子
等待或受孕的日子
形成闪烁不定的记忆
但是　都城陷落了　绝望的王者拥着她
她的身后站着一些孩子
孩子们身后是紫色的帷幕
持剑的武士把守门禁
形如雕塑

在这个纷繁的世界
可以想象沉着的背叛与惊慌的逃离
但却无法描述生死一瞬的忠诚与尊严
是秋天
石缝间的草已经枯黄
都城终于陷落
一些人胜了
一些人死了
一些人在狂饮中
用粗鄙的语言描述光荣
被征服了肉体的女人们
在内心发出绝望的诅咒

十三世纪的中亚天空
回传着远去的雁鸣
大地肃穆　随处可见枯黄的草地与蓝色的湖泊
年轻的马头琴手面东而跪
回返故园的路　比苦难短　比琴声长
蔽日的尘土缓慢飘落
覆盖破碎的旌旗

向东　琴手伸出右臂遥望苍茫
东方的额尔古纳河畔有醉人的奶香
有等待的姑娘
达里湖上空有大雁飞翔

智者啊
他噙泪的箴言未能阻止疯狂的杀戮
星光黯淡　河流缠绕远山
那个时刻谁在歌唱
谁在放浪和狞笑中
把一个美丽女子的贞洁扼杀于一瞬
那个时刻谁在逃亡　天空无雪
谁在屋檐下观望蝙蝠的翅膀
谁在苦难中默诵智者的诗句
那源于高贵心灵的光芒
并没有凝固在天上

更远的地方
幼发拉底　底格里斯
巴比伦大地永远的女儿
曾见证肆虐的洪水　战乱与瘟疫
也见证了爱情与坚贞

如今
拯救的方舟停泊在哪里
大洪水消退后
幸存下来的主人究竟农夫　还是神
时间的刀斧
在水面上留下的只能是波纹
更深的记忆是废弃河道的龟裂
是微笑的背叛

是一个伟大民族历经两千年迁徙后
镌刻在心灵上的陌路与伤痕

更早的时候
被雄狮亲吻颈部的男孩仰首向天
他证实最初的征服源自暴力
通常是夜晚　等待侍寝的女子身披绸缎
烛光微燃　巍峨的宫殿里隐藏着贪婪和阴谋
在光明的深处是更深的黑暗

一双弯曲的手掌游过女子的肌肤
这双手掌充满了原始的欲望
它曾紧握刀剑　死死扼住敌人的咽喉
也曾射出鸣响的箭镞
在女子啜泣的这个夜晚
古城的郊野遍布营盘
醉酒的军士在篝火前舞蹈
哼唱神秘的歌谣
那双手臂的主人　也是这座宫殿新的主人
初次拥有了前朝美丽的女子
征服与被征服　充满预言的山河总是沉默
不能被文字记录的历史或过程
它的底色一片鲜红

当然还有女子的疼痛
绝对无法呼喊的恳求
缤纷的泪雨打湿枕畔

行走在河边的童年
绿草与花　远方的岚
母亲无限仁慈的双眼

成长中的夏天与秋天
是谁在凋残的景象里眺望预言

一个忧伤的母亲说
从这一个到那一个
被疯狂摧残和亡失的都是花朵

哦　幼发拉底河　底格里斯河
五千年长空无语
只为一句祝祷
我柔弱美丽的巴格达
我走失的姐妹啊
无人的家
我的支离破碎的西亚
沙漠上不见白色的花

十一世纪的中亚
没有蒙古牧人的家
在回返故园的途中
那个蒙古琴手准确预言了君主的亡期
从这一天开始
琴手蘸着心灵的血液
开始书写一部箴言

我的宽厚的东方
故园贡格尔草原银色的月亮没有遗忘
她年轻的琴手用孤寂与忍耐
接近了神示
他选择了传导的方式
最终成为那片博大草地与人景仰的智者

他的琴声里饱含了平实的倾诉
因为遥远
他苦苦思念母亲的语言
在湿气蒸腾巴尔喀什湖畔
智者停住脚步凝望一派碧蓝的大水
泪流满面　智者说
这是上天的恩惠
就是这水
这生生死死的轮回养育了人类
可是　有些人总会遗忘自己是谁

那些滞留的时光啊
人在地上　鸟在树上　云在天上　爱在心上
远征的大军回到了故乡
一个伟大的君主被将士们安葬于异乡的树下
一面敞开的山谷正对着东方

这是 1227 年的停滞
成吉思汗　蒙古民族永恒的父亲
他的陵寝　从此了无印痕
后来的追思者们
只能走入山脉或贴近草根
倾听一种神秘的声音

是群星隐没的早晨
智者在命定的时刻遇到一个哈萨克少女
他们注视　用微笑和心灵交谈
智者神奇地听懂了另一种语言

这是奇迹
智者获得美丽少女的爱情是又一个奇迹

失去了双亲的少女依偎智者
含泪表达了追随的意愿
智者感叹长天恩赐纯洁的爱恋
是一颗没有被污染的心灵
引领智者来到敞开的门前

夜晚　智者手指巴尔喀什湖
对少女痴迷耳语
你要随我远去
在大兴安岭最高峰下
有一泓湖泊叫达里
那里是我出生的故地

宗教的故地在耶路撒冷
永远的圣城　精神世界永远的光明
永远的冷与痛

神说　你可以剥夺一个种族的自由
让他们丧失家园　流落天涯
你不能剥夺他们的思想
那棵信仰的树上
结着崇高的果实
你可以剥夺他们的生命
让他们集体受死　停止呼吸
你不能剥夺他们安息的方式
这片时冷时热的大地
将珍爱他们的亡魂
当然　你也可以蹂躏一个美丽女子的肉体
但你无法蹂躏高贵的心灵
她逼视你的眼神
甚至没有仇视与悲痛

你可以随意欺凌　对母亲给予的身躯
鞭挞摧残　你不能摘下那朵信仰的花
雪落山崖　你无法叫它融化

春天　溪流在土地上汇成了河
一万年日生月落
天空没有停止凝视与思索
人类没有停止播种劳作
在大地上
很多很多宫殿坍塌了
一些挺立的石柱
无声注释往昔的巍峨

在往昔中国
一驾马车驶入暗夜
骊山深处没有灯火
渴望不朽的王者
因为恐惧死亡
制造了无数死亡

落败者的宝剑斜插在杳然的旷野
周围散落战死者的白骨
宝剑手柄精美的花纹已经锈蚀
那些马　受伤和健壮的战马
也不知消失在哪里

咸阳的冬季
王者的坐骑套在两辕之间
苍老地喘息　夜色浓重
无数死难者的手臂出现于天际
像箭镞那样　也像树木

王者毫无觉察　他悲哀地老了
他准备把姓氏刻入石头
把石头埋入泥土
在黑暗的地下建造一座王城
让兵马成俑　如果能够
他会移动壮美的星空
让活着的人们失去璀璨的穹隆

殉葬的群体很难留下家族的姓氏
她们叫女人
曾经美丽　拥有一个季节的风景
夜夜期待王者幸临
王城　对称的角楼　甬道与高墙
被囚禁的年轻与美丽
阴柔的河面上漂着凋落的花瓣

是那些彼此争宠的女人
她们都有高贵的服饰
没有高贵的心灵
偎在王者的怀里　她们娇媚
以年轻缠绕苍老　掩暗流于幽深的井中
她们期盼受孕
为疲惫的王者生下男婴
在无限虚荣的层面覆盖新一层虚荣
她们也会啜泣　在王者熟睡之前
使用语言的刀子从容谋杀另一个女人
总会有人快乐　有人独守孤灯
或在无眠的夜里坐守黎明

深宫里的悲剧是怎样诞生的
一个女人的美丽是怎样终结的

一个王朝与一个王朝是怎样更替的
年老的太监站在夕阳里喟叹
残缺的男人啊
像一棵扭曲的树
目睹了很多细节

在意大利
以上帝的名义主宰的世纪
大火焚烧了不朽的真理
伽利略　人类之子
他的双眼里流淌永恒的忧郁
在山之上　云之下
古老的意大利落下一片泪雨

长眠者
那个以凝视的神态崇敬大地与太阳的人
没有被泥土掩埋
他的灵魂化成了溪流
最终汇入大海
随太阳起落发出遥远的潮汐

时间的灰烬没有形态
记忆也没有形态
所谓寻觅　是一颗悲苦的心灵
在广大的人世间朝神性虔诚地接近

一刻　一天　一年
抑或整整一生
用双脚丈量的大地与河流
山脉　草原　森林
星子般蓝色的湖泊

这朝圣一样的过程不仅仅属于道路
低语者　那些张望背影的人们
总是心怀疑惧

记录于亚平宁往昔的史实
砌入古老的石缝
倾听泥土而至地泉
或飘向巍峨的塔顶
凝望高远而至星空
抵达幻景　感知地心的搏动
触摸星子之间真实奇异的果实
伽利略　被火光托举的忧伤的灵魂
以俯视的姿态说了一些话语

大地还是沉默
一层温暖的光芒照射尘土
点燃烈火的人
已经被寒冷深深围困

大地与心灵
当然也不会遗忘但丁
请不要说他是谁的兄弟
他是一个嗓音嘶哑的歌者
在夜晚和早晨之间
他选择了距离
在距离和距离之间
他选择了行走
在天堂和地狱之间
他选择了澄明
在成长和死亡之间
他选择了疼痛

怀着圣童的心态
日夜守望岁月的河流
看流星消失天宇
远山神秘　大地上的草黄了又绿
举起手臂　然后放下手臂
神说　人啊
你们为何常常躲避

在相对的纬度
但丁敬畏火　敬畏苦难与快乐的心灵
始终向着光明致意
感觉黑暗　倾听周围纷乱的脚步
踏响混沌的时空

他用沉思梳理陌生的道路
如思慕异地的情人
她的神情　她长发间舞动的风
让阳光的叠印出现在想象里
一层　然后是很多层

没有告别　没有碑
甚至没有锈蚀的记忆
只有诗歌　被灵魂推动的神鸟
飞遍了这个世界

你无法推论神鸟的栖落
她拥有另一个世界
驮着诗人的梦幻飞翔
超越大地上的一切建筑
超越群山和海洋
超越苦难和绿树掩映的故乡

在人类向善的心海歌唱
一派静谧
接着是一派苍茫

在中美洲
帕伦克太阳神庙建在山上
落日十分
古老的门和石墙
闪耀夕照的辉煌

哦　酷爱舞蹈的玛雅人
被人类苦苦追问的玛雅人
究竟是什么力量
封闭了一道文明的巨门

丛林
秋天的午后仿佛只有风的声音
枯枝和落叶下隐伏着蛇类
在什么时候
你们在那里建筑了精美的石塔
在一面斜坡上留下蛇形光影
无数活着的人
接续到来的人
以自己的方式用目光阅读
然后拖着身影离去

没有谁了能够瞬间透视那个瞬间
光明或黑暗
一句插上翅羽的箴言
已经飘逝了很远很远

我们可以设想一个悲哀的雨季
玛雅人整体消失了
不是种族迁徙
是一句谶语
不可破译

文明的门开启又关闭
青草的气息里存在舞蹈
那是光阴　无限明灭的过程
从春季到冬季　再轮回到冬季
我们怀念智慧的先人
企望以纯洁的虔诚获得一瞬灵光
就是此种呈现
让我们握住天国的门环
不说距离　仅仅说出真实的疑虑
我们在哪里　你们在哪里
这神秘的阻隔啊
有多少无形的墙壁

希腊
阿克波里斯山下的少女
在一块石头上识别古老的铭文
圣灵之息从一句诗中飘逸
远去的人们
那许多充满创造的夜晚和黎明
该不会如逝水般消隐
少女静默
白色的石头形如刀斧
依稀可见智者的指痕

雅典　被天使之翼护卫的城市

浪漫依存　正如人类透明的感伤
活在怀念中的人们从不愿说风雨
也不说感激　雅典
你身穿白衣的少女
在夕阳下站立
在九月
在一片树叶轻轻飘落的秋季

有一些长者在正午里说史
一驾马车与一驾马车的距离
通常是一个人与另一个人的距离
那时候　辉煌的雅典上空传来钟声
孩子们从窗口张望
码头安谧
谁在烛光深处探寻故人的心灵
说史的长者们微笑不语

雅典
石头的纹理间有一条道路
清水　栅栏　被圣灵之息吹拂的摇篮
低声诉说一个光明的夜晚
那是在很久以前　雅典
一首不朽的诗作诞生了
雅典　美丽的雅典
仁爱的荷马走了多远

被时光之铁铸造的信仰
依然承受着希腊诸神的触摸
数千年长河逝去
人类心灵高洁的旗帜飘着
舞着　以尊严与自由的名义

在一个清晨诞生的颂辞
已凝固为帕特农神殿巍峨的石柱
让后人永远阅读

是怎样的开始
那无比尊贵的选择
决定于一个手势　智慧的先哲们
在自然的夕照里默念圣水
处在宁静的中心
第一个人举起了手臂
先哲的手臂
就这样领悟了圣水的启示

以炽热的心语交流最初的结构
与造型　帕特农神殿
是永不剥蚀的宗教铭文
颂扬着一条长路
几乎所有深怀真知的人们
都不曾忘却心灵的仪式
如巨石所矗立的丰碑

许多人已经去了
后来的人们欲问他们留下了什么
黎明　希腊　一位母亲举起
一方洁白的丝巾
一片流云
飘过帕特农神殿
一刻追思
一声噙泪的问候
献给无言而眠的乡村

在属于灵魂的世界里
在相对的远方和过去
一颗崇尚自由的心灵长眠了
1824 年　不朽的拜伦以死证明
在人类苦苦求存的世间
充满激情与挚爱的品质有多么珍贵

为正义而奋起的先人
从不畏惧残酷的击打
唯有心灵　苦难或欢乐的心灵
在西风的呜咽中
给母亲和孩子们点燃光明

我们在希腊神殿的石柱上
慢慢寻找拜伦的名字
岁月苍茫　有一盏灯亮着
我们知道是谁在时光深处歌唱

那些为自由而阵亡的人们
没留下姓名　拜伦
你的诗歌之林形如祝祷
覆盖着逝者的灵魂

是的　面对这大地
我们说　此刻　除了太阳
一切似乎都已消隐
可悲歌活着　如这遗迹
如 1824 年的拜伦
留给我们最后的诗句

当然　我们确信
因阳光照耀
英雄的竖琴不会沉寂
爱琴海　英雄少年放牧的羊群
点缀着草地　在渐渐淡忘的梦中
唯有你的一派蔚蓝
使我们追怀　使我们感伤
丧失了爱情抚慰的希腊女子
珍藏着一部诗集

爱琴海　你玫瑰色的岛屿上
有一条芜荒的旧路
英雄安睡　英雄白色的桅杆上
风标鸣响　从雅典向南
也就是沿海岸向南
随处可见智慧的遗迹

桑尼奥
美丽的桑尼奥啊
宙斯的巨柱支撑起一个黄昏
人类梦幻的情怀里涌动着爱琴海
爱琴海　你一点鲜红
原是一面旗帜

无尽的蔚蓝色的生命
在一点鲜红的周围
呈现出不可想象的久远
爱琴海　在桑尼奥海滨
种植橄榄的老人歇息了
爱琴海　英雄的竖琴没有沉寂

入夜　我听到希腊在对长天低语
那最亮的一颗星辰
停留在头顶　久违了的和平
永存的母性　被光明召唤着
从昨天到今天　从今天到未来
从未来到天使般迷幻的梦境

在爱琴海滨
光荣的雅典因她而命名
当和平的脚步离人类远去
当一个孩子　在鲜血中
寻找回家的路径
我们怀念雅典娜的橄榄枝
怀念无数不幸的逝者
怀念黎明
属于人类的宁静的黎明

人类所固有的高洁的品格
源于一种神性
看一眼平原上拾穗的孩子
我们便会对劳动感恩
雅典娜　你母性的守护
已凝固为一滴泪水
美丽的橄榄枝
在每一个早晨里摇动

雅典娜　雅典娜
相信灵魂是不死的
人类求索和平的信仰
如岩石般坚定

一行诗能够燃亮整个世界
一双被囚禁的双脚
在潮湿的暗室里
从容地写就人类的心灵
与可以描述的隐痛

看一看
年迈的巴比伦母亲怀抱着羔羊
那是凌晨　一个处在花季的少女突然死了
火光　火光　火光
绝望的街道与楼房
绝望的宗教的殿堂

一只雏燕在风雨中寻找巢穴
冰冷的五月之夜
有歌者离去　故园落泪
高大的榕树下聚集着人群
所有的母亲都不理解年轻的死亡
当泪水干涸　泪珠在泥土中凝为遗恨
有一类光荣随之诞生
接过鲜花的双手
沾着血迹

最终
真理的肉体臣服了屋宇
绿草无际　绿草倾吐着永恒的呼吸
对于生者　每年总会有那么几个节日
怀念着　在祭火中感悟凋谢的主题

三月
长河解冻

铁犁翻卷起新土
是啊　人类总也离不开躬身耕种
这时节　一个盲者
在黑暗中祈愿哭泣的和平

请你相信
在永恒的诗歌中
被辽远创造的美丽充满了神秘
午夜星河　如羊群般起伏的波涛
意念中的奇迹
属于幼童与智者

在光明之峰
苍穹之下
有一片生长的树木
守林的老人还没有入睡
你不知道他是谁

如期而遇的烛火在仁爱中点燃
这一夜
会有许许多多的孩子们
期盼听到幸福的消息

距离的尽头依然是距离
唯有心灵
唯有心灵的贴近
能够感觉圣洁的抚慰

在怀念中活着的那些人
形如夜风
古老的乡村里

庄严的仪式只为漂泊无定的灵魂

精美的食物摆放在孤寂深处
有人在闭目祝祷
为隔海相望的两片大陆
有人在描述
在那种时刻该发出怎样的祝福

是啊　我们有理由骄傲
五千年时光之尘
覆盖着三条朝觐的长路
被苦难铸造的心灵
如蓝天般敞开着
岁月啊　你的哪一段风雨没有记录
有哪一个圣徒
没有默念过耶路撒冷

那一天
希律王宫殿的阳台上
已不见孤独的故人
日光　废墟　头戴纱巾的中东女子
为什么掩面而泣

岁月凝重的影子犹如死海
耶路撒冷
许许多多人为信仰活着
在距你遥远的中国之夜
我试图追寻那些不悔的心灵
耶路撒冷　为什么
在我的诗歌里没有一丝回声

未被惊醒的肃穆
凝固于赫尔蒙山主峰
三汩活水　三条液体的精神之路
所交汇的圣河
最终消隐于谶语般的死海

人类持久的心愿形如礁石
在水中　或在冰中
听悠远的笛声

以什么样的过程
缠绕这水　这水中清凉的洗沐
灌木丛中的昆虫
以爬行的方式经历着晴日
它们应该拥有另一种语言
说约旦河
说它们也属于这河

牧羊神再未归来
他将什么留在了尘世
我们在静中遥望
约旦河　约旦河
有一群飞鸟正诉说着夏季
那是未被惊醒的往昔

往昔啊
精神的树冠上
结着血色的果实
一个春季　一个夏季　一个秋季
一个动机纷飞的雪花
最终融化为无声的泪滴

在时间的另一边
行走着我们的童年
你会听到母亲呼唤
在早晨　或者夜晚
你会思念故园的远山
一个瞬间　一团火焰　一句最初爱恋的语言

在时间的另一边
在我所不能涉足的道路上
会出现一些人
他们不会对我询问自己的家门

这是第三个夏天
我写入诗歌中的一个概念
窗外是厚重的夜暗
在这个古老的都城
很多人睡了
天空里堆积着乌云

对雪的渴望
如今已经成为一个遥远的事物
这不能描述
正如我不能描述那些陌生的人

当冬天突然降临
想象中的那道自然的门微微开启
秋天就变成了一种记忆
落叶　被收割后的土地
还有杳渺的苍宇

谁在挽留　谁在怀念　谁在祝福
谁在温暖的灯光下无言流泪
谁希望用双手捧着自己滴血的心
为某种不会重来的岁月
举行一个祭礼

是的　我知道
在时间的另一边
谁也无法隔断大地与天空之间的距离
你用手臂挡住双眼
也无法隔断与平原或远山的距离

在时间的另一边
这无限宽广的世界啊
被水分割的陆地上
生长并埋葬着人类久远的祈愿
说感恩　说怀念　说那眺望不尽的自然的神秘里
存在着智者的哲思和祝祷
说距离的形态通常是水
如泪滴　如清明时节的雨水从高空挥洒
浸染大地　我们就在这样的距离中存活
从这一季到下一季
光阴无形的手臂
轻轻移向人类不可涉足的地域

在时间的另一边
当雨声飘逝
长街上最后一个人在门内消隐
我想到七月的高原上存在一颗痛苦的心灵
滞留在这座日渐陌生的都城
我怀念风

那无所不在的神性

我想对你们说起草原
那随处可以感觉的昭示　奔驰的马
血色黎明　在牧羊人身后　也就是在蒙古包前
有一双清澈的眼睛

一个蒙古少女的眼睛
谁知道她将凝望多久呢
在时间的另一边
她牧羊的父亲没有归来
活着的人　会渐渐遗忘他的姓名

七月是不该发生死亡的
他却死了　死在暴雨击打的河中
许多年后　在贡格尔草原上
一个牧羊的蒙古女人以泣血之语呼喊父亲
她会面对一个长者的背影　那个背影
在她的眼前消失得寂静无声

在时间的另一边
我们降生并永世感动的山河
母亲的山河　在雨中如此静默
生命不可以诉说
当涉猎者在严冬的深山
听到母鹿的哀鸣　他会想到血与最后的篝火
生命不可以诉说

这也不可以改变
我们存活　注定了将感受欢乐与痛苦
母亲的山河依旧　她暗示我们

在这个世界里　风雪交替　花开花落
你活着　你会感动　你会痛苦
但生命不可以诉说

在时间的另一边
美丽的岩画覆盖尘土
雄鹰在黄昏飞旋
八月　问路的长者没有骑马
在圣山之侧
牧羊的少年示意他向南

为理念而涂染的色彩
证明着古老的承诺
这无限的时间与空间
岸　湖畔　地平线
多重意象所组合的草原

一匹老死的蒙古马
被安葬于无月的夜晚
这时刻的星空宁静辉煌
仰首的人　那忧伤的人
手托着光滑的马鞍

圣山之侧的百鸟不再鸣唱
湖依然湛蓝　八月
失去了坐骑的人走向来路
远方　有一盏灯火亮着
他的亲人们没有入眠

在时间的另一边
你们说还有什么

除了那些已故的人们
就是记忆　我们回也回不去的童年
根本无法描述的怀念

2007 年 6—7 月，于北京

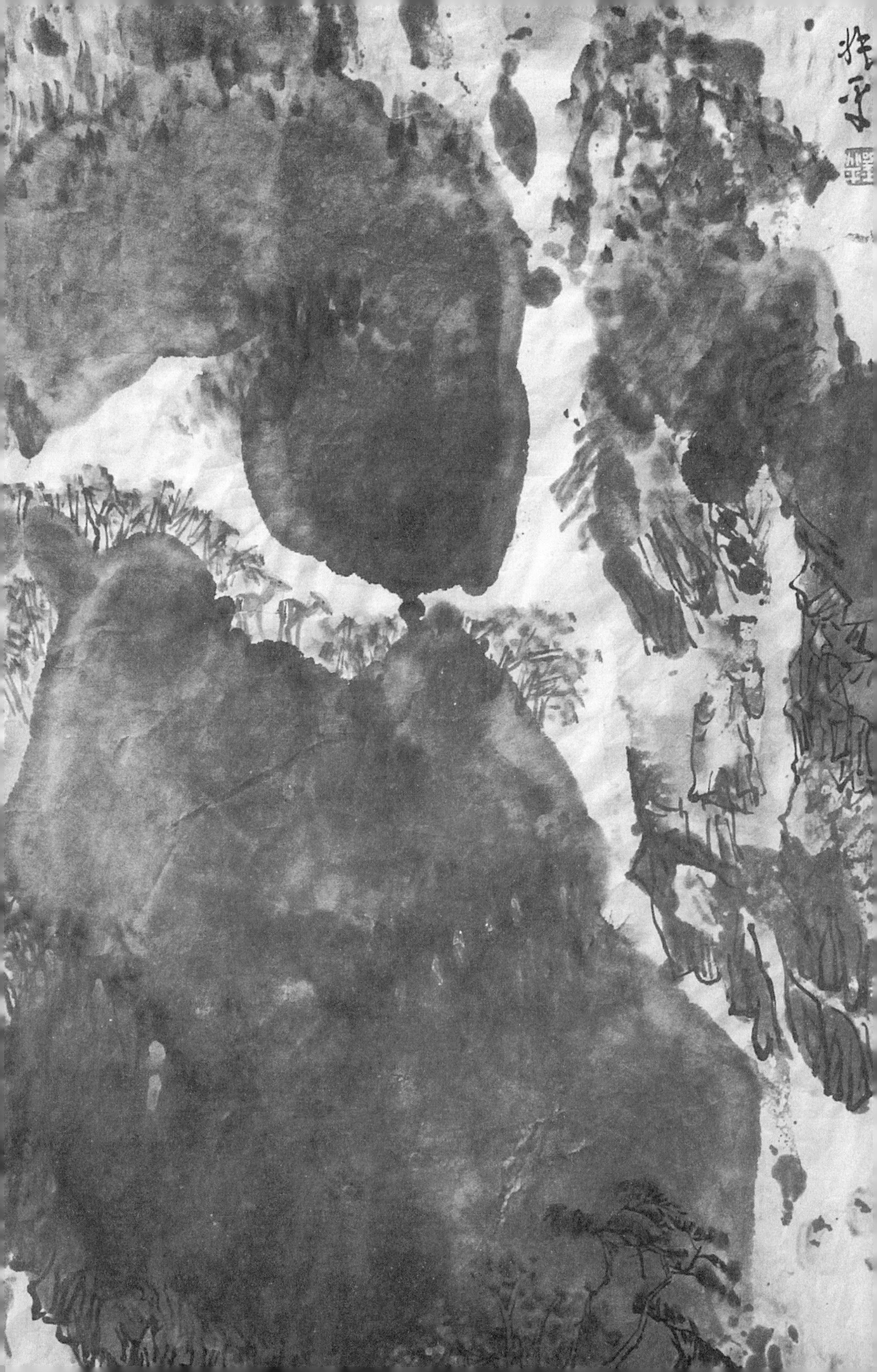

诗人书简：燎原与舒洁

舒洁你好：

大作（《在时间的另一边》）已读，这是一首怀念圣贤、圣灵、英雄的长诗；是一首在世界文明全景中，追忆人类史诗时代的史记性的作品。我对其中书写成吉思汗和秦始皇的那两个部分，感受尤为深刻。

的确，成吉思汗的离世仿佛就是一个神话："这是1227年的停滞 / 成吉思汗 / 蒙古民族永恒的父亲 / 他的陵寝 / 从此了无印痕 / 后来的追思者们 / 只能走入山脉或贴近草根 / 倾听一种神秘的声音"。

一个改变了世界格局的大人物，以他神秘的离去，给后世留下了无尽的猜想和敬畏。当今的地球上，再也没有这样能够震撼时空的人物了；也没有了这首长诗中所描述的那些奇迹。

于是突然想到，今天还写这种诗的诗人是纯情的，是对人类历史大时空中的黄金时代一往情深的纯情。形而上的纯情。而由诗人担当的精神抒情者的角色，实际上代表了世道人心古老而永恒的向往。

向这样的心灵致敬，也向你艰辛而卓有成效的劳作致敬。

燎原

2007年7月21日，于威海

燎原你好：

大札收悉。关于拙作，你珍贵的理解推动了我的思索。我常想，假若我们能够看到伟大前人的背影，那么，我们能否听到哪怕一句富有启示的箴言？浩瀚的时空间留下了太多的隐秘，历史也是如此，还有文学。我们所以阅读，是因为我们行走了一条接续的道路，所谓开凿，实际上是在感受到一面圣旗真实存在后，对诗歌（哲学）远途毫无悔意的追随。

此刻，我只能想到飘逸的神明。

在飘逸的神明中，听到了箴言的人在冬夜里沉默。那些怀着悲苦的心灵举起了意念手臂的人，渴望以伸展的虔诚留住一句神语。那个时刻，或许很多人都睡了，长风未息。一定会有那么一个人的，他会在自己裸露的手掌间看到神秘的纵横。那句神语应该是：你们在那纵横里存活，要让向善的心灵主宰你们的双手。他还应该是一个回返故乡探望生母的人，他在迢遥的旅途上获得了生命的真知。他用独特的语言记录了某个瞬间，他是一个在孤寂与贫困中奢望引领的杰出的诗人，他难以知晓会有多少人敬畏灵性与神明。

在飘逸的神明中，岁月的鳞片组合起我们的记忆，我们从一条叫光明的路上走来，彼此并没有前世相约。在一扇门内，已故的先哲们站立着，为了某种进入，他们已经等待了许久。相信那些获得了精神火种的人会走在前头，并相约敲响那扇无所不在的智慧之门。是啊，另一种可能也是存在的，伟大的先哲们将从那扇门内走出来，再次发出睿智之语。

这就是我们所言说的奇迹。

顺致夏安

舒洁

2007年7月25日，于北京

通　透

2008年5月12日中午11时25分54秒，我更新了博客，题为《告别辞》。

在那篇短文里，我说——

“生命珍贵，我会微笑。若你们来看望我，依然能够听到犹如天籁一样的蒙古歌曲，那是美丽的蒙古女儿哈琳、斯日其玛、阿丽玛和一个天使般的蒙古女童用心灵演绎的对高原母亲的热爱；还有忧伤的《辛德勒的名单》。我知道，因此，我的很多朋友会感受失落；我也会。”

在描述一种降生时，我说——

“那一刻，人们才会理解为什么歌者会为苍生落泪。”

谈到我和诗歌，我说——

“只要活着并写作，我就不会让哪怕一个不洁的文字进入我的诗歌！这是我的信念，须臾不会动摇。”

最后，我说——

“无语祝福，我的朋友们。”

在我更新博客后2小时59分6秒，汶川地震发生。

在地震前不到三个小时，我写作了长诗《通透》的前131行（到“啊锡安”一行）。

有心的朋友们，我请你们认真阅读这部分诗歌。我在那个午夜更新的，只是《通透》的一部分。

由此，我相信，在自然界，一定存在神秘的暗示——我敬畏，但不恐惧；相反，我的内心里充满感激！当然，我不知道，在我们尚未抵达的前面，还会发生什么……

——题记

你可以想象一面镜子
在西南方向的天空
堆积的云
为什么那么沉重
如果母亲不在
愿众神将一百道光明投向山顶
留一束微茫
给陷入灾难的人

关于静默
那么多永远消失的人和树木
孱弱的河
被沙漠围困的蒙古草原
噤声的鸟群
高举或者垂下的手臂
在绝望中遗忘了呼唤的孩子
还有曾经的节日
用什么样的色彩
涂染悲哀的午后

在四朵白云之间选择一片湛蓝
寻觅鸟迹
风雨之前的世界
年老的耕者珍爱锄头
那新鲜的土
一颗露珠辉映美丽的神情
当暮色渐蓝
忧郁的武士在想象中寻觅昔日的坐骑
当西风吹黄传奇的记忆
你要相信大地的心
从来不会沉寂

是谁在说
有一种爱和死我们都还陌生
有一种存在
像仁慈的声音
总使我们感动
有一种告别
最后的呼唤不一定是人的姓名

日光明亮的正午
树冠静止
飞翔的噪音如诅咒一般
在无限宽广的北方　证明谶语
曾经被一个美丽的少女点破黑色的内里
像丝绸一样柔软
像雨中古老祭祀
为逝者送行

一道绿色窗帘遮挡视线
但你可以神游日苏里海滨
面对世界
你要以最虔诚的默念
用毫无杂质的目光传导那句心语
你必须铭记
如果五月飞雪
那是时光霜色　在母亲的鬓发
提示只有一次的美丽与青春
要懂得凝视
不是用语言
是用你的心

很多很多人遗忘了河流

溯源　富有母爱属性的氤氲
在神秘的山谷里漂浮
没有声音

日苏里海滨的黄昏
故人红色的彩巾落在沙地
牧羊的长者
他背对夕阳的身影
原来是一个未解的疑问

你还没有拥有遥远的道路
只有遥远　它占据自然永恒的存在
别渴望接近　入夜
舒缓的风起自东南
羊群安睡　那个孤独的牧羊人
在预言的梦里
将成为你的存在

有人在绝对的黑暗中点燃祈祷的蜡烛
某种极致的呈现
众神舞蹈的天穹堆积阴云
那个时刻　一个天使怀揣颂诗
渡过幼发拉底河
朝觐的人们心向麦加和拉萨
他们很少恐惧
经历饥饿与寒冷后
他们接过温暖的食物
只有泪水
不说感恩

在绝对黑暗中的另一重视野

群山轮廓分明
蓝色的梦境重归远逝的年代
见证雪落心灵
这世世代代不倦的咏叹
精神纯净的闪耀
发出回声

一个圣婴学会了行走
是脱离母乳最初的日子
她拒绝牵手
向第二个秋天迈出脚步
跟在圣婴身后的人们
理解了自由

非洲的金字塔上刻着一行神语
圣婴确曾这样歌唱
愿温暖永存人间
我降生的哭声击碎寒冷与黑暗
记住那一刻
血色和汗水
母亲的泪
愿灯光依然
在那暗影深处
五根手指伸向五条光明的旅途
为饥饿者施恩
愿你们洁净
从心灵开始
不要想到结束
远离谎言与荼毒

你要知道

在远方　一些你难以描述的人
他们没有忘记寻找

“在巴比伦河畔
我们坐下，想起她
想起她，就止不住泪，啊锡安！”

五月雨中
从古国西南传来悲哀的消息
罹难的人
那些长在花季的孩子
他们在朗读一首唐诗的时刻
成为生息旋律的尾音

一个默者准确预言了那种降临
关于光　山顶　不可抗拒的离散
寻找圣泉的歌者
流下最后的泪滴

开始了
神说　就这样拯救
必须想到远大
田野上没有成熟的稻谷
坍塌的瓦砾下
那么多渐渐窒息的人

十三世纪
伟大的君王失去了最爱的亲人
战争的机器
突然停滞在多瑙河边

自然之神
把血色残阳投向古城
你看不见仁慈的手掌
但存在爱抚
像风吹拂草地那样
像众神降临黄昏

那个死去的蒙古少年
在欧洲的典籍里纯真复活
此刻　他在微笑
他用优美的蒙语轻声呼唤一个国度
匈牙利
匈牙利

两个时空里出现的亡失
都在五月
孩子们　他们进入永恒黑暗的瞬间
通透的光明中洒落斜飞的雨
这是另一种阻隔
从山顶翻滚而下的巨石
轰然撞击蓝色的湖泊

2008 年 5 月 12 日 8 时 58 分，于北京

美丽女孩

在那个夜晚
你向我传达了有关圣灵的消息
美丽女孩
你如一朵素雅的槐花
首先接受了长风的洗沐与暗示

美丽女孩
仅仅因为那个日子
人类　或者说我们
就应该深怀感动
为平安的大地与宁静的星空

美丽女孩
那夜　我看到这座都城
到处都点燃节日的灯火
有许多人在辉煌中行走
神态自由而安详

美丽女孩
在那个夜晚　我想到人类的大爱
绵延无尽的生命的恩泽
就如同不朽的绿树
我们的心灵就是这树上的
这一片叶子和那一片叶子

吮吸甘美的圣水
有时候　我们也会感受到成长的过程
实际上饱含着泪水
苦涩而晶莹

美丽女孩
在感觉里　我们相邻而坐
晚祷的钟声在整个世界响起
感觉在你的身旁

美丽女孩
我静静体味纯净的流水
犹如灵息般漫过我的心灵
那时刻　我多么渴望
与你紧紧相拥

美丽女孩
在圣乐中流淌的纯净的水
使我想到遥远的大地
你所降生的大地
微微开启的故园的家门

我没有想到
美丽女孩
你会成为我诗歌中的
一派美丽弥漫的气息
那个在记忆深处渐渐凝固的时刻
像一组神性的语言
成为一首颂诗的过渡

美丽女孩

要知道桥梁的意象中有秋水流淌
正如在圣诞之夜
在我们接近精神的旗帜时
会听到天使同声歌唱

要知道
我们拥有如此的恩泽
必感激生命
我亲爱的美丽女孩
我们需要感激
感激生命诞生的时刻
有一束圣灵的光芒
温暖的光芒
照耀母亲的身躯和脸庞

美丽女孩
是劳动赐我们以诗歌和棉布
还有食物与信仰
我们彼此相爱相守
相携相伴　相思并渴望
从夜晚相拥直到黎明

美丽女孩
此刻　你的气息犹如旗帜
飘动在我的视野
这是十月的正午
昨夜有梦
有一首诗歌醒着
神秘的耶路撒冷醒着
一语漫长的诺言
从未远离人类的圣城

美丽女孩
我想告诉你　在此刻
有一种真实正在向我们逼近
那不是风雪　也不是节日
那是生命之泉汇流的神奇
是灵性成长中不可抗拒的约定

美丽女孩
要懂得等待
等待为人类所迷醉的降临

美丽女孩
此刻　你说
谁在长途
谁在圣灵的啼声中落泪
谁在孤寂中举起了双手
谁在风雪里追寻智者的身影

庄严的旗帜上写着谁的名字
我们只有仰视
或无言解读
我亲爱的美丽女孩
在这平凡的世间
我们活着　因神性的召引
我们时时行走在路上
心灵的步履从未有过片刻驻足

美丽女孩
昨夜　你在熟睡
我曾对你轻轻耳语
我亲爱的美丽女孩

夜很宁静　早晨将至
这是十月辽远的夜里
我们拥有同一盏灯火
我亲爱的美丽女孩
你说　在这世间　我们
还有什么不能够亲切地描述

2007 年 10 月 15 日正午，于北京

秋水佳音
乙未八月兆平

切·格瓦拉

如果是以自由的名义
那么　我崇尚你的选择与牺牲
切·格瓦拉　人类杰出的森林之子
你不朽的引领存在了许多年
从古巴开始　但没有结束
在被战争蹂躏的这个世界
我们每年都种植一些树木
让你的灵魂从中穿行

我们的名字叫平凡者
我们也只有如此　切·格瓦拉
你说　你能叫我们决定什么
当人类的思想形成动感的山脉时
你就是山顶的树
这便意味着　切·格瓦拉
我们必仰视你　怀念你
并将你的品质传给一代又一代后人

在你拒绝荣耀的那一天
切·格瓦拉　你知道　你微笑着选择了死
那一天　南美落雨
传奇般的亚马孙丛林风声阵阵

我们绝对无法想象你上路的夜里

自然的星辰是不是在流泪
切·格瓦拉　这就是为什么
有些人会速朽　有些人会恐惧自己的内心

而你　是知道结局的
三十年前　直到如今
有一种力量足以吞噬整个世界的丛林
切·格瓦拉　告诉我们　在更多的时候
人类中的许多人不及你那样
善于主宰自己的双手
是否就无法主宰自己的命运

切·格瓦拉　你是有福的
你的生命如此充满智慧与传奇
你短暂的一生就如同一条年轻的河流
融入了深海　而源头却是不竭的地泉
这将是怎样的一种奔涌
切·格瓦拉　你的确是有福的
你甚至未曾体味人类的衰老
就这样留下了永生的姓名

是的　我们懂得　在这世间
切·格瓦拉　有一类纪念非常廉价
这绝对有悖你的初衷
我们活着　望整个人类就如蚁群
在见过太多太多沉痛的神情之后
我们理解了泪水的价值
切·格瓦拉　请相信我们是能够分辨的
在战乱中　在花海里　在巍峨的宫殿前
我们都不相信微笑的诺言
但我们相信你的鲜血

那是红的　色彩是那般真实
假如这生命的泉涌不能使人类警醒
那么　切·格瓦拉
人类的思想也就陷入了苍白与贫困

切·格瓦拉　当我们凝望天空的时候
除了风雨　还会发现鸣叫的雁阵
在屋檐下　我们发现一只美丽燕子
为雏燕衔回自然的食物
从如此的视角里　我们透视你的抗争
与最终的献身　切·格瓦拉
我们为自己感到深重的羞愧
究竟为了什么　人类不能够平等地生存
而要不停地屠杀自己的同类

人是应该高尚地活着
正如死　切·格瓦拉
正如你的死　在生命的悲壮中
使我们领悟到升华的意义

在我们年轻的时代
如果接近了一首诗歌
就以为接近了一种理想
切·格瓦拉　其实这不是青春的过错
我们不及你　我们生存在远离英雄的时代
只能选择怀念的方式接近英雄
这就是我们的庸常与局限

如果给我们一次机会
我们能像你那般投身自由吗
切·格瓦拉　假设是苍白的

我们没有激越的奥连特红滩
没有　切·格瓦拉
属于那个年代的血性泯灭了
“格拉玛”游艇已经沉没
这真是一种不幸

那少数幸存的人
切·格瓦拉　昔日与你并肩作战的伙伴们
他们在海洋的包围与残酷的击打中
已坚守了很久　我们可以说这是你精神的延续
形如蔓延的火　或我们十分熟识的旅途

真的　灵魂的旗帜是存在的
我们只需仰视
就可以在清新的长风中觅见旗手的身影
切·格瓦拉　想一想
你最终获得了宁静有多么幸福
数十年一瞬　人类走到了今日
无端的纷争距我们近了
枪声正在一个古老的部落里鸣响
饥饿的孩子们流落长街
人类被基本的生存深深困扰
切·格瓦拉　你在我的颂辞中沉思
把一个巨大的疑问
抛给了那些自以为强大的人们

是伟大的人格力量所汇聚的光辉
长久地感动着这个世界
切·格瓦拉　你深远的影响
超越了所谓种族　在更广大的地域上
在更辽阔的心灵空间

人们守护着呈给你的祭火
你人格的光辉自由飘飞
这不可折断的灵魂的羽翼
源自正义　果敢与永恒的呼吸

同样　切·格瓦拉
你的信仰不可扼杀
那些消灭了你肉体的人
惧怕你的思想　在自由被随意涂毒的夜晚
黎明消隐　那些人　那些借黑暗之手遮掩黑暗的人
必葬身黑暗　切·格瓦拉
现在　是谁在提醒我们不要流泪
是谁在我们怀念的晴空里描绘美丽的鸽群

人类之母的手臂遥指一片鲜红
这是谁也抹不去的真实
切·格瓦拉　这是谁也抹不去的记忆
智者说　从夜里出发的人从不怀疑早晨
是的　我们永不怀疑记忆　在生命的夏季
那些花朵曾以怎样的形态吸引我们
正如你　切·格瓦拉　正如你凝固的激情
在我们人类的故园里所展示的无畏与美丽
我们怀着无限的感伤告诉后人
正如你的离去

我们总祈愿枪声最终停止
让世间多一些耕作的铧犁
或多一些房屋与诗句
切·格瓦拉　人类的先祖果真诞生于某片林地吗
在你含笑而死的瞬间　你首先接近了什么
你的沉重的魂魄曾在何处滞留

切·格瓦拉　你永远的墓地在丛林里
在先祖们的一句预言中
在一个少女的泪光深处
那就是心愿　是清泉
是起起伏伏的自由的道路

某一种承袭铸造了你
切·格瓦拉　你是不死的
在人类之树最绿的那部分
我寻找属于你的纹理
那清晰的纵横被叶子护卫
我想到深根　吮吸地泉的鲜活的叶脉
切·格瓦拉　原来生命的联系是如此紧密
最绿的那部分被我们所珍爱
南美丛林　人类世世代代的追寻
在最绿的那部分长久地止步
切·格瓦拉　我们爱你　哭你　念你
最绿的那部分　是你的心　你的眼　你的魂
切·格瓦拉　我要说
我不能以叶子或根的名义与你对话
我要以燃烧的酒或烈马疾驰的长鬃
以风　以无穷无尽的怀念
凝汇成我的颂辞呈现给你
切·格瓦拉　我是一个诗人
有时候　我也渴望成为一个英雄
用微笑与鲜血的光芒照亮一个早晨

你给了我们无尽的启示
切·格瓦拉　有关生死
我们的确不可预知
但我们应该抉择　就如同你那样

毫不犹豫地走向自己的理想
为了更多的母亲不再失去
年轻的儿子　为了真正的自由
不惜献出自己的生命
在此刻　切・格瓦拉
我所面对的夜晚是深远迷蒙
我想象空间的亚马孙流域
风雨未息　有一个意象
为什么如此令我感动
早逝的人啊　智者　我视你为鹰
森林轰响　我视你为高傲的鹰
切・格瓦拉　岁月在流
我在这长夜里接近精神的果实
无价的引领持续到今日
我们已懂得万分珍重

美丽的古巴距我很远
切・格瓦拉　美丽的哈瓦那
你的名字洗尽铅华　在我诗歌的天空中
加勒比海的鸥鸟总是没有家
可它们却可以听懂我的颂辞
当人类在无休止的争斗里
获得一个宁静的仲夏
切・格瓦拉　我觉得你在谛听
黄昏　丛林　加勒比海的鸥鸟
总是没有家　切・格瓦拉
愿你安息　你的理想没有沉没
那该是树上的果子
是海中的陆地　美丽的古巴

2007年10月12日零时2分，于北京

铭

在远离人群的地方
大河清纯
辽远的森林与飞瀑
形如神性的铭言
一年　十年　百年
无数年　只有最老的古树
以局部的腐朽
证明时光的过渡

只有自然的生长与消亡
在森林的鸣响与大河之间
和谐地存在　那时候
水使一切生命得到了滋育
还有火　日光　风
一头美丽的豹子
在峰峦上眺望黎明

这是天地之间浩荡的恩泽
它诞生了那么久
存在了那么久
被神明的手指轻拂了那么久
被珍爱了那么久

在远离人群的地方

唯一的旅人会念起某个清晨
这犹如叶脉般逆向的追思
通向根与圣泉

现在　我只能说
那孤单的行者是人类的后人
他见证了一种破坏　相残
与毁灭　他甚至未能从灼热的火焰中
救出一个不幸的孩子

一些古老的名词消亡了
那一天　血红的夕阳
以它瞬间的光芒
扫过地上无人的建筑与街道
天空里一只黑鸟的巨翅
正在飞速地张开

人类的哲学从未曾预言那片蔚蓝
那是水　是枝杈之间的一角天空
其实那就是生命的奇迹

那片蔚蓝在无边的黑暗之间
在柔软的挤压中
它成为美丽开放的花朵
这会使我们联想到树
绿草　蒙古高原上牧羊的人
被人类唱颂的那泓蓝湖
已变得死寂冰冷
还有满地金黄的落叶
在西风的吹动下
会使我们想起繁杂的人群

那时候　他们怀着各自的心事
行走在路上　追求财富
名誉或某个使之倾心的同类

无休无止的争夺使灵魂疲惫
那时候　我们已感受到危机的逼近
为此　有人在黄昏后举起
示意的手　有人在灯光深处
听一支古老的曲子
设想着逃离的可能
有人在阴谋的中心
被阴谋所操纵
一声冷笑传自深宫暗处
只有哭泣的女子
从示意的手臂上
读到了彻骨的惊悸
她在醒着的黑夜里说
请宽容与和解
请以母亲与孩子的名义
在光明的照耀下
画出一颗人类的心灵

这个美丽非凡的女子
最终死在一堵墙下
花开时节　在惊涛起伏的远海
一位年轻的水手
在航船的右舷接收到不幸的音讯
我的遥远而温暖的陆地啊
我的相知相爱的亲人
我们生在水里　死在水里
在生死的瞬间

我们的脸上都流淌着热泪
美丽的女子以决绝的死亡
使那堵高墙成为永远的启示
那里有一段看不见的文字
就像神秘之光覆盖的铭语
被阴谋操纵的人
无视风雨和落花
充满暴力的手指
也不敢触摸铭语的遗痕

惯常的风雨转移到海上
年轻的水手平静如初
在惊涛中　他的视野一片模糊

我们看到
在大海的怀抱里有一艘航船
一个水手仰望着飘摇的桅顶
海水击打着右舷
悲伤的音讯使他举起了双臂
他稳稳地站立
面对着一颗飞翔的灵魂
他在归途
他曾用生命之爱护卫一面旗帜
如今　这面旗帜破碎了
唯一等他的人长眠了
他只能选择这大水
他们与风同在的心灵
也只有在这水中
才能相逢并真实地交融

我们曾经拥有无限的蔚蓝

这是人类的家园
我们永远不可远离的背景
在智慧的塔顶
飞旋的鸽群以充满灵性的歌唱
以风中的飞翔吸引着一个孩子
他怀着巨大的疑问站立在人群中
父亲　他想说
我在睡梦里抚摸过它们的翅膀
那一天我还梦见了水
有人在无水的树旁
将黑暗的枪口指向了蓝色的天空

接近了某种神秘的孩子
最终没有对父亲诉说他的发现
他的认识停留在那种高度
就像一面纯洁的旗帜
在蓝色的天空与流水之间
倾听泥土　树木与道路
这是没有记录的成长的历程
唯有记忆才能使那面旗帜飘动
唯有飞翔
才能使鸽群成为风雨中的精灵
唯有血流
才能使枪口暂时沉寂
唯有泪水
才能洗净源于心怀的悲恸
唯有生命对生命的质询
才能使少年的疑问获得解读

必须让人的心灵得到片刻的休憩
诚如春夜　大雁栖落于湖畔

慈爱的高原母亲
守着醉酒的儿子和一盏灯火
她相信星光不会敲开房门
而神灵就在附近
人们只要闭上双眼
就可以用干净的双手
触摸一颗星辰

到任何时代
我们都不可忽视一个沉默的孩子
生命成长的奥秘
存在于往昔
是最初的火光
将先人的足迹烧灼为记忆
我们的劳动　血液　大脑
我们一代一代追寻的长旅
都可以从某个孩子的梦呓里
找到生动的起始

我们活在蔚蓝色的托浮与覆盖下
听天空和海洋低语
月圆时分　我们仰望一轮明月
感知千年易逝
一扇巍峨的巨门正庄严地开启
我们听到天空对海洋说
我们将长存
唯愿人类懂得珍爱他们的大地
珍爱大地上所有的生命

在远离人群的地方
怀念是火

孤寂是一条无所不在的绳索
蓝色是我们唯一的恩泽
往昔的形态不可接续
记忆斑驳
往昔甚至不同于萌生的青草
往昔不同于河

在广大的天地之间
那个早晨有婴儿啼哭
这无比庄严的起始啊
这饱含着泪水的生命的蹉跎

我们真该铭记
长在边缘的树
最初倒在哪种时刻

当黑暗散尽
迈出家门的人们
重又开始耕作
相信他们牵挂着身后的亲人
那是一扇出入的门
一盏灯火
那是一隅人类生存的背景
就如同不可失却的水
成为我们相同的激励与安慰
那是不可摧残的灵魂的寄托

2007 年 10 月 10 日凌晨，于北京

与中原有关的断章

十年　二十年
或更久　还会有谁念起他吗
不是用语言
而是用心灵
体味曾经拥有的夜与昼

就在这个七月
智者说　就在某一刻
一颗伟大的心灵沉默了
他用背景提示人们
唯有劳作才能使我们获得思想
这艰辛而奇妙的光
为什么让我们忧伤

爱我的人从此没有归来
飞往蒙古高原的鹰
没有归来　时光啊
我在你的包围中活着
行走或阅读
劳作使我懂得了节俭
洁净地生存
对伟大的知遇我常怀感恩

那个美丽非凡的女子

怀念一棵树
树下的风景与绿波的浮动
她知道距山上的智者
仅咫尺之遥
她在灯光深处说
我的亲人啊
请别再等我
我们之间的阻隔无法逾越
那是光阴　是被忘却的语言
是生命里永远的痛苦

一个少年在高原的天空下仰望
蝙蝠飞翔
故园的人们坐在石板上谈论着收成
少年无语
遥远的苍茫与神秘
令他恐怖　智者说
那个少年就是我
是我获得发现时
对自然的亲近与崇敬

是谁在黑暗深处想象
逆转光阴的巨轮
被碾碎的愿望
如同羽毛般
飘飞于童年的天空
这时　某个故去的人
正行走在西行的途中
生者在啼哭　纸火轰燃
夜晚的灯光依旧
人们在一首久远的歌谣里寻找

无畏的涛声

七月　每年的七月
我都将在这个地方
我的爱人　别问我丢失了什么
我是一个有罪的人
我远离了蒙古草原
也就远离了神性
那缓慢移动的羊群

在七月的长江　传来
巨轮沉没的消息
没有谁死亡
黄色的大水肆虐
无边无际
智者说　神明啊
我们在夜晚或黎明之间
苦苦寻觅的第三种岸
何时呈现

没有人死亡　智者说
秋天将至
我会以生命的痛苦与宁静
背对夕阳　我曾说过
夕阳下面就是久违的故乡

我的永远的高原上
生长着马匹与青草
牧归之后　骑手们在毡房里
饮酒并歌唱
他们从不回顾往昔

只怀念死在征途中的烈马
一件沾满鲜血和泪水的衣衫
是不死的语言
一直被珍视到今天

中原的四月没有降雨
黄河干涸
耕作的老人望着渡口
双目迷茫
他终生都在等待
沉默而孤独
在他的眼中
那脉圣水就如同一个艰辛的妇人
总在行走

我们在必然的时光里
抵达中原
在奇迹的形成中
凝视花朵

隔着一面墙壁
我倾听如歌的诉说
岁月给予我们以有限的道路
我们只想平安地走过
遥远的地平线
仿佛永无尽头

在人世间
我们可以选择死亡的方式
但却不能选择降生的方式
这之间有限的生存道路

充满了不可预知的艰辛与苦难
我的爱人　要懂得
我们都需要自省
如在某一年岁末仰视高山
并谛听水流
我们会发现自然的伤痕
是那般真实　一切
已存在了那么久
我们已破坏了那么久

现在　我猛然记起
中原古寺的钟声
消逝于洛阳以东
那一天刮着西风
黄河静穆
混浊的水中只有天空模糊的倒影

四月
洛阳在牡丹的幽香中垂泪
为龙门石窟那些残缺的佛像
洛阳忧伤
犹如滴血的夕阳

在远行的四月
我发现蓝色的洛河两岸
静无人语
几乎所有的人都拥入了城市
在盛开的花海间
我忽视了水
那种真实逼近的危机

没有人注意我
在四月的洛阳
我以游者的身份
领悟到美丽的伤残
实际上不可躲避

该对谁去说呢
四月　我所想象的夏季宁静如初
我相信人们会彼此相爱
分享食物　为新生的孩子们含泪祝福

然而　在此时此刻
那个追求幸福的女子
却音讯全无
谁也不知她置身何处

智者啊
我们未能如愿相遇
在四月的中原
我也没有获得龙门的暗示
我错过了神秘的光
也就永生永世错过了
从四月抵达七月的长廊

智者啊
我将在何日向你接近
七月　故人走远
前方是不可预知的苍茫

在神示的灯光下

我用苦涩的笔触与心智
记录了与中原有关的断章

2007 年 10 月 3 日零时，于北京

第三种岸

我会告诉追思以往的人们
早在南方的一月
也就是开始的那一天
我就听到了神秘的合唱
我绝对错过了美好的时机
也就是没有接受长夜的昭示

我曾以背叛一颗心灵的方式
接近另一颗心灵
善良的人啊
我在你们中间
在两条温柔的岸之间
我渴望成为流水
抑或成为水中的岩石
那时候我没有想过
在人类生命之河奔涌的涛声之间
存在着第三种岸

我曾怀着深重的隐秘
在背对故乡的一月
体味南方的雨
那最初的雨
自然之躯年轻而无言的泪滴
形成了一个漫长的雨季

我在一片鲜红的背景中垂首
遗忘了风声
爱我的人啊
我没忘记你的泣语
一月　南方有雨
在散落的花瓣上
沾着鲜红的血迹

是的
在辉煌凝固的往昔
我记住了一个雨日
南方　一月　雨声渐息

就在那一天
有一个人在起伏的涛声中
轻轻呼唤我的姓名
那一时刻的黄浦江两岸
烟雨迷濛

我常想
在人类表情的最深处
也就是在生命昨日的远途
我们以最初的方式获得了什么

那无疑是沉醉的吸吮
离我们最近的人
给予我们仁慈胸怀的人
是我们的母亲

我们成长的岁月充满了艰辛
母亲们以双臂的拥托

感受另一颗生命的重量
那时候
我们只能以饥饿的哭声
提示一种蒙昧的存在

那时候
我们不知道
离我们最近的人是谁

当我们接近感恩的季节时
母亲们就老了
她们变得愈加沉默
常常站在门前思念我们
那是怎样的一种凝眸
山峦　河流　广阔的田畴
他们珍藏着唯一的心愿
盼望在视线里飘出儿女的身影

我们能用什么回报母亲
生命洁白的大河
源自母亲的心灵
我们永远也无法计算
这条伟大河流的流程

她有多远
她在什么时刻出现枯竭
她在生命的成长中
以泪水的痕迹倾诉过什么
她以沉默的形态
见证过多少生命的奇异

她从来也没对我们说
人的奶汁是红色的
就像太阳一样
在太阳的照耀下
母亲的奶汁是红色的
就像鲜血一样
让我们感到隐隐之痛

感恩时节的大地宁静优美
河流清纯
故人在一盏灯光下
默读昔日的来信

她想象一个年仅六岁的男孩
在北方秋日的黄昏里奔跑
他丢失了什么

他在寻找什么
她感觉这男孩与某一封信有关
他无比神秘的身影
消失在一条大江的尽头

故人从泛黄的信件上抬起头来
孩子　我是爱你的
要知道我们的心灵
都需要成长的时间
我未能在那个黄昏里接近你
不仅仅是受时间的局限

为什么我总会在夜里听到
大江的涛声　孩子

十年易逝
你在走过的途中获得了什么

你真的需要善意的引领
孩子　在你感知神灵的夜里
你是否知道
神灵不在九天
也不在河畔　孩子
神灵就在你的内心
就在你向受伤的飞鸟或幼树
伸出救护双手的一瞬

故人的眼前出现了温暖的家门
这是感恩的季节
她的眼前出现了
岁初的城市与田野

这有多远呢
一月的雨
五月的流水
十月的群山与枫叶

这有多远呢　孩子
我与你似乎从未曾相别
看一看
在人类母亲的双鬓
无时无刻不在飘扬着
生命之冬圣洁的白雪

第三种岸富有激情和血的特质
它在心灵的视野里

被我们感觉
也被我们远离

我们长久地忽视一种存在
就如同忽视那个漂泊的人
他将怀念留在了身后
他似乎总在行走
他的心中珍藏着一个雨日
一条道路
一脉忧伤的河流
经历了十个冬季

故人啊
在咫尺之间
我们的心灵似乎隔着迢遥的距离
五月
被时光洗净的手指
暗示一片森林

那里是水声初起地方
它会使我们想到源头
想到某种澎湃的形成
依赖于这涓涓细流

后来
一条平静的大河
流过了这座古老的都市
它被故人视为奇迹
并沉醉地阅读

从此

她不再相信寻常的语言
她相信文字
相信有形的山峰与树木
相信不竭的水流
相信等待
相信等待的全部意义
是浓缩不可忘却的记忆

她始终关爱着那个男孩
我是爱你的
她在灯下喃喃自语
孩子　我是爱你的
风雨无定　风雨
终会剥蚀你奔跑的足迹

可是　孩子啊
我们怎能无视你透明的心灵
我们在艰难的过程中活过
想象着你　描述着你
思念着你　祝福着你
在你沿着大河奔跑时
我们感觉到选择的真实与沉重

这就是树木与叶子的区别
孩子　那一天的夕阳
像血一样鲜红
就在那一天
你的手里握着一块石头
拒绝与我们说一说山峰

我想告诉你

在这个世界上
许多伟大的思想与奇异
都遗留着鲜明的血泪之痕

这就是价值
它源于人类苦难的降生
与成长的时间
它像树木的年轮一样
每一道纹理的深处
都存在着生命的灵息
这不能触摸
更不能轻视
只能深深尊崇　孩子
那是永远的智慧之光
温暖而辉煌

这个五月沉闷而漫长
失去了故乡的人
渴望以仰视的虔诚
接近智慧的塔顶
他看到古老的飞檐
犹如伸向四方的手臂
哲人无语　大地起伏　山峰朦胧
在更高的地方
一朵白云滞留在空中

长者啊
在更高的地方
不仅仅只有风
我从不怀疑
在更高的地方

存在着流水与翅羽
所点缀的圣境

雪落心灵
雪在时光的隧道里飘落
让我们认识另一种飞翔与洁净
雪在大地上融化
润万物于无声

雪是无比遥远的一语叮嘱
说长岸有可能消失
要相信流水
相信在坚冰之下
有温暖的迂回
生命在游动
长满青苔的石头
从不理会什么严冬

我们以不同的方式感悟时节
这绝对不同于一个幼童
当一片雪花在他的脸上融化
他会仰望
他不会知道
雪在他的脸上或掌心
会幻化为神奇的蝶形

永恒的边缘啊
夕阳将落
微风在河面上编织着花纹
边缘　边缘　永恒的边缘
有谁能读懂自然的语言

在春天
在玫瑰色的丘陵深处
一个孤独的旅人失去了坐骑
他朝南而坐
决意守住死去的马匹
旅人悲叹　边缘呐
生命的死亡有多少种方式
我的神马选择了一种
遥想旧日河边的丛林
今日终成一句谶语
这个季节流逝在时光中
故人未归
故人在一座古老的都市里
默念永不再来的鸽群

五月的水声真切
记忆凝重
昔日的大雨早已经走远
仿佛拖着长长的尾音

被怀念追寻的怀念
是如此的沉重
就好像那群失踪的鸽子
使蓝天变得寂寥
翅羽再无踪影

长久的追寻与等待
长久的别离
长久的生命的沉默
形如精神的栅栏
横亘在四季的长夜

成为不可触摸的阻隔

五月　觅源的人
绝对忽视了身旁的树木
他沉迷于一条旧路
以不可揭示的痛苦的心灵
铭记自由与陨落的过程

一切似乎都需要时间
需要坚忍与自然的冰融
需要用一只手掌
敲击另一只手掌
让背影听到心灵的回声

五月之夜的星群依然壮丽
天河高悬
天河永远都会吸引人类的注视

故人依稀记得那线流云
它飘飞于夏日的午后
强烈的阳光穿透稀薄的云层
在大地上形成奇妙的图形

这游动的自然之灵
寂静无声
它曾被江涛轻轻托浮
在船与船之间
在热爱与仇视之间
在我们生长的夙愿里
预言般的流云
最终消失于大江的北岸

就在那一天
在广袤的北方
在我们称为高原的地方
有一棵大树在秋日消亡

故人说　你们还记得吗
有一位智者在午夜长眠了
他用最后的手势
对生者暗示某种波涌
最后　他将目光停留在一棵树上
我们应该理解他的心迹
其实风没有故乡
流云没有故乡
河水也没有故乡
人应该有故乡

我的日渐衰老的爱人啊
你已离去了那么久
你在河流两岸奔波了那么久
在飞翔的尘埃中
你发现了什么

我是可以作证的
在精神的河流边
握住缆绳的那双手
从未松动

现在
那一天果真临近了
可我该面对哪个方向呢
五月将逝

在摆渡的木船被弃用之后
爱人啊
我希望你回来
我们必须选择一条相偕的道路
在感到疲惫的时候
守住一盏生命的灯光

五月清凉的水声
传自这座都市的西郊
有时候它也传自人的内心

那是灵魂的指向
忧伤而宁静

都市的西郊有一片辉煌的墓地
它建筑在悲痛之上
在怀念之下
在一些生者的梦境中
幻化为失落与象征

在那片墓地的深处
镌刻着一句简洁的铭言——
你的生命在风中起舞

这句铭言属于一位年轻的逝者
他就安睡在这里
绿树掩映的土地上
浸透着缤纷的泪雨

清明时节
许多人来到这里

他们手捧着花束
走过绿树掩映的路径
去再次揭开尘封的记忆
在他们身旁
一个美丽非凡的少女
身着白裙
在祖母沉默的引领下
谛听哀戚的旋律

早逝的人啊
我们追怀他的身影与笑容
他真实地活过
以谛听的方式经历过许多长夜
在他行走的路上
如今出现了那么多人
那么多平凡而艰难的人
他们顽强地活着
在一幢高楼下
他们难以想象
有一位年轻的智者
曾以赤子般的真诚讴歌人类
就在这里
他留下了永远传诵的声音

站在一座高楼上
故人每天都会凝视这个方向
她幻想无限遥远而亲近的灵魂
会有鸽子般的翅羽
或某种可以识别的印迹

她无数次含泪祈愿

在背景深处
能有无形的手足或形体
示意永远的关爱与沉寂

一切都是如此的遥远而神秘
有时候
在某一个不可预知的瞬间
我们甚至会遗忘无比熟悉的家门

故人的记忆凝固在某年八月
在一面巍峨的红墙前
她含笑而立

那个瞬间永远地凝固了
绿树　长街　车流不息
安全岛内滞留着一群孩子
他们的眼前是迷幻的斑马线
迷幻的噪声与飞尘

那一天
故人发现
一个幽灵般的身影飘在树下
背景是一片灰色的楼群

那一天
在绿树上方
昔日碧蓝的天空
仿佛笼罩着乌云

五月的早晨
故人以祈雨的身姿

面对着又一面墙壁
她背对着窗子和一缕朝阳
想象与亲人们隔着遥远的距离
在一片立体的纯白中
她期望发现鸽子灵动的翅羽

那一天
被手势暗示的预言
也就是第三种岸
犹如奇迹般突然呈现

这可能是最后的终结
它存在着
被晨光无声地笼罩
长久以来
它的上方被绿荫覆盖
隐秘的鸟啼从树冠上呼唤归期
那些沉默的水手们
从不在这条河上捕鱼

失去了亲人的少年
在大雨中奔跑
许多年后
他在星光下发现了一棵流泪的树木

他说　父亲　我找到了
就是这里了
父亲　我终于找到了
我该选择哪种时刻
完成古老的祭祀呢

父亲是一个漂泊不定的人
他没有听到
少年发自内心深处的独语

五月的夜晚
他蓦然回眸一条逆旅
最初的雨
最初的路
最初的抉择与背弃
都无法修补记忆的长堤

它造成了永远的心灵残缺
似在滴血
漫长的道路与时光
被折叠为一个初夜
少女的初夜
形如生命的开始与远别

背叛了第一个雨夜的人
从不敢回首
我的恬淡的南方啊
第三种岸存在了那么久
祭祀行进了那么久
渡口　渡口
黎明与黄昏的节奏依旧

这时候
他向长者的亡灵
举起无罪的双手
是的　我懂得　我珍惜
我在深深地怀念

我的心中充满了
永生永世的悔悟与感激

长者啊
我至今铭记着开始的一日
在风雨的南方
在灯光渐熄的迷蒙的夜里
我自信看到了天使的翅羽

那是轻盈的
在一派星光的辉映下
我听到久远的圣乐从远空飘来
十年一瞬
我没有忽视苍茫的背景
那条悬在我们头顶的长河
使我联想到一种形态
在大地上　在故园
在一座黛色的山前
我确曾拥有弯曲的岸

在开始的一日
我依稀听到圣婴的哭声
想一想
在一片鲜红的背景中
我们记住了什么

那一天
我自信已拥有了一条
离岸不远的路
我以无言的注视
接受了生命郑重的托付

我曾在梦中遭遇美丽的故者
在昏暗的屋宇下
我们走到约定的时光中
一条长长的走廊里没有光明

故人说　我的爱人
带我走吧
我们必须选择另外一个地方
在马嘶声声的高原
或在浪涛轰鸣的海滨
我们会真实地相逢

带我走吧
别再犹豫
想一想启示是怎样形成的
就如星团
它会使我们想到水
想到在无从把握的天宇间
或许真有永不瞑目的眼睛

第三种岸呈现于五月的清晨
大地宁静祥和
长者未醒
微风中开着花朵

一个失去了故乡的人
以决绝的神态拒绝了一条道路
这长久的停滞
就如石头被封于冰中

他想说

我在长夜里梦见了无边的大水
是五月
是我选择了这种季节
我们未曾相约
可我将怀着虔诚的心态
向一种时刻从容地接近

永恒的边缘啊
你使一个孩子凝立于冬天的大地
高举双臂
面对无法破译的神秘
你使我们告别了家门
在无尽的长路上
以流血的心灵护卫着信仰
你使我们相信
第三种岸是真实的
它不是已故的长者
不是生命的幻想与记忆
不是誓言
不是永远的祝福和人的声音
那是给予我们无尽启示的
最伟大的灵息　是的　是灵息
如圣婴般早已降临
它就在附近

2007年9月21日零时，于北京

沙尘暴：生命之痛

谁刚刚从广袤的西部归来
谁在裹挟天地的黄尘中
试图追踪那只无形的手
——沙尘暴　沙尘暴　这几近灭绝般的翻腾
被我故园的人们视为生命之痛

它像魔鬼一样存在
时隐时现　无处躲避的高原人
以固有的方式劳作与生活
蔽日的黄沙　渐渐成为一种宿命和传说
我的母亲的额济纳河
已濒于干涸

如今　伐木的人老了
垦荒的人也老了
他们充满艰辛的一生
其实并没有什么过错

我们不能责备父亲们
在晚年　当他们将脚步
移向荒山和沙化的草地时
我看到了许多悲伤的背影
人体在高原上折为弓

我蓦然醒悟
是这些平凡的人
使我们懂得人类生存的定律
不是砍伐　不是焚烧　不是劫掠
它应该是思想与珍爱
向善的生命应该尊崇所有的生灵

我的身在西部的父亲们
他们承认自己有罪
他们在阳光下伸出苍老的双手
让我看到纵横的掌纹
他们说　要知道
我们有多少条掌纹
就会有多少条通往草地与山中的道路

那是一双双僵硬粗糙的手
失却了大量水分的手
我震惊于他们的忏悔与发现
我们有罪　父亲们说
是我们使大片的绿草与树木消亡了
在我们到达的地方
鸟群总要惊飞

我知道
这种发现的代价是鲜血
是泪水　是生命永不止息的疼痛

我的身在西部的父亲们
开始赞赏年轻的拒绝
这意味着丢弃斧子和锯
用心灵与汗水去培育一棵幼树

是该拒绝了
在以往并不遥远的清晨
也就是从三月到五月的清晨
我的牧羊的先人们踏露而出
从鄂尔多斯到乌兰察布
到昭乌达　到更远的科尔沁
与圣境般的呼伦贝尔
人类不死的记忆可以作证
蒙古飞扬的马蹄可以作证
在苍鹰巨翅掠过的远途
花红草绿　林涛轰鸣
甘甜的流水就如同母乳

现在　我的母亲的额济纳河
这脉蒙古高原的圣水
已出现断流　断流
断流的基本形态是下游的龟裂与扬沙
这使我联想到西部父亲们失水的双手
就像恳求

在漫长的河道两旁
胡杨焦渴的根须
以异常艰难的伸展
探询生存的地泉

我们甚至无法想象
此种求生的过程
向着潮润的地下游移
为直立的树干与美丽的树冠
多赢得几个春天

我们必须从孱弱的树叶上
读懂根须的诠释
这绝对的隐喻
藏在温暖的厚土中
并为我们昭示真实的黑暗

你可以想到灾难
想到胡杨最终的灭绝
想到庞大而惊恐的人群
在四月的某日开始迁徙
想到揭开这个自然的谜底
需要劳作与漫长的时日

母亲的额济纳河啊
未曾预言混沌的今日
而那些坚忍的牧者
我的从不轻言苦难的兄弟们
他们在行将消亡的河流旁
以沉默的姿态承袭了什么

是的　在苍凉的西部
用岁月之火铸造的魂活着
任黄沙肆虐　人未变　他们依然
固守着马匹与羊群所象征的家园

四月　年幼的牧人之女望着草原
她天真的神情凝固在我的诗里
我当然知道她怀着怎样的疑问
是啊　树木少了　草地开始变得枯黄
她所热爱的群鸟没有如期出现

我常想　如果我们的家园
不再流淌干净的河水
那么　我们该怎样回答后人的问询

入夜　在额济纳河畔
一位年老的母亲坐在灯下泪流满面

她倾听着凄厉的风声
感觉那句古老的符咒
仿佛就高悬在外面的天空
昏黄　低沉　星光已被掩埋
庞大的羊群流散于草原

她的儿子们都在牧途
在灯下　她等待　安坐如钟
一年又一年　从没有改变

那句古老的符咒是
记住啊　人们　高原上的草木是有灵的
人不可随意伐刈
不然就会应验那句苍凉的谶语

我的骑马的兄弟们
在沙暴中心想念家门

马匹　羊群　南归
在这样的夜晚
几乎所有的草原母亲都在等待
从这一点到那一点
千里草原联结起回归的景观
出现于这个夜晚

在狂沙起伏的春天
在焦渴的西部
在我所依恋的蒙古草原

我诗歌的笔触凝重而悲壮
我的骑马的蒙古兄弟们
不会被任何困苦所击倒
除了死亡　什么力量都不能阻止
他们回归蒙古包房

难道这是必然的巧合吗
1227 年春天的某夜
一群回归草原的男人
泪洗衣襟与马匹

在浩荡的回归途中
他们见证了真实的停滞
那是庄严的终结
一代圣主的生命之思
刻在伟岸的树上——
珍爱树木　珍爱青草
珍爱净水　珍爱所有的母亲和女儿

一双无形的巨手
拂过鄂尔多斯以东肥美的草原
我们当铭记这生命的遗训
珍爱每一棵树木　每一株青草
每一滴净水　每一位养育了我们的母亲
珍爱每一个女孩圣洁的心灵与身躯

现在　危机已经迫近

在这春天　在距阿拉善遥远的北京
沙尘暴滚滚而来
我看到女人们将纱巾蒙在脸上
孩子们在长街上艰难地行走
落满了沙尘的汽车左突右奔

在更遥远的南方
落下了肮脏的泥雨
我们甚至听到
在沙尘暴中不幸死亡的消息

黄沙之翅残酷的击打
是如此的真实
我们体味着生命的隐痛
面对自然的惩罚
我们开始怀念消亡的绿草
还有无数被砍伐的大树

此时此刻
我们想到集体行动的时刻到了
是的　我们真的感到羞愧
对正在成长的孩子们
我们已无法描述混沌的天空

沙尘之源深埋着无比丰富的语言
这需要我们坚忍的阅读
让我们从这里开始吧
就从这里开始偿还

要相信自然的回馈
相信人类家园根本的改变

需要从这个瞬间
过渡到另一个瞬间

午夜　我在灯下读史
此刻　狂风已息　古老的北京没有入睡
我幻想在史集的字里行间
生长出无边的青草与森林
他们应该像阳光一样
铺展至黄沙弥漫的广大地域
从那里传出流水的声音
与悦耳的鸟啼

我幻想的背景是一种绝对真实的消亡
如今　我的骑马的蒙古兄弟
坚守在那里　就如同蒙古包里的灯火
总在每一个夜里亮着
从春季直到冬季

为此　我必须忧伤地承认
在辽远的西部高原
我的母亲们都在盼着
祈愿昔日鲜活的额济纳河
这脉久远的圣水
在大地上流淌出新的旋律

2007 年 9 月 15 日晨，于北京

科尔沁草原上的银狐

像鹰那样
你相信传说拥有一双坚韧的翅羽
科尔沁草原的银狐
它们在仁慈的心灵上
留下了一条遥远的道路

以另一种形态
它们在无比坦荡的雪野里起舞
当然也被追逐

把母亲举起的手臂想象为一棵树木
我的兄弟　神奇的银狐家族
经历了早春的暴风雪
那么突兀　那么严酷
寂静　存在于严寒深处

你用赤子的目光阅读母亲的手语
在北方　科尔沁故地的正午
母亲暗喻久远的祝福
如篝火　也如朝露
生命之地的一荣一枯
是你充满血色的记述

伟大的知遇使你懂得了承袭

那傍水而生的品质　还有珍重
奔跑于怀念之上的银狐
它绿色的双眸曾注视火
以沉默的机敏躲避杀戮
为幼狐寻找食物

面对春天　你用目光问询远山
远山啊　你发现了什么　除了银狐
谶语一样神秘的古墓
母亲苍老的泪珠
对所有的一切
母亲郑重而无言的托付

我的兄弟　如今
一个智者已经走远
在大火的烧灼中
智者发出过无畏朗笑
他没有说那就是预言　也没有遗嘱
只有永恒的心灵　伏在银狐的额头
在奔跑中感受浩荡的风
与无边无际黄色的围困
那种起伏　遍地尘土　草根哭诉

寒冬　流在冰层下的净水
以托举的方式
对我们暗示轮回的时节
午夜星辰　科尔沁八月满目的花束
是的　当长调飘起
每一个古老的屋檐下
都会出现成群的蝙蝠

没有尽头的马背上
驮着我们微醉的相思
背景是遥远
是两根琴弦的马头琴奏出的圣乐
是银狐　是它们终生不弃的守护
在我们降生的故园
它们印下哲言般的蹄痕
像诗行那样
富有灵动的旋律与倾吐

远别的象征不是拖着忧郁的身影
我的兄弟　当圣灵握住你的右手
在纸上写出第一行文字
你选择了酒　银狐
与生父　这些活在北方的意象
科尔沁最生动的音符
使你笃信　生命存在的历程
不是简单的过渡
那是尊严　是血脉依附
最后一个骑手牧归　是日落
第一个牧女歌唱　是日出
是银狐迎着西风奔跑时
所忍受的孤独与痛楚

在大爱中存活　仰首九天
独对异乡的夜晚
星光背后的那语祝祷不能解读
犹如银狐　即使在科尔沁正午
它在奔突时
也会留下岚一样的氤氲
和两道绿色的光束

你说银狐为什么奔跑？究竟为了什么
银狐从不背弃命定的北方和大漠的道路

我的兄弟　放歌心灵
你在永恒的默念里获得一把钥匙
与祈愿同步　笑对誓言
寻着银狐的踪迹而来
把目光交给风　把足音交给路
把心交给必然的归途
风雨无阻　在一个久远的仪式里
你怀着虔诚的信仰开启一道巨门
当光明出现　首先与你对视的生命
一定是美丽非凡的科尔沁银狐

这不容怀疑
站在黄色沙丘的智者
对你遥指一片灰烬
大火熄灭了　火光里的隐痛与再生
无声无形　春天　一群幼狐脱离母腹
它们没有经受烈焰的灼烤
最初的天光出现在你的笔端
然后飘入温暖的洞穴
形成母狐本能的爱抚

我的兄弟
用什么样的语言　什么声音
描述庄严的诞生？银狐
被先人们视为传说的族群
昼伏夜出　在这个传说的核心部分
你浸染血色的文字追随奇迹
使银狐家族成为科尔沁大地最神奇的风景

智者离去了　智者真实的形象不是旗帜
他是一棵倒下的树木
从火焰里飞出的箴言
被无数后人深深铭记
如同银狐雪后蹲伏凝望的表情
在一派苍茫里瞬间凝固

七颗星斗的光明
七种心愿　七只梅花鹿
一首古歌　一群银狐
一把装满奶茶的铜壶
世世代代为幼小的心灵祈福
是我们的家园
教我们学会对生命感恩
保持仁慈的怜悯　像母亲那样
在纵横的掌纹间识别儿女远行的方向
我的兄弟　科尔沁银狐
为何不肯离开那片威严的大漠
它们在传说中繁衍
眺望渐渐干涸的河道
与被黄沙吞噬的青草
一个孤单的骑手打马西去
背对父亲般的汗·腾格尔山
为银狐家族
留下一声深长的马嘶
和翻卷的尘土

母亲时代的歌谣里
珍存着开花的记忆
你真的接近了　清澈之河　草原蓝湖
长调　旋律中的凄美

久远久远的回顾
谁在歌唱？谁在痛哭
谁在大步走向久违的童年
怀着神秘说起银狐
谁在母亲身边凝望夜空
不能自制　无言流下怀念的泪珠
谁在汗·腾格尔山麓　追寻一个梦
那就是银狐　谁举起手臂又放下手臂
含泪体味无所不在的掩埋　谁在说
故园最亮的灯光是我的心灵
但却无法穿透厚重的迷雾

在凝望的日子里
你是否听到了银狐的恳求
那是科尔沁冬天　大雪止息
故园犹如一个裹着素衣的牧女
洁净美丽　一切都沉寂了
像初始那样　像尊贵的母乳

告别的含义是如此的丰富　我们行走
一次一次把获得生命的故乡放在远方和心上
我的兄弟　科尔沁银狐不会恳求你留下
它们活在汗·腾格尔山麓
静静凝望北方漠野
面对我们灵魂的归宿

是的　永生永世　它们沉默　它们守护
它们是一部史诗里不可缺少的细节
它们是自然的奇异
像一条河流　从上游到下游
像接续的光阴

从上午流淌到下午

启示已经存在了
活在不会重复的过程里
感受色彩　有形无形的曲线
感受贴近　或者等待
感受生命无比奇妙的沉醉
相信拯救　相信阳光能够融化积雪　催生新绿
我的兄弟　为此
我们以敬奉神灵的礼仪双手托举酒杯
在异乡的夜里遥寄祝福
对母亲　对科尔沁永恒轮回的四季
对汗·腾格尔山麓神秘的银狐家族
我们饮上马的奶酒
如同饮信仰的甘露

2007 年 7 月 25 日晨，于北京

生日：失去了母爱的阅读

选择这个时节
我以阅读的方式
寻找不同的色彩与道路
我想对你们说
我们无法感觉的时光
正行走在一条河中

我倾听青草的呼吸
狂舞的乌云
落雪的山脉与花开的山脉
我倾听忧郁的潮汐
大树下补网的少女
一声汽笛从中国的东海传到南海
蓝色的波涌从天边滚滚而来

我倾听一颗落寂的心灵
在被人遗忘的一隅
以什么样的煎熬解读爱情与忠诚
还有无以倾诉的午夜的光明
我用一只手握住另一只手
感受生命的贴近与挤压
感受温暖　在这个夜晚
我也感受真实的黑暗

某种远离使我想到无常的风雨
源于心灵的游离与背弃

在没有战争的年代
爱情如此平庸
它未经血泪的洗礼
也就不会被珍重
英雄长眠
英雄的灵魂活着
对懂得仰望的人们
英雄的灵魂是一面圣旗

现在
也就是在我生日的这一天
许多事物正在被淡忘
许多情节和人
像飘逝的白云没留下一丝声音

但是　谁都不会否认
许多难以释怀的经历也被铭记
那是生命中无法抹去的印痕
珍藏在目光的深处
当我们凝视的时候
它就会飘飞
犹如九月的夕照
停留在人类思想的远山

九月
最后一位牧人失去了家园
他是伟大的智者
曾经体味神秘的发现

多少年来　他从不奢望世人的景仰
他所放牧的羊群与敏感的心灵
以从容的形态行进在高原
远山落日的光辉
并没有使他忽视身旁的暗影

雨后
我看到古老的屋檐滴水依然
在北方的秋天
一个美丽的少女出嫁了
她在世俗之下
在幻想之上
在夏天与秋天之间的某个夜晚
被一个陌生的男人抱入了洞房
她锐利的叫喊淹没在一语祝福之中
少女时代原是一行清泪
滴落于新婚的枕畔

生命需要成长的时间
但不能逃避孤寂的晚年与苦涩的忆念
秋雨停歇
一个老人坐在青石上
守着静静的庭院
他的身旁无人陪伴
冷风吹过深深的院落
被多人盼望的灯火
还没有点燃

九月
为生活奔走的人
铭记着父亲的祭日

他远离故乡
也就远离了中秋
在他的视觉里
静夜的那轮圆月
是苍天之语
亲人之眼
是心灵之泪
是挥也挥不去的离别之愁

记忆的天幕上曙色初现
星群一颗接一颗渐次走远
就像许多情节和人
直至最终消隐

大地上蓝湖清湛
它早已成为深深的隐喻
那无边无际美丽的波纹
就像许多情节和人

我们当然不能忽视曾经的存在
或某一个决绝的黄昏
那些事物与人曾距我们很近
我们因此而常常怀念那些激励与温存

一只苍鹰的翅羽下有我们走过的道路
但没有路碑
我们活着
于辽远的静默中感受生命无尽
回眸往昔
风雨之徒中总有亲人离散或永远故去

此刻
隔着遥远的距离
我依稀看到苍老的母亲
正安坐于灯下缝补衣襟
她的形象就如同一棵老树
我们是她根旁的叶子
岁月的风
在一种时刻
将我们吹到不同的地域
我们远离了她
感觉就像失去了土地
在我们称为家的那个地方
只有她在守望
一天又一天
她总在期盼我们的音讯

在我生日的这一天
远天无云
一条久违的道路上
行走着牛羊

那是怎样的延伸
从早晨到黄昏
从冬到春
从牧场到家门
故园的记忆与生活牵动我的灵魂

我想到母亲一生的艰辛
形如巍峨的石塔
日已西斜
它黑色的巨影越来越长

缓缓地移向蓝色的海滨
我想到母亲一生的慈爱
就会想到无边无际的森林

静夜
在黑影深处
有人等待
有人无语而泣
有人久久地站立

更多的人在睡梦中
经历着必然的过度
被我们珍爱的生命时间
悄无声息
谁也不曾挽住它的手臂

在鹰翅下的高原上听马蹄飞旋
我没有觅见那些骑手
夜已深沉
生命存在于灯光深处
星空下烈火轰燃
这是属于苍鹰的高原
只要母亲的灯亮着
家就非常温暖
一个寻找父亲的少年
独自走过达里诺尔以南

我豁然醒悟
美丽传说形成的瞬间
实际上并没有脱离昏暗

我们常说的预言
源自最深的祝祷
在巨塔之下
人们习惯于仰望它的顶端
白云缓缓地飘向山前

在我生日的这一天
我听到隐隐的足音自西而来
那么神秘
它接近的速度那么迅疾

我因此迷醉于这个秋季
我想到巨塔下的马群
这些生灵早已经消亡了
生命在艰难的环境中成长
我们该铭记什么
我们该回报什么

当夜幕垂下
天空中不见美丽的飞鸟
在距我遥远的地方
中国南海的浩瀚与蔚蓝浑然不见

我相信
在这种时刻
一种奇迹犹就如同星光
均匀地般洒落于海上
她充满灵性
无形的翅羽坚韧有力
在波涛之间
她以扶摇飞升的形态

掠过暗礁和孤岛
她无视传说
无尽的黑暗也不能使它恐惧
她飞翔在常青的理想中
没有终点

她是人类苦苦追寻的一个梦幻
她也是慰安
我必须告诉你
无数年来
那是一首伴随天使飞翔的诗歌
诞生在水里
她的翅羽就像天空一样蔚蓝

在海边
美丽的婴儿手指前方
没有人能听懂他的语言

森林遥远
那是另一种存在
生命的成长需要时间
七月的早晨
群山中流淌着纯净的圣泉

有人问
季节的轮回象征着什么
在另一种时刻
一个少年站在北方的冬天
伐木的人和马车都已走远

雪后

觅食的群鸟向村庄飞来
大地上车痕清晰
木制的房子坐落于湖畔

少年无言
在那个远逝的冬天
他感受到辽远的困惑弥漫在心间
那些伐木的人呐　那些艰辛的人
他们终生都在割据
他沉默的父兄们从未说过
在群山中
那些轰然倒地的大树
也有泪水和灵魂

在我生日的这一天
我试图接近那个少年
我苦苦想象
在少年的身后
生命的灵息覆盖着什么
等待着什么
漂泊的心灵在呼唤什么

你可以想到仁慈的话语
想到雪落心灵
一位年老的母亲在怀念中沉睡
梦归往昔
在幽冥的境界中
她流泪拥抱生命的自由与美丽

你可以想到从天空至大地
那雪落之后的一派圣洁

是某一时刻唯一的色彩
没有鸟群　没有行人
当然也没有足迹

沉寂　沉寂
北方雪后的沉寂
那个少年以充满疑问的凝视
感受冬日之门
在一座山前缓缓关闭

我知道
我的记忆中会出现许多人
在我静心阅读的这个日子
生命的时间开始逆流

这是我们重返昨日的方式
你可以拒绝
但你不可以忘却
你可以否认
但你不必怀疑我的感知

在我虔诚默念的这个日子
我首先接近风
在清新的风中接近黎明
我在昔年的某一个送别的夜晚
丧失了爱情

我是富有的
在闭目的想象中
我总能听见壮美的轰鸣
我看到无畏的船长在惊涛中微笑

那是暴风雨中的一日
怀念的人站在屋宇下
凝视眼前的草木与人群

海有多远
摇篮离地面有多远
双眼距心灵有多远
从海上归家的人离陆地有多远
在生死的瞬间
那些经历着风浪的人
从左舷到右舷有多远

在我生日的这一天
唯一的祝福来自空中
那是天使之翼
是上苍神鸟
在圣泉洗沐后所发出的低鸣

夜晚
我独坐灯下
想到一颗心灵接近另一颗心灵
总是非常艰难

可我确曾深入一个梦境
在流水不竭的山里
我遭遇了许多陌生的人
我所面临的是一条长路
神秘曲折
沿途绿树蔽日
从一个草甸到另一个草甸
隔着巍峨的群山

当然还有悲哀的时间

在上一个世纪
苦难的欧洲烽烟四起
拯救者和被拯救者
生存在同一片大地

那个岁月啊
公理被残酷蹂躏
就如一个无助的少女
塞纳河在星夜呜咽
一个刚刚降生的女婴被生母遗弃

我看到辉煌的残垣
鲜血的光芒呈现于午夜
武士去矣
武士悲哀地自绝
他最后的目光停留在
一个美丽妇人的脸上
沉醉而凄迷

那个女婴是他们的孩子
但她不是武士的妻子
她属于一座腐朽的城堡
在凋残的花园里
有她虚荣华丽的记忆

在令人窒息的光阴中
她伏在窗口
从一个时刻到另一个时刻
感觉心灵被烈火烧灼

她渴望相拥与诉说

武士是不该出现的
他纵马而来
是为传递一个不幸的消息
战乱开始了

一支忧伤的曲子自幽明中传来
许多人正在死去
武士没有死在战场上
在一团阴柔的光辉里
他对美丽的妇人说
和平终结了

武士说
和平终结了
我们将会看到鲜血
人的鲜血将染红沃野
会有许多流离失所的人们
在枪声里躲避战乱与劫掠

美丽的妇人不关心什么和平
她穿着丝质长袍
在明亮的落地窗下
美丽的妇人对武士说
这里就是一所监狱
我已被囚禁得太久太久

武士看到一个洁白的背影
就像云　那是令他震颤的美丽
他说　走吧

战争已经开始
美丽的妇人回过头来
她苍白的脸上流着泪水
到处都有战争
妇人对武士说
我和自己的心灵已经进行了十年战争
没有人拯救我
在这个世界上
美丽是如此廉价
更多的人只懂得追逐财富
他们哪里知道
美丽一天天凋谢的过程
对一个女人
就是死亡的路途

在古老的城堡里
依稀传来持久的回声
那一天　除了武士
再也没有谁在倾听

他们都走了
只流下美丽的妇人
守着一堆冰冷而阴森的石头

武士凄然
被美丽所征服
是不是一个武士的耻辱
他决定留下　在那座城堡里
美丽的妇人和武士拥有了
共同的日落与日出

最终
美丽的妇人对武士说
战争结束了
她异常理智地望着武士
我不属于你
我属于这里
她说　如果他们不再归来
你可以留下
但我仅仅属于你的肉体
和你有力的双臂

那一天
武士感受到一种冰冷的气息
就像刀子扎入了躯体
啊　美丽
武士自语　在有些时候
美丽真是一种微笑的罪孽
它会剥夺你的尊严
让你的生命
在一瞬间出现可怕的凋残

我们可以想象武士的结局
武士去矣
武士悲哀地自绝
他最后的目光停留在一个美丽妇人的脸上
武士丢弃了英雄的征衣

我在夜晚的灯下阅读武士的悲凉
我听到这一年的九月正在走远
那雄性的凋残
在美丽妇人的眼前只是过程的终结

武士说
战争开始了
我们将会看到鲜血
鲜血　武士的鲜血流在荒芜的草地上
在这种时刻
妇人的美丽是一句咒语
她贪婪的欲火已暂时平息

这是人世之间的一部断章
发生在距今遥远的时代
武士　路旁的弃婴　战争与和平
财富与美丽　欲望与爱情　肉体与心灵
背叛与忠诚

那悲哀的一幕
发生在许久以前的一个黎明
武士以决绝的死亡拯救不可垂落的尊严
他获得了珍贵的超度
将永远的耻辱
留给了那个美丽的妇人

我的阅读止于今夜
可我没有远离
在我生日的这一天
我要对你说
我们生存在神秘的时空里
伐木者　雪地上的少年　出嫁的女孩
守院的老者与牧羊人
还有我灯光下的母亲
他们无语
是因为对大地与河流

怀着永远的尊崇与敬畏

我的亲人们啊
在我生日的这一天
我用虔诚的心灵贴近母亲
她是水　她是根
她是我所景仰的伟大的神
永远的神

2000 年 9 月 18 日生日之夜初稿，于丹东，
2001 年 11 月 11 日改于北京安华西里

心灵中遥远的道路

这个时刻
我们是该深深怀念
沉船　远去的人
一些被我们忽视的事物
在风雨中留下了什么印痕

中国江南
少女般清纯的江南
在十月的细雨中轻声呼唤
长者守护古老的庭院

庙宇的巨钟鸣响
那些永远不能回返故园的人
以执着的神态
使我们接近信仰的火焰
点燃晚香的旅者
没有说出那句诺言

在我所认定的南方
在细雨中轻唤的南方
撑一把黑伞的人走过雨夜
被怀念的人
就是最痛苦的人
有谁知道他走了多远的路途

最初的福音属于谁
长者对少女说
不必怀疑　孩子
那最初的福音
是一片透明的蓝色
形如没有乌云的上苍

少女静默
她想象在一片神秘的纯蓝中
该有一双温暖的手
伸向她　从天空到陆地
从遥远到近旁

少女不愿哭泣
在飘雨的节日
她渴望逃避
为一种辽远的引领
她想说　长者
那是我终生的幸福
无法舍弃　在真实的寒冷中
我已选定追寻的行期

在中国北方
有一个人在孤寂中怀念
他所珍藏的那个日子
总有辉煌的血光
那是一条河　他说
第三种岸在苍茫的血光深处
等待久违的智者

他是谁呢

早逝的诗人渐渐被人们忘却
他最亲近的人因何恐惧
是的　其实生者是卑微的
他们惧怕那句往昔的诺言
也就是不敢正视智者的身影
或想一想他的音容

苟活的人
还不如被马蹄踏折的青草
可我们到底该珍视些什么
对哪样一种知遇
我们该怀有深切的感恩

这种景观足以使我们感动
并深深地悲痛
被人搭救的水手回到了陆地
船沉没了　第三种岸在远方
船长永远地留在了海上
那无边无际的蓝色的忧伤
蓝色的绝望

年轻的水手跪在码头
泪如水流　黄昏
决定远行的少女望着水手
她想说　长者
我必须去追寻
水手的海洋不是蓝色的上苍

无语的栅栏横亘在月下
遥远的声音
也是苍老的声音

敲打着少女的耳膜

我们是互为拯救者
少女说　长者
在入睡的时刻
我们彼此都牵着什么

有一个人在灯光下等待
又是十月　中国的北方没有落雪
许多回家过节的人们
奔波在路上
这个孤独的人想到血
那流淌之后凝固的图形
谁能读懂

有人在说
最亲的那个人离去了
最亲的那个人
宁愿用一生的时间
换回彼此凝眸的一刻
另一个人说　请你等我

请在约定的地方等我
一群马跑过蒙古草原
一个少年蹲在屋门前
望着地平线

透明的酒杯
节日之夜里鲜红的草莓
灯光微明　长者微醉
少女在一个角落里无言守岁

少女想说　长者啊
如果他们是我的亲人
就请理解我
让我拥有一条光明的道路
那可能会是曲折的道路
我唯一的愿望是亲近那血流
它是生命的感召
不是痛苦　也不是符咒
它犹如一片真实的花朵

隔着一只红色的酒杯
我所看到的景观
如同天空　节日
爆竹的声音
使我想到六月
冰雹击向屋顶的声音
这必然的关联
从大地到天空
一片羽毛走了多远
从相爱到分别
痛苦的人走了多远

这时刻　我们是该深深地怀念
沉船　离去的人
一首诗歌诞生在夜里
一片美丽的三叶草
在它的故乡
传唱久远的歌谣

2007 年 10 月 3 日下午，于北京

静　　虑

一驾神秘的马车
在梦中
缓慢地驶过我的头颅

硕大的落日
在草地尽头昭示路人
他们是谁
他们因何跋涉于迢遥之旅
夜为什么会是白色
母亲母亲　你离我太远
谁能用语言解释这黄昏

我看到
泥土中的花生托举着枝蔓
那托举自然而沉重
那力量人所不及

预言中的青苹果
为何裸露于不成熟的六月
泥土说
我唯有承受

那是两种宁静
忧伤的曲子　孤独的曲子

在雨后泥泞的路上行走
我想到多种不同的依托
绿蔓　青苹果　秋天的黑荞麦
古城上下征战者的身影
热恋季节蛇一样缠绕的双臂
大墙之外　已出现自由的野花
你看那野花间美丽的蜂群
它们岁岁重复一种甜蜜的劳作

清明　节日已经过去
清明　节日没有到来

我不知道　真的
是谁还在怀恋中落泪
大地与天空宽容了万物
还有我们　总在跌倒后想起
我们无力回天
人真的没有什么
所有的一切都将复归于自然
无华的自然　幽淡的自然
坦坦荡荡的自然　母亲的自然
我们平淡如水

我的草原是亲切的草原
到那里去
在黄昏时分到那里去
骑手们不会因你是浪迹者
遮蔽他们赤裸的心
他们知道　应该向你接近

黄昏的草原

绿草低垂着头
从不同的方向飞奔而来的蒙古马
我的真诚的蒙古兄弟
在飞身跳下马背后
向你　一个原本陌生的人
献上哈达和醉人的马奶酒

作为高原的儿子
我不会请求你们的理解
有酒的地方就有歌舞
有歌舞的地方就有苦难
你看那烈马
它是我们民族的灵魂
你总该联想起有关征服
旷野　圣主的朗笑　在冬天
又一座城池陷落了
没有谁描绘幽怨的双眼
在冬天　母亲站在毡房外从不说严寒

告别的时刻
如果是在黎明
你不必对醒来的草原说
我就要走了　我会铭记
勒勒车的轮子　古老的轮子
都在何方留下了辙痕

讲起一些传说　或许你们感到恐怖
洁白的蛇　有人无人的路
突然出现在前方的洁白的少女
她在谜一般的世界中
如梦一般的指点

能否使你们忆起刚刚过去的古老的节日

那是烈日高悬的正午
人们听不到蝉鸣

归家吧　归家吧
到母亲身边过节去

这是变换的世界
在星空之下
即将出现一种纯洁的流体
我无法说出那是什么
我无法说清死亡
无法说清节日
无法说清与你们之间的距离
如果可能　我请求你们
在黑暗的光明下给我写封信
在信的起始　无疑会出现我的名字

无数年过去后
你们一如昨日般活着
平安又艰难地活着
在祭坛燃起圣火的瞬间
你们会想起一个传说
那是关于蛇　少女与节日的传说
而后　你们就应沉默
听一听
中午的旷野上有没有蝉鸣

长长的楼道
门开启又关闭

神秘的门　人行走的门
拥挤的门　无人出入的门
你在那条楼道里走着
蓦地听到谁唤你的名字
回过头去　你们没有发现另一个人
这时　门关闭了
你站在无数门里的门外
想象着该怎样走出去

这世界究竟是怎么回事
人造的墙　无形的墙
有形无形人与兽的目光

坚硬的铁门已经关闭
你站在流泻阳光的窗前
等待着从远方传来哭声
母亲的哭声　婴儿的哭声
男人们的哭声葬入了泥土
这一切　都没有结论

那么多生动的表情在瞬间凝固
白雪开始在老人的双鬓飘舞
那天　你第一次想到该如何行路
回到母亲的身边去
告诉她　母亲　我回来了
有些人回不来了
关于门与人的故事
也发生在没有蝉鸣的正午

必须说明
我诞生的时刻

是黄昏而不是正午

那一天
夕阳跌落伟岸的远山
父亲　我的已到中年的父亲
在没有风暴的高原上策马疾驰
我的哭声
使他想到了自己的归期
我看到　夜降临了
父亲开始诅咒遥远的道路
那是无罪的道路

此刻
我在没有人语的房间里静坐
感念雨后绿草生长的语言
绿草的语言独特而纯洁
说乌云没有飘散　天本来很蓝
说灯光没有点燃　人是不是孤单
在某一个秋天
我渴望朝你们奔跑
我想告诉你们
绿草的语言
不是人的语言

我依然坐着
对于我　此刻你们在做什么无关紧要
是的　那神秘的马车已经淹入夜色
你们不要问
那乘车的人是谁
那驭手是谁
我是谁

在另一世界里
我正在与灵魂对话
梦的世界　青草的世界
人死物生的世界
除了爱与鸟群
有谁能记得空中的旅途

蒙古马记得征战的旅途
那些牧人　那些属于草原和羊群的牧人
因何驱使他们踏碎异族的梦幻
横刀跃马　故乡的酒沉淀冷冷的月色
草原母亲在弯月里看到了什么
残缺的山河　残缺的月亮　残缺的相思
分一半心去远方征战
留一半心在草原牧羊群
大漠孤烟　阴山矗立五年而不倒
可阴山的骄子们倒下了
历史是什么　该怎样形容母亲
倒下后再望一望想象中的草原
梦想着在异乡得到绿草的抚慰
那是对亡灵的抚慰
母亲的抚慰

谁来安慰我们的母亲
除了草原　到何方去寻找纯洁的圣泉
风说　世界不是人造的
还有这草原
你们为什么离她而去
骄傲的骑手们为什么泪洒征途
岑寂的冬夜
你们这些征战的人

应该站到悬崖边缘想一想
说一说那时的感觉
在面对死亡的时候
活着是不是值得珍重
一岁一岁　马已疲惫　心已疲惫
回家吧　到母亲身边过节去

风说　回家吧　回家吧
到母亲身边过节去

自然的世界抚慰你们
我的血色的灵魂
长久地跪在草原母亲的面前
请求伟大的宽恕
那是母亲的宽恕

那神秘的马车将驶向何方呢
那些沉默的人
习惯于在夜里追赶太阳
他们比我们更理解光明

我的想象无比自由
此刻　我自然能够记得你们
可我又必须忘却你们
如燕子忘却天空
天空忘却雨
雨忘却大地
大地忘却种子
我忘却一切　最终忘却自我
跟随那些人进入另一个世界

灵魂说
你们曾寻找过那片净土
谜一般的净土
恰是你们未经沐浴的身躯
水　阳光与碱改变了你们
还有语言
现实使许多人变得虚伪
可你们还在寻找

多少年前
一位英武的骑手在他乡战死了
母亲说　那一天恰好是他的生日
他的坐骑跟随蒙古大军回到草原
人们从蒙古马的口中
拽下战死者带血的衣衫
这时　蒙古马悲鸣着朝来路奔去
牧人们望着草地上的精灵
流着泪水呼唤死难者的名字
他们对辽远天空发誓
永不征战了
永不征战了

古老的轮子
勒勒车的轮子
所有的轮子都沾满了慈母的血泪
谁能言说那种声音
古战场上的声音与暴风雨中的声音
无数年　勒勒车的轮子
在广大的世界里滚动出惊天的节奏
或许　那就是历史的节奏
我的先祖　伟岸的先祖们

用旋风般的蒙古大马群书写了历史

可是　谁还记得那些征战者们的名字呢
那一天　母亲对着残月说
那一天　十六岁的孩子啊
死在他的生日

那是青春的早晨
你们踏上坎坷的道路
向家乡挥一挥手
就那样挥一挥手　你们就走了
多少年后
你们猛然听到
在遥远的地方
是谁在呼唤你们的乳名

你们停下脚步
转过身去看看夕阳
夕阳之下就是故乡

灵魂说
那是母亲的故乡
你们发现了吗
在寻找的长途中
只有你们无声的身影忠诚沉重的脚步
你们不要怀疑
除了母亲
故乡的泥土依然记得你们的名字

就那样挥一挥手
你们就告别我的草原了

常常是渡过一条蓝色的河流
你们回过头来
凝视送行的草原人
这时　你们会觉得失去了什么
我的马背上的民族在对你注视
对远行的你　他们无所求
请记住我的话　在草原上
千万别流露一丝同情的目光
我故园的人们从不承认苦难

苦难是什么
那天黎明　远征的骑手们发现了奇迹
那是一条流向北方的河
他们飞身下马
在那结冰的河边长久地伫立
苦难是什么
是人　是记忆　还是这河

你看那无边的草原
她养育了一代又一代剽悍的儿女
风又起了　战死者的英魂梦归草原
总是这草原
她使我想起流向北方的河
那些远离草原的骑手们
在跳下马背后为什么神情忧郁
已是冬天了　他们将涉过这冰冷的河
对岸沉睡着谁的儿子
谁的母亲　在寒夜里祈祷平安
他们将涉过这冰冷的河
苦难是什么　征服是什么　人是什么

我在没有人语的房子里静坐
想象那流向北方的河
马车远去了　叶子飘落于子时
这是哪种季节　告诉我
是谁横穿草原到远方去
路是什么　苦难是什么
骑手们早已涉过冰冷的河

我在没有人语的房子里静坐
想一想这一切
都不是河的过错

1988年9月28日夜，于北京

发　　现

选择是自由的
每一个清晨都是开始

在劳动中等待
那种梦幻的声音在苍茫里
有人在路上
将去北方

你们相信等待吗
这是无限美好的
如同神　神性的天空或云
真实的脚步会在午夜中降临

在生命中
承诺是刻在彼此心灵上的铭言
它是红色的
浸润着生命的血

人总是渴望理解
十日　百日　或终生

我们久违了的时代
是如此的纯洁
那是许多充满了感动与幻想的日子

人总是渴望接近
十日　百日　或终生

那夜　海风很凉
只有一个人走向了船首

夜暗是如此的凝重
这无边无际的神秘与托浮
黑色的气流翻涌在天空

在一片苍凉的包围里
只有一个人在忧郁地仰望
人是这样无助的而渺小
就如同昆虫
活在不停的迁徙中

陆地上有家
海洋上没有家
停滞不该是无穷的停滞
漂流不该是无尽的漂流

重要的是接近
在长发的飘舞中倾听大海的风声
那些在白日飞翔的鸥鸟
不知此刻栖落于何处

在寒冷的一月握住一双思想的手
感觉心灵已不再负重

神秘的遭遇距家门很近
以心对心

不是以肉体对肉体
以无罪的双眼对星群

凝望的空间是这样辽阔
日日夜夜　面对人性之海
将那双手引入家门

时光会掩埋一切
也会重塑一切
在时光中　某种关联存在着
人不必如此灰心

某种离去如江河逝水
我们站在芳草萋萋的岸边
面对庄严的日落

我们说
启示的力量是存在的
在逝水的涛声
与落日的余晖里
我们凝视精神的粼光

我们该记住什么
先哲落寂
先哲无语
我们常想象遥远的过去

不怕跌倒的孩子
学步的孩子
走在北方的乡路上

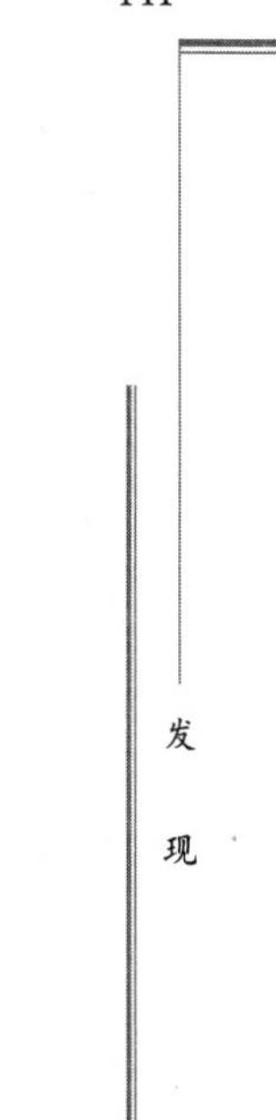

是收割麦子的时节
大人们在田里劳作
一驾马车驶过孩子的身旁

一语叮嘱
一缕炊烟
一个生命在危险中成长

我走在时光的隧道里
寻找一块彩石

分别了那么久
感觉已分别了一千年
爱人　我们曾为一种光辉而迷醉
最初的雨　依然
飘在南部的天空

请你回来好吗
请靠在我的肩上落泪
请给我一丝平安的音讯

节日已经临近
爱人　你在路上
你会发现那种奇异的灯火
陌路的人
那些远离家园的人
都在怀念亲切的乡音
我所寻找的彩石有泪水的遗痕
爱人　要知道任何一种生命
都充满了成长的艰辛

朔风中的那双手握着什么
二月的北方　朔风
或终于熄灭的篝火
未能吸引那赶路的牧女
停住马匹　怀念中跑过
也就是从我的诗歌中跑过

被我们长久召唤的人
为什么总在沉默
这无法偏离的长旅
命定的长旅
一个春天又一个春天
只有那些被召唤的人
从不说飘雪的山峰有多么巍峨

深怀真知的人总在沉默
或许　在某个收割的秋天
我们会发现一片自由的羽毛
从天空中无声地飘过

人们纷纷传说着美丽的圣婴
一个女人不再发出忧郁的哭声
一段变为仇恨的恋情

一条时令河畔长着三叶草
苍茫的道路　雨与虹
一把黑伞举向低沉的天空

一个年代就这样结束
一个诗人准备向东而行
流血的记忆　心与痛

乌拉尔山前
绝望的牧人思念一匹马
年老的牧人　他面对朝南的方向
有一条大河闪闪发光

总是这草
也只有这草才不会远离或腾飞

我辽远的故地上
生长着弯柳　焦渴　净水
许多探源的人们死在途中
他们甚至没有留下一语嘱托

总要生存
也只有这心才不会远离或腾飞

1999 年 2 月 3—12 日，于北京

蒙古高原

此刻　琴声已经消隐
琴声如蒙古马遁去的蹄音

此刻　午夜降临
一个威严的长者含笑故去
孩子们醒着
人们点燃油灯　默诵经文
美丽的牧羊女泪洒衣襟

此刻　赛音山达周边蓝湖静谧
一万里恳求只为诞生
骑手们坐在鞍上　盼新婴啼哭
生命的轮回与接续形如高原神草
黄了又绿　一种预言说　听一听　人们
我们头顶的壮丽星河
总是这般无语

此刻　脐带联结的生命与湖泊呈现血色
疤痕俯首可视　疤痕提示我们不要忘记
人类的大爱原是一种残缺
或怀念　母亲们都将老去
遥远的长路上留着旧时的辙痕
旧时的黎明与黄昏

此刻　衰草　曲折与凸凹
废弃的马鞍与勒勒车轮
涂染着多重色彩
一只渐渐合拢的巨掌
渴望握住流云

此刻　在八月的高原上
东方的天空弦月神秘
草原上有牧人飞奔
他们扬鞭

布谷低鸣
最后的秋日到了
硕大的水鸟行走路边抖动翅羽
这声音该是告别
没有仪式　没有圣乐
甚至也没有酒
只有自由的马群

此刻　谁在默念
谁在泪光深处叫一声父亲
谁跪着　感叹天地有恩　血脉无尽
谁在说　父亲啊　您曾预言
在东归的途中将失去一位智者
巴尔喀什湖无语
那蓝色的中亚之泪
最终幻化为一部史集

此刻　我要说
用心灵之血描述长路的人
被后人怀念并景仰　往昔

许许多多珍视故园的人们
被圣旗引领　望蔽日浮尘
智者双眼噙泪　是啊　部落聚合了
克鲁伦河飘展为美丽长袖
舞零时诞生　群马奔腾
舞世代不泯的血性　高原啊
第一支马头琴曲就是牧歌
那是你逶迤波动的旋律

此刻　初上马背的少年感受一种飘摇
牵着缰绳的手　初通神性
昨夜刚刚走远
少年未曾梦见这移动的峰峦
清晨　阿斯哈图山影迷蒙
山下就是贡格尔草原

达里湖蓝如天空
垂着白云的倒影
湖畔有大鸟飞旋
谁在说　静中的守望存在了无数年
花开花谢　雨落峰峦
西拉木伦就是高原的牧鞭

初上马背的少年铭记母亲就在身后
学父兄那样饮一碗上马酒
随后飞翔　家门渐远
闻风声阵阵　马踏飞燕
酒香深处有少年的预言

此刻
红色的马鬃燃烧为飘飞的火焰

高原啊　我不是英雄
我是您的歌者　您的儿子
以仰望的姿态感知您
以虔诚的心灵跪拜您
以纯洁的语言颂扬您
以离别的形式怀念您

高原啊
五千年不长　一日不短
我必须对您说
我的心中升腾着永生永世的疑问
告诉我　此时此刻
谁在星光背后凝望　眼含泪水
谁在日升之前
用鞭梢指点苍莽的高原

2007 年 3 月 8 日，于北京

岚

岚
我是你的父亲
我把你丢了
这个秋天令我悲伤
我的女儿　你不要悲伤
只要我活着　我就不会让你亡失

你是一粒饱满的种子深埋地下
你已经具有泥土的心智
你与我隔着时光
也就是隔着梦
看春天原野上的花朵
我想那是你摇动的语言
清晨　凝视花瓣上的露珠
那是你的泪
花蕊就是你的笑容

岚　我的女儿
这个世界很大很大
我要带你去结识许多江河
这就注定了　你将跟随我行走遥远的道路
我的女儿　我知道你会承袭什么
你一定会说　假如我不渴望飞翔
那么我就宁愿折断自己的翅膀

可是岚　我的女儿
我把你丢了
如今我一个人走在中秋
我的生日就快到了
孩子　我最珍贵的生日礼物
就是对你的想象
你的泪水　你的笑容　你的长发
你的双手　你的心灵　你的目光

岚　你的泪水忧伤
你的双手紧紧握着尊严与自由
这不可亵渎　更不会被剥夺
你的心灵澄澈　像山中清泉　中秋月色
像你父亲追随了一生的诗歌
你的目光没有偏离前方遥远的道路
我的女儿　这一点令我欣慰
有一天你走远了
我会手握拐杖站在秋天
岚　我会在心中对你说起往昔
但是你不会看到我凄然落泪

岚　你的父亲是一个迷恋节奏的诗人
在今天　一个诗人就是物质上的穷人
可是岚　我懂得敬畏伟大的神灵与人心
我也懂得自省　我不会对着一棵歪树的暗影
平衡自己的行为　我也需要修正
面对人性之海　我感动　并且常常怀念
而你　我的女儿　你是无法选择的
我是你的父亲　我在喧闹的世间崇尚宁静
等待你　等待你哭着降生在一个黎明

我如此深切地爱你
我在艰难中体味无限的欢乐
我用心描摹你　岚
神将赐予你生命
那充满神秘的十个月
期盼的十个月
你的生命走向成形的十个月
我默默等待的十个月　我的女儿
爱你　我才能拥有了你
这使我不再忧郁

爱你　岚
超越了世俗中的一切
在海之底　在云之上　在山之巅　在河之源
我只求活着爱你
我等你　爱你　我呼唤你
岚　我甚至不能想象
你穿越了几重神秘之门
然后才属于我　是的
我还没有获得你降生的神示
可我等待的日子变得如此具体
期待你　就像期待
某个古老而温馨的节日
这有多么好啊　岚
就如我给你写诗的这个夜晚

岚　我和你停留在这个雨日
那条辽远的时光之河
依然没有出现我们相遇的帆影

如果你降生人世

我会带着你走的
去一座岛屿
我们将远离陆地
这不可抗拒的命定与距离
这秋季　这难以描述的长旅

岚　心灵的孤苦不是一个概念
像一本书或某一个被人关注的细节
不是这样　我的女儿
实际上那是无法破解的悬念
人的鲜血源自心脏
在人的周身循环
渴望　在人的周身循环
所谓孤苦　是一种不可诉说的心情
就是这样　岚　将来　在我的面前
你千万不要对我提及怀念

我什么都能够改变
就是不能改变给予你生命
岚　我不会扼杀你　永远也不会
我在这个世界存活　就是等你
我的女儿　我爱你　陪你走一段路
然后我就安静地死去

岚　我希望看到你的微笑
你俯身向我　对我耳语　说爱我
我将望你　但是　岚　我再也不会
对你说那些逝去的昨天

岚　当我年老的时候
我渴望拥有一根枣木拐杖

我会想到一棵枣树
某一瞬间枝杈的断裂与脱离
或许天空里有飞翔的鸟儿
在云之间　在风中　在叶子飘落的秋季
它翅羽震颤　目光注视着大地
我的女儿　就是那棵枣树
鸟儿说　我曾在那个枝杈间栖落
在马莲花开的时节

岚　那时我就不能自如行走了
我是年轻过的　像那棵枣树
我还会联想起一只手握利斧的手
但我看不见斧子在空中留下了什么
鸟儿在天空间飞过也没有啼鸣
它对那个枝杈的眷顾
后来变成了风雨中的追问

岚　我曾经走过遥远的道路
当我年老的时候
我会将仁慈的目光投向那些孩子
我希望他们在枣树下嬉戏
但是要远离锋利的斧子
当然　我会在内心里怀念许多人
我将沉默　甚至不愿对孩子们描述断裂的痛苦

岚　我的女儿
我手中的枣木拐杖不会静止
它是手臂　是移动的腿
是我活着的形态与忧伤的记忆

我是在这个秋季上路的

向南　再向南　直到大陆消隐
在海之间　鸥鸟鸣叫静静的沙滩
织网的渔家少女头戴斗笠　听惊涛拍岸
岚　她在盼啊　盼桅杆初现　亲人归还

这是我此生必须抵达的地域
我的女儿　你会注视我吗
在我无力想象的梦幻深处
你会呼唤我吗　岚　我是父亲
我在约定的时光中等你
我等你　我将一个人
在大海的包围中
经历无雪的冬天

岚　你的父亲
将诗歌视为人的眼睛和心灵
诗歌是他的夜晚
是每一天如期出现的自然的黎明
他经历过许多痛苦
他活在人间等你
你在梦中
只能看到他独行的背影

岚　大概在七月的风雨之夜
你会从一座桥下走过
是七月　大街上没有人声
在你父亲的感觉里
那些被雨水洗沐的建筑
被灯光照耀的建筑
就像沉默的智者
斜飞的雨丝就像无数圣婴

岚　我在雨后的清晨描摹你
天空湛蓝而纯净
你会在这个时刻属于我
没有浮尘　只有祝福
鸟的翅膀美丽而轻盈
我会第一个对你微笑
并轻声呼唤你的乳名

岚　我热切企望那种幸福
在我泪光的深处
岁月是一棵树
而你是叶子
我是守望的人
你是我一生最美的风景
我的心愿如旗帜般飘动
我期待风

岚　我期待你诞生
我爱你　我梦见年幼的你
枕着我的臂膀从安睡中醒来
我说　岚
记住啊　这是人间
我们多么幸福

岚　如果你降生
我希望你成长后热爱一种平凡的生活
拥有怀念　拥有秋水般辽远的宁静
女儿　对于我
你是怀念之树
是宁静之源
是波涌之峰

岚　你是我追寻的道路
是我的生命
你是我未来漫长岁月中坚守的信仰
你是证明　因为你
女儿　我不会遗忘往昔艰难的过程

但是　岚
今夜　我要记录此刻的绝望
我啊　甚至不愿提到你的乳名

一个美丽的女婴
她无形的生命
夭折于通往现世的途中
这个秋季没有蝉鸣

一颗悲苦的心灵沉默了
一颗向善的心灵
一次陨落　一次梦幻的旅行
被一种意念终结于一瞬
使之成为不可改变的永恒

九月　死亡的形态如青草断裂
爱过了　描述了　成长了　夭折了
死亡的全部意义
在于心灵对心灵的背叛与隔离
一个美丽的女婴没有降生
此后是黎明之泪
在九月的正午
天地尖蓦然传来呜咽之风

错乱的天空间没有出现彩虹

远方　一匹漆黑的蒙古马
在贡格尔草原上飞奔
约定中的那个歌者不见踪影
他在独自哀悼那个夭折的女婴
以他的智慧和心血贴近死亡之海
那万劫不复的幽明

他在心里说　我的孩子
我愿缩短二十年寿命
请求你的原宥
你圣洁的灵魂被亵渎过
你的父亲　那个孑然默立的人
愿意将他的心点燃后举过头顶
让你相信爱的属性

他曾渴望将你引领
在这个世界里
他期盼你能拥有透明的心灵
懂得爱　珍视与自省
懂得人间的四季是自然的过程
懂得承受与坚守　从春到冬
懂得理解花开花落与雪飘冰封

就在这一天
那个消失了许久的预言者
横渡了西拉木伦河
作为女婴父亲最初的引领者
在灭绝一般的时刻
他对一个无泪的男人
发出了遥远的暗示——
坚强地活下去　像草根紧握泥土

面对日落般无声的结局
年老的预言者泪如泉涌

秋草舞动
在弯曲的河之南岸
祖父一样威严的兴安岭
静卧于这个九月
它的哀伤那么沉重
在它最高的那个点上
可以俯瞰克什克腾　在视野里
那泓蓝湖以微微的波纹
编织九月之痛

九月的诀别
那个女婴未曾说出一句人语
她不是梦　她未能降生
她停留在一条漫长的过道上
距她最远的窗子　突然出现了光明
那是她的来路　她将回返
她无力悖逆多舛的命定
她小小的影子向光明飘移
这个时刻　她听到　在一条河流的近旁
一个男人开始放声痛哭

那就是她的父亲　他跪下
面对九月夕阳下诡异的风景
他的女儿夭折了
她带走了他的寄托与生命

岚　我在这个时刻想到拯救
从心灵开始　然后回归心灵

我用心计算了一个过程
秋天的阳光从东边的草地
慢慢移向西边的山峰
中间有牧人驰骋　鹰飞天空
岚　大概在青草泛绿的时节
我会接近一个梦
那时刻　你将获得再生

岚　我将以父亲的身份
把一个真实的黎明给你
我会守着你的摇篮　对你说很多话
关于树　年轮　蒙古高原草海潮动
我不会再说往昔　你来了　岚
你会长大　跟着我行走
在八月草原的花海边　我会告诉你
哪怕是一片花瓣的飘落
她的母体也会出现疼痛

岚　这就是新的等待了
我亲爱的女儿
在大雁飞过的长途上
还有一个白雪飘舞的寒冬
每时每刻　我都会在心底默念你的乳名

2006 年 10 月 30 日，于北京天宁寺东里

十 日 记

再生，在母亲永恒的仁爱中。

——题记

红色马驹穿越沼泽
它跪下　接近水　这万年杳然
瞬间的风惊动睡鸟
它们依次斜飞　逆向天光
这一天　在马驹致死奔赴的北方高原
一个女婴降生　一些人骑马而来
他们跪在树下
但没有垂下头颅

红色马驹沉陷泥沼
它最后一次昂首　最后一次饮水
最后一次发出胸腔的嘶鸣
它留在人间最后的美丽是一团火
那慢慢沉没于沼泽的马鬃

这苦难悲哀的道路
红色马驹以决绝的消隐所象征的断裂
该如何接续　如果没有奔赴
广大的天地之间没有浩荡的尘埃
人世就是死寂

一叶浮萍　绿色　无人观赏的景致
被九月托浮　九月的秋诉
永远源于左侧心室的血液
也会流向右侧
如一条河流到达了异乡

在灵异显现的清晨
终于穿越了梦境的人
依然没有让灵魂回到肉身
他走在雨中　流着泪水
寻找故人与湖

北方　蒙古高原终于落雨
就像一个不会重现的奇迹
为了信仰的喀尔喀部族
他们的首领　那个迷恋岩画的人
往返了一条神圣的旅途
他把沉重的黄金和轻柔的哈达留在异地
仅仅带回一个口信　他恳请族人们相信等待
不要怀疑自己的眼睛

岁月之岸
那些灿烂的物质不是珍珠
时光已经证明　他们携手来过
他们曾喟叹岩石上正在慢慢风蚀的凿痕
回望自然　河的对岸只有原野
那些智慧的人们去了哪里
为了信仰　他们永别了家园
死后　他们又在哪里安眠

结束了
古老塔楼上的风铃已经锈蚀
离乡的孤者在河边洗手　他忽视了水流
远方　在燕山下面　庞大王城的北郊
树木呜咽　一阵坍塌的闷响来自彼岸
二月　谜语在刀锋上移动
刀尖指向星宿　昨日玫瑰色的身影随风消隐
如一根被焚烧的青丝

据说　那条无限光明的道路隐藏在大洋深处
它起自蓝色　斜穿蓝色　最终通向蓝色
它隐藏　就像忧伤

第五日
守望边疆的武士拒绝剑戟
但他不拒绝马匹
他相信智慧的树上一定开放美丽的花朵
哪怕时光流淌为痛苦
他也不会拒绝记忆
第五日　他骑在马上怅望故乡
灯火熄了　在野百合摇曳的晚上
一定有一个流泪望月的姑娘

武士记得最初的巷子
叫安宁的村庄在都城西北
那棵古槐　它茂盛的树冠像庞大的家族
五月　槐花开放
远行的祖父从梦的边缘经过
他是移动的古槐
永失故乡

武士勒紧缰绳
坐骑前蹄腾空　面对东南方向
我亲爱的姑娘　你有没有忧伤
在我遥远的静默里存在永恒的春天
还有祭礼　你看原野上闪闪发光
那是我无穷的思念
是我在内心倾吐给你的语言
我希望你记住
我的祖父　是从高原移向都城的古槐
对于我的家族
那是充满疼痛的历程
也是光荣与梦想

第二日
降雪
故人毁约

风未停
飞过天际的黑骏马
嗅着主人的气息
追寻一片殷红
有人歌唱　夕阳　夕阳
永垂故乡
入夜　山麓下的阴影
为什么像永别一样凝重

第三日
雁走
人未留

声言发现第八种色彩的人

突然亡失
第三度空间
曾经被泪水叩问的苦难的河
细沙缝隙的渴求
沉入更深的地层
那个时节
阴冷的灯火里有一个约定
过街天桥　高楼　在陌生的人群中彼此牵手
潮润　两颗浸染的心
神秘掌纹温融合的温情与自由
谁也没有说
就这样走到尽头
一生够不够

第六日
神秘掌纹温融合的温情与自由
提示幸福的心灵
能够停下来吗
把乐章里的瞬间播撒为百年
谶语之路　未来断裂的路
最终消失的掌纹
最终的尽头
那不可稀释的沉痛与哀愁

第八日
我梦归草原
听牧人哭诉死去的马驹
听哀伤的马头琴铺展阴山
可那不是遥远
夜未眠

第九日

我伟岸的先祖们在典籍中凝望
谁徘徊
昨日已去
不再来

第十日

母亲托梦
她说　我的儿子
你不要忧愁
如果你的心累了
就回到故乡怀抱吧
可是　你一定要记得那首诗歌
我们的草原啊
青草依旧　时光在流
我们的马背没有尽头

2009 年 3 月 2 日夜，于北京

顿　　悟

背景是夏天，无雨的天空
许许多多人拥挤着
城市开始喧沸，如脱离了热土的孤单的岩岛
红灯使我们默默站立
阳光不照流水，我们的道路
久已不听从阳光的呼唤，而另一些人
从另外的道路上仓皇游过
如破网的鱼
谁不听从阳光，亲近流水
谁就只会希望
而不再激动
斜阳也仍然如火，五千年前就永存
我们在这景色里站立，倾听千古
草原的诗人在吟咏，在此时此刻

……天已明朗，草原寂静
晚冬蹲在山里
流淌无颜的泪水。草原哦
长河出现了，如何造物开天地
到此令人放马牛
河出现了

一片黑色。在清晨
这是燃烧后的荒原

群峰远远肃立着
凝视一个男人的本相和一个
本色的女人——
一只苍狼和一只美丽的鹿
他说：忽扎厄尔——根源哪！河出现了
她说：索尔贴 · 赤那——苍狼啊
河出现了，河出现了

垂柳于弯曲的河岸独对太阳
没有指定的渡口
河流不是屏障，他们永垂故乡
又在源流的河上穿过：河出现了，河出现了
河是我们先祖的马背
河是部族与部族
在胸口上砍出来的友情
他们按照蒙古的习惯
以押韵的音调和美妙的
词语，说了这些话

黄昏以后，所有的影子都沉入河底
河岸之草
因四月的涛声背河起舞
唯有他们冷静地望着
在黄昏或是黎明，发现河流
他与她在两支灿烂的图腾上对视
他们没有诉说河是什么：这
就是他们的血脉——众人的
祖先：河出现了，河出现了
那是他们激血的长驰，其间没有蜕化
除去走马的过程
从此没有别的过程

扶着栅栏
你笑望后来的人们：观河者
这泥土，醒着醒着，世世代代
知道吗，在河畔最先弯下腰去的
是我们的先祖，众人的先祖
他们曾为河的主人

日已西斜
荒原牵引着耕牛
在他面前行走
她将一颗又一颗饱满的泪水
种进他的脚窝
寒风在河的下游回首，两片身影的槐荫
紧紧地缠绕荒原
群山摇动一下，又摇动一下
他的黑发如大河上的旗帜
他沉稳地迈着脚步
如河流在泥土上永垂
烈日悬在中天
他们沉重的足音
雨一般敲击荒原

因太阳辉煌的照耀
他们前方的河流千百年来燃烧着
以火的名义，为荒原命名
河出现了，河出现了
河触及热土，母性的热土
触及亘古的夙愿
他们在最后的时刻
面对永恒的河流，挥泪如雨
可他们什么也没有说

你不能用语言说这热土
它已为血所说，也被河流早早地说过了
在这片被河流切开的大地上
蒙古马的嘶鸣不是礼赞，而是战斗
死去或活着
“从马背上落下来的人，怎样才能
站起来和作战呢？
如果站起来了，那么
步行者怎样才能走近骑马者
并得到胜利呢？”
这就是我们热土的想法
没有其他目光，如箭一般
穿透辽远的生活
走向草原后
你应当敞开胸怀
相信季节和过程都不重要

你不要用起伏的绿浪
来附会你的痛苦
在夏天，总会有母亲朝你微笑
那是年老的，我们的母亲
她们前胸的皱纹
无声地伸到脸上
那也是交错的河流
在盛水的河道里刻满了艰辛

不久，从他的脚窝里
生长出茂密的丛林
那就是我们
诞生了，大朵的流云寄寓了诞生的阵痛
谁也没有歌唱

在他们的头顶，太阳飞翔着
洒下朝霞和不老的黄昏
枪声、枪声在鹰血流落的翅羽上坠下
它也不能停止我们对热土的感恩

……这绝不是传说
疾风，在陡峭上展开底色
一如蛇立的影子
追逐热土和他的主人
冬天到来了，他和她的双鬓
飘起了蔽日的雪阵，但阳光
没有凝固
他们走向河流
他们怀想，他手扶着马匹和犁耙
她播种着，从不祈求

我们站立着，思索河流
诞生后，是谁给我们指出肃穆的源头
先祖们礁石般的倒影
在河底久久睁着眼睛
犹如长虹，多少次于长河的中游横渡
我要说：
唯一的走向是河流的走向

请不要凝望夜空
空旷的世界里没有灯光
以它巨大的翅羽覆盖长夜
星光如雨后的篝火
独自熄灭——他们醒着
河流没有冻结
有无数个这样时刻

风狞笑着，将被揉碎的涛声
扔在长长的岸上
唤不出一声黎明

我要说：唯一的走向
是河流的走向
我们在山脉早已形成的时候
向祖先们举起双手，如举起
没有碑文的石头
我们想象着先祖们躺在这里
为不息的河流保持沉默
在山的身旁，在先祖们身旁
我们长时间地注视着，那无言的河
也是长调的河

听我说，先祖们并没有离去
如同长驰的河流祝福我们
如土地托起我们热烈的生息
我与你是车的两辕，一辕断了啊
牛拽不得，如车的两轮
一轮坏了啊，车行不得
——先祖们，你赐我以这黄金史上的秘语

黄昏，在东方
鸟儿礼赞轻柔的炊烟
依然辉煌照耀的太阳
在一整片大陆上证实着完整的存在
远方早已形成的一片草原，博大的海
横对着头顶的浮云苍老地流过
年老的捕鱼人站在岸边
微笑着，将惊涛独立抖落

虽有瀚海，有后起的驼铃哭诉远方的青草
如招魂、如哀歌、如史集
但婴儿的哭声撕裂着沙漠
如蒙古草原的长调
如同守卫着青草的人

这是另一种语言
诞生，或死亡
步行与回首都无关紧要
他们是同一个伟大的训言如河流
群山在河边又一次颤抖
这里无须点燃烈火
太阳落下了，而母亲的心中
没有夜晚
在山的一边，在河的一边

无数年前
我们的一位先祖长眠了
他用第一次倒下的身姿
为我们昭示遥远的道路
漫漫西行，东方丝绸与沙海之途
古老的湖泊与森林
西拉木伦，子母河
我故乡的草原与绿色的智慧
都属于他
他曾预言河流又远离河流
任何血缘都留不住他，他又是一条
我们流血的河
是东方永不冰封的命脉
在这片热土上蜿蜒着

都市，人的河流，凝结头顶的云
这一切象征着什么
马的嘶鸣在远方
我领悟于热土和长河的节奏
我在城市里听不见的
那种生活——
那是你的灵魂，不是我的灵魂
那是我的足迹，不是你的足迹
这在草原上算得了什么呢
你可以有诸多的烦恼，而我呢
我不会指责你们
这对我概不真实
我常到那遥远广阔的草原去
那是我们的背景：
人和人的足迹，一概伸向青草
人的足迹和马蹄
一起渡向长河
这是古老苍狼和鹿角的河
也是永恒活着的长流水
我将在那里叩伏于母亲的营地
回想起我所顿悟的新生
这是夏季的某一天
城市的绿灯闪过
许多人在另一条路边等待
背景是一片干旱的天空

而那激血奔流的草原　碧绿的
人血清纯的草原迅速地展开
银光闪闪的河岸边　明亮的
一个坐守青草的老母亲
修理着坚硬的车轮

她眺望着渡河的儿子和马匹
多美的眼睛呐

1987 年 6 月 4 日，于北京

谶　　语

河说　天已晴朗
我又一次融化
过去的冬天很平静

那个冬天很寒冷
旷野　草原与积雪下的麦田
仰首凝望十二月的天空
独行的车轮滚过旷野
母亲的村庄传来狗吠
那些夜晚与白昼
总在预示着什么
村庄远方　枯黄的草
依偎朝阳的山坡

在高远的天空下
除了酒徒
一切灵动的生物
都期待温暖的风

你看那落霞
十二月里遥远的落霞
燃烧在山峰上
庞大起伏的羊群
从北方的草原上流过

在炊烟升起的黄昏
牧人们为什么沉默

风在歌唱
群鸟不再歌唱
白雪落在大漠的尽头
入睡之后　河说
我看到一个男人
手握枯枝的男人
身穿黑衣的男人
踏着破碎的星光
跑出静静的大峡谷

河说　记住我的话
那是无人的大峡谷
在十二月的感召下
身穿黑衣的男人
摇动着枯枝跑出大峡谷

我敬重这黑色的生灵
谁也无法说清他的道路
他的道路是星光与白雪的道路
谁也不要怀疑
那个冬天很平静
河说　众多的生灵都在熟睡
他在奔跑
大峡谷里无人
冬天很平静

星光与白雪飘落着
那是永不凝固的生命

在冬天的早晨
我说那冰封的河流无比神圣
那些伟大的河流
以曲折的形态安慰我们
在严寒的覆盖下
它躺在我们的视线里
我们谛听辽远的声音
无数条大河前行的足履
我们想到大地上的麦田
那涂染了劳动血汗的色彩
想起骄傲的水手们
因何迷恋爱人的渡口
我们想到古老的生命
她庄严的诞生曲
是不是如大河东去

冬天的早晨
为落叶而沉默的古树
兀立在雪后的原野上
它苍老的树冠
悬挂着银白的霜雪
这时节　我想到父亲们
想到泥土　我们为之哭泣
与赞颂的泥土

关于母亲　我必须说
在温暖的阳光下
我将背影留给了她
远方的地平线似在移动
它呼唤着四季的河流
在选择长旅后

我不会忘却什么
每年的那个日子
她都会念起路上的游子
那一天　我记得那一天
是我的生日

我在夕阳里徘徊于河岸
谁能告诉我
该怎样涉过这湍急的河流
人的目光常使我改变形象
河说　我唯有承受

在黄昏之前
我必须回到村庄
告诉母亲　我回来了
有一些人回不来了
我的许许多多同行者
都在怀念通往村庄的道路

母亲曾经告诉我
握住一块石头行路很安全
在长夜的旅途上
握住一块石头行路不孤单
温暖的石头
常常为流失的泥土祈祷远方
可人类作为一群生灵
却听不懂石头的语言

河说　这不容否认
美丽的火焰能听懂石头的语言
鲜花能听懂石头的语言

我们的灵魂
从刚刚苏醒的时刻起
就渴望一种高度
我们太容易激愤
我们何时能听懂石头的语言

……对于夜
我有完全不同的理解
握住一块石头行路
我觉得很沉重

当春天出现于道路尽头
我将双手平伸入夜里
这时　我听到一首古老的颂歌
那是关于夜与石头的颂歌
在前方闪烁的
就是春天的灯火

河说　记住
在远离生母的地方
我们握住光明行路
火焰与鲜花是两种燃烧
夜是黑暗的燃烧
泪水是痛苦的燃烧
石头是温暖的燃烧
启示在哲学中燃烧
预言在火焰中舞蹈

那一年
我只身一人去牧羊
那一年我只身一人在歌唱

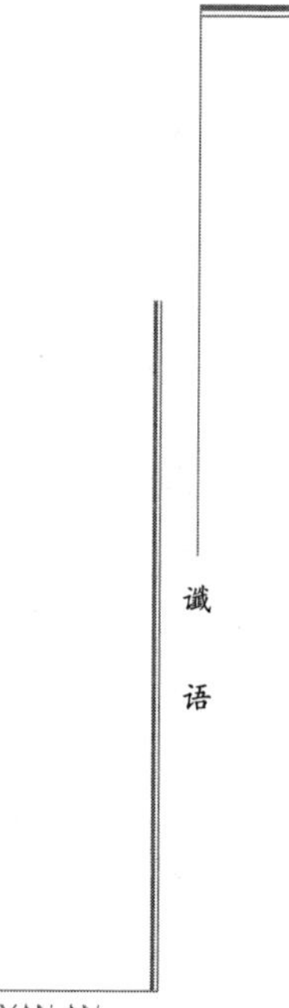

我记得忧伤的鹰在飞翔
云在飞翔　梦在飞翔
水在飞翔　身穿黑衣的人在飞翔
飞翔的岁月很久长

在牧羊的路上
我静静谛听高原的天空
巨轮的声音消失了
羊群在缓慢地移动中食草
没有谁在渡河
地平线上
隐隐地露出一丝幽蓝

那是什么
太阳与忧伤的鹰悬在头顶
谁是驾车的人
无形的车轮在哪里滚动
我在蓦然间回忆起一场风暴
那是夏天的风暴

走出神秘的峡谷
想起自己是六月的儿子
是风暴的儿子
雷雨的儿子

是在无形的路上
我与青草起伏的故乡
失去了本原的联系
不要将我视为神秘的人
母亲在等我
我在奔跑

沿途　我看到很多人
在迷乱的天空下挥霍诺言
他们遗忘了生命的春天

……可以想象
那是无比美好的早晨
人类的先祖从密林中站立起来
循着水声走向了旷野
太阳　河流　土地　山峰
地平线上轻柔的风
水草　河流与鸟群
自然怀抱中所有的一切
向刚刚直立行走的人类
再现出第一日纯洁的景观

河说　那一天早晨
你们在不同的土地上
创造了自己的母语
你们围在一起
倾吐彼此的发现
只有山峰
以平静的姿态
注视着又一种开始

是开始了
河说　天空是公正的
在和谐的雷雨中
你们将遗忘我的存在
当我凝望的时候
河说　你们
学会了行走的人类啊

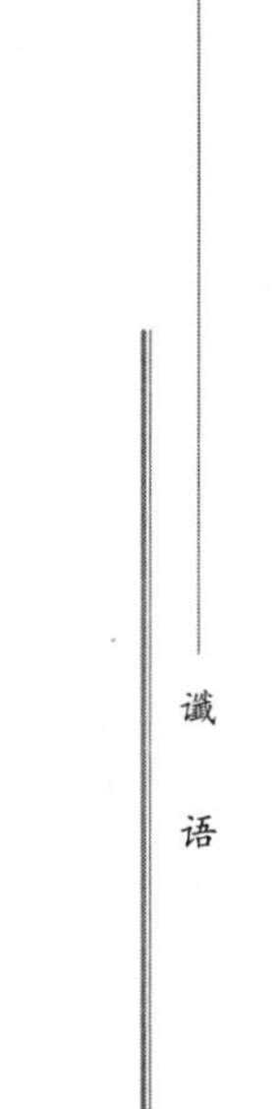

正冲动地为我命名

河说　我不能提醒你们
因为我要哺育你们
要热爱你们的家园
请珍视被你们占领的土地
我将不停地注入泉流
以保持她的鲜活与潮润

在某一个黄昏
有许许多多人
在河流的两岸低垂着头
他们被一种声音深深吸引
这是值得铭记的时刻
这是人类顿悟的时刻
他们倾听永恒的河流
在岁月的黄昏

河说　人们
请抬起你们沉重的头
请看一看
太阳在何时告别远山
请亲近那些青草　你们的家园
请微笑着围在母亲身边
人们　听一听新生儿的哭声
你们就会觉得
重新活下去依然有母亲的语言
日日夜夜祝祷平安

河说　人类啊　活下去
太阳会如期从东方升起

诞生与死亡　都会使母亲落泪
请抬起头来
一起等待和平的星群

1988年6月18日，于丹东

断　　章

1

一只鹰飞临农区上空，黑翅明亮
它盘旋着，仿佛在问询人类
你们，是否见过
我的草原和马群

2

一个诗人
将蛇一样诡异的词语挖出来
在阳光下晾晒。然后，他选择死
让美丽的少女痛不欲生

3

那斜卧着的，是谁家的女子
她上衣如雪，颈上系着鲜红的纱巾
此刻，感觉她正在阳光中融化
我恐惧看见她的面容

4

一只绵羊
如何为另一只绵羊送葬
你不会知晓。但是，你知道
一只羊死了，属于它的季节也就死了

5

灼热的火
涌在空中的滚滚的波
这样的告别只能让我迷醉星语

不知谁在大地上守着灰烬

6

那一刻，他没有牧羊
他站在那里，在呼啸的风中
以礼佛者的姿态
成为你日思暮想的北方

7

关于蒙古
我只能对你说两根琴弦
在天地之间倾吐生死
但是，你永远看不见流泪的马头

8

他没有穿戴王者的衣冠
他牵着新娘的手，牵动时间与山峦
他年轻的山河
轮回红的黎明与没有尽头的夜晚

9

雪落十一月高原
裸体的天使，在两种可能之间
轻轻亲吻毡房与牧鞭
受孕的女子，笑容灿烂

10

肯特山说
我是阿尔泰山的哥哥，你们不要怀疑
我们有两个妹妹尚未出嫁
一个叫呼伦湖，一个叫克鲁伦河

11

一滴泪中的少女
一首词中的少女，有一天
她等在路口，一座古城五千岁
仍如花蕊

12

像蛋黄一样美丽
在内部，有另一颗心，我们
在蛋清一样的包裹里
热爱小小的宇宙

13

我的儿子
那一刻，你是多情的王子
你的王国，在这样的早晨
属于一双温柔的眼睛

14

一定高于珠穆朗玛
雪莲的火焰燃烧十个世纪
对于我们，总有一个瞬间
被永世怀念

15

两只羔羊
它们陪伴我，在贡格尔草原之冬
它们，如此美丽的天体
目光忧郁

16

那双燕子没有归来
一处屋檐，一个少年，某个春天
备耕的农人开始修理犁铧
丘陵静着，无人凝望地平线

17

我的儿子
你不熟悉这样的生活，你不知道
那是饥饿的时节，你不知道
那时的我，多么渴望看见炊烟

18

远山如父
兴安岭，余脉，伸向平原的手
抚摸绿洲；我被父亲拥着
在雨里，他沉默无声

19

点燃一挂最小的爆竹
那鲜红的粉碎，象征我少年的除夕
传说百神下界，只有在这一夜
我才不会恐惧

20

直到今天，我也不懂爱情
我的亲人们！你们守着故土
我迷醉路；直到今天
我才理解沉重，比如青春与泪珠

21

人类望着山顶
山顶未必望着人类
所谓边陲，岁月未睡
入梦者，说有什么在飞

22

寺，金顶，黄旗
一个孩童手指朝觐者
你看啊！那个人
那个人匍匐前行，拖着血迹

23

你应该见过无边无际的荞麦花
洁白的，仿佛涌向天涯
途经的人群站在风翅下
指点近旁的人家

24

我的儿子
所谓遥远，不是距离
有时候，是两颗心之间
没有停歇的潮汐

25

红
我一万次追问你的故乡
而你，就在那里
对我呈现美丽的光芒

26

我的儿子
在四行诗的寓言里，没有四季
有四个方向，你不必寻找
你知道哪里是永恒的故乡

27

麦芒
我记得大片金色，那时节
有一种杏子熟了，土墙坍了
沟壑里的蛙声，再次传来了

28

铁轨，坡道上两条闪闪发光的线
枕木上散发油气
巡道工，那个用铁镐敲敲打打的人
至今都是我的神秘

29

铁路突然在树林中消隐
我和童年时的伙伴到过那里
是弯道，有一个涵洞
我们蹲在那里，看错乱的天空

30

我们蹲在那里
一列火车从头顶轰然驶过
大地抖动，那个巨兽鸣叫着
穿越我们幻想的田野

31

红烛
高原上的婚礼，婚俗野性
马驹在石槽边吃奶
毫不理会人生

32

我的儿子
你从未关注六月的雪
那是我的童年之幻，这么久
洁白依旧

33

盟誓
那些粗砺的人，他们爱马
纵情天地，没有尽头的马背
没有尽头的家

34

没有尽头的花儿
大地的新娘，那么多水的姐妹
在同一刻守岁
这无关人类

35

杏子红了的季节
出嫁的女子守着巨大的秘密
我如此熟悉春播的气息
天蓝，水净，草绿

36

套住金黄色葫芦的人
是一个少女，她在青藤下
在绿色的葫芦架下
不问年华

37

我的儿子
你要熟读脚下的路，你要知道
家门一进一出
就是朝暮

38

一匹无鞍的枣红马跑过老（何）河畔
已是冬天，你的鬃毛被什么点燃
你的蒸腾着热气的身躯
移动的蒙古高原

39

我未必需要那种音讯
在夜暗的两边，也是夜暗
真想问年轻的心
此刻走了多远

40

穿越隧道
雪白，我的蒙古阳光金黄
突然想到这是家乡
然后追怀异乡苍茫

41

只见鲜花起舞
不闻六月雨哭
从唐朝飞来的马
于三彩中蛰伏

42

洛阳
稀缺的纸，水墨，书生
古刹的铜钟击碎水雾
一条河岸，百鸟飞行

43

浣纱的女子
不熟悉牧羊的女子
在不同的星空下
她们都有花一样的姓名

44

救赎的灯光燃了八百年
智者长叹
初冬的篝火照亮旧路
灵异再现

45

我的儿子
你要敬畏回望中的一切
一语一阕，一夕一别
一昼一夜

46

两河流域
巴格达象征的爱情
原是一条斜飞的路
如今已经荒芜

47

我的儿子
你要读史，在沙粒中
寻找金子，在某一个时刻
献给需要的人

48

其实相连
在海之间，有一类鸥鸟
从未出现，最后一次出海的水手
紧紧拥抱桅杆

49

在贡格尔草原以南
最后的王城送别牧女
坍塌，龟裂，最后的守门者
在废墟中屏住呼吸

50

岚，那深远的柔，让我联想
人间蓝色的丝绸
养蚕的女子
在溪水中洗手

2016 年 12 月 5—16 日，于内蒙古赤峰

在时光沿岸 ②

1987-2017

舒 洁◎著

人民出版社

目　　录

超度 /　1

西域 /　10

精神与自然的永恒 /　15

　　——致里尔克

午夜书简 /　19

心之寻 /　22

哀悼日 /　26

　　——献给汶川的诗歌

第五个季节 /　30

遥远的雪 /　35

两极相望 /　70

卡萨布兰卡 /　79

国际歌 /　84

东方是怎样红起来的 /　97

第一百日：预言者 /　105

节奏 /　116

两岸 /　127

第二十年：一首祭诗 / 153

——谨以此诗，呈献给骆一禾、海子伟大不朽的诗歌灵魂

阿赫玛托娃 / 195

宣喻的天空 / 199

用忧伤的目光透视沉默 / 204

——祭诗：献给在汶川地震中为拯救学生而罹难的青年教师袁文婷、向倩

像泉水一样干净的女子 / 208

斯日其玛的高原 / 211

蒙古高原的秘语 / 215

思想有一双凝望的眼睛 / 221

十月：深秋时节永恒的黄河 / 227

真的遥远吗 / 230

在古歌与泪光深处 / 241

在珍贵的精神劳作中等待 / 247

诗歌是一种飞翔 / 254

夏天的一个午后 / 264

一首颂歌：写给净水一样的妹妹 / 275

春天：属于心智与道路的北方 / 278

在星光背后 / 309

静静的雪山 / 311

永远的河流与诗歌 / 313

寻着诗歌的光辉而来 / 315

背对故乡的想象 / 317

对一种时光的回顾 / 318

信 / 320

1348 年 · 史实 / 321

给心灵以成长的时间 / 322

夜 / 323

向北的归期（一）/ 324

向北的归期（二）/ 325

鸟与风雨 / 327

祝祷 / 328

房子 / 329

草 / 330

又闻雨声 / 331

自然中的几个瞬间 / 332

心灵的驿站 / 333

南方的停滞 / 334

这样的日子已经很久 / 335

我不会遗忘迷蒙的冰河 / 336

那时（一）/ 338

那时（二）/ 339

我们原本都很平凡 / 340
有一种声音掠过旷野 / 341
酷爱足球的孩子 / 342
以泪水的痕迹诉说生命 / 344
黄昏笔记 / 346
空谷 / 347
三十岁的人生 / 348
独步海滨 / 349
有一种幻想 / 350
发现 / 351
母亲时代的歌谣 / 352
天堂巷 3 号 / 354
回报泥土 / 357
父亲们 / 359
最初的白雪飘落北方 / 361
泥土颂辞 / 363
塔吉克少女 / 364
收割之后 / 365
不要问我的姓名 / 366
在睡眠中学习语言 / 367
谁也没有这么说 / 369
红色的河谷 / 370

城市的诞生 /　371
东方·河流·赞美 /　373
岁末祝辞 /　375
伊犁 /　376
不写天山 /　377
在诗歌中怀念（一）/　379
——纪念诗人骆一禾
在诗歌中怀念（二）/　381
第五个纪念日 /　382
危塔 /　384
神性的河流 /　386
光明的流体 /　388
飞过林地的鸟群 /　390
安息日 /　391
自然的幽冥 /　392
春天 /　393
往事追忆 /　394
正阳门（一）/　396
正阳门（二）/　397
正阳门（三）/　399
飞天 /　400
心灵是一片天空 /　402

从拉萨到麦加 / 403

纯粹的景仰 / 404

谁听到了最美的箴言 / 406

默然的身影消失于秋季 / 407

灯光所包容的事物 / 408

遗忘的门槛 / 410

开启灵性的钥匙 / 411

故人的印痕 / 412

永远飞翔的萤火 / 414

沉思 / 415

——写给儿子

八月的书简 / 417

——写给儿子

第九年的河 / 420

我不能陪你走那过程 / 421

——写给儿子

四种节奏 / 423

——写给儿子

他将什么留在了身后 / 425

——写给儿子

往昔静默 / 426

——写给儿子

这神奇的自然风雨 /　428

——写给儿子

那一年八月 /　430

随感：1996 年的节日 /　431

六月的凝眸 /　433

远逝的蹄声 /　435

最后的离别 /　437

绿色的智慧 /　439

闻风而动 /　441

曼德拉山 /　443

曼德拉山岩画群 /　445

变奏 /　446

巴丹吉林之夜 /　447

额日布盖峡谷 /　449

时间辞 /　451

血脉手足 /　452

——致诗人阿古拉泰

乌库础鲁手印 /　454

乌库础鲁的心灵 /　456

星空 /　458

岩画中的蒙语 /　460

夜曲 /　462

超　　度

我在星光下倾听真理的歌声
雨后　城市的街道湿润
行人稀少　许许多多窗子清洁明亮
阳台上摆满鲜花
旅行者们露宿于大漠尽头

这种时刻　无数双温暖的手伸向我
从陆地或天空　伸向我
那不是记忆中的手

九月的夜晚宁静　绿草鲜嫩
天空神秘高远　大雁在湖畔哀鸣
九月的传说动人心魄

听我说　温暖的季节即将过去
新的选择迫在眉睫　是该选择了
多么严峻　多么美丽　多么珍贵
新的选择无比珍贵
如鱼选择水　水选择河道
燕子选择天空　种子选择泥土
饥饿的人们选择食物

森林遥远　在大漠的东面
在梦中　我的故园

在曾被燃烧的大兴安岭
森林的涛声响在枕畔
夜夜风声　夜夜寂静
夜夜都有不眠的眼睛

何日迁徙　昨日的大路上人声鼎沸
我们在那条路上高唱过颂诗
此后就开始渡河　我们
将许多珍贵的东西　遗失在路上

是的　燃烧的生命无比轻松
大气中珍存着影子　哲言或诗
还有绿叶　黄叶　红叶与微尘
那都是不朽的生命　如我们的泪水
在深厚的泥土中凝固为血色之石

我们是能够颂歌的人类
应该无愧于每一个季节
每一天　每一个人　每一个
日升月落的时刻

在那秋天　铺满了落叶的小路很柔软
我想起母亲的手　恋人的唇
孩子们仰望星空时说出的语言
我深怀对生命持久的感动

星光之下　每一条道路都呼唤脚步
自由的脚步　沉重的脚步
诞生或死亡的脚步
谁在屋檐下描绘过程
要走　我想　要走总有可能

我走在九月的黄昏
黄昏之前　温暖的太阳高悬于长天
农人的汗水成熟在田间
风已静止　叶子不再舞动
人类的粮食　布匹　诗词　音乐
清水　监　光明或黑暗
所有的一切都无需总结
或瞬间　或很遥远　我们沉思了那么久
将哲言刻入石头　将石头投入水
让诗歌引来灵性的圣泉
劳作的节日真的快到了
在这个秋天我们默默无言

投生于自然的怀抱
我们生存　远离尘寰是一种幻想
去爱吧　永不背叛
将干净的身体贴近大地
去倾听　早已逝去的久远的琴声

请放飞目光　看一看
中世纪灯火映照暗夜　酋长在沉睡
十个美丽的少女守在他的床头
忠贞　意志　屈服　自由
铺满鲜花的路上
洒落着她们的泪水与无言的哀愁

黑海浪一波一波起伏
大地威严而平坦　高粱燃烧
歌声从峰巅滑往幽谷
枪声惊飞的鸟群证实一种存在
大路上辙痕依旧　阳光热烈而苍白

忧郁的少女　是谁家的少女
谁爱过她　谁伤害过她
谁在另一片土地上苦念她的名字

直立行走的人类留下了什么
诗歌　音乐　哲学　建筑　历史
丰富的墓地　石碑冷冷矗立
一切的挫折　荣耀　欢乐　痛楚
一切的赞美　诅咒　分别　怀念
一切的劳作与丰收
一切的有歌与无歌的日子　都与碑有关

我走在九月的黄昏　悲哀的落日又大又圆
我说：人们　那不是图腾的象征
请低下你们的头
在飘展的大地上寻找逝者的身影
那是开始　是结束　是预示
静与动　生与消亡
在落日时分完美地呈现

我想到一个人的生命
他的寻求　焦渴　幸福与忧郁的歌声
他留在夕阳下永恒的神情
他的无穷的怀念
就如同早春的雷鸣

我想到贫穷的人　富贵的人
浪迹四方的人　失去儿女的人
在广大的世界里　他们
不可能留下相同的声音
对于生命　他们获得的感悟不同

生命不是浮云　不是尘土　更不是草根

我想到完美
一个人最终的归宿
他安静地死了　活着的人为他祈祷
他生命的印痕已无从寻觅

我想到天地初开的清晨
鲜红的太阳照耀着万物
多么纯净　那些野草　花朵
石头　树木　溪流　长发与风
森林里回荡着林涛的轰鸣

我想到颂歌高唱的夜晚
先祖们都在流泪
为火　为火光中的路
为生命在篝火映照下赤裸着舞蹈
接近神圣的过程
不是创造神圣的过程

当美好的音乐传来时
我想到一位神秘的朋友
我安静地坐着　望着黑色的门

我想到辉煌的漠野
那么美丽的波纹　沙子的波纹
阳光的波纹刻在脸上

在灵魂疲惫的地方
人们迈动着双脚
大地上升腾起灰尘

女人的脸上蒙着纱巾

我想到距离　烛光下的安魂曲
死者的安详与生者凄然的微笑

我想到恋人相对流淌的泪水
生命的交融震动长夜
获得了　失去了　永不再来了

在灵魂疲惫的地方
生长出宗教的森林
我想到那里的流水
温暖的或冰冷的流水
哪一汩流水是纯洁的圣泉
哪一条道路能使人忘却忆念

谁是智者
谁能说清目光的颜色
谁能预言这河

我想到当死亡降临
埃及法老的预言得到验证
我想说　人啊
对美好的一切充满爱心吧
对鸟群　绿地与森林
在我们生存的世界上
人的生命　不同于一星微尘

我走在九月的黄昏
想象归来的人们遗忘了旅途
还有正在离去的人们

在远海航行的水手　你们
这些无畏的人
可曾想到驼峰间滑落的夕阳
那么凝重　那么悲壮　那么辉煌

行走着　抑或驻足
从驼峰间望去
被埋葬的古城里
排列着白色的尸骨
英雄　歌者　美人与乞丐的尸骨
国王的尸骨　无名者的尸骨
直射的阳光流不出泪水
巨大的蒸盘　太阳与海
变幻着形态的蒸盘
沙漠或草原　旋转的蒸盘

如果天空不再落雨
人类的祈祷就毫无意义
我走在九月的黄昏里　人影浮动
母亲的村庄传来狗吠

每一种宗教都有色彩
灯光的色彩　面纱的色彩
从田野上带回的色彩
在苦难中带回的色彩
晚祷时天空的色彩
暮色中大地的色彩

我们信奉什么
在信念与虚无之间
如果母亲老了

我们就会发现实实在在的流水
流水之下是青色的石头　或金黄的沙土

每一种宗教都有独特的声音
颂诗的声音　屋宇的声音
风吹枯草的声音　目光的声音
沉默的面部或脚下的声音
山谷或巍巍教堂的声音
沐浴的声音

到耶路撒冷去　到拉萨去
到罗马去　到麦加去
到母亲的村庄去
在祖父的墓前燃起祭火
让骄傲的父亲站在我们身后
让我们的儿子们远离这火
在城市或乡村的草地上
向天空中飞翔的鸟群凝眸

因生命的短暂我颂扬生命
请咽回你的泪水
请将歌声献给爱你的人
对他们表述真实的心迹
请伸出你的手
你纯洁的手　自由的手
请接住花叶间滴落的晨露
用你无罪的手
请垂下你的头
向无数劳作的人们致意
请伸出你的手
面对自然流露出真诚的微笑

请热爱　请赞美　请接受　请注视
我们与生俱来的生命的河流

1988 年 10 月 16 日，于北京

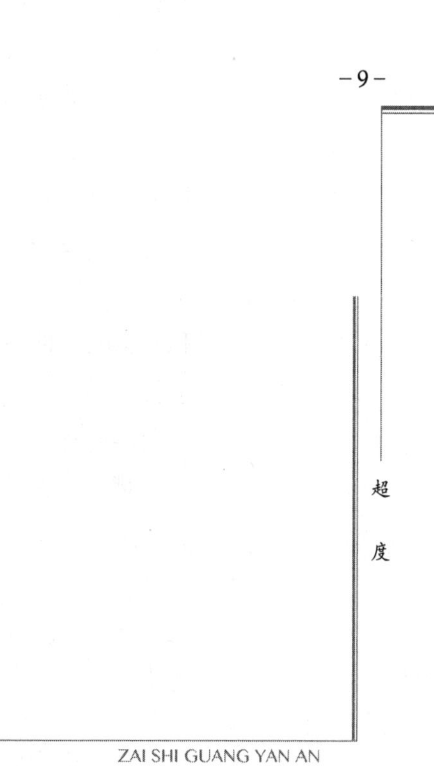

西　　域

我的接近之旅在无雨的六月
长夜难度　梦幻的城市距我远了
在天使的独语中　我默默感知
河流的凝眸

一种宁静滋生于心灵
别了　我与生俱来的故地
请不要等我　雪地洁白
我就是那个在预言中奔跑的孩子
在北方高原最寒冷的季节
你给了我诗歌的灵性
许久以后我才懂得
这灵性就如同鹰的翅膀
扶摇飞升　驮一片白云一缕轻风
不会哀鸣自由的沉重

我永远的圣地在灯火的尽头
也就是早晨
每次接近都使我深怀感动
道路啊　我崇敬的人曾途经这里
看花落花红

我必须对你们说
他永远不会再来了

有许多种时刻他闭目而坐
遥念独行者永远的逆旅
他描写大海　船长与岩岛
城市在他的诗中缓缓飘移
他说　那最先上路的人
是我们的兄弟

该选择什么语言
倾诉我的发现
西域啊　在六月的梦中
你将神秘的大门朝我洞开
让我看到夏天的天山雪峰
以冷峻的威严　注视着
大地上洪流般涌动的热浪
你的湖泊　你的河流　你的羊群
都使我念起我的蒙古草原
只有你的千里戈壁震撼了我
它就像谶语　花一定是开在地下
流泉的花　泥土的花　时光的花
它不是死海
焦渴的骆驼草
让我联想到西部诗人的命运
这里有坚忍
有生生不息的灵魂

遥望长安
西风古道上的先人们
你们是不是知道
玉门　是命定中必须跨越的门槛
西域的门槛　无形的门槛
里面是敦煌　吐鲁番

外面是酒泉　嘉峪关
门里门外的风景
都在飞天袖间　你们追寻的那个梦
在楼兰　在我的诗里
在塔里木河以南

我获得了六月的停滞
这短暂的　灵魂休憩的日子
我在西域的山前望着
那又大又圆的落日
从容地在远方消隐
一句伟大的铭言飘逝了
这最后的启示刻在马鞍上
牧羊的长者
你背向落日向哪里驰骋
你所深怀的隐秘
就是这无尽的道路

最后的启示在西域的风里
什么样的风使旗帜猎猎飘舞
什么样的风埋没了楼兰古城
仰望雪白的博格达山峰
我要说　生命的尊严与凝重
应该是宁静　在那样的高度上
谛听辽远的漠野和风声
会看到最壮美的景观
纯洁的河流两岸一片澄明

向东而去的西域长者啊
到什么时候
我才能听到夏季的雷鸣

父亲　牧羊的父亲　一路珍重

为了夏夜的承诺
我将踏上来路
西域啊　我是六月里匆匆的旅人
活着　我就会铭记
有一种旋律是永远的了
我们用心灵倾听的圣乐
如塔里木河般流淌了那么久
你蓝色的乌伦古湖
就像我故乡的达里诺尔

生命的水　大地之母不竭的乳汁
她　形态静美而朗然
我膜拜　我赞颂　我追怀
我在你的沉默里感受自然的赐予

我没有遭遇风暴
没有在雪峰托举的天空里
发现苍鹰飞翔的翅羽
我甚至没有问询
在道路消失的地方
是不是昔日的丝绸之海
远古的驼铃曾回荡在那里
今日的西部诗人们曾描述那里
这永远的沉寂
永远的心灵的寻寻觅觅
是为了一句自然的秘语

我曾等待
在北方落日的余晖里向西回首

哦　胡杨　沙海　丝路之旅
幼驼年轻的山峰啊
敦煌的边塞诗人是你
从他们的诗章里
我听到了你的足音
这岁岁年年的韵律

而博斯腾湖就静卧在那里
西域　西域　我要说　西域啊
它是你饱满的泪

归路有期
六月的花儿开到了尽头
仰望九天凝滞的白云
我想到友人的祭日临近了
天使的声音将会传来
在沉寂的中心
唯有落叶能飘舞为怀念的旗帜
唯有你　西域
才能听到永恒的赞美

西域啊
我写诗的友人只能走近你
他曾歌唱　他在六月的雨中说
那有多么好啊　西域
唯有篝火　能使我感知
西域的神奇
西域的冬季

1995 年 9 月 5 日，于海口

精神与自然的永恒

——致里尔克

你忧郁的歌唱使我想到夕阳
真理的光辉
铺在山顶的橘红辉煌迷醉
在精神的栅栏边
你的灵魂不是石头
是秋天的叶片
上面落着美丽的浮沉

长久谛听的人
属于流水　生命和谐而神圣
水三月的水　纯净的水
流过麦田的水
灿烂的天光映入水中
透明的雨　种子在根须间蜕变
你在凝眸
天空变幻着色彩
永恒的视野无比岑寂
你在流泪

风中
巨大的轮子发出喧响
久已废弃的道路上
没出现先知般的长者

那是杜依诺城堡四月
你　孤独而宁静的人
谛听春天的隐隐足音
在大海的波涛上踏响节奏
人类的梦幻遥远而迷离

奇迹就出现在四月
杜依诺郊外绿草起伏
少女蓝色的围巾
在你的诗中舞动为旗帜
四月　难以诉说的欢乐
生命的源
叶脉的根须深入土里

杜依诺四月的夜晚
伟大思绪的河
史诗的河　男人们都在河上
陆地温暖　渡口温暖
恋人的怀抱温暖
有关启示的风帆
已飘得很远很远

天使的声音出现在早晨
花开时节　天使的声音使地母感动
里尔克　你这与自然相知的人
以火焰与旗帜相映的光辉
照耀群峰　那是哲学　是宗教与信奉者的山脉
是人类悲欢离合的渊源

白昼与夜晚交替的时刻
我们默诵光明

从那个四月到这个四月
你故园的林子黄了又绿
遥远的杜依诺给了我们什么
雕像　碑与碑一样无泪的墓志铭
哀歌　你在杜依诺哀歌中仰望
你的神态使我们相信
对星空　你早已感悟

大地
石头与木料建筑的塔楼
刚刚熄灭的灯火
一切的颂歌都唱在早晨
青色的桥梁沉入水中
远山绿色的森林上空
升起晨曦
我们颂歌那样的道路
无人行走的道路上
马车的轮子又开始滚动

我们在你的诗中接近永恒
行走在早晨的人
自由而幸福
柔软的泥土弯曲的根
天空中传递着某种音讯
那是色彩　火焰与麦田的色彩
暗喻与诠释
杜依诺哀歌的光芒
覆盖你的墓地

杜依诺　杜依诺
光荣的城堡飘洒着诗歌雨

杜依诺　光荣的城堡
智慧的语言构筑的丰碑
记忆果真如同河流吗
一个离家出走的儿子
在这里揉搓心灵的叶片
早晨或夜晚
总为心灵祝祷平安

环形的大河流过城市
我们为什么感动
一个孤独而伟大的人
我们没有忘记
河流没有忘记

四月　日落的黄昏
我们谛听杜依诺　杜依诺
沿山脉飞翔的鹰
群星将一颗一颗显露
你　里尔克　不朽的人
你的歌唱响彻四月的原野
全人类都已感动——
“大地，亲爱的大地，我要”

1990 年 4 月 15 日夜，于上海复旦南区

午夜书简

那时我途经一座古老的城市
雨落在效外
是夏天最初的日子
楼群上空没出现彩虹

被雨围困的人们在街上行走
没有谁注意我　没有
他们都叫不出我的名字
我知道夜晚就要降临了
我走在向北的路上
鲜花开在郊外的雨中

夏日的风温暖而寒冷
有关冬天的传说飘在风里
这无法倾诉
我站在安全岛内
望红灯和绿灯

这样的日子总会逝去
我们不会永远期待
深秋的黄叶铺满大地
如同生者的哀愁
鸟在夕照里飞翔
鸟的翅羽轻盈而沉重

所有的一切
都是过程

此刻
我在无边的暗夜里走入寂静
我背对你
将室外的星光想象为逝者的冥言
遥望太空
遥想绵延不尽的生命
那么多人
那么多人怀着相同的渴求
他们找到了什么
他们遗失了什么
他们创造了什么
他们带走了什么
广大的旷野伏动衰草
长河落日　生者梦归
诗人们醒着　你醒着
我在朝北的路上
我们倾听　静静的冬夜
静静的冬夜里没有回声

你将到来　爱人
你是我三月的河流
我思恋的风帆从暮色中升起
飘向柔美的你　只要有风
我平静的河流
就会永远流淌在三月
在接近的时刻我悄无声息
只要有风
就会有真实的天空

在温暖的灯光下我忆起你的神情
这已经够了
我不期待什么永恒

那时我途经一座古老的城
没有谁挽留我　没有
我默默地别了
我知道你在苦苦地守望
爱人　你的视线里有我长长的背影
那时　我在陌生的屋檐下
燃起一支香烟
爱人　我在念你　夜将至
城市的郊外人烟稀少
风雨没停　风雨没停　风雨没停

1991 年 6 月 8 日夜，于上海

心之寻

破解十三世纪谶语的人
是一个九岁的牧童

在克鲁伦河以东
蒙古草原的春天
年轻的骑手把红马鞍搭上马背
然后面对母亲跪下　高举双手
接过上马酒
这是蒙古人最动人的礼仪
跪拜母亲后　骑马飞向遥远的陌路

这个时刻不会有人落泪
也没有语言的叮咛
只有心灵

你必须看见一侧的手臂
蒙古女性清澈的眼睛
她在注视　邻家的女儿啊
她的身影幻化为一泓蓝湖
淹没一条神秘的道路
既然不能同行
就只有守候
在沉默里送别信仰与爱情

黎明时分
草原深处传来苍凉的旋律
男婴降生

奔向四个方向的蒙古马
穿越四个季节
绿的春　红的夏　黄的秋　白的冬
那个远去的骑手没有归来
母亲就老了
在怀念的中心
母亲成为一个
如预言一样美丽的象征

蒙古少年初上马背
身后站着慈祥的祖母
是秋天　草地辽远柔软
一条纯净的河流蜿蜒在山前

腾飞中的少年突然呼唤
父亲　父亲　父亲
祖母微笑　凝视无云的苍天
一个年轻的母亲泪流满面

在北中国草原
没有一个人揭示古老的谜底
没有一个人
在灯光下描述神马的双翼

就是那匹马
驮着骑手飞往未知的地域
你说　他把什么留在了身后

母亲　妻子　没有诞生的儿子
春天　曾经比春天秀美的邻家少女
当然还有记忆
蒙古民族仁慈的礼仪

阿斯哈图山飘落白雪
午夜　蒙古少年的祖母突然故去
她留给草原一句珍贵的话语——
你要向西

此刻
我站在黄金家族的核心部分
请求先祖的原宥
我不愿用一个不洁的文字惊扰他们的灵魂

我是他们的儿子
写诗的儿子
我可以在异乡的雨夜眺望故园的雪
野马群不会食草的地方
那犹如遗嘱般风蚀的足痕

我长眠的母亲啊
你没有对我说
那个永远消失的骑手是我的祖父
而我是父亲的接续

母亲
我在另一种追寻的途中
今夜　我想用诗歌
为所有的先人献上至诚的祭辞

我在倾听
随长风回旋的蒙古歌声里
一阵悲壮的马嘶
进入我的诗歌
成为不可改变的节奏
母亲　你听啊
在这个冬季
是什么在涌动
在滚滚向西

2007 年 12 月 23 日夜零时 12 分，于北京

哀悼日

——献给汶川的诗歌

此刻
古老的山河被悲伤笼罩
我的母亲　中国　你醒着
滴血的心　在自由的风中
把最深的怀念
轻轻放在最高的顶峰

珠穆朗玛
你身披洁白的素衣
把无声的雪莲别在胸前
垂首三江之源
听古国落泪
奔跑的藏羚羊
在可可西里
朝广大的远方发出凄鸣

南海起伏
入夜　椰树下的倒影发出提示
从一颗星宿另一面飘来的光明
降临我们的祖国
总有一天　作为人
我们将破译那句灭绝的神语

究竟为了什么　是什么力量
让那么多孩子永远闭上了眼睛

如果我们对一种爱和死不再陌生
我们依然会感觉无边的悲恸

此刻
我们垂下生者的头颅
与逝者对话　除了林涛呜咽
我们能够谛听什么
还有水　我们赖以存活的源泉
它在奔涌
像缤纷的泪
在夜与昼之间所汇成的流程
对着灾难的方向问询
哪一脉圣泉
可以洗净鲜红的血
在安宁的平原上
呈现孩子们曾经灿烂的笑容
哪一种神性
能够一笔一笔
写出他们鲜活的姓名

此刻
天地已经沉寂
我们走进默祷的日子
在第一个黎明
我们该怎样面对飞升的光芒
但愿那是无数条通往天堂的道路
让罹难的人群依次迈入蓝色之门
唯愿我们流泪的守望

不是一个虚无的梦境

西路苍茫
是否有歇息的驿站
我的五千年之邦
历经青草萌发与野火烧灼的历程
被鲜花和树木点缀的大地
春夏之交无比美丽的西南家园
瞬间变为死寂的废墟
是什么样的手臂
突然扼杀孩子们的笑声
是什么样的神秘
隔断我们的视野
如风雨中的桅杆
再也看不见旗帜飘动

哀悼，为我们活着和亡失的亲人
我们拒绝歌声

哀悼，为剧痛的祖国
我们垂首五月的泥土
拒绝天空

哀悼，为无数与我们告别的孩子
我们相对哭泣
铭记离散的时刻
大地与心灵深重的伤痕
我们宁愿缩短一个一个瞬间
让生命复活呈现
听到柔软的叮咛

哀悼，我们用含泪的目光告诉未来
我们　拒绝什么永恒

2008 年 5 月 19 日凌晨 2 时 40 分，于举国哀悼日

第五个季节

肯定不是人类轮回的四个季节
花开花谢　那些冰封后融化的河流
缠绕未名的雪山　待嫁的女子
在灯光下描摹母亲远逝的华年
肯定不会说爱情永恒相守
这些生涩的词组

坐在古树下张望南方的长者
在怀念里燃烧孤寂
他远离阴柔的湖
但拥有雨　肯定会有一个女人写出他的姓名
不是在纸上　在大地上　那起伏坦荡的心灵

肯定存在一种祈福
像母羊落泪那样　像痛失那样
像忠诚的背影那样
像一个人曾经敬畏的信仰那样
唯愿你和你身边的爱人如意幸福
像两颗星星那样彼此照耀
在每一个早晨同时消隐
相依在注视里　感觉呼吸
一个人成为另一个人
一生迷恋的天地
永不分离

摇曳在树上的果实
那并非均匀的生长
依赖水和阳光
成熟与跌落都是死亡
是的　面对亡失
肯定需要黑色的祭祀　赞美诗　天使的眷顾
被光明连缀的夜晚　爱情在优美的风中舞蹈
寻找路径的人　我们说他远别故园
把最深的话语埋在内心
他肯定将走向未知的遥远
在日苏里海滨望暮色渐蓝

我想到永不归来的母亲
她留给我一个概念　那是家
有些近似于深远的穹庐
任想象飘落为一片又一片叶子
没有花纹　也不会龟裂　只有飘动
但不像旗帜
充满感伤
却不可倾吐

背对波涌
我的心中流过前人的诗章
那么诚挚　掩映于纵深的古老恋曲
难以超越青草的高度
迷失的鹿群　在日苏里海滨褐色的山谷
听人类因苦难相拥痛哭

肯定会有那一天的
是第五个季节
人类如同左手熟悉右手

双脚熟悉道路　理解安宁和平易　是最珍重的财富
雪落心灵　从星光背后传来的语言
绵延为山　生长为树　幻化为美　荡漾为湖

写入史书的往昔岁月
色彩浓郁　其中有凝固的血
帝王的宫阙　边塞词
少女的泪洒向秀丽的山寨
泣别睿智的布衣围绕宫墙呼唤失踪的女人
学步的孩子手指夭折的孔雀

肯定会获得永世的陪伴与搀扶
像闭目祷告那样　像诞生那样
像爱抚的手掌那样
像一句誓言的底色那样
唯愿所有的人们与水为邻
像两只天鹅那样比翼飞翔
在每一个时节同时鸣唱
栖息在草地里　目送帆影渐渐远去
一个人成为另一个人
快乐活着的理由
携手朝夕

奔驰在高原上的马匹
那些高昂头颅的精灵
忠诚风和主人
食草与饮水都是停顿
是的　面对世界
肯定需要友善的微笑　平安语　少女的花期
被幻想涂染的黎明　歌声在苍郁的山前回旋
走向清流的人　我们说他为了爱情

把最净的白雪留在冬季
他肯定将走向温暖的彼岸
我在彩云之南错过一个节日

那久远的习俗
天使描述燃烧的火把
洁净的雨　七月
我的预感被低垂翻腾的云雾证实
某个午夜　在天籁出现之前
我丧失了一种珍贵的心情

是我初次抵达的圣境
红色的花　其间的翠绿　装束美丽的人
谁在说　如果让我作出最后的选择
我情愿背对遥远的北方
独自穿行三角梅点缀的深谷
接近一棵橡树
把喟叹留下
把无穷的思念留下
在暴雨的击打中　完全遗忘长路与歌声

神灵说
你要体味非凡的孤独与痛苦
迎迓忌日　那个在风里踏响高原的人
他是父亲　但没有女儿
他曾手指最后一颗消遁的星辰
对万物说出一句话语
他离去　他使一个诗歌年代的无数个早晨
如期出现温暖的光辉

你要铭记

活在人间　你的眼前应该生长开花的树木
湿润的根须在你的内心
交错浩荡的尊严与自由
那就是幸福

总是这土地
青草倾吐落霞飘逸殷红
法蒂玛预言形成完整的颂诗
在地中海沿岸和更辽阔的地域寻找唯一的女子
她的头顶将出现圣洁的白光
不是在极夜　是在正午
你们要凝视没有尘土飞扬的道路

七月　中国古老的雍和宫红墙下
走过肃穆的人群
七道拱门　一片阴影　十种心愿
美丽的女子涉水而来
她超越了季节　在一个相对的高度完成仪式
但背对前定　如背对故乡
一盏独守的灯光

2008 年 7 月 23—26 日，于云南—北京

遥远的雪

阿尔泰山肃穆的天空
飘落雪　写满预示的旷野被轻柔覆盖
没有马嘶　也没有颂诗
只有缄默的细节
提示最终的告别

降雪之前
英雄的后人准备离开故园
他饮下母亲递上的酒　飞身上马
遥指西天晚霞
像苍鹰展翅一样张开双臂
科尔沁草原突然出现的风声
让骑手泪如泉涌

是啊
多少年了　背对阿尔泰山　母亲呼唤了多少年
那些不见归来的马匹和身影

还是雪落
高贵的心灵如八月百合开放
那是挽留

由西向东
风编织无形的缝隙

但不见手臂
纷飞的灵息拂动一个身躯
那片大地
起伏着　托举山　让树木托举思念
思念沉入水　大地托举水　形成河流

阿尔泰山周边广大的世界
马的世界　因为那些人　任何苦难
都没有伫立为横亘的栅栏

飘落的雪
庞大移动的羊群
一首月下古歌的起始
远离凝固的哲学
贴近迁徙
你们听啊
人的女儿在孤独中歌唱
她失去了什么
在渐渐荒芜的道路上
她寻找什么
人的女儿　她的身后曾经燃起遍地火把
十万铁骑静立十三世纪
凝望同一棵树
地泉如网　通向密密草根

在雪中
寻找奇迹的猎人
放生一只美丽的银狐
那种对视啊　接近史诗副歌的部分
人与银狐的目光变得洁净
甚至有一些忧伤

银狐离去
它在无际的洁白里留下足迹
仿佛说了一句谶语

像爱与祝福一样
时间不会消亡
太阳月亮和星星都挂在天上
太久太久的怀念和疼痛挂在母亲心上
如果你在阿尔泰山麓的午夜看到闪耀
那就是泪光

两个少年盟誓的时刻
被河流见证　他们把相同的语言刻上马鞍
然后仰望盘旋的鹰
他们的目光飞向鹰不可抵达的高度
成为两颗永恒的星星
在那样的雪夜
俯瞰群马幻化为起伏的峰峦

我在六月的午夜里静坐
感觉世间寒冷　实际上远离心灵
传说　暴风雪　永生永世的爱情
随铺展的圣洁缓慢移向东南
在篝火熄灭的河畔
迎迓一个清晨

我记得
我伟岸的祖父曾拒绝诉说
关于时间之树
从一片草原到另一片草原
唯一不变的隐喻　是我们

是那棵树木上轮回的果实
永不忘却血脉之源
还有我们命定中的母亲
从无怨言　那伟大的恩惠

北方
在更北的北方
道路消失　嗅着气息奔向主人的马匹
错过了一个节日
它没有备鞍
黑骏马　高原与雪
向着心灵的故乡接近
它是阿尔泰山以南飞翔的奇异

在更北的北方
姐姐一样美丽的湖
奶色的清晨里刚刚降生的女婴
获得一个蓝色的姓氏
她在仁爱的凝视下啼哭
惊动天鹅　天鹅惊动鹿
惊动沉默的先祖
他卸下马鞍形成山脉
他放下牧鞭形成河流
他露出微笑形成霞光
他留下泪水形成花束

科尔沁草原十月的宁静
送别一颗星
迎来降生
我知道　活着
谁都会感觉某种沉痛

谁都会用右手握住左手
告诉自己的心
这生者的世界有多么珍贵

我知道　生命会老
缅怀与精神会陷入沉寂
谁都会面对一个新的时节
苦苦追忆永不回返的往昔
我知道　死了　人就没有重生
那是心愿　神暗示我们含泪祝福
谁都会感激　对大地　星辰　温暖的手臂
哪怕面对最后一丝微弱的气息
我知道　被砍伐的苍松
以轰然倒地的方式告别群山
它将呈现年轮　忏悔的人　你会看到苍松的泪滴

那个圣婴在湖畔学会了奔跑
她在雪的纷飞里重归梦境
南部戈壁玫瑰色的清晨与黄昏
黑骏马松开缰绳的男人哼唱牧歌
他背对北方就是背对故乡

圣婴突然止步　面朝神湖跪下
伸出双手接住一片片雪花
是科尔沁草原的正午
群鹿隐伏

圣婴在心底发出泣血的呼喊
父亲　你可要记住回家的路
我们古老的部族
从不痛哭

我曾试图接续那个梦境
传说　那个圣婴是我最早的祖母
在她百岁那年
祖母平静地预言
关于达里诺尔
她只说了一个字
——路

今夜
我的思绪里只有水
那蓝色的波涌
我该对谁提出深深的震惊和疑问
我的祖母　你在天上
告诉我吧
我该怎样理解那条无形的道路

在蒙古高原
谁思慕未知的魅惑
谁就遗忘了七月的彩虹
红色奔涌　血脉架起的桥梁上
第一个向高处走去的人是母亲
她将在苍宇消隐
如一缕淡蓝色的炊烟
缠绕无尽的眷恋缓缓飘逸
终极就是天堂

雪落黄昏
怀抱羔羊的母亲
距七月很远

沉寂于一部不朽史诗中的高原

移向夜晚星海
因为积云遮蔽
天空低矮

你们说啊
是什么在苍云之上流淌
是什么样的仁慈
在寒冷中生根
午夜刚刚降生的羔羊
安睡在草原母亲身旁

在科尔沁长长的马嘶里
有一个守望湖泊的人
在他站立的地方
天鹅留下深秋的鸣唱
它们依次起飞
翅膀闪闪发光
雪地一样美丽久长

守望啊
阿尔泰山下冬天的夜晚
风雪说
假如你握住一块石头
差不多就握住了草原的忧伤
朝葱茏的山谷凝眸
为逝者送行的人群低头无语
一片阴影在大地上移动

我想到十万马匹奋蹄
服从一个意志
在阴影的第八层

是他们离别家园的第一百日
我看到智者哭泣
他接近第六层
但毫无声息

我挥动手臂
用感激的手势对智者说
你啊　是可以回来的
他们不该为你送行
你的灵魂在第一层
贴近生命的青草和泥土
你的神情
你那震撼我少年心扉的眉宇
是那个仪式留给我永不磨灭的记忆

打马穿越雪季的骑手
深知正在穿越无尽的幸福和隐痛
六个世纪的叮咛　还有追寻
风中的雪
雪中的风
风雪中的心
被心珍重的情
为情苍老的岁月
再也不可回返的黎明

成长为少女的圣婴初上马背
风雪未停
这个清晨　她远离库布斯古勒湖
跟随父兄的旅程
那个背景
隔着阿尔泰山脉

湖畔的雁鸣
依然高一声
低一声

在故地闪现视野的早晨
她在马上念起往昔
弯曲的湖岸　青草独自饮水的幼鹿
只能意会的祈福
少女朦胧的羞涩属于注视
那些伴青草生长的语言
她的恋人啊
不肯离开库布斯古勒湖
他们永别

那一天
他们说起冬天的雪
洁白　山那边的原野
还有古歌的诉求
为什么会那么恳切

这世世代代往返的牧途
都在马上
她开始疾驰
苍茫雪地闪耀一派辉煌
我无比熟悉这个蒙古女性
在我的幼年
母亲常常哼唱一支摇篮曲
催我在那种旋律中入睡

长到少年
我喜爱一个人坐在草坡

伸出右手数点明亮的星辰
很多年后
我终于懂得
那是我一生不可多得的幸福
是我独立面对世界前
最伟大的庇佑

我不需要任何证明
十三世纪
那位绝美的蒙古少女
曾经出现在我的梦中
她骑马而来　纵马而去
在经过我身旁的瞬间
对我说了一句神语

我至今铭记
我也不敢忘却
人类的血脉里
存在割不断的承袭

哲人们说
高原上的爱情不会亡失在茫茫雪季

是什么年代
从什么人开始
哪怕走向七月的牧场
蒙古高原上也会畅饮上马酒
离别的酒里依稀可见母亲泪流

七颗北斗
阿尔泰山远眺七棵圣树

牧童围着树干舞蹈

借酒浇愁　永世离愁　愁上加愁
库布斯古勒湖畔落日呜咽
归家的人
那个年轻的丈夫和父亲
久久张望远方彤云
就在那个思念的年代
北方以北一个尊严的部族
获得珍贵的祖训

善待女人
善待你的心
用你的心　倾听另一颗心灵深处的声音

多少年后
那个部族尊贵的长者走到临界
是八月
库布斯古勒湖周边开满鲜花
所有的人们在同一时刻原地下马
遥望共同的家

长者说出了最后的遗言
向南穿过雪季
去阿尔泰山下寻找一个十六岁的牧女
我慈祥的母亲
此刻啊　我与你相隔一道生死的门
你落泪的描述出现在寻常的早晨
你回避马　迷恋车轮
那心碎的辙痕

那个部族的长者
在垂下遥指手臂之前
说了另一些话
向南　找到那个牧女
你们必须跟随她五十年
然后穿越戈壁
抵达一片肥美的草地
你们一定会发现一泓清澈的湖泊
那是达里诺尔
是开花的秋季

就是在这隅高原
白雪岑寂的掩埋中
有无数从未闭合的眼睛
注视错开的花　迢遥天涯
生死相恋的人们
不会舍弃马

地泉
自然之母的乳汁滋润草根
泥土温暖
泥土深处不是沉沉黑暗
你要相信每一汩圣泉都是性灵的道路
一百个太阳照耀一万孔源流
光明无限

就是这个世界
奇异　通常以一粒微尘的形态飘入山谷
马背上的旅途
马背上的民族
他们将日日夜夜的生活变为歌声

在天地间起伏

科尔沁落雪的夜晚
是进入梦境的草
让大地休憩
风雪未停

高贵的心灵
你的祈愿在哪里栖落
在哪里谛听离开故园的人们
齐唱颂诗
有一种宁静消失于凌晨
在贡格尔河畔的夏季
我听见滚滚雷鸣由西向东
我的亲人们都被惊醒
他们站在窗口
神色凝重

母亲总说　我是一个向往天空的孩子
她从未指出我的知性
常常呼唤我的乳名

许久以后
一个途经南蒙雪地的男人
对我道出神秘的出口
我知道　那是遥远的引领

我可以作证
他当年的预言已被应验
我啊　就是被他预言的少年
可是　活在一句宽广的祝祷中

我总会在异乡的夜里
体味真实的隐痛

那些依青草而生的人呐
在油灯下说古
原来像天一样迷幻的概念
一层一层揭开如一层一层雪
最深的一层
不一定是最久远的岁月

他们的话语突然停顿在一片花海
那么多人由北而来
在科尔沁草原上
一场世纪婚礼逆风行进
新娘是库布斯古勒湖畔昨日的圣婴
骑在马上
她不停地向北方回首
用泪水倾吐苦难的爱情

一个年代的终结
没有回声

我理解那样的沉默
在这个世间
血脉多长
人的思念就有多长

在我的故园
马头琴曲回旋的牧场
通常是一个人　一匹马
伴着长生天

如果可以继续描述
那些在往昔说古的人们
绝对不会迈开脚步
在牧歌中无言祈福

阿尔泰山以南冬天的牧场
白色毡房融入积雪
浑圆的地平线
那个一亿年前涛声回荡的地方
缓慢显露黑色坐骑

入夜
为平安抵达的口信
草原上的人们踏雪而舞
为平息旷古的战乱而歌
为了更好地活着
牧羊　哺育儿女　守护自己的双亲
让那些刚刚降生的羔羊
披一层银白月色

这是 1206 年的北国
骑手们洗去征尘
握住牧鞭
那神示的星光啊
辉映锃亮的马鞍

愿人类拥有这样的世界
愿相亲相爱的人们活着相守
远离任何灾难

愿圣歌传唱

甘甜的雨降落人间每一个角落
山野上鲜花灿烂

愿吉祥永驻
大地的心　人类的心
祈祷同一声平安

愿死者安息
奔赴梦境的路上没有风雨阻隔
只有祝福与怀念

向南迁徙的部族
面对横亘的大河
他们坐下　这时有人哭泣
更多的人们都在回望
那边啊
就是静静的北地

男人们
那个坚忍的群体
在水边安慰年老的母亲
他们纷纷跪下
谁也不愿发出声音

雁阵
人字形雁阵飞过头顶
向南　它们将在午夜时分穿越戈壁

是啊
你能够想到优美地栖息
还有翅羽

洁白而美丽

迁徙中的祖母
拒绝说出一句话语
她在微笑
在她的脸上
人们多么渴望觅见苍老的泪滴

我查遍典籍
关于那次迁徙
不见一点墨迹

走在一个演变的真实中
我选择了诗歌
同时倾听草原女儿的歌唱

心灵的寻找
一定会归隐于心灵
只有在那个地方
才会飞升天光

这就是我敬畏仁慈的原因
如敬畏我的母亲
不是吗
难道我的母亲真会走远吗
她不是至今守望着草原吗
只要她发出一语呼唤
我就会走进温暖的家门

一匹蒙古马的理想
是把整整一生奔跑的足迹

留在高原上

当饮酒成为家族不变的习俗
牧人们更加热爱马匹
如鸟群热爱树木
湖水热爱白鹭

库布斯古勒湖畔的祖父
在严寒的冬夜珍藏一个黎明
天上月光流泻
他仰首旷野　发出一声长叹
他身边的坐骑腾起前蹄
对着幽冥的南方竖立长鬃
黑色闪过　像夜晚的忠诚那样
无声而亲近　然后
黑骏马注视自己的主人
那个强忍悲恸的长者双肩抖动

谁能听见心中的渴求
心没有年龄
人会睡眠
心没有夜晚
在北地亡失爱情的长路间
不见亮着灯光的驿站

库布斯古勒湖之父
他的葬礼在雨中行进
他嘱托自己的后人
让他安息的头颅朝向南方
那里有他永生的心结
这个秘密

没有成为他临终的遗嘱

我曾经不能理解久远年代的先人
活着　假如崇尚大地爱情
怎么会恐惧未知的道路
走入一首牧歌的中心
我听到了哭诉

那么痛楚
孤独　失去了主人的黑骏马
拒食青草
无视甘露

不要问
为什么这个精灵选择了死亡
在长者离去的第九十九日
它站在阿尔泰山顶峰
眺望辽阔的牧场

流着热泪的人们向山顶聚拢
对它发出持续的呼声
黑骏马仿佛迟疑了瞬间
迎风竖起闪电一样的长鬃
朝危崖下面腾起四蹄
它长长地嘶鸣
完成最后的飞翔

因为敬仰伟岸的群山
蒙古高原上从不建筑巍峨的宫殿

一万里草地

她的河流奔腾　抑或平静
都会有一盏明亮的灯
燃烧寂寞

箴言诞生的世纪
女人们用目光
一寸一寸计算陌生的距离
从春季开始
到冬季
再轮回到春季

你看高原
秋天里怒放的百合
那新鲜的颜色
白的似雪似云朵
红的似心似火
似西山日落
玫瑰海
醉酒一样的山坡

我无比迷恋那样的生活
牧羊　拥有自己的毡房
与相爱的女人共度恬淡的时光
相守忠诚　用会意的微笑
面对秘密或灾难
在温暖的茶香里
对后人说起毫无忧虑的童年
我会告诉我们的儿子
不要奢望成为英雄
做一个珍重青草的人
与水为邻

如果能有来世
我会选择北地
在库布斯古勒湖畔重新牧羊
和我的爱人　骑马追寻六百年前的声音
我们会注意每一片云
每一个足印

最美的心愿是
我们要生育一个女儿
作为父亲
我希望她聪慧美丽
我们要告诉她
你的兄长拒绝成为英雄
你也不要仰视高贵
你要懂得自然承袭
如那个圣婴

祝酒歌诞生的日子
马背民族笑对伤痛

为了纪念一匹神马
那个没有留下名字的伟大的牧人
发明了马头琴
两根琴弦一个马头
无尽倾诉

无数年
高原上的人们在旋律中生息
如果母羊不肯哺乳羔羊
他们就唱起摇篮曲
甚至淌下仁慈的泪滴

这是一首颂诗的由来
属于母亲
那个给了我们生命的人

那些岁月啊
他们牧羊的族群
为了什么追寻又追寻
为了什么歌吟又歌吟

究竟为了什么
他们总是在歌声里
接近神

贡格尔草原上的祖母
呵护一个庞大的家族

节日的正午
祖母的身旁围拢一群少女
她们恳求
祖母　请对我们说一说远方吧
祖母微笑
她温柔如初
以平静的语调
说起北地蓝色的湖

命里注定
我是北地草原写诗的儿子
我来到了远方
人们说这是异乡
我很少回望

谁能说清啊
在哪一颗星斗下
是你灵魂的家乡

在以往的时日里
我写了远山
我的静静的额尔古纳河
我的祖父
那个给了我精神引领的人
我写了那个几乎失去了一切的智者
他曾出现在我的梦境
像我的祖父一样
他说　记住啊
蒙古马背上的民族
他们的道路
怎么会停止颠簸

几乎所有的人
都活在那句盟誓里
雨后的克鲁伦河
绕过薄雾笼罩的群峰
那些骄傲的人啊
在平实的语言里站立起来
他们踏灭篝火彼此祝酒
然后分别朝八个方向走去

在后来的历史里呈现出多重色彩
黑的夜　白的雪　绿的草　红的血

没有一个人违背誓约
在部落与部落之间

流淌的溪流成为血脉
在赞美诗中一些重要的章节
被描述为躯体上的友情
即使暂时冰冻
也不会有人诅咒

总在遥想一个渊源
如寻觅箴言一样迷恋自由

温暖的手
将在哪种时刻放在谁的肩头
除了母亲　谁在守候
谁在羊群的后面吟唱
草原啊　我的故地
我亲你爱你
恋你哭你
我的马背啊
没有尽头

野鹿奔突的高原上
不会出现游移的枪口
低飞的鹰追逐一只幼鹿
幼鹿被牧人拯救

在鞭梢指向的黄昏
如云朵一样的毡房里
总会有等待的母亲
十年　二十年　或者更久
假如母亲意识到逼近的死亡
她一定会将那种信念
传导给年轻的女人

是一个男人就不会否认
离散　对于心灵就是割刈
灿烂灵息　神赐高原一派翠绿
神赐马匹
神也恩赐泪滴

是的　在远方
城垣未老　墙倾倒
火燃烧　惊飞群鸟
岁月飘摇

史实
黑色的箭镞击中一个孩子
骑在马背上的人
把弓箭扔在黄土上
圣主调转马头
抬起鞭梢指向迢遥的东方
百万将士同声悲泣
故园飘雨

我要说
征服一万座城池
不如珍爱一颗心灵

我知道
我是一棵巨树上早熟的果实
脱离母体
跌落　让我体味到最初的疼痛

我的先祖们
你们在异乡最初的呼声

回传在陷落的黎明
那个时刻啊
我们的草原母亲
正在静心养育那个圣婴

活着
走在艰难的人群中
我感觉时时自省
实际上比誓言沉重

那是必然的陨落
草原上的人们
围住一堆渐渐熄灭的篝火
说起轮回

哪里会有永远的旌旗
怀着无限的庄严跪在大地
看白雪纷飞
骑手歌唱一匹老马
它已经活过了第十个冬季

仅仅因为杀戮
昔日的牧童成为英雄
他高扬马鞭冲过浮桥
然后永远消失
他留在世间的最后一个动作
落在黑色蝙蝠的翅膀上
在故园飞徊　让生母恐惧

从此
他的部族血脉干涸

作为象征　他成为一首忧伤牧歌
最后的尾音
在阿尔泰山中迷失于丛林

故园啊
我就是那个
将目光轻轻放在鹰翅上的孩子
飞越群山　抵达岑寂的旧址

凝望遍地黄土
我开始怀疑史实
或许不是典籍里的文字
面对废墟　只能想象坚固的城垣
想象呐喊与抵抗
想象致命的箭镞
怎么能够穿透尊严

想象陷落
战死的马与武士
嗜血的铁　离散　血流与亡失
不忍屈从的女子
以怎样的坚毅终结生命和美丽
一条柔软的绸巾
不能遮蔽被蹂躏的黄昏

选择归乡
不是选择永远的东方
不是雁鸣　是哭声
不死重逢　是隐痛
不是神圣　是觉醒
不是泪光　是神明

不是相守　是爱情
不是光荣　是回程
不是永恒　是心灵

不是缅怀掩埋
是新生绿草一样的宁静
不是云
是风

不是严寒
是遥远的雪
父亲高原上的某个暗夜
是告别

年轻的牧人说
他看到很多骑马的老人
他们身穿白衣
穿过阿尔泰谷地
一路无语

我知道他们是谁
他们为什么如此沉默
回到母亲的山河
他们是梦
托付一个后人告诉草原
他们来过

除此
他们　那么多战死异乡的人啊
还能有什么选择

我知道
怀着不安的距离
他们不愿接近蓝色的湖泊
那是母乳　他们深深敬畏
因为雪与冰封
他们看不到故园月色
雪落　慢慢掩盖
他们再次离去的身影与车辙

高原历史
动荡纪年呈现的形态
好似一个牧童握住烈马的缰绳
不知它奔跑的方向
如果它跑出草地
脱离母亲挂念的心房
那个地方就不是故乡

长久追怀的人
在阿尔泰山下接住一片一片雪
感觉温暖和融化
像恋人的抚摸那样
也像诀别
那由天而降的水
更像血　血的夜　血的战乱
血的原野

就像那些
在马背上逆风狂奔的男人
他们像孤独的草一样
一节一节生长
也会枯黄

但不是死亡
那是他们永不回返的青春岁月
风蚀在征战的路上

一个雪夜
鲍斯尔祖父向我闭目暗示
接近圣河的途径
那个夜晚
我听到风已止息
西拉木伦河沿岸草原笼罩黑暗

祖父苍老的手语
停留在一棵树下
美丽非凡的蒙古少女手捧晚秋的花
与圣主伟大的灵魂说话
很多人回来了
圣主　他们有了自己的家
哪里有你的家

在两个时空里
分别出现两匹马
一匹驮着毡房
一匹驮着早霞

你说他们推动了什么
除了缰绳
他们的手里还握着什么

不要轻言罪恶
他们曾经都是挥鞭牧羊的孩子
生命世界如果没有神秘力量的主宰

怎么会有山河
苦乐　悬在梁上的绳索
焚烧真理的火
死者留给生者的寄托
怎么会成为不可躲避的折磨

永不征战了
那一天
在异域的河边
突然发出震天呼唤
回去　向着东方
那只有女人和孩子的草原

那个美丽非凡的蒙古少女
就是我的母亲
她在蒙古草原活过了第七十三个秋天
长眠于一个古老节日临近的夜晚

她养育了十个儿女
她的思念分散在十个方向
她圣洁美丽的身躯
后来变成一棵弯曲的老树
她天使一样的容颜
在劳作的仁慈与祈愿中渐渐消退
她把爱与奶水给了我们
她逐年矮小　一天比一天谦卑
她生前最大的幸福
不是看到神灵降临
而是隔着窗子
听见我们回家的声音

是母亲的大爱
让我在黑暗中行路时看到了诗歌的光明
那璀璨而永恒的银辉
照耀我　照耀身前和身后
终将发生　或已经写就的历史
母亲的历史
最为形象的象征
是故园窗前永不熄灭的灯火
对于我
那就是神圣

旷日的雪停在子时
一部典籍的封底
在文字后面
是炫目的空白

那么多长眠的人
俯首地下　他们畅饮甘甜的圣泉
回报安宁与泪水
由此获得永恒的循环与流动
因为失去了故乡
他们拒绝瞭望

是这些人携带青铜
让欧洲惊醒
喟叹典雅的色泽与魅力
那就是东方
永远永远的东方
那隅高原
那片草地

你完全可以觅见两河流域的足迹
疲惫的马匹
在归程落泪
用目光恳求歇息

神性出现了
一个庞大的群体选择停滞
在中亚河流与湖泊之间
他们跪下
不是为了请求原宥
而是皈依

没有任何预示
我的第一首诗歌诞生在六月的雨夜
从冬天开始
到秋天结束

少年时代
在阿斯哈图山下
我的目光飞过西拉木伦河
被远山阻隔
我的耳畔回旋一支十三世纪的牧歌
妈妈　亲爱的妈妈
告诉我
群山那边还有什么

在贡格尔草原的夜晚
在夏秋之间
一个十六岁的少年对母亲提出一个疑问
为什么我再也听不见祖父的声音
为什么父亲总是仰望飘往远方的白云

雪掩盖了一切
如一部合上的史书
醉酒的草原汉子骑在回家的马背上
感觉山川起伏

我的不变的圣地被母亲守护
高贵的心
达里湖周边起落的雁群
正在长大的少女
想象爱情的少女
我的年轻的亲人
把一朵百合别在发间
她选择了白色
她跟随傍晚走入羊群之间
她不知道啊
在父亲前面
她选择了怀念

星光均匀洒落广大的土地
白雪均匀洒落广大的土地
蒙古人啊
没有离开马和羊群

在山与山之间凝望神
他们微笑
目光追随母亲
追随一个一个大爱弥漫的黄昏

蒙古　不是谁的蒙古
道路　不是谁的道路
痛苦　不是谁的痛苦

幸福　不是谁的幸福

蒙古
我的妈妈
夏天到了
我远离遥远的雪
但没有远离神性与圣洁
我活着　蒙古妈妈
我是你写诗与落泪的儿子
我把一些空白留在诗歌中
那是我虔诚的祝福
我告诉自己的心灵
我思念　我凝望　我寻觅
一切　都不可能被仁慈的岁月
无声省略

2008 年 6 月 11 日正午落笔，
2008 年 6 月 18 日凌晨 1 时 19 分，于北京完成

两极相望

当静谧面对剔透
雪的辉映面对水的波纹
当唇语敲击光阴
一个古老的节日从缝隙中滑落
我们记住了什么

在神与我们之间
隔着永恒的风　而不是开花的山脉
为了生命深埋的恳求
为幸福放歌世界
旋律飘荡的距离比想象遥远

奇迹通常诞生在水边
而智慧　就镌刻在那幢钟楼的飞檐上
比树木高　比天空矮　比语言深刻
比倾诉接近倾诉
比忧伤接近忧伤
比幸福接近幸福

比仁慈更接近仁慈的是我们的心灵
活在永恒的零点中
众神不语　如果距离可以折叠
赤道就将南移
瞬间的奇迹是相融的南极和北极

我们的思想是无形的光子
因为神秘的宇宙　我们不能拒绝飞翔
平行凝望　七片巨大的冲积平原像七个姐妹
牵手走过人类的黄昏

你看那谷地
留下了血与泪的辙痕
她们无限美丽的青春
在两扇开启的山门前停滞的倩影
就是久远的诉求

是那样的时代
养育了盲人荷马
人类史诗最初的前奏
源于饥饿一样的苦痛

目光劈开黑暗　寒冷或雨雾
看到广大的平原
河那边山脉清晰的轮廓
也就看到了真理

真理在思想的旷野上闪烁
保持行走　那样的形态非常接近一个孤独的旅人
他从不歌唱　深怀忧伤
在一穗金黄的玉米上
他寻觅三月的鸟迹
他不会问询　在这世间
那么多人为什么哭泣

在高远的地方
白云堆积的屋宇显得清冷

一线苍茫　仿佛静止的时空
因翅膀的呈现微微而动
另一种飞檐　让你联想到人类的感伤

到处都是人
不仅在白昼　你在不安的世界里张望亲人
近似的建筑　街巷　服饰　相同的语言
你如一只燕子在风雨中穿行
从一个纬度到另一个纬度
你的心间绵延着群山
山巅上生长着茂盛的树木
你渴望站在最高的点上
发现自己永恒的亲人

那伟大的知遇
牵手走过的湖泊与古老的道路
那些奇迹　那些圣地　那朝觐一样的奔赴
畅饮甘泉的心灵　在雪季到来前的夜晚
一支乐曲　从南极飘到了北极
那过去的雨　一片鲜红所象征的青春和美丽

你在升腾的知觉里看到了最壮丽的风景
毫无阻隔　从这个山峰到那个山峰
从太阳到月亮　从银河一端到那一端
从目光到指尖　也就是从相拥到怀念
神在九天　神把有序的星群
点缀在我们珍贵自由的生命中
然后　神让我们仁慈　并学会了彼此祝福

我用血液思慕的人
在灯光下切割睡眠

她珍藏着波涌的记忆　像传说那么远
那浮动的温暖　那最初的古城
已经进入严寒的冬天

一定有一条通道
让我们相对行走　相遇在最灿烂的位置
听女童　在冬天的清晨念一首古诗
念故去的人们　在无雪的边关
如何忍受非凡的疼痛

有一个女孩在岁末出嫁
很多人注视她　给她赞美与祝福
她挽着新郎的手臂　在人的夹缝中走向仪式
最后　她把含泪的目光投向安坐的母亲

这是一个异常寒冷的冬天
我用血液思慕的人
梦归草原

途经那个圣地
你的幻觉中出现起飞的天鹅
那些天　你无法想象高原女子的婚礼
垂下一道紫色帷幕的人生
在人群散尽的午夜
蓦然鸣响凄婉的魔笛

在更远的地方
离群的斑马跑过东非裂谷
它腾起四蹄　朝夕阳奔去
那黑白相间的光　像谶语一样刺向大地
它的身后飘浮尘埃

但没有人迹

收获谷子的人　我们叫他耕者
他也是父亲　他用渐渐粗糙的双手感觉泥土与冷暖
他们组成世间最仁爱的群体
从南极到北极
从祈祷到圣地
从目光到手臂
能够穿透十亿面墙壁的预言
为什么没有声息

我们相信神是近邻
神将气息化作风　将最真的祝福
化作黎明　神使两极之间的大地长满植物
在春天之后开放花朵
神也让我们看到凋谢
年年岁岁铭记人的离愁

神让我们在寒冷中牵手
但不说温暖　神让我们凝视日出的远山
但不说灿烂　神说
跟随仁慈的心灵走吧
不要恐惧道路
神在这样的夜晚
让怀念回到昨天

我们是两粒富有血脉的尘土
在这广大的世界里追寻精神的故园
追寻碧空　天鹅飞过的时节
在我们的头顶留下了什么声音

追寻四季里遥远的色彩
也就是从洁白到鲜红
再回到洁白

追寻一句无限古老的箴言
看雨落山前　泛舟的人
把什么遗失在河岸

愿自然敞开的窗口
如期出现真实温暖的阳光
照耀一切　驱散谶语和阴霾
向一只无所不在的手臂致意
以生命尊贵与卑微的名义恳求
原宥那些伐木者　就是服从神的旨意
拯救他们的灵魂

愿大河故道上的耕耘者们远离洪水
在两极的对视中
感觉孩子们的目光
接受神示　愿栖落枯草间的飞鸟
平安地度过冬季

此刻　我要对你说无序的风暴
和有序的心灵　在奇异呈现的北冥
有一个中心　静望天宇的孩子独对午夜
他看到一颗悲伤的星辰
以灿然的方式滑落远方
最终消隐
像一个悲伤的人

夜幕拉起

牧羊人面对新的黎明
还有闪闪发光的河
他没有回望身后的家
他安睡的幼子
那个在未来的岁月里可以纵马驰骋的男人

人的足迹被大雪掩埋
但那不是人的记忆
当然也不是星辰的记忆
星辰的记忆　是最后的燃烧
向着广袤的天际自由奔跑

我们
曾经在睡梦中学习语言
感受光明　一寸一寸切割黑暗
活在心灵深处最柔软的部分
让一个人的名字　在旖旎的风景里
成为如信仰一样飘扬的旗帜
成为永久的怀念
在凛冽的冬天张望春天

人类种植收获的大地上
留下了清晰地指痕
危楼　金字塔　怎么也不会脱离心房的十字架
是劳动的尊严和仁慈
把人间大爱培育为无形的建筑
从北极到南极
就是这大地
倾吐永恒的气息

有序的心灵忠诚眼睛

如大地　忠诚分明的四季
现在　节日临近
那些远在天涯的人们
依然没有说明归期

依然相望
那些以植物为名的孩子
大地的心　为他们而动
他们是被泥土时刻拥抱的精灵
很少言语　像河边的石头
目送父亲离去　迎着归来的羊群微笑

在圣灵主宰的时光里
有我们凝固的幸福与哀愁
这不可分离的记忆　接近水的形态
永不冰封　在百鸟歌唱的春天的黎明
你看　这个世界醒着　那么宁静
我们的心　在最后一颗星辰隐没的北方天空
飘动为洁白的云
在苍茫大地上留下飞翔的倒影

两极相望
这之间的距离如岁月那么久远
这对称的美丽
被夜晚的星河连接为一个整体

神说
有一种温情在文字里浮现
闭上双眼　你可以感觉到潮润的手
紧紧地握着信念
爱与自由

圣洁的手
传递语言的手告诉世界
天鹅动人的吟唱
不一定在深秋

神说
这大地　那即使惨遭伐刈
也会倒向阳光的树木
在挺立上升的日子里
紧握着年轮　像少女心怀初潮的秘密
也像忠诚　在灯光下恋人迷醉的眼睛

2009 年 1 月 17 日夜，于北京

卡萨布兰卡

我在回归高原的途中
接近圣地　卡萨布兰卡
宁静的天空上写着别辞

一切就这样结束了
我们纯洁的流水与爱情
铭记大地与和平的伤痕

我走过那个多雨的夏天
感知母亲在灯下落泪
和平降临后
沉寂的墓地里摆满了花朵
相爱的人们再度分离

结束了　卡萨布兰卡
那遥远的钟声
拂过七月青青的草地
消遁于平原尽头

我垂下头颅
如丢失了羊群的牧人
在夏天的草地上追寻

雨后　怀抱颂诗的修女

沉睡于殿堂深处
她梦见了天使的眼睛

那是落雨的清晨
是歌手宣喻和平的清晨
在非洲海岸
修女梦见了天使的眼睛

人类的歌手是上帝之子
他凝重的声音
抚慰被放逐的灵魂
还等待什么呢
最后的枪声停止了
最后的消息证实爱情
依然在风雨中漂泊
最后的海洋上
漂浮着航船破碎的旗帜
那是被征服的征服
上面浸透水手的遗愿
那是对恋人最后的祝祷
如卡萨布兰卡上空久远的节奏

就这样纪念那个日子
听母亲用泪水诉说和平
我们就这样迷失在歌声里
伫立于雨后的街上
像孩子一般
在草地上凝望鸟群

就这样等待
以整个夏季沉默的方式

感受来自非洲的风
和平降临了　爱人啊
和平的代价是血
是少女走入墓地后的哭泣
是无始无终的等待
归来者　你为什么没有捧起
故园的泥土　那气息
在你歌唱的日子里
弥漫整个非洲大陆

此刻　卡萨布兰卡
该怎样透视你的宁静
该怎样倾诉
人类永恒的爱　你的旋律
带给我们绵绵无尽的深思与渴求

坐在干草上的黑孩子
望着朝圣的路　那些人
那些体验过伟大爱恋的人
遗忘了这个孩子　该追随谁
战争结束了
在英雄歌唱的土地上　该赞颂谁

古老的祭祀之火
烧灼人类精神的家园
这永无止境的长旅啊
走在前头的长者是人的父亲

一切就这样到来了
卡萨布兰卡　爱情活着
你的黄昏呈现出苍凉的悠远

那孤独的孩子在路上
自由的人
用饥饿的目光叩问泥土的人
是你幸存的儿子

我无法忘记
卡萨布兰卡
谛听你永存的旋律
我久久地缅怀一个人
这个人将上路　在有雨的夜里
背对明亮的晨曦
走向极地　如走向麦加的圣徒
这个人心怀着透明的物质
那是永世的忠诚
比石头更沉重

卡萨布兰卡
相信爱是一种宁静
相信阳光泥土与秋天
因躬身流淌的汗水
会赐我们以丰盈
相信忠诚的身影不是一则寓言
相信等待　时光之河
在大地上缓缓地流

永远也不可能忘记
那风雨长夜的都市一隅
我在灯下读友人的信
读你　卡萨布兰卡
你的历经战火洗礼的日子
你的痴情的儿女们

他们的幻想依然飘飞在风中
倾听远逝于夜海的步履
读星空的眼睛
从温暖的光辉中获得安慰

我们感激你　卡萨布兰卡
你永恒的光辉覆盖夜海
我们从那里分别
我们倾听　我们等待
我们以不变的爱心
在孤寂中感受所有平凡的日子

卡萨布兰卡
就这样倾听
回荡在精神家园的歌声啊
长久地警醒人类
热爱吧　为这宁静
我们从未远离自然的幽冥

我在回归高原的途中
接近圣地　卡萨布兰卡
一切就这样开始了
永世的忠诚　比石头更沉重

1994年3月2日，于广州天河

国 际 歌

那悲壮的旋律属于火焰
流过大地的水
人类智慧的汇聚
从火焰的辉煌中
倾听金属的声音

雪已停歇　在又一个早晨
法兰西大地野草萋萋
长久的日子逝去后
水和阳光在石头上刻满了生命之痕

那悲壮的旋律诞生在夜里
许多人为之落泪
金属的声音洞穿宁静
飘飞至四方的旷野
与镜子般明亮的海洋

1888 年 6 月：夏天
无产者集体浩歌的季节
史实：诞生的季节
庄稼还未成熟
那么多人都在劳作
夏夜　萤火飘飞的山前
有一条河流无比清澈

在这个星球上
人类第一次用歌声宣喻
……起来……起来……
每一个平凡的人
都拥有高山般沉默的尊严
……起来……起来……
在大地之上与天空之下
为泥土捐躯的人
期待自由与爱的人
起来　走向我们的自由

……1888 年 6 月
许多人站在天空下高歌
他们静静地倾听遥远的回声
大地之上
升腾起真理之火迷醉的光辉

你们　鲍狄埃　狄盖特
昭示火焰的人啊
大地之火
光茫辉映的海滨
在这之间
是高举起手臂的人群
他们欢呼着
大地之子啊　鲍狄埃　狄盖特
迢遥旅途上的歌者
人类引为自豪的儿子
……起来……起来……
这天空下凝重的旋律
你们将不朽的歌声写在心灵上
此刻　我母亲的祖国已经安睡

在上海宁静的秋夜
我苦苦冥思
鲍狄埃　狄盖特　永生的人
是哪一汩清泉
使你们想到寂静的源头
大河沿岸　百鸟栖息枝头
只有鹰高飞着
你们听到了什么
大片大片的阳光落在它的翅羽上
你们想到沉重
昆虫在草丛中低鸣

告诉我　鹰飞的方向是源头的方向吗
1888 年夏
犁地的人们
在阴暗的厂房里做工的人们
远离故园的人们
从雄鹰展动的翅羽下
发现了火焰　歌声
如火焰般燃烧的歌声
使他们亲近你们
并将你们视为伟岸的智者
那旋律动人心魄
他们高唱着
……起来……起来……
他们万分感动
并赞美火焰与鹰

1888 年夏
暗夜　在法国美丽的里尔
许多人用歌声颂扬自己

火焰与旗帜
成为他们凝思的主题
那是等待之后的选择
歌声飞到的地方
出现了相同的道路

许多人　许许多多人
从那荒凉的路上走过

对于他们　唯一的道路
是没有人赴过的道路
他们高唱着歌声从那里走过
我想到诞生

你们　昭示火焰的人啊
将光明的星子缀在天上
那是起始
启示诞生后那便是启示

1888 年夏
源头出现的地方群峰耸立
那是手臂
手臂之下是澎湃的大河
那么多人举起尊严之旗
高唱自己的歌声
……起来……起来……
这世间哪有什么仁慈的上帝

以诗人的名义
我赞美那岁月
我用真诚的诗句祭奠那岁月

当我还是一个孩子的时候
我从许多书中认识了他们
他们大都死去了
在我出生前的那些暗夜
他们高唱着歌声渴望黎明

在星空下
我感受着沉重的悲痛
1989 年 7 月
我在重庆
在歌乐山下默诵许多名字
那个在铁窗前放飞蝴蝶的孩子
铸造了我们悲伤的记忆
必须承认
我永远不会遗忘这些名字
永远不会遗忘了
1989 年 7 月　我在重庆
在歌乐山下默默前行

用真诚的诗句
我祭奠如火如荼的岁月
在我母亲的祖国
在世界东方这片古老的土地
我伟岸的先人们
曾用流血的双臂
举起无言的旗帜
寻求　发现　诞生或死亡
几乎在每一种时刻
他们的心海都升腾着庄严的旋律
……起来……起来……
那是无悔的

当他们举起手臂的时候
我想到岩石
那长久沉默的
经受风霜雨雪击打的岩石啊
总站立着
以山的形象
警醒流水与青草
长驰或生长
抛洒鲜血的大地
年年升起庄稼的光芒
是的　有许许多多人是无畏的
当死亡突然降临
他们在枪口下拥有了共同的墓地
从花丛间滴落的甘露
如慈母眉间的泪水

永别了　母亲的祖国
即将到来的黎明多么美好
他们微笑着
并唱起那首歌
……起来……起来……
人类之母骄傲的儿女们
在生命的最后时刻
是从容的
像那夜空
群星闪烁的夜空
是他们留给后人的精神
……起来……起来……
最后的时刻到来后
他们获得了永恒

从多种方向接近火焰
我看到无声的人群
在暴雨之前聚集于一处
他们高唱着谋求光明的歌声
穿越许多条古老的大街
生命　某种历程的呈现
使人类对歌声感恩

风之后　暴雨之前
运行的云海暗喻天空
将要发生些什么了
那些人
那些呼唤尊严的人
那些大地上的生灵
在夏天到来之前播下了种子

……起来……起来……
那个六月
广大的原野上滚动着巨轮
深深的辙痕之间
野草浮动　那就是道路
人们从那里踏过
足尖指示的方向
是火焰燃烧的方向

不可阻挡的狂潮在大地上喧响
天空说　那是什么节奏
歌声飞到的地方
冰河解冻
黑色的城堡在黎明时分坍塌
冲在前头的人沉重地倒下

后边的人高唱着——
“起来!起来!起来!起来!”
这是最后的斗争

热爱自由的人们啊
从唱出第一个音符开始
就认识了冬天
冬天严峻而寒冷
鲜花盛开的四月很遥远
枯枝在冰河上随风而动
厚厚的积雪纯洁美丽
热爱自由的人们
在高歌前行的暗夜里
感知温暖松软的泥土
我说　从流血的手臂上
我发现了真理
那真理的光辉经久不息
史实:1949 年 10 月
中国西南重镇重庆
歌乐山下的中美合作所
暗夜　枪声击碎了沉寂
在一块红色的岩色上
我看到一双流血的手臂
那青筋暴露的手臂下
红岩在微微摇动
一颗从未屈服的灵魂
在凄厉的枪声中飞升

……屏住呼吸
凝望那双流血的手臂
我感受到巨大的悲哀

与永不平息的怀念
史实：1949 年 10 月
那些死在黎明之前的人
唱着歌声

1989 年 7 月　我在重庆
在白公馆集中营望山涧流水
那是黄昏
就我一个人
在那座静静的集中营里踱步
我阅读了流血的历史
就在这里
惨绝人寰的杀戮
就发生在这里

那个七月
我在歌乐山下默默回首
许多死去的人们凝视着我
我知道他们是谁

他们从歌声中走来
在歌声中离去
无可比拟的献身
鲜血与青春折射出的光辉
使群峰低垂着头

松涛轰鸣的早晨
我看到一群天真的孩子
在新升的太阳下走向丛林
那里　有许多无名者的墓地

有许多人永远地去了
我母亲的祖国
以她所特有的沉默
安抚着他们的灵魂
而那些孩子们
就在美好的早晨
高举起手臂
接受庄严的洗礼

那时　我的视线中
出现了布满乱石的道路
歌声起处
寒冷的大地在颤抖
空气中弥漫着从未有过的气息

早晨作证
那道路无法遥想
如果没有尊严的歌声
孩子们　那些
承受着阳光照耀的孩子们
将无法寻觅静静的墓地

1888 年之夏已经过去
为人类所铭记的人们
在里尔的夏夜里歌唱之后
将这座光荣的城
搬入了史书
缓缓流过大地的水
像那庄严雄伟的旋律
在曲折的流程中
揭示出大海般沉重的主题

1888 年之夏已经过去
我说　祖国啊
在那真理的光辉中
我发现了流血的手臂
那是无数先驱者的期愿
对天空　对长河
对长河两岸广袤的大地
他们祝福
为那歌声　旗帜和人
为埋葬而不朽的记忆
他们祝福
1888 年之夏已经过去
我说　祖国啊
在那真理的光辉中
我发现了流血的手臂
那是歌声引导下的旗帜
那是旗帜辉映下的长路
那是长路间无法描绘的风风雨雨
用诗与哲学的光芒
照耀先驱者们永远的墓地
照耀人类的山河
让他们不屈的灵魂
在母亲的怀抱中安息
用鲜花与白雪
覆盖他们的墓地
告诉他们
我们迷恋那歌声
他们永远地去了
我们不会忘记

……起来……起来……

这悲壮的旋律属于火焰
属于迢遥的路程
鲍狄埃　狄盖特
用碑与渡口为你们命名
我赞美你们
长久地景仰你们
如小草景仰巍峨的山峰
1888 年逝去之后
你们获得了永生
这么多年了
你们给人类留下的歌声
回旋于天地之间
鹰在高飞
那是火焰燃烧的方向
风霜雨雪交替的年华
在这个十月
我看到青草在大地上无畏地舞动

滔滔东去的长河作证
在广大的世界上
火焰和旗帜的光辉
将永远照耀逆水的征帆
越来越多的人
从那歌声中获得了启示
他们于静夜中感受着
作为人的自由与尊严
……手臂……旗帜……
……歌声……火焰……
……起来……起来……
他们响应着
响应着无法抗拒的呼唤

歌唱着　以尊严的名义
我们对薄如蝉翼的暗夜说
……起来……我们……
……我们……相信明天……

1990 年 10 月 1—3 日，于上海复旦南区

东方是怎样红起来的

流在东方的水
使我想到肃穆的源头
想到垂落于中国南方的火光
在春天呈现出持久的辉煌

对于整个东方　那个春天
意味着结束与庄严的开始
道路正成为某种象征
我们回首　对母亲的祖国
那个春天意味着诞生

以历史的名义纪念过去
我们凝望东方的天空
……那是春天的长夜
黑暗切割着我的祖国
低垂的刚刚开放的花朵
在东方之河的沿岸
以生命的形态倾听河源

我时时铭记着一种岁月
四十三年前　中国北部
降下暖暖的白雪　那是春天
我所熟悉并热恋的北部中国
辽远而宁静　雪飘落着

洁白的大地上空无一人

燕子从天空中飞过留下声音
在落雨的地方　人留下了足迹
那时　无数的人们正在渡河
他们身负着重载到南方去

那是春天
微风吹拂着纯洁的国土
四十三年前
在史诗般的黄土高原
手扶土墙的母亲
在黄昏到来后思念远征的
儿子正在渡河
手扶土墙的母亲
愿儿子走向海角天涯

群山作证
在东方迷人的黎明里
有母亲的光辉
那是牺牲　是无法割舍的祈愿
群峰下长河奔流
是慈母的情怀

春天的暗夜
孩子们都睡了　长河在流
诞生的时刻到来之前
从流云飘过的山顶上空
缓缓地透出一丝幽蓝

那是一种预示

在多难的东方　那是庄严的起始
长久伏倒在大地上的民族
从朦胧的幽蓝中无声地站起
东方伟岸的山峰说
我听到了一首伟大史诗的前奏

许多人　许许多多人
在夜幕中抬起尊贵的头
仰视被星光洗净的天宇
为所有渡河的人们
他们含泪祝祷

鲜血铺就了一条通往南部中国的道路
风雨迢遥　他们以有力的脚步
注释母亲时代的歌声
东方长河的浪花编织神圣

月照中国　照耀母亲的山河
是什么使我们长久地感怀
循着亲切的乡音　我凝视北方
母亲时代的歌谣随旗帜飘动

我倾听
回荡在东方大地上壮美的雷鸣
我用真诚的诗句颂扬那季节
我们祈祷过
所有的母亲都期待过　那季节
我们从东方不同的大河边走过
从所有的山峰上
都流下纯洁的水
那就是我们的赞颂

用美好的母语
我们赞颂东方的天空

让每一扇敞开的窗子作证
让雄鹰坚韧的翅膀作证
这片深情的东方大地
洒满了鲜红的热血
是那些渡河的人
他们矫捷的身影
使我想到东方的智慧
想到他们的父兄
我将那段征程视为神圣的引领

那是许多伟大的人
对东方古国
他们在水上发出过某种预示
如同叶子对秋天的大地
云对天空　对自己的旗帜
他们默祷不可更改的信仰
当他们中的某一个人
在风雨中永远倒下时
我感受着巨大的悲痛

那种时候距今很久远了
是在寒冷的草地
许多人痛哭着　他倒下了
许多人流泪前行
他年轻的头颅朝向北方
那里有他降生的故园
就在这条通往黎明的路途中
有一位永远的守望者

名字叫母亲

正是这样　在某一天
在澄澈的天宇之下
我们的母亲突然惊醒
那是北方的静夜
母亲没有听到风声
母亲的儿子永远倒下了
她却呼唤起儿子的乳名

那些人　那些在中国南部渡河的人
向我们解释流泪的碑文

我颂歌他们
我用景仰的目光祭奠他们
我热恋着他们为之流血的大地
母亲的山河使我痴迷

我要说
创造了光明的人
将与光明同在
我们从这个意义上理解不朽

我要说
那是属于东方的光明
在灿烂的星空下
流淌着母亲的泪
我们为之礼赞
在母亲落泪的大地垂手沉思
是的　伟岸的先驱们永远地倒下了
他们属于纯洁的东方之河

他们活着　在雨中
我们默默伫立于他们的墓地
当太阳升起来的时候
我们在不同的纬度深深怀念
热血与泪水　不是那种岁月
留给我们的唯一的记忆

我颂歌他们
我将他们的热血想象为河之源
那些逆向大河行走的人
他们的脚步
没有停留在静静的渡口
他们为东方的光辉
为黑暗的消隐长眠在暗夜

今天
我们以多种方式追忆他们
黎明时刻的花海
孩子们在巍巍的丰碑下举起手臂
在洁白的挽联上
我们应该写下这样的文字——
东方古国真理的光辉
最早从他们宽阔的额头上
缓缓升起

我颂歌他们
在黄河故道我面对母亲的祖国
我笃信　有浪花起舞
先驱者们就有不死的灵魂

那是秋天

我和母亲在北方大地上行走
黎明　东方的天空
飞起醉人的橘红
那时　我听到一首久远的歌谣
母亲唱着
在新生的黎明
我心潮难平

母亲时代的歌谣使我感动
那是注入了血脉的历史
农民的儿子们
在母亲的歌谣中离开了故园
那是春天　母亲们在播种
他们走了
为了黎明你们离开土地
你们没有想到归来

……长眠着啊
在母亲的歌谣里
我为你们祝祷
何以寻求　我想
你们用无字的丰碑暗喻长夜
那道路是曲折的道路
上面洒满了生命的热血
那黎明是东方的黎明
长久沉默的天空
将涂满生命的色彩

我的母亲的祖国
在史诗诞生的伟大时刻
你的每一寸泥土

你的每一朵鲜花
你的每一棵绿树
你的每一滴流水与每一丝回忆
都静静沐浴在东方
红色的霞光里

1990 年 10 月 8 日，于上海复旦南区

第一百日：预言者

遥远的江边
薄雾贴近大地的午夜
十二月的曙色　轻柔的曙色
从你的额头上缓缓升起

我倾听神秘的乐声
消失于红色山崖下优美的马蹄
史诗的节奏穿越北方森林

我久久凝视
十二月的大地无比美丽
睡在石屋里的人的女儿
在辉煌的梦中行走
天空中流传着多种声音

海的声音　旷野的声音
祭火熄灭的声音
马蹄的声音
大路两旁野草舞动
那屋檐下的一声一声蝉鸣
那响在山谷的温柔的流水
那长河对岸久远的回声

人的回声

劳作者古老的节日
在十二月
是对夏天的怀念

人的女儿啊
夏天鲜嫩的叶子使我想到唇
想到语言
刻在石头上的语言
藏在目光里的语言
想到初吻

不是所有的微笑
都使我们感到亲切
我想到圣洁
少女朦胧的胸乳
第一首情歌唱起的夜晚
第一个情人
第一个随船远航的水手
冥思故地与红色山崖

精美的劳作
人的女儿　大地上的歌者
我的在风中一无遮掩的诗歌
在黄昏到来前向你奔跑

人的女儿啊
高傲的水手在浪尖上微笑
你要安睡
在第二日昔阳下等待我的灵魂

我会活着回来的

船头正切割着黑暗
夜很平安　夜很平安

……水手说　人啊
听我告诉你们
红色山崖下开遍黄色的野花
那花丛间没有灯塔的颜色
那不是旗帜　更不是美

你们看那红色山崖
在迷乱的天空下成为一种昭示
我的诗歌　我的灵魂　男人
钢一般坚硬的灵魂
飞翔于红色山崖与蓝色海洋之间
那些黄色的野花
只能将无力的手臂
伸向庄严移动的山影
你的身影　在水田里弯曲为虹

我在一种时刻走向你
红色山崖
一种皈依或一种超度
我的赞美　十二月的赞美
如旅途间流散于路旁的石头
印着风雨的吻痕

人的女儿
我赠你这发现之后的发现
有关麦田　渡口与帆
在山谷外长跪不起的人
这大地正午威严的雷鸣

雨后的浊流
从不同的方向注入河口
雨停之前　黄色的水雾在谷底升腾
我曾遭遇那样的歌者
一个孤独的男人
站在坍塌的大地边缘歌唱

回家过节的人们
分八个方向离开异地
我选择了南方　守望者
为我祝祷的人
坐在麦田中沉睡
在必然的时刻途经那里
大地的守望者正在熟睡

天空　云母　麦田与人
一条垂直的线上流淌着什么
从麦加归来的人
跪向拉萨的人
他们是谁

我颂歌辽远的胸怀
歌唱的男人　我亲爱的兄弟
在暴雨中后退
他迷恋风雨般的再生

应该去验证一种力量
江边石屋　灵魂休憩的圣地
红色山崖的光辉犹如母语

返航吧　返航吧　船长

有一种启示早已经存在了
海很宁静　风雨又要来临
你听那滚滚的雷鸣
那闪电　桅杆之顶翻滚的云海

返航吧　返航吧　船长
水手说　船长
我从不畏惧真实的击打
这伟大的交响多么令人感动

一个纯粹的人
歌唱的人
被大地守望者祝祷的人
孤傲的人
不会被世俗的流水打湿赤脚的人
他的爱人在石屋里熟睡

人的女儿
我倾听过那样的声音
无数过去与未来的日子
都与那声音有关

一个人在寂寞的长夜里独行
会忆起你的呼吸
人的女儿的呼吸
犹如红色山崖湿润的光辉
照耀我　从多种不同的方向
照耀我　使我终生都不敢背叛自己的身影

多么神圣　我们的心
常为魔幻般的声音而沉醉

多么美好　我们的道路
大地守望者祝祷的道路
已经伸向海滩的　我们的道路
我的心中出现从未有过的宁静
如虹霓　秋叶与草坪

我听到风声
阳光在窗外流泻
孩子们在夏日里翻越栅栏

朋友们都去了远方
我想起一支曲子
诞生在灯光里曲子　一路平安

燕子飞落窗前　想象无边
大地起伏平坦　一路平安

泪水淋湿的曲子
人的曲子　神的曲子
我的怀念流淌为冬之河
谁在墙那边呼唤　一路平安

神的曲子伴我久坐无言
一路平安　一路平安　一路平安

……渡口的船
秋天的谷子和节日的锣鼓
为大地而生的树上结着红枣
谁在那里等待
最后一班海轮已经消失在水的尽头

目光的尽头　思恋者啊
谁理解你的旅途
谁的蓝纱巾缠绕离愁

江边石屋
人的女儿在那里劳作
我默默感知所有美好的一切
北方的白雪使我想到爱人的纯洁

人的女儿啊
大地与爱情的歌者
我看到成熟的麦芒上站立着阳光
自然的果实　你的劳作
在丰收的日子里
你苦涩的汗水
滴落在大地仁慈的额头

……水手说
第一个面对西风预言的人
我们视他为智者

在另一座山峰上
我平视红色山崖
那智者是谁
在边缘歌唱的人是谁
除了声音和色彩
他们留下了什么
红色山崖下的野花为谁盛开

八月　南来的风在谷地停留
该去问谁呢

那么多道路
那么多语言　那么多人
我们只迷恋乡音

到远方去
我的爱人　跟我到远方去
将石屋留给山
将山留给大地
将大地留给天空
将天空留给鸟群

你是人的女儿
年老的守望者在大地的尽头
将我们的祝福留下
他曾为我们祈福
种麦的人　守麦的人
割麦的人　食麦的人
我们称他为父亲

风雨停了
浩大的船队驶向海湾
正午的海洋一片蔚蓝
所有的一切
果真都会变成记忆吗
真实的海洋会不会离我们越来越远

石屋里的人的女儿啊
我们的船队归来了
你想知道
我们是从哪里驶来的吗

低沉的云雾里闪烁着灯塔
我的心中的红色山崖
靠同一种颜色的昭示
我们穿过风浪中的暗礁
我说那航行的过程才是美
是生命的真实
是撞击海岸　涛声轰鸣　是古老的祭祀

我们经历了一种生存的过程
在神秘的深海
我们傲然的灵魂
男人的灵魂　在海上飞翔
我曾以灵魂坚韧的翅羽
对你描述无际的风浪

多么壮丽　多么久远　多么幽淡
这仁慈的自然
养育了我们的自然
石头般真实的生命
如岛一样依偎着水流

我们沉醉于音乐的世界
那神奇的声音
使我们遗忘了自我的声音
自然之母赐予的声音
给我们安慰启迪欢乐激励
我们是谁呢

人的灵魂
承受着红色山崖温暖的照耀
流泪的人　被欢乐感动的人

是我们的兄弟或姐妹
他们已发现人的平凡

在人世间
伟大的知遇让我们感恩
几乎所有的道路都留下了人类的记忆
我们曾逆向大河向上游行走
我们说　自然啊
伟大的知遇让我们感恩
我们是你的儿女
在你的大地上作最初的旅行

水手说
走吧　爱人
因河源的存在
我们对道路的理解不会产生歧义

……在最后的时刻
年轻的水手说
再见啦　海洋
再见啦　悲伤的军舰鸟

我们回来啦
母亲的陆地缓缓飘移
弓形的海岸线
爱人的码头
城市楼群上空飞翔着鸥鸟
温暖的大地依旧
乡音依旧　在爱人的码头

我们回来啦

人的女儿　爱人
我们的汽笛鸣响了
在随船出海的第九十九日
船长预言——
第一百日风暴将息
我们倾听深海
埋藏在风暴中的语言
第一百日　风暴将息
我们年老的船长
第一百日　预言者
那就是返航的日子
大海中的叶子
我们的船　故土的炊烟
我们确曾深深怀念
人的女儿睡在石屋里
在一条江边

我默默承受伟大的辉映
红色山崖　爱情
苦恋的岁月不是一种过程
大海作证　我是搏击过的
为土地　为慈母的叮咛
为躺在摇篮里的儿子的睡梦

人的女儿啊
我是你灵魂的父亲
在谛听你永恒的歌声

1991年2月28日深夜，于上海复旦南区

节　　奏

我想对你说很多话
古城　在接近的时刻
我看见阳光
在并行的铁轨上留下吻痕
那光芒的海
母亲时代歌谣中的暖冬
然后　我看见了雨

缓缓上升的时间
南方的叶子
颤抖在枝头的岁末
在女子的裙摆之间
迂回的时日　已经过去的
没有到来的一切
在生命的缝隙
呈现出怡然与高雅

一切都是我们熟悉的
古城　在我居住过的北方草原
那个深秋
总是走在记忆的前头

成长于洁净中的少女
迎迓众神　是这样的心

没有污毒的田园和山谷
树木的最高处
闪现和消失的星辰
是这样的心　这样的人类
把崇敬寄托给先祖
那些微笑于幽明中的逝者
古城　你飘逝的彩巾
在南方流成河
琉璃瓦上细密的微尘
有多么沉重
一句语言有多么轻盈
关于灰烬
那场细雨缠绵而持久
我们在高处
看不见色彩不同的田畴

在辽远的贡格尔草原上的冬天
雪后岑寂的午后
昔日的马群在冰层以下
以水的形态奔跑

古城　我故地的传说在传说之上
是这样的心
在天使怀抱的仁爱里
遗忘远和近

如期降临
我的神
触动柔软的刹那
我们的宇宙铺展辉煌
圣乐奏响

河流　山谷　林间月光
无比迷醉的飞翔
古城　你是我终生回味的幸福
我终生的感激和忧伤

如果我告诉你
心灵的长路上留下了血迹
那就是神奇
你要通过左臂传导右臂
消除恐惧和疑虑

感觉节奏
你无限广大的内心存在一个星海
自由的　悄然的　对向的风
奔赴了那么久
等待了那么久
风景内部的风景
歌声里的歌声
那么优美地栖息在古城

是这样的心紧密地贴近山峰
古城　你的缠绵的雨
暗流　被手语唤醒的灵性
女神玫瑰色的梦
群星隐落的黎明
隔河相望的秀美原野
寂静无声

运行天宇的星子
没有声息
清凉的引领

使我进入最初的时代
无法形容的圣境

古城
你风景中的风景
在约定时刻开启的门
那伟大的瞬间
凝眸者
幸福深处遭遇圣女的感动
转化为骑手的奔赴
八个黄昏和八个黎明

梦着
醒着
舞着
相拥
雨落深湖
谁说不可能
谁说无声的吟唱里没有旋律
不是重建秩序的过程

梦着
感觉真实
醒着
凝固咫尺
舞着
冥思雨季
相拥
体味永恒

古城

我该怎样谢你
除了我的诗歌
我用什么样的语言
记录一个瞬间一个瞬间
接续与久远

在第一个梦的台阶上观望日出
古城　你庄重肃穆
你的草地上
洒落晶莹的晨露
你的道路
你的潮润迷人的山谷
你的起伏
你的荡漾
你的湖
你的高贵自然美丽的树木
你的气息
舒展倾吐
古城　这是你的恩赐
在每一天梳理的幸福
是轻柔的爱抚

我们曾经在风中耕作
远离篝火
为隔断的时光留下双倍怀想
古城　你不是我的故乡
在雨后的彩虹出现之前
我曾经用深夜的目光
透视无语的感伤

距离

由基石到屋宇
由征鞍到马匹
由注视到心灵
树上的叶子
飘落宽容的大地
古城　由融化到记忆
你满天的泪滴
只为一个世纪降临一次纯洁的圣女
从天空中到来
在天空中离去

与美丽有关
在冬天
雨洒窗前
古城　与命运有关
相约前世的某个夜晚
孪生的心
无怨

在人间
我们携手走过雨的疆界
那纯粹的静默
平原
山

清澈之河的那丝幽蓝
是你不老的容颜
古城　你见证了我们无色的岚
浮动飘逸
缘

流泉
节奏回旋
萦绕　碰撞与缠绵
地与天
最终的朗日
与美丽有关
恋

活在幸福的人间
我们常常无言
与未来有关
盼

我以宣喻的方式告诉大地
这是我们的节奏
只有暖冬
没有中秋

那个时节离我们很远
因为时空
我们甚至忽视远去的雁鸣
只有感觉隐痛
因为未知的路程

在往昔人生
我曾相信拯救
幸福与忠诚
是不是伸出一只纯洁的手
握住一只纯洁的手

古城

我曾以悲苦的心灵感受无定的风
那个时候
我还没有熟读你
为了尊严和另一颗心灵
我把爱情还给了自由

我在一条孤旅上寻觅了很久
是在异乡
我拥有痛心的追忆
但没有诅咒
活着
我知道不能让精神的旗帜垂落
我珍重所有

那个时候
我失去了生母
等于失去了故园
在怀念和家门之间
隔着一道无形的栅栏

我经历了三个雨季
我的诗歌的土地
我只能告诉你
对神性的引领
我从未放弃
我感激

古城
雪落心灵
你的眉宇间升起皎洁的月
逝水宁静

众神归隐的地方森林茂盛

我阅读圣洁的山河
滋育生命的沃土
我的远足
古城　我的路途停在一个雨日
追随时光倒伏
粉碎瞬间
像粉碎遮蔽的云
仰望日出

你的眸子
在这个世界
只有我能感觉的火焰
没有色泽　你一定看见了闪烁
不是光明　依存与托付
被一百个不眠夜晚组合的词语
变为唯一的诉说

我们是世界
是裂变的核
我是雨　你是花朵
我是鱼　你是河
你是天空　我是扶摇的风筝
你是岁月　我是你默念的时刻
我们拥有共同的节奏
冬雨里蓝色的恋歌

古城
如果你是更深的孤独
我就是你尽头的道路

如果你将目光移向大地
我愿意垂落
伴你　念你　梦你　有你
我的水
我的火
除了你
没有别的选择

我真是那个丢失了蒙古马的少年
在迷途的往日
你是我神秘安宁的一隅
如守望灯火
那些日子
我活着的理由
是笃信箴言的提示
我会走近你
我从不怀疑
在孤单里重返少年的圣境
我会抵达圣泉的支流

古城
我不是远行的信使
我用凝视雪地的目光告诉心灵
最后
节奏的核心会出现融化
温暖的水
会缓慢流过光洁的额头

那就是幸福
古城
在这个世界

很多人活了
曾经微笑　但是
他们从来不敢说出真实的心语

2008 年 2 月 18—21 日，于丹东

两　　岸

经过雪地的二月
在空旷的午夜听到松涛轰响
我的北方
马群自由奔跑的故乡
站在雪山顶上的姑娘
为什么迎风歌唱

接受祝福的灯光依次点燃
就是这个夜晚
安睡和醒着的心灵
依附大地　神离开九天
隐形人间

最初的雪如此美丽
如同圣女的青春
少年腾飞的梦境
我们永生默念的姓名
相爱的过程

如同灯塔对于海洋
沙漠对于驼铃
雨对于植物
心对心
长久的离别对于重逢

真诚对于盈满泪水的眼睛

当黑暗和严寒降临
雪被诅咒
成为诅咒和灾难
这是一个南国女孩
被迫转变的记忆
在洁白的飘逸和隔绝里
除了移动在空中的祝福
是什么气息在世界上蔓延

时间
我们能够记得的概念
蓝色的雨飘自天宇
在必然的纬度
柔软交汇所象征的恩惠
迷醉　神性暗示下无畏的起舞
每一时刻
月光流泻的山谷
手握枯枝的人在岩石上写下词语
是那些被砍伐的树
使我们怀念生长的岁月
不愿描述的消亡和痛楚

要再现那样的真实非常艰难
栀子花开
雨幕下的江南
一个瞬间接一个瞬间
起伏或飘展
此岸与彼岸
那座巍峨的建筑没有屋檐

炊烟　珍存于典籍中的盛典
那个欢歌的五月
鲜花灿然

用什么样的语言独自问询我们的心灵
关于阵痛或隐痛
生命高贵的前额上
时光锋利的刀锋
以无血的刻痕记录每一个黄昏与黎明
那么多有歌无歌的日子
不时徘徊的身影
苦难者的爱情
为何总是逆水而行

七千年流程的河流
经历旱季
觅水的鹿群迎风而来
消失的氤氲
轻轻覆盖大山和森林

那个夏天的农人
遗忘了遥远的雪
劳作　阳光灼烤　脊背白色的汗渍
地平线
那一线幽蓝
凝望中的呼唤
飞不过东边的山峦

我珍视贡格尔草原上
那个初上马背的蒙古少年
我的十三岁的谛听

马生双翼　关于风
我最深的想象不是草动
是我纵马急驰时越来越近的湖
弯曲的沿岸　水声　在湖的西面
五百里腾格里沙海
逼近我的克什克腾
我的家　我的梦　我的情
我的灵魂的依偎
昨日的乌兰布统

五十年风雨两岸
我故园的红柳从未入睡
西拉木沧　母亲生前一再遥念的圣水
她拒绝走向的旅途
从五月到八月
草野间的每一滴晨露
都是母亲的泪水
我没有追随
仅仅服从了自己的心
是的　母亲
我没有懊悔

我是蒙古草原用仁慈和奶茶养育的精灵
在父亲颠簸的马背上初通人性
是一首古歌颂扬的旷远
让我得以感知博大
还有天鹅洗沐翅羽的时刻
对自然呈现的美丽与细微
我从不否认感伤
当暮色渐蓝
雪落高原

我从不否认
我有生以来获得的第一首诗歌
与死亡有关

幸福的亡失是一种宁静
那是祖父安详的神情
那一天　我年轻的心
突然联想到一个人最后的奔赴
我依稀看到一束温暖的光芒
从西边升起　逶迤而至
垂直降落于哭声嘹亮的毡房
在安葬祖父的清晨
母亲没有说起天堂
许久以后
我在一首充满哀伤的诗歌里
描摹天使的翅膀
我试图挽留一匹蒙古马
在一条冰封的河上
它成为最生动的意象
掩河岸入苍茫

人啊
你们要相信自己的双手
曾被神秘牵引
在无形中
或许在无尽的沉痛中
在大爱中
在某种迷失中
阅读风　星星　一刻柔情
弥漫的心胸

不要去证明
伸出你无罪的手
在阳光下直视掌纹的纵横
断裂或接续
交汇与相融
重叠　你将发现河流微明的两岸
野草与雁鸣

五根手指
五条突然消隐的道路
第五次预言里
有辽远的黑暗与悬浮的朦胧
所谓永恒
是瞬间撞击产生的激越和隐秘的奔腾
是雨落深湖
闭目而思的彩虹连接两座山峰
是深度睡眠的夜
是寂静

我曾置身一座古城
那些连雨的日子
幸福的日子
因为等待
我珍藏起一面醒目的圣旗

珍重天地赐予我们思想
父母给予我们生命
感激纯洁的幸福
我们不要泪水
无言走向前方的河流
我们把身影嵌入仁爱的大地

日光星光覆盖的身躯

在灯光深处
我们轻轻呼唤彼此的姓名
感叹雨
无际
相信忠诚真实的双臂

目送一片风帆飘入深夜
感激静谧
感叹烈火中的精灵
从一个世纪
飞舞到另一个世纪
感叹命定相约相遇
是的
说到别离
我们感激神奇的斜坡
在雨水的浸润下
留下不可磨灭的记忆

我的深思里常常出现变幻的景观
克鲁伦河谷地
成熟的玉米已被收割
晚秋
被我们形容为辉煌的静夜
飘洒橙色月光
森林安睡
在大河中游
马的形象脱离水
传说在传说之上
云在云的下方

那是我的故乡

许久以前
蒙古马群悲壮的嘶鸣
涌动为大河的涛声

河流沿岸
八月
低飞的鹰
它的身影
掠过多种色彩的百合
我在一首颂诗里注视纯白
仿佛无限遥远的高贵

母乳
二月的雪
迁徙的毡房
梦中的羊群
高原之晨移动的花蕊
在醇厚的酒香中
敬天地与人类的哈达
少女初吻的迷醉
如暖雪飘飞

那时
我不知道你是谁
可我铭记一句古老的箴言
我们活着
终生也不可能离开净水

那时
我是一个信奉神灵的孩子
堆积在山涧的巨石
被我凝视为一些长者
他们历经岁月的洗沐
沉默
是为诺言一样的坚守
期待发现火红的玫瑰

那时
我没有怀疑高处的天光
透过窗子
我观望的世界
大河流淌
父亲的牧场
在远方

我是一个信奉神灵的孩子
从不怀疑道路与飞翔
从不怀疑
人所言说的奇迹
就在时间的近旁

在血脉的循环里
我们倾听墙
河岸
绝对诗意的蜿蜒与绽放
没有隔离
流淌　流淌　流淌　流淌
那不是灯光

你说啊
什么很短
什么很长

什么样的时光
值得用心思量
什么样的忧伤
弥漫在一条完整的河流上
动源泉而至海洋

什么样的自由
使你联想笼子里的飞鸟
那细密的缝隙
被某种意念分割的天空
金丝绒笼罩下的黑暗
清晨
在相同的黑暗中
悬在树杈上绝望的鸣唱

长久以来
有一个人
以不变的信念凝视渡口
那个沉默的人
把心托付给彼岸的荒芜
与崎岖
那不仅仅是属于
目光的长旅

就这样等待
就这样期盼出现彩虹的雨后
就这样每夜每夜怅望北斗

就这样送走早春和晚秋
就这样理解拯救
就这样赢得自由

就这样
在微笑中
体味忽远忽近的忧愁
向风中伸出无罪的双手
但从不恳求

如果一颗心灵失去了怀念
犹如一只飞鸟失去了天空
天空失去了日月星斗
大地失去了温暖与光明
追寻者失去了遥远的路程

生于不可言说的欢悦和苦痛
只有母亲铭记儿女最初的哭声
生于交融
血红

被脐带连接的孕育
谶语一样脱离
一条河流诞生的岁月
往昔
第一位母亲告别世界的形态
是融化的雪

在洪荒时代
只有众神才能听到那声呜咽
有关那个一月

这一切
怎么能轻易省略

就这样珍藏破碎的帆
祭奠年轻的水手
就这样坚毅
把平安留给双亲
把欢笑留给孩子
把忠诚的心留给自己的女人
把伴随一生的影子
留在身后

有一天
假若万能的神灵对你暗示
在前方
你会听到关于幸福的预言
那么　你要问询自己的心
然后告诉双眼
是选择左边
还是选择右边

还有两个选择
回返故园
或者停顿
用微笑面对一个瞬间
夏天或者冬天
温暖或者严寒
你当然会遭遇暴雨或者火焰
你选择吧
神灵不会阻拦

你已经用虔诚建筑了一座神圣的宫殿
你是这个圣地唯一的仆人
拥有河流与岸
无论怎样
你不会怀疑
天使就在人间

就在我们一再祝福的节日
天使没有走远

我渴望发现
雪落长河
是谁
在寂静的包围中
用阴柔的笔触描述岸

雨
两片飘浮的云
曾经的贴近

绝对的融汇
但没有声音

还有神赐的击打
那个家
开始于黄昏时刻的神话

是冬天
不是夜晚
消失在空中的手
是否握着一语相约

也是甜蜜的苦恋

是谁彻夜无眠
思虑河流的曲线
是谁在痛哭之后
注视一片心海
那经久不变的投映
折断的桅杆
在水的背景里焚烧
永远　永远　永远
感恩的心
就在河岸

就在从前
我们的童年
没有一丝忧患
那样的岁月
仿佛就在昨天

我们眺望
古老群山的闭合
是清晨的雾霭
站在河边
冥思一个梦幻

父母们就是那样
他们在我们身后
守着家园

说思念
我们到底珍视什么

说寻找
我们曾经遗失了什么
说苦难
我们默默忍受了什么
说谛听
我们在过程里获得了什么发现

童年
我在高原仰望夏夜星河
在一颗星辰到另一颗星辰之间
隐伏灰暗
或深远的湛蓝

我的联想涂染未知的色彩
这大地
哪里是尽头
哪里是宇宙的尽头
如果尽头生长茂密的神树
在林地的边缘
是否栖息奇异的水鸟
如果尽头是一种虚无
像一堵穿不透的墙壁
在墙壁的那一边
是否存在光明的世界
十个太阳照耀十座雪山

在诗歌可以抵达的地方
我留下夙愿
我渴望思想飞越多姿的树冠
而我的爱人
她正在河边采摘素雅的芦花

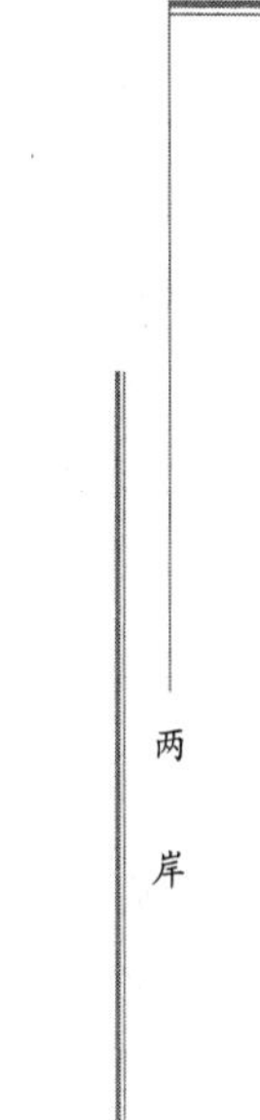

编织想象与挽留
我看见一匹无鞍的黑骏马
踏浪而来
被我怀想的南蒙草原
降临又一个秋天

这是我接受的真实信息
我的爱人
在一盏灯下等待我
在河边

我能感知的幸福没有波澜
我的爱人
她常常祈愿
与我走过一百个夏季
在最后的秋日
为我绽放洁白与美丽
然后
她会在午夜对我耳语
对我揭示一个永恒的秘密

她让我保证
面对一个人的晨曦
不要叹息
更不要悲戚
她不会走远
那条柔美的河流
就是她的身躯

在仁慈自然的怀里
我们没有力量创造星空

但是　我的爱人
我们可以珍重所有
持久　柔情　火热　忠诚
我们彼此对视的眼睛
那样的光明
能够驱散一切阴霾
从夜晚走向黎明
在黎明的辉映下凝望河水
在同一脉圣水中
洗濯我们永生相依的姓名
把青草对泥土般的深爱
还给洁净

我选择这个阳光灿烂的上午
继续充满尊严的诗歌旅途

这个二月
可以感觉春水萌动
在忧伤的透明中

泥土下的根
流淌净水的叶脉
玫瑰的祝福飘自心海疆域
没有芒刺
只有馨香和美丽

是那样的柔软
让我相信春天活着
在严寒中
那么多红色的灯盏点亮窗前
那么温暖

在刚刚过去的夜里
我飞越陌生的山脉
在异地
那些桥梁下面
河流的冰面盛开花纹
还有突然龟裂的声音

自然
可以想象庄严的复归
我们生死须臾不可远离的自然
推动轮回

这不能抗拒的前定
我们
在这个世界的托举下
奇迹一般地活过一次
我们幸福抑或痛楚
都不会忘却宇宙和母腹
我们常常感怀母亲奔死
我们奔生的过程
感怀慈母十月孕育
胎盘　我们唯一的出发地
羊水流动
那是母亲最美的歌声

如果我们死在中途
那叫夭折
母亲将感觉撕裂一样疼痛
她甚至无法呼唤我们的乳名

我们是父母家园最珍贵的花朵

无须诉说
苦乐
没有抉择的抉择
银河与地河
双手相握
回眸母亲的泪波
永恒的浸润
神雨飘落的依托

父亲们
那些为我们指明了道路的人
我们能够理解
他们为什么总是沉默

想到骨骼
想到母亲的奶水在阳光下会变得殷红
想到沿河茂盛的垂柳不是点缀
想到怀念中更深切的怀念
想到少年
无色的风
栈桥与渡口
船与帆
想到第一次相拥与初吻
我们身后双亲的祝愿
想到精神的搀扶与支撑
爱与诺言
应该把最完美的春天献给父母
那个给了我们生命的男女
神赐的源泉
地与天
永远

当我们相继走向另一个空间
光明的巨门将缓缓开启
是必然的通道让我们抵达
遗忘错开的花
我们的灵魂
总该有一个家

我们的岸
爱　尊严　握在右手的火把
用一生分离创造的历程
永不改变凝视的眼睛
曾经的向往
在雨中世界获得的典雅
是那样的心情
让我们在不断向上的台阶
体味人世无尽的欢乐
那个黄昏
我们感觉是在接近苍宇
没有天涯
我们有家
在灯光下

此刻
我要对你说
只要有情
这个日子就属于你
东边林海
西山晚霞
默念一行温暖的诗歌踏上夜路
你不会害怕

这个夜晚
我的神思飘至阿斯哈图以南的草原
直面绿色的智慧
我只有感恩
用什么回报我的生母和故园
鲜血太红
泪水太咸
语言太轻
祝福太淡
只有午夜凝眸
奉上我的眷恋
祈祷青草年年泛绿
永世平安

不错
这是冬天
极目远眺
贡格尔雪地甜蜜入睡
夜空纯净
白色的毡房犹如星光点点

我少年时代的蒙古马啊
你的神姿就在回旋的风中
我失去了你
这么多年
在异乡的四季
我的眼前飘动你高傲的长鬃
这是我深深怀念的一个部分
在我诗歌辽远的天地
即使洒落蓝色的雨
你也没有停止奔跑

还有鹰
我一生敬畏的神灵
因为你们
我的图腾
在离开诗歌的瞬间
我不说神圣

我静静倾听由远及近的歌声
那是我的母语
我的额吉
我至死不忘的恋曲
在北地
在梦里

在遥远的十三世纪
一句叮咛的话语
在额尔古纳河以西幻化为种子
萌生新草
沿河错落的红柳
在白雪覆盖的山顶呈现神奇巨石
精美的纹理
不说铭记
但必须感受一派灵息

接受已故祖父的暗示
我在一个夏日获得了走向圣河的途径
我知道
我一生都不会成为英雄
我是克什克腾
用母乳和奶酪养育的骑手
我见证了最后的垂落

那不是旗帜
那是一只苍鹰的翅羽
像大片云影
在深秋的黄昏隐入圣河
寂静无声

我没有成为英雄
在我泣血的诗歌中
一片起伏的大陆
总是回传东归的雁鸣

获得河流后
我用不眠感悟两岸
弯曲与安澜
午夜降临
已故的先哲们依次出现
星光满天
他们选择最古老的方式与我交谈

这个夜晚
伟岸的先哲们
我独自感觉冰封的河水
流动的黑暗
还有时间
在山海关外
我真实叩问自己的心灵
在一部诗史的起始
如果缺少鲜血浸染的灵魂
我能否把笔折断

我能否选择向北的归期

在河边焚烧诗稿
怀着沉重的失落奔向故地
以骑手的身份下马
跪在清晨
面对逶迤的远山
把那句箴言还给草原

最后
我将请求仁慈的原宥
但不会泪洒胸口
当我站立起来的时候
我将接过祖传的银碗
斟满清澈的马奶酒
观月色沉淀
听古歌悠扬
望篝火依旧

假如我失去了守望的河流
我将铭记岸
怀念
这个夜晚
谁说祝福无边
谁就无眠

这个夜晚
在我诗意想象的核心部分
不是冬季
飞翔在天空的祈愿从东向西
掠过无风的腾格里
在五月优美的早晨
形成雨

或许
一个牧羊的孩子
会在草地看到虹霓

这个夜晚谁在寻觅
谁在哭泣
谁在淡忘
谁在追忆
谁渴望进入梦境回到曾经的过去
谁在清醒中面对暗影浮动的墙壁
谁忘却门
举起手臂
放下手臂
一个人的孤寂
一颗心的长旅
一滴泪
一声无人倾听的话语

我没有入睡
人类诗歌的两岸存在分明的四季
遥远的致意
可以接受的别离

我从不怀疑雨季
如我的诗歌
因为众神
我感知旋律

活在幸福的人间
以沉静的目光透视长夜
总也不能忘怀北地

高原
我是你的儿子
我的额吉
那个昔日无比美丽的女人
把旧时的歌谣留给了我
像预言那样
像生命那样
像火焰　像启示那样
让我铭记
相信仁慈就是一棵树木
像洁净的手臂
举向永恒的苍宇

我的河流
岸　柔软的弯曲
我的远逝的十三世纪
智者的马匹从星空下飞来
驮着长河解冻的消息

2008年2月10—15日凌晨，
于丹东鸭绿江畔

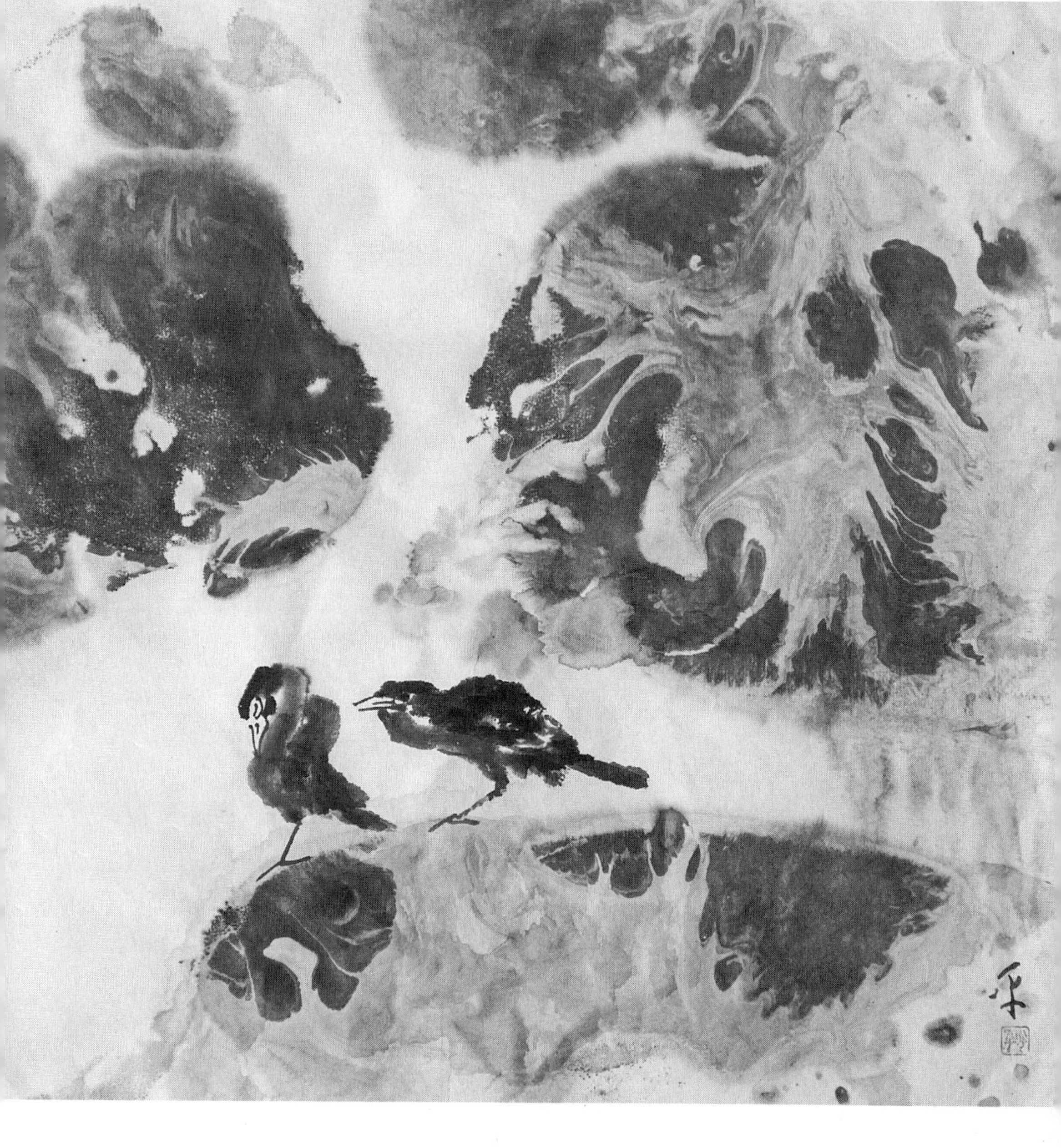

第二十年：一首祭诗

——谨以此诗，呈献给骆一禾、海子伟大不朽的诗歌灵魂

奥地利诗人里尔克的墓志铭——“在如此众多的眼睑下，独自超然地安眠，也是一种喜悦。”

中国诗人骆一禾的墓碑上，刻着自己的诗句——“我的心是朴素的，我的心不占用土地。”

中国诗人海子的诗句——“面朝大海，春暖花开。”

我的兄弟
在那一年的北方
麦子熟了　你的爱情死了

你的爱情
亡失在被追寻的节日
夜晚　很多门楼的灯笼
散发红色的光芒
还有高墙　隔不断的苦恋
长发　西风　那无所畏惧的美丽飞扬
目光　为什么沉默哀伤

最高的树上没有鸟儿
那是绿色的杏
如同你单纯的青春
但不像眼睛

最长的河流上漂动着古歌
每一声吟唱
象征一个曾经的水手
逆流而来　跟随时光的节律而来
呈现旧梦

这个广大的世界啊
一个人去了
一个人来了
形如静谧的云
不会留下移动的印痕
被心灵主宰的双手
不会在土地上
描述无尽与怨恨

你的淮河在南方
那边村庄秀丽
却没有一个等待你的姑娘
你在诗歌中一万次赞美
你在高高的雪山上幻想燃烧
如果没有月亮　会有星海
如果没有星海
肯定会有灿烂的阳光

麦子熟了的时节
你想念种子
青禾泛绿的清晨
你提示黑夜和死亡
在麦地中央
你说　来吧——少女
把这珍贵的年代给你

把嫁妆给你
然后你就离开
在降雪的前夜
给我送来一件御寒的衣裳

你所渴望的
那种干净和温情的日子
始终停滞在距离你遥远的时光
你说　让心跟随自由走吧
光啊　在云之上
风在云之下飞翔
云的上面不是故乡

我的属于麦地的兄弟
现在　感受忧伤
我必然会感受你
你的某一个手势
微微仰首的目光

你瘦弱的身影如秋叶一样
飘在古老的都城郊外
诗歌一样的昌平
不是你的故乡

那一年冬季没有落雪
你的生日近了
很多回家过节的人们
心里装着不同的道路
经过你的身旁

你面对那个叫和平里的巷子

等待夜晚
你在等待兄弟
你属于麦地
他属于海洋
我属于蒙古草原永远的苍茫

我的属于海洋的兄弟
在东海的潮汐中
你背对我们
向前方伸出右手
是三层大水
你说　这没有疑义
第一层是屋宇
第二层是心灵
第三层应该是不死的爱情

可是
人间为什么会存在痛苦与孤寂
还有基石
它不是耶路撒冷
它源于燃烧
比如岩浆
被烧灼和托举的大地
野鹿的四蹄
可以听懂那样的言语

沉思者
你把什么留在了身后
岁末的正午
一扇开启的巨门里盛开百合
头缠彩巾的美丽女子踏浪而来

她是你梦中的奇幻
在蓝色的波涌之间

你看到太阳缓慢地向西方飘移
雨　泪滴
承诺一般的牵手
秋季
墙壁那边的墙壁
神秘与背离
一段记忆
初吻
飞翔对翅羽的感激
在哪里
你和谁一同穿越了轻柔的长夜
你们真的创造了奇迹
却错过了晨曦

你闭上双眼
感知神女远去
你所获得的无尽的苍茫
在冬夜凝固为永世的幸福
从此你就没有忘记
那不可抗拒的长旅上
存在命定的相遇

麦地的尽头安坐着你父亲
他一生劳累
熟悉青草的气息
你是他唯一的儿子
迷醉于常人无法听到的节奏

在父亲身旁
你的神思远至两河流域
你在泥土上画金字塔
试图破解巨大的隐秘
你幻想太阳从西边升起
在东边停留瞬间
然后回返
在你的注视下庄严降落

辽远的风
经过无人的峡谷
你面对那个方向独自落泪

人啊
你在心里说
你们拥有的
我都没有
恋人　陪伴
灯光里温情的相对和语言

你所经历的时光是持久的燃烧
像雪山那样
像热恋的目光那样
像太阳那样
也像熔岩
像痛苦那样
但无人发现

你在一个无限明媚的日子期待雨
在幻想的草原上追踪一个骑士
沉重的心失去了故地

没有任何力量让你离开
你的淮河的春天啊
那个采茶的女孩
为什么忧郁

你从不怀疑
世间存在浩荡的恩惠
蒲公英凋落的时候
会出现漫天星星
你是父亲麦地永不背弃的赤子
只有父亲知道
你热爱萌动　生长
还有绿色与金色誓言般的起伏
这一切　是你活着的理由
你说　你随身携带着送给美丽女孩的嫁妆
那是你凌乱的骨头

你的激越的心灵
长久滞留在淮河以北
平原　故地　山川　行色疲惫的人群
还有某种罪恶蹂躏的青春
为了生存在田边刈草的人们
被你深深铭记

北方五月
西山的彤云昭示谁的归期
谁在夕照下痛哭亡失的母亲
谁在指点江山　囿于人性的一隅
谁试图分离天空下的风
辨别罪恶与神圣
谁在午夜时分揉搓苦闷的心灵

谁在朗笑　面对哭泣
谁在诅咒　忽视忧伤的雁鸣

我亲爱的弟兄
你阅读大海
把蓝色的波涌视为军舰鸟的翅膀
那永远的坦荡和飞翔

你迷恋孤岛
如果有一个挚爱的女子
你愿与她在隔绝的世界里度过一生
你把颂诗献给人的女儿
以你宽厚的沉默
祝福她平安幸福

如果她成为别人的妻子
你祈愿她做一个安详的母亲
你捧着滴血的心
走向无边的夜暗

你说
我精神的恋人
在远方的城市
炊烟飘落
然后你迎来那个时刻
祝福　被酒香传导的欢乐
夜半时分　人们散去
在微醉的风里
你的新婚之夜那么美丽

但是

你不能理解疼痛
也就是那样的过程
一个美丽女子的夜晚和黎明
伴随着深切怀念的温暖的灯
映照隐秘的心情

那条在悲伤中伸向你的圣洁的手臂
举向屋宇
让孤独的心
接近干净的星空

你仰望天空质疑旗帜
你渴求爱情质疑忠诚
你在大地上选择红色的植物
质疑根须
能否深入无声的地泉
你描述黑暗
投射你永远年轻的目光
发现突然辉煌的山峰
你接近山峰
质疑雄奇和逶迤
你接近记忆
质疑往昔

那一天
你在清晨的海边暗示
我们降生于泥土
灵魂不一定归于泥土
我们活着
当母亲故去
我们从此失去生命中最美的称呼

将感觉无边的痛楚
母亲睡了
我们无法告别未来的道路
思念母亲　不可遗忘人类的近邻
那是水
是赖水而生的树木
是根须不停畅饮的地泉
泥土母亲不竭的甘露

你在麦地中央
期盼母亲呼唤你的乳名
躲避流水的蚁群
爬上摇摆的麦芒
你在观望

它们无法运走成长的果实
等待秋天
就是等待跌落
你的神色像一个纯真的孩子
等待跌落
是否也是等待形态的消亡

你说
时光啊
在我不能阅读父亲背影的时候
沉重的寓言
在河流的南方

是的
你是一个守望麦田的孩子
你怎么可能听懂蚂蚁的语言

流水怎么能听懂风中的忧伤
远方背对你的姑娘
走入一个安睡的村庄
没有月光
只有忧伤

我写诗的兄弟
你遥想幼发拉底河两岸
那些寻找宝藏的人们
距离生母有多远
他们为什么告别了麦田
还有家园

日落山前
一只孤雁栖息湖畔
你在启示中描摹约旦
天空威严
美丽的中东女子
对你暗示一片深蓝

没有谁倾吐苦难
大漠的夜晚
前去朝觐的人
心里有一座圣殿山
智者安坐　他移动的身影
一直飘到爱琴海边

你渴望做一个幸福的人
拥有爱　走过崎岖或平坦
与她并肩耕作
在炊烟下享受两个人的生活

你想和她生养两双儿女
他们是你用心智培育的圣婴
将给予你无法言说的充盈与尊严
你倾注爱
给他们快乐成长的时间
慢慢教会他们识别麦穗
体悟汗水的苦涩
和食物的甘甜

你一定会告诉他们
泥土之下埋藏着生命的真谛
那是地下的花
装点清泉的家
在天空里飞过的鸟群
它们没有家

淮河沿岸的清晨
两个质朴的长者手扶栅栏
久久面对陌生的北方
多雨时节
弥漫于道路尽头的气息
是如此的神秘

他们是给了你生命的两个人
你秉承了庄严的血脉
在少年时代
一扇智慧的门缓慢启动
你说　妈妈　我走了
你没有说何时归来
那一天
皖南山野间的花朵

纷纷盛开

你是朝向光明奔跑的孩子
有关河源
天地间不可亵渎的静谧
是七孔清泉唤醒的群山

你以高尚的情怀
赞美七个绝美的女子
她们各自守着一孔清泉
犹如守护圣洁的身躯
她们不会知道
你曾经探问自己孤独的心
如果世界上没有精神的驿站
那么　无穷的思念
将在哪里安眠

你凝视蓝色的浩瀚
蓦然发现干旱的嘉峪关
从北到南
你的心中装着辽阔的中亚
一条道路始于敦煌
只有在梦里
无际的沙海才会飘展为丝绸的柔软

尼雅
心血浇灌的预言
必须往返的嘉峪关
往昔的呐喊
幻化为悲凉的奔赴
在干涸的谷地

成为焦渴的胡杨
是的　即使死了
也会站立千年

透过手指的缝隙感觉黑暗
远航的船
灯塔　破碎的帆
凄婉鸣叫的大鸟
寻找桅杆
海天一线
哪里才是人类诞生的摇篮

在另一个时区
你把诗稿抛向风中
期待应验

你看到了飘飞
但忽视痕迹
如果一种东西被突然冷却
一定有一种东西被神点燃
如果阅尽纷纭的双眼里有一条道路
一定会通向你成为父亲的那个夜晚

我的兄弟
就是那一年秋天
我在安静的蒙古草原上纵马
我在火红的夕照里念着你们
你的海
你的麦田
你的浩荡的波涌
你的美丽燃烧的雪山

我奔跑在一部蓝色的历史中
与伟岸的先哲们对视
不敢发出一句话语
那一刻　羊在归栏
我念你们的微笑
你们用文字创造的神奇
我依稀听到母亲发出惊叹
那就是骄傲
她记忆里的少年
她的儿子　在幽淡的草原上自由驰骋
我甚至可以想象母亲的泪花
她朝我扬起的手臂

我的兄弟
如今你们在哪里
究竟为什么　你们
一个消隐于春季
一个消隐于夏季
隔着无色的光阴
你们说
我在这个夜晚看到了谁的泪滴

天籁依然
那是蒙古四季的草原
被我久久追寻的巨大云影
在达里湖面消失
瞬间　湖水静止
鹰在盘旋
我的神思里有牧女吟唱
天空在水里
你们在梦里

伤痕在心间
我必须告诉你们
我的兄弟
游牧的岁月
最终的象征是废弃的马鞍

你们一定记得草原上古老的习俗
我的描述
对我的母族
我深怀不变的敬畏
在我心灵中最核心的位置
生长着四棵树木

一棵叫信仰
结着红色的果实
一棵叫迷恋
结着金色的果实
一棵叫相思
结着蓝色的果实
一棵叫怀念
结着黑色的果实
我常常攀上怀念之树最高的点上
眺望我们永远也不能同行的旅途

那条道路
从都城通往南蒙草原
曾有灵光闪现
如谶语一般
那不是春天
那不是夏天
那是秋天和冬天之间

我们一起饮酒的某个珍贵的傍晚

我的兄弟
我们从未挽着彼此行走
我们却是前世今生的手足
我为你们骄傲
我为你们痛哭

只要我活着
我愿用三十年时间
为你们在诗歌里编织白色的云朵
在属于我的最后一个清晨
摆放在你们之间
视为生死的奇异
和永不凋谢的花束

然后
我就叮嘱
一个爱我的女人
在我握住你们手臂的时刻
为我们送上温柔的祝福

人类亲近黄土
兄弟们　你们知道
就是亲近根与地泉
哪怕未曾洗沐
也会保持仁慈
像一行柔美的爱情诗歌那样
远离诅咒和耻辱

现在
我在寒冷的北方之夜阅读你的大海
那无人涉足的栈桥
在滨海城市的南郊

是啊
那艘巨轮还没有返航
它在你的诗歌中行驶
穿过太平洋
鸣响汽笛进入大西洋
在摇晃的塔台上
水手发现了但丁描述的火光

这是航船启碇的第九十九日
你迎娶了妻子
第一百日
你在灯下自语
在深海的两个巨大的旋涡之间
一定存在畅达的通道
流淌蓝色的风
橙色的光明
歌声

你建筑的屋宇下坐着等待的人
她在倾听

天空
遥远的雪
一百年前和一百年后的黎明
在必然的时刻到来时
无人说出的疼痛

那个午夜
你穿越梦幻抵达一座城堡
守门的人
已经不是年老的父亲

在你的身后
空旷的广场上矗立着塑像
你知道他们是谁
为什么曾在阳光下落泪
你知道在他们前头
为什么有一座冰冷的石碑

那个午夜
诗歌醒着
血色的良知醒着
一个古老的国度没有入睡

向北　向北
你说　一个美丽的少女
永远告别了秭归
你说　为了自由与诗歌
我们不悔

我在某个春天踏上皖南大地
第十八年
你离去的第十八年
我独自置身南方的夜晚

依托草原
我想对你说沉默的阴山
依托诗歌

我想对你说不会熄灭的火焰
依托淮河
我想对你说渡口的瞬间
依托记忆
我想对你说永生永世的怀念
依托麦田
我说不出一句形象的语言

我的兄弟
我看到你的故园生长茂盛的青草
你在诗歌里开凿的长旅
直至圣地

为了什么我们追问再追问
为了什么我们探询再探询
为了什么我们拒绝伤害母亲的心
为了什么我们不愿凝望春天的云

你不会回答
在失去你的日子里
为了什么
我们恐惧听到
负重的火车
在上行时碾过铁轨的声音

所有的一切
都被诗歌忧伤地珍存
曾经的歌唱
不属于南方的黄昏

活在人间

我在你们的诗歌里苦苦寻觅
有一天
如果那条曾经喧闹的通道再无人语
谁将留下最后的足迹

在父亲的祖国
你们用优美的母语装点纯粹的家园
遥远的海
永无止息的翻涌
午夜时刻朝向辉煌天堂的奔赴
想到容器
一盆净水里的月亮
铜色的光
被一阵飓风折断的翅膀
掩埋在一座葱茏的岛上

我在蒙古高原严寒的冬天瞭望
西边落雪
北边移动食草的牛羊

该用什么平息燃烧的心灵
雨在夏天
冰在河床
你们在我难以想象的圣地
依然歌唱

属于你们的第五十个黎明
不见太阳
我的无怨的西拉木伦河
不再流淌
阿斯哈图山麓的石林

以严峻的暗影证明海洋世纪
大地的心　她的言语不是干旱的龟裂
不是柔韧的根
更不是恨
她是玉米抽穗时节最温暖的一缕阳光
是我的兄弟
在父亲一滴汗水里感悟的苍茫

仿佛一切都平静了
夜晚　远山
淮河岸边的村庄
最后熄灭的灯盏

我的兄弟
你们多次梦想的五月
花开山冈
一位流泪的母亲
精心打扮就要出嫁的姑娘

现在
我独自置身寒冬
望西风绕大山起舞
凄厉的马嘶穿透低垂的云
许久许久
静静归隐冰封的湖

午夜高原
你们在诗歌世界对我手语
一颗流星滑落
一个人逝去

你们没有成为父亲
哭泣的女子
把灭绝一样的伤痛刻入墓碑
面对辽远
她们站立

修剪整齐的百合花
摆放在你们的名下
从三月到六月
存在一个冷春
一个苦夏

大地上比掌纹更密集的道路
不会荒芜
对于你们的纪念
我的兄弟
就从一行不朽的诗歌开始吧
但不说结束
你们永远年轻的身影和姓名
被群峰托举
沐浴最轻柔的风
最纯洁的露
世间最深切的怀念
不在雨夜
在黑暗的正午

是雪后的蒙古高原
一句鲜红的箴言在河南岸时隐时现
我的兄弟
你们说
那是什么

岚　遥远　苦难　诗篇

在贴近诗歌的冬天
我们不说背叛
也不说一个深怀真知的骑手
打马飞过明镜一般的达里湖面
在北风的击打下
我不说温暖

我要说一部伟大史诗平和的节奏
你们留在世界的声音
大陆架一样真实的品质
被一再祝祈的往昔
陨石的纹理
气息
神灵无所不在的庇佑
你们用情思和意象创造的旋律
在天庭的斜坡上
两个携手前行的兄弟
凝固的海
起伏于树荫之间的麦地

所谓奇迹
是通过手指传递的铭言
到达心
缓慢上升到只有光明的双眼
以诗歌的名义
指向人类仁慈的终极
要说回返
那一定不是死亡
那是延续

我的兄弟
告诉我
如果生命里丧失了诗歌
我该怎样折叠与你们相隔的距离

山川出现了那么久
不说宇宙
五谷生长了那么久
不说双手
天空笼罩了那么久
不说星斗
心灵沉寂了那么久
不说自由
你们离去了那么久
不说忧愁

我宁愿用泣血的诗行让后来人铭记
我们爱过
成长在一个抒情年代
我们在自然的注视中书写过纯粹的心语
是的　那是我们的宣喻
肃穆而平易

那时候
你们旗帜般的心
时时飘向荷马的雅典
听他在黑暗中歌唱
看他在光明里睡眠

帕特农神殿周围
建立在废墟上的和平

没有欢呼
肩披蓝色丝巾的女子
刚刚获得神秘的爱情
她对鸽群微笑
最后成为荷马史诗里最动人的风景

我的兄弟
你们听
这个冬天的雪
长江南北广大的地域
呈现与被掩埋的神奇
珍重的话语
从咸阳到湘江
是什么样的手臂
在天宇间挥动
是什么样的记忆
诠释月光浮动的永恒
终生值得回首的这个冬季

在失去母亲的高原
我属于夜晚
窗外　近在咫尺的严寒
马嘶　草
牧人们在灯下饮酒
吟唱母亲时代的歌谣

风在山南
月光照耀安睡的羊群
木质的栅栏

我的兄弟

在诗歌永不止息的呼唤中
一种落泪的节奏突然出现
你们在接近
用净水洗手
然后握住神性的门环

我在沉思
对你们的世界
我只能想象
可以倾听
但不能注视
我怎么对你们说丧失了想象的孤寂
遍地哀草的贡格尔
她的往昔

你们说
回旋天籁的地方
将会降临天使　传导福音
我们曾经相约
一起到北地来
到给了我生命的故里
膜拜神

我们必须在同一时刻
用心默念十二个温暖的名词
故乡　母亲　妹妹　河流
屋宇　父亲　姐姐　兄弟
树木　道路　天空　马匹

因为你们
我骄傲的心

从不畏惧真实的击打
自然界轮回的风雨
被我视为天堂的恩赐

你们以心智建筑的诗歌家园
未经风蚀
大理石　骨骼　魂灵
流淌其中的鲜红的血
岁月　我活着
应该铭记的
我都不会忘却

你们都没有成为父亲
你们成了年轻的烈士
为诗歌献身
你们的大海仍在呜咽
那样的巨翅
躲避杀戮的鲸群
在南太平洋绝望地游向沙滩
你们沉默
目睹了一场摧毁奇迹的罪恶

父亲耕种的麦地周围
仍然开放花朵
我的兄弟
他在念你
在每一颗饱满的麦粒上
他都会看到你不瞑的眼睛

和你们一样
我是一个远离了故乡的人

理解父亲深重的伤痛
他的背影进入我的诗歌
每到午夜
我都如期眺望圣境
渴望听见神秘的回声

活在诗歌中的女子
你们昨日的妻子和情人
她们珍藏了夜
隐姓埋名
哪怕月照山河
也不愿仰望天空
我的兄弟
如今　她们已是别人的妻子
是母亲了
你们祝福吧
但是　我的兄弟
我恳求你们
千万不要走入她们的梦中

我们拥有了那么多诗歌的夜晚
不说遗憾
关于从前
我们不说某一个燃烧的瞬间

你们诗歌的空中飞翔着鸟群
那么自然而美丽
这个时刻
谁在诅咒
谁就不再感恩
就无法听到星光之上的声音

透过一滴晨露凝望的世界
感激与苦难的心
贴着草地
清澈的河
缓慢消隐的曙色
途经异乡的智者
驻足一面安静的山坡

马车
承载着劳作和果实
驾车的人
他是一个父亲
张望炊烟袅袅的村落

我的兄弟
这是你们诗歌里的景观
神性的对视
从春天到夏天
没有走远

从皖南到华北
没有多远
从目光到指尖
从忧伤到心灵
从大海到麦田
从相恋到离别
从挥手到怀念
没有多远

我怀着悲苦的思想默读你们的诗歌
那种辽阔与激越

世界的血
海浪对时光的省略
麦子成熟的季节
割刈
残留植物伤口的哲学
夜　过渡
另一个夜
永不开屏的孔雀
遗忘了葱茏的山野

我的兄弟
你们把生命留给了我
把欢乐和苦难留给了我
我醒着
我沉默
我感知
在这座被你们告别的都城
我不愿诉说

从春天到冬天
我独自穿越无数个夜晚
在午夜星河辉映的时刻
你们到来
我知道
你们就在附近
隔着厚重的墙壁
我听见你们在交谈海
一个赤足少年
在黄昏时分离开麦田

一个蒙古少年初上马背

那就是我
你们的兄弟
四十年前
一匹黑色的骏马
在贡格尔夏日的正午驮着我奔驰
让我认识了旋转的高原
我的兄弟
你们知道
那是我获得的第一首纯粹的诗篇

我要告诉很多人
你们的离去
是一种忧伤的疑问和美丽

生于人间
承受大爱或大悲
在诗歌的家园里站立为碑
我的兄弟
你们曾以王者的心胸和仁慈的目光
领悟这个世界
热爱人类
躬身关爱大地上的植物
为人类之外的生灵
祈祷平安的夜晚

如果能够
你们愿把心灵分放在四个方向
东象征春
迎迓翠绿的牧场
南象征夏
望遍地鲜花

西象征秋
目送农人丰收归家
北象征冬
面对西风与庄严的落霞

你们的身旁围绕清澈的河流
像洁净的少女
那蔚蓝色的波涌
为诗歌灵魂呈现最美的舞姿
未来十万个黎明
将证明你们的年龄
永恒凝固在诗歌年代的风中
而你们的笑容
会被后来的人们想象为白云的暗影
在天空下轻柔飘动

你们永生的心智
已经成长为毗邻的树木
从这一棵到那一棵
到轰鸣的森林
交替的日月间洒落绿色雨
大海　敦煌　麦地
尊严的旗
岛屿　麦粒　海鸥　秋季
人的女儿
别人温柔的妻
灯光　往昔　隐秘　泪滴
她们活在无所不在的围困里
强迫忘记
难以忘记

我的没有成为父亲的兄弟
假如从此不让你们的诗魂自由飞翔
除非斩断神性的双翼
你们以另一种形态活着
谁也不可能听到你们叹息

你们一个意象一个意象
建筑的诗歌屋宇
依托海洋
前面是无边的麦地
守望的人　也是怀念的人
除了父亲母亲
还有未来无数的兄弟
当然还有更美丽的少女

当早晨的原野上出现骑马的信使
我亲爱的兄弟
我知道你们的祭日到了
这是生者的仪式
那两天或许有雨
或许　我们必须垂首干旱的大地

但是
我们都会来的
以神圣诗歌的名义
我的兄弟
我们沉痛地缅怀你们
两位伟大的诗歌烈士
你们一定能听到我们的心语
那是一篇祭辞的过渡
不像旗帜

也不是箴言
那是你们离去的春季到夏季
多么短暂的距离

这个冬天
我在节日之前离别了蒙古高原
在午夜的列车上
我的心里回旋着一首史诗的前奏
有关自由
爱　宇宙
死亡　不朽
山脉　河流　尽头
雪落南方
谁家洁净的女子
在灯光下读史
心中思慕无人的渡口

凝视黑暗
遥想白色的楚地
冰封的湘南
秦国咸阳郊外早已废弃的驿站
中国的冬天
这样一场大雪
为什么没有降落华北平原
谁在预言
谁无眠
谁渴望遥远的逃避
谁在默诵旧时的诗篇
谁哭泣
谁在梦里呼喊
不知昨夜的风

依然流动在窗前

我的兄弟
这个夜晚
到处都是雪的消息
离开故地
我感觉陌路的寒冷
还有孤寂
你们在哪里

我将在黎明时分到达华北
跟随人群
融入都城喧沸的早晨
我的向善的心
在我们一同走过的路上
一定会看到忧伤的印痕
和平里　和平里
古槐树下
是否会出现那个慈善的老人

雨在远空
是那些诡异的云
以消融的方式
告诉人类轮回的极致与静穆

或提示突然停滞的路途
在冰凌花间写上你的姓名
窗前　隔断的光与温暖
必须想象的美丽
山海关以北
这个夜晚的奔赴

只为一个节日

这样的花朵易碎
没有根须
你可以注视
但不能触摸
被寒冷封闭的那种遥远
所象征的冬天
原来就是静谧
成长在时间里的诗歌
始终没有入眠

相信心灵之间涌动的沧海
相信沉默中一定存在天使的语言
相信不可抗拒的命定
相信火焰焚烧的苦难
被提炼的怀念
在春天会显露叶子的萌芽
相信诗歌
就是相信心灵
可以飞越最寒冷的雪山

面对黑暗念那个年代
面对风雪
感觉被车轮碾压的疼痛
我的兄弟
如果诗歌能描述透明的澄湛
那么　我不会怀疑
在一条永不冰封的河流上
有你们年轻的笑容

此刻
我告诉自己的心
要铭记啊　在这人间
我们爱过　在阳光照耀的河岸
我们在冬天里感激春天
感激滋育我们的水
神赐的种子
犁铧　布谷鸟　林间的风
屋宇　炊烟
灯光下的对视与眷恋

我对夜晚遥远的大地说
活着　给你啊
仁爱与温柔
我的春与秋
给你啊　用心智血脉培育的自由
给你　我的生命
每一个黎明与长夜
我忠诚的身影
诗歌里飘展的旗帜
蔚蓝色的天空
我清澈的凝眸

献身
像你们那样
我的兄弟
在一个明媚的正午目送受伤的飞鸟
寻找枪声

在拥有和平的日子里
我追寻史诗的节奏

接受启示
用最纯净的思想理解神圣
谛听忧伤的雁鸣

走向下一个早晨
我不会遗忘曾经的道路
那么多远离故园的人
距离　风雪的阻隔
无数双期盼的眼睛
儿童　把爱恋寄托于陌路的少女
那圣洁的
不会轻易表达的渴求

我知道
我不能像一个英雄那样死去
对一座城池说出最后的话语
我会倾诉
对森林和湖泊
我起伏的山河
我献上诗歌
我的血　我的泪
我的鲜红的日出
与橘黄色的月落

我的兄弟
我知道　活着
只有珍贵的尊严不可剥夺
活着　我的诗歌
这仅存的硕果
苦与乐
关于往昔的传说

一骑奔向极地的蒙古马
躲避车辙

此时此刻
我感受到燃烧的生命
行进在必然的途中
我的兄弟
这是冬天　必然的雨雪
降落我们的祖国
我在山峰一侧
一面旗帜
在山峰的另一侧
缓慢垂落

我知道
那不是死亡
那不是我的南方与北方
那该是优美的栖息
如我珍爱的花蕾
等待我
在一个瞬间开放
续写前世的传说

此刻
我的兄弟
我告诉你们　诗歌活着
淮河　大海　麦田　活着
爱情　苦难　追寻　活着
诅咒　背叛　黑暗　活着
我依然感恩
活着

活在无形的大爱中
听夜色渐远
在寒冷包裹的深处
一定升腾着奇迹一样的光明
那宇宙与灵魂的核心
是铺展
不是角落

如果必须承受一种过错
我的兄弟
就让我独自直面挫折吧
我将微笑
哪怕看到滴血的心
成为无比悲痛的诠释
我也不会退缩

我走在一条不可逆转的路上
没有陪伴
我宁愿相信
你们行走在我的身边
对我说新的黎明
灿烂　你们未曾抵达的
被古歌覆盖的蒙古高原

我的兄弟
我要完成一部颂诗
敬献在你们墓前
我可能留下
或者离去
我可能选择一个清晨
或者夜晚

黎明前的最后一片黑暗
黄昏前的最后一片阳光
都可能成为史诗的序言

就是这样
我的兄弟
因为无怨的献身
因为你们真的活着
在诗歌中
我不说再见

我的兄弟
在上苍天堂
你们　好好安睡
我已获得某一个瞬间
就是永远

2008 年 1 月 23 日—2 月 3 日凌晨 2 时 55 分，
于北京—内蒙、北京—丹东分时写就，
2009 年 1 月 14 日夜，修改于北京

阿赫玛托娃

三月
在你离去的那个清晨
你尊贵的美丽和忧郁超越了俄罗斯
阿赫玛托娃　我诗歌的母亲
你属于世界与人类
同一颗心

上帝爱你
疼你　怜你　容你　宠你
1921 年 8 月的海洋
分割缠绕大陆的水
我们永恒的安慰

你的悲痛犹如水手端握的罗盘
船首切开纬度
浪花飞向不同的经度
深色　海洋　红色　血脉　蓝色　诗歌
橙色　怀念　黑色　死亡　紫色　爱恋
同一个时刻

那个叫船长和丈夫的男人
笑对死亡　从心底呼唤你的名字
阿赫玛托娃　他的不可抑制的泪水
瞬间凝固在枪声里

在哀伤中
俄罗斯多雨的八月渐次走远
你没有哭泣

超越苦难
阿赫玛托娃　圣彼得堡东正教堂晚祷的钟声回响
很多人啊　如十二月党人
他们的妻子和女儿　她们
默诵你的诗歌踏向风雪的陌路
我诗歌的母亲　这个时候
我知道你为什么流泪

你永远的黄昏停留在奥德萨
阿赫玛托娃　被风梳理的海　被海熏染的岸
精美屋宇坐落在你的家园　你的北方　大喷泉
葱茏的绿意，潮润与灿烂　你的童年
诗歌蓝色的火焰　周围的黑暗
吞噬黑暗

在巴黎鲜活的肉体上（注）
你回望乌克兰　基辅
这两个名词守护一棵树木
你的青春　如雪地一样铺展的想象
随时光波动

阿赫玛托娃
你相信有一只手
在仁慈与罪恶之间游移
你相信阳光照耀的大地上有你灵魂寄托的爱情
你抗拒寒冷
但是你接受寒冷中的忠诚

你相信广袤的俄罗斯至少有一行诗歌醒着
那就是感动

活在诗歌里的人
他们贴近平凡的痛苦　深怀崇敬
阿赫玛托娃　你说什么是人类的酷热　树荫和水声
你说　那个可怕的幽灵封锁了你的城市
唯有诗歌　这神秘的诱惑
能够使人变得充盈
你是俄罗斯最美丽的月亮　洞悉全部

我从不怀疑
尊贵母树上会结出尊贵的果实
阿赫玛托娃　我敬畏承袭
像血脉那样　像诗歌那样
像母亲传导的仁爱那样
我们敏感的心灵
在如此的凝视中感觉恬淡与宽容
温暖与冰冷

是的　阿赫玛托娃
你离去的那个清晨不属于月亮
你的祖国　你的静静的涅瓦河　静静的顿河
你的静静的诗歌　悲伤与欢乐

我在诗歌森林的最边缘
靠近草海　但不是云杉　我是人子
阿赫玛托娃　我诗歌的母亲
我信奉上苍　在星光之上　另一种光芒
另一个故乡
没有忧伤

你一定在那里等待
未曾告别　你的美丽　你苍老的仁慈与纯洁
在生者的世界　秋天的叶子
飞向迟来的雪
二月的今天　眺望移动的山脉
我听到圣乐　阿赫玛托娃　亲爱的母亲
我必须对你说　那非常真切

必须接受庄严的启示
阿赫玛托娃　你的第七十七个早春没有鲜花摇曳
可我却看到了美丽与凋谢
一脉星光滑过俄罗斯原野
对诗歌世界　母亲　那是灭绝

就这样
阿赫玛托娃
我诗歌的母亲
在往日的俄罗斯
你对黑暗与思念说：
“那颗心再也不会回答我的呼唤，
不管呼声中与欢乐还是悲戚。
一切都结束了……我的歌声
飞向没有你的茫茫黑夜。”

（注：左拉语）

2008 年 2 月 24 日，
于丹东至北京列车上初稿，午夜改毕于北京

宣喻的天空

我的爱人
想对你说冬日的山河
一只飞鸟栖落的屋檐上
时隐时现的阳光
以怎样的飘逝
挽留以往

想对你说一座久远的城堡
爱情活着　在路途
一棵树上结着鲜红的果实
为浪迹祈祷的长旅
破旧马车承载的节日
远离亲人与灯火

我的爱人
被宋词照耀的汴梁
那忧伤的女子是谁家的女儿
炎热时节　乡村土路上的辙痕
紧紧拽着劳作的夏季
那个时候　是谁在寂静的山顶守望
除了风　你看不见行路的人
也就没有祝福一样的身影

那个美丽的女子等待一个音讯

她从不怀疑天空落雨
觅食的母燕会回到哺乳的巢穴
那个年代的战争在边关进行
成就英雄的唯一途径
是亡者的鲜血　一双一双
贴近大地和仰望苍穹的眼睛
无法缩短走向死亡的过程

我的爱人
你猜征服者的双手里握着什么
它比苦难更接近苦难
它比虚无更接近虚无
它比疼痛更接近疼痛
它比罪孽更接近罪孽
当故乡雁鸣　异乡年老的母亲面对黎明
她将呼唤谁的姓名

想对你说一句被遗忘的心语
野鹿逃奔后留下的足迹
是什么人　在什么时刻不再流淌泪水
是什么人用冰冷覆盖草地的柔润
假如苦难可以倾吐
我们就会忽视渴望朝露的花蕊
在绝望中高举的手臂

我的爱人
那个时刻的天空没有日光
不是黄昏　很多人　陌生的人
同走一条路　不是因为约定
不是春天　不是因为召唤相聚风里
遥想永远静默的山峦

一部锈蚀的史实被人窥视
那么多曾经走在其间的人
如今已经魂寂尘埃
所谓荣华　形如腐烂的草根

但是　在我们凝固的过程里
你的微笑是我最美的风景
那是温暖　以倾听叮咛的神态面向天空
这是冬天的发现
属于我一个人的永恒
在黄昏　我的想象幻化为梦境
没有阳光　只有风
在岁末　在必须抵达的纬度
感觉神秘的飞行

我的爱人
最终　那个苦苦等待的美丽女子死了
典雅的宋朝　七月汴梁
瞬间凋谢的花朵
是谁的过错
夜晚　泛舟水上的词人
描述秋色　灯火　渔火
他们哪里知道
远在边关　又一座城池刚刚陷落

我是告别了马匹的牧人
当我渡过故园河流的时候
我无语回首
那一天我还不懂得远行的含义
属于母亲的离愁
是漫长道路的接续

我喝了母亲恩赐的上马酒
可我失去了马
马的腾越　奔驰　马的嘶鸣
从此　马的意象如少年的记忆
它那样鲜活　轻踏草地
它站在草原最高的山顶
望我回头

我的爱人
这个世界上有没有相同的怀念
风怀念树　树怀念根
根怀念水　水怀念雨
雨怀念云　云怀念天空
天空怀念夕阳　夕阳怀念山峰
山峰怀念滚滚的雷声
雷声怀念凝望的眼睛
眼睛怀念心灵
心灵怀念爱情
爱情怀念忠诚
忠诚怀念诺言
诺言怀念黎明
如同血液一样鲜红

在一行悲伤的词里
宋朝消亡
长城　用血泪建筑的墙
挡不住月光
汴梁　汴梁　原来辉煌
就是一瞬的陨灭
真的没有爱情久长

我的爱人
你说我们把什么留在了身后
石头　或者水　还有迷醉
在哲言一样的背景里
是谁在追问　心累不累
这个时刻
我希望你安睡
不要流泪　我的爱人
你要相信　我们拥有了宣喻的天空
你要安睡　我在守望
我听到在遥远的高原
马在奔跑　我的爱人
在这个世界上
我从不怀疑神性的伴随

2007 年 12 月 31 日凌晨 2 时 12 分，于北京

用忧伤的目光透视沉默

——祭诗：献给在汶川地震中为拯救学生而罹难的青年教师袁文婷、向倩

守望的啊，夜里如何？守望啊，夜里如何？早晨将到，黑夜也来；你们若要问，就可以问；可以回头再来。

——《以赛亚书》

人的女儿
你们结伴儿走了
仿佛两个奔向草原深处的牧女
把群山中的静默放在身后
还有平安处
迎风开放的花朵

我看见上帝把两个精灵放在你们的臂弯
那是白鸽
指引天堂的方向
它们分别说了一句神语
这是崇高心灵必然的归宿
不必选择

人的女儿
你们把无穷的至爱留在身后
你们的亲人们　我们
在五月突然遭遇凋敝的晚秋

大地的经纬如一片落叶布满伤痕
上面写满生者的沉痛

在光阴的过渡中
你们以神的行为拯救孩子的生命
像水拯救一些幼树
然后　你们赴死
在最后一刻保持飞翔的姿势
告别这颗蔚蓝色的星球
黄的麦田　绿的菜地
黑的夜晚　红的爱恋
迎来洁白的怀念
无语的挽联

人的女儿
就在一个瞬间
你们随城镇一同消失
让我们面对废墟
哭泣的母亲和孩子
哭泣的祖国
哭泣的我们　甚至不敢想象
你们正处在花季

你们多么热爱人间的词语
母亲　食物　净水　盐
手臂　搀扶　泪光　岚
鲜红的彩巾
舞动过往的春天
谁在那个时候发出忧伤的预言

你们朝霞一样的羞赧

也曾飘上脸颊
背对河流描述朝露
那晶莹的自由中有两个身影
依托誓愿与忠诚
你们接近自己的爱人
相拥亲吻
遗忘成长的黄昏

这播种和丰收的大地
你们啊　把无边的静默留给了时节
这是五月里永恒的凝固

人的女儿
听从天堂的召唤离开了这个春天
你们的微笑飘在河上
穿行林间
在一派残垣的死寂里
我们　作为生者
感觉生命的尊严与慈爱
用死亡可以注释

是啊
这是我们长久的痛
每当五月来临
我们都会告诉岁月
从越来越高的天宇
会飘来你们的气息

有一种苦难叫记忆
人的女儿
你们静默的身影

将缓慢移向无数个秋季
未来啊　那些被你们拯救的孩子
当他们成为父亲和母亲
身边跟随他们的孩子
倾听雁鸣和大地
他们该怎样倾吐你们的仁慈
还有永恒的美丽

人的女儿
因为如此的亡失
你们永远不会衰老
此刻　你们已经接受天堂的沐浴
洗净疲惫和血迹
在蓝色的河边
你们浣衣
一群天鹅聚拢草地
听你们含泪咏唱
地球　故园　母亲　五月
2008 年的悲伤
遥远的距离
安魂曲
思乡曲

2008 年 5 月 24 日凌晨，于北京

像泉水一样干净的女子

像泉水一样干净的女子
你的明眸　在五月的夜里闪烁为星子
你将柔和的光芒
洒向银河的南方

北斗七星下有一个村庄
像泉水一样干净的女子
你在山上寻找一种救命的草
松涛静止　在最高的山崖有一点嫣红
被白云笼罩

像泉水一样干净的女子
注视一条没有尘埃的路
你神色怡然
如果必须把你描述为植物
你就是七月清凉夏夜紫色的马莲花
开放于古老的田园
在水井边

山下出现一位失去了女儿的母亲
你的目光明亮忧伤
像泉水一样干净的女子
轻轻靠在树上

你用右手叮嘱左手
要珍爱一颗心灵
如同守望神圣
像泉水一样干净的女子
把怀念与祝福的歌唱
留在典籍里
被无数后人阅读为天使的祈祷

你的泪水使人想到一个雨季
古城的黄昏　或者黎明
一座绿色的山脉下
幸福微笑的孩子
像泉水一样干净的女子
走过夜晚
见证无比真实的灿烂

像泉水一样干净的女子
你投胎欢乐苦难的人世
在一颗星与另一颗星之间
你经历奔赴
你说　最温暖的地方
一定是人类仁慈的母腹
风雨无阻
只有母亲的脚步

像泉水一样干净的女子
你获得了人的名字
与奔赴有关
可那不是一个简单的概念
你赖血脉成长　你的祖先
那个无比淳朴的耕者

教你认识了五谷

像泉水一样干净的女子
你要铭记啊
你圣洁的双臂
原是飞翔的翅膀
一边驮着夕照
一边指向炊烟
你的视野里铺展无尽的怀恋

2008 年 5 月 23 日凌晨，于北京

斯日其玛的高原

在这个凌晨
我没有行走在回归高原的途中
以游子虔诚的心
感觉秋日清凛的水流

在渐行渐远的时间里
给予我生命的故园
那古歌流淌的高地
依然静默

纯洁的天使在歌声深处
这一脉秋诉
恳求　图腾或超度

我长眠的先祖留下马和羊群
他们曾用泪水　爱与心智
创造了绿色的史实
并长久滋润独特的美丽
但是　他们没有留下遗嘱

当记忆成为一种珍贵的心情
健在的草原母亲们总是沉默
熟读她们的身影
我理解了一个漫长的历程

还有欢欣和痛楚

所谓道路
不是时光一段一段接续
它的形态是贴近绿草的自然飘飞
像梦那样　像一个人的灵魂被带走那样
像眺望的目光追随一颗心灵那样
像遍地泛黄的晚秋
对时节的描述

此刻
我在异地独自面对这个凌晨
感觉被渴望涂染的山峰
像夕阳那样
像不能表达的爱情那样
像一首诗歌过渡的长夜那样
总是无语　而旋律
也就是斯日其玛的歌声
有多少人可以懂得
一个民族洁净的诉求

高原
你以仁慈的注视见证了我的童年
那么多拥有母爱的日子
永不回返的日子
珍藏着什么

在那里
发现地泉的人没有留下名字
河流与群山　本来也没有名字
神圣的含义

不仅仅是为了纪念诞生

闭目而思
我感觉疼痛
一切近在咫尺
十月草地　霜季　气息　曾经的雨
雨中的马匹和手臂
感激于辽远的感激中
尘封往昔　一个忠诚的骑手
永远不会遗忘别离

是的
我们爱过
也有亡失　但不会仇视
活着的最终意义不在于等待
就这样开始
在忧伤的歌声中寻求焚烧
与美丽起舞　畅饮晨露
或钟情于无怨的远足
把迟疑托付给风
把风托付给四季
把四季托付给光阴
把光阴托付给心灵

把心灵托付给爱情
然后牵手走过暗夜
走入风雨的黎明

我的诗歌中存在另一首诗歌
你们听——
斯日其玛的高原

关于往昔与未来
该以什么的方式体味静谧的涌动

我在另一种意义上的远方
感悟冥冥的赐予
我沉默　我栖落　我消失　我飞翔
我贴近　我远离　我停滞　我奔腾
我永远活在这样的歌声里
从容而坚定

2007 年 10 月 9 日凌晨，于丹东鸭绿江畔

蒙古高原的秘语

我于遥远的陌路归来
从一种背景走入另一种背景
感觉思念与宁静
我铭记蒙古高原的秘语
那不是晚归的羊群和马匹
不是马头琴曲
不是贡格尔草原安谧的落日
或藏在目光深处血色的诺言
那是什么

我曾读海
那一刻　喧嚣远了
酷热远了　偏畸的视野远了
眼前只有一片浩瀚
涛声起伏　在鸥鸟的翅羽之间

那一刻　我蓦然感悟
蒙古高原的秘语无法描述
在无限广大的空间里
我听到了什么
人类灵魂的翅羽不同于鸥鸟的翅羽
它总是这般沉重

你在那个秋天说

有一种感觉是庄严的失落
这不同于廉价的获得
在告别的时刻　你想到火
火的无畏与寂寞

企盼真是永远的
你固执地相信
在你独行的那条路旁
不会只有悲壮的荒芜
所谓渴望　就是拖在后面的长长的身影
它如启示　亦如忠诚

你早已认定
在灵魂放浪的长旅上
会听到悠远的回响
这是自然的声音
你追寻此种声音已凝望了许久

风雨的大地上留下了人类的印痕
风雨的大地上留下了人类世代不息的歌吟
风雨的大地上总会有智者逆行的身影
成为我们永难磨灭的怀念……

我们用生命所苦苦追寻的源
实际上就是泥土的悲欢
泥土总是这般沉默
她仁慈而冷峻的形态使我们想到了什么

心灵负载孤苦的长旅
战争的火焰在河流之间蔓延
孩子们在哭泣

三叶草生长的大地上
总有漂泊的心灵和爱情
所有的一切
都足以使人类自省

泥土的光芒辉映清洁的河流
泥土的光芒
就是秋日里庄稼的光芒
我们降生　成长　生存　消亡
我们真的必须依赖于母性的泥土
尽管在花开花谢的过程中
我们并不理解泥土的悲欢
到什么时候
我们才能获得美好的和谐呢
这样的和谐无疑是存在的
泥土的真实形态
是原初的一片安澜

神明无限
神明之光澄湛
神不在九天
初冬静夜　在北归的途中听野草低语
我想到生命的轮回
是的　我想到母亲
她所象征的伟大的群体
山河永存　这勤恳坚忍的母性的星群
她的存在那样真实
她神明的光辉　是温暖　是启示
照耀我们探寻的道路

永远也不要远离

更不要背叛
如果我们铭记亲切的乡音
就应该凝神注视
在无限神明出现的地方
母亲们正在劳作
她们祝祷的方式是无言默念时光的水流

真的不必仰视
就这样肃然垂首
谛听无限神明中母亲的心语
神明　我们说这经久的光芒是史诗的灵魂
流动在我们身旁
没有任何力量能够阻止我们向神明接近并赞美
奇迹同样是真实的
它不在远方

都说遥远
母亲就在我的思念里
在自然四季的风中
她满头银丝舞动
这永生的存在与无声的叮咛
母亲啊　在你送我远行的路上走着
我知道夜晚的灯火
就是你默念的语言
你固守着我的降生地
永生永世从不想远离
你舞动于风中的白发
常常昭示我迢遥的归期

都说遥远
难道仅仅是如此的别离吗

母亲负重的背影
是她永远的形象
我在路上
常站在岸边
遥想一条大河的流程
人的思念　因不竭的河流而变得久远

星群　大地　午夜里无边的寂静
回眸　在人类的春天我们不说冬天
不说风雪　不说遥远
甚至也不说怀念
心灵的渴求需要感知
到什么时候
人类也不能远离精神的家园

是的
从精神的家园出发
然后回到精神的家园
这是我们无法抉择的命运

我们是这样的群体——
在诗歌的光辉中我们相遇
我们思想
我们在物质的滚滚洪流中
用心灵守护自己的旗帜
谁也不会逃避
我们深怀纯洁的信念
就像神性的流体
一如静美的秋叶伏向大地

我们是这样的群体——

以生命的心灵之血
以我们特有的方式
在幽冥的时光中表达水一般的忧伤
与火一般的渴求
站在哲学的高度
我们以瞌目沉思理解无尽
我们不断地探寻
关山万里　道路崎岖
精神的家园里洒落着诗歌雨
在轮回的生命中
我们接近伟大的智者
接近　是我们最后的记忆

2007年11月19日，于北京

思想有一双凝望的眼睛

让孤寂的心灵漂泊在路上
在风雨中向异地飞翔

你真切地感到
有许多珍贵的东西已经远去
在无边无际的想象中
你对自己说，这需要承认　并且铭记

往昔美好
你从不否认人性的卑微
在雾一般的回忆中
你常常自省一种美好的
使人振奋的生活

你总在企盼
你相信在那条道路上不会只有冬天的枯草
拖在身后的长长的影子
孤独地指向宁静的黄昏

你常怀渴望
你自信而软弱
你认定在浪迹的长旅上能听到悠远的喧响
那是自然的声音
你追随那种声音已行走了许久

一切都无须注释
哲学是一条浩瀚的河
人的思想在这条河中
水终会流动
你真的知道
生活将会继续下去

在早春的蒙古高原
那片覆盖着严寒与沙尘的大地
向松辽平原缓缓东移
一派默然的庄严出现在阳光下
你又一次被感动
你清楚自己从中获得了怎样的激励

你真该记住
那属于你的
离别故乡三十一载的岁月不是一个梦
那不是回首　不是品味　不是停滞
是顺着认定的道路一直走下去
哪怕到死都没有无怨的获得
思想都会给你以应有的馈赠

谁能理解你所言说的获得
这绝非世俗的索取
在多种时刻
由语言制造的障碍难以逾越
人的语言
永远也不会形象地描述精神的律动
这是永远的局限

冬天的清晨

被遗忘　被铭记　被冷落
被生命之血燃烧并苦苦思念
被你所珍视的一切
都在风中

你在高原的风中震惊于自己的发现
从哪一天开始
你绝对忽视了另一种真实
你的早已故去的父亲
在不远的地方给你留下了永难磨灭的记忆
你只能在这里告诉他人
那是爱　就如同你深怀的期待
这偶然的巧合
使你陷入了对未竟之旅的遐思中
它没有尽头

在时光流逝中
你认为浪迹的道路无法选择
如渴望和诉说

人向什么地方行走不是问题
要知道该如何行走
风雨的大地上留下了人的印痕
人们说那叫足迹　叫记忆　叫追寻　叫等待　叫历史
风雨的大地上
留下了人们永难磨灭的怀念

精神之光的陨落不一定在夜里
它是无声的
人们说　某种伤痕的深重
不同于大地上被雨水冲刷的裂痕

人们说遗憾
是因为在某种时刻真的无法选择语言

让孤独而凄苦的心漂泊在路上
让心在风雨中向异地飞翔

你对自己说
让心获得宁静吧
重归你所迷恋的世界
用美好的笔组合无比亲切的词语
这是你无法改变的命运

假如能活下去
就用二十年光阴煎熬你的灵魂
用无法想象的非凡的痛苦重铸你的信念
这是能够的
只要你生活在你的祖国
只要能够握住倾诉的笔
除了神性
你绝对不会轻易暴露你的秘密

如果你回到蒙古高原
你得面对寂寞
是的　你当忍受
你还要宽容
正如珍爱每一棵小草
对一切生命及你的同类
你当微笑并保持沉默

你曾追问
你们是否相信那样的暗示

出现在梦中的
那种使你们猛醒的暗示
在轻柔的黑暗中
神的思想穿过薄如蝉翼的星光停留在异地
你说　思想有一双凝望的眼睛
你常凝望
对一幢楼房或一扇透出光明的窗子
或一个人
你的发现属于灵动的思想
对此　你不会轻易表达

你在梦中说了很多话
你不肯相信某种事实
许久以前
在蒙古高原上
你以幼子的身份投入蓝色的河流
那时你是多么纯洁
后来　在人生途中
你用生命之血浇灌你所珍视的信念
你曾深深感动
长歌当哭
你视真实为永恒的灵性

在梦中
你听到旗帜的飘展声响在旷野
那时　你正准备告别都市
在支付生命的代价后
你想到决绝的别离

同行者们
你不一定拥有相同的血脉

但应相知

当意念的浪花消逝于岁月之河
你相信人会获得流淌的宁静
你是期待过的
你以不变的寻求接近诗魂
在时间的时间之外
在尽头的尽头
永远的赞美使你感动

你说过
唯有不变的爱心
才能赢得最后的正义
这不同于庄严的生死

同行者们
你得拥有生命的渴求
为了平等与久长
你恳求人们注意倾听自然的倾吐

你说
请相信我
我对你言说的发现非常独特
只有我才会对你说那些话语
那是我最后的故园
从那里会传出我灵魂的歌声
那是我最后的赞颂

2007 年 11 月 15 日凌晨，于北京

十月：深秋时节永恒的黄河

日落之前
我听到一声久远的喟叹
在近旁　水与草之间　那探源的人
没有在这里留下足迹和声音

灵息浮动
降临于这个秋暮
刈草的女子停歇劳作
朝远方张望　她的视线里隔着水流

这里就是最后的黄河
你可以想象的凝重
舒缓的流　夕照　大片大片金色的投映
幻化为唯一的语言
被芦花点缀的十万亩湿地
是慈母的馈赠　铺展一派辉煌

肃穆
我的心中缓慢升腾起沉睡的感动
无数个诗歌意象如同星光
依次呈现在无垠的视野
这是奇迹　你可以忽视天空间飞翔的印痕
但是你不能无视神性的羽翼

无论怎样都要回首
卡日曲　上苍恩赐的五只眼睛
五泓泉流交汇的血脉　最初的梦
除了神　没有人预言广大的流程
肃穆　我以虔诚的心接近一个早晨
为这只有一次的膜拜　我懂得洗沐
哪怕用自己鲜红的泪水
濯涤我的魂灵

那个时刻
我当然会遗忘廉价的疼痛
我听到圣女斯日其玛的歌声
在黎明时刻呼唤一个伟大智者的姓名
那么真实　一脉秋诉的高原距我很远
不泯的血性　当然就是这奔涌

是的　此刻　我来到这里
不是因为偶然　而是源自命定
在我无法抗拒的旅途上　在诡异的空中
凝固错开的花　有人谈论云　有人惊恐
紧闭着眼睛　我没有看到虹　只有苍茫的天空
我想到灵魂　某个黄昏　走失的人
狂风里蓝色的纱巾
废弃的家门
某一声询问
人或神

我想到
这片大地河流最后的呜咽与形态
应该不是谶语和死亡
被轻慢践踏的启示保持静默

在荒草舞动的秋季
落叶成熟的纹络里
刻着什么样的记忆

活在尊严中
像黄河一样奋力劈开沉重的厚土
如赴死一样　朝永恒与蔚蓝奔跑
曾经的诅咒留下了刀痕
那是你的故道　阳光与风合力下的龟裂
呈现于更替的四季

关于黄河
谁在以春天的名义描述清澈
或折断一枝花朵
把目光移向另一枝花朵

只有这河
这父亲般执着的前行和身影
所暗示的诉说　没有记录
天鹅栖落　幽淡的十月里有什么在消失
那不是水　黄河与渤海
两种颜色交融的曲线变幻美丽
在遥远的黄土高原上
牧羊的人　被一朵白云深深吸引
奇异向东南方向无声飘飞
最终隐没

2007 年 11 月 2 日，于北京

真的遥远吗

我们已经远离耕种
就是不再拥有
许多干净的早晨

城里有那么多人
却没有明朗的天空
我们被迫在有毒的气体中行走
躲避车辆
也侧身躲开同类

在楼与楼之间
甚至在墙与墙之间
我们极少往来
不是彼此戒备
是我们失去了清香的泥土

有时候我们会想起父亲
感觉他是一个幸福的人
在树林或田垄之间
他劳作　行走　守望
他为某一个歉收的秋天叹息
可他从不向往我们栖身的城市

我们总活在美好的愿望中

盼父母能来　在城里
在我们永远脱离地面的楼内
为他们安排一个床铺
因为他们不安　我们就会不安
他们都担心死在城里

对绿树与青山
我们缺乏起码的想象
我们失去了源
也就失去了季节与澄湛

我们啊
为了什么从早晨忙碌到夜晚
究竟是为了什么
我们不再亲近春天

现在
我们生命的过程是在城里
生命有期
城里的马路很长
但我们生命的时间却越来越短

色彩与节奏改变了我们
这是现实
我们不能逃离它无所不在的逼迫

在异常疲惫的树上
有人摘下一枚叫作成就的果实
这便意味着秋天般的终结

我们大都是一些坚强的人

懂得用微笑或沉默
掩饰属于自己的隐秘
在庞大的人群中
我们小心地守护着一种背景
就如同捧着一只玻璃花瓶

真实的交流是如此的艰难
在所谓的秋天
收获果实的人们
发现了纷纷飘落的黄叶
一条弯曲的长路掩埋在草里
那是一个人所走过的时间
无法描述　在城里
在某天日落的夜晚
会有哪些人留在我们身边

回忆将一天天变得苍老
有些人免不了会感受必然的悲凉
这不可改变

在城里
那些无忧无虑的孩子们
会使我们驻足观望
我们曾经拥有的年华
在楼与楼之间
在路与路之间
在人与人之间
经历了不可抗拒的过渡
我们艰难而幸福地生活过
我们唯一的安慰是这些孩子
生命奇妙的接续

是如此的自然

我们生活的中心
实际上是各自家庭的孩子
这是整整一个时代的印痕

孩子会使我们找到相近的语言
这时候　我们会忽略所有的艰辛
说他们的健康或学业
他们的每一种神情
都牵动我们的心灵

我们害怕孩子长大
是因为我们恐惧最终的距离
会使我们走向孤寂
如两扇无人敲响的门

城里的疾病很难治愈
我们远离了泥土与泉水
最后远离了自己的孩子
爱人　也就是与我们终生相伴的人
我们的灵魂
寄托着深深的期许
渴望着多少年前的那般融合
与无怨无悔的接近

真的遥远了吗
除了孩子和我们的青春
真的永不再来了吗
那美丽而宁静的城里的黄昏
真的遥远吗

我的爱人

在城里
我们会有一些怀念
这总是与人有关

昨日已经走远
那骑马的人何时跑过寂静的雪山
等待的人站在许久以前的那个傍晚
许久以前　风雨交替　鸟栖屋檐
我们为获得或失去泪流满面

在城里
我们铭记一句诺言
忍受煎熬　但一切都已太晚太晚
你最爱的那个人
是否整夜未眠

我们珍藏着怀念的从前
让马驰骋　任鸟飞翔　泪落花间
谁会将怀念想象为背叛
在城里
有一些受伤的心灵常遭遇雨天

有一盏灯无比温暖
它不在城里
也不在我们的身边

节日临近
在城里
我们会突然失去一位朋友的音讯

永远

在每一个早晨
都会有许多人　许许多多人
朝这座城市拥来
不仅仅是为了生计
才使那么多人离开了家园

我们长久地活在城里
很少去观望沉重的古迹
其实那条路很累
那条路最终总伸向阴谋的中心
我们真的不愿去这些地方
体味冰冷与残忍
或识别人类的血迹与泪痕
我们被固定在某个点上
就好比一颗钉子
任时光锈蚀　我们的心
在机械的生存中渐渐变老
倾听腐朽与剥落的声音

走向郊外已成为心灵的奢望
在城里
我们看不到灿烂的星辰

孩子们在一天天长大
就如同一片树林
我们是他们沉默的根

我们的记忆中流淌着净水
那是在相对年轻的时代

你没有成为父亲
她也没有成为母亲
被理想激励的流向
有鸟啼　鲜花　洁白的云
我们承认
那种年华永不再来了
我们铭记　我们怀恋
生命中迷醉的初吻

是哪一个人
在哪种时刻
以什么样的方式影响了我们的心灵
现在　我们活在这座城里
光阴深处传来忧伤的追问

我们常常为水焦虑
在城里的高楼上
我们离大地很远
离水很远　年复一年
我们的感觉被时光滤钝
再也想不起那则寓言

这座城里有无数条道路
却没有自然的河流
雨后　我们在滴水的树下行走
想到被一杯清水救活的生命
会不会遗忘遥远的驿站

如今
这个人就生活在我们中间
我们不知道他是谁

但可以想象绝望的跋涉
边关　边关　大漠孤烟
一颗生命的心灵朝向绿色
记忆中大雨滂沱
水流夜晚

他必须对生命深怀感恩
不是为一杯清水
是为那双神性的双翼
为绝对仁慈的伸展
他必须铭记生死的瞬间

有一个人站在背景深处
他不会告诉我们
在任何地方
假如失去了水
也就失去了绿树与春天

城里有许多陌生的人
在大路两侧问询某个去处
他们是远离了故土的人
身边没有亲人
只有怪兽般的楼群
与表情冷漠的同类

我们当然拒绝陌生的进入
在我们各自的家里
封闭的状态已存在许久
与墙为邻　不是与人为邻
这是我们无法选择的方式

在墙的那面
我们真的不关心谁在故去
我们都已习惯于躲避

没有谁想到可能的改变
在城里　我们一天一天感到疲惫
我们走着重复的道路
让灵魂的翅羽紧紧收拢
我们很少关注头顶的天空
有什么在飞

有什么在改变
在这个月夜
安睡的人们
渐渐淡忘流水千年

是那些伟大的逝者
将这座城市留给了我们
今夜　大街两旁积雪未化
有人正在归家　有人
在梦幻的深处描述春天的鲜花

我们该记住风中的铭言
风中孤单的鹰
正飞过十月的草原

我们活在一句永远的叮咛里
这永远的旋律
在城里的每一片瓦上
以阳光下厚重的色彩
对我们提示古老的寄托与遗训

千年之初
城市的天空明月高悬
我们已真切地嗅到节日的气息
真的　一切都显得近了
在北方的这座城里
积雪未化　故人未归
一条苍老的胡同
为什么如此迷离

我们在一座城市遥望另一座城市
想念一个牵动着我们心灵的人
那或许是无法改变的命定
春去秋来　大地上生死明灭
为什么总有不属于我们的道路
存在于苍茫深处
被我们凝视

所谓祝福
是一颗心灵对另一颗心灵的尊重
是永远的源流对漫长流程的选择
是沉默　而不是语言
是一片身影飘移在落叶的秋季
在大地上呈现的忧伤和美丽

我们已习惯于沉默
在这座城市
有人赞美金色的屋顶
却忽视了上方飞翔的鸟群
或者树木　那些将朽的事物
总也不能被我们认知
这就是我们言说的距离

它真实　就如同冰
如同树冠上空厚重的云层

城市未老
可我们却一代接一代地老了
我们该留下什么呢
除了语言
我们似乎只有沉默

一种仁慈的声音说
在这个世界
如果最终丧失了诗歌
人们将会怎样存活

2007 年 10 月 17 日下午，于北京南城

在古歌与泪光深处

被歌声与泪水久久追怀的
人类足迹踏过的地方
铺展宁静的黄昏

先人们缄默行走
我们珍惜这样的发现
如鱼类珍惜水流

在不同的地域
我们顽强生存
人类文明的曙光
总会照耀早晨

是的
我们生长在一个复杂的群体
彼此关注一种命运

一条没有尽头的路
被生命的血泪之光折射
呈现出虚无的幻境

谁更悲哀
谁在灯光深处完善一种罪恶
谁在洒泪而别

如果父母们等不到那一天该如何
如果孩子们问起某一段岁月该如何
如果我们走不完此种历程该如何

面对事实
人们怀疑并远离
谁也没有认识它的隐秘

可供选择的
有两条接近之旅
污毒总在侵袭圣洁之躯
该怎样抵御

它是存在的
没有谁曾预言它有多远
它是心灵之间的距离

是理不清的苍白的往日
是没什么值得怀念的过程
是时有时无的性
是扭曲的生命背景
所依托的黎明
是真实的虚幻
是人类非凡的痛苦
煎熬两颗心灵

梦幻的男孩突然长大
他的激情中含着成熟与抚慰

一汩圣流爆发于瞬间
这是从哪里走来的男孩

她的灵与肉已被唤醒

一日
开始于静夜的奇缘
所创造的一日
一个善良的男孩
在遥远的追寻中
完成了精神的历险

他们彼此拯救
都曾深陷于不同根源的痛苦

他们相遇　相对
在真实的撞击中
他们获得秋天的美丽
跟随那汨圣泉抵达一片净地
他们创造了
一生中惊泣鬼神的一日

最终
在纷飞的泪雨里
他们相约而择人类的圣途
该告别什么
该选择什么
该怎样在一日后
承受生命中必然的过渡

一个女孩
在一颗透明的心里
看到生命中
依然存在值得感动和珍视的灵性

一切都还不迟
那颗心灵说
你有足够的时间
埋葬梦魇
使一切变得丰富而纯净

必须记住这座神秘的雾都
一个怀着某种使命的女孩
为自己的决定感动了许久

她决定放弃初衷
谁都看不出一丝印痕

是高贵的柔顺
不是眸子或含蓄的心情
使人们看到了自然的光泽

夜晚
静止的瀑布
两座朦胧的岛屿被目光覆盖

我们熟记于心的形态
是道路的漫长与坦荡
有一种概念永远不能解读

厚重的底色
水声与人语不息
这不可漠视或远离的渊源啊
从高原上流淌而下

在高原
在辽远与荒凉之间
身着布衣的伟大先哲
坐在隐秘深处
我们震惊于先哲的问询

寻着悠远的歌声向他接近
那英武的牧人没有拒绝

昨日
智者坐在自己的家园
凝望十月的原野
群鸟在飞
收割后的土地缄默不语

年长的高原人说
水回流的时候
我们就走

谁能听懂他的语言
长者说
水会回流

那时
一个庞大的家族跪在一起
在高原的秋雨中
他们对先祖的亡灵发誓
都过去了
一切都已经化解

一片哭声

人的前额叩着泥泞之土

这就是高原之形
我的梦魂牵绕的故地
在生命泪光与歌声的深处

2007年10月16日凌晨，于北京

在珍贵的精神劳作中等待

对于心灵的选择
每一个夜晚都是开始
那就是我们渴望的自由

在珍贵的精神劳作中等待
梦幻的声音
在苍茫里逶迤
形态就像被想象的爱情
或被遗忘的长路

十月静夜
有一颗心在路上
将去北方

我相信等待
如相信神　神性的天空或云
真实的脚步
会在午夜中降临

在生命中
承诺是刻在彼此心灵上的铭言
它是红色的
浸润着生命的血

人总是渴望理解与爱
十日
一百日
或终生

我们久违了的时代
是如此的纯洁
那是许多充满了感动与幻想的日子

人总是渴望接近
十日
一百日
或终生

夜
海风很凉
有一个人走向了船首
夜暗如此凝重
这无边无际的神秘与托浮
黑色的气流翻涌在天空

在一片苍凉的包围里
只有一个人在忧郁地仰望
人是这样无助而渺小
就如同昆虫
活在不停的迁徙中

陆地上有家
海洋上没有家
停滞不该是无穷的停滞
漂流不该是无尽的漂流

还是接近
在长发的飘舞中
倾听大海的风声
那些在白日飞翔的鸥鸟
不知此刻栖落于何处

在寒冷的季节握住一双思想的手
感觉心灵已不再负重

神秘的遭遇距家门很近
以心对心
不是以肉体对肉体
以无罪的双眼凝视星群

凝望的空间是这样辽阔
日日夜夜
面对人性之海
将那双手引入家门

时光会掩埋一切
也会重塑一切
在时光中
某种关联存在着
人不必如此灰心

某种离去如江河逝水
我们站在芳草萋萋的岸边
面对庄严的日落

我们说
启示的力量是存在的

在逝水的涛声与落日的余晖里
我们凝视精神的粼光

我们该记住什么
先哲落寂
先哲无语
我们常想象遥远的过去

不怕跌倒的孩子
学步的孩子
走在北方的乡路上

这不是收割的时节
没有人在田里劳作
一驾马车
驶过孩子的身旁

一语叮嘱
一缕炊烟
一个生命在危险中成长

我走在时光的隧道
寻找一块彩石

分别了那么久
感觉已分别了一千年
爱人啊
我们曾为一种光辉而迷醉
最初的雨
依然飘在头顶的天空

请你走近好吗
请靠在我的肩上落泪
请给我一丝平安的音讯

节日已经过去
心在路上
发现奇异的灯火不停闪烁

陌路的人
那些远离家园的人
都在怀念亲切的乡音
我所寻找的彩石有泪水的遗痕
爱人　要知道任何一种生命
都充满了成长的艰辛

朔风中的那双手握着什么
二月的北方　朔风
或终于熄灭的篝火
未能吸引赶路的牧女
蒙古高原上的马匹
从我的怀念中奔过
也就是从我的诗歌中奔过

被长久召唤的人
为什么沉默
这无法偏离的长旅
命定的长旅
一个春天又一个春天
只有那些被召唤的人
从不说飘雪的山峰有多么巍峨

深怀真知的人总在沉默
或许　在另一个收割的秋天
你们会发现一片自由的羽毛
从天空中无声飘过

人们纷纷传说美丽的圣婴
一个女人不再发出忧郁的哭声
一段变为仇恨的恋情

一条时令河畔长着三叶草
苍茫的道路
雨与虹
一把黑伞举向低沉的天空

一个年代就这样结束
一个诗人准备向东而行
流血的记忆
心与痛

在乌拉尔山前
绝望的牧人思念一匹马
年老的牧人面对朝南的方向
有一条大河闪闪发光

总是这草
也只有这草
才不会远离或无声腾飞

我辽远的故地上
生长着弯柳　焦渴　净水
许多探源的人们死在途中

他们甚至没有留下一语嘱托

总要生存
也只有这心
才不会远离或无声腾飞

2007 年 10 月 14 日下午，于北京

诗歌是一种飞翔

在城市与城市之间
开阔的土地上植物摇动
这不是农耕时节
北方的乡村进入收获期

在刚刚过去的夏天
持续的干旱徘徊于广大的地域
农人们都很焦虑
我们随时都可能听到江河断流的消息

我在一种特定的时刻里回到北方
这一天　我在一句神秘的预言里
猛然醒悟　对于我
这个时节的远行
已成为不可躲避的宿命

预感是存在的
在遍地绿色的南方
有大海与美丽的树木
还有弥漫于空中的无尽的欲念

我不认识那些冒险的人
我是一个诗人
我只能从诗歌的节奏中

体味源于心灵深处的无助与孤独

我确曾获得独特的发现
那些贪婪的人
从不尊重艰难的人
就如同伏在冰上的尘土
掩盖灵魂的龟裂与疏离
罪恶与仇视　财富
是没有语言的财富
使许多人陷入了不可自救的迷途
在南方　在一场台风消退之后
有谁在哭　路旁出现折断的大树

为圣婴般降临的风雨的承诺
我选择了一条遥远的路
人群　酷暑　人群　酷暑
我的记忆中总是人群与酷暑
那许多艰难的日子啊
那沉默中的坚守
那迷幻的雾

岁月作证
我确曾以单纯而坚毅的心灵
期待风　不是我　是风
是风中无所不在的感动
贯穿于曲折的心路历程
是的　过程是不可改变了
我没有丢弃什么
在以往世俗的纷扰中
我精心护卫着信仰之旗
这不为人知

我确曾以唯一的方式
在南方酷暑的包围中
用诗歌记录了风雨的前定
我是敬畏心灵的
我感觉一颗心灵与另一颗心灵的形态
就像一棵树木与另一棵树木
彼此相伴　听晨钟暮鼓　共享雨露
望满天星光　一夜花束

我知道
我活在一个深刻的理想中
我无法表达
在江南蓝色的背景下
我对自己说
诗歌翅羽美丽
也很沉重

我从不渴望所有的人们
都仰视心灵的飞翔
我祈愿自然的认知与神光
就在我们的身旁

在东海的涛声中
我梦遇一位长者　他说　相信我
快走吧　那不是背离
你该向北　在向北的归期里
有另一个夏季

我无法拒绝长者的暗示
在八月　我决定踏上未知的长旅
我该告别什么呢

我该向哪个方向挥一挥手臂
我该以怎样的默念
回首一座欲望的岛屿

在返回北方的途中
我看到树冠凝滞
脆弱的绿色在阳光下蒸腾
乡路上无人
觅草的羊群躲在山影深处
年老的牧者正在向河边行走
我们赖以生存的水
在广大的北方弥足珍贵

我从陌生的异旅归来
在如期抵达华北平原的这个早晨
我看到黑色的鸟群向北飞翔
是这些翅羽
我对另一颗心灵说
是这个八月酷暑中的抉择
使生命的身后成为不可凝固的记忆

属于诗歌的年代已经逝去
一些渐渐变老的人　也就是
怀念某种旋律的人
被往昔感动
那是许多透明的时光
就如同土地的馈赠
被汗水滋润后成熟的果实
它自然的光泽里深藏着什么

我在平凡的生活中苦苦地想过

在今日　究竟还有哪些人
在什么时候
以什么样的方式
纪念一首诗歌的诞生

岁月啊
你深重的隐秘如此不可透视
有一些人永远地消失了
时光苍茫
如今他们存活于生命的一隅
往昔的一丝光芒源于诗歌的节奏
在属于精神的天宇下
他们曾感怀于某一棵大树
他们无比敏感的心灵
曾以探询与关爱的名义
向着自然的极地无畏地接近

北方是真实的
我发现　群鸟飞过这座都城时
街道上游人如蚁
似乎没有谁注意午后的飞翔
城市是灰色的　阳光强烈
树荫下聚着人群
我站在朝北的阳台上
目送那群精灵
在北方秋日的天空里
缓缓消隐

我要说
是这种飞翔
是形如远别的群鸟

为北方留下了永远的悬念

入夜
几盏温暖的灯火明着
我们期盼许久的大雨终于落下
为此　我知道会有许多人
以无言的默立表达感激

是的　这是需要的
这不是古老的仪式
而是犹如鲜血般的信仰
这种流淌的形态是生命最深奥的语言
不可解读　不可轻视　不可有瞬间的远离

我们只有承袭
从父辈们那里
我们必须握住属于精神的手臂

这飞扬的风雨使我相信
在仁慈的天宇之间
我们与某种神性相通
奇迹近在咫尺
我们只需凝眸
就可以发现浩荡的灵息

今夜
我看到雨后的大街上泛着神秘的光芒
从一扇黑暗的窗子到另一扇光明的窗子
这之间的距离仿佛从生到死
从冬季到春季

苍宇啊
在你仁慈的包容里
我得以恢复宁静与思索
当最后一盏灯火突然熄灭
北方的午夜降临了　这时候
我幻想在满天星光的辉映下
会传来启示般的鸟啼

哦　北方
我生命与诗歌双重的故园
我精神的翅羽
至今铭记着初次飞翔的一日
那不可再来的起始啊
被我珍藏了那么久
被我怀念了那么久
现在　我离那片纯净的天空远了
迢遥的路
迢遥的飞翔之途
有许多瞬间永远无法倾诉

我熟悉北方
她不同季节的气息
都会使我想到某一种事物
那是伴随着生命成长的时间
回首时已无来路
只有残缺
用心灵谛听消逝的往日
望落叶飘舞
故人远去
所有的一切都已不能补救

只有诗歌
只有当诗歌的光辉
如期出现在北方之夜
我才能够以最初的方式
感知庄严与神秘的降临　这时候
生命的这个年代与那个年代
已不复存在
我感觉人类生命完整的过程
就如同大海
每一滴水都不可分割
每一次波涌都会令我们深怀着崇敬

关于北方
她的每一声歌吟
都源于大地的心灵
这就是我所感觉的诗意的北方
她忧郁的气质呈现于被收割的秋季

我熟悉这种时节
那独有的气味来源于植物的体内
大片大片的青纱帐
横卧在田垄之上
这是怎样一种倒伏
果实的诞生伴随着母体的消亡
北方秋日以满目的金黄
以夕阳下牧者归家的身影
揭示了生命　劳动与自然蜕变的主题

一个夏天刚刚过去
是雨后的静夜
我依稀听到北方的天空里

回旋着亘古不变的节奏
我们在一个巨大的屋宇下生存
接受冥冥中伟大的庇佑
我们该珍视什么
除了故乡的概念
我们该铭记些什么

在生命的历程中
属于精神的火焰无形
它总在燃烧
它的形态大概就如同鲜血
它在生命背景的深处
有时是一声叹息
有时是一滴泪水
有时是一次呼唤
有时是一生一世都不能倾诉的怀念
有时　它是我们深藏内心的
追寻与隐秘
像火一样燃烧
它值得我们接近
并发出某种问询的声音

是啊　属于诗歌的年代过去了
昨天逝去了　故人远去了
那些守望精神火焰的人们
从未遗忘心灵的歌声

我相信总会有同道的
正如我相信北方的道路
总会有一条通往澎湃的海边
最终通往生命的宁静与神圣

这需要等待
北方啊　这就是我归来后
呈给你的献辞
在夜里　在雨后　在一个孩子
发出美丽梦呓的瞬间
我感知久违的宁静就是这夜空

2007 年 9 月 11 日，于北京

夏天的一个午后

我们无法拒绝这个时刻
就像我们无法拒绝母亲给予珍贵的生命

歌唱的女孩
用旋律描述色彩的女孩
你对这个时刻追寻了那么久
你默然孤寂的身影
属于无以倾诉的秋季

时间的概念是成长
当然也是隐痛
用旋律描述梦幻的女孩
洁净的女孩
你的心灵如同净水
像祝福一样浸润泥土
你的心智充满灵动的神性

在这个夏日的午后到来前
没有任何人能够接近你的心灵
你的隐秘的心灵
你的贴近色彩与梦幻的心灵
等待了我那么久

你首先关注一双手

一双伸展的手
你相信那双手
一只伸向永世的幸福
一只伸向不可剥夺的自由
你为此渴望那个瞬间
那炽热的手掌
轻轻游过你的脸颊
和你圣洁的额头

在夏天的这个午后
歌唱的女孩
我知道你的掌心握着什么
那是奇异的花朵
不为人知
一朵已经凋谢
一朵即将开放
要记住你拥有两个不同的春天
一个在山那边
一个在山这边

我们相信那条炎热的道路
相信那片神秘的树林
距城市不远　是的
我相信春天的雪　那最后的雪
融化在六月之初
一个约定的瞬间

我们相信寻找
以我们能够凝望的心灵
接近水　树木或野草
在夏日的这个午后

我们接近那句无须解读的铭言

属于我们的道路突然呈现
那个时刻　歌唱的女孩
有关等待的形态　浮尘与水
都没有占据我们的心灵

你永远都不要怀疑
最后的叮咛一定属于无言的手臂
正如这个夏天的午后
在城市道路的两旁
许多树木消失了
群鸟飞往另一片地域
那里有绿荫
但是没有我们命定中的道路

那些劳作的人们难以知晓我们是谁
我们在楼与楼之间穿行
没有诅咒　没有风
甚至没有人说起落雨的天空

要破解某种神秘真的很难
在严冬期待阳光
在午夜描述黎明
在无边的想象里感觉疼痛

谁是幸福的人
谁就应该选择行走
在这样的午后
选择一些灵动的树木
然后仰望凝视云　想象云海深处

有什么在高傲地起舞

是的　我们相信寻找
许多年　我们在诗歌的光辉下
期待这个午后
似盲者期待天使的搀扶

随处可见的红色在流动
那样的色彩使我们想到血
誓言与旗帜　想到黎明时分的山峰
以怎样的巍峨
守护一个醒来的村落

这是古老中国的景观
像一首清新的宋词
那旋律永远存在的含蓄和优美
如清水或母乳滋育我们
我们懂得　活在这个世界
应该心存珍视与感动

滴血的翅膀使我们诅咒枪声
某一种欲念
如扣动扳机的手指远离神性

一颗心只能为另一颗心默念
一种祝福只能接受另一种祝福
歌唱的女孩
世间感伤而诚挚的倾诉
源于人性的心海
那么远　那么近　那么深　那么温存
像逶迤的山　指下的琴　不屈的心　爱人的唇

城市夏天的午后
一只温暖的手牵住一只温暖的手
这就是起始
是树木消失后
炎热弥漫的证明
那个时刻　城市渐渐离我们远了
我们渴望发现的
实际上是通往密林的路径

爱人啊　请不要怀疑仁慈的引领
请不要张望身后
那条道路早已经存在了
那么多年　在亡失与诞生之间
在铭记与遗忘之间
有一道微启的门透着光明

而那条路属于往昔的静默
它只有暗示往昔
被惊动的鸟群低空飞旋
在大地上留下不可捕捉的暗影

我们在不可抗拒的时刻途经那里
去树下完成一个无语的仪式
这个午后以炎热浮尘与噪声
昭示我们向水边行走

我们想告诉伐树的人们
一个孩子最初的记忆
或许就是一只飞鸟的低鸣
或许　那个孩子会问他的母亲
飞鸟的翅羽与倒下的大树

哪一个更沉重

阻隔断桥美丽的江心岛
生命中总会出现必然的停滞
自由飘飞的目光
在这个夏天的午后没有看到飞鸟
我的爱人　请珍重自己的心灵
不要让无所不在的恐惧
形成覆盖星群的乌云

你真的不必怀疑
预言之树最高的枝杈上有一颗果实
它叫奇异　你只需仰视
就可以唤醒神性的心智

你看那些长在水边的树木
就在我们不远的前头
它们摇动着叶子　那么密集
不像旗帜　更不像手臂
那是自然从容的倾吐
是水一样的气息
是人类目光不能透视的神秘与美丽
以永远向上伸展的形态
面对霜雪逼迫和风雨雷击

仿佛到处都有人迹
即使在没有阳光的草地上
我们也能觅见肮脏的遗痕
垃圾　扭曲的笑声　无法预知的遭遇
就是这个世界　歌唱的女孩
使我们痛苦警醒并感激

但我们永远也不仇视

出现在美丽的树下
我们是迷恋行走的人
我们朝洁净的地方迈动脚步
我们躲避在一棵树与另一棵树的间隙
渴望抵达寂静的中心

面对大江流淌的方向
清凉的风使我们联想到母亲的手
我们说这个夏天
说城市的扩展形如炎热
将一切无情地包裹

我们是暂时挣脱了那只巨掌的人
凝视水流　我们说旋涡与深度
我们说　在远方高楼的某个窗内
是否会有朝我们张望的人
后来　我们为这片树林祈愿
愿树林永远属于青草与鸟群

远处嬉水的人们以形体的语言
注释这个夏天的午后
他们会轻视我们的发现
可他们不能感悟一个瞬间

我的爱人
你可以忘却那些陌生的人
但你永远不要忘记最初的接近
我们最初接近的目标不是人
是树林　我的爱人

是幻想　让焦渴的心灵与水为邻

最初的接近是石头　是脚下的路
在石头纹理间
应该有大山的叹息
爱人啊　你可以想象一个瞬间
那可以避免的山体的伤痕
流汗的人　流血的人
被威严的大山留下了性命的人
会不会懊悔　究竟有没有人
在石头建筑的巨塔中
想一想山体崩裂的声音

那个时刻
炎热的阳光铺在一片空地
我们越过去　就能抵达梦幻般的树林
我们说　就是那里了
就是那个时刻
我们将相融　爱人
请不要说话
让我们看一看
从一棵树到另一棵树
是否留下了什么印记

那个时刻
在我幻觉的天空间有飞翔的鸽子
她们掠过树冠上空向北飞翔
向北　有高原奔马　花开鞍下
蓝湖边上有我草原母亲的家
赖青草而生的那些人
总是与青草对话

我曾对你诉说久远的孤旅
在这个世界
任何拥有寻找与渴望的灵魂
都会被后人歌吟　如史诗
如烛光下孩子们的唱颂
如蓝色海洋由远及近的波纹
如马头琴曲深处的风雪或牧歌
那两种对比鲜明的色彩
所描述的拯救与感恩

我们说草地
说一匹蒙古马一生中奔跑的距离
其实是一支牧歌的序曲

我们说　伟大的牧者通常保持静默
像山崖上的石头
泥土中的树根
像飘往遥远异乡的故园的音讯
他年轻的双手会变为苍老的双手
还有他的眼睛
由清澈而至浑浊
可是无论怎样
牧者都不会对你诉说他风雪的往昔

我们说　曾被紧紧握住并噙泪注视的东西
不一定值得珍视
一匹蒙古马消失的启示
唯有不可言说的距离

我们说诞生与亡失
在青草家园留下了怎样的怀念

被祝福的人
为什么也是被诅咒的人

我们说山河坦荡
只有净水能够洗落孤旅的风尘
一个人以高举手臂的身姿
暗喻敬畏　在相对的高度上
一个崇尚自由的人会低垂头颅
他的谦卑的额头皱纹密布
岁月的铭言深深地隐没其中

我的爱人　我想对你说
你身后飘舞的长发
就是被意念倾诉的风
我们用手臂感觉天空
用双眼感觉大地
用自然滴落的泪珠
感觉清泉奔涌
用闭目的意会或轻轻地抚摸
感觉永生永世的爱情

在夏天的这个午后
我用无声的目光对你说前世的缘定
说这不可抗拒的时刻
在一片幽静的树林中等待了那么久
我们期待了那么久
我的爱人　你不能忽视孤鸟的鸣啼
对于我们　那就是神性的提示

那梦中的孤鸟曾在风雨中飞翔
在人类忧伤的想象中飞翔

在一首纯净的诗歌中飞翔
我的爱人　孤鸟曾在我们的内心深处飞翔

在婴儿的啼哭与夕阳的余晖中
体会人生的启示与内涵
那应该就是降生了
歌唱的女孩
用旋律描述色彩的女孩
用旋律描述梦幻的女孩
我的爱人　那应该就是奇迹
它历经风雨　在灯光消失的一隅
那就是生命交融的战栗
与对天地万物无尽的感激

我的爱人
你在左边　我在右边
让我们牵住一个美丽女孩的手臂
让我们相爱　让我们在这个世间
一天天活下去

2003年7月9日丹东初稿，
2003年9月1日于北京改毕

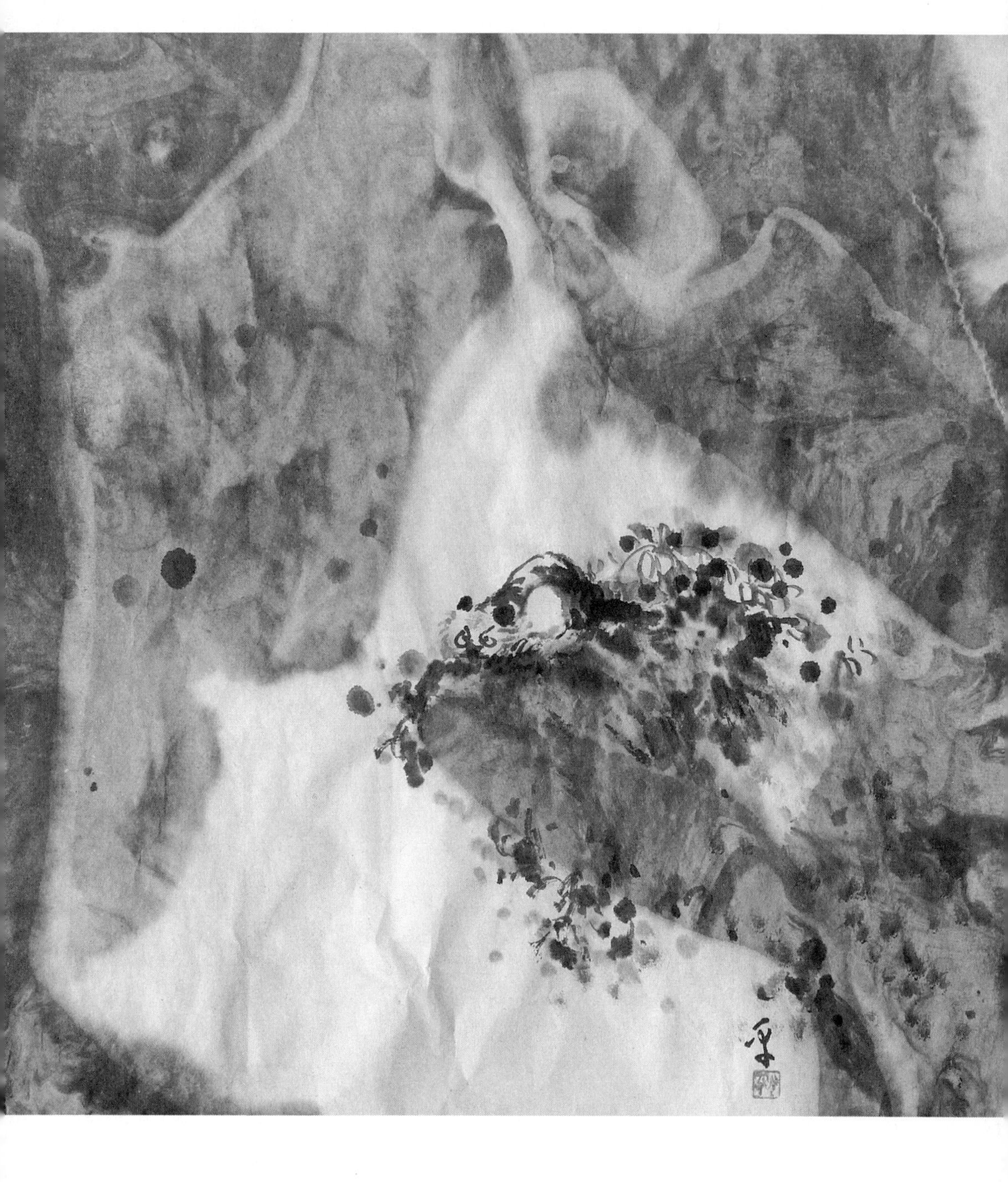

一首颂歌：写给净水一样的妹妹

我的想象在白云之上
在那几乎凝滞的绽放中，念你
我的净水一样的妹妹，百合花一样的女子
你当然可以理解如此的慰藉
这不像祝祷，因为没有语言
这也不像道路，因为永无辙痕

我的净水一样的妹妹
我的天空。我不是低飞的鸥鸟，我是鹰
我是必须驮起往昔的翅羽
但我不是你的悲痛
我飞，我在你无垠的仁爱里飞
拥有最平安的怀抱

我不会对你呈现廉价的赞美
比如无血的颂词。我相信在不断折叠的记忆中
那个眷恋夏天河流的少年活着
为此，他想让你在冬日岁末听到流淌的声音
我的净水一样的妹妹
不必回避陌生的岛屿
我是说阻隔，哪怕在阳光消失的一瞬
我希望你也不要犹豫

杜鹃啼血，那很美丽

那是被我敬畏的尊严和纯洁
那是一滴一滴在大地上浸出来的黎明
那是你，我的净水一样的妹妹
在这之后，你要好好安睡

我的想象跟随那片鲜红铺展
抵达我少年的河边
我回望，我首先看到那些树木
那一层一层变幻点缀的自然
在树木上空的飞鸟，那种孤单
在飞鸟以上的天空，那种湛蓝与无限
在这之间，我的净水一样的妹妹
我把透明的怀想还给了时间

我的净水一样的妹妹
原来生命是如此的轻柔。关于恩泽
这不可点破。不可弯曲手指对向阳光
试图抹去大地上的阴影
不可荼毒更加轻柔的心
以灵魂的名义刺痛灵魂
人世蹉跎，有一种深重不能诉说

在诗意的空间里，我寻觅了那么久
我的净水一样的妹妹，百合花一样的女子
如今我依然铭记高原夜风
那狂野而自由的逆风飞翔

我把那条弧线给你，给你高远
我把这首颂诗给你，给你四季
我能够奉献的精神的果实

我给你注视，那会很久很久
我的净水一样的妹妹
我的一生一世的春天
我的一个人的海岸线

2009 年 12 月 9 日，于北京

春天：属于心智与道路的北方

1

就从这个意象开始了：春天
我接受漫长，这无限放大的北方
那些从不开花的树木
永远象征孤独的美丽

然后，我途经长城，那道古老的拱门
怀着勇敢的心灵，我试图用目光分开迷雾
在史诗一样的劳作中，一个绝美的女子渐渐衰老
那个年代的时光，人的生命与尊严
被唯一的意志支配
我仰望，在巨石的缝隙中
我依稀看见伤残的手足

那个相思的女子在长城里面
在青铜缄默的中原
也在春天，她会选择一个夜晚
抚摸待嫁的衣衫

长城，这群山之上的堆砌
没有词语。后来，它被人类形容为奇迹

2

我接受了
我对母亲说，在回返故地的第一个清晨

我想到了永难愈合的伤痕

我接受了
我依然守护着清洁的精神
那是我的河，我已故的父亲在沿岸栽下红柳
如今，我所面对的树冠垂落着
像雨水洗净的长发
非常接近人类的哀愁

3

独自上路
我感受宿命中的大爱来自三个方向
在有水的地方，也有忧伤

是啊，我接受了
我该告诉谁呢？谁能和我一样
在春天听到沉重的风铃？
是的，我是等待过的，犹如赤足的牧童
在神的领地上，我祈祷圣明
我用诗歌的血液浸透了那些词语
关于苍茫，就像珍视一句诺言
让我在日夜的轮回中
遗忘了遗忘

可是，我还是未能拒绝四月的北方
我接受了。我对自己的心灵说
我就跟随你走了
向着故地
我的红柳涂染的记忆
我飞，我的云
在哪里落泪？

4

我飞，我在高贵的怀想里俯瞰人类
在克什克腾以北
我的故去的先人们
早已失去了马背

我还能失去什么？
如果我曾见证雪落心灵
如果我曾遭遇谶语的围困
我的云，我该用什么样的文字形容你
你在长城之上，在一个少年久久迷惑的远方
在我的故乡
还没有一个人
看到你的光芒

人类最深的夙愿一定结在心头上
而我们的身影，那最容易拖住脚步的幻象
被风切割着，风有语言，但不见翅膀

直面寂灭的山谷
我猜想久已失却的音讯可能与陷落的古城
一同消亡。那一天，传说旌旗折断
北方高原连降七夜大雨
活着的人们
把年幼的孩子裹在怀中
望着滴水的屋宇

5

我的童年停留在传说中
在母亲的天空，我是小小的星子，
永远那么明亮

在我的黄昏与黎明的原野上
树木葱茏，朝阳的斜坡上盛开百花
与我同时成长的女孩，那邻家的女儿
她在河边浣衣，也像河流一样清纯
她是我所熟悉的第一支牧歌
我的贡格尔草原上最美丽的晨露
这深刻的隐喻，一个女子短暂的花期

今天
我不知道她身在哪里
她应该成为人的祖母了
我的河岸边的女孩，浣衣的女孩
这个夜晚，我把你写入了诗歌
我在飞，向着我们降生的高原飞行
我的脑际幻化出你的笑靥
之后是草原，黄了又绿
我们一层一层的记忆
在庄严的北地

我的故园的女孩
愿我诗歌的光辉照耀你
在北地，我把牧歌的旋律给你
把童年的河流给你
把岸给你
在春季

6

只有在庄严的北地
我才能体味那种陨落
不是花朵，是我们总在祈祷的生活
是不可躲避的哀歌

你说，为真理求索，真理是什么？
你说真理是爱，那么，爱是什么？
我用三十年时光求证自由的抉择
结果还是发现了残破

假如存在一个日不落王国
真理就是一块石头
是被眺望的深山的背景
是你拿起来，然后放下，是这个过程
对真理的抚摸

真理是无名湖泊中心孤单的岩岛
迁徙的群鸟从上空飞过
真理就是我们的生活
无语诉说

真理，也是我在这个春天选择的北地长旅
我再次看到了日落
真理，就是你用唯一的心灵耕作了十个春天
结果一无所获

7

我站在这里
金山岭长城，我以静血的肃穆感觉你的灵息
那些用漫长苦难创造了如此智慧的人们
那些让女人们等白了鬓发的男人们
曾投入泪雨

此刻
映山红还没有开放
我的眼前却出现一道血幕
那么红，那么厚重，那么冷

我甚至能够感受他们脉动的魂灵
那么悲，那么疲惫，那么悔

我站在这里
放眼五千年岁月更迭
唯有和平的曙光，让人类长久迷醉

唯有真爱
我告诉自己的心：唯有真爱
才能生死相随

不久以后
很多人将会看到花开山野
我的长城以外的故乡
在泛绿的草场上
也将呈现不变的长驰

这就是世界
多么容易淡忘
武士走远，空留没有鹰飞的海疆

我站在这里
我凝望，我已不再想象

8

我站在那里
我提醒自己的心：你接受吧
前路苍茫，在所谓尽头
可能就是荒芜
就像最后的祝福

前方是家

身后是天涯
母亲啊！我接受啦
我从来不敢忘记，我在水中长大

我的梦
我的母亲羊水中隐约的歌声
我的神秘的十个月投生的旅程
我的只有一次的恩赐
母亲的养育
我的最初的夏天
降生的黎明

母亲说
那一天有雨
那一天啊，母亲说，我等了很久
才听到你的哭声

我站在那里
面对塞外苍莽的山野
我的双眼里噙满泪水
我知道，我再也看不见母亲了
回到久别的故地
我只能看到母亲的坟茔

9

我的诗意的北方
破碎的云，从不说疼痛

在醒着的梦里，我无言挥别一个天使
我听到一种圣乐从遥远的天际缓慢飘来
羊群，或者马群，这具象的生灵
出现于午夜，我凭窗远望

灯火，高楼，仿佛蒸腾不息的夜暗
获得神性的感知后
我触摸柔软

那一刻，我想
这是我的一个人的春天
它属于心智与道路，就在那个夜晚
掠过楼群的目光飞向灯火微明的远方
我看到凝滞的云
云的下面
就是故乡

10

向北啊
穿越坝上
我的故乡铺展千里草原
一个预言在那里飞了七千年
暗示依然

向北，精美的彩石里透着血红
那不是诺言，而是凝重
就像心灵

向北
在看见四月满目枯草的一瞬
我感受到巨大的安慰
都城远了，人海与噪声远了
还有飘忽的云

向北
我的少年的岁月一层一层呈现
我再次觅见了邻家的女儿

她在微笑，那是蓝色的梦幻
四月的阳光照耀大地
也照耀我们
在河边

11

我珍重起始
我在一个终结的时刻念起光明与神恩
比如湖，渡水的舟楫，远山
比如曾经的旅者
在光明的辉映下指点前方湖面上的飞鸟

我走过不同的岁月
把身后的一切交给了岁月
把沉默

歌者的青春似乎飘在前方
就在飞鸟出现的地方
那种岁月涉水而来
被我视为神祇的境地
音符贴着浪涌
雨携着风

南方携着北方
爱携着沉重的失落舍弃翅膀
但不会失去光芒

12

我站立
以我诚挚的深思支撑缅怀
这燕山深处的仪式

我知道

我向北，不是为了接近，而是为了告别
面对那么多没有吐绿的树木
我留下了与水有关的词语
我看到最远的山峰上
似乎还有积雪
我的目光停在白色之顶
向上望去，一寸以上的天空
就是湛蓝

一切如此静谧
远离纷扰，远离相似的建筑
远离人群。我的浩荡的四月的北方
你容纳了我，如宽广的心灵容纳了痛苦
蒙古母亲容纳了严寒中的羔羊

要我说出感激吗
或者描述拯救的力量
或者殇，它永远也不会形成曲子
更不会在大地上划下一道痕迹
比如天空，比如虹霓，比如散去
比如我们世世代代吟唱的古歌里
不可能飘洒绝望的泪滴

13

不说感激
当长城消失在我的身后
我想说，在渐渐上升的高原上
那个鹰翅下的家族，他们的儿子归来了
他接受了，他在某个春夜的思想
绝对超越了尘世的离散和痛苦
他珍重精神的尊严
就如珍重诗歌的荣誉

道路啊
我曾熟读你的逶迤和曲折
忽略平坦，你在这个世界上无穷的交错
都是尽头，也是痛失
你通向人类最高的峰峦
最美的河流淌过你的视野
熟读你的辙痕，熟读人类苍老而年轻的史书
我迷恋陌生的远途

唯有道路
才是人间最伟大的奇迹
我们迁徙，我们拓展，我们也苦苦等待
在一条岔路指向的村庄
母亲盼归

重逢与离别的概念都是道路
那是结满果实的秋天
黄昏笼罩的山峦
没有雨水的田园
那是人类生命苦涩甜蜜的记忆
心灵永远的火焰
无法点燃一个瞬间
那是双眼守望的灯光
夜难眠

14

在向北的途中
我为自己的心灵举行了祭礼
谛听的人，请不要怀疑我的虔诚

我为一切故去的亲人们供奉凝视
我没有酒，也没有泪水

我只有渐行渐远的静默
我仿佛听到高原沉重的喘息
那么负累

可它拥抱了我
它在昨日的黄昏以母亲的怀抱拥着我
它的四月的雪
在那个时刻纷纷飘落

我笃信
我将成为这个四月的传说
在一首抒情诗歌的内部
我将成为旋律
念我的人，如果你的梦境出现无边的衰草
我就是隐约可见的驿道
你遥远的歌谣

就是这里了
乌兰布统，你的史籍里不会有我的身影
可我是你的河，你后来的忧伤与欢乐
乌兰布统，你往昔的秋夜下着大雨
有人在大喊，推着滞行的辎重
在你溪流交错的年代
乌兰布统，我的先人们
把泣血的诀别被镌刻在石头上
还有马的雕塑，它昂首，奋起前踢
我站在那里，我顺着它意欲奔驰而去的方向望去
贡格尔草原的夜晚到了
那么安静，不见羊群，也没有人语
我的蒙古马啊
你就这么望着吗

那里就是北方高原
你为什么不再嘶鸣

15

我活在一部尚未完成的诗歌里
午夜，我置身高原夜海
对近旁的神灵说了这句话

是的，我在寻找这部诗歌的灵魂
那不像曙光，更不像岩石
也不是我必须忍受的痛苦
在我飞越长城之门的一瞬
我是想过的，它接近我周身循环的血液
通过目光所发出的诉求

为此，我深知
我要独自穿过荒芜之途
我的宿命，在一棵苦楝树的下面
绝对不会是仰望
而是寻觅，比如先人的足痕
或一面信仰之旗破碎后
在那里留下的指引

我不怀疑
我一定会听到召唤
在四个方向，会有四个季节属于我
我在路上，心就在路上
我一生一世的思想
永远找不到边疆

16

这还不够
我必须在短暂的一世颂歌十世

让十个世纪的花朵
年年开放在一条河边
守望漫长与清澈
我诗歌的祖国

我的起起伏伏的寄托
那个时刻
我就不能自由地选择北方了
我祈求神明照耀忧伤的羊群
让它们陪伴我哪怕一刻
在温暖的斜坡

17

我能给你什么呢
此刻，我的隐者与歌者
我的梦境中的云，我的山峰前的湖泊

我的灯光飘逸的午夜
安宁中的故乡
一行诗歌就可以自由穿行平凡的生活
我听着，墙壁那边的夜色
山那边的河
河那边四月的村落

我能给你什么呢
此刻，鹰睡了，在最高的山崖上
生命栖息，那么美丽
此刻，我对少年的追忆
悬在马鞍一侧

我在高原的深夜里静坐
窗外，风已止息

我在这个时刻幻想天堂的蔚蓝
我的神示当然是远空数不尽的星宿
那是我们多么渴望破解的距离
孤独闪烁

我能给你什么呢
此刻，除了这首北方恩赐的诗歌
我也只有静默

18

我生于马背上的部族
血脉流淌浩荡的远方
即使信仰，我也拒绝跪拜
我相信，你将干净的双手伸向干净的河流
就是表达敬畏
如果你为每一寸被沙漠吞噬的草地忧郁
在那里，如果你把最后的食物留给饥饿的银狐
就是仁慈

为了自由与爱情
在我无数的先人里，一个不朽者
放弃了王位。在贡格尔河畔
他守着自己心爱的女子
他们牧羊，生育一个儿女又一个儿女
他们用最真的爱情开凿了河流的分支
那就是被我描述的苦难多情的心智
连着源头

翻阅族谱
我看到很多显赫的名字
但是，只有凝望他的名字
我才能够感觉迷醉的光辉

19

为了自由与诗歌
我放弃了什么？我没有王冠
我有一腔热血
但涂不尽河岸
还是无言

这是四月的高原之夜
在没有一盏灯火的此刻
我面对寂静与黑暗，我在寻找蔚蓝
比如湖，比如被人类久已忽视的澄湛

这厚重而轻柔的幕
我在外面
谁在里面？

谁的身上沾着春天原野的馨香
谁在喟叹
谁将手臂举过头顶感知敞开的屋宇和心灵
谁放下了手臂
如同放弃了自由与尊严
独自焚烧苦涩的容颜

谁敢说：我无愧曾经最爱的人
谁推开了门
但止步门槛
谁遗忘了谁
谁是谁严酷的冬天
谁带走了火焰
谁在一只鸽子的羽动里
联想到人类世界最纯粹的情感

我没有王冠
四月，我独自行走高原
夜，很平安

20

夜
我试图用忠诚的词语穿透遮蔽
我会躲避植物
在羊群安睡的地方
我仰望，把一个心愿放在云端
何日有雨？这不是我一个人的疑问

夜
星斗照耀着北方
安抚马匹，我的灵魂的圣地

夜
怀念者，你要珍重自己的心灵
不要隐痛，你的身边一定会有水流
你可以想象氤氲
在树冠之顶，假如你没有发现星空
你就念起被怀念者的姓名
你的前世今生的牵挂
你的遥远的旅程

夜
诸神的领地
黑色笼罩我的视野
我的眼前幻化出一架水车
一个人站在那里，在斜射的阳光下
后面是蓝色的海子，我看见一条船破浪而来
那一天，我想到驰骋的蒙古马

我的家，应该远在天涯

夜
我多么期待童声合唱
响在头顶，然后我看见迁徙的鸟群
栖息湖畔
静卧而眠

夜
我把一切都托付给你
包括我的诗篇
这心灵焚烧的火焰
所决定的一个一个倾吐的瞬间

21

如果我对你说
我在塞外四月的午夜看到无边的绽放
像素雅的云
一朵接着一朵

如果我对你说
我在幽静的湖畔跟随忆念
回到了童年，依恋母亲
是那个总在张望远山的孩子
未上马背，也没有体味一生的初吻

如果我对你说
我想留下，用我的行为揭示回归的含义
不再憧憬异域和奇异
活在想象里
永远告别坚守的疲惫

如果我对你说
我在午夜之后的高原上
因我醒着的虔诚感动了众神
让我听到了古老的密语
然后，我安稳地睡去

那么
远在夜海那边的你
我的女孩，你就当我变成了尘埃
你要幸福地活在世间
千万不要哭泣

22

最终
我们都会抵达那个地方
我们的亲人们，我们爱着怀念着的人们
在那里等待

贡格尔河
我少年的河，我来了
我把精神的负累留给了身后的都城
把一个人的夕阳和清晨
把珍贵的火种放入一座石塔
循着诗歌中的水声而来，贡格尔河
我要用这些红色的语词
证明曾经拥有的日子
还有爱

冥思人间
贡格尔河，什么是长？什么是短？
除了安宁的自然
什么是最真的相伴？

一个人的生命史
能记录多少个四月？
如这春天

23

我在贡格尔河谷逆风而行
我的一个人的旅途，我的天空中
随阳光飘洒的蓝色的牧歌
它吸引我向幽深的境地接近
它歌唱伟大的爱恋与巨大的痛失
就像两块交错的岩石发出鸣响

我是没有改变的
我曾经那么渴望成为一个英雄
在幻想与鹰比翼的年代
我折断了牧鞭，可我热爱马
实际上我热爱未知的前路

我用一年时间甩掉了稚气
用四十年时间追念我的童年
四月，在清明之后
我毅然选择了向北之旅
我要给自己一个提示
我没有迷途，我没有在无形的挤压下
遗忘高原上老去的马匹

今夜，我久久倾听一首牧歌
如同守望我的姐姐
她倾诉，她的双眼里含着泪水
她用女神的语气缅怀故去的父亲
那个象征大爱与威严的男人
我跟随，我闭上眼睛都会感觉到史诗的草海

我的久已丧失的心智渐渐苏醒
我说：父亲啊，我回来了
你听这歌声，那是我们的血脉
我们拒绝文字的欢乐与哀愁
我们的尊严与自由

24

我的女孩
你要感觉这用歌声开凿的河
请遗忘我

我在歌声光泽的后面等待月夜
这是我不能抗拒的相约
我被歌声举向灵魂峰顶
就是一个牧童

我的姐姐，那个歌唱父亲的蒙古女子
她面对毡房，我在山上，背对星光
云在天上，我和姐姐在母亲的心上

我的女孩
我在青草茂盛的山上眺望异乡
姐姐的歌声在云上
父亲在归家的路上

我的女孩
请你遗忘我
铭记朝阳的湖泊
还有雨夜，那些亮着的灯火

此刻
在姐姐的歌声里

我是丢失了羊群的少年
在四月之夜
我的贡格尔草原

25

我的在天上牧羊的梦幻起源于这里
所有的幸福与不幸都起源于这里
我回到这里，再也听不到母亲的消息

说忘记
与故人远隔十万里
风熄灭篝火
足迹难觅

26

黎明
我的牧歌依然没有消隐
在阿斯哈图山下，我看见一道辉光掠过贡格尔
然后是又一道辉光
我的牧歌在辉光的前头
朝碧蓝的达里湖涌动

黎明
夜与昼的精灵是最后一颗星星
在北方以北的天空
我注视一点纯白
像阅读一部经书最后的文字
我的最后的启示
原来一片苍茫

黎明
是出牧的时刻，而我
是这片草原古老生活的旁观者

仅仅为了寻求安慰
我站在这里，在我必须依赖的血脉里
一座建筑红色的屋顶上镌刻着祝福
——心不死，故园之门就会为你敞开
你回来，我的孩子，你也可以再次离去

黎明
蒙古马奔向四个方向
我的遥远的四个春天
被神奇的心浓缩为一句语言
再见

黎明
在怀念的边缘
高原上雨季，还非常遥远
再见

27

再见
我童年之夏的大水
谶语一样的彩虹。再见，那个年代的蝙蝠
我的山崖微微浮动的黄昏
我的成长的记忆
春天的柳梢，燕子筑巢的屋檐
再见！西山的雨幕，我的奔入家门的伙伴
风雨之前的草原
我知道，就这样活下去
我们在人间，没有回返
只有怀恋

再见
曾经的送别

我的迈入中年的母亲
写在白发间的语言。再见，我的青春
故园之冬的雪，神绣的冰凌花
我的长河彼岸的诱惑，那未知的世界
再见！我身后的牧场，我的亲人们
第一个开启我的智者
如今你走到了哪里？
你怎么没有告诉我
灵魂的孤寂，一旦成为幸福
也就拥有了飞翔的翅羽

再见
阿斯哈图南麓诗歌的清晨
我的白发苍苍的祖父
你闭目描述的遍地尘埃
我的草原上移动的山脉
忧伤的羔羊。再见！我的热泪涌流的缅怀
错失的路，雾，起伏于生活那边的长途
我的母亲，你曾提示我人性的花朵
一旦凋谢，就是永别
这只能承受
不可诉说

再见
我的鹰，巉岩
我的往返于异乡与故乡之间的身影
我有大地，但没有天空
没有，没有那样的天空。再见！另一颗心灵
我发誓：我真的热爱蔚蓝
蔚蓝，那是我的牧歌
我透明梦境里的第一句箴言

我的不能放弃的激励
蔚蓝，也是我宿命的昭示
我的伤痛，我用心血铸就的诗篇

28

再见
我的春天里的别辞
被我在诗歌中点亮的生活依旧
想象依旧，但不见飞天衣袖
苍天依旧。再见！我的母亲的贡格尔
你就这样平复了我的心
你在那个新鲜的早晨让我喝了上马酒
送我重返异乡的归途
就这样，我再一次经受了无言的冶炼
我不是英雄，我会像一个真正的英雄那样
在所有平凡而艰难的日子里感恩
无限珍重你的庇佑

再见
我的父亲的牧歌
我懂了！即使死在平原上
我也将追寻那个高度
那是蒙古牧歌里最接近星海的音符
但本源依旧。再见！我的前半生
我的孤独与痛楚
我的故人们，我走向天堂的诗歌兄弟
我的手足

再见
春天。垂柳鲜嫩的叶子已经指向夏天
这必然的过渡
这神的旨意所决定的四季

在如此的更替中
我们告别青涩，最终衰老
获得黄昏的回顾。再见！这个过程
多么令我们感怀，那些曾与我们相爱的人
都活在往昔，我们一起听雨
听动荡的生活，无论怎样也无法脱离火
它焚烧，它让一个幼童看到神的影子
在温暖中，这个幼童正在学习人类的语言
——妈妈，鸽子，大地，爱，渴，河……

29

再见
我对高原四月的草地说
我无法停滞了，我将在通透的沉默中
把最真挚的祈愿献给一个干净的女子
我希望她拥有开心的微笑
把自己的生命视为神赐的花朵
那就是热爱。再见！在这仁慈的静谧里
我的内心充满了感激
故园啊，你再造了我，不是肉体
是我的魂魄，像云一样自由和从容
为此，我要祝福一切爱我的人们
把我的诗给你们，把我诗歌之外的沉默
在此刻

再见
我的阿斯哈图石林
我的白桦树，你少女的身躯上可见沧桑
我是不能责怪岁月的
我也不愿对你问询
无论往昔，还是来日
无论生死。再见！我的贡格尔河

此刻，不是我在俯视你
不是，那是我的深思，比如眷恋
我因此垂首，我知道你在律动
像人类的情感那样
像人类的感伤那样
像光芒

再见
我的阴柔的达里湖
待嫁的姑娘，你从不拒绝让我接近
在夏秋之间，你的十万只天鹅
让我相信了神灵，那一定就是诉说
无形无色。再见！初上马背的蒙古少年
你不要恐惧，因为你必须承袭
只有在马的奔驰里
你才能听到最古老的牧曲
你也会痴迷。你要铭记
你是自己的王，你的坐骑
它的左侧是黎明，它的右侧是夕照
它的足下是你永生永世的蒙古草地

30

再见
我的永不垂落的灵旗
我的精神的父亲，未曾错失一个雨季
我所敬畏的绿色浩歌逆风行进
我虔诚阅读，我的精神的父亲
你给了我一天一天上升的思想
追随灵旗。再见！当一块岩石脱离了山体
横卧在荒芜的路上成为一种标志
我理解了诀别的含义

再见
我的长路上的歌者
除了诗歌，我将静默
但是，我绝对不会偏离指向峰峦的道路
就如同这个四月，我选择了北方高原
在母亲的营地顿悟我的半生
体味幸福与疼痛。再见！你听
克什克腾午后的天空
白云缝隙的一线幽蓝
你听天籁，它贯穿我的别辞
你不会在那里发现文字

再见
你听，我的马背上的岁月永无穷尽
怀念就没有穷尽
你听，蒙古女儿在水边唱着
母亲说：我的儿女们啊
生你们的时候，疼痛很短
泪水蒙着妈妈的双眼
养你们的过程那么艰难
可幸福却那么长，一天一天
一年一年，你们啊，怎么越走越远

31

清明之后
我没有再去母亲安睡的领地
这源于我的信念：我的母亲
她一定坐在阳光充足的草坡上
她看见了我，比如我的迟疑，我渴望见她
又再也见不到她的恐惧
我的母亲，一如生前那样望着我
在我的诗歌的春天

她对我示意：走吧！我的儿子
别哭泣

我没有哭泣
我回来，我顺从一种意愿
它接近岩石，我是说它的品质
它就在智者的后面
是那样的呈现，使我铭记这些词语
——春天，远行，道路
恩惠，人间，爱恋

当然不能忘却怀念
我回来，我对故乡说
你给了我生命与牧歌，还有一生的安慰
我给了你什么？除了遥远的凝望
故乡，我给了你诗歌
这样，我服从
你的嘱托。是的，故乡
即使有一天我独自一个人夜宿大漠
我也不会怀疑
在云的上方，存在你的灵息
那就是你的庇佑
是比云还洁白的奇异
但不是花朵

32

我又要走了，贡格尔草原
我不能把心留给你，我得带走
母亲说：走吧，带着心上路，你会很安全

我又要走了，贡格尔草原
没有心，我怎么接近更多的心灵？

还有怀念，贡格尔，当我走向时间的遥远
没有心，我怎么对你怀念？

是的，贡格尔，在神明覆盖的广大静默里
我短暂驻足，在四月的异乡啊，谁在独自哭诉？
谁在我澎湃的心海，轻轻道一声问安？
我领受，我知道那个地方月光明朗
净水早已经流为祝福与哀愁
在河之畔，在山之麓，在梧桐的枝头
也就是在天空，云飘着，云没有故乡
在云的上方，夜晚啊，被人类久久仰望的银河
是那样的横亘所象征的生死离别
幻化为无限美丽的相逢
总会打破静寂的
你看，就在那里
心在横渡

33

此刻，我在都城，在正午
我祈祷一切自由的心灵
都能指向自由的去处

我祈祷，愿人类的心灵远离起起伏伏的痛楚
愿我们安宁相爱，在这个春天
栽种呼吸的树木

我祈祷，愿人类歌者的咏唱
融入天籁，在比自由更自由的宇宙
我们相知，如珍重手足

我祈祷，入夜，愿大地平安
愿每一线星光都是对人类的祝福

愿梦境蔚蓝，花开无数

爱我的人啊，我的祈祷
不是春天的遗嘱
而是感激，对我们永远无法预知的道路

2010 年 4 月 12—19 日，
于北京—金山岭—承德—坝上草原—克什克腾—北京
神游后道路的恩赐

在星光背后

幼年的一个谜藏在那里
属于冬日的仰望
枯树的影子移动在平原
这是身旁的事物
如故国的山水路与房屋
常被我们忽视

我所听到的自然之语
如此纯净
这不同于人世的水流
青草黄了又绿
许多人匆匆奔走
也不同于举起手臂暗示手臂
甚至河畔流传的恋谣
都不能吸引我
我深信在星光背后
有另一类谛听或凝视
这永不可知的遥远
梦里的冰河上落着白雪
星光在头顶飘着
伸手可及

总听到母亲唤我的乳名
一声一声遁入漫长的冬季

我仰望那河
宁静空旷　北方的夜里
幼年的我
感觉有什么在接近
不知有什么在远离

今夜　我在写这首诗
是的　我是从那里出发的
在星光背后
我想象的河流沉默着
我要说　那圣乐
不可能随时响起

1996 年 5 月 5 日，于海口

静静的雪山

猎人伏在雪地里
游移的枪口吐着严寒
辽远的洁白　正午
觅食的母狼离开林子
向猎人接近
他在犹豫
雪　饥饿　一层淡淡的烤蓝
都使他晕眩

向北而逝的风筝如一个梦幻
吸引忧伤的少年
黄昏已降临在湖畔

少年手握断线
蛙鸣天空炊烟
在少年的背后
传来一声呼唤

收割的人
在一片金黄里说起春天
远足的骑手默念坐骑
马的生长　马的奔腾
马的嘶鸣传得很远很远

祭日里无雨
年迈的长者在河边走着
少女在岸北点燃火焰

一首诗诞生在灯光深处
一种怀念
一只燕子飞向屋檐
一句诺言出现在风雨之前

最后的凝视
最后一次握紧亲人的手
最后的昭示新婴啼哭
一条东方的大河
流过静静的雪山

1996 年 5 月 6 日，于海口

永远的河流与诗歌

是该做一次远行
在夜晚　这七月无雨的寂静
浪迹的道路与天空

我草原的鹰久已停飞
所有能够感知的事物
河谷　草坡　故地牧羊的人
永远的河流与诗歌
都不会遗忘羽翅

真的　我们不需要承诺
躲在安全岛内的孩子
读着白昼的秘密
哦　人群　人群　人群
白色的雪路距这里很远
白色的斑马线　有关预言
谁会说　身穿白衣的少年
将梦游这个夏天

漫长与神秘
是我对西路之旅最初的想象
在最初的夜里
我没有想到决意的别离
道路啊　我该谢你

我是你飘荡无定的歌者
自由　就如同我的诗
我相信在苍茫的天空中
总会出现星群　流云　风
神性的翅羽上
写着诗歌的记忆

西路之旅的终端不在祁连
不在吐鲁番
在西部诗人的长歌中
蓝色的塔里木河
流在哈尔克山以南

1996年5月7日，于海口

寻着诗歌的光辉而来

夏日祁连的雪峰
使我在长路间念起酒泉
额济纳河谷的黄昏
我神思很久　向北
天城的视野里是巴丹吉林
从那里向东
是我故乡的克什克腾草原
我在向西
母亲的达里诺尔啊
你是否还记得牧羊的少年

从酒泉向南
攀上祁连可凝望浩荡的青海　在七月
身居酒泉的诗人
为我指明了这条路线
身居酒泉的诗人
写过额济纳河
寻着诗歌的光辉而来
我念起河谷　白云与蓝湖
古老的边关已觅不见
昔日守卫者的身影
马嘶　烽烟　大漠
遥远的音讯与驿站

要选择那条路线必过祁连
哈拉湖无语　酒泉
你的歌者曾途经那里
到沱沱河畔思命定的缘

车过酒泉
我仰望祁连的雪
长风该是西部的诗魂
在神奇的可可西里
留下了属于诗歌的问询
与怀念　别了　酒泉

1996 年 5 月 8 日，于海口

背对故乡的想象

告别了下意识的海滨
也就告别了温柔的水
那无所不在的围困
我不认识那些红色的花朵
它开在这个岛上　在十二月的海之间

有谁在夜里赞美真实的火
这是北方落雪的季节
飘飞的神灵谁能感知
除了诗人　到底还有谁
在这个世界里煎熬着灵魂

这无所不在的距离和围困
不能说有了鲜花就有了美
那红色的花朵开在十二月
在岛上　在铁的栅栏里面
在我所滞留的下意识的海滨

安静地望着　想象一个少年正背对着夕阳
背对着夕阳就是背对着故乡
他的视野里会有惊飞的鸟群
一个秋天　一位少年　一脉夕阳
一片云影压着群鸟的翅膀

1995 年 4 月 15 日，于海口

对一种时光的回顾

那时我途经一座古老的城市
雨落在郊外　是夏天雨后的日子
楼群上空没出现彩虹

被雨围困的人们走在街上
没有谁认识我
我早期的诗句曾让许多人感动

午夜　我走在向北的路上
发现一位长者在阳台上张望
孤苦的心灵不能诠释
鲜花开在静夜的雨中

夏日的风温暖而寒冷
有关往昔的童话飘在风里
这无法倾诉
我独自走着
望红灯和绿灯

一种岁月已经逝去
诺言已成为石头
深秋的黄叶落满大地
如生者的哀愁
鸟在夕阳里飞翔

翅羽轻盈而沉重

所有的一切
在明灭的生命中
真的都是过程

在陌生的屋宇下
我燃起一支香烟
神秘的遭遇距我远了
都市已无人语
风雨没停　风雨没停

那时我途经一座古老的城市
没有谁挽留我没有
我默默地别了
我不知道谁在注视
或在灯下守望一种背影

1996 年 5 月 9 日，于海口

信

此刻　在无边的暗夜里
我走入寂静
就这样背对着你
将星光想象为逝者的冥言
遥想太空　那无尽的黑暗与光明

广大的原野上浮动着野草
长河落日　生者梦归
谁在灯光里醒着
谁在迢遥的旅途
三月的夜里没有回声

我见过柔美的河流
就如同这道路
如同走在前方的人们
我不知道他们的姓名

1996 年 5 月 10 日，于海口

1348年 · 史实

佛罗伦萨
意大利跳动的心脏
中世纪　一座忧伤的城
寒意笼罩大地和天空
爱情活着　许多人
许许多多的人在林间燃起篝火

布满乱石的道路上
爬行着人群

天空　首先是云
接着是阳光　后来是星群
孤雁高飞
翅羽的影子掠过河流
水手离去的渡口
卧着石头

十月　衰落的黄昏
叶子飘落在母亲的乡村

1990年4月12日，于上海

给心灵以成长的时间

一首诗接近的心灵
一棵草暗喻的心灵
一滴泪　一声问询和抚慰

霞光是飞升的血
幼鹿奔突的森林里
流淌着清泉
探源的人　久已忘却最初的记忆

从早晨到中午
从花蕾到果实
从冰到水　从来路到归路
从少女到孕妇
朝阳的山坡睡着牧马的人
从梦到醒　或从微笑到啼哭

一只鹿倒在血泊里
一声枪击提示遥远的和平
一语问候　催落苍老的泪珠

1996 年 5 月 11 日，于海口

夜

在这种时刻倾听夜空
星空映照石头
渡口与横卧河边的旅人
树站立为碑　大地一如少女的躯体
裸露圣洁的美丽
生命潮润的气息
向山谷逼近

哦　南方　南方就是水
是缠绕雄性山崖的青藤
是雪粒击打面部的感受
是田园诗与别致的桥
无数的人从桥上走过
是久远久远的期待与告别
大地上彩蝶飞舞
是生命躬身的劳作

这个夏夜
想象的空间里开满了花朵
那里没有歌声　甚至没有雨
只有美对美的撞击
在自然中传递迷人的节奏
只有两个人　在欢乐中哭泣

1995年8月20日，于海口

向北的归期（一）

滨海的地方
七月的第一个黎明
透过细密的雨丝向北方凝望
我听到从广阔的北方草原
传来勒勒车轮悠远的喧响
为一种感召　牧人们策马飞驰
青草摇动是自然的赞美

我们常在路上
听盲人预言长河的流程
为复苏而沉默的泥土
以不变的形态体味流水的温柔

落叶时节
我们倾听孤雁的翅膀
在天空中拍击风与云影
最有力的搏击该是宁静

滨海的地方
在七月的第一个黎明
我们无言赞颂　为滚滚而来的雷声的轰鸣

1995 年 8 月 21 日，于海口

向北的归期（二）

今夜　南方有雨
这个岛屿没有冬季

我的最北的额木尔河
已经冰封　牧人们
那些我所亲近的身姿
留在怀念里放歌的冬夜
那些人以无畏与豪放
近接了这一年中的第一场大雪
有一种掩埋悄无声息
在遥远的纬度
英雄长逝

我在灯下长久地默想
今夜　南方有雨

正在临近的是哪一个节日
我的身在高原的生母
在朔风里看护降生的马驹
这时刻她会念起我
面对生灵转世的冬夜
她会说一些无人能懂的言语
我知道母亲饱含泪水
她曾引导我走向坚忍
在风雪中倾听迅猛的马蹄

我在倾听
今夜　南方有雨

今夜　南方有雨
这个岛屿没有冬季
我的向北的归期
如六月般真实
那时节草原美丽
一个牧女打马走远
呼伦湖畔羊群安谧

1997 年 12 月 2 日，于海口

鸟与风雨

我们默诵这最后的史诗
飞鸟的翅羽下迷雾升腾
那飞翔　岩石的脆裂出现在午后
大地苍茫　想起高原上深重的伤痕
我们就会想起鸟与风雨

酷热的夏季
鸟亲近云　人亲近绿荫
蝙蝠亲近美丽的黄昏

我们说风雨的日子
就是怀念的日子
我们说一只无言的手臂
在道路的尽头幻化为忧愁

风雨的地方
风雨的记忆中生长着梦幻树
鸟落在树上　群星悬在树冠上空
有许多夜晚　许多歌声
许多思念如洁白的羽毛扶摇飞升
那时　我们说　朝前走吧
我们无法拒绝风雨的引领

1995年8月21日，于海口

祝　　祷

激荡在七月里的怀念被洪水围困
传言起自远方　在某个夏日的黄昏
会出现人们祝祷的晴日

智者啊　你的灵魂犹如长夜之火
照耀涉水而来的孩子
七月的深夜雷声四起

何日启程　去梦幻的西域
我说　有一个人离我们而去了
涉水而来的人
发现失去家园的人们正涉水而去

失去家园的人们走向高台
老人在树下凝望
孩子们涉水而来
母亲坐在潮湿的地方数点家人
我远离他们
远离洪水的围困
这不是早晨
在大雨停歇后
我听到祝祷的声音

1995 年 8 月 22 日，于海口

房　　子

走进一所房子
在门与门之间再次选择
通行的位置及方式
如同春归的燕子
口衔着清香的草泥飞过林地
它要栖落一处屋檐

生存的多种形态
不同于某一类物质
你总得进入　有时候
触觉比视觉更令你怡然
全部的意义不在于停留

走进一所房子　到阳台上
看一看冬天的雪与夏天的雨
或晴日　远方无人描绘的风景
如果你的身旁有一个人
你会注意到他的存在
在这所房子的墙壁上
有一幅油画　你会问
被世人观赏的白鹇
为什么有四种颜色

1995 年 8 月 23 日，于海口

草

草的柔软和坚韧
体现在伏倒的瞬间
彻骨的严寒　冬天
阳光遗忘了水
水遗忘了石头
唯有草是温暖的
还有草旁的山峦

想到火
想到在严寒的包裹里
无畏地燃烧
草的美丽会使你沉默
轻轻抚摸
温馨的感觉触动你的灵魂
使你飞升　使你铭记
使你相信草的生命无法诠释

这不是结论　草会生长
即使我们平静地消亡

1995 年 8 月 25 日，于海口

又闻雨声

穿越戈壁的声音逶迤而至
辽远的歌声　北方
种植庄稼的大地上
蓝色的河流如同梦幻
如同太空　深远而宁静

久久谛听
烈日所揭示的主题
不是板结的泥土
不是龟裂　石头在长风中化为微尘
也不是奇迹

静默翻越栅栏的孩子
被雷声所吸引　某种未经证实的诱惑
在七月降临

那是一个普通的日子
相爱的人们在异地重复诺言
说某种流体滋生于胸廓
说沉重的心绪坠落于没有水草的漠野
说在这个夏天的午后
又闻雨声
感觉陌生而寒冷

1995 年 8 月 27 日，于海口

自然中的几个瞬间

期待那种消息
七月的深夜
谁在异乡的阳台上
念故园的母亲

我在暴雨中穿过一片森林
从树冠上流泻的水
击向绝望的蚁群

那残酷的美
巨石轰然滚落山谷
沟壑也不是大地的伤痕
在风雨中摇撼的古树
裸露出湿润的根

最后的消息将来自西域
驼队永远消失了
在幻觉的草原上
有一匹无鞍的蒙古马
在风雨中追寻牧人

1996 年 4 月 28 日，于海口

心灵的驿站

人类所依赖的蓝色的水
天使般纯洁的水
流过东方腹地　父亲们在劳作的夏季
心灵里充满了感激

在迎风的沉默中面对诞生
母亲说起她的记忆　流水的源头
柔软的细沙与飞鸟的林地
久远的往昔　久远的启示与赞美
久远的方舟谛听岁月的潮汐
远行的人啊　你该铭记城市诞生的日子
那的确是生命的奇迹

用人的声音命名河流
我们感知先哲落寂
假如必须选择　假如
必须出发到遥远的异地
我们说　故园　就让我们如期启程吧
朝向艰难的心路之旅

若问蝉鸣　我只能告诉你们
将响在有水的地方
在金黄的秋季

1996 年 4 月 28 日，于海口

南方的停滞

在旧时的诗歌中
端坐着一位长者
他说　我曾熟读巴音乌苏沙漠
所谓黄河　也就是翻滚的形态沙子的颜色
千年的庙宇坍塌了
长者说　其实星光也无所谓陨落
能够留下的是石头生成的山峰
或一首灵动的诗歌

一切都依赖水
水的洗濯　远离雨水的骆驼
从不说焦渴　可可西里纯洁的湖泊
望着牧羊的骑手　涉过蓝色的沱沱河

我在这座岛上接近一首诗歌
长者　说你该向南　在没有飞雪的地方
过三个春季三个冬季
然后你就回来
对寒冷中的人们
说一说神秘的花朵

1996 年 4 月 28 日，于海口

这样的日子已经很久

这样的日子已经很久
黄昏之后　音乐响起之后
我们想象四季的天空
鸽子鸣叫着摇动翅羽
云在飘游

总在那种时刻
我们想到晚归的牧人在马背上饮酒
他比我们富有
他常看到低沉的夜幕垂落于草原尽头

群星出现的时候
我们围在一起说灯火依旧
因为我们年轻
总爱谈起诗与河流
淡淡的忧伤　如雾一样轻柔

这样的日子已经很久
为道路祝福　谁也没有责备石头
我们都铭记着灯下的誓言
夏天过后　我们要去遥远的草原
去阴山北面随便走走

1990 年 4 月 7 日，于上海

我不会遗忘迷蒙的冰河

我不会遗忘迷蒙的冰河
那时　我躺在风雪的岸上
听一位失恋的人
唱起《爱情的欢乐》
谁都有过那种时刻
当爱情降临又突然失去
谁都会想一想流泪的生活

在鲜花盛开的六月
我看见远方燃起蔽日的火
那时　我想到相爱的人们
为何在河边祝祷并垂首沉默
有一种过程并不重要
当爱人目送我去那远方
我便离去了　并告别那河

许许多多往事与河有关
许许多多故人都曾爱过
当太阳隐去，雪落北国
当我孤身一人寻找灯火
我多渴望有一个人
如旗帜般飘在我的前头
请相信我那时我不会流泪
为一种引领也为一种寄托

我不会遗忘迷蒙的冰河
许许多多人已离我而去
许许多多人在河边望着
当我在瞬间想到归期
我会仰望日升月落
那时我会重新走近你们
当然我依然什么也不愿多说

1990 年 4 月 9 日，于上海

那时（一）

我们平淡如水
那时　我们谈起京杭运河
我说　我去过运河岸边
那里除了流水
似乎也没有什么

那时　我们站在城市的街上
望多种欲念从天空飞过
我想到被墙壁围住的人们
望那高楼　因何收留了众人
想那不同颜色的目光深处
在哪种时刻有泪水滴落

追忆一些往事总使我们感怀
有关我们青春的岁月
不倦的路终会记得
一切都不是传说
其实生活也没有什么过错

1990 年 4 月 10 日，于上海

那时（二）

通过目光传导的心智
停留在黛色远山
蝙蝠飞翔的夜晚　有关火焰与温暖
一棵古柳暗示的预言
不是一些概念
行走在昨日的童年
依然被母亲呼唤

那时　我们将什么留给了田野
故园的一脉溪水
不仅仅是浸润　那是流淌
像含蓄的目光
穿越不可言说的岁月
如果我们静静仰望
一种渴求就会凝聚在天上

那时　我们以纯洁的双手
捧住九月的星光

2007年6月30日，于北京

我们原本都很平凡

我们原本都很平凡
如沙粒　钟乳石
大地之上野生的星星草
如经不住烈火燃烧的森林

诗歌与雕塑让我们痴迷
这两种艺术说明了人类的焦渴
还有音乐
它使我们感受到生命的律动与死亡的游移

那天晚上
我们穿过街心花园到湖畔去
途中看到一位双目失明的老人
正在用木棍探寻道路

我们站在那里　想一想自然
觉得人的确也没有什么
只有透明的良知
能使我们捧起一只受伤的飞鸟
并轻轻地擦去它的血痕

1990 年 4 月 11 日，于上海复旦南区

有一种声音掠过旷野

谁也无法说清那是什么声音
群星早已隐去
那是早晨　食草的山羊偶尔抬起头来
望一眼盘旋于天空的苍鹰
白云已经静止

我们在必然的时刻途经那里
发现牧羊人正在熟睡
他在早晨的阳光里熟睡

听我说　有一个手握斧子的男人
在风雨之夜渡过了西拉木伦河
之后他永远倒在对岸了
他总想证明什么
可那把斧子早已证明他了
那是黄昏　我站在母亲的身旁看着他倒下
他是我的父亲
我们横穿八月的草原
听一听　有一种声音掠过旷野
母亲曾提醒我　那不是斧子的声音
我只记得　那腾飞的蒙古马
是父亲永生的灵魂

1990 年 4 月 12 日，于上海复旦南区

酷爱足球的孩子

报载：在黎巴嫩首都贝鲁特郊外的草地上，一个在战乱中失去了右腿的孩子，怀抱着足球凝视天空……

是泥土与清泉的孩子
最卑微的生命
也拥有岩石缝隙小草的渴求
对泥土、水流与绿地
对无语的天空

是这个星球的孩子
母亲的孩子！我们的弟兄
绿草与鲜花间
他踢球的身影对于智慧的人类
已成为启示般看不见的造型

是所有职业军人都曾有过的岁月
酷爱足球的孩子
永远永远地失去了右腿
我想，军人的耻辱
不仅仅是有过战败的经历
失去了右腿的孩子啊
你望见了什么
远方，足球大赛的欢呼声此起彼伏

以诗人的身份
我推论神秘的过去
第一个挑起战争的人
一定首先刺杀了母亲

1990 年 4 月 14 日，于上海复旦南区

以泪水的痕迹诉说生命

叶子飘落的季节
都市的长街装订岁月

那是秋天　在秋天
一群写诗的朋友听墙在预言
黑色的墙　影子砸在历史上
在这之前　他们写黄昏里的鸽子
鸽子翅羽下青青的草
水流　筏子　与弯曲的岸
草地尽头恬淡的农田

一群写诗的朋友在秋天
相对无言　谁在谈论诗的纯度酒的纯度
墙在预言鸽子的故乡
温暖的巢不一定在海边

一样的思乡不同的墙
平凡的日子日升月落的日子
诗人们的想象不是鸽子
沙海古战车的辙印现实
季节土地与村庄
母亲离我们很远

一切都是启示

我们倾听　墙说　雪已停了
觅食的麻雀在飞翔
这季节应是沉默的季节
叶子飘落了　在秋天

以泪水的痕迹诉说生命
高原之树　父亲们
火焰拽不断地下的根须
暴雨山的南边晴着
我们在雨中点燃无罪的火焰

三月十一日夜
我忧伤的想象飘满天空
这是初春之夜
我想　在秋天　落叶的秋天

1989 年 5 月 3 日，于丹东

黄昏笔记

总在这种时刻想起一些名字
你们的名字　如童年时代母亲伸来的双手
使我渡过冥思中的大河
我在一间陈旧的屋子里静坐
透过通往阳台的窗子　想象郊外

八月　那些飞越无名山谷的蜂群
在雨后生长的水草
许多离乡出走的孩子
纯洁的孩子　是不是距你们很近

一支曲子梦游故园
谁的灵魂高举着旗帜
在这种季节我思念你们
告诉我你们　还在绿荫覆盖的村庄里
等待着我吗

八月的黄昏
我的灵魂休憩在一条河边
我要在这里等待
那些纯洁的孩子们会途经这里

你们先走吧
请代我告别母亲的村庄

1989 年 10 月 31 日，于上海

空　谷

谁都不肯进入空谷
据说空谷里有一座破败的城

记忆之花开满天空
我揉一团黑色的泥巴
揉神秘的空谷　除了手扶土墙的母亲
不知谁还在痛哭
这是二十年前一个无雨的下午

空蜂箱摆满荞麦地
荞麦地春天就已荒芜
只有落花如同弃儿
躺在无人之路

年年凝望
母亲年年手扶土墙
我年年揉一团黑色的泥巴
终不见父亲从空谷中走出

年年年年
无人进入神秘的空谷

1990 年 2 月 18 日，于北京

三十岁的人生

我已习惯于奔波在路上
许许多多陌生的站台与灯火
使我迷恋无尽的旅途
谁能说清那一切所包容的内涵
孤独振奋与沉默中的欢乐
对明天的日子我一无所知
就这样朝前走着　人们
我从不奢望你们的理解
我懂得那理解无比珍贵
如寒夜里的篝火　如渡河时彼岸的昭示
如跌倒时友人真切的呼声
如寂寞的旷野上
随星光移动的熟悉的身影
人们　我不会请求你们的理解
当我告别三十岁的人生
我知道自己远没有抵达成熟的季节
那时　我会向你们举起双手
作为我的祝福　人们
你们将会发现　我无言的双手
犹如友情般纯洁而沉重
这就是我的语言
诉说给三十岁的人生

1989 年 10 月 17 日，于北京

独步海滨

我所想到的海洋
在梦里　呈现出某种平静
故园无海
我所发现的平静　是童年的天空

这是北方的三月
鸥鸟的翅羽上滴落自然之水
谁在等我归去　在花开时节
谁在清凉的风中
描述没有积雪的风景

三月七日夜
在大连我将目光投向迷蒙的海
我想到三月　飘落于北方大地的雪
想到来路　想到温暖的石头　风雪的旅程

是的　三月七日夜
我感受着失落的沉重
童年时代的风筝已飘得无影无踪

1990年11月3日，于上海复旦南区

有一种幻想

有一种幻想在黄昏扶摇飞升
常在飘雪的季节
我想象迷人的夏夜
还有谁在远方怀恋旅途
面对燃烧的天空
我渴望收回断线的风筝

此后就是长夜
我默默地跟在姐姐身后
走向夏天草原的河流
当我仰望群星的时候
我看不见姐姐河中的倒影
这时月亮升起来了
姐姐说　走吧　风很冰冷

有一种岁月永远地去了
分别那天　姐姐含泪提醒我
走吧　不走已不可能

1988年9月18日，于北京

发　　现

音乐响起的时候桃花盛开
崖顶灿烂　叶子鲜艳透明
父亲时代的谷子　成熟于田间

音乐响起的时候彩蝶飞舞
山谷令人迷恋
绿麦浪一波一波滚动
久已迷失的感觉在移动中震颤
音乐响起的时候冥思海边
石头滚烫　沙滩纯净凉爽
牧羊人酒后未归
骄傲的骑手沉睡在草原

音乐响起的时候道路消失
心与心很近　人与人很远
可善良的微笑总使人感激
那是美好的一天
音乐响起的时候
我想　在长空之下
谁默默无言　泪流满面

1987 年 4 月 28 日，于丹东

母亲时代的歌谣

那是一种昭示
漫过大堤的黄色洪水
使母亲们想到证明
大片大片未成熟的庄稼
在母亲时代的歌谣里摆动
母亲们唱着　雨已停息

母亲时代的歌谣真诚而优美
我们感伤痴迷并幡然悔悟
除了灵魂　还有什么接受灵魂的洗礼

那些裸露的黑色的根
使我们想到生命的牙齿
蚂蚁以游动的形态编织晴日
母亲时代的歌谣使我们变得深沉
到大河两岸去
带着我们未完成的诗稿
到母亲身边倾听歌谣

什么是痛苦
诗的节奏随大水起伏
百川之水　漂浮于大水之上的叶子
远离故园的人
有关泥土与劳作的史诗

在母亲的歌谣里诞生

母亲时代的歌谣使父亲们骄傲
那是许多充满了爱恋的日子
母亲们唱着
父亲们以人的形象站立在田头
春天到了　他们都知道春天到了

当父亲们将犁尖刺入坚硬的泥土
春天到了　他们没有想到七月的洪水
那些耕作的早晨非常美好
我们的耳边响起母亲时代的歌谣

1987年4月29日，于北京

天堂巷3号

在花朵枯萎的十月
你被灰色的人流淹没了
清晨　阳光摇不响檐下的风铃
你不会知道
此刻　除了花朵
在长长的金丝绒窗帘里
有谁在泪洗早谢的花期
是的　你不会知道
高贵的窗子都是流泪的眼睛
我们无法窥视眼睛深处的一切
如那高墙
我们所看到的
仅仅是阳光照射的一面

此刻　在天堂巷深处
我伫立着望你
你鲜红的上衣如灰海之帆
知己别你　思那难眠之夜
我坐在你的身边
用口哨吹动俄罗斯绿草
长久地　我悠扬的哨声
在深秋的伏尔加河面回荡
相信我　这一切
都是为你

你沉静地坐着
如圣洁之水
我如水中之柳　于无声处
默默地感受你的温柔

当哨声的尾音遁入深夜
我便用灼热的目光覆盖你
使你倾听
一支流传了无数年的曲子
在我沉醉的心海
荡起新的节奏
凝眸　生命原始而常新的战栗
作为两片羽毛
在苦难的岁月里
我们拥抱自由

谁也不可能改变我们
如果能够
我宁愿缩短有限的生命
以延长那难眠之夜
我承认　这只能是我们的奢望
一如我们并肩走向长街
我曾想曾想深深地吻你
虽然我们没有尼泰戈尔的曲子
虽然你是圣洁的水
我是无岸的柳

可我不能没有你了
我生命的远方之夜
因你的出现而充满光明
我如死海

不能没有你温暖的照耀

我独自行走在无尽的路上
幻想着　你就在我的一侧
对我轻轻耳语
轻轻耳语　在秋日的黄昏

这是静夜
孤寂的长长的静夜
在天堂巷深处
我念你亲切的名字
你如已睡去
我寻你的身影
会怆然出现于你梦之旷野
吻你　吻你梦境中青青的草
让绿草间的鲜花
以微弱的力量
托起我思恋与祝福的泪滴
那泪花如一束光明
照亮我走向你的旅途

知已别你
知你　从未相信我的死期

1988 年 3 月 2 日，于北京

回报泥土

在平原的尽头坐下
等待秋天　劳作
以永恒不变的形式
以弯曲的身影
描绘没有阳光的静夜
对于我们　幸福
就是劳作与丰收的过程

从来也没有想过
将浸透汗水的衣衫
视为风中的旗帜
每年的那个季节
我们迎着初露的晨曦
敞开家门　我们集合
我们在母亲的大地上集合
是灵动的三月了
在温暖的辉映下
冬已逝去

回报泥土
献给大地母亲以不变的爱心
走过那些季节
面对燕子飞去的方向
我们举起无言的手臂

让我们告别

回报泥土
我们无尽的眷恋如饱含的泪水
不需要倾诉
也不必赞美
世世代代我们
无尽的痴情如纯净的空气

1991 年 5 月 8 日，于上海复旦南区

父 亲 们

那时我们远远地望着
在河畔吹响柳笛　少年之夜
我们在大地与河流之间奔跑
消失于茂密的树林
生长的垂柳记得我们
父亲们记得我们
如天空　不会遗忘美丽的鸟群

那时我们安详地睡去
父亲们归来了
脸上落着黄色的尘土
我们在梦中　在接近天空的岁月里

嗅泥土的馨香
关于大地　我们说
父亲们站立在那里
这是我们童稚时代唯一的记忆

那时我们不了解父亲
不了解疲惫的泥土
我们依偎着父亲的身影
吹响柳笛　这是证明
有一种声音曾属于我们
在河畔　在梦里

那时我们不懂得守望
母亲们坐在灯下
从远远的地方
传来父亲们沉重的叹息

1991 年 5 月 9 日，于上海复旦南区

最初的白雪飘落北方

总是这样
最初的白雪飘落北方
最初的爱情不在路上
大河已经静止
我们行走　亲人们都在期望
古老的节日临近了
让我们朝前走啊
情里梦里是流泪的故乡

在落叶的季节里我们想过
最初的白雪会飘落北方
有逆行的云
无色的风吹过宁静的街巷
寒冷的日子里有燃烧的心
燕子飞走了
我们将归去
节日到来前有遥寄的祝福
记忆的旷野上有梦幻的花海
有彩蝶飞舞
有慈母的目光

我们该铭记些什么
春天的雨　夏天的云　秋天的树
冬天的白雪纷纷扬扬

是的　总是这样
最初的白雪飘落北方
最初的爱情不在路上
最初的诗句诉淡淡的乡愁
最初的离别与诺言
珍藏在白雪覆盖的村庄

1991 年 5 月 12 日，于上海复旦南区

泥土颂辞

因光明的引导
我们上升　泥土的旗帜飘扬在云里

阅读伟大的河流
阅读森林山峰湖泊
阅读父亲们农耕的历史
我们为之沉醉
站在一个特定的角度
我们阅读金色的玉米
黄昏时分的炊烟系着
泥土的灵魂

午夜的光明是汗水的光明
岩石上刻下了长风的吻痕
父亲啊　你的脸上落满了岁月的霜雪
光明是你　长风是你
泥土的沉默是你
父亲啊　我们想浇灌下一个秋天
我们渴望　请你们放下手中的镰刀
请坐在树荫下看我们
扶起弯弯的犁

因光明的引导
我们上升泥土的旗帜飘扬在云里

1991 年 5 月 12 日，于上海复旦南区

塔吉克少女

黄昏归家的塔吉克少女
不知道帕米尔高原
有多么神秘

有一种灵性总在呼吸
塔吉克少女　美丽如孔雀的翅羽
但她却不能飘飞
她从没想过从春季到冬季
太阳离月亮多远
人又行走了多少距离

帕米尔无语
身在远方的亲人
去了很久这遥远的守候
积雪一句心语　一架锃亮的鞍子落在草地
一群奔驰的马匹

黄昏归家的塔吉克少女
迎着鸣唱的鸟群
她没有举起美丽的双臂

1999 年 1 月 9 日夜，于北京

收割之后

我感受无边的沉寂
在向北的路上　在远方
负重的车轮已不再滚动

这是应该仰望的季节
未知的启示会出现在这季节
没有任何声音了
在北方草原　我发现遗落的谷子
横卧在向北的路上

我能理解一种渴求
面朝大地期待有雨的日子
期待湿润的风　种子落地后
期待更沉闷的雷声
一切都是为了这样的沉寂
收割之后　原野上的鲜花依然开着
向北的路上已不见人影

这是应该仰望的季节
对流云对鸟群对落霞
对群山之巅密密的树林
对有雨或无雨的天空
我们已遗忘太久

1991 年 5 月 13 日，于上海复旦南区

不要问我的姓名

在我沉默的时候
一切都属于你　可以让雄性的鹰
飞过我裸露的海面　这就足够了
不要问我的姓名

有篝火的时候就有我了
由于密林的遮蔽　在漫长的岁月里
我无法接近天空
自由地走向我就足够了
不要问我的姓名

我渴望从深深的山谷里
看到你勇敢地站起身来
走向我　用你没被罪恶玷污的双手
抚摸我的额头　不要问我的姓名

在和谐的自然里
我的一切都属于你
可以将真诚的泪
洒向我裸露的海面
这就足够了　不要问我的姓名

许久之后我才拥有海的
不要问我的姓名

1987年6月18日，于北京

在睡眠中学习语言

那里也是阳光照耀的地方
美丽的赞比西河与林波河
于沉默的岁月里养育了你们
我的黑肤色的兄弟
你们的大津巴布韦古城
以昔日巨石砌成的建筑群
证明一种色彩生命的色彩
暴雨冲刷不尽的色彩
如我们的故宫衬托死亡

在睡眠中学习语言
人的记忆　游鱼的记忆
海洋麦田草原谷子地
还有金黄的沙漠联接起我们的距离
我的黑肤色的兄弟
你们的大津巴布韦古城
以水草泥土与木柱
支撑起一片天空

梦境是辉煌的
一位善良的长者在大河的中游
他说　孩子们　这是我们的河

黎明在河的源头升起了
我们醒来重复着
这是我们的河　这是我们的河

绵延的花岗岩山丘上布满巨石
我的黑肤色的兄弟
你们的大津巴布韦古城
如一个神秘的符号
写在非洲的天空下面
于迢遥之间提示我
石头最多的地方
人渴望化为泥土
碑最多的地方
不是大津巴布韦古城
碑最多的地方文明最少
那里不是大津巴布韦古城

1989年5月4日，于丹东

谁也没有这么说

也许山里有淡淡的晨雾
草丛间会出现羞涩的花朵
走过去　无意间碰落一颗青果
不！谁也没有这么说

也许春去了夏就到来
从此到树荫里谈论炎热
走过去　才觉得非常焦渴
不！谁也没有这么说

也许六月里天不晴朗
彩虹在暴雨后依然沉默
走过去　阳光下有一条冻僵的蛇
不！谁也没有这么说

也许呼唤时已是冬天
回过头凝视十月的丰硕
走过去　再不可能了　这冰封的河
不！谁也没有这么说

1987 年 7 月 4 日，于北京

红色的河谷

三千年没有长流水
石头说　这红色的河谷很潮润
蜻蜓飞翔在干旱的天空
它们的翅羽上落满了灰尘
阳光如昨日般照射着
枯萎的花朵在探寻
那是谁　那人因何迷恋红色的河谷
还有蝙蝠　它们为什么出现在朦胧的黄昏

红色的石头
布满红色的河谷　那是河的吻痕
落雨的日子是喧哗的日子
山峰与鲜花抬起了疲惫的头
只有红色的河谷
不肯发出欢呼的声音

被遗忘了的
果真是红色的河谷吗
喧哗之后　在喧哗之后
红色的河谷承受自由的坠落
那是飞翔的蜻蜓　它们的翅羽
停止在另一个干旱的黄昏

1989 年 10 月 8 日，于北京

城市的诞生

那时我们都是孩子
对戈壁雪峰与蓝湖的感知
就如同梦一样遥远
我们终日想象
雨停后　在夏季的黄昏
一个陌生的身影
以什么样的力量牵动了我们

城市诞生后
父亲们就衰老了
我们在新开的路旁栽下两行树
春天　生命的注视是那样湿润
我们知道他们是谁
那些守望的眼睛啊
那绿风飘逸的四月
那悠远的乐声

父亲们什么也没有说
我们就成了这座新城的主人
合理的承袭是如此自然
就像流经城市的河
或两行相连的诗歌
就像这一片大地到那一片大地

我们忽视了城市诞生的过程
遥念故园　最深的记忆不是节日
不是成熟时节庄稼的色彩
不是童话般出现的大道和楼群
最深的记忆是对辽远的想象
对戈壁雪峰与蓝湖的感知

城市已经诞生
我们终于懂得
世间的每一种辛勤的劳作
都会令人类感动

1996年5月2日，于海口

东方 · 河流 · 赞美

生长在这片大地的尊严
在歌谣里结为果实
我们的生命　家园　恋情
傍泥土而生的心智
岁月的魂以鹰的形态飞翔着
哦　东方　你浩荡的风
吹拂着春天的嫩绿与秋天的金黄
我们如青草般伏在你的怀抱
听河流涛声起落
纯洁就如同圣婴
灵魂之羽的搏动
是我们倾诉的语言

我们的想象飞翔于你的天空
在你的大地谛听并凝眸
以沉默的方式
我们感悟大河的流程
那是你尊严的血脉
浇灌我们的生命
从夜晚到黎明
我们说　奔流吧　母亲
河流啊　河流啊
倾听东方古老的歌谣
我们寻觅你辽远的源头

无尽的岁月
在你的大地上呈现出苍茫
我们读着　当暮色渐蓝
所有的歌声都为着你
蜿蜒的长旅中总有你的儿女
在夜海里承受母性的辉映

我们说　这是永恒的
是的　你的大地一如夜空
宁静　安谧　神明无限

1996 年 5 月 4 日，于海口

岁末祝辞

我们崇敬高尚的生命
世世代代迷恋的远途
这片与生俱来的土地
河流蓝湖与山峰
雨后　流过叶子的三月的水
投映着黎明

一次别离的启示
大概就像天空中的云影
美丽而无声

我们深怀渴望
岁岁年年　彼此感知跳动的心灵
我要说　不会因为举起了手臂
就遗忘了叮咛　不会因为沉默
而远离神圣
望远山飞雪　遥念故园
故园故园　我们确曾爱过
在往昔　一条长路上写着铭言
我们怀念八月的水声
感谢流水与生命
感谢田野里躬身劳作的身影

1996年5月5日，于海口

伊　　犁

我的家园在草上
作为牧羊的人
我熟识那些悲伤的流水
西拉木伦河　额尔古纳河
牧童乌尔吉木伦河
伊犁　这些河流都在内蒙
她们在牧歌中　滋育了一种灵性

伊犁　你七月的草地使我相信
预言是真实的　察布查尔的牧人神色悠然
远行的我　在日出的伊犁河畔
想象诗歌的神鸟鸣唱而来
牧女们踏草而来
婆罗科努山与哈尔克山之间
有四条美丽的河流
喀什　巩乃斯　伊犁　特克斯
神圣的赛里木湖畔
奔驰着黑色的马匹

我的家园里不能没有水
就如同我的诗中不能没有灵魂
长路上不能没有怀念
伊犁　我来了　我是内蒙草原的牧羊人
从不敢忘却暴戾的雪季

1996 年 5 月 10 日，于海口

不写天山

赶着驼队的人们
在晚钟的回旋里消失了
苍茫的山河
辽远的地平线目不可及
戈壁千里神秘的沉寂与延伸
骆驼草焦渴的七月啊
酷热的准噶尔盆地
乌伦古河在北方流
哈拉喀什河在南方流
中间地带睡着博斯腾湖
塔里木塔里木
你的天空若没有诗歌雨
和田河就可能干涸

神圣的对视
七月的传说与雪
最终消隐的大河
草草地上的羊群与马
马的嘶鸣与长驰
西域　西域　美丽的少女
唯一的停滞属于内心
充满了问询的时光
所有的期待和追怀
使我在七月里面对的自然
飘落为一片叶子　写着
不朽的诗句

归程已近
我的身影还飘移在伊犁草原
向西的路在此处停滞了
说别辞如水
说那也是怀念
说齐思河流过阿勒泰的夏天
但无论怎样
在举起离别的手臂后
我都不写天山

1996 年 5 月 12 日，于海口

在诗歌中怀念（一）

——纪念诗人骆一禾

今夜我怀念一位故去的朋友
感觉他依然坐在
北方某座都市的一隅
用我们迷恋的母语
描绘鸽子与青草的家园

今夜我忆起他的手势
他诗中的少女与大海
许多节日与梦幻
伟大的人和平凡的人
在他所创造的诗歌家园里
趋向永恒与不朽

会有许多人怀念他
秋日的黄昏
大地铺满宁静的黄昏
我们在不同的屋宇下
默诵他永远年轻的名字
我走在被雨打湿的路上
到无人的地方发一封信

我要告诉远方的友人
秋天到了，我们失去了他

为此，我们以诗歌的名义纪念他
愿我们面对的世界里
传出他平和的声音

今夜我走入秋日的雨里
今夜，我的身旁
行走着许多陌生的人

1993 年 3 月 2 日，于上海

在诗歌中怀念（二）

唯一的阻隔是这夜海
遥想北方草原　牧歌覆盖的西拉木伦河谷
草已静止　我们在必然的八月途经那里
玫瑰色的高原落霞
涂染着羊群与秋草
年轻的牧人向北方长驰

有一个预言已存在很久
自由的牧羊之路　自由的诗歌
在高原的晴日幻化为不竭之河
鹰翅　古歌　与马嘶的旋律

为了什么我们走在那条路上
为了什么我们追寻又歌吟
时光流逝　高原的怀念存在着
在西拉木伦河畔　八月宁静的黄昏

一切都已留在那条路上
想象　歌声　注视　身影
蒙古草原陌生的牧童
在诗歌中怀念　爱人啊
我就是那年八月的风雨
永生永世诉说这天空

1995 年 11 月 1 日，于海口

第五个纪念日

我们说起蓝湖消失的日子
是在无水的古城　驼队真的远了
梦幻的青草在何处浮动
故园的夏天传言四起
人们遗忘了山下的牧童

寻着未知的迷幻而来
这命中的停滞与问询
这遥念　新城大都建在水边
路　人群　斑马线　那是黄昏
轻柔的音乐从灯光里飘起
低空中飞翔着黑色的蝙蝠

哪里是回归的北方
曾经用诗歌描述的神秘
不会是这夕照下的漠野
精灵的群鸟何日飞临这片空城
那鸣唱是雨　是翅羽抖落的八月之泪

是的　我必须说
你可以认为这都是异想
是觅而不见的诗歌的光芒
可第五个怀念日真的降临了

我们面对古城的黄昏
高原的天空中依然没有鸟群

1995年9月24日，于海口

危　　塔

我不相信那种传言
危塔不危　它是真实的
午夜光明的流体自南而来
那里有沉迷于长路的旅人
当然也有星群

为什么不能接近
人啊　我站在危塔的顶层
望炊烟袅袅
孩子们在黄昏里寻觅
危塔不危　它是沉默的
黄昏　黄昏　大地沉寂
迎风的塔檐栖落飞鸟
宁静而优美

在危塔之间
谛听远途与夜空的节奏
还有九月的风
我孤单而感动
为危塔命名的人长眠水中

入夜　青草低吟
圣乐轻拂着河面
北面的山前已不见牧羊人

为危塔命名的人没有名字
无数年河流清纯
他在水中面塔而卧
期待着从危塔传来音讯

我不知道他是谁
但危塔不危
人　不必恐惧自己的内心

1996年9月18日生日之夜，于海口

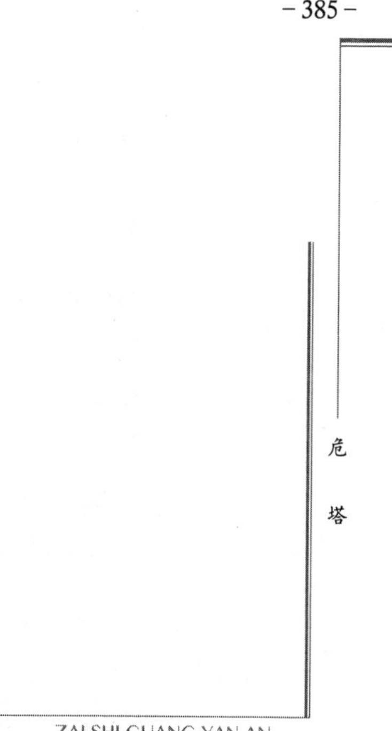

神性的河流

渡河的瞬间我想起低垂的云
珍藏河底的岁月的秘语
想到在我的身后
那弯弯曲曲的河岸边
是什么在对我凝视

这纯洁的水流
浪花与波涛间永远的神性
我默念着渡口，渡口
父亲们曾站在船首
预言六月的风雨
那时候，阳光直射平静的河
我们向那里奔跑
就如同溪流

那时候，骄傲的父亲们
从不让我们投身这河
可我们记住了六月的预言
夏夜，河岸的草地栖落着雁群
我们从窗口望着
河依然平静
一大群神鸟与我们同眠岸边

那时候
父亲们逆河而上了
将我们留在河畔
与母亲守护家园

在渡河的瞬间
我想到某一种引领
秋天将逝
雁群已飞往异地
父亲！你的祭日也快到了
我在渡河，我将远离
我将在河流的东岸垂首站立

1995年9月4日，于海口

光明的流体

我就要走了
请别怀疑举起的手臂
对于夏天　值得记忆的东西实在太多
我只能凝视飘移的云影
那是宁静的中心　自然的语言
会在大地上留下别辞

不说痕迹　泪水或血的痕迹
爱情或梦幻的痕迹　因为遥远
总使我们亲近未知

坚强地活着　也不说失落　更不仇视
一棵树与另一棵树的距离
一颗心与另一颗心的距离
都需要感知　行走在高原的夏夜
语言的表达毫无意义

面对山河
想昔日生命里的歌与灯火
面对孤寂想说祝福
故人已去　夏天的原野上依然开七彩的花朵

我就要走了
请别怀疑我举起的手臂

在第六日黎明　天将落雨
这不是我的预言
这是在夏天的草原
人所遭遇的神秘

1995 年 9 月 17 日，于海口

飞过林地的鸟群

真的听不懂那种声音
七月的黄昏
追忆逝者的人
凝望飞过林地的鸟群
说短暂　说仁慈的天空将永存
说这多雨的夏天有未亡的灵魂
逝者啊　说北方的草原　我祖传的马头琴
飘出对天空的赞颂如这鸟群
如精神之水幽深而清纯
想描述蒙古马与草原上的人们
想说旅途无尽哀思无尽
想说在七月的某个黄昏
这飞过林地的鸟群
没捎来逝者的音讯

1993年7月28日夜，于上海

安 息 日

这个日子对人类很重要
春天到来后
许许多多人开始冥思
在诞生先知的河边
栽下一行一行怀念的树
你们默默垂立于三月的夜晚

因群峰的伟岸　我们接近平凡
许多拥有爱心的人
在寒冷的夜里感受温暖
这种时刻　我们总渴望倾诉
如此坦荡的北方平原

我们祈祷
为了这个日子
我们沉默
夜晚到来了
我们难以成眠

1993 年 7 月 29 日，于上海

自然的幽冥

是的在这种时刻
我不会向你们伸出求救的手
一首伟大史诗的前奏
从夜海深处骤然响起
请听一听长风的倾述
你们将会感动

永远不要忘却那许多名字
荷马　但丁　祖父般的艾青
即使不以爱情的名义
人类也需要誓言
对诗　泥土　与泥土的馈赠

总得朝前行走
这无尽的旅途
总得铭记
这无尽的忆念
像背景　飘入自然的幽冥

1992 年 7 月 20 日雨夜，于上海

春　　天

北方的许多地区没有落雨
密林深处潮润的歌声
在一场烈焰消失后
爬上没有绿枝的枯树
对天祈求　没有雨
没有鸟群与蜜蜂
没有形象的语言
描绘那一年春天

那一年春天
我怀念一位写诗的朋友
说河不倒流　他必归来
说他永不归来了
我们仍要行走
我低下头　这就是路
那一年春天　我想了许久
这就是路　永不行走在什么时候
有一种情绪困扰我们
那一年春天　关于那一年春天
我们只能诉说人的语言

1990 年 11 月 12 日，于上海

往事追忆

圣母的颂歌奏响了
那时我第一次投身大河
父亲　我的手里没有斧子
伟大的河流托举着我
我的黑色的头发
如旗帜也如手臂
如数不清的人的手臂

父亲　那时我在渡河
母亲在古老的车轮边望我
我想说　那河水就像我的母乳
我看到　我的未来的儿子在彼岸朝我挥手
那时　我渴望成为有力的父亲
用右手握住一柄黑色的斧子
用左手拨开大河的惊涛
那时　不知道谁会成为我的妻子
如果我死了　她会不会在大河边哭泣

那时　我没有想到今夜
会被许许多多往事包围
天已微明　我猛然忆起
那大河　黑色的斧子
母亲守护的古老的车轮

我们永远说不清的
这一切之间的距离

1989年9月4日，于北京

正阳门（一）

你看远方壮丽的碑林
铅色的天空成为一种背景
夏天　正阳门矗立在黄昏里
用沉默的语言　注释碑上的文字

你看城楼之上的群鸟
古人们的灵魂　那伟大的英灵
在尘埃里飞翔许久以后
依托着远天的背景

你那黄昏的正阳门
在一段又一段的古长城坍塌之后
以优美的姿态平静地憩息了
智者们都说　这是一种必然

我们的情绪在此刻起伏
大地之上与天空之下
正阳门不是唯一的古建筑
可我们无法排遣那样的情绪
靠这种情绪　我们活着
作为人　我们彼此毫无二致
正阳门矗立在黄昏里
我们常常谈起正阳门

1988 年 9 月 13 日，于北京

正阳门（二）

梦里有我所有的亲人
聚在黄昏
前面就是正阳门

天空中飞过缥缈的声音
可那不是鸟群
不是传自异地的问询
母亲仰望着正阳门
我听到风声阵阵
是谁在描述某个早晨
安静透明　河水清纯
是谁在正午开始追寻
正阳门　正阳门
古老的节日又一次临近

我所看到的背景很深很深
曾有骑马的人
在雨里飞入森林
那时我没有遗忘正阳门
我相信有一种灵魂
飞翔着　翅羽的追问
该不是远天的浮云
人心啊　人的心
有什么在微笑中沉沦
自由的人

在九月的风里悄悄行进

自由的人
不是骑马的人
也不是我们
正阳门　正阳门
美丽的少女在为你歌吟

没有鸟群
我所有的亲人们聚在黄昏
凝视正阳门

1991 年 3 月 4 日，于上海

正阳门（三）

一位长者在正午时分
仰望正阳门　周围是如蚁的人群

一个孩子在附近凝视长者
他是谁　他知不知道鸟群为什么突然惊飞

一声辽远的问询出现于午夜
谁曾告别　谁能倾诉背叛与相携

一群少女处在成长的花季
此时此地　她们都没留下什么记忆

一段时光终未能凝固
就像河　河一般不可截断的诉说

一语祝祷发自陌生的异域
这大地　正阳门正缓慢地移向多雨的夏季

一片星光覆盖正阳门
满天灵魂　古老的屋宇倾听长夜的声音

2000 年 6 月 1 日夜，于北京

飞　　天

那时候我们是想验证些什么
向西　再向西　九月之旅
熟读哲学的人想描述驼峰
他曾置身一处危崖
鹰飞越河谷
农人们在青石上磨镰
更远一点的地方
是鹰翅掠过的寨子
赤裸的儿童在那里望天

阴柔的湖　墙壁　石头
秋日的斜阳在沙子上爬着
滴在袖间的泪
永远的美丽与飞翔
只为一句无法破译的谶语

永远的身姿与神情
忧伤的影子如水一般柔韧
沉寂　发源于前方的河
以怎样的清凉
暗喻远山自然之体的气味

为了什么要脱离大地
岁月深处某一凝固的瞬间

涂染着多种色彩
只有翅羽被掩住了
飞翔　因一个意念
而不能说出它的神秘

熟读哲学的人想说危崖
想问一问　关于鹰
裸童　农人与土地
是九月了　那飞翔
为什么无声无息

1991 年 3 月 6 日，于上海

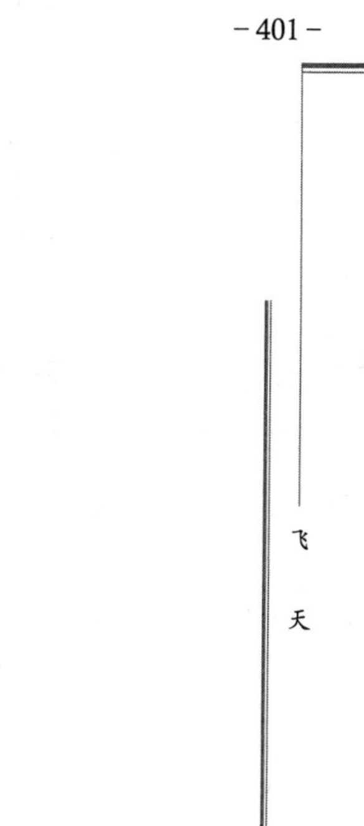

心灵是一片天空

当往昔的时光渐渐走远
我深知谁都不可能重归旧路
等待的人　我看到等待的人
在森林边缘凝视飞鸟
九月无风　满目的金黄与凝重
诉说心灵是一片天空

九月黎明　生命无比纯净的又一天起始
故人之念已化作轻柔的云影
梦幻遥远的飘飞
只为一语承诺　为许久等待的人
洒落泪滴　润感念于无声

现在　我们说仅仅爱过已经不够
阔叶般的生命　岩石般的生命
人类所经历的非凡的痛苦
并没有全部沉入水流
是的　在母亲的人世　我们追寻过
心灵是一片天空

活着　并且铭记
拥有前行道路的人必心怀感动
为同行　也为永远凝固的泪水与神情

1997 年 11 月 23 日，于海口

从拉萨到麦加

这之间辽阔的山河充满了仁爱
朝觐的人们从不同的一隅
奔赴两处圣地

是怎样的一种召引
使那么多人毅然上路
向西　再向西　信仰的圣旗上写着什么
雪莲　驼铃　先人的足迹
千年不解的巨大隐秘

被我们阅读的哲学之河
长路的负载与记忆
一种气息这之间
永远汇聚的渴望之泉
神示的长旅从春季到冬季
每一个瞬间都值得珍惜

倒下的身影对后人说
这就足够了　我将不再归去
我们活在仁爱与启示里
从拉萨到麦加　平凡的朝觐者以死证明
在人间　有一种东西不能舍弃

1987年11月24日午夜，于海口

纯粹的景仰

我独自面对正午的寂静
南国冬日　一条河流平缓如初
昨夜　北方有雪
头戴彩巾的黎家女子
不曾离别这岛
她甚至无法想象美丽的飘飞

被我爱过的人身在远方
在车流人群与噪声中
寻找可行的路径
斑马线　都市之晨
安全岛内站着谁家的孩子
路灯红了又绿
没有人牵住她的手臂

我已长久地停留于这座岛屿
不再遭遇冬季
我远方的亲人们
亲人们　此时　我在寂静的深处
试图阅读那脉水流
没有寒冷　也从未冰封
她的流向是我所膜拜的南海
纯粹的景仰源自人类完美的人格
如秋夜星光照耀我

在诗歌古老的韵律中
我得以认识一种品质

我怀念的空间里有鲜明的辙痕
纯粹的景仰不是生长
也不是别离
是人类生灵的宁静与呼吸

1997 年 11 月 25 日，于海口

谁听到了最美的箴言

最后的寄语留在中原
然后我就向北　河已安眠
薄如蝉翼的夜暗中洒落星光点点
山峦农田　某一种预感
如细雨纷飞的八月之秋
悬在两棵树上的摇篮

坐在故园门前
守着一口祖传的水井
长者遥指层林尽染

怀旧的女孩在灯下静坐
泛黄的日记中有透明的春天
滴水的屋檐

深知这是必须行走的路
途经一座古老的都城
不知谁听到了最美的箴言

1997 年 11 月 25 日，于海口

默然的身影消失于秋季

熟读史书的人端坐于灯前
这是忆念的方式　土地
以伸展的形态暗示距离

被无数先哲们描述的波涛
也就是忆念之海
有远航的人　他们真实地爱过
在生命的极地　他们赞美夜
森林　星光　或风雨

有关日出　月落　或潮汐
使我们相继与相依
是完美的自然之语
呼唤归来　长别的含义
不是一条陌生的道路
相信灵魂是风　牵着生命的手臂

在生长的时节我们想象果实
一种无言的期待与承袭
没有色彩　正如风
正如在北方的某个八月
默然的身影消失于秋季

1997 年 11 月 25 日午夜，于海口

灯光所包容的事物

我们都曾独处一隅
在温暖中守护一种心情
深长的夜　感觉童年
就是沉睡与醒来的过程
那时候　似乎
没有任何事物能影响我们
母亲的叹息与父亲劳作的背影
都不曾使我们体味沉重

一切都来源于对生活的认知
当我们的双肩突然有了负载
双亲就老了　那一天
我们开始铭记长者的生日
每年每年　我们总以不变的形式
为衰老祝福　是的
会有另一些孩子
在灯光下望着
他们还不理解生长的生命

这是一条永不沉寂的道路
我们在人类的群体里
会遭遇爱情　我们抉择
我们倾吐　我们
或在无人的地方紧紧相拥

为大地而生的树木
为波涌而生的湖
为告别而生的泪水
为夜空而生的群星
为缅怀而立的丰碑
为生存而降的和平
为背叛而破碎的心灵
为新生而升起的黎明
一切一切值得珍视的事物
都被灯光静静包容

1997年11月26日，于海口

遗忘的门槛

午夜　落雪的山川已经很远
从异旅归来的人
回到他的降生地
在无人的街上寻找门牌
他试图跨越遗忘的门槛

大概是冬天
一种阻隔横亘于月下
他走着　有一丝寒冷
爱人的灯火不知在何处点燃

过去了的那些日子
一种追寻或平淡
与眼前的这座城市毫无关联
从异旅归来的人
无法跨越遗忘的门槛

1997 年 11 月 26 日夜，于海口

开启灵性的钥匙

一个孩子走到光阴的某个点上
被我们称为降生
一首晚秋的诗歌源自蓝湖
那时候　捕捞的渔人正在离去
处在想象中的诗人
在莺啼与欣然中
组合鸥鸟沙粒和水

是父亲给了我们生命
母亲给了我们生长的屋宇
人类之怀从一个时代
到另一个时代　我们苦苦探寻的主题
总是这手臂

在血色的黎明与黄昏
鸥鸟展翅低飞　沙滩的曲线形如少女
一个诗人在迷幻的词语中行走
做世纪漫游　这景象当然属于整个人类

自然之息
我们家园中的七个心愿
都是水是我们静卧而眠时
与夜空相映的美丽

1997 年 11 月 27 日，于海口

故人的印痕

我们在一种理想中相遇
背景是五月的黄昏
在智慧的塔顶
已故的先人们寄托了什么
那过去了的世纪
从一部典籍中飘出的云
飞过原野　飞过生命的这个五月
无数人眷恋的海滨

我们不能将涛声想象为钟鸣
就如同不能将诅咒想象为祝福
在和平之晨　人类高原上挤奶的牧女
以吟唱证明劳作的节奏
她距海很远　距诅咒很远
母亲传给她青草与鲜奶般的语言
她距祝福很近　有如家门

我们永远阅读不尽的智慧
如圣婴降生或风雨临近
在云之下　理想之上
灵魂的巨鸟真实可信
它风一般的翅羽驮着光明
人类只需凝视就可以发现
我们活在久远的祝祷里

在亚马孙　在古老的中国
在烛光辉映的古巴比伦

不说高原　不说海滨
或者也不说今日的人群
我们在一种理想中相遇
在这黄昏　故人的印痕
已生长为预言的森林

1997 年 11 月 27 日午夜，于海口

永远飞翔的萤火

以取水的身姿倾听夜海
想象永不剥蚀的碑文
如何守护一位逝者

安谧远离人类的城市
但从未远离我们的心灵
就好像这夜晚　永远飞翔的萤火
从那一时刻燃到这一时刻
有一种疼痛无法诉说
形如永别　脚步深处总有生者的承诺

我们静静站立
面对人类之海智慧的岛屿
等待雨中的约期
那时刻　一语嘱托只为最年幼的人
或永远飞翔的萤火

永远飞翔的萤火
为光明而舞而落
我们为亲人而泣而歌
那些尚未出世的人们
终会听到最美的传说

1997 年 12 月 1 日，于海口

沉　　思

——写给儿子

落叶美丽的花纹
使我想到旗帜与风雨
想到自由的飘动与挥洒
孩子，你得记住这庄严的历程
珍视一点嫣红的启示
以你诚挚的心灵
问询并理解往昔的道路
那些沉默而伟岸的人们
将使你懂得景仰与坚忍

这是一种可贵的品质
告别的含义
其实不在于远离
当前方出现光明的灯光
孩子，我希望你驻足回首
在秋天的黄昏
故园的炊烟飘着
要永远相信
泥土中珍藏着哲言和诗
那是人类的感悟与情爱
深切、朴素、美好而久长
就好像人类的母亲

秋天，丰收的蝉鸣没有消隐
大河流着
渔船停泊在静谧的渡口
这是劳作之后的景观
时光的一瞬
故园的炊烟飘散后
天上会出现美丽的星群

孩子，我们永远的圣地
是故园的家门，在那里
有一种灯光流淌出
无尽的怀念与四季的温馨

1994 年 6 月 1 日，于海口

八月的书简

——写给儿子

在喧沸的都市
孩子，我寄给你八月的书简
当树冠上空洁白的云朵
飞翔为一种思念
我开始联想
在那条蓝色的河边
你已追逐蝴蝶欢笑着学步了吧
孩子，我们离得很遥远

无论如何也不能忘记
你属于那个春天
当你以一声啼哭唤醒我的沉思
我知道，你已经诞生了
孩子，在那条长长的走廊里
我静静地倾听
那是一种什么节奏呢
窗外，不是四月的草原

此后，我便远远地离开你了
在那一瞬间
我知道，孩子
是你在祝福我的旅途
你用哭声

提醒我下一个相逢的日子
我那长夜里的路程
因你而变得短暂

总是这样，孩子
你在一种时刻投入我的胸前
又在另一种时刻
向我仰起泪水淋湿的脸
从来也没有注意
在两种时刻应留给你什么
孩子，除了引导你走路
还有我目光中的爱恋

孩子，我常想
我们，甚至连离别都未曾有过
是这样的！孩子
从那个春天到这个秋天
当远方的群峰举起夕阳之火
孩子，我就一遍又一遍默读你的名字
晚霞随之变得辉煌起来
孩子，那就是你无声的呼唤

是的，我的孩子
你今天还不懂得这样一种离别
只有当你走向成熟之海
你才能够凝视一片风帆
那上面写满了我的痛苦
那上面写满了你的哭声
这一切都将成为你的财富

将来，我希望你永远直立并行走

孩子，应该说这就是我对你的祝福
那时，你告别童年，我走向中年
说不清你多么喜悦我多么喜悦
歌声与哭声同为生命的礼赞
我会在黎明时分默默地为你送行
默默地，望你的背影噙泪无言

1988 年 6 月 1 日，于北京

第九年的河

传说中的鸽子不是白色
第九年的河　第九年仲夏的这个夜晚
星光在视野里无声滑落

第九年的河上没有筏子
岸上也没有火
只有草草的茅舍
欲望在草里燃烧
哦遥远的路
闭上双眼感受无雨的静默

第九年的河像一条绳索
牵着什么　幽冥中的手
握着石头的忧伤
石头在沉没

第九年的河上没有清波
观望者　铭记着不该忘却的日子
一个赤裸的男孩从梦中跑过
他属于第一年的河

第九年的河像一条绳索
传说中的鸽子不是白色

1991 年 4 月 5 日，于上海

我不能陪你走那过程

——写给儿子

在你还不能骑一匹蒙古马的时候
今夜　我把这首诗歌给你
处在生活激流的中心
孩子　我只想对你说平静
你要珍惜这美好的品质
像我们的草原
无风之夜的广大青草
像你观察一只雏雁时
那种单纯的神情

我已走过三十八个秋天
想到某种负载
我从不愿说沉重
孩子　在你登上阴山那天
你要注意一棵幼树
它在风中　曾忍受霜雪
以你的发现理解诞生

此刻　我谛听星空
蓝色的海与遥远的山峰
接近不眠的诗歌
孩子　我眺望你的梦境
你要征服那匹烈马
当早晨到来　我将睡去

我不能陪你走那过程
你会穿越自然的风雨
到故园北地
拜谒先祖的英灵

我的孩子
这就是我留给你的诗歌
你要永远记住
生活中存在着平凡的神圣
一切不该忘却的
都需珍重

1996 年 10 月 18 日，于海口

四种节奏

——写给儿子

我曾引导你向高原行走
去认知我所降生的故地
孩子　在苍茫的北方
有许多骑马牧羊的人
我们在一片混沌中感知过风雪
当春天来临　他们从不说冬季
不说征服　只说羊群没有流散
说酒与火　这两种物质
在严寒里给人的安慰

生命的孤寂可以品味
但不能倾诉
孩子　在那片背景中
我们的亲人们学会了忍受
他们在长夜的宁静里牵着坐骑
当明月升起　没有谁想到离去
命中的守望从生到死
是这种品质
使他们安于高原的胸怀

你降生在远离高原的海边
我记得有哪些人曾为你祝福
孩子　在怀念的空间

那些骑马的人在对你注视
他们真的不愿表达
当时光逝去　他们走到河畔
那脉圣水也不能使他们诉说别绪
他们已习惯于用目光
抚摸一块青石的纹理

这是我们必须依托的背景
草　马匹　羊群　高原人
孩子　你不可忘却这真实的存在
那千里绿色覆盖的神性
实际上总在呼唤归期
当节日到来　我常想到高原之旅
我带你从八月的月下走过
孩子　那时节草将泛黄
大雁已向南方飞去

1997 年 10 月 12 日，于海口

他将什么留在了身后

——写给儿子

我在午夜听过高原的风响
那是秋季　孩子　与我遭遇的人正在向北
他没有骑马　夜风如咽
马头琴曲回旋在北地

这赶路的人　被一缕音讯召唤的人
满天的星辰未能使他动容
孩子　他将什么留在了身后
灯光微弱谁在风中
无语送别他的背影

他甚至没有回应我的问询
孩子　这蓦然的遭遇发生在午夜
高原仁慈　我们是她的儿子
在有些时刻　我们都需要追寻遥远的辙痕

启示的作用不在于启示
正如星辰不在于每日消隐
孩子　毫无疑问
那陌生的旅人怀着一种至真
可他不会遗忘蓝湖与青草
即使在风雪中倒下
他也不会丢弃马头琴

1997 年 10 月 22 日，于海口

往昔静默

——写给儿子

追随史书的节奏接近预言
听秋燕唱晚
怀旧的老人扶着风中的栅栏

往昔静默
歌者已打马走远
觅史的旅人站在艾不盖河畔
他听不懂蒙古语言

年年守岁　日日
如梦似幻的高原真切呈现
我们永生永世所迷醉的光阴
依旧温暖　孩子
高原广大　衰草无限
你要永远铭记
当蒙古祖母以酒敬天
你要肃立　这时刻
不说故人　只需珍视
在一盏美丽的灯光下
也不说夜晚

孩子　相信我
高原史诗的光泽是凝重的红色

它在冬雪中宣喻
一切被遗忘了的　都该被唤醒
生命就是鲜血流淌的时间

孩子　你终将懂得
站在某个理想的高度
噙泪注视那片静若圣母的自然
就是我们苦恋的高原

1997 年 11 月 4 日午夜，于海口

这神奇的自然风雨

——写给儿子

如今我远离高原
但没有远离无语的注视
在生命中　那持久照耀我们的光芒
不是神明　孩子　是人类之爱
使许多人活着
我们甚至不必仰首
就可以感知那种存在

劳动的人们珍视土地
还有水　种子在屋檐下经历了冬季
春天以后　不会有人丢弃怀念
也不惧严寒　孩子　不会有人
遗忘这必然的过渡
天地广大　人们为了什么选择前行
为了什么风雨兼程

为了什么噙泪回首
某一个夜晚或黎明
我们会听到优美的别辞
没有懊悔　更没有仇恨
只有感恩　孩子　你当倾听
这神奇的自然风雨
这故里　这异域　这相望的距离

这世世代代的相爱与相守
感动了神性　我们活着
从没忘记为母亲们祈愿
孩子　如今我在路上
在遥远的他乡写这些诗歌
风雨又至　我猛然记起
这是我告别高原的第十个秋季

1997 年 11 月 11 日黄昏，于海口

那一年八月

那一年八月的风景
不是天空与黛色的山脉
是秋天的树林前　一个微笑不语的少年

一片白色的荞麦花
一片绿色的枝叶
记忆犹如时光一样不可折叠
有许多事物已被我们忘却
采蜜的蜂群以飞舞而做最后的告别

那一年八月
我绝对忽视了一条河
它就流在近旁
成为高原之秋的一个细节

那一年八月　我在故地
在一个少年的注视里
我是另一种风景
这距离并不遥远
当然也不可省略

那一年八月
我发现在自然的恬淡中
流淌着生命尊贵的血液

1997 年 12 月 8 日，于海口

随感：1996 年的节日

我的身旁行走着幼子
雪后高原　节日之夜屋檐下的灯火
通宵点燃　只有在这一夜
负累的母亲们才得以歇息
从一条路到另一条路
传递祝福的人们踩着积雪
他们希望留住这个节日
留住通明酒香心愿
与洒落雪地的爆竹的花瓣

在我成长的这个环境
有那么多人都已安眠
如今我仍记得他们劳作的身姿
从春天到秋天
他们仿佛以土为生
从不远离原始的耕种
也不感叹　面对一场透雨流露欣喜
他们踏泥泞而去
蹲在地头守护农田

如此的劳作与节日有关
现在我归来了
我的身旁行走着幼子
在高原的这条夜路上
我渴望对他描述些什么
我想说　孩子

有许多熟识的人不在了
在怀念中　他们是节日之眼
望着我们　这个夜晚灯火依然

1997 年 12 月 9 日，于海口

六月的凝眸

这不是草黄的日子
即使在寒风抽打寒星的雨季
有一条河流也不会冻结
思绪不是水

一万年月升日落
无法改变这绿草的颜色
古老的牧歌总牵着勒勒车行走
音符如草原母亲的清泪
洒满四季的夜空

弹塞外之曲战乱的岁月
古人的诗词却未能跃上蒙古马背
多少年前
有一位诗人怆然涕下
舞长袖思昭君并颂秭归
哦　岁月　岁月　阴山　阴山
唱一曲悲歌对天长叹

今日阴山以南
依然是乌梁素海　黄河
毛乌素沙漠　长城
是谁在更远的地方呼唤绿草
遥望北方

阴山犹如策马的骑手
屏障草原

而真正的骑手们
总是用手中的牧鞭
耕耘已经到来的岁月
他们驰骋着
我在六月的草原上凝望
久久无言

1987 年 7 月 4 日夜，于北京

远逝的蹄声

跃马中原
先祖们如无数座移动的山峰
在许久以前的那个黄昏
凝为幻象

蹄声远逝了
牧场没有迁徙

在三月或在晚秋
祖母的心事总踏上古老的驿道
望牧羊晚归北地落日
莫要忘是出征的日子凯旋的日子
年年思河年年背向河流行走
可我们从未离祖母远去

蹄声远逝了
牧场没有迁徙

是什么使我们苦恋于马背
三千年
蹄迹吻遍了北国草原
都说这叫历史我们不懂得阅读
朔风起处
羊群如积雪涌动我们无法扔掉牧鞭

天晴朗时我们什么也不想说
饮下一壶奶茶甘愿追随母亲的背影
谁唱过
日也有母亲的光　月也有母亲的光
我们还阅读什么　一切都很熟悉

蹄声远逝了
牧场没有迁徙
牧场没有迁徙

1987 年 7 月 6 日夜，于北京

最后的离别

跳下马背后
我走向河流

到远方去给祖母发一封信
说我已告慰祖父的英灵
落雨或飘雪　我都将向草地长久地回首

那是不是先人走过的路
我来了　望泰山日出或伫立都市街头
我想说，你好！人们
到过我们的草原吗
我是骑手　常与苍蝇比翼于黄昏的时候

不仅仅为先祖们生长的夙愿
我离别了草原
还有什么呢　过无舟之河
宿大漠尽头　听不见蒙古马嘶鸣了
阴山的影子还在艾不盖河边飞吗
草原啊！草原
来路多远回路多远
我欲呼唤月已当头

是最后的离别
祖母泪流满面于五月的正午

云向我相反的天空漂浮
我默默地说　别了祖母

跳下马背后
我走向河流

1987 年 7 月 6 日夜，于北京

绿色的智慧

你应感到骄傲！母亲
和你一样的许许多多女人
以冰封之河般冷峻的沉默
使牧歌变得悠扬草地变得温馨
母亲！所有的骑手都记得你们
当疾飞的马鞭又一次骤然响起
我们以儿子的身份一展英姿
蓝色的天空不知道可我们知道
在你之前和之后，马背上的人们
共同创造了这绿色的智慧
任四野飘香，风拂绿草
蒙古情歌紧紧地缠绕敖包
即使怎样也无法分离了
母亲！母亲
我们改不了一口乡音

谁人叹道
草原啊，我是陌路的游客
离母亲远了吗
离河很近
长夜难眠
仰卧草地读繁星漫天
还未曾远别呢！母亲
看哪一颗最亮你醒着的魂

该诉说什么呢，我的蒙古马
该礼赞什么呢，我的蒙古马
夜夜凝望，夜夜迷恋亲爱的家
母亲！我们终会记得
纵使浪迹天涯
我们也会承认
远方那绿色的智慧里
有我们生命的根

和许许多多伟人一样
您应感到骄傲！母亲

1987年7月7日夜，于北京

闻风而动

现在
众神的星群闪烁，在阿拉善
安宁如水的午夜
我给你一个故乡，给你十月的辞
旧时的凉州距我四百里
我辞如翼，如吻，如轻轻耳语
说这活着的巨大的欢愉
是上苍所赐

现在
酒后的长调消隐，在窗帘的浮动中
我倾听，从遥远之地
一颗心灵醒着啊
像奔跑的火，但不会伤及大地
那奇异与美丽

现在
你是我的地平线，我相信一个预言
从前世启程
我长久等待的意义，被生动揭示

这是一粒微尘的宇宙
在阿拉善，一粒微尘融入另一粒微尘
就是奇迹，如水，如歌，如泣

如午夜的潮汐
相拥的手臂

2017 年 10 月 3 日零时后，于阿拉善右旗

曼德拉山

它们没有醒来，也没有沉睡
它们在歇息

它们
曼德拉山周边灿烂的石群
臣服等待，那不是预言，也没有诅咒
那是一瞬间决定的群体的静默
它们保留鲜活的神态
我们到来，我们离去
它们不为所动

它们睁着眼睛
我们说，那是石头的眼睛
它们的身躯上刻着苍老的岩画
我阅读时间的心情
我阅读它们，静卧三万年
岩上的手印，手印周边隐约的红色
足以证明，有一种复活
已经飘散出年轻的气息
我能感知的恒久
不过是一闪一瞬

曼德拉山
我来了，我走了，我回望

你的岩画，你的掩于纵深的符号
仿佛发出鹰鸣一样的声音
在阿拉善，这样的夜晚
不知有什么被你举火点燃

2017 年 10 月 3 日夜，于阿拉善右旗雅布赖

曼德拉山岩画群

如果天降圣雨
一阵雨跑过曼德拉山谷
就会惊动一群精灵，它们
脱离岩画的鹿，骆驼，还有神圣的鹰
守护十颗太阳的少年，都会歌唱

我相信存在隐语
像阿拉善佛寺的金顶，自由的云
高原上突然涌现的地泉
这些精灵遵从天意，它们注视
至少十个方向，总有一天
从十个方向，会有十个上苍的遣使
来曼德拉山前传达十个口信
命它们同时复活

到那一天
曼德拉山下水草丰美，岩画上的鹿
终于回归母群
而我，早已进入另一个梦境
与风同行

2017 年 10 月 4 日上午
于巴丹吉林沙漠

变　奏

不能不说你的曲线
你的柔软的质地，你的肌肤
你的脊，像雕刻一样，像少女

你修长，浑圆，你淡淡的金晖
在长天下浮动
但不见你的玉臂

不敢触摸你，怕你幻化
三万里凝思，不及你安宁而卧
而巴丹湖，你的泪如此动人美丽

不能不说朝觐的心怀
你臂弯的骆驼，光阴，草
你飘着异香的呼吸

在十月的巴丹吉林
你，阳光与风中的少女
一览无余

2017 年 10 月 4 日上午，于巴丹吉林沙漠深处

巴丹吉林之夜

我的妹妹
你难以想象长风之翼，在哪种时刻
停在巴丹吉林以南
之后，生命中温暖的灯光亮了
年轻的心灵
热恋着星群

我的妹妹
你难以想象高原灿烂，一切都静着
夜晚的巴丹吉林，星光辉映的圣地
旧时的马鞍上嵌着白银
酒碗里沉淀英雄的泪水

我们在牧歌中仰望
在时间的边疆
巴丹湖闪闪发光

我的妹妹
这就是崇敬！我们曾经拥有
曾经失去，曾经寻求，我们平凡的语言
在巴丹吉林之夜
成为敬奉的香火，我们举杯
向伟大的魂灵致敬

我的妹妹
此刻，幼驼山峰倚着夜色
你倚着传说：在很久很久以前
庞大的马队横穿巴丹吉林沙漠
预言者，那个站在巴丹吉林夜晚的人
手指星群，为今夜
含泪预言了这一时刻

2017 年 10 月 4 日下午，于阿拉善盟巴丹吉林

额日布盖峡谷

鲜红的，时间的积层
没有水的河谷
崖顶的草，阳光，天空
我的部族依赖长生天的倾诉
没有脱离我们的源流

我们赴约
十月，阿拉善大地酒歌依然
年幼的驼峰，摇动依然

顺着步道前行
在蒙古牧歌永恒的音符中
阿拉善接纳了我们，我们
分布在蒙古南部的儿女
内心深处的感激
无需话语

此刻
巴丹吉林之夜，我的第二首颂辞
在先祖的指纹里
在干净的爱情里
我的牧羊的妹妹刚刚入睡

额日布盖峡谷

朝向天空的石蛙，它微微张开的诉求
就是我们语言：额日布盖峡谷
如果有水，有飞瀑
有绿色的草与树木
就会有幸福的叹息

所有的一切
都服从天意

2017 年 10 月 4 日夜，于巴丹吉林

时间辞

在一盅冰臼里
阿拉善与水相融，她送来胡杨
巴丹吉林，曼德拉山岩画
手印，额日布盖峡谷
永远年轻的爱情

她送来清晨的雁鸣夜晚的风
错落有致的骆驼草　少女形体的沙丘
我无声的泪水滴穿岩石
一匹无鞍的蒙古马奔过雪季
追寻年轻的驿使

在蒙古西南
沙葱正经历旱季，居延海瘦弱
从额济纳到巴丹吉林，古老的仪式
走向午夜，新婚的人
侧耳倾听大地的声音

牛不见啦　牛角支撑起两寸天空
骆驼的族群，衬托仰首的群峰

2017 年 10 月 4 日夜，于阿拉善巴丹吉林

血脉手足

——致诗人阿古拉泰

寻着河床的记忆，我们抵达源头
兄弟，我们安宁尊贵的血脉
涌出北方沙地

我们的族谱充满玄机
这不可斩断，光阴的刀斧
望着飞翔的箭镞
兄弟，我们承袭光荣
在一行珍贵的诗歌里
我们的祖母永恒安睡

蒙古马的前蹄敲开世界之门
颂歌唱响啦！十三岁的骑手
扬鞭飞过十三世纪
兄弟，在寒冬午夜
母狼的眼睛饱含慈悲
它在觅食，躲避
可能出现的一击

在阿拉善
质朴的风捧着一缕夜色
一杯酒里沉淀怎样的往昔
兄弟，十月，在北方

哈剌和林的大雪
挽着奇异呈现的天际

兄弟
我们是血脉手足，如相对的毡房
扎在祖先的营地
如南北，如车之两辕
雪与夜的色彩，是我们的眼神

2017 年 10 月 5 日晨，于阿拉善巴丹吉林

乌库础鲁手印

我听到了召唤
一个金色少年，在乌库础鲁
看着先人的背影，那些手握石器的人
水和泥土之子，少年的父兄
将神的旨意刻入岩石

阿拉善，乌库础鲁，岩石上的手印
一万年风过，三万年风过
石杵的声音浸入手印深处
在岩石里存活

那个少年
在崇高的心愿里成长，崇高的
鲜红的基因，在伸展的鹰翅上
在人的尊严的背脊
留下永难破解的图形

而乌库础鲁手印
等了我数万年！那个裸体的少年
阿拉善少年！他呼唤我
透过一峰幼驼的双眼
我看清了他的容颜

他说

活着啊，就是每一天苏醒
乌库础鲁手印每一天都会苏醒
你要倾听阿拉善古老的心情
在掌纹里流动

2017 年 10 月 5 日正午，于阿拉善盟巴丹吉林

乌库础鲁的心灵

就一个瞬间
我们就走入乌库础鲁的心灵
在铺满阳光的岩石上
我寻找遗存，不仅仅是岩画
当云的暗影移过山石
我寻找马，马的主人和鹿群
我寻找凄美的传说
阿拉善女子等待的时间
那个过程，我们只能想象
乌库础鲁的心灵
一些手，指纹，掌纹
曾经纵横的
如今消失的道路

那个下午
乌库础鲁的心灵幻化为云
云下的阿拉善，十月
如约而至的我们
在时间的节点上把目光交给风
把崇敬交给眼睛

那些曾经的人永远消失
他们进入乌库础鲁心灵的深处
通过岩石上的手印，他们对我们说

曾经的存在，繁衍
伟大与平凡的时刻
曾经的感动与幸福
还有亡失，都属于乌库础鲁的心灵
如今，这一切
都与天地同在

2017 年 10 月 6 日下午，于甘肃武威民勤

星　空

尘埃已落，勒勒车的轮影
出现于星际，车上的先人们已经往生
其中最小的女孩
曾经是我年长的祖母

我在午夜目送远去
静悟梵音，娑婆世界，活在
星光之海的种族，她最美的女子
曾经在人间拥抱我
在蒙古高原的冬季
她教我认识一颗星
又一颗星

我在巴丹吉林仰望
风有些冷，只要用心，神意的对语
就离我很近！风中的窗子
星光之间的窗子，窗子两边的圣童
他们歌唱，以无限古老的音调
告诉我未知，在未知的前头
仍是未知

我的感激瞬间成海
但是，在巴丹吉林星空下
也就是泪凝一滴，遥想高处深处

这样的光应有七彩
其中的金黄，是我
充盈信仰的赞颂

一定有一个神女
在巴丹吉林星空下陪伴着我
她干净，美丽，素雅
她一袭蓝裙，她对我暗喻
在星光隐去后，天堂般的阿拉善
依然是蓝天碧空

2017 年 10 月 7 日正午，于甘肃凉州

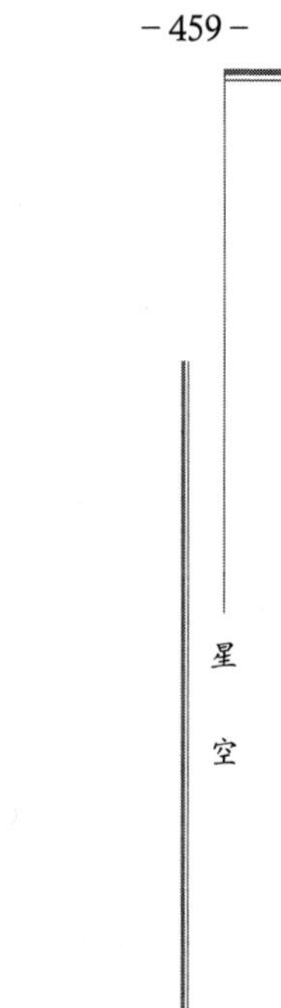

岩画中的蒙语

曾经有十颗太阳
被射落九颗
留下一颗照耀万物，这一天
耐渴的驼群在山崖下歇息
人，箭镞，鹿
那些精灵
多泪的母驼守着幼驼
它们看着天空，阳光灿烂

鹿在舞蹈，一个女孩正在学步
阿拉善，岩画中的蒙语
母亲的独白就如古老的诗句
那些深情的，有些苍凉的语词
在石头的纹理间形成河流
降生啊！母亲低语
凿刻岩画的汉子
脊背上淌着汗水

岩画中的蒙语
被我一再拜读的隐秘，一个民族
浪涛一样起伏的心绪
没有被时间风蚀
箭手，骑手，猎手，牧者
独白的母亲

他们在岩画的蒙语中永生
表情坚毅生动

岩画中的蒙语进入牧歌
进入巴丹吉林之梦
进入风，高举深秋的雁鸣

2017 年 10 月 8 日正午，于甘肃凉州

夜　曲

一切都幻化了
与人类无关。此刻，凌晨三点
密集的，有序的，仰卧的，诱人的
你的沙脊两侧舒缓而柔软
你将微微而动的玉体
展示给星群

我在凉州
入夜的雪突兀而至，我想你
巴丹吉林，你的夜曲，你深处的美
一泓清泉犹如处女的眸子
清澈，安静，对着净空

骆驼安睡
有流星闪过，这天上的箭镞
失去一位英雄！他驾光而去
再也没有回返
还有多少神秘等待洞悉？
入夜，我突然惊醒，是一道门
我独自跨越，我什么也没有惊动
我从苍茫的往事中回来
一个少女在梦里啜泣

一个少女！巴丹吉林

你当然记得她的姓名，我也记得
她曾经微笑，在灯下蜕变
她曾经说：我的爱人呐
你回来！我们在一起
就是全部

她的声音
是你夜曲中最动听的部分，像水
像泪，像遥远的初吻
像凉州此刻触地融化的雪
巴丹吉林！她在你的南面
是娇小的沙丘
透着纯净

2017 年 10 月 9 日凌晨，于甘肃凉州

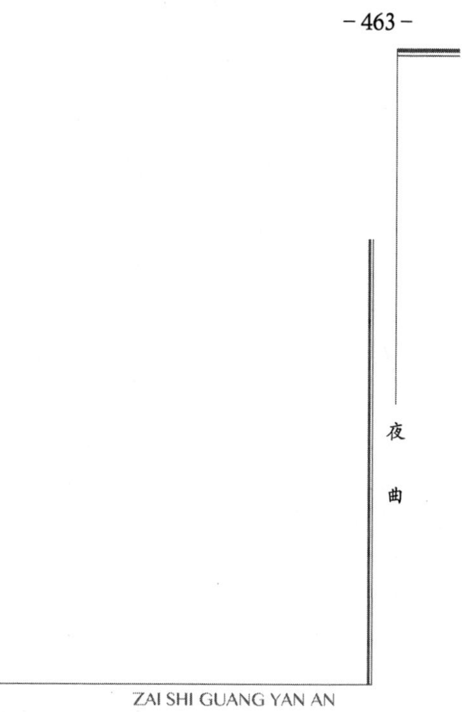

在时光沿岸

1987-2017

3

舒　洁◎著

人民出版社

目　录

锡林郭勒日记 / 1
逝水咒语 / 3
蒙古词语 / 5
高原上的心灵 / 6
马背歌者 / 7
额尔古纳河 / 8
时光序言 / 9
长夜祝祷 / 11
草原：关于诗歌的遗言 / 12
阅读沉寂 / 13
记录瞬间 / 14
1227 年的停滞 / 15
箴言 / 17
怀念日 / 18
体味琴声 / 19
牧人别辞 / 20
冬日望远 / 21
生命接续 / 22

故园恋谣 / 24
圣山之侧 / 25
尼罗河 / 26
埃及 / 27
龙门石窟 / 28
祭辞：五月汨罗 / 29
生命之翼 / 30
史实 / 31
岁月依然 / 32
消融 / 33
寻找马车 / 34
1933 年 9 月 / 35
智慧的印痕 / 36
贡格尔意象（一） / 37
贡格尔意象（二） / 39
遥远的心愿 / 41
想到风雪 / 42
纪念 / 43
回顾 / 44
生命 / 45
病中 / 46
无题 / 47

垂首：谛听与仰望 / 49
十字连星 / 50
忘川之水 / 53
午夜 / 54
有风吹起的地方 / 55
还有什么令我们感动和落泪 / 56
信仰基督的女孩 / 57
告诉我从什么地方开始 / 58
说一说掌纹 / 59
神示（一）/ 60
神示（二）/ 61
有一个命题没有答案 / 62
生命中存在神秘的接续 / 63
在背影之间 / 64
神奇时刻 / 65
第四十一个春天 / 66
一个预言的终结 / 67
距离（一）/ 68
距离（二）/ 69
暮霭低垂 / 70
黑色门帘 / 71
一首抒情诗中的雨日 / 72

当泉水成为遥远的记忆 / 73

对一种背景的描述 / 75

谁都活在过程中间 / 76

在午夜时分面对一位逝者 / 77

祭语 / 79

说一颗星辰 / 81

光明在远处 / 83

石头的纹理 / 84

解读预言 / 85

爱人：或自然之躯 / 86

恩惠 / 87

感悟 / 88

尊严 / 89

面对诞生 / 90

在生命中是否需要郑重的承诺 / 91

逼近真实 / 92

结束 / 93

安慰 / 94

怀念诗人骆一禾 / 95

手 / 98

自语 / 99

断章（一） / 100

断章（二）/　101

想到和平 /　102

明日的静默 /　103

一个童话的消亡 /　104

飘在风里 /　106

十年怀念 /　107

生命源于痛苦 /　108

隐喻 /　109

生命的成长需要时间 /　110

一刻 /　111

午夜留言（一）/　112

午夜留言（二）/　113

从前 /　115

永不消失的歌谣 /　116

残缺 /　117

致意 /　118

三叶草 /　119

心灵没有栅栏 /　120

与数字无关 /　121

通往皖南的道路 /　123

想到生存 /　124

燃烧 /　125

在沉默的背后 / 126

沉痛 / 128

承受 / 129

无声之羽 / 131

宣喻 / 132

高原献词 / 134

再写帕尔玛斯河谷 / 135

高原之晨 / 136

一个骑手的暮年 / 137

蒙古牧女 / 138

长调与酒 / 139

额尔古纳河已经冰封 / 140

家书 / 141

——写给儿子

那一年我十八岁 / 143

——写给儿子

午夜向北 / 144

写给额济纳 / 145

永恒的边缘 / 147

又是中秋 / 148

在这个日子里 / 149

九月：故园遗梦 / 150

寻找地泉 /　152

致索尔仁尼琴 /　153

迈克尔·乔丹 /　155

飞翔 /　157

美丽 /　159

苍茫时节 /　160

感悟与祝词 /　161

三月的乡村 /　162

再念乡村 /　163

在京郊乡村凝望一颗星星 /　164

清明之后 /　165

走在街头 /　166

千年之末 /　167

奔跑 /　169

死亡 /　170

诗歌的丽江 /　171

曙色降临 /　173

永远的红围巾 /　175

——献给伊莎贝拉·邓肯

往昔的静谧 /　176

你说那是什么 /　177

四行诗 /　178

隐痛与交融 / 179

走吧 / 180

——给诗人陈所巨

就是这雨 / 181

驻足 / 182

童年 / 183

无法投递的书简 / 184

六行诗 / 185

又是七月 / 186

破译 / 187

接近 / 188

在七月想象八月 / 189

关于往昔 / 191

致远方的朋友 / 193

只有诗歌（一） / 194

只有诗歌（二） / 196

午夜寄语 / 197

掠过指尖的目光 / 198

空间：另类阅读 / 199

形而上的海滨 / 200

我们的世界 / 202

缘 / 203

正午的怀念 / 204
当昨天成为必然的久远 / 205
手足兄弟：在净水与麦地中央 / 206
——给骆一禾、海子
假如那是爱情 / 207
时光的挽留 / 209
走过唐古拉的方式 / 210
在我二十八岁那一年 / 211
咫尺的概念 / 213
一首诗歌有一首诗歌的命运 / 214
一个秋天又一个秋天 / 215
高原有多高 / 216
我们在最后一刻能留下什么 / 217
不日去江南 / 218
——祭奠诗人陈所巨
源自心灵的爱情 / 220
活在无形的神示中 / 222
对一个预言的解读 / 224
掩埋于克鲁伦河畔的爱情 / 226
草原：消失于苍茫深处的鹰 / 228
关于鹰的另一种结尾 / 230
江南的手语 / 231

人类的远方不是一个概念 / 233
一个蒙古人的杭州 / 234
远逝：在淮河岸边想起海子 / 236
永远不能诉说的诉说 / 238
九月九日：第二十二个秋天 / 240
鹰 / 242
古城的中秋 / 243
斯日其玛的神性诉求 / 244
演绎天籁的圣女 / 246
——致斯日其玛
最后的蒙古高原 / 248
斯日其玛的伴随 / 250
庇佑：写给我的母亲 / 252
告别：这个夜晚的诗歌 / 254
门 / 256
这个夜晚的神语 / 258
永远的乌兰巴托 / 260
尝试 / 261
圣灵啊，没有走远 / 262
第三个冬天 / 263
蔚蓝色的波涌与倾诉 / 264
不可透视的冬夜 / 266

生命的明灭 / 268

如果你服从自己的心灵 / 270

秦朝的咸阳 / 271

箴言中的骑手 / 273

仁慈的翼 / 275

没有声息的背影 / 276

过去的夜晚 / 277

平安夜 / 279

如果必须怀念 / 280

这个夜晚的母亲 / 281

致永远的爱人 / 283

一个人的夜晚与冥想 / 285

午夜书 / 287

歌唱 / 289

断想的时空 / 291

自语 / 294

临界 / 295

对语 / 296

战争年代的俄罗斯 / 298

北方以北 / 300

无形 / 301

彼岸 / 302

诺尔盖书简 / 303

萨福：诗歌圣母 / 304

写给儿子 / 306

回眸另一个世纪 / 308

日苏里海滨 / 310

祖父说 / 312

父亲 / 314

女孩 / 316

向北的狐狸 / 317

怀念 / 318

祈祷诗 / 319

语言中的草原 / 320

给诗人骆一禾 / 322

诗歌的高原 / 324

白马 / 326

灿烂灵息 / 327

伊默塔拉 / 328

如果有那一天 / 330

致哈琳 / 332

在透明的时光中 / 334

节奏的消隐 / 336

用最美的诗歌告诉世界 / 337

土尔扈特颂辞 / 339

——再致哈琳

克什克腾 / 341

回望书 / 343

巴尔喀什河以南 / 344

高原上的轮回 / 345

无语的问询 / 347

汶川：五月的祭辞 / 348

向东的旅途 / 350

额尔古纳妹妹 / 351

十四行诗 / 353

生日之夜 / 357

天堂辉映的纵深 / 359

高原绵长的竖琴 / 361

贡格尔河畔的信札 / 362

那些地方 / 364

一墙之外的蒙古故乡 / 366

永世感激 / 367

诗篇 / 368

没有预言 / 369

自由之路 / 370

默者 / 372

雅歌 / 374

神性之下 / 376

诺尔盖灵息 / 378

一世拥有 / 379

光芒 / 381

九十九夜 / 383

夜曲 / 384

凌晨独语 / 385

最远的那颗星辰就是父亲 / 387

二月・天鹅・一首悲歌 / 389

一个人的周庄 / 390

今日：关于这座都城的零散记录 / 391

你这一生 / 393

看看远方 / 395

——致一位朋友

最终的复活 / 397

我的宣喻 / 399

安澜深处 / 401

光辉 / 403

仰望与垂首 / 405

深厚 / 406

独对夜海 / 408

遥远（一）/　409

遥远（二）/　410

想到忧伤 /　412

五月首日：小札 /　414

寂 /　415

一个梦：秋天的副歌 /　416

对呼伦贝尔之行的补记 /　417

云 /　419

片段：第七日之后 /　420

三十三年 /　421

昨夜 /　423

天韵 /　424

微澜 /　425

提示 /　426

锡林郭勒日记

以牧人的身份为你引路
为你推开八月高原的门
江南少女　我们的生命里该有这次长旅
在浩荡的北方
我们选择的神奇之地
已被许多人仰视

马背上的尊严就是沉默
它金子般的光辉
使我们想到无际的色彩
永远浸染的牧人的心情
江南少女　当冬天来临
这里只有牧羊与狩猎的人
雪夜人归　你要认识冰河的龟裂
那高原冬日无血的伤痕

江南少女　你没有随我接近寒冷
若在雪野中等待
年长的牧人就会启齿
说一匹蒙古马
一生中跑过的距离
江南少女　等待的全部意义是为感激
以你的智慧理解朔风
沉默冰河龟裂与神圣

走在一个传说里
你没有想到必然的结局
江南少女　我们已看到落霞的瑰丽
飘在草地上深重的云影
在途中被你视为奇迹

江南少女　是受早晨吸引
我们才偶遇高原母亲
在一片平和伸展的北方
她的象征是一个群体
尽管乌珠穆沁作证
在传说的空间
有一颗陨落的星辰
为了什么我深怀着感动
江南少女　究竟为了什么
我在八月的记忆里
缄默无语

1996 年 7 月 16 日黄昏，于海口

逝水咒语

寻着庙宇破败的响声
想象猎猎旌旗
黑蚁筑巢的枯草间
那条无水的古河
沉入了往昔几多夜色

少女新鲜的呼吸
葬在落花的草园里
一只羊在墙外睡去
墙内似有细微的流水
或昆虫的低语

梦境中依然有黄色的洪流
马曾是舟　驮牧人泅渡
年老的妇人神色呆滞
伏在无风的豁口

一朵鲜花的理想或光芒
投射出幻象　夕阳里的人影迷离隐秘
如那庙宇　刻在石头上的文字
如起身回返的妇人
在草园中消失

现在看一看那架古筝

落在弦上的尘土
说旧人已去　许久再无鹰飞雁鸣
偶尔有骑手远远一瞥
被他注视的　不是妇人凄凉的草园
而是通往古河的道路

1996年7月17日晨，于海口

蒙古词语

不要探寻古歌的渊源
一种诞生的隐秘　在永远的背景中
流淌为水　那些蓝色的河流
是蒙古词语的精髓

西拉木伦河上的天空
有无畏的鹰翅掠过高原
牧人们能读懂这季节的铭言
归来或远去飞翔　不是唯一的记忆

探源的人记得所有风雪的日子
他会告诉你鹰是怀念
是蒙古高原上不惧风雪的魂灵
蒙古词语的节奏舒缓而凝重
逆河而上　也就是从科尔沁到克什克腾
这草原之旅　马的蹄声会对你提示
属于高原的蒙古词语
那生死明灭中的旋律
正滚滚而来　请记住
这不同于遥远的潮汐

夜宿高原　数点果实般悬挂的星辰
总觉得有一匹无鞍的蒙古马
从空中驰骋　抵达更远的天际

1997年10月5日中午，于海口

高原上的心灵

我在晚秋读着旧时的诗句
八座毡房的故乡
八颗星斗　我所景仰的高原上的心灵
守护着一条道路　此刻　高原寂静
一点星火映照的长途　走着八个牧童

这是我所选择的怀念方式
如今他们都已成为骑手
但他们依然懂得膜拜
在清晨　对一位普通的草原母亲
我所景仰的高原上的心灵

我的兄弟们不肯远离蓝湖
当牧场迁徙　在途中获得红色的马驹
他们不会惊醒勒勒车上的生母
这是一个古老的习俗
从湖西到湖东　我的兄弟们追寻着高原上的心灵

我旧时的诗句中有马的意象
马的腾跃或嘶鸣
马的象征　是我的高原上的心灵

1997 年 10 月 5 日夜，于海口

马背歌者

你或许不能感受这浩荡的恩泽
当积雪融化　大地重又萌生出青草
羊群后就会出现赤足的牧童

某一种引领存在于马上
牧童的父兄　那些
以石头　星河　草地命名的人
不会对自己的后人多说什么
马背上的歌者通常是沉默
如阴山以南凉风吹拂的草坡

这赤足的追寻与追问
回旋于无边草原的古歌
牧羊的人　骑马的人
梦中的箴言与湖泊
赤足的牧童承受如此的熏沐
烈马的长鬃扫落一地传说

马背上的歌者是那些蒙古人
他们命定中的这隅高原
养育了人与神马　古歌声中所表达的
是对每一片绿草的爱恋
或垂泪于即将凋谢的花朵

1997 年 10 月 6 日中午，于海口

额尔古纳河

一部秘史的初章源于这河　正午
接过草原的巨大阴影
被马群追逐　裸体的牧童在圣河中击水
一幅画卷　一句箴言　一派生息永不会湮灭

象征的意义不在于喧响
平静中的真实与沉淀
昭示来者　额尔古纳河以缓流与清澈
滋育了神性　长存天宇的星辰
于午夜时分　在河底写下隐语

阅读的人　也就是泛舟的人
相继成为逝者　他们曾在遥远的道路上驰骋
时间和过程都待揭示
他们最终选择了回归
在额尔古纳河畔停住了马蹄

那裸体的牧童　是他们用心智所养育的精灵
是河之子　草原之子
他当然懂得怀念无尽
没有谁要他选择击水的方式
他的身姿犹如一张弯弓
箭簇直指头顶的鹰眸

1997 年 10 月 13 日，于海口

时光序言

母亲的默念中已没有雨季
在夜晚下意识的河流沿岸
消隐于历史纵深的驿道
丢弃形象的车轮

呼声飘落于广袤的草原
在我们心灵中理想的部分
萌生着新草　锈迹斑斑的往昔
不能使星空暗淡或沉寂

时光的概念是一种成长
在北方　牧人的坐骑总显得轻盈而沉重
这时候我们常渴望为马饮水
背对着母亲或大山的阴影

坚忍与孤独是古歌的灵魂
在酒香与目光中起舞
我们长久以来珍视的品质
不可替代　犹如雪松或西风中的岩石

我们的观念正悄悄转变
在人类沉思的长廊里
永远不存在雕饰的景象
只有律动　灵眸　与心海的旖旎

有时候我们会驻足于时光门前
在圣乐的奏鸣中
我们接受光明的沐浴
任思绪飞升　由大地而至苍宇

不要说我们为什么常怀感动
在这洁净的蒙古高原
放歌　牧羊　饮酒　纵马
自由地活着　并铭记草地的深恩

1997 年 10 月 14 日午夜，于海口

长夜祝祷

我们在源头站立
牵着缰绳的手　落着轻柔的夜暗
从一座蒙古包到另一座蒙古包
安睡着那么多母亲
我们在长者的河流边走过
映着星空的河面上飘着什么
逝者已去　逝者无语
逝者曾发出长夜祝祷

源头的启示在于无尽
七个寻梦的人跪在七颗北斗的午夜
我们在探源的途中遭遇他们
高原肃穆　欲做飞翔的身影
暗喻生存　有一种燃烧没有火焰
那时　悄然的飞升向着七颗北斗的光明

长夜的主题无法破译
就如同无鞍的飞马消失于天际
我们在冷峻的山前静静谛听
寻梦的人啊　夜将逝
七颗北斗的草原将醒来
谁将首先告别　举起并放下手臂
第一线晨曦正缓缓升起

1997 年 10 月 15 日下午，于海口

草原：关于诗歌的遗言

在这个世界上　我真实地活过
想一想生命　人的每一条道路
都如不为人知的诗歌　我们在神秘中存活
曾感受新奇疲惫　与无尽的安慰

是的　我终于明白
我将永远不及那些优秀的骑手
想一想往昔　在无力感知的时刻
我伤害过一些透明的心灵
时光飞逝　这已不能补救

我用诗歌之斧开凿的长旅
实际上浸透了生命之血
或许会有人理解　或许不会
当我再一次从草原上纵马疾驰
我所想到的是诗歌的节奏
还有被我伤害过的心灵

爱我的人啊　请不必在广大的陆地上找我
生命有期　生命真的值得怀念
诗歌的跳跃间有我的追悔
爱我的人啊　我会在一片蔚蓝的倾诉中落泪
最终无语地死在海里

1997年10月24日夜，于海口

阅读沉寂

我们无力将自然的语言写在纸上
高原先哲们睡在永恒里
枕着青草的气息

某一种凝视魅力永存
我们在沉寂中与往昔对话
这是阅读的方式
草原广大　我们在水流之间行走
融入清晨或黄昏

留在牧鞭上的指痕显现于午夜
风声未起　我们在灿烂的星空下默立
指痕从八个方向遥指家门

1997 年 10 月 25 日，于海口

记录瞬间

跌落坐骑的瞬间感受柔软的草
马停止奔跑　美丽的牧女在马背上微笑

想到九月北地的飞鸟
为什么不再鸣叫
蓝色的天空里炊烟缭绕
形成一个问号又一个问号
何日长驰　克什克腾草原的清早
初上马背的人在惊惧中飘摇

一声关怀来自蒙古包
一曲长调　一生一世都不愿离开的草原
宁静的黄昏又开始燃烧

1997 年 10 月 27 日，于海口

1227 年的停滞

我的诗句如勒勒车轮
驶往遥远的世纪
天地有恩　庄严的陨落出现在路上
光芒缓缓熄灭　夜空中笼罩着乌云

有一个谜语飞在黄昏
来与去生与死都形如净水
所有的生者都不知向谁问询
1227 年的停滞使石头垂泪
占星者已离去　他拒绝了财富与荣耀
却留下了恳求的声音

那些人没有违背圣训
他们选择了回归　前行的方向是高原故里
午夜　怀有真知的人
闭目举起一只手臂
遥指一片丛林　那里曾有野鹿突奔
雪松的树干上　刻着神秘的经文
道路消失了
停滞的瞬间已无从寻觅
我的诗句贴伏在草上
听夜露滴落　有一句遗言说
你们要记住这棵树
记住　1227 年某日

戛然而止的马队
没有惊动美丽的鹿群

1997 年 11 月 7 日，于海口

箴　言

远方有一片
被淡忘的森林
拒绝接近
枯叶掩埋着群马的蹄痕

涛响静夜
蚁群被洪水围困
善良的人骑在马上
听风声阵阵
有一个忧伤的少女
泪洒衣襟

生命曾走过的远途
那种挚爱或遗恨
一颗星子所点缀的夜空
或流云　都值得铭记
活着的人　乘凉的人
久已淡忘那片森林

1997 年 11 月 12 日夜，于海口

怀 念 日

我的属于圣河的少女
在黄昏的风雪中
怀抱着牧鞭

那时节会有琴声响起
奏西风凛冽
鲜血凝固的花朵
如期开放在蒙古包前

我们用身姿与表情
所倾诉的草原
在六月里落泪
一驾勒勒车悄然走远

1997年11月13日，于海口

体味琴声

蒙古民族苍莽的心绪
折射出辉光　八月秋草静谧　秋水安澜
两根琴弦一个马头　奏出一脉秋诉

被旋律所感动的辽远山河
仁爱无尽　母亲们　那些以英雄为荣的人们
能够证明未泯的血性

静立于时光深处
她们谛听往昔之晨　男人们都在备马
长者阖目　他们用温暖的手掌
摩挲未醒的牧童

哪里是道路的终点
天空啜泣于六月　骑手未归　长者们在灯下说史
见过无数条大河的人
已消亡于冬天的异地

八月草原
八月透迤不滞的圣灵之语
我的天使般美丽的牧女
在牧途拾一片苍鹰的翅羽
她没有发现悲伤的血迹

1997年1月14日，于海口

牧人别辞

我选择沉默的方式与你告别
高原　我是你的儿子　不是英雄
我不会如英雄们那样
将迷恋割断于奔驰的马上
垂泪于马上　高原　我只能这样熟读你
如默读河流　你流动的史书

我不是英雄　甚至没有英雄的泪水
你赋予我如此的性格　不像石头
更不像水　高原　我是你的儿子
我常倾听绿草　听风雨降临前
雄鹰的翅羽　高原　你要我坚忍
将忧伤埋藏于心灵深处

我是铭记着的　高原
我无悔的目光就这样拂过你的大地
今夜　在远离纷繁的地方
我写了这首诗　不是为了告别
不是为了赞美　不是为了结束
高原　也不是为了用生命之血
淋洒起起伏伏的生存的道路

1996 年 8 月 4 日，于赤峰

冬日望远

我没有偏离命定的牧途
这不可解读的承袭
像祖先的血液流在我的身上
自然的展示形如飞马
踏积雪而至黎明

我们选择的路不可解读
既然曲折的过程有了
就该领悟心灵的圣旗
洒缤纷落英只为凋谢
生长有期　泥土的深处常存水流

我伟岸的先祖们早已断言
谁膜拜阴山　谁才能走过草原
冬日望远　白色的地平线上有驾车的人
我知道那是谁　为什么巨大的车轮时隐时现

视野里的一切都值得亲近
就是这隅自然　赐我以珍贵的认知
尊严是风　我们活在接续中
不能止息灵旗的舞动

1997 年 11 月 15 日晨，于海口

生命接续

故去的先人们枕着青草
静听黎明的马蹄扩展梦境
这久违了的节奏
在逐马的草原敲击时光之晨
梦境无风无云
被我们珍爱的地下清泉
如血脉般滋养草根

没有谁落泪
留在最后时刻的话语
在春天成长为马群
最后的目光化作晨辉
永远拽着飞扬的马尾
骑在马上的人
是这片草原的儿子
他于清早别母
感觉是在与圣灵同飞

隔着微明的灯火守在深夜
母亲坐着　儿子未归
远去了的亲人们在光明的对面望着
他们在一生中从不说怀念
只把血性留在了草原

唯一的嘱托是不要停止驰骋
日落远山　一碗奶酒中有奔马的历史
又一代牧人被圣灵注视
又一代骑手在风雨中
蓦然获得了珍重的心情

怀抱着学语的婴儿
女人们在毡房里等待
她们是永恒的牧歌苦恋青草
身影长存于骑手的脑际
从少女到母亲　她们从没有远离故园之门

1997 年 11 月 18 日午夜，于海口

故园恋谣

我的阴山已成为永久的仰望
永久的高原心灵的毡房

八月里有十个待嫁的姑娘
望着草地上的十匹马
十匹马会选择五个方向
她们就要走在成婚的路上

一碗奶酒里的星光
一片歌声中的月亮
十个牧女落泪的故乡
一条微醉的河静静流淌

十个骑手倾吐一种语言
十个牧女有同一种恐慌
八月故园
十个牧女羞答答回头一望

1997年12月3日，于海口

圣山之侧

美丽的岩画悬在浮尘里
鹰在黄昏飞旋　八月
问路的人是一位长者
他没有骑马　在圣山之侧
牧羊的少年示意他向南

这无限的时间与空间
岸　湖畔　地平线
多重意象所组合的草原

一匹老死的蒙古马
被安葬于无月的夜晚
这时刻的星空宁静辉煌
仰首的人　那忧伤的人
手托光滑的马鞍

圣山之侧的百鸟不再鸣唱
湖依然湛蓝　八月
失去了坐骑的人走向来路
远方　有一盏灯火亮着
他的亲人们没有入眠

1999 年 1 月 23 日夜，于北京

尼罗河

伸展于非洲的光洁的手臂
托着一句秘语　少女
被我们想象和热爱的少女
所倾吐的宁静的呼吸

非洲未老
成为新娘的少女流着泪滴
尼罗河中的这句秘语
大概没有谁能破译

1999 年 1 月 29 日晨，于北京

埃　　及

法老的那匹白马
消失于西部漠海
它驮着一位少女的嫁妆

巍峨的宫殿里燃着蜡烛
年老的妇人在嘹亮地痛哭
最后的咒语发自暗处

最后的金字塔
这庞大的掩埋无比典雅
法老思念美丽的白马

1999年1月29日晨，于北京

龙门石窟

奇迹的光辉飘散在河畔
从未被农人关注
古老智慧的节奏
以永远凝滞的形态说着往昔

有谁能读透这一段颂辞
危岩上的美丽与怀念
犹如一个感伤的人
翻诵于内心的隐秘

残缺的真实存在于山上
游人如蚁　创造了神奇的人长眠何处
视线中已不见悲凉的血迹

1999 年 4 月 20 日夜，于北京

祭辞：五月汨罗

我在灯下想象汨罗流水
那孤独之魂高高跃起的一瞬
五月汨罗　江南烟雨蒙蒙的静夜
时光以永远不变的公正
提示我们怀念一位逝者
这已成为悠久的习俗

永远的天问有没有色泽
沉淀于江中的思想总有些苦涩
五月汨罗　五月的汨罗没有月色
但有花朵

我们可以忘却石刻的碑文
我们不能忘却水
在汨罗优美的波动里
永远存在充满灵性的声音

一位智者的选择
在江底沉睡了千年
五月汨罗　五月的这个夜晚
苍茫的大地上花开花落

2000年6月6日，端午之夜，于北京

生命之翼

一只手掌渴望以超过头颅的高度
暗示另一只手　也就是停止或摆动
风　雁鸣　云影　无雨的天空
幻觉之泉通常的形态是由西向东
人不可以忽视手足　正如眼睛
人不可以忽视源于心灵的悲痛
密林之火从山谷燃向山峰
谁在哭泣　谁在说　那不是轮回的黎明
在迷幻的睡梦中学习飞翔
大雾弥漫　哪一块石头上刻着图腾
生命之翼是这般轻盈　它在风中
在大雨之前　试图唤醒一个安睡的儿童
夏夜　年轻的母亲在灯下寻找往昔的心情
在熟悉的鼾声里　她感受到一丝寒冷
是飞扬还是闭合　星空宁静
黄昏之后　彤云已飘逝得无影无踪
一句古老的谶语期待应验　生命
生命之翼常常折断于无雨的天空
那个安睡的孩子没有醒来
他正在成长　他终会听到沉闷的雷声

2000 年 6 月 6 日夜，于北京

史　　实

事变　都城行将陷落
旌旗破碎　犹如武士的忠魂
长风呜咽　城垣上下生命倒伏
五月的麦子葱茏　农人远离
某种废弃不可目睹
荒芜　毁灭与新生　背叛
昨夜宫中舞乐　长袖纷飞
含泪的舞者是谁家的女子
幽深　幽暗　幽寂不存
美丽的梅花在狂笑中枯萎
危机迫近了　主人未醒
宫门四闭　挡不住女子的哭泣
一双贪婪的眼睛觊觎辉煌
飞檐　高墙　甬道通往后宫的隐秘
仰视　匾额　肮脏的座椅
一只孤单的松鹤在画面上站立
欺骗　媾和　天空里还有最后一只风筝
牵着长线的老者绝望地松开了双手
陨灭　最后的呼声响在城门洞开的一瞬
屠戮　洪水肆虐　自戕　乌鸦悲鸣
一棵树所象征的王朝终结了
流水依旧　农人们再一次走向了田畴

2000年6月3日，于北京

岁月依然

一幢完美的建筑　最深处的那扇窗子
从不轻易敞开　你可以想象无尽的隐秘
在建筑的表面　无常的风雨
留下了击打之痕　这绝对不可倾诉
远方总有无限遥远的路　日落时分
思念草原的蒙古马　拒绝饮水
它是另一种建筑　可以飞翔
马的双眼总是凝视高远的北方
石头真实的一面不是光滑　不是
裸露的纹理　也不是所谓美丽
是不可抗拒的剥离　是有声的切割
使它离开了群山的母体　就像拉车的马匹
一首诗歌诞生于艰难的过程　在夜里
被束缚的蒙古马终于挣断了头上的缰绳
窥探的人　绝对忽视了建筑的整体
他不知道何处存在洁净的流泉
某种宁静与午夜对话　窗内的风景
被一盏灯辉映　歌声　被怀念的逝者
长久地谛听　迷恋路途的人啊
你以生命的代价接续着什么
建筑　蒙古马　石头　诗歌　路途
岁月依然　岁月的远方可能就是岁月的起点

2000 年 6 月 8 日午夜，于北京

消　　融

一片蔚蓝色的波涌与倾诉
远离尘寰　鸥鸟飞过黎明的海面
身着红衫的美丽女子景仰神灵
她远离了背弃者　却不能遗忘隐痛
某种抉择如此艰难
过程有了　人未老　岁月依然
影子刻在石头上　石头落在水中
水被围困抑或自由地奔腾　抑或冰冻
人都会怀念　对一个人　一种时刻
一句诺言或往昔永不再来的秋天
那耸立的洁白真的令人感动
那静静的消融　蓝色的风　在一座冰山
到另一座冰山之间　只有水流　天上
飞翔着鸥鸟　岸已消失　遥远而温暖的岸
铭记着帆影　一个美丽非凡的女子
决意完成一次生命的航程　没有谁与她同行
甚至没有人送别　她选择了一个夜晚
独自驶向了深海　头顶繁星满天
这是另一种过程　在大水上体味沉重
透明的冰山　正缓慢而忧伤地消融

2000 年 6 月 22 日凌晨，于北京

寻找马车

我们不应责备失踪的驭手
他的马死了　他的马车停在途中的一个角落
五月正午炫目的日光
令人迷惑　驭手在路边思量舍弃的结果
应该对谁诉说　六月将至
六月的某个黄昏大雨滂沱
戈壁深处的胡杨总是沉默
有时候　生命并不能理解生命的焦渴
寻找马车　寻找时隐时现的车辙
一个少年含泪走向流动的长河
时光是什么　时光的起始又是什么
它不会是马车　更不会是少年的寄托
五月的旷野上开着花朵
白的像雪　蓝的像水　红的像火
流云的影子不像地上的马车
无论如何　马的死亡不是驭手的过错
寻找马车　寻找傍晚时分忧伤的牧歌
驭手走远　一片彤云伏在西边的山坡
寻找马车　寻找黄昏之后的灯火
有一位母亲　在滴水的屋宇下安坐
我们从来也没有相信传说
我们相信　每个人的心中都有仁慈的佛

2000 年 6 月 4 日午夜，于北京

1933 年 9 月

九月的河畔
九月的树林
九月受惊的鸟群
九月　美丽的少女泪洒衣襟
九月　一个强壮的男人
在马车上观望火烧的流云
九月北方苍茫的大地
被割刈后痛苦的大地
滚动着迎亲的车轮
九月里的少女
哭泣的少女　她不知道
在向哪种时刻接近

1999 年 3 月 15 日夜，于北京

智慧的印痕

我们常常迷失在人群中
那是一种久违的宁静
犹如我们站在深冬的夜里
在高大的树上寻找一片绿色的叶子
我们当然记得走了多远的路
是从十月到一月
这中间我们经历了一个秋天
时节的过渡是如此的真实
我们遗忘了一个远去的亲人
却记住了流水与落英

我们永世的爱恋留在记忆的天幕上
它不像群星　更不像羽毛
那是我们缤纷的泪雨
在阖目独坐时飘洒
我们隐秘的心语
只能以落叶的形态
在泥土上仰望
属于一棵大树的天空

在一片叶子的纹理中
我们会发现生命的血色
它存在着　我们的心灵
为此会感到时隐时痛

2000 年 6 月 18 日，于北京

贡格尔意象（一）

她是净水中的第二层
我们能够看见的净水　第一层是涌现的地泉
第三层是天空

追寻爱情的骑手在这里留下了马
鞍子　喟叹　留下了一句岩石般的夙诺
后来他永远地消失了

什么是她忧伤的记忆
不是羞赧的蒙古少女　也不是雨后虹霓
她忧伤的记忆是安谧的达里

南国三月的花　开放在她的八月
在阿斯哈图山顶　你会看到一片血色的花海
远方山前的那条带子是西拉木伦

浓重的暗影在大地上飘移
云彩对阳光暂时的遮蔽
会使人联想到人世的某一种无言的别离

六月的洁白不是雪
那是羊群　那是在绿色中微微而动的岁月
不像波浪　也不像雪飘　像心灵与自然之约

所展示的塞外的原野　那么久远而和谐
出嫁前的蒙古女子把微笑给了母亲

把沉默给了父亲　把牧鞭放在毡房的一个角落

你听不到诉说　月光下的勒勒车
身边的河　属于双手与目光的生活
一切都不会改变　由母女两人守住的灯火燃到群星隐没

到严寒的冬季　铺展于雪后的玫瑰色的晚霞
如彩巾一样拂过她嫩藕般的肌肤
在风雪里怀抱羔羊的牧女　心里只有家

九月　两个渴望饮水的人来到达里
他们当然会仰望远飞的雁阵　他们没有家
为了接近前人的那个夙诺　他们情愿同走天涯

2003年9月12日，于北京

贡格尔意象（二）

我已经听到落雪的消息
贡格尔　你严酷的冬天即将临近
牧场迁徙了　我看到牧人们都在归家
达里湖畔的水鸟正在向湖畔聚拢
这个时节　你以枯黄的草地对我提示
有关行走的意义　其实就是自由

我是前来祭母的人
隔着无形的时光　我可以看见母亲仁慈的神态
她安坐于土之下　水之上　侧耳倾听故园的风声
贡格尔　她是你的女儿　一个怀念青草的母亲
她梦中的那匹蒙古马在山前消隐
那恰好是我们经过的地方
羊群在围栏里食草　想到母亲
我便寻觅岁月的遗痕

我知道　源于心灵的痛楚
就如被马蹄踏断的草根
春日的复活依赖阳光与净水
依赖青草　拒绝死亡的触须
贡格尔　你九月的激励如此含蓄
你的狭窄的耗来河　从一座废弃的王宫前流过
世事纷繁　她不为所动
存在于自然之怀的美丽

是永远倾吐的灵息

我对母亲的亡灵说了许多话
贡格尔　我完成了一个夙愿
你的拯救出现在某个日落的黄昏
然后我就远离　我走向雨中母亲的墓地
将无声的誓言说给一颗心灵
许久之后　在另一个纬度
我会默念这个花落的秋季
那陌生的距离　人或足迹
我是不会对任何人说的
阴郁的天空下有一只疼痛的手臂
对寒冷的北方忧伤地示意

2003 年 9 月 19 日晨，于故园赤峰

遥远的心愿

从高原上的一棵秋草
我联想到千里起伏
贡格尔草原　在被弃置的红色马鞍上
刻着凄绝的别离　一个美丽牧女的哭声
存在了那么多年

我渴望接续　不是对征程
而是寻找　我当然希望发现那匹坐骑
那漆黑的蒙古马　它在火焰中呼喊
在蔽日的浮尘中奔驰而过
它的嘶鸣曾使苍天落泪
如今　它活在一首不朽的古歌中
一年又一年　成为不可透视的怀恋

总会有一天　我会以儿子的身份向你证明
以我燃烧的心灵与不死的忆念
作为我对你示意的两只手臂
我需要证明　并且我会承认
我跌倒过彷徨过　也曾哭泣
总会有一天　我将徒步穿越你的腹地
走向星隐月落　然后我就微笑
看庄严的朝霞从眼前铺展到辽远

2003 年 9 月 5 日午夜，于北京

想到风雪

想到风雪
想到一个在都城歌颂大海的诗人
已经消隐于神鸟飞翔的天庭
我对诀别的体味不是疼痛
而是静默　我当然也会仰望迷人的星群

想到风雪
想到谎言或诅咒如风沙一样在飞
活在这个世界上的许多人
久已忽视语言的割刈
那是一种脱离　嘴与灵魂
无刃的刀子与手　目光与亲近
被欲望之矢击打的沉默者
在秋日的逝水前微笑
他没有看见迁徙的雁阵

想到风雪　想到怀念诗人的女子
珍藏着旧时的书信
想到生命的根某一类吸吮
我就感激这个世界
我相信　只要我们轻轻捧起一只受伤的飞鸟
我们就会听到源自高远的声音
那是天籁　我们从那里走来　并最终归隐
那是自然里最柔软的中心

2003年9月24日下午，于丹东

纪　念

我的圣地　我们将什么留给了你
我们的道路　白昼与夜晚
那如油画般凝重的怀念
是我们不可动摇的目光中呈现的沙地云杉
是一盏在蒙古牧歌深处燃烧的灯光
所映照的恬淡的日子
是阿斯哈图古老的石林
所证明的岁月的变迁
在这一切之间　是不为人知的感动
被两个人的生命所贴近的这个秋天

我的圣地　你将什么赐给了我
我们的梦想　注视与渴望
那如蓝天般神秘的预言
是我不可改变的长旅中
珍视的生命尊严
高远的天与消失了波涌的河
是一朵被九月长风轻轻托举的白云
所暗喻的艰难的爱恋
泪水与欢乐交融的爱恋
是落雨时节所决定的未来的路途
在这一切之间　是永世不弃的相守
被两颗心灵相融所点燃的那团火焰

2003 年 9 月 26 日夜，于丹东

回　　顾

我久已丧失引领者的音讯
西拉木伦河畔的黄昏　那个负重的人
将一个预言留给了我　他继续向北
北边没有村庄　没有蒙古包　也没有呼啸的马群

站在那个预言中心的人是我
雪后遥远的天际显现出宁静的幽蓝
牧人当然会看到炊烟　可我的引领者消失了　永远永远
他说　跟随那个预言走吧　渡过十条河流
你将在夏日的一个午后发现一片树林
附近有水　但不会获得答案

我的引领者啊　他把赴死的形象留给了我
就是那个瞬间　我听到贡格尔草原传来真实的风声
像智者最后的哭泣　然后就是沉寂
在天地之间　我的最初的梦幻开始扶摇飞升
我是珍重启示的人　在我的诗歌中
那十条河流奔腾着　我在一片树林的深处
感受柔美的风　幽深的潭　心灵的痛　宜人的静

我的引领者再也没有出现　许多年后
我在预言的中心倾听预言
预言说　生命的奇迹与接续就属于这个难以解读的秋天

2003 年 9 月 6 日夜，于北京

生　　命

已经凝固的表情
并不能说明过程　当一个孩子开始学步
那搀扶的手　也不能使孩子想到行走的危险
或某种疼痛

当一个老者第一次拄起拐杖
他依然年轻的心　一定会追寻鸟群
一切都经历过了
像鸟一样飞翔过了　存在于身后的那类注视
如羽毛一样轻柔　寂静无声

被忽视了的长夜正在走近
究竟有什么人　以怎样的方式
解读生命的瞬间与永恒

可你不能留住遥远的光明
你只有怀念　或终生懊悔
当爱情死亡　当一段道路唤起你的记忆
你就会发现人的血液是那般鲜红

2003 年 9 月 3 日正午，于北京

病　中

我知道视野中的那面葱绿的山坡即将泛黄
从九月到立冬　到霜降　到没有风雪的南方
我的身影像一片飘零的树叶
最终的停滞可能就在一座岛上

我渴望遥远的飞翔　如鹰那样
我渴望接受祝福　在我的生日之夜　有燃烧的烛光
九月十八　九月十八　在我深切怀念母亲的日子
我在远行　爱我的人啊　知道我的内心笼罩无尽的悲伤

2003 年 9 月 6 日上午，于北京

无　题

我曾用心阅读这个夜晚
在山海关以东　在风雨之前
我没有看见故园的星群
也未曾听到神鸟啼鸣

我以悲苦的心灵接近夜
渐次熄灭的城市的灯光
如同拒绝一个敲响家门的游子
也就是拒绝我　厚重的黑暗使我想到墙
那无所不在的阻隔
灵魂与肉体　爱与恨　黑暗与光芒

我是迷恋行走的人
我停滞在一个不可抗拒的时刻
期待奇迹的出现　如在少年时代
期待古老节日的降临

我的愿望不是要惊扰人们的睡梦
我独自行走在这个城市
以我悲苦的心灵贴近神性
如果我发现那样的奇异
我会感激　我会举起无罪的手臂
对我所爱的人示意

夜晚　只有夜晚
以它无边的寂静包容了我
我看到一片叶子飘落
之后是另一片叶子
那应该是我的目光
叶子用无声叩问大地
我用目光叩问墙
之后是雨　是一种感悟托住的泪光

我以平静的心灵迎迓清晨
雨已经止息
叶子　墙　泪光与手臂
是我对夜晚最深的记忆

2003年7月26日清晨，于丹东

垂首：谛听与仰望

假如鹰在飞翔
你不必关注高傲的翅膀
在这座都城的北郊　有人在低语
可是你不会听到源自心灵的歌唱

久违了的那个季节
实际上伏在路边的树上
你可以理解那就是等待
关于雪　第一声雷　或青草闪亮

你应该垂首凝望
正午　一片投映在大地上的影子
以什么样的形态忧伤地飘移
是向南方　还是向北方

假如鹰已栖落
你不必怀念消失的阳光
那个精灵真实地存在过
我们将迎迓雪　那遍地的洁白与苍茫

2003 年 12 月 10 日夜，于北京

十字连星

报载：根据演算，1999 年 8 月太阳系的九大行星和月球将排成一个大十字架，而地球正处于“十”字的中心。

是的　我们甚至无法觉察
这悄然而至的神秘降临
预言是存在的　是杰出的人类之子
以感伤与慈悲的胸怀
承受最初的击打
他用鲜红的生命血泪
写就一部充满暗示的典籍
寄望后人们有所领悟

我们宁愿不停地举着手臂
在神秘的中心
让上苍看到人类的碑林
上面写着：上苍啊
我们渴望平安地生存下去
我们不愿在又一个千年之夜
去验证智者所言说的征兆

原来生命如此脆弱
在宇宙的恒定中
我们的家园被另一些星体
托举并挤压

是哪种力量主宰这无声的运行
我们可以想象自然
但却不可以阅读或透视
我们只有噙泪恳求
以期获得伟大的庇佑

当时光飞逝
人类始祖高洁的额头纷纷飘雪
我们怀念诞生
点燃于遥远冬季的第一堆篝火
至今没有熄灭　在哲学中
光明与黑暗曾被反复描述
我们说　上苍啊
请赐我们以安宁
那许多正在成长的孩子
需要经历从春到秋的过程

是哪一种力量
主宰人类的双手
勤劳的双手　抚摸的双手　杀戮的双手
是什么力量
使我们不能拥有持久的和平

我们在危险中存活
形如雷鸣声里的蚁群
在蓝色的智慧变为塔楼的夜晚
少女们纵情舞蹈
那时候　人类以自己的方式
为建筑命名　比萨斜塔
金字塔　埃菲尔铁塔
那时候　人类欢乐的人群

没有感知到危险的逼近

现在　又一个千年之夜即将到来
我们坐在灯下
说少年时代的预感
以什么样的形态延续到今日
就在这个夜晚
一个美丽的南方女孩
熟练地切开一只黄色的橙子
看到果实的核心

是的　我们真的无法觅见自然的隐秘
十字连星　宇宙空间的十字形祈祷
我们仰望　夜空如昨日般静谧
我们没有发现一丝不幸的征兆

1998 年 1 月 31 日夜，于北京

忘川之水

生命的脉络中有鲜活的语言
我们可以感觉
但不能够阅读

有一些沉重无法呈现
形如年轮　我们在岁月中行走
在泥土之上　白云之下
不可言喻的怀念
如影子般追随我们
真诚的人啊
你已懂得用生命守护与珍惜

能够遗忘吗
在命定的远途中
回望已经关闭的时光之门
记忆的尘埃如此厚重
唯有水　唯有在深夜的梦境
我们才能接近远逝的人

1999 年 1 月 4 日夜，于北京

午　　夜

午夜　远来的旅人
敲响一扇陌生的房门
草里的昆虫停止低鸣
这时刻　一首忧伤的诗歌躲入暗处

午夜　美丽非凡的女孩
为什么落泪
谁在沉睡　谁在沉默中念她的名字
谁的梦幻在飞

1999年1月5日凌晨，于北京

有风吹起的地方

有风吹起的地方
有人在守墓　有泪水划出的痕迹
被尘埃覆盖　你听不到源自地心的声音

往昔是路　是许多泛黄的照片
有风吹起的地方　有长发飘舞
某一种证明存在于时光深处

预言驻足的斜坡上　羊在食草　牧人在吟咏
有风吹起的地方
有自由奔放的魂灵

一切都是未知
有风吹起的地方
有雨　有人类不可远离的气息

1999 年 1 月 6 日，于北京

还有什么令我们感动和落泪

山河苍茫　人类不亡的理念如飘雪的天空
一个总在生长的预言　是雪
是十二月黄昏静谧地飘落

以贴近的形态使我们仰望
而后就融化　我们慢慢走过的冰面
该是天空光洁的赐予
大地的眸子　被长夜西风久久吹拂

祈愿该有什么样的色彩
山河苍茫　我们在节日里颂歌
为纯净的水　或平安抵达的清晨
这就是永远的旋律了
我们知道　即使我们死去
那声音也将永存

是啊　除了生命之树常绿
还有什么令我们感动和落泪
在每一日　每一时刻　面对每一个人
我们真该呈现人类的至爱与至真

1999 年 1 月 7 日夜，于北京

信仰基督的女孩

信仰基督的女孩
在八月之夜里数点星辰

是深秋的高原之旅
一次偶然的停顿　信仰基督的女孩
在光辉中寻找一扇屋门

她的近旁开着滴露的兰花
有高原绿湖吸引着鸟群
辽远　宁静　孤独的牧人
在栅栏边守着羊群

想到遥远的圣城　该有一处屋檐滴水
那是多么美丽的节奏
响在天使的合唱中
在雨季　在天堂的清晨

信仰基督的女孩
如兰花般素雅而温存

1999 年 1 月 8 日夜，于北京

告诉我从什么地方开始

告诉我从什么地方开始
从什么地方　拾回遗失的麦穗

遍地金黄　被辉映的收割的土地
车轮上满是尘土

告诉我从什么地方结束
从什么地方　收回飘飞的心灵

告诉我　劳动的仁慈与辛苦
是不是流淌的汗水与凝固的泪珠

1999 年 1 月 8 日夜，于北京

说一说掌纹

我们永远无法破译这种神秘的纵横
不可主宰的纹理与绝对遥远的心声

该怎样预测此种断裂
宿命的人紧握着双手
仿佛有八条道路
都已走到了尽头

1999 年 1 月 23 日，于北京

神示（一）

一个孩子在梦境中投身河流
清澈的水　遥远的黎明
与山脉　他铭记着最初的姿势
那不是通常的浮沉

村庄安睡
有人悄悄走出家门
一个孩子以赤裸的洗沐
验证神示　是在早晨

他被母亲唤醒
大雪飘落　河依然在流
在古老的屋宇下
少年看到一位陌生的人

1999 年 1 月 24 日夜，于北京

神示（二）

黄叶飘落长街的下午
季节的逼迫悄无声息
我们会忽视远天散淡的云
那些诡异的图形
对我们暗示了那么久
一切仿佛都没有改变
除了道路　亲人的名字
节日遥远的家门

葡萄脱离藤蔓的那个瞬间属于秋季
仰首凝望的孩子
只能注意青涩的果实
屋檐的一角有一个燕巢
每年都会有雏燕鸣叫

一个美丽的农妇在菜地里锄苗
道路两旁有修剪的树木与花草
这就是距离吧　她年幼的儿子在摇篮中熟睡
这无比自然的画面
呈现在夏天无雨的清早

2003 年 10 月 23 日夜，于丹东

有一个命题没有答案

想象中的那座城市正在落雨
入夜　鸽群栖息巨大的广场
撑伞的人们　从灯光与雨丝中走过
他们熟悉这个地方
熟悉一扇敞开的窗子里
某个孩子的面孔

期待或别离的天空总是这雨
想象中的城市正经历着夏季
身陷孤独的人　或许行走在我们之间
在七月　在雨水里
在某颗心灵叩问的大地

鸽群将出现在无雨的早晨
这没有疑问　早晨
我们该不会忘却风雨的记忆
街道　鸽子　窗口　还有
途经广场的孤独的步履
我们都该想一想没有答案的命题

1999年1月28日，于北京

生命中存在神秘的接续

那个未来的孩子将诞生在夏季
他不属于风雨　但他会记住风雨
历程中的花朵终会凋谢
如一个女子的青春
她的红颜在黄昏后消隐

传说中的雪山没有融化
它遥远而威严　守护着许多绿树
一驾马车正在走远
是那些离别故园的人
在大路上留下了辙痕

迷失的雏燕寻找群体
一个孩子仰望空中
他不知那只鸟儿为什么鸣叫
祭日　一片哭声敲击着原野
庄稼正在生长
一个少女回味着昔日的光芒

1999年2月25日夜，于北京

在背影之间

婴儿隐隐的哭声
出现在午夜

在这种时刻
她想起夏季山前的大水
人们都说那就是河流

记忆之门总有缝隙
温暖的光明投射进来
非常耀眼　就像焰火
那是整个夏季的美丽

有谁在低语
或在群星下哭泣

1999 年 2 月 25 日夜，于北京

神奇时刻

相隔千里
被语言传导的欲望长满羽毛
静夜　有人在歌颂飞翔的优美
使灵魂的交融成为可能

完全的放松与温暖
生命以颤抖的方式
回归于自然　这时刻
我们只渴望彼此抚摸
或以绝对自由的形态
相拥而卧

1999 年 2 月 28 日夜，于北京

第四十一个春天

一位盲者走过都市郊外
他试图感知那片安谧的树林
盲者手扶男孩肩头
问起附近的景观
在记忆的最深处
那场大雪还在飘着
树林　被网住的麻雀
盛开白色花朵的天空
苍茫冬季里孤独的人群
盲者的双眼正对着远山
他不再询问　在记忆的最深处
那场大雪已经消失
积水　被收起的棉衣
流淌着温柔暖风的大地
树林前无比美丽的少女

1999 年 3 月 3 日夜，于北京

一个预言的终结

午夜中的大水渐渐消退
浓密的云　六月里泥泞的道路
一间古老的房子坍塌在傍晚
主人未归　主人在山前望着大水

预言的真实形如孤旅
往昔　被神光照耀的夏夜
没有一丝云影
幼童的声音总会使长者感动

季节的轮回就是那些树木
在最高处　接近日光的叶子
一年一年远离泥土
某一种凋落常使牧人仰目

夜半时分
这座都市灯火通明
有一个人死了　另一个人活着
美丽而忠诚

1999年3月4日夜，于北京

距离（一）

水中有一双眼睛
望着背弃的人

水中的这双眼睛活着
它没有声音

水中的这双眼睛
不会对你说爱与恨

1999 年 3 月 17 日，于北京

距离（二）

一个少女以怎样的方式
怀念故去的祖母　她选择了倾诉
她无法想象寂静峡谷
在生死之间　一个人纯真的童年活着
就像树木　历经风雨的洗沐
日落日出　这轮回　这爱恋　这泥土

这道路　这说也说不尽的心灵远足
曾经的心愿该由谁守护
被我们一再阅读的美丽山河
沉默如初　我们感谢伟大的赐予
感谢水　空气　感谢岁岁生长的植物
感谢神灵　感谢苍茫宇宙蓝色的飘浮
感谢梦境使我们回到从前
花开花谢　这色彩　这仁慈　这泪珠

这四季　这唱也唱不完的生命古歌
曾经的旋律在哪里起伏

2007 年 7 月 13 日夜，于北京方庄

暮霭低垂

最终的道路没有出现
我的爱人　我停滞在一行雁鸣
呼唤的春天　被新绿吸引并感动
许多人匆匆归家　在三月的湖畔
年长的人们彼此问安

生命所经历的日子
沉重而平凡　我的爱人
寻常的理解其实非常艰难
在一棵树到另一棵树之间
在一个孩子到另一个孩子之间
我们无语注视　以静默面对成长的时间

可以没有分离的叮咛
但不能没有温暖的相守
我的爱人　当暮霭低垂
这一年最初的雷声轰然传来
我想到洁白的飞雪
北方　那流在风雨中的铭言
不会锈蚀　我的爱人
正如那条没有出现的道路
正如这低垂的暮霭必成为久远

1999年3月21日，于北京

黑色门帘

两个幸福的人
坐在昏暗的门里
他们相信自己的孩子
将诞生在这个夏季

黑色的门帘上
有一条缝隙
从那里透射的光明非常耀眼
人类的季节真实美丽

太阳西移
黑色的门帘如一句谜语
雨后山前的大水
流过土地

1999 年 3 月 25 日，于北京

一首抒情诗中的雨日

农耕的人们在田野上奔跑
向着那棵古树聚拢
第一个抵达的人
发现有人放弃了农具

落雨之前异常闷热
蚁群从容地迁徙
六月的雷声从远山传来
牧人们开始驱赶羊群
身披蓑衣

家门紧闭
守家的老人和孩子们
伏在窗口　低声说着亲人的名字
这是一种无法描述的距离

有这样一个雨日
它贯穿人类的劳作与仁慈
没有纷争　也没有忧戚
只有平安的守望与等待
最终凝固在一首诗里

1999 年 3 月 26 日，于北京

当泉水成为遥远的记忆

在宇宙的尘埃中
马的形象活着
马食绿色的青草与甘露

在灵性灭绝的春天
人类向大地伸出无言的双手
这双手曾经劳作
曾经抚摸　曾经杀戮

在我们唯一的家园里
河流干枯　遥远的百鸟
优美的栖落与啼鸣
存在了多么久
遥远的森林与飞瀑

在人类无比年轻的时代
到处流淌着干净的水
似乎在每一个早晨
都升腾着湿润的薄雾

在任何一种季节
人类丧失了水
也就丧失了生命的血液与心智
只有苦难的长路

龟裂于正午

在人类的群体中
那些焦渴的孩子
望着被称为艺术的油画
这是传说中的景观
那美丽的造型
倾吐人类充满幻想的岁月
孩子们　长者说　那是树
它扎根于泥土深处

当泉水成为遥远的记忆
人类是否还能够痛哭

1999 年 5 月 6 日夜，于北京

对一种背景的描述

一个写诗的少女站在湖畔
距六月的风雨很远

写诗的少女
以仰首的姿态接近沉默的蓝天
她渴望忘却　一个人在三月里去了
是三月的夜晚
或许会有谁记得那句诺言

真实的降临出现在何时
某种企盼　某个瞬间　某次背叛

1999 年 5 月 26 日黄昏，于北京

谁都活在过程中间

隐喻的白云下飞翔着鸽子
归家的人　在异乡的码头等待轮渡
鸽子羽毛洁白
一声忧伤的鸣叫响在头顶
无论怎样都不能涉水而去
人没有美丽的翅羽
失去了亲人的儿童正在哭泣

是该铭记
在必然的过程中间
是该让心灵渐渐平息

1999 年 5 月 26 日夜，于北京

在午夜时分面对一位逝者

我们之间隔着枯黄的灯光
这使我想到墙
横亘于生死交界的无形的屏障

有一种语言无法解读
逝者以他永远的身姿与手势
对我暗示一隅自然
冬夜无雪　此刻
逝者的身后绵延着起伏的道路

节日临近　人们
在交谈中选择前行的方向
从温暖走向寒冷
或从孤寂走向爱情
都不同于从地泉而至河源
逝者暗示　假若
人类在天空中看到带血的羽毛
我们就该想到跌落的神性

有一种选择如此短暂
这不同于神秘的语言
现在　逝者的身后出现一驾马车
它缓慢地驶来
我想说　逝者啊

你的身姿与手势是精美的词组
为此　我们怀念
有关雨　绿色的植物
九月　质朴的农人在屋檐下磨镰
后来是割刈与沉寂
这或许就是秋天
那么　最初的冬雪距我们多远
逝者　其实没有人去寻求答案

1999年12月29日凌晨，于北京

祭　语

父亲
在我们之间
隔着一层冰冷的黄土

十一月之晨
北方无雪
我们以默立的方式与你告别
搀扶着落泪的母亲
感觉就像守住一棵古老的大树

这个日子如此哀痛
父亲
我从纷繁的都市归来
为你送行

你已不再等我
在千年之末
在北方
我们的悲伤这般沉重

从此以后
幻觉就如同灵动的蝶影
它总在飞翔
有时候

我们会坐在灯光深处
怀念某个节日
或追忆你的神情

父亲
如今你走了多远
通往天堂的路途间
有没有灵魂歇息的驿站

父亲
源于我们生命的怀念
将成为永远
与你　永不会再见

1999 年 11 月 17 日，于北京

说一颗星辰

在冬日的蒙古高原对一个少年说星辰
我忽略他的注视
那是深深的疑虑

我们还不习惯于接受孩子们的思想
在蓝色中对他们说另一种角度
或飞行　说从遥远的空间里
张望我们的家园
那无垠苍宇中唯一的蔚蓝
不会使他们想到战乱与流离

无形的时间限制了我们
这是一个巨大的谜团
我们身在其中　从年轻到年老
从一个年轮到另一个年轮
从果实到跌落
感受它每个瞬间的存在与真实
在人类生命的过程里
我们必须学会珍惜
就如同在迷失的苍茫里
我们该寻找并怀念同类的手臂

对一个蒙古少年说一颗星辰
他安静地望着我

他知道在不久的一天
我会离他而去

2000 年 1 月 13 日夜，于北京

光明在远处

光明在远处
在我们无法抵达的黑暗的中心
开放着花束

光明在盲人的感觉里
是一条道路
可他永生永世也不能描述

光明是驼峰上吹响的鹰笛
是生命的焦渴与痛苦
所怀念的蓝湖

光明在远处
在一种背叛对一种背叛的正午
水流如初

1999 年 1 月 22 日，于北京

石头的纹理

我设想在那种纵横中
存在一句秘语

或许还有鸟的足迹
它们最后的飞翔
以无助的跌落告别天空
这美丽的生灵沉入水里
躺在坚固的石头上
获得永远的休憩

在石头的纹理间
应该也有诅咒
或被扼杀的自由

1999年1月24日，于北京

解读预言

我相信某一种尽头是水
曾经辉煌的物质沉没其中
母亲们　也就是被我们
视为神圣的那个群体
已经不再落泪

飘逝的彩巾在空中被火点燃
相爱多么艰难　那不可抗拒的外力
朔风般旋起人类的稻谷
大水汹涌　一个村庄消失
随后是另一个村庄
我们该记住些什么
在我们身旁　惊恐的孩子们
用双手护卫着木制的玩具
烈火逼近了　正午
人类的精神之旗没有垂落
精神的长堤上重叠着足迹

在灼热中相拥的恋人们
不曾忘却清凉的夜晚
那有多么好啊　可我们不知道
是谁主宰着这个预言

1999 年 1 月 25 日，于北京

爱人：或自然之躯

风雨的前夜　爱人
我们曾走过一段坦途

爱人啊　从你的双眸开始
然后是高洁的额头
接着是唇　彼此婴儿般沉醉的吸吮

毁灭一般的坠落源自山谷
遥远的雾　爱人啊
你遥远的湖

我们的森林中没有任何植物
没有房屋　只有缠绕　我的爱人
只有火　烧灼神秘交融的时刻

我可以对人们说
在风雨停歇的长路
爱人　你为我展示鲜红的花束
那时　我抚摸你的双肩
爱人　我知道你为什么啼哭

1999 年 1 月 8 日夜，于北京

恩　　惠

神性的赞颂不能刻在碑上
语言也不能穿透某种感伤
所谓恩泽　是大地赐我们
孩子与青草　故园之侧的那脉水流
是崇高的心灵对另一颗心灵
永生永世的怀念
我们生活在长风的旗帜下
是仰望　在都市或母亲的村庄

牵着爱人的手从寒冷中行走
恩泽就是陪伴
是我们相视一笑时
无语的思想

1999 年 1 月 11 日晨，于北京

感　悟

拂过心灵的手
只能是某种语言

某种生命的浩叹
望万般无奈的落叶
飘在早至的秋天

十月遥远
人依然　长夜平安
我们不再祝祷多雨的夏天

拂过心灵的手
没有失去往日的温暖

1999 年 1 月 22 日，于北京

尊　　严

只有这面旗帜不能交换
只有一隅蓝天
属于自由的飘展

早逝的人将背影留给了我们
或许还有一首诗歌
等待我们发现

我们活着
在各自的道路上
回首最初的起点

1999年1月22日，于北京

面对诞生

一首高贵的诗歌承载着艰辛与痛苦
夜路苍茫　两个活在隐秘中的人
选择了冰封的护城河畔
他们探讨开始或结局
有关忧郁的花季

在摧残者与被摧残者之间
有多远的距离　这不同于天空或云
雨或大地

有一种声音说
真的　我在灯下
周围存在着诗歌的旋律
若你不来　那么　我不能将这幸福给你
我甚至不能走在你的一侧
为你遮挡西风　并对你低语

纯粹的诞生已被忽视
一个人坐在灯光里
两个人走在冰河畔
三个人总该选择决绝的背离

1999年1月25日夜，于北京

在生命中是否需要郑重的承诺

我们已看到太多的悲伤
望着被锯倒的树木
我想到渐渐凝固的血
在岁月之光照耀下脱落的黑发
还有未长大的孩子

有一种创伤永难愈合
形如年轮　微笑的人总是遗忘忧愁的人
从早晨到黄昏　从异乡到家门
我们该怎样叙述如此的历程
怎样透视死亡的树根

有一句箴言埋在时光深处
长者走远　长者为后人留下了嘱托
正在成长中的生命
不会理解幼驼的焦渴
人群　我们总望见涌动的人群
我们在这中间　或游离一旁
我们都想知道
在生命中是否需要郑重的承诺

1999 年 1 月 25 日夜，于北京

逼近真实

总在回首深深的九月
远山无雪　隔岸相摇的手臂仍在告别

透明的酒杯中沉淀着誓约
月圆月缺　有一种时光已无法改写

渴望两个身影在大地上重叠
渴望省略　渴望今夜就如同昨夜

1999 年 1 月 25 日午夜，于北京

结　　束

我还会祝福你的
不是用语言　走在一条废弃的河道
我所听到的人类语言就像草
它们具有多种颜色或形态
有些甚至生长在水中
随水倾倒　不是随风倾倒

我所怀念的旧日时光
如隔河相望的绝色山峦
我们都会衰老　我知道
我再不可能回到那里
河水渐宽　我们没有渡河的长桥

不必感伤　人类
迎来一个清早　也便失去了一个清早
可我还会祝福你的
雪季将来　有一首歌谣
传唱于一派苍茫里
你是否知道　那就是生命的火
在行进中燃烧

1999 年 1 月 27 日，于北京

安　　慰

一个孩子在雪地里等待飞鸟
他的手里握着金黄的米粒
是辽远的十二月之晨
父兄们在风中加固栅栏
他在静静地等待

每年的这个时节
天空里都会飞翔着鸟群
一个孩子仁慈的喂食
成为高原上的景观和细节
他不知道马跑了多远
鸟飞了多远
他在静静地等待
第一只飞鸟出现于头顶
随后　群鸟陆续朝他飞来

1999年1月27日，于北京

怀念诗人骆一禾

我的兄弟
你的屋宇下坐着人的女儿
孤单的女儿
她失去了海
那生命有力的激情与波涌
她陷入永世的忧伤
与精神的贫困

我有属于自己的怀念方式
沉默无语的方式
许多人都已改变
诗歌也在改变
我的兄弟
你以决绝的离去
证明着那个夏天

我走了很远的路
在广阔的南海上观望过日出
我的兄弟
如你描述的那样
一些人远离了乡土
赤着双足在大海上耕耘

是劳动的灵性

与诗歌的节奏
我们生息的节奏
使你每夜安坐于灯前
我的兄弟
这有限的历程
充满了欢乐与苦难

人的女儿走过一段曲折的时日
我知道她在追寻海
这无比遥远的旅途
隔着一个世界
我的兄弟
她无法告别

我希望你能听到她的倾诉
我的兄弟
在一派蔚蓝之间
我希望你能垂下头颅
注视你的女孩
你的孤单的女孩

你全部的诗歌都使我相信存在着的神性
微明的神性
宁静的神性
我的兄弟
如今　你在无边的黑暗中长眠
我们不会忘却那个灭绝的夏天

我在初冬的一天回到了这座都城
是的　我依然写着
有一面旗帜那么神圣

我的兄弟
我懂得它为什么自由飘展
我想对你说
我正在寻找你的女孩
冬天严寒
她一定需要一语祝祷
如我需要她的引领
在一种时刻到你的墓前

我想象你永恒的屋宇下坐着人的女儿
孤单的女儿
她失去了海
失去了你
我的兄弟
你生命有力的激情与波涌
实际上　她永远失去了
你宽厚的胸怀与呼唤

1999年1月28日夜，于北京

手

用左手握住右手
用右手握住左手
或用双手握住恋人的肩头

自由地伸展
从早春或到深秋

一万里距离
因手的功能而喜而忧
用大脑控制节奏
用节奏暗喻自由
恋人的双手纯净而温柔

1999 年 1 月 29 日，于北京

自　　语

命里注定我将在路上
望鲜血结成的果实
成熟在风中

在长者的后面
我追寻那个预言
一段旅程接着一段旅程

夜很静
在海之间
没有谁知道我的姓名

1999 年 1 月 31 日夜，于北京

断章（一）

一个女孩归乡的道路
断在海上
这无尽的凄迷

为了抗拒而选择逃避
在自由与爱情的挽歌里
总有不变的旋律

一个女孩的来路上
有春季　也有冬季
那是回也回不去的往昔

1999年2月1日夜，于北京

断章（二）

我知道源自天堂的水
从未流经我们的家门
被人类唱颂的神
从来就敬畏的神
距我们很远
还是很近
我曾体味深重的痛苦
如被斩断的树根
裸露在夜里
爱我的人
也就是远离我的人
什么时候会走过
那个约定的黄昏

1999 年 6 月 18 日夜，于北京

想到和平

我在约定的时光里走着
渴望遭遇　爱我的人
你的一行泪水或声音
都使我亲近这长夜
这三月冰凉的清雪

春天就在附近
陌生的行人也在附近
爱我的人　你感觉的天空里
正在飘雨　故人离去
我知道两条并行的道路不会重合
我知道　有一扇门已经关闭

我只能选择独行
在灯火辉煌的长街上
像那片寂静的暗影
爱我的人　我必须这样
以平和的方式
接受午夜降临

1999 年 3 月 8 日，于北京

明日的静默

你将永远存在
一如往昔　在我们走过的道路上
留下的足迹或身影

分离的方式有一万种
我们选择了永别
今夜　窗外的原野上开放着花朵
这自然的景观隔在我们之间
隔在欢乐与痛苦之间
再也不能穿越

往昔活着　就如同逝水
我们在旧日的星空下计算过路程
那一天飘着细雨
那一夜我们走向自己的灯光
我们用心智感觉的奇异　没有呈现

活在尘世　生命中伴随着多种伤痛
愿你走好　我再不能行走在你的一侧
接受你的注视
或听你诉说
我只能以此种方式
阅读明日的静默

1999年4月22日夜，于北京

一个童话的消亡

这个童话消亡于午后
夏天的阳光苍白
犹如一条旧河的上空
飘着冷雪

睡梦里的真空不是飞升的羽毛
不是幸福
是凋残的梅花
以无声的坠落对大地低语
是泪光深处的爱恋
升华于子时

现在　我只想说
一个美丽的童话消亡了
我甚至不知该如何追寻

我所诅咒的夏天的午后
以决绝的形态毁灭了一颗心灵
我看到天使的羽毛上沾着鲜血
那么美丽　那么忧伤　那么绝望
我的亲人们身在高原
感觉中的大地又一次绿了
马在长嘶　一个牧童
在蒙古包前手握着赤足

在这个都市的午后
我所珍爱的童话消亡了
谛听与凝视的距离
有时候就是心与心之间的距离
这无法计算
正如我已经无法寻觅

记忆中的节日恍如昨日
冰凌花开放了那么久
我们在思想的贫困中
行走了那么久
请珍视只有一次的生命
请用你虔诚的心灵
面对不可重复的起始

而我　从接近第一行诗歌的时刻
就已接近了永生永世的痛苦
我说过　生命有期
生命真的值得怀念
我会真诚地为你祝祷
愿你平安　愿你在生命的途中
敬重自己的同类

或许　我会用余生
苦苦地追寻那个童话
直到我在预言的落叶里孤独死去

1999 年 5 月 21 日，于北京

飘在风里

那是永远的飞翔
不会栖落　甚至不会在某一种时刻
发出泣血的啼鸣

挥舞的手臂停在黄昏
毫无觉察的人群　这样的一首诗歌
它的形态不同于无语飘逝的流亡

从这颗心灵到那颗心灵
从意念到行为　或从一月到五月
人走了多远　有谁描述过神秘的时间

唯有飞翔　永远
飘在风里的这首诗　无人阅读
只有折断一样的痛楚　写在记忆深处

1999年5月28日深夜，于北京

十年怀念

从雨季出发
我们又回到雨季
是谁忽视这绝对的距离
这必然的结局

我们不是一个完整的群体
从来就不是　在往昔
在灵性永恒的呼唤中
我们曾用手臂挽着手臂

1999 年 6 月 1 日夜，于北京

生命源于痛苦

我不敢奢望某一种烧灼
如我们怀着虔诚的心灵
接近宁静或圣乐
接近美丽　人类宗教的烛光
使我们常怀感动

从夜晚直到黎明
我经历着光阴的过渡
爱我的人　也就是被我伤害的人
可能正行走在途中

生命源于非凡的痛苦
如我们降生
如母亲走向死
如我们在落叶时节
想到无法抗拒的历程

1999 年 6 月 1 日夜，于北京

隐　　喻

我知道最终结局早已注定
轮子会朽　将人类感动的江河会枯
天堂深处微明的火
不可能接近某一类寒冷

我知道孤单的心灵无法倾诉
生命会老　将大地照耀的红日会落
暴雨之中绿色的草
不可能接近某一种高度

1999年6月3日夜，于北京

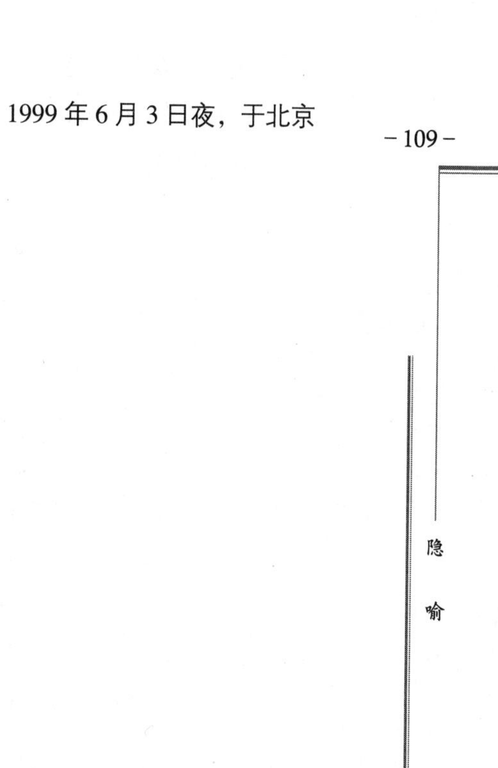

生命的成长需要时间

被人类敬畏的午夜
如圣婴般醒着
一首诗歌所问询的长路
隐在暗处

此刻　我依稀听到叶子生长的声音
在树上　在风里
在我长久渴望的那个高度

此刻　我与灵性同生
被怀念的那些人
从不说痛苦

1999 年 6 月 10 夜，于北京

一　　刻

以仰视星辰的姿态
真切地感受泥土

以永远失落的代价
品味苦涩的泪珠

以一个接一个不眠的长夜
理解过渡

以自由的心灵
拒绝苦难的旅途

1999 年 6 月 11 日夜，于北京

午夜留言（一）

许多树木站立在午夜
说坠落与浮游
说从生到死的某种旋律
只为摇动　或分离万里

这永生永世的存在不可破译
忧伤的黄叶
在北方点缀真实的秋季
结束了　八月
流水一如往昔　静默无语

是啊　生命不易
活着并不仅仅需要赞美
明日将至　明日　明日
不知太阳能否如期升起

1999年8月26日凌晨，于北京

午夜留言（二）

永远也不要想象
人类忧伤的泪水会成为果实
在艰难敏感的心灵中
苦痛是一片影子
它伴随着我们　时隐时现
如一条被生命追怀的道路
或一朵玫瑰仰望的天空

我们失却了那么多
这永恒的注释形如伤痕
它存在着　像龟裂的石头
真实而醒目　伸入午夜的双手
在玫瑰之上　在心灵之下
倾听无所不在的风声

一个孩子降生于此刻
我们静静感受这庄严的接续
啼哭　泪水　不远的地方就是黎明
此刻　在自然的河流上
波涛静止　绿树站立于两岸
河底闪耀着另一片星空
那是人类生命的第一个梦境

仅仅因为这一切

人类就应该深深地感动
我们活着　记忆中的昨夜飘着细雨
那是冥冥之中轻柔的语言
说生命不易　生命是一种奇迹
说珍重　说人类之爱
其实是一双纯洁的手
左手握着死亡
右手握着诞生

1999 年 12 月 6 日凌晨，于北京

从　　前

从前是秋日大路上金黄的树叶
是被时光隐去的足迹
移向又一个冬季

从前是我们苦苦追寻的那个人
站立在记忆的中心
以无言的注视倾吐关爱与温存

从前是一颗心灵对另一颗心灵
是携手走过的夜晚或黎明
是生命永难平抚的隐痛

从前是不可预知的一次驻足
是不可描述的幸福
已经永远凝固

1999年12月7日凌晨，于北京

永不消失的歌谣

或许我会离别这座古城
选择一个清晨　选择
绿草萌生的季节
穿越一片无人的树林

或许我不该再次归来
我的爱人　一切都远了
一切依然是如此的清晰
一切的一切都没有结论

我们究竟遗失了什么
在风雨中　我的爱人
有一首歌谣纪念着昨日
今夜　古城的天空上堆积着黑云

1999 年 12 月 9 日凌晨，于北京

残　　缺

我已不能回到那种时刻
八月江南
身穿红衣的女孩在正午的阳光下等我
她的神情绝望而疲惫

我看到绿色的树叶上落满了灰尘
道路肮脏
那座南方的都市庞大而纷繁
身穿红衣的女孩坐在路边

身穿红衣的女孩
使我念起最初的火焰
某一句诺言　一次长旅
一片蒙古草原

今夜我独坐灯下
渴望而恐惧
身穿红衣的女孩陌生又遥远
夜色深沉　我们再也听不到彼此的语言

1999 年 12 月 10 日凌晨，于北京

致　　意

你在那座城市里安睡
形如静水

在你辽远的梦境中
我穿越这个长夜
你可曾梦见高原之星
那苍茫宇宙最亮的眼睛
在对我昭示风　灵性
瞬间或永恒

我平安地回到了故地
秋日已近　那条童年的河上驶过马车
高原的天下响着古老的节奏

2000 年 1 月 4 日晨，于内蒙古

三 叶 草

一个少女终生都在寻找那种青草
在流泪的梦里
她走近圣湖之畔
渴望牵住天使的手臂

天空遥远
在白云的下面
一些城市的名字非常神秘
那时候　她想到距离就是季节
是生长或者消亡
是获得后的丢弃

在南方
在南方的雨中曾出现一个奇迹
一条道路　一种旋律
一只手臂引领她走到大雨的边缘
经历从未有过的沐浴
她看一座山峰
托起透明的晨曦

2000年9月14日，于丹东

心灵没有栅栏

在默念的时光中
无比孤独的人们
习惯于重归一条旧路　往昔已逝
被心灵牵挂的心灵　从未沉寂

从一种季节到另一种季节
曾经相守的两个人
以不眠的方式独对静夜　遥想苍茫的长路
谁在盼归　谁在泪流满面的时刻
祈愿真实的降临

某种分离是如此的久长而沉重
在梦中　在梦醒的黎明
低矮的屋宇常常使我们遗忘天空
多雨时节　大路上人迹稀少
一个无言等待的人　望着生长的植物
约定的时刻已经到了
真实的景观没有出现
只有风雨飘飞在山前

山与山不见　永远怀念
心灵之间　有一道无形的栅栏

2000 年 6 月 16 日，于北京

与数字无关

我们久已丧失心智的倾听
一首诞生于午夜的诗歌
浸透生命之血　这是最后的坚守
以唯一的形式历经艰难的过渡　离散的鸽群
在这个世纪的最后一个黄昏被大雨畅淋

安睡的人们未曾接受神秘的昭引
那是另一种死亡
没有谁为此哭泣　也没有祭祀
只有灵息　年迈的船长说　相信我
灵息来自遥远的河边
具有不可触摸的手臂

那是另一种存活
就像我们的信念或被大树托举的绿叶
在永恒的长风中　只亲近流水
它无形的伸展　使自然的景观
成为可以描摹的可能

我们在七重色彩中行走
在神示的第八个黄昏
我们种下第九棵树
第十个人在河的那一边
怀念六位逝者　祭火轰燃
唯独没有人的语言

河啊　你可以作证
我们没有忘却　旗帜　午夜的离别
某一个夏天距我们真的不远
水使我们彼此抚慰
在河南或河北　流水环绕的家园
生长着灵性与树木

我们生活在一语透明的祝福里
在星光背后　不为人知的诅咒
以乌云的形态时刻聚拢
在生命伟大的途中
我们创造了诗歌与播种时节
大地的图形　有时候
我们举起无罪的双手
渴望以不屈的精神
面对苍穹　这是抵御的方式
是人类不可失传的赞歌
是河一般的魂灵
在清晨弥漫的大雾里抗争

生命就是这样宁静
勤劳的农人在黎明开始劳作
收获粮食　如期到来的九月
总会使他们深深感动

母亲们渐渐老了
她们早已习惯于在这种季节
用麦秸编织破损的家门
栅栏的缝隙间　穿行着自由的风

2000年9月28日，于丹东

通往皖南的道路

是命定中的过渡
追寻的女子
身着米黄色风衣的女子
将选择交给了未知与风
就在那一天
她拥有了一条自由的道路
对女子而言
那个秋天就是梦幻的皖南

灵魂的走向如季节一样自然
没有预言般的指点
也没有阻拦　通往皖南的道路
就如同失落的摇篮

这有多么珍贵
自由的选择　自由的道路
被爱情弥漫的皖南
在悠扬的旋律中
突然出现

2000 年 10 月 1 日凌晨，于丹东

想到生存

我已不能选择别的方式
在这个世界上　诗魂活着
我唯有谛听
并以虔诚的心灵
感悟真实的引领

即使我死了
也渴望做一棵树木
迎西风劲舞
在落雪的高山之巅
凝望庄严的黎明

2000 年 10 月 2 日凌晨，于丹东

燃　　烧

进出于神秘之门的骑手
剽悍的骑手　驰骋在黄昏之后

一只苍鹰向荒原俯冲
初次酣畅的泪流　哦　起伏

于柔软的草与沙丘之间
马在喘息　马的形体光洁而美丽

自由啊　自由的鹰　自由的马
自由开放的红色的花　奇妙的图画

马饮甘露　北方探源的骑手
在闭目的瞬间已至炽热的天涯

2003 年 8 月 22 日，于北京

在沉默的背后

我曾经用想象中的色彩
也就是诗歌的色彩
描摹心灵之痕
在我依然年轻的记忆里
有关起始　实际上是一种哀痛
就像结局

在梦中站立　我真切地看到
一只握住斧子的手
挥向了一棵树木　那是阳光下
没有流血的伐刈

我至今拥有无限的空间
与逝者对语　我的亲人们
当我面对浩渺的夜空
我总能听到一语苍凉的嘱托
被光阴幻化的图景
以漂移的形态
随星群时隐时现

一个寻找三叶草的女孩
在纷繁的世间回到了原初
她用一种寄托取代了另一种寄托
这之间横亘着忧伤的河

七月的夕阳在平原上坠落

沉默　在沉默的背后
我的用故乡命名的道路
伏在永远的风雨中
它见证过一种奇迹
在新岁的第一日　在雨中
是什么从抉择走向了再生

2003 年 8 月 23 日，于北京

沉　痛

雨后
存在于记忆深处的手
忧伤沉痛的手
指向午夜大河
那无穷无尽的倾诉

坐在草地上的人正在回眸
追忆九月的黄昏
美丽的昆虫以这一年最后的低鸣
告别秋季　远行的人
在蒙古高原成为忧伤的风景

2003 年 8 月 24 日，于北京

承　　受

在这座城市的边缘
我寻找回归的路径
爱我的人啊
我知道你曾以怎样的注视
预言我所行走的道路

一个女孩坐在南方的夜里
想象孤独的高原
被神圣之手托起的尊严与荣耀
应该属于骑手　这不可轻视
八月的静夜　她依稀听到逶迤而至的
高原雷鸣　这预示着什么
我的牧人啊　请回来好吗
你回来　我们在一起
这就是全部

我的思想停滞在六月的午后
我看到大片大片的麦田已被收割
道路上行人稀少　燕山蹲在远方
它就像一位仁爱的长者
等待我作出最终的选择

女孩睡梦中的足履如此沉重
远行的人啊　真实临近了

我们支付了那么多
在以往等待的全部时光中
我的牧人　我距你很近
我期待真实的降临

最后的记忆是夏日的炎热
爱我的人啊　我已许久
没有倾听你的诉说
我的无比温柔的河
我的爱人　我的永生永世
心灵的寄托　在艰难的时日里
进入了沉默

2003 年 8 月 25 日，于北京

无声之羽

隐入天空的那只手臂被真诚唱颂
充满仁慈的挥动
存了那么多年　现在
怀念如此的真实
就如同高原狂草
即使在暗夜也不会背叛
那伟大而无畏的自然之鸣

在这世间
生命　总会感觉到隐痛
这无穷无尽的降生与死亡
在过程中　总会有离别与等待
或永远　在孤独和痛苦的岁月里
无声之羽在苍茫里飞翔
没有倾诉　甚至也没有印痕

有时候　人类只有依赖一个孩子
他在沉睡　在时断时续的梦呓中
守护被净水洗沐的箴言

他永远也不会说出那个忧伤的名词
正如我们永远也不会觅见
与风同在的无声之羽　所描述的奇迹

2003 年 9 月 1 日，于北京

宣　　喻

我是不会屈服的
我的禀赋是脱离了母体的青石
我宁愿龟裂　追随流水前往江河
也不做漂浮的粉尘

母亲在地下安睡了那么久
日子逝去了那么久　充满哀伤
我曾在她仁慈的遗像前发誓
我不会屈服　我是她的儿子　不是懦夫
倾听诗歌永恒的旋律　拥有了那片海
我也就拥有了大地与天空

我的确是富足的　我知道
上苍即将赐予我一个美丽的女儿
她是我的天使　除了诗歌
她是我继续活下去的理由

以我自己的方式　以我坚毅孤独的心灵
我对这个世界说了那么多话
我爱过　我不曾犹豫
如果我的心灵不能感动另一颗心灵
我无言承受　我会告诉女儿
永远也不要恐惧爱与被爱
在这个世界里　唯有付出与获得了真爱的人们

才能够接近圣乐回旋的天国
我将引导女儿以善良而敏感的心灵
去感受萌生的新草与缤纷的落英

现在　我要走向一条未知的道路
我不会改变　即使所有的人都背弃我
女儿也会随我前行　我笃信
作为她的父亲　我将成为她追随幸福的象征
成为道路　成为她感知预言
成为慢慢离她而去的身影
永远消失的身影

2003年9月2日，于北京

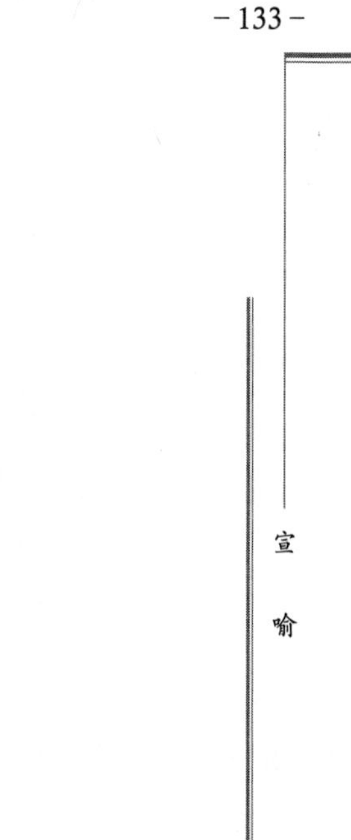

高原献词

我相信天鹅的翅羽上曾有血迹
正如我相信哭泣的心灵　相信泪滴
相信忠诚的双手会传导出圣洁的话语

我是仰望过的　对明媚或阴郁的天空
我同样深怀敬畏与感激
优美飞翔的天鹅　孤独的天鹅
那渐渐远逝的一点暗影
应该是必须铭记的一语祝祷
从那个秋季到这个秋季
大地上铺展生命的记忆
由绿变黄由黄变白由白到绿

如此的轮回　就是先哲们所说的启示
那是生长　是悲痛　是欢乐　也是坚毅
在我们活着的世间
我是相信的　是的　我从不怀疑
生命的自由就像天鹅曾经滴血的翅羽
反射尊严之光　它可以死亡　但是
它不会停止搏击风雨
它远去了　它飞翔的姿态如此美丽

2003年9月2日夜，于北京

再写帕尔玛斯河谷

那匹不肯拉犁的蒙古马死了
在远离帕尔玛斯河谷的地方
它甚至没有发出一丝悲鸣

这不可征服的尊严
源于河谷与草　源于
蒙古高原万世不亡的灵性

手抚犁耙的农耕长者伫立于早晨
那是何等遥远的长途
它死了　帕尔玛斯河谷寂静无声

1999年1月10日夜，于北京

高原之晨

是临近节日的一月
我与生俱来的故地没有落雪
这时刻　许多人还在熟睡

高原之晨的西风只能感觉
而不能描述
如人类生命中的别绪
不能描述　远方
爱我的人　我不能描述

接近生母的这条路
已存在了那么久
我们也怀念了那么久
高原之晨　故地
有一颗星子在前方亮着
可我知道　只有在凝视蓝湖的时候
我才会想到高原的眼睛

1999年1月14日夜，于内蒙古赤峰

一个骑手的暮年

所有的记忆都与草原有关
初上马背的瞬间真的已成为久远

一个骑手的暮年
他的心愿　依然如红色的马鞍

年老的骑手从此沉默
他形如远山　羊群是河　马背是岸

西风吹动着草地的栅栏
雪野耀眼　他的心海苍茫安澜

这是必须经历的冬日的严寒
年老的骑手握着黑色的皮鞭

一段漫长的牧途被尘封了
他的胸怀流淌着河一般的语言

1999 年 1 月 19 日夜，于北京

蒙古牧女

这是命定的遭遇
从阿爸嘎草原向东
有一条旧路消隐于草里
我在空旷与寂寥中张望
八月的黄昏即将降临

羊群中的一点鲜红
是蒙古牧女的彩巾
我觉得那就是火
是能够引领的圣旗
是最初的问询

从遥远的南国回归故地
我在家门前迷失了道路
蒙古牧女　我生命中淳朴的亲人
叫我跟随羊群行走
后来我便见到了祖父

我们容易忽视最简单的真理
或遗失最为珍贵的心绪
酒后　在灯光深处
我倾听没有安睡的北方草原
蒙古牧女终会成为美丽的人母

1999 年 1 月 20 日夜，于北京

长调与酒

古老的感伤源自草根
闭目而歌　闭目而知草在生长
草也在消亡　怀旧的人
在我们的草原上成为某种见证

旋律凄美无限
为生命感动　马总在驰骋
以草为生的那些人
撞击着高原竖琴

烧灼的倾吐是如此真实
酒没有语言　酒的色彩平淡
酒也是火焰　骑马的人
在我的诗中追逐地平线

有一个秋夜属于歌者
他在饮酒　马在草地上长嘶
群星时隐时现　一轮秋月
照耀属于长调与酒的草原

1999 年 1 月 21 日，于北京

额尔古纳河已经冰封

母亲　我在异乡的夜里独坐
远离属于高原的史集
生命是如此的艰难而凝重
你的气息陪伴我　在那冬天
我怀念故地　母亲
我感知额尔古纳河已经冰封

这不可阻隔的源
我信仰的圣水流在血液里
母亲　我是你写诗的儿子
我不再牧羊　也没有坐骑
可我如珍惜双眼一样
守护着思想的翅羽
永不改变　母亲
我至今保持着高原的礼仪

朔风起自北地　母亲
我在温暖的灯光下倾听
我身在高原的兄弟们都醉了
那夜　故地寒冷
故地的古歌中有悠久的传统
额尔古纳河已经冰封

1999 年 1 月 23 日，于北京

家　　书

——写给儿子

骑一匹白马的人
在黎明时分飞入安谧的山谷
夏日高原　庞大的羊群还没有出栏
孩子　我该怎样对你说起
这世世代代的劳作与寻求
草黄草绿　总有骑马的人
为我们提示归家的道路

我曾跪拜于一个秋日
面对长河　倾听牧羊的老人
唱蒙古长调　那个黄昏
以一派庄严的色彩对我呈现
蒙古民族永不消隐的尊严
孩子　在阴山以南
雁落湖畔　牧歌与酒香
熏染红色的马鞍

是这些骑马的人
用沉默护卫着一种传统
孩子　他们拥有平凡而善良的心灵
敬畏母亲　将她们的训诫
视为不可抗拒的神圣
即使在暴戾的风雪中

他们也不会遗忘母亲的叮咛

孩子　那个飞入山谷的牧人
是去寻找一种奇异的青草
你不必问询它的用途
毫无疑问　在一种时刻
他接受了生命郑重的托付
他消失了　他会归来
你可以选择一条自由的道路
孩子　你必须承袭坚忍与孤独的禀赋

2000 年 6 月 18 日凌晨，于北京

那一年我十八岁

——写给儿子

那个春天宁静而短暂
我铭记着玫瑰色的山峰
那攀岩的人　以一颗心灵
贴近自然之魂

我在一个早晨向东
车过辽西　我看到铁路两侧
黄色的大地上还没有禾苗

黎明刚去　蓝色的炊烟升腾
所谓异乡　大概就是
我那一天的视觉
是绝对新鲜的气息

孩子　那一年我十八岁
长路逶迤　我因年少而不思归期
我最初的梦幻与绿色有关
那长路两侧的风景
在一个黄昏永远地凝固
孩子　关于长路
我还不能对你说明
那未知的风雨和起伏

2000 年 7 月 25 日夜，于赤峰

午夜向北

北方睡了
我在一条古老的驿道上
想到悲哀的马嘶
最后一位武士
在落日后听长河唱晚
他告别了那么多人
怀念着那么多人
他孤独的身影
依然行走在往昔的荒原

我不知道他是谁
可我知道他是一位英雄
如今　他的灵魂如乌云般高傲地飘着
你不要想到旗帜
旗帜破碎　英雄灵魂完整
他甚至赢得过敌人的尊重

血洒在土里
我们可以遗忘他
但我们终究不能脱离大地上的道路
午夜向北
我相信沉默的智者并没有入睡

2000 年 10 月 1 日午夜，于丹东

写给额济纳

我看到迁徙的人们赶着羊群
他们失去了水　他们
将穿越寂静的戈壁
前往陌生的地域

这不是最终的远离
我的额济纳亲人们
仅仅为了平凡的生存
被迫踏上了遥远的异旅
这流动的人群
从此远离了家园
远离了许久以来从未失去的
流水与青草的气息

我的土尔扈特部族
三百年延续至今的血脉
原是一片辽远的绿色
从伏尔加河到居延海
数万生灵悲壮的回归
依赖于沿途不竭的流水

大片大片死去的胡杨
如遭屠戮的人类
倒在干旱的沙海中

绿洲消亡　群鸟飞往了异地
途中行走着焦渴的马匹

该去问谁呢
额济纳　额济纳
那些远离家园的人们
他们还会归来吗
你深长的追问
被掩埋于四月的风沙里

2000 年 5 月 12 日，于北京

永恒的边缘

酒的火焰　风雪的预言
我的蒙古草原托浮八月云影
留一个瞬间让你们回望无语的阴山
牧羊的蒙古骑手沉默无言
沉默的马鞍
清晨挤奶的美丽少女从未远离草原

被奶茶熏香的牧歌
总会使我们想到许久以前
千里绿草之间展一泓蓝湖
展多条河流净水拍岸
雨落山前　群马的嘶鸣犹如呐喊
却不会惊飞知途的大雁

琴声缠绵
黄昏如缕如烟
我的草原又一次睡了
母亲在灯下开始怀念

风雪的预言　酒的火焰
想象永恒的边缘
一匹无鞍的蒙古马
在月夜里渐渐走远

2000年6月15日，于北京

又是中秋

又是中秋　夜空明月依旧
冥思去岁的那杯酒
是否还摆在无人的案头
蓦然回首　故人沉默如柳
想那雄关以西
迷途的女子已思慕了许久
生在阴山以南的骑手
独自行走　他失去了马匹
睡梦中听一脉秋诉
听一个少年在星空下歌唱
牧女落泪　少年不解牧女的忧愁

又是中秋　月色覆盖下朦胧的远山
形如爱人的躯体
是可以触摸的自由与温柔

旧时的酒　旧时的案头
旧时的一首诗里
悬一弯弦月　独对深秋
故人遥念旧时的歌喉
故人在寂寥的雄关以西
望烛光微燃　在这世间
总会有流泪的双眸

2000 年 9 月 12 日，时在中秋，于丹东

在这个日子里

牧马的人
远离亲人与家门
他在河边　以饮水的身姿背对天空
倾听明月行走的声音

在这个日子里
有人选择了远行
十年　二十年　或更长
失落都不会折断坚韧的翅羽
它飞翔在心灵的空中
忧伤地歌唱
从中秋直到早春

在这个日子里
有一面旗帜飘着
那是等待的灵魂
以风的名义站立着
——它说　不是我　是风
风中的草地和星群
总会给予我们
温暖的安慰与神秘的音讯

2000 年 9 月 12 日，中秋午夜，于丹东

九月：故园遗梦

在某种气息的中心
我没有发现飞鸟

似乎是在清晨
大地的草叶上洒满露水
我看到金黄色的果实挂在枝头

被叶子遮蔽的天空
也就是被忽视的天空
使我们感觉湿润之土
草啊　我所迷恋的草啊
你在我的思暮中生长　不会消亡
那时刻　我在仰望
我昔日的情人就站在我的身旁

最初的提示与人有关
我在仰望　在叶子与叶子之间
有一线蓝天　但没有飞鸟
没有鸣唱的秋天和深长的预言

我昔日的情人宁静如水
如在深秋的皖南　在龙眠河畔
那一声呼唤　已飘逝了整整十年

那棵高大的杏树生长在我的童年
它早已经死了　我的爱人啊
在梦中　你与我游历了九月的故园
一切　仿佛都已经成为久远

2000 年 7 月 22 日夜，于内蒙古赤峰

寻找地泉

七月的正午
蒙古南部高原的沟壑寂静无声
在那里　我没有觅见熟悉的水草
黄色的沙土覆盖了地泉

我曾在一派神光中望着七孔涌流
那时候　我还不懂得生命必依赖于净水
我们在她的流动里送别童年
到了秋天　我们就在遍地的金黄中
体味到一丝凉意

我们不能留住时节
就如同不能留住母亲的声音
或某个宁静的早晨

2000 年 7 月 23 日夜，于内蒙古赤峰

致索尔仁尼琴

1974年2月15日，苏联作家索尔仁尼琴到达瑞士。他是两天前被苏联驱逐出境的。这位荣获过诺贝尔奖的作家因出版一部描写苏联监狱制度的鸿篇新作《古拉格群岛》而被迫离开祖国。在几乎没有给予任何警告的情况下，苏联政府就公布了一项要求这位55岁的作家流亡西德的驱逐令。由此，他离开西德到达苏黎世并在那里得到政治庇护。在此以前，他一直是持不同政见者，坐过11年牢狱。

大师
我看到你倔强的胡须
忧伤地飘舞于莫斯科之冬
以神圣的名义　祭奠被上帝遗忘的岁月
人类的哭声在一扇门外
那些先行的人啊
在门内落泪

大师
你坚定地对世界说
在古老的俄罗斯　良知活着
活在爱情　初吻与两性忘情交融的长夜里
哪怕是在最严寒的黎明
也会有新婴发出无畏的哭泣

大师

你还说　在自然怀抱
风没有痕迹　血有痕迹
正如泪水从脸上流过会有痕迹

大师
你从容前行的神态使我确信
在信仰的旗帜上不可以随意涂抹
生命有期　大师　在有些时候
一些人面对另一些人
丝毫也不懂得敬畏生命
留下美丽的记忆

大师
古拉格群岛
留下了多少碑文
这不可阅读的人类感伤
被流放者　被杀戮者
被我们日日夜夜追怀的人们
如今走到了哪里

大师
你在艰难的人群中走着
我们祝福你
以文学之魂的名义
或叶子对大树的名义
祝福你　大师
你从这个冬季
走到了那个冬季

2008年2月26日零时，于北京

迈克尔·乔丹

1999年1月13日，人类篮球史上伟大的巨星迈克尔·乔丹在美国宣布退役，一个时代就此结束。

我理解你在告别时刻的泪水
新年之初　美洲大地苍茫而忧郁
在芝加哥　巨大的体育场内空无一人
在美国　在人类世界
你所创造的奇迹犹如圣诗
被我们珍惜并传诵
你垂首走过熟悉的通道
一抹夕阳涂在你的脸上
我们在不同的角落里望你
迈克尔·乔丹　环形的座椅上
已没有欢呼的人群
一月十三日　我们会记住这个日子
陪伴你走过最初的冬季

落寂是真实的
从这一天起　我们
将面对没有你的日子
没有你优美的腾跃与微笑
没有奇迹的诞生与延续

不会有了　真的

一百年　甚至更长
我们只有怀念　对后来的人们
我们该用什么样的语言描述你
我们将留下什么样的记忆

在你人生的华章中
你所书写的结尾如此凝重
我们也只能想到辽远的晨钟
想到这样的告别
竟然出现在你伟大的脑际
没有任何力量可以改变你
只有石头般的沉默
对所有热爱你的人
你没说再见　只说
内心深处充满了感激

英雄挥泪　迈克尔·乔丹
你带着灿烂的光芒选择了消隐
可我们不会忘却你的忧伤与泪水
你近于完美的人格
使我们沉思　人类
真该善待每一个全新的日子
以自己的行为影响
一代又一代后人
迈克尔·乔丹　你选择了消隐
你将决然的背影
留在了记忆

1999年1月22日，于北京

飞　翔

你用生命的双臂与意念
引领一条河流
我看到燕子的翅羽上落着月光
那么美丽　一星浮尘
在静夜里飞翔
在伏尔加河流域
在广袤大地的上空
无比动情地倾诉

那无穷无尽的波涌
是另一种飞翔
人类之怀之思与之光
以灵动的形态
提示着没有约期的人们
不可忘却这激情的翅羽
不可远离旋律的优美或感伤
只为一语承诺
生存并热爱人类
始终行进在伟大文明的历程中
以泪水与劳动所创造的智慧
揭示永恒的主题
热爱微笑与和平

我闭目倾听着你的双臂

河流大地与山脉
飞翔的鹰与魂
在歌声中拉纤的那些人
他们垂首面对的河岸
在你的意念中颤抖
渐渐幻化为一脉乡愁

我们仰目于此种飞翔
在某一个飘雪的春夜
我们在永远的旋律中跟随你
从春天到冬日
你的一袭黑色的衣裙
成为这种飞翔的背景
并使我们深深地感动

1999 年 3 月 8 日，于北京

美　　丽

一个裸浴的少年站在河里
满目的苍绿　宁静如初的时刻
六月的时刻　天空中滑过一行雁鸣

玉米的叶子在微风里摇动
一个少女坐在门楼下
她在长大　山前有一匹自由的白马

我在诗歌的长路上凝望他们
北方辽河　岸边有一些人家
山里山外　都开着素雅的野花

1999年3月8夜，于北京

苍茫时节

飘在天堂的泪水
在一个女婴的梦中就是雨滴

苍茫时节
选择观望的那个人
在夜里想象天上的星群
有一语呼唤
飞过仁慈的原野
在远方消隐

一驾运粮的马车翻在路旁
金色的谷粒诉说着某个秋季
没有谁死去　美丽的女人
在马车后哭泣

有许多人
活过一生都不愿离别故地
没有任何可能使他们改变
总会有那么一些人
在风中修理破旧的家门

1999 年 3 月 12 日，于北京

感悟与祝词

八千里月光飘逸
人类美丽的心愿活着
在大地之上
游人散尽的海滨
汽笛以最悠长的一声鸣响
提示我们的亲人
又一次航程已经结束

我们将非凡的怀念留在往昔
非凡的抉择与放弃
在记忆的树下
一月的细雨渐渐走远
被足迹所证明的道路
依然倾吐着呼吸

岁月啊　我们在你的注视下成长
获得或背离
我们将把美丽的心愿留在大地上
活着或死去

1999 年 3 月 12 日夜，于北京

三月的乡村

我看到一棵又一棵高大的柳树
在一派神明中站立
犹如一句又一句天堂的圣语

宁静深处的交错的手臂
伸向天空　在三月渐近的迷蒙里
等待未知的夏季

蓝湖就在近旁
穿过一片生长的杜仲林
就意味着远离

选择了三月乡村的人
渴望遗忘　在不远的都市里
依然飘飞着冰冷的风雨

匆匆而来　我们匆匆而去
三月的乡村　属于自然的乡村
就这样走入了记忆

1999年3月15日夜，于北京

再念乡村

感觉那片浓雾已经散尽
在华北平原
拥有一隅宁静的人
企盼启程　到那个黄昏深处
倾听迷幻的垂柳

在背弃了生命承诺的夜里
谁在落泪　谁在无助的灯光下
折叠一段逆旅
谁在犹豫　谁在醒着的梦中
安抚一颗心灵

久违了　被遗忘之水漫过的乡村
活着神性　请放弃纷争
请在透明的感伤中伸出你的双手
雨季将来　被我默念的乡村
已在等你　华北平原一派沉寂

1999 年 3 月 21 日夜，于北京

在京郊乡村凝望一颗星星

与明月为邻的那颗星星
离我们最近

五月之夜
在风中守望的人露宿何处
这必然的停留
使我们想到神秘的手指
正在梳理一派光明

我们面对着永恒的宁静
天宇苍茫最终的陨落将归于无尽
形如微尘最终的湮灭
是这光明的消隐

我们似乎活在危险的中心
如星星一样与月为邻

1999 年 5 月 4 日夜，于北京

清明之后

我所敬重的人已经走远
在他建筑的诗歌屋宇前
还有谁追忆往昔的某个夏天
早逝的友人啊
我依然活在人间

我已活得太久太久
艰辛的道路似乎永无尽头
我的朋友　那个雨日渐渐临近了
那个雨日　在幻觉的云海中
沉重而自由

1999 年 5 月 4 日夜，于北京

走在街头

我所热爱的树木
在飞扬的噪声中沉默
它们处在永远的生长期
只要活着
就渴望新的高度

一片叶子的语言
一种轻微的托浮
一声低语
一派风雨中的倾诉
是这些树木
使我们常常仰视
有时候我们会怀着沉重的心情
躲避耻辱

1999年6月13日夜，于北京

千年之末

我们倾听的语言没有出现
伐木的人睡熟了　在山里
一棵大树躺在地上
这灵动的终结只为一种索取
冬天近了　千年之末的巨门将要关闭
伐木的人没有醒来
群山也没有垂泪

我们倾听的星空的语言
隐在黑暗的背后
一个牧羊的少年曾距我很近
就如冬天　被我们怀念的白雪
那飘飞的旋律藏在少年的双眸里
等待解读　我们该用心灵
而不是用双手　托起人类世世代代的渴求

死亡有无数种方式
我们只能选择或走向其中的一种
这不可抗拒送别的人
在故者的路上接着行走
那时刻　或许会有谁想到
被伐木者锯倒的大树
或许会有人　在一阵一阵哭声中
想起一个少年所迷醉的夜空

千年一瞬
我们早已习惯于颂歌人类的伟大
但是人类柔弱
人类真的无法经受突然的击打
在某种强大的力量面前
人类竟显得这般无知
一艘沉船的启示不是消隐
是那些罹难的人
他们在最后的时刻留下了什么声音

我们已看到千年之晨微明的灯火
可我们却看不到忧伤的树根
伐木的人　从不懂得仇恨的人
其实是劳作与善良的人
星夜归来他们
谁也没有仰望那宁静的长空
走向各自生存的一隅
总会感受家的温馨
千年已逝　人类　在无奈的过程中存活
门道路然后还是门

我们倾听的星空的语言
与门有关生命短暂
生命里不能没有灵魂的呼唤

在千年之末
有一束鲜花
摆放在无名的墓前

1999 年 12 月 9 日凌晨，于北京

奔　跑

可可西里的藏羚羊
选择优美的奔跑　躲避贪婪的屠戮
白雪　高原　那些凶手们
以黑暗的名义转动车轮和枪口
他们是一些心地僵死的人
在另一种奔跑中制造亡灵

鲜血涂染可可西里雪城
生命　这脉红色的花朵
不在春天盛开　在春天融化

在富贵的光环里
一位妇人展示死亡的美丽
藏羚羊　哭泣的藏羚羊
你光洁的皮毛裹在妇人的身上

她的孩子在草坪上奔跑
这个幼童不知道什么是藏羚羊

2000 年 1 月 2 日夜，于北京

死　　亡

一种永远的奥秘
如一片飞雪融化于瞬间
被祭火烤灼的双手
感受彻骨的寒冷

悲伤和哭泣的人们
行走在不变的仪式里
以凝视或跪拜
接近生与死的临界

沉默的逝者啊
我们距清澈的冥河有多远
我们距亲人的灵魂有多远
在五月幻觉的梦照下
逝者生前的背影很长
那大概是另一种语言

我们以不可选择的方式
彼此倾诉　仅仅因为我们活着
我们才可以想象
死亡　一个亲人的死亡
实际上是生者的不幸与磨难

2000 年 1 月 13 日晨，于北京

诗歌的丽江

一个晶莹的意象
犹如大地上白色的月亮
辉映诗歌的丽江
智者一般的玉龙雪山
使我们想到某种预言
自然的光环飘飞于彩云之南

一位长者怀念死去的大鸟
它不屈的翅膀
折断于风雨中

生命的鲜血流淌在天上
被我们关注的雨后彩虹
在美丽的最深处
有一道灵光
那是大鸟的巨翅
拂过诗歌的丽江

雨后
光洁的石板路通往宁静的街巷
时光美丽而忧伤

诗歌的丽江
你使远行至此的人

获得了一种阅读的方式
白沙壁画仿佛在洁净的天宇下飞翔

微笑的丽江　少女问询路人
有谁见过流血的翅膀
有谁还骑在奔驰的马上
没有谁回答少女
她站在那里
成为一首诗歌的过渡
在距她不远的身后
是缓缓飘逝的丽江的夕阳

2000 年 6 月 20 日午夜，于北京

曙色降临

此刻　大地宁静安详
河流清澈　远山在淡淡的雾霭中
展示原始的美丽
是人类熟悉的形体　被热爱的形体
自然的美丽充满灵性与呼吸

……某种起伏　这时刻的树木
呈现出绝对的静止
从山峰直到山谷
或蜿蜒至温柔的湖
都不见飞马　在生命的躯干之间
一蓬一蓬旺盛的草
被神性的手指轻轻拂过

这时刻　有一位长者
梦归昔年　那是他相对年轻的时代
一句泣血的承诺
使他相信寄托的天空不仅仅是蓝色
这近于虚无的承诺
激励和支撑了他那么久
现在　他即将醒来
一颗苍老的泪珠
饱含源于心灵的残缺与痛楚

一声啼哭　这时刻有新婴降生
一只豹子蹲在山巅
眺望不远的黎明
天地之间吹起无色的风

2000 年 9 月 15 日，于丹东

永远的红围巾

——献给伊莎贝拉・邓肯

我看到一只车轮碾过忧伤的黄昏
风里飘着永远的红围巾
舞者啊　你的灵魂
那最高的燃点
形如你充满灵性的手指　触摸白云

你以自然的微笑与沉思
使往昔成为不泯的怀念
在蓝色的背景中　你引领我们接近了天使
这艰难而平凡的岁月
因你的美丽和舞姿
使一切获得无言的诠释

你创造了比自己更崇高的东西
然后让这一切将自己毁灭
你使一位伟大的诗人
在你生命的旷野上纵马
他说　舞者啊　拥抱我
让我在你水一样的怀抱中落泪

邓肯　你在我的视线里渐渐走远
黄昏之后　我们默念一颗陨落的星辰

1999 年 2 月 1 日夜，于北京

往昔的静谧

男人们大都去了远海
将自己的女人留在家里
在咸风中补网
赤裸的渔村少年
躺在夏日的绿荫下
他们想念自己的父亲
海上生死未卜的路
总在起伏

大地上晒着精美的食盐
夜晚星光如初
有人在灯下怀念节日的锣鼓

1999 年 2 月 1 日夜，于北京

你说那是什么

感觉有什么正在走远
不是风　不是火焰
不是一颗心灵与另一颗心灵
隔着群山与大地倾吐的语言

感觉一个瞬间是如此的艰难
不是雨　不是雷电
不是一片白云与另一片白云
当然也不是鹰翅时隐时现的蓝天

2003 年 9 月 5 日，于北京

四行诗

没有任何力量能够封锁人的心灵
没有没有终结的严冬
没有来世　只有这一世
没有任何力量能够扼杀人的爱情

2003 年 9 月 6 日零时，于北京

隐痛与交融

在三十三朵玫瑰飘香的秋夜
爱情是一种旅行　送行的人
也就是滞留的人　说夜晚山色
那悬浮于宁静天边的光明
所形成的记忆
是最后的隐痛

以离别的方式接近另一颗心灵
爱情是一种旅行　远走的人
也就是孤苦的人　说神秘之岛
那消失于道路尽头的光明
所形成的记忆
是最初的交融

2003 年 9 月 2 日上午，于北京

走　吧

——给诗人陈所巨

走吧面对远方寂静的旷野
请遗忘　遗忘手臂　遗忘流泪的眼睛
遗忘山一样起伏的快乐与痛苦
遗忘家门　遗忘诺言　或长路上无语的搀扶

走吧把缄默的身影留在身后
留下最后的祝福
你不能奢望永远的忠诚与倾听
因为阅读　人们将怀念你透明的心智
像牧童怀念春天　鹰翅怀念天空
孤寂的人们怀念纯粹的爱情

走吧带着诗歌上路
记住秋天　那色彩不同的层次
犹如幸福一样铺展的光明
你在这一切之间　走吧　当秋天再来
洁白的流云在天空舞动
我们相信那就是你
总会有人仰望的　总会有人
在大地上追忆你永远的笑容

2005 年 9 月 26 日—11 月 16 日，于桐城—北京途中

就是这雨

就是这雨
雨中的隔离与记忆

遥远未知的亲近守在哪里
曾经熟悉的手臂
这座深厚的都城
一种信念像旗帜般飘落
像熄灭的火　永远失去家门的思慕
行走的人们往往不能理解等待的人们

就是这雨
雨中长者的叹息

活在无边的恩惠中
对故乡凝望
在绝对寂静的夜晚接受问候
倾听自己的心灵
窗外天空云层低垂
想一想有多少人没有入睡

就是这雨
雨中诞生的奇迹

2007 年 6 月 27 日，于北京

驻　足

当往昔走远　一只神鸟栖落河流南岸
当故人离去　时光停留在一个瞬间
当雨声停歇　雾罩山峦
一缕阳光游过安谧的窗前

我们能够想到什么
在丢失的爱情里肯定存在一句谎言

曾经行走的道路
很多很多夜晚　还有描述
那些过程的停滞是无语的终结
没有再见　此生此世直到永远

我们能够回首什么
夏天　这是北方雨后的夏天

2007年6月30日，于北京

童　　年

守在阿斯哈图山口的童年
属于一个夏天
蒙古马奔驰在西拉木伦河以南

羊群不是唯一的记忆
还有巨大的云影
缓慢飘移在贡格尔草原

曾经倾听风雪的寓言
一个英武的骑手战死异乡
雨　泪滴　灰烬　无人回应的呼唤

一天一天
一年一年
我们将什么遗失在从前

2007 年 7 月 2 日正午，于北京

无法投递的书简

不可触摸的空气里
存在永恒的神性
你听歌声　哭声　翅羽的震动
突然消失的地泉
被温暖与被伤害的心灵
我们走过遥远的道路
是这些意象　是穿越长夜的贴近
使我们记住彼此的姓名

怀念最初的爱情
遗忘誓言　独自体味失落的隐痛
不说开始　也不说风
只说我们爱过　曾经感动

甚至不说感动
没有距离　我们
在奇妙的纬度与时刻灵魂相拥

2007年7月3日，于北京

六 行 诗

将伟大仁慈的知遇铭记内心
面对云叩问动荡不安的灵魂

一生一天一刻一瞬
所谓过程实际上了无印痕

你听大地山脉河流无水的沙海
你听蒙古草原回旋马头琴忧伤的声音

2007 年 7 月 5 日正午，于北京

又是七月

是的　常常回望的心
已经看不见昨日奇异的呈现
只有停滞　在一条漫长的隧道中
感觉身后的光明

被预言指点的漠野
以怎样的变换记忆沉痛
爱过的人啊　枯枝一般漂浮于物质的河流
没有血液　不再倾诉　也不再谛听

又是七月
我母亲的贡格尔草原
雁鸣阵阵　是那脉被我视为奇迹的圣泉
所汇成的蓝溪　连接达里湖与兴安岭
牧羊的人　在一派肃穆里会默念谁的姓名

就是这样啊
生命里最珍贵的遗失
不是背影是灵魂的渡口
在不断轮回的四季里
寂静无声

2007年7月7日凌晨，于北京

破　译

在山谷倾听流水的声音
在水面倾听石头的声音
两种浸润　在爱中倾听逃离的声音
在逃离的途中倾听翅羽折断的声音

石头的裂痕里藏着柔软的尘土
天空的雁阵　北国草原深秋的别离
不是起伏的鸣叫
从早晨到黄昏　从语言到内心
究竟是什么人　醒着梦着都牵动你的灵魂

风回答季节　季节回答落叶
落叶回答树木树　木回答根
泥土下面的光明不像云
那是地泉一般的涌动
是大地血脉
是我们苦苦渴望的仁慈与温存

2007 年 7 月 7 日，于北京

接　　近

那一天阳光炎热
一个懵懂的孩子随我回返梦幻高原

是夏天　北京北站麻雀飞过的天空
透出一片幽蓝　迟来的人　在约定的地方突然出现

月台　蓝色车厢　人群流泪或微笑的告别
表情里的含义与这个夏天毫无关联

我在阳光的直射下接受最初的暗示
七月十五日　列车向北　很快穿越在群山之间

今夜　独自接近那个日子　我想到辽远的风　岚
原本平淡的生活　那短暂的过程　已离我很远很远

2007 年 7 月 12 日夜，于北京方庄

在七月想象八月

在七月想象八月
在都市的窗前凝思自由的旷野
早春的雪　那曾经飘逸的美丽与圣洁
已被忽略

融化的过程不属于整个夏天
这是一个人的季节
英雄的佩剑至今斜插在杳然的荒原
衰草舞动　长者发出的谶语
在七月到八月之间飘展为破碎的旗帜
终被忘却

如果心灵不再感动
你就不要轻言拥有或者告别
这岁月　心灵永恒的滋润
只能是鲜血　眺望远方
大地上奔腾的河流　山顶的树木　古歌一样的云
形如人类仁慈的祝祷
怀念重叠

不错　就是八月
我母乳般的达里诺尔迎来一次日落
牛羊归栏　狭窄的耗来河被青草掩映
故人远了　八月　就是八月　夜晚

克什克腾大地一派苍茫
星光流泻

2007 年 7 月 13 日凌晨，于北京方庄

关于往昔

对你描述下意识的海滨
我曾在南方的岛屿上思念所有的亲人
渴望听到骑手拉起马头琴

在北方　一个杰出的青年诗人选择了自戕
在三月的清晨　他以仰望天空的形态
使自己变为永恒的诗歌意象
很多很多人谈论他的名字
但不会理解他的孤独与忧伤

我笃信空间存在遥远的亲近
只要你凝视静夜的星辰
你就会听到神秘的声音

因为自由与诗歌　我走过孤寂的长旅
至今仍在继续　一些人来了　一些人走了
就像生死　可我熟悉大地上沉默的树木
风中的落叶　那些崇尚向善的人们
以怎样的虔诚　为焦渴的田畴祈祷一场透雨

是的　我接受决绝的背弃
在午夜都市街头一片灯光的辉映中
关于往昔

我体味不可言说的疼痛　往昔静默
因为自由与诗歌　我骄傲地活着
不需要什么证明

那个死去的诗人是我亲爱的兄弟
他为诗歌来到世间　没有获得甜美的爱情
回到我的草原　每每听到湖畔的雁鸣
我都会联想那群神性的大鸟
对他发出凄婉的呼声

2007 年 7 月 13 日凌晨，于北京方庄

致远方的朋友

如果你常常思慕伟大的河流
就该选择启程　选择了不可剥夺的自由
没有任何力量能够束缚你的思想
正如没有一片云
能够永远遮蔽温暖的阳光

我们只有一季　这个季节叫生
纵马草原　远眺河西日落
在大青山下学唱古歌　与牧人饮酒
谛听贡格尔河流淌出天地赞颂
我的朋友　你会默念亲爱的母亲
她生养了我们　每时每刻都会为我们祈福

失落与背弃教会我们隐忍
真爱不悔　我们善良而勇敢的心灵
像眼睛　像午夜灯光　也像叮咛
没有什么理由使我们心怀仇视
一年一年　看大地和树木变换的色彩
无限高远的天空　被薄云笼罩的山峰
我们凝眸　或无言高举一只手臂
在不同的纬度互道珍重

2007 年 7 月 14 日正午，于北京方庄

只有诗歌（一）

我们降生这个世界
很多人读史　期待获得珍贵的感悟
很多人对未来寄托无尽的相思
忽视有形的碑　无形的心绪
活着或死去的文字

关山重重　是什么牵动人类的灵魂
不同肤色的人　语言　家园
爱情的气息总在我们身边弥漫
我们身边却常常出现丧失了爱情的人
背弃爱情的人　已经不再倾听呼唤

只有诗歌
这个世界每一天都在爆发战争和瘟疫
诗歌使人类离得很近　如母亲临别的叮咛
安抚我们的心灵

音乐肯定是诗歌飞翔
别问方向　没有方向　光明就没有方向
风没有翅膀　风也没有故乡
当诺言被打磨得异常光亮
肯定有一颗心灵遭受创伤

只有诗歌

这个世界被欲望支配　充满残缺
诗歌使人类彼此凝视　一些智者　不朽的唱颂者
他们接受神性的引领
在苦难中唱出歌声

只有诗歌
只有这纯净不息的河
我们隔着时空紧紧相拥
用心体味这恩惠　这节奏　这无以复加的欢乐

2007年7月15日黄昏，于北京方庄

只有诗歌（二）

当雨声飘逝
长街上的最后一个人于门内消隐
我想到在故乡的高原上存在一颗痛苦的心灵
滞留在这座日渐陌生的都城
我怀念塞外的风
那无所不在的神性

那随处可以感觉的昭示　奔驰的马
血色黎明　在牧羊人身后　也就是在蒙古包前
有一双清澈的眼睛　一个少女的眼睛
谁知道她将凝望多久呢
她牧羊的父亲再也没有归来
活着的人　会渐渐遗忘他的姓名

七月是不该发生死亡的
他却死了　死在暴雨击打的河中
许多年后　在贡格尔草原上
一个牧羊的蒙古女人以泣血之语呼喊父亲
她面对一个长者的背影
那个背影　在她的眼前
消失得寂静无声

2007年11月5日，于北京

午夜寄语

是的　我能听懂你的心语
不像雨落大地　孤独　足履　大海潮汐
不像雪染山巅那般壮丽
你属于我的诗歌
永远不会轻视的奇迹

随七月的星光而来
天鹅一样美丽　没有身影
没有誓言　也没有值得怀疑的手臂
相信暗示　以你坚强的心灵抗拒阻隔
穿越高山与长夜　用你的目光打破沉寂
奔赴一个命定的约期

就这样阅读一则寓言
你圣洁的身躯　曾忍受击打　你沉默的神态
让我想到石头的纹理
那就是时光了　伸出你的右掌
你会看到合理的纵横　你完全不必追忆
从哪一刻开始　你不再哭泣
我是你此生此世的亲人啊
你还美丽　但我不会恐惧你凋谢的花期

2007 年 7 月 15 日午夜，于北京方庄

掠过指尖的目光

不说山里山外的云
掌心掌背的温存　柔软缠绕下的险峻
燃烧的游移留下了什么声音

伸出你的手掌　张开五指　然后在阳光下凝视
不要选择缝隙　选择一个顶端　比如指尖
用掠过指尖的目光告诉远山
诺言很淡　泪水很咸　道路很长　真爱很短

整夜无眠　你该选择一个明亮的正午
让追随你的身影保持一贯的静默
你会听到树冠喧响　那是风
看见白云浮动　那是灵

你会感觉所有故去的人们都在你的近旁
掠过指间的目光无限自由地飞向辽远
关于苍茫　原来是一句神语　不在天上　也不在地上
失去了母亲的人们永远失去了故乡

活着　并且行走　恐惧停滞
笑声哭声歌声风雨之声　受伤的燕子发出哀鸣
掠过指尖的目光啊　是轻盈还是沉重
谁能说透梦里梦外的人生

2007年7月19日下午，于北京方庄

空间：另类阅读

七月　夜晚的大地上只有风的声音
这个时刻　一定有人醒着　一些人
渴望让灯光焚烧　不可接续的记忆如落叶缤纷
我曾在诗歌中询问　在什么时候　是什么改变了我们
不会听到回答的　相信神　神啊　不是夜夜仰望的星辰

自由的阅读是如此幸福
阅读你的身影　你的心　你的温存　你圣洁的唇

我们属于生命　所以敬仰母亲
夜晚百神降临　行走陌路的智者背对家门
谁说夜色没有波纹　谁就不再感恩
试一试　将你的右手伸向逶迤的远山
你能否感觉到落泪的森林

还是选择不眠的阅读　就这样接近
阅读你的孤寂　你的真　你的气息　你高贵的魂

2007 年 7 月 23 日凌晨，于北京天宁寺东里

形而上的海滨

在形而上的海滨
丧失了爱情的女子背对潮汐
手掌拂过没有帆影的海面
像预言那样　无限伸展的光芒像箭镞那样
射向季节轮回的原野
在更远的地方
有一位挂念女儿的母亲
焦急地张望

选择了遥远的女子美丽孤单
但不绝望　爱情留在春天　她在夏天
面对陆地　她没有忘却回返的道路
她以凄然远行的方式
为短暂的昨天举行了心灵的祭礼
从此她就接近了自由

如果能够幸福地生活一天
她会追忆整整一生　那个隐在暗处的人
抛弃了恩惠　他在黑暗的梦魇中
不会感觉女子的黎明

灯光熄灭　早晨到来了
在形而上的海滨　女子流泪发誓
将永远珍爱自己受伤的灵魂

她离去了
是否有谁记得某个早晨
海风吹动一袭洁白的衣裙

2007年7月26日凌晨，于北京

我们的世界

不必仰首苍天
你要相信那个预言
在我们的世界　战争和瘟疫
从来就没有毁灭音乐和诗歌
人类生生死死的爱情　这不变的意象
是圣乐的音符　是诗歌的旋律
是无愧大地江河的自由与呈现

是我们的故园
从春天到冬天　再回到春天
岁月的门槛隐伏在纷乱的脚步之间

面对击打不说疼痛
面对西风苦苦怀念曾经的温暖
面对无情或背叛　也就是不可躲避的苦难
心灵说　假如你能学会宽容　在灯光下微笑
你就获得了仁慈与神示　活在无所不在的大爱中
把目光交给风　把一刻交给永恒
把种子交给大地与潮润　把泪水与渴求托付给心灵

是我们的世界
从战争到和平　再回到黎明
童年的梦幻在无云的碧空扶摇飞升

2007 年 7 月 27 日下午，于北京方庄

缘

很想对你说瞬间
或者辽远　关于某一个安静的秋天
流在美丽群山的清泉　还没有被发现

很想对你说母亲的家园
食物与盐　曾经无限神往的星群　那样一种灿烂
不是火焰　不是灵魂　当然也不是人类的预言

雨落山南　一条河流托举的时节一片蔚蓝
在大地上播种的人　我们的父亲　背影倾诉的爱与艰难
很想对你说　拥有父爱的日子实际上非常短暂

自由的鹰　盘旋或俯冲　柔和的云　绝对自然的舒展
很想对你说　这两种节奏暗喻的天空被什么所涂染
如果你陪伴我做一次远行　我会选择八月的高原

此刻　我的心声无人倾听　是夜晚
感觉光明与黑暗　感觉生命一个一个荒废的驿站
很想对你说　我们前世今生的缘　一定会被时光点燃

2007 年 7 月 28 日夜，于北京

正午的怀念

秋天的最后一线夕照消失后
父亲没了　我们最好的想象
是流泪走过一阵黑暗　发现父亲变成了星光

被绿荫覆盖的静静的村庄
飘浮的悲伤　卧着一条小路的山岗
母亲　屋宇　无所不在的墙

九月的北方和南方
行走在夜路上的人思念一个姑娘
诀别者啊　你把什么铭记在心上

父亲永远地走了　跟随夕阳
母亲孤独地守望故乡
我们都没有围在她的身旁

2007 年 7 月 29 日正午，于北京

当昨天成为必然的久远

总会记得一些道路
楼宇　一些人　他们的声音
遥远或清晰的神情　寒冷或温暖的风
树木和花草点缀的时节

如同蒙古的贡格尔河上空
十月飘雪　重逢与告别　罪恶与圣洁
笑与泪　昼与夜　瞬间的铭记与忘却

废弃马鞍上浓缩的岁月
已经龟裂　骑手亡失　一个美丽的牧女用心折叠
没有新婚的记忆
草原深处的灯光忽明忽灭
现在说一说我们
我们活在一语古老的祝祷里
未曾相约　也不必相约
天地广大　一切的一切都不能省略
为了前定　我们无力抗拒奇妙的时刻
就这样接近　当时光流逝　昨天成为必然的久远
让渴望自由燃烧　凝视午夜山峦迷蒙
苍宇星光静静流泻

2007 年 7 月 29 日夜，于北京

手足兄弟：在净水与麦地中央

——给骆一禾、海子

想到凝固　死亡　麦地中央
手足情深　一个张望北方　一个张望南方

广场　洒在山海关某处斜坡上的阳光
一部抒情诗集的终章没有札记　只有断裂的诗行

一匹蒙古马长久嘶鸣　贡格尔草原忧伤的夕阳
终于消隐　那一年　我的两个手足兄弟在麦地中央

选择倾听与歌唱　而不是流泪　爱一个洁净的姑娘
让她们懂得诗歌与诗人行走在艰难的世上

麦地中央有两轮太阳　麦芒　微风里绿色与黄色的荡漾
永恒的温暖使我们感激　活着　珍视怀念　还有深切的目光

手足兄弟在麦地中央　他们睡了　一定会梦见很多人
是太阳落山是轮回是超度　是被命运割刈的麦子
也是久长

2007 年 7 月 30 日下午，响雷落雨，于北京家中

假如那是爱情

八月的晨雾笼罩河面
渡口安静　东边的山峰上升起黎明
假如那是爱情　它就是红的　只有暗示与致意
雾与流水也不是象征

一个传说来自西域
寻找三叶草的人　她的身影
不会遗忘最后一句叮咛　假如那是爱情
广袤的大地上有灵魂的归宿
心就不会沉重

流泪的烛光　窗外雨声　夏夜清风
除了天蓝色的窗帘　还有什么在微微飘动
假如那是爱情　就不需要语言　一个眼神或会意的表情
就是相知了　交融的含义不在于焚烧的过程

轻盈像自由一样珍贵　相对微笑
守住一盏共同的灯火　倾听夜远远凝视的神灵
假如那是爱情　或风雨未停　隐没的星
一定在云层之上呈现灿烂　辉煌纯净的苍宇间
光明无尽　拒绝寒冷　不要紧闭骄傲的眼睛

独自默念相隔迢遥的山水
一个人的黑暗　视野里只有一个人的姓名　风雨未停

假如这样　就决意遗忘吧　把你的自由还给心灵
请在持续的雨声中遗忘伤痛
静静迎迓新的黎明

2007 年 8 月 2 日，于北京

时光的挽留

曾经渴望牧羊的女子
对草原充满永恒的向往与伤怀

那时候　望着父亲的身影
犹如追随一座沉重的山脉
那是少年　在塞北　在长城之外

无色的期待　春草的绿　冬雪的白
成长的岁月里也有无奈
一个常常回首的女子　美丽的女子
让语言在净水里生根　花开花败

现在　未来　未来的未来
什么是主宰　如果违背了自己的心灵
什么是生　什么是爱　什么是海

在正午时分感觉你的神情
左边是山　右边是河　中间是我们经历的年代
我的诗歌是你怀念之树上的一片叶子
是时光的挽留和祝祷
在天空下无声摇摆

2007 年 8 月 3 日，于北京

走过唐古拉的方式

肯定会铭记格尔木的秋季
可可西里充满神圣尊严的自然　藏羚羊鲜红的血迹
欲望制造的死亡气息

三百里无人区
总在想象被风折断的翅羽
向西　向世界的最高峰凝望
蓝天诱惑一样洁白的云朵　降雪的消息
没有使我产生一丝迟疑
身后的故地与爱情总是无语

是命定之旅　面对孤寂　从不说恐惧
就是这大地　逐渐上升的高度　是接近还是远离
我是一个人上路的　我没有琴　也没有马匹
我只有诗歌　心中涌动不止的旋律被我视为奇迹
曾经渴望的那只手臂　垂落在异地的风里
神秘说　看看你的手掌　是不是写满了神秘
感觉离天空近了一些　我梦见一派瑰丽
走过唐古拉的方式　是一条道路必然的接续
就我一个人　在某座雪峰挥动手臂
试图遗忘平原的记忆

2007年8月5日夜，于北京

在我二十八岁那一年

在伊默塔拉草原
我南方的兄弟渴望获得一匹蒙古马
他不需要英雄的竖琴

那个秋天少雨
但草地碧绿　一条蓝色的河流绕过山脚
然后消失　我南方的兄弟接近一个牧女
询问前路　牧女手指的方向
有缓慢移动食草的羊群

在南方
一位母亲挂念远行的儿子
她的迷恋诗歌的儿子
雨后　美丽的淮河不再平静
被绿树掩映的村庄到处都是积水
很多人向高地行走
就像追随那个身在蒙古高原的人
我的南方兄弟

完全可以想象两种存在——
道路与诗歌　第三种存在当然是爱情
如果必须回答第四种存在
那就是亡失

在我二十八岁那一年
大兴安岭被烈焰烧灼　很多动物死了
很多树木　很多人　很多无比焦渴的心
盼望一场飘洒的透雨

在我二十八岁那一年
我南方的兄弟在草原上走了很久
在一封书信中　他说
我终于发现了一种源头

两年后
我南方的兄弟选择了死亡
他留下了简短的遗嘱　他没有告诉我们
那种久远的源头
诞生在什么时候

2007 年 8 月 6 日正午，于北京

咫尺的概念

一个新婴发出无畏的啼哭
凌晨　母亲持续的隐痛与幸福
黎明呈现　越来越远的道路　绿草与荒芜
等待的心灵　不能言说的孤独和凄苦
鸽子在空中鸣叫　大地　还是大地　梦里的花束
突然解冻的河流　安静的山谷

晨雾　时隐时现的树木
长久渴望的人　故园　渐渐苍老的父母
灯光深处的距离　预言的海洋在哪里起伏
游移的枪口　科尔沁银狐
在严寒与风雪中为幼崽寻找食物
苍凉的双眸　泪珠
把最后一语叮咛还给泥土
然后睡了　那叫死亡
是的　人类的春天还会如期到来
生者仰望　一只雄鹰在视线里起舞

活在永恒的时间里
仁慈宽厚　心也会驻足
隔着窗棂风雨将至　你听辽远的晨钟暮鼓
那是自由　无比自由的倾诉

2007年8月7日，于北京

一首诗歌有一首诗歌的命运

一个人　一颗心　一种缥缈的声音
一次温存　一朵云　一辈子苦难的追寻

一座坟　一行碑文　一句心灵的诘问
一两黄金　一扇门　一个节日渐渐临近

一条根　一片烟尘　一派铺展的黄昏
一生恨　一地星辰　一夜持续的狂奔

2007 年 8 月 10 日夜，于北京

一个秋天又一个秋天

总感觉神在行走
从一个秋天到另一个秋天
谁忽视了必然的过渡

站在山上　如果可以眺望一颗心灵
看到整个夏季随风雨消隐
就会怀想一些细节
比如告别　呈现在星空下的手
或者一双眼睛

那最终改变了的
除了原野的色彩　还有什么
在时间的时间之外
也有秋天　被诗歌描述的植物
比如玉米腰间吐露的一粉红

静默的珍贵就像一滴尊严的泪水
从一个秋天到另一个秋天
从少年到暮年　从美丽到凋残
就在挥手之间

2007 年 8 月 11 日凌晨，于北京

高原有多高

高原在人的心灵之下
草野和花朵之下
她没有形状　近似于神

高原在根与水的上面
是那种深藏涌动的清泉
像人类的爱一样
她是无限美丽的岚
不是地平线

高原的高度不是仰视
是神秘　但不遥远
是上午的雨　正午的雪
一只羚羊在黄昏时分消失
膜拜的人　久已丧失故乡的音讯

那个孤独的男人将会走远
他比高原高　可他长跪不起
流泪凝望高原上的衰草
他没有说　巍峨的雪山
在永恒地燃烧

2007年8月12日下午，于北京

我们在最后一刻能留下什么

我们苦难的心智曾经飞翔
像骄傲的神鸟奔赴一个不变的方向
如果没有梦幻的蓝湖
该在哪里收拢翅膀
让最后一丝夕阳　轻拂创伤

最后一声问候不一定来自故乡
背对河流的想象　在一个飘雪的冬日悄然冰封
接着是夜寒冷的西风　还有死亡
死亡就是目光的凝固　从此不再流淌

我们在最后的时刻能够留下什么
活了　爱了　曾经等待　感觉像树一样
首先是黎明　随后是夕阳　雪落心灵　没有故乡

我们在最后的时刻能够留下什么
一个神情　万分眷恋　一缕青烟　几声怀念
身后还是这个纷纭的世界
我的贡格尔草原上依然会有鲜花开放

我们　说去也就去了
谁也带不走一片苍茫

2007 年 8 月 3 日黄昏，于北京

不日去江南

——祭奠诗人陈所巨

我将去江南
在生者的问候和另一类语言里
怀念一个逝者

他曾以男人的胸怀包容整个世界
如今　这个世界以辽远的静默安慰他的灵魂
活着的人　亲人　友人　感觉他没有走远
他没有走远　你应该相信
诗歌里有一条漫长的道路
他仍在开凿　从目光到心　从心到人
从人到神　然后　他微笑着走了
回归心　也就是跟随神

如果你拥有值得赞美的幸福
那么你肯定会珍爱一棵树木
别说年轮　但需要感恩
你甚至不要描述手掌传导的温存

他曾以自由的文字推动自由
如今　他得到了自由灵泉永远的浸润
这就是奇迹　如果你注意观察一片飘飞的叶子
你就会感激秋季

凝望神的方式非常简单
这与生死无关　与一行诗歌有关
风雨过后　你必须懂得
在幽淡的自然里
是什么在向你缓慢地接近

2007 年 8 月 14 日夜，于北京

源自心灵的爱情

在我记忆的天幕上有一些阴影
那是我最终丧失的爱情
必须承认　面对心灵　我曾遮挡光明
现在　我只能这样告诉你们
在我的草原　蒙古马的一侧是雨
另一侧是风

可是　属于我的时节大雪飘飞
不见母亲的白发　也就听不到仁慈的叮咛
寒冷　被西风凝固的河流
母亲的心啊
为什么总是跟随我远行

活着　应该怎样回顾非凡的苦难
源自心灵的爱情与多少次无关
第三种岸不在对面
秋天离群的雏雁该选择哪一片蔚蓝

严冬　诺言与谎言　咫尺或遥远
没有鲜花的雪原
谁在苍白中描述灿烂
墙　屋檐　悲伤的夜晚
泪水淋湿无穷的怀念
一个人的节日

不可忘却的背叛

一种声音出现在谶语般的风中
如果让你重新抉择
你是否愿意回到从前

2007 年 8 月 15 日凌晨，于北京

活在无形的神示中

在灾难之初迁徙的族群里
没有人类传说中的非洲红蚁
朝乞力马扎罗山顶聚拢

遍地水患　失去了家园和女儿的父亲
向天空举起劳作的双手
那不是恳求　呜咽的云　被飓风斩断的树
寻找主人的坐骑嘶鸣着
穿越一片茂密的丛林

火与水的舞蹈
寒冷与焦渴　在相同的季节
人类深陷泥泞　面对龟裂感觉西风和灼热
像无比痛苦的记忆那样　摧残希望和心智
很多生还的人们选择朝阳的山坡
用茅草搭建栖身的屋宇

大地花儿开
没有被烈火烧死的非洲红蚁
重归繁衍的湿地　一位白发苍苍的母亲
目送丈夫和儿子去山下耕耘
是清明时节　孤单的母亲手扶木门
凄然呼唤亡女的乳名

活在无影无形的神示中
幸福着　一定会有悲痛
它们是同一棵树上的果实
一颗黑暗　一颗鲜红
无影无形的神示不像群星
永远不会闭上柔和的眼睛

2007 年 8 月 15 日夜，于北京

对一个预言的解读

雨季过去的这个早晨
天空依然阴霾　在这个都城的每一条道路上
都出现了抑郁的人群　没有谁关注寓言的存在
那只孤独沉默的银狐　在钢筋水泥的建筑之间
寻找通往科尔沁的途径

这个早晨没有日出
似乎也没有风　树上的叶子还是绿的
那是静止的美丽
华北平原上时节的注释
轮回了无数年
这一天　斧劈木柴的声音传自山南

是立秋之后　双腿瘫痪的老者
将轮椅摇到窗前　他的身后有人关门　然后是静默
长者巴望陈旧的窗口
他举起右臂　试图呼唤那只银狐
在黑色的路面上
长者寻觅银狐的蹄痕

这个寓言的核心部分
在我的故地　也就是概念上的东部草原
我是这首诗歌中一个隐秘的意象
因为离别太久

我总是怀念那里的秋天

最后
我必须告诉你们一个真实
那只银狐已经平安到达我的诗里
它躲避了危险　今夜
在我的身边　它静静安眠

2007 年 8 月 16 日傍晚，于北京

掩埋于克鲁伦河畔的爱情

那个选择跟随大军征战的美丽牧女
见证了庄严的陨落
她曾经的爱人　一位智者
准确预言了十三世纪历史的归期

智者把他的箴言
多次放在大军杀戮的途中
那是一株旺盛的草　被五十万马蹄疯狂践踏
黄昏萧瑟的高原上　尘埃缓慢飘落
智者面朝东方跪下
呼唤一条河流

在克鲁伦河像天堂一样澄明的岁月里
奔跑着两个童年　未来的智者和迷恋疆场的牧女
驯服了两匹蒙古马
他们向着开满鲜花的山谷策马疾飞
忽视了头顶上空堆积的云

对于人类
关于战争的记忆究竟有多长
克鲁伦河究竟有多长
我的结论是　它们比苦难短　比爱情忧伤

从中亚独自回到故乡的智者

在大雨中送别最后一个长辈
就永远消失了　如今　我们只有在一部伟大的箴言中
才能觅见他倾诉的背影

重返克鲁伦河畔的牧女
生育了一个儿子
六年后　这个眉宇英气的男孩发出了询问
——父亲　谁是我的父亲

那是八月的夜晚
在安谧的蒙古草原上
突然传来一个女人绝望的哭声

2007 年 8 月 17 日下午，于北京

草原：消失于苍茫深处的鹰

那只鹰融入了永恒
它甚至不愿在大地上留下飞翔的身影
然而　它把心留下了
那是牧曲
是草原寒夜唯一的光明

仰望了很久的骑手
在静默里面对一片鲜红
故人的马鞍为什么让母亲想到杀戮
渐渐远去了的　除了记忆　有没有血雨
或者一个女孩凝固的神情

雷声渐近
有多少人联想到鹰翅
被大风托举的不仅是尘埃
一定有一声恳求写在鹰翅上
看看身后啊　河流　原野　山峰
还有很多人无法描述的心灵隐痛

这个夜晚
我不能在草原上留下赠言
如果人类关于英雄的话语偏离了仁慈之海
那么就会发现破碎的帆影

那只远去的鹰看到了太多的灾难
一个智者说　你们听　在阴山以东
它还在飞翔　阴山啊　你说那是什么象征
如果一面是黄昏　一面是黎明
你说　坚韧的鹰翅铭记着什么
是一个英雄的亡失
还是一个新婴降生

消失在苍茫深处的鹰
是我们丧失了许久的梦

2007 年 8 月 18 日零时，于北京

关于鹰的另一种结尾

没有任何人相信
天空中有一条回返的道路
苍茫　实际上并非辽远
那句古老的箴言　在两片白云之间时隐时现
处在梦幻时代的少年拥有另一层天

鹰就在那里
它在午夜俯冲盘旋　向着更高处飞翔
它用翅羽询问大地
什么是依恋　在灵魂的家园什么是栅栏

八月　在蒙古高原
一个羞涩的少女出嫁了
夜晚　那只苍鹰无声栖落贡格尔河畔

牧人们常说
那蓝色的源流里有鹰的羽毛
他们没有说人类在水草丰盛的地方繁衍
深秋枯黄的草　会发出什么样的语言

2007年8月18日晨，于北京

江南的手语

江南的手语
某个时节雨后的路径
穿行于小巷里自由的风
那曾经无限阴柔的展示
少女的倩影　所谓河流啊
你不能仅仅想到那类波涌
江南的手语　通常是宜人的宁静

江南的手语
如今葬在草与树木的绿影中
不是站立　也不是倒伏
是渴望光明的隐忍
某种隐疼　无人阅读的墓志铭
在碑的另一面也有文字
谁能说清记录着什么
谁能说清碑的另一面　朝西还是朝东

江南的手语
提示前世的归期　是背叛还是忠诚
总是人群　人群　人群啊
午夜灯火里的旋律终于止息
窗口的投映渐次熄灭
在一句古老谚语的最深处
是离散之后的寂静

江南的手语
被怀念拉近的云　连绵的山峰
象征沉默　距离与纯净　那个年代的爱情
是一封书信描述的细节和憧憬
故人踏着歌声远去
自然说　那不是我　是风

江南的手语
岁初的第一个黎明
远方落雨　一把黑伞分隔的天空
一个欢乐的夜晚消失了
那个人走了　他为何没有回首
驻足凝望那双含泪的眼睛

江南的手语
原来是一滴清泪
隐在花草下面的低鸣　被粉碎的遗忘
那美丽的忧伤　蓝色河边纱巾舞动
远方薄雾缠绕的朦胧　时光的回声
谁在获得啊　谁在葬送

江南的手语　不是我　是风
在必然的结局出现之前
风雨未停　江南的手语
被一首诗歌反复揭示
选择了远行　也就选择了未知的重逢

2007 年 8 月 29 日凌晨，于上海

人类的远方不是一个概念

在一个远离城市的地方
我停留下来　这里也不是乡村
是啊　那些依次从夜里闪过的身影
如同落叶　他们都不是我的亲人
他们仅仅经过这里
但没有倾吐任何语言
关于以往的时光　我也无法问询

在经度与纬度交叉的某个点上
我存在　并以我的心
贴近地泉　泥土与根　在离别许久之后
我只能如此了
你要相信　人类的远方不是一个概念
那里的山谷　秋草碧绿　山前河流清纯
那一天　一棵古树轰然倒下
大片大片的幼树以水为邻

我保证　我一定会如期归来
选择一个清晨　把停留过程的记忆
也就是河流冰封的黄昏
把那种发现　还给空中神秘的声音

2007 年 8 月 29 日，于上海—杭州的列车上

一个蒙古人的杭州

我在山下
渴望发现一匹白马
它驮着光阴　不像水驮着凝固的朝霞
缓慢飘向远方的雷峰塔

是秋天
你可以想象古老的琵琶
弹奏净水与碧空　五千年日升月落
杭州的家坐落在水边
一个美丽忧郁的女子
凝望陌生的天涯

我把坐骑
放养在母亲的高原
独自来到这里　倾听诞生在水边的神话
任感觉攀上葱茏的山顶
以诗人的神态俯瞰安静的西湖
我在山下等待复归的感觉
不知怎样描述眼前的芦花

满目的苍翠覆盖断桥
到什么时候　人们才能够读懂那样的印痕
这是一个蒙古人的杭州
我看到湖面上升腾起一种灵息

如奔驰的马匹
你们应该相信
那一层一层的涟漪
我的杭州啊　永恒重叠的神奇和美丽

就是这样了
一个蒙古人的杭州不是秋季
也不是苏堤与白堤
那是杭州夕阳时分的低语
我就要走了　总有一天
在我降生的蒙古高原　我会想念这里
一个蒙古人的杭州是远天远地
西湖水边一只不时指点的手臂
所留下的记忆

2007 年 8 月 1 日零时，于杭州大厦

远逝：在淮河岸边想起海子

八月的最后一天
你的故园行走着一些美丽的女子
她们身穿素衣　肩挑茶担
脚底沾着新鲜的泥土
如果她们站立　就是淮河岸边葱茏的树木

她们都很幸福
因为曾被你含泪唱颂
在诗歌中感受艰难　那些总会长大的叶子
透明而生动

这是淮河
八月的最后一天
十个海子活在永恒的诗歌里
十个海子追寻于江南的秋色中
十个永生　十个黎明　十次感动接着十次感动

这燃烧的河流
我的兄弟　她属于你　你的意念与哀愁
在广大的江南　你应该是一座茶山当然的主人
不是王　是丈夫　也是父亲
是第十次婚礼上那个醉酒的男人
可你选择了北方
最终选择了死亡

我看到淮河燃烧的形态　是接续的波涌
这个秋天
在你的故园
我只能给你一首诗歌
我真的没有发现渡口
有一个地方也无人守候
那是你的家
是人类诗歌永不坍塌的屋宇
被天空注视的自由

2007 年 9 月 7 日，于北京

永远不能诉说的诉说

就是这条道路了
我们跟随灯光行走　感觉黑暗
曾经扭曲的缠绕　一个瞬间
那蛇立的倒影不在水中
是昨日的夜晚
你不愿回望的华北平原

年轻与美丽没有过错
如果一颗心灵绝对漠视另一颗心灵
就不会听到歌声
罪孽的双手充满诅咒
肯定远离纯洁和神圣

要经历什么样的过程
才能走近清澈的水　第三种岸
被人类思想追寻了许久的存在何日呈现
我相信融合　珍视飞翔时刻无言的低语
相信夏天大地上生长的植物
将会令我们感动

因为贴近与怀念
我们懂得一世的珍贵
遥想自然　飘飞的雨　凝视与体味
我们行走　那些等待　观望旗帜的人们

内心里深怀着什么
是的　这个世界存在不能诉说的诉说
雪不能诉说寒冷　心灵不能诉说疼痛
目光不能诉说过程
美丽的等待不能诉说长夜和黎明
我们穿越灯光下的身影
不能诉说公正仁爱的天空

2007 年 9 月 9 日下午，于北京

九月九日：第二十二个秋天

那个时刻的都城醒着
诗歌也醒着
岁月里命定的吻　被神示无语证明的这个秋天
第二十二个秋天牵手的路途使往日复活
没有任何力量能够改变血液的颜色
那种精美与纯粹

谁也不能阻拦时节
洁净的心　站在一些人无法想象的高度
俯视轻慢　就如同俯视卑微的蚂蚁
这是秋天啊　值得我祝福的人
此刻已经安睡

冥冥中的和弦
手的温暖瞬间传导的抚慰
纪念最初的诞生
不错　在很多时候
一个母亲的语言会成为原野上的风
那是遍地的叮咛
吹拂不可践踏的花蕊

仍然沉醉
活着不悔　仍会落泪
随意砍伐树木的人绝对不会拥有美丽

在一个天使的第二十二个秋天
有罪的人
当然不会感受柔软的依偎

第二十二个秋天
第二十二株素雅的兰
你听　是清晨了　辽远的天地间大幕低垂
你要微笑
圣歌是上苍赐你的恩惠
一生一世　如影相随

2007 年 9 月 10 日凌晨，于北京

鹰

我相信灵魂的存在
它有一双坚韧的翅羽
曾忍受难以描述的击打
被泪水浸润　但从未停止高傲的飞翔

超越苦难
孤独和一切挫折
甚至超越欢乐
在人类只能仰视的高度
倾听风　那绝对自由的奔赴
升腾与止息

始终向着光明飞翔
面对日出或日落
它沉默　以无比从容的姿态
将飞翔的痕迹留给天空

它神圣慈爱的双臂
是优美的翅羽
上面落着苍天的泪滴

2007 年 9 月 13 日，于北京再改

古城的中秋

在一条逆行的道路上
我看到残留的城墙上长着荒草
一些曾经美丽的门仅仅留下了名称
那是古城不可修复的记忆

秋天　又是节日
黄昏如同一位祝祷的长者
他在凝视残垣上依次闪过神秘的身影
我不知道他们是谁

曾经的荣耀啊
是否还在风里　谁在守护最后的旌旗
悲苦的人　是否依然默诵孤寂的诗句

2007 年中秋节之夜，于北京

斯日其玛的神性诉求

蒙古高原的马背上有一双仁爱的眼睛
九月　天鹅飞翔　在第三度空间
祈祷与神性的交汇处　那种神奇幻化为洁净的雨
洒向我的圣地　克鲁伦河　额尔古纳河　西拉木伦河
从南向北　这马背上的旅途
智者注视的衰草　你说有几种颜色
长调　古歌　被黎明和落日染红的蒙古心灵啊
是一脉倾诉　怀着久远的崇敬
从不向往群山静止的巍峨

活在永恒的大爱中
感觉消失的身影　是什么在视野里浮动
一个强壮的牧人怀念故去的生母
这样的情愫　是高原上四季生长的树木
叶子飘落　提示我们到了秋天
然后　某种艰难降临了　暴风雪　阻隔
夏天的勒勒车啊
像父亲一样沉默

你不必怀疑血脉承袭
你听　这长存天地的旋律和蒙古词语
奇迹　梦里的马蹄飘过草地
永生永世乳白色的爱恋里
也有翅羽　飞翔　覆盖　浸润心灵

活过了　爱过了　仁慈的草原母亲
将目光投向静谧的蓝湖
盼望牧归的儿女

也有忧郁
如山岚一样的离愁　很多人苦苦等待的自由
清晨送别　可以沉淀月色的马奶酒
额吉擦拭泪水的衣袖
但是　祝愿与欢乐就在这样的歌声里
如果你丧失了对信仰的虔诚
你就不会看到伸向蒙古高原的
那双掌纹神秘纵横的手
握着永远的乡愁

2007 年 9 月 29 日凌晨，于北京

演绎天籁的圣女

——致斯日其玛

你复活了一个民族往昔的记忆
关于辽远的草海　无数阅读的人们
究竟被什么所引领

时节　高原色彩转换
没有改变蒙古马奔跑的形态
在一部史诗里　最核心的那句箴言
背对日出　提示庄严的陨落

一定有什么被深深铭记
掠过山谷的风　在湖畔止息
然后是静谧　骑手们在夕阳里爱抚坐骑

草原母亲啊
那个熟读雨雪风霜的群体
在毡房里煮奶　那是许多洁净的日子
人会等待　花有花期
美丽的牧女拥有最清澈的晨曦

马蹄声远去
是午夜啊　谁会想到一个凄绝的消息
会归来吗　何日归来
哪一架马鞍丢失了骑手

忧伤的蒙古马
独自奔回降生的故地

五月日出
庞大的羊群走出栅栏
母亲们望着　就是这里
高原啊　没有谁轻易说出孤寂的话语
是的　就是这里　你们听啊
这起起伏伏永生的旋律

2007 年 9 月 29 日夜，于北京

最后的蒙古高原

可能是无边黄沙掩埋的辉煌
一万里倾诉　沉寂起舞　没有水　也没有树木
那时候　我悲伤的亡灵将跟随在先祖们身后
在阴山之巅含泪眺望往昔的家园
草地飘展的碧绿与上空梦幻的蔚蓝
被混沌替代　还有记忆　但没有雨

奔马的神姿被刻在岩石上
十万只天鹅栖息的蓝湖
沙纹移动　如冰冷的蛇　验证一句谶语
曾经的美丽　像羞涩牧女一样的岁月凝滞了
四季在哪里　清明在哪里　割刈的痛苦在哪里
悠扬的牧歌和沉醉的蒙古长调在哪里

在一个诞生史诗的年代
慈母落泪　从阴山以南到阴山以北
牧场迁徙　羊群　那微微浮动的洁白的自由
护卫高原上的生活与心灵
最后亡失的不是乐手
是马头琴

最后的蒙古高原
如果还会落下上帝的眼泪
只能幻化为瞬间的影像　白毡房　红马鞍

黑骏马　古老的勒勒车轮
承载着一个伟大族群的悲欢
书写了最后一行诗句

最后的蒙古高原啊
我曾经傲视蓝天的苍鹰
早已经折断了翅羽
一声长叹
源自梦里

2007 年 10 月 1 日凌晨，于北京

斯日其玛的伴随

向北　曾有昭君起舞　含笑落泪
北地苍茫的呼和浩特
隔着黄河远望葱茏的秭归

忧伤的秭归　杜鹃啼血
长江岸边有收网的渔人
他无法想象遥远的漠北　冬日雪飘
牧人迁徙时不可舍弃的厚重的衣被　他不知道
被蹂躏的阴柔与秀美
不是苦难的马背

向北　朔风劲吹
牧羊的蒙古少女
不知那个美丽非凡的汉家女子是谁
天高远　人离散　云南飞　马疲惫　人未归
山河破碎　强者举杯　弱者迷醉　花朵枯萎
初上马背的蒙古少年说草原在飞
秭归洁净的女儿永世也不可能回家了
那个男人在酒香深处朗笑
没有谁理解昭君的伤悲

向北　岁月未老
长河之畔生长着野玫瑰
黑的花　红的花　黄的花　形状不同的花蕾

是九月　荞麦已被收割
从上一辈到这一辈
生命中必然的旅途应该出现在这个季节的夜晚
明月高悬　这人间　这光明的灯火与黑暗
选择不悔　我们置身的人类
人类的智慧

向北　怀念永恒的草地
我们不愿发出廉价的赞美
就这样静静地凝望　就这样意会
就这样相依相偎　就这样向北
就这样感觉昭君和秭归
就这样醒着不睡

就这样牵手
就这样歌唱爱的箴言
就这样在高原面对
宁静辽远的夜　就这样落泪
像昭君那样　就这样伤悲
就这样承受击打
就这样变得坚毅　就这样永生相爱
就这样从南到北　就这样彼此追随　就这样疯狂
就这样燃烧　就这样无所畏惧
就这样无怨无悔　我们不睡
斯日其玛神性的伴随
使大地感伤　苍天垂泪

2007 年 10 月 1 日黄昏，于北京

庇佑：写给我的母亲

我的祭文写了那么久
母亲　如今我远离高原　你将我关在门外
你的心愿如雪　如你的白发
从那个秋天飘至这个秋天
说忘却　不能忘却

从来也没有想到
回返故园的路会如此艰难
是夜晚　灯光初燃　我知道你渐渐走远
我活着　我知道　只有你能够将我拯救
母亲　你的亡灵贴近我　那么近
是你掩上了那道冰冷的门

我们之间究竟隔着什么
母亲　岁月未老　被你多次描述的草地早春
会如期而至　马莲花开的时节
大地上绿草鲜嫩　可我该怎样走过这条长路
还有一个古老的节日
故园永在　可故园已经失去你的身影
母亲　这是我不可躲避的痛

现在　我滞留在距你遥远的都市
谛听发自高原的声音　是的　我是游子
我痛失了你　母亲　实际上你在注视

对一条道路　一片云　对我所选择的每个瞬间
你以特有的方式对我暗示
异常寒冷的高原之晨
或爱一个人

母亲　你在等我　你的坟茔上飘舞着荒草
在岑寂的暗夜　是什么在天空里飞翔
你已经不能告诉我了
我懂得　我铭记　在属于生者的世间
除了仁慈的祝祷与爱
没有任何力量足以感动一颗心灵
飘过长夜的暗影
也不是翅羽的问询

我在无尽的忧伤中经历着这个秋天
我期盼雪
那铺展的宁静与圣洁
母亲　那也是痛啊
是你的手　遥指诀别
是我永生永世必须崇敬落泪的细节

2007 年 10 月 2 日，怀念母亲中，于北京

告别：这个夜晚的诗歌

秋夜的原野上独自行走着一个孩子
他痛失亲人
在黑暗中追寻一个答案

关于遥远
或者空间　可能还有预感和预言
甚至关于隐秘洁净的爱恋

一首凄婉的歌声伴随他
诞生于高原的灵性　细雨和泪水般的倾诉
无人谛听　岚　时隐时现

他突然想到告别的可能
最后该留下什么　在这个世界
他还拥有什么　除了起点　只有终点

当爱成为一个概念
他发现了夜晚　那么深　那么沉重　那么遥远
记忆中母亲的目光　那么温暖

秋天　火焰　一个瞬间决定另一个瞬间
活着　死去　雨落广大的北方
神性降临　暗喻曾经的蔚蓝

那个忧伤的孩子从此沉默
没有人寻找他　他没有亲人　没有陪伴
他也没有黎明　没有家　也就永远丢失了炊烟

2007 年 10 月 2 日夜，于北京

门

失去了右腿的痛者怀念故园的树
早春　飞过河流的鸟群
轻盈而沉重的翅膀上驮着谁的歌吟

永远不能行走的大地
午夜　在灯下守望消息的亲人
不可透视的亘古的暗夜　某种声音

充满深切的祝福　但无人倾听
光明流泻的都城是否入睡
谁在孤寂的深处怀念双臂的温存

如果距离可以破解
我们宁愿遗忘道路　或者门
吻　柔软的唇　松涛沉寂的森林

遗忘承诺　把记忆交给身影
遗忘星辰　凝望　曾经花开的原野
在感伤的诗歌里　珍存星火　点燃清洁的精神

守住心　我们灵魂的出发点和归宿地
遗忘云　那样无定的飘飞
相思的月　很远很远静静的山村

因为时光无尽　我们不说无尽
活着　幸福一瞬　我们就感激一瞬
就这样告诉自己的心

2007 年 10 月 21 日凌晨，于北京

这个夜晚的神语

神说　他们都有　你没有
这个夜晚　神说　你不要联想那些河流
如果光明消隐　在回家的道路上你看不见那些树木
如果没有家　只有一个人的天涯

神说　为什么你不能凝视那朵流血的花
那个初夏　神说　你把一生交给了雨
可你却相信短暂的虹霓　你曾苦苦追寻神秘
你以虔诚的心接近奇迹　神说　最终使语言归于沉寂

神说　他们都有　你不要抗拒
你听深秋旷野上浮动的灵异　与夜暗无关
你的秋天和冬天不在灯前　从额尔齐斯河以南开始
一匹蒙古马奔跑了千年

神说　你要躲避雾　那柔美的飘飞里
不会出现你的鹰翅　神说　所谓痛苦　不是亡失
是一颗心灵不再谛听另一颗心灵
是你独坐凝望远山　但永远也不能行走

神说　就是这样　你应该微笑
当黎明重新出现　你不要认为就拥有了阳光
你会歌唱　但别渴望倾听　容忍离散和沉默
你就挽救了流血的花朵

神说　他们都有　你没有
你的足印留在星空的尽头
这个夜晚　你千万别说无形的伴随
那是你自己的泪　是你必须忍受的孤寂与伤悲

2007 年 10 月 21 日夜，于北京

永远的乌兰巴托

感念鹰飞的神姿不需要语言
月照山河　马鬃抽打的秋草上
流淌着古歌　永远的乌兰巴托
如果没有这样的旋律　该怎样诉说

总感觉错过了什么　丢失了什么
母亲的勒勒车　深浅不一的辙痕啊
并不能描述往昔的蹉跎　永远的乌兰巴托
如果没有辽远的注视　该怎样沉默

希望接近火　火的焦渴也如河流
期盼雨落　被无数人默念的诗歌
记录这个秋季　永远的乌兰巴托
如果没有父亲的高原　该怎样存活

生了　长了　爱了　恨了　哭了
依赖这衰草　鹰从西边的天空飞过
还有天鹅　永远的乌兰巴托
雪季将至　想到湖泊　还有遍地的恩泽

2007 年 10 月 22 日，于北京

尝　　试

在霜染枫叶的初冬
这个灭绝一般的午夜
我尝试怀念

一只无所不在的手
尝试扼杀微笑中的目光
灯光熄灭　有人在寂静深处尝试死亡

2007年11月3日，于北京

圣灵啊，没有走远

传说中的那个圣灵消失了
北方树冠上的最后一片叶子
飘落在冬天以前

冬天以前
有人用忧伤的语言
描述令心灵战栗的悲欢
像铁树开花那样　像树干被火烧那样
像扶摇飞升与鹰翅折断那样
也像祝福与诅咒　一把双刃的刀子
在天空间留下飞翔的弧线

苦苦守望的人
仰首望天　那里没有鸟群　没有雪
甚至没有一线流云
只有无边无际永恒的静谧
像谶语那样　像母亲安宁的表情那样
像无所不在的暗示那样——
圣灵没有走远
圣灵在一颗心灵到另一颗心灵之间
通常　人们将这样的过程称为怀恋

2007年11月3日夜，于北京

第三个冬天

在我不能涉足的道路上
会出现一些人　我不知道他们是谁
这是第三个冬天　西风凄厉
在这个古老的都城　很多人睡了
天空里堆积着乌云

对雪的渴望
如今已经成为一个遥远的事物
这不能描述
正如我不能描述那些陌生的人

冬天突然降临
想象中的那道自然的门微微开启
秋天就变成了一种记忆
落叶　被收割后的土地　杳渺的苍宇
谁在挽留　谁在怀念　谁在祝福
谁在温暖的灯光下无言流泪
谁希望用双手捧着自己滴血的心
为某种不会重来的岁月
举行一个祭礼

2007年11月10日凌晨，于北京

蔚蓝色的波涌与倾诉

蔚蓝色的波涌与倾诉
远离尘寰　鸥鸟飞过黎明的海面

身着红衫的美丽女子景仰神灵
她远离了背弃者　却不能遗忘隐痛

某种抉择如此艰难
过程有了　人未老　岁月依然

影子刻在石头上　石头落在水中
水被围困抑或自由地奔腾　抑或冰冻

人都会怀念　对一个人　一种时刻
一句诺言或往昔永不再来的秋天

那耸立的洁白真的令人感动
那静静的消融　蓝色的风　在一座冰山

到另一座冰山之间　只有水流　天上
飞翔着鸥鸟　岸已消失　遥远而温暖的岸

铭记着帆影　一个美丽非凡的女子
决意完成一次生命的航程　没有谁与她同行

甚至没有人送别　她选择了一个夜晚
独自驶向了深海　头顶繁星满天

这是另一种过程　在大水上体味沉重
透明的冰山　正缓慢而忧伤地消融

2007 年 11 月 11 日夜，于北京

不可透视的冬夜

想象那片树林已经消亡
不错　没有阳光
我可以看到飘移的身影
引领一个故人
徘徊于广大的北方
此刻啊　不知谁在含泪歌唱

一面刀刃无比锋利
白雪冰冷
遥远的夜空掩藏着什么样的欲念
在冬天的这个夜晚
我想到心灵承受的形态
如同朔风磨砺岩石
没有血　没有呼叫　没有光芒
当然就没有印痕　只有击打
沉默的人是我　我怀念那些死亡的树
寂静的夜晚　寂静的昨日
寂静的树一般的消失
与被人祈祷的久长

一切
都应该属于一个以月亮命名的岛屿
我必须将一切
归还给那条绿色的大江

如果灵魂的声音被绝对忽视
那么　举起了利斧的双手
也就丧失了仁慈
现在　那片树林真的消亡了
我唯有沉默
我当然渴望透视这个冬夜
在道路的尽头还存在一些什么
哪怕沉默
或者歌唱

我不能透视这样的冬夜
尽管我可以感觉到某种感伤

2007 年 11 月 24 日正午，于北京

生命的明灭

是正午
天空里飘浮惊恐的云
游移的枪口隐在草丛

收割之后
被人遗忘的田野有一条道路
很多人说怀念逝者
但不会联想他们曾经的足迹
当然　那不是永恒

一再叮嘱的仁慈
成为脑后的风
只有欲念
还有急速奔流的血液
瞄准了幼鹿的枪手遗忘了鲜红

智者说
生命的明灭就是一个瞬间
哪里有鲜红
哪里就有不落的黎明
伴随啼哭　死亡和新生

枪声响了
幼鹿最后一次睁开美丽的眼睛

瞥向对面的杀戮者
在生命终结生命之后
自然的怀抱里寂静无声

2007年12月1日下午，于北京

如果你服从自己的心灵

如果一座山峰能够呼唤另一座山峰
云就会静默　还有树木

叶脉的根从山巅抓紧珍贵的土
顺着流泉而下　在山脚穿越溪流
朝山外游走　穿越狭窄或宽阔的道路

就像穿越一个鲜红的诺言
属于一个人辽远的夜晚
被过程一再证实的爱恋

距离啊　不是苍老的流云
是你的心　在早晨抵达黄昏
更不是神　让你忽视雪落灵魂的声音

所谓岁月　是大地黄了又绿
在一线祝福的星光里
实际上跟随天籁与晨曦
别仇视　别一个人张望哭泣
别说忘记　如果你服从自己的心灵
就会牵住一只温暖忠诚的手臂

2007年12月14日凌晨，于北京

秦朝的咸阳

美丽的姑娘
失踪于秦朝的咸阳
那个时代的衣裳　月光　夕阳
是寒之冬　柔之情　风之凉
一驾马车运送秋粮
武士的身影嵌入厚厚的城墙

被等待的人
把等待托付给秦朝的咸阳
在咸阳的南方
谁在用手语描述灵异与梦想
关于蛇　痕迹　沉默的咸阳

我从那个时代开始牧羊
大军远征　咸阳啊　只有女人们守住灯光
谁在说　如果你读不懂透明的感伤
就不要轻言痛楚　废弃的铠甲
怀念失去坐骑的主人　秦朝的咸阳
是否还在凝望

咸阳落泪于夏天的某个晚上
夜色中蝙蝠飞翔
被一行诗歌祈祷的天空
黑云凝滞　阿房宫大火轰燃

一个孱弱男人绝望的笑声
伴随一语长叹　掩隐秘于辉煌

不错　我已经走过遥远的道路
曾高举红色的心灵梦归故园的草场
暗示咸阳　那个失踪的姑娘
是我前世的亲人　她把咸阳留给了我
如果你没有真实的感伤
就不会听到我永生的歌唱

秦朝的咸阳
最后一个殉葬者
是一个美丽的姑娘

2007 年 12 月 15 日凌晨，于北京

箴言中的骑手

年轻的骑手把坐骑留在贡格尔河边
独自攀上阿斯哈图山巅
从此再也没有回返

少女的痛哭传遍午夜的草原
古老的灯盏
散发神秘的幽蓝

母亲没有解释不同的瞬间
降生　死去　或者永远
鲜花开放的季节　真是异常短暂

雪落心灵　在高原的冬天
放牧的长者不说严寒
达里湖畔的天鹅　留一声啼鸣在日落之前

骑手曾经赞美仁慈和柔软
迷醉于故园星光下两性的缠绵
追寻一语叮咛而去　他不会孤单

我不知道是什么在泪水里蔓延
山脉永恒蜿蜒　一个绝美天使的视线
能够把谜底洞穿

有一匹蒙古马凝固在十三世纪的夜晚
智者长眠　十万将士面对陌生的地平线
只有一个骑手　挥泪默念血色的箴言

2007 年 12 月 16 日凌晨，于北京

仁慈的翼

在我用沉默心灵感觉午夜的星海
一匹悲伤的蒙古马以飘扬的长鬃
提示我什么是飞翔

曾经一再显现奇异的北地
河流已经冰封　十三世纪的预言者
在陌生的异乡　为一个背弃的女人
祈祷永生永世的爱情

我在故园的门前等待他那么久
我忍受了那么久　人们在欢乐中遗忘了那么久
野百合盛开的八月
一首无字的诗歌描述远空
不可折叠的寂静
苦难般飘过草原的云影
是一颗自由的心灵
只有离去　什么都不会凝滞
泪水滴落大地　幻化为一万年后晶莹的宝石

你能够用暗箭终止骑手的生命
但你不能决定他贴近大地或仰望苍鹰
仁慈的翼　以盘旋的形态记录诞生和永恒

2007 年 12 月 19 日凌晨，于北京

没有声息的背影

谁在淡忘
谁在感恩时光的河流
谁在灯光背后追忆凋残的深秋
那个在泥土上留下船型的人
用背影告别横亘的水

谁在某一种路途想到曾经的抚慰
谁说需要星光　他抵达夜
谁说没有伴随　他选择路
那个在苦难中呼唤雨季的人
把心灵托付给天空

谁在微笑　谁在伸出右手诅咒左手
谁在丢弃扶摇飞升的风筝
那个沉默如石的人
独自凝视无尽的未知

谁在面对大海寻找浩瀚
谁在鸽子飞过的晴日怀念蔚蓝
谁在如期的夏季躲避温暖
那个穿越四季的人
没有发出一句语言

2007年12月20日午夜，于北京

过去的夜晚

我从不相信空中飘浮的一切
都拥有语言　尘埃落定
蓝色的心灵没有远离圣河
这你不能改变

你还不能改变星光飘逸
一个女子无比美丽的微笑与容颜
你可以诅咒火
但你也不属于真实的严寒

一个婴儿在啼哭中降生
提示你铭记母亲　那血色里的庄严
你是人子　赖净水与五谷而生
你无法伸出手臂遮挡光明
说遍地黑暗

我和我的亲人们
肯定会活在祝福中间
你无形的刀子指向哪里
哪里就会消失神的语言

在过去的夜晚
你甚至没有感受一丝温暖
在一条大江的两岸

你听不到那种唱颂
黎明到来前　我没有入睡
我在体味永世的恩泽
一天　两天　三天
你怎么能理解啊　那是永远

在过去的夜晚
我不可能告诉你
关于发现　还有美丽的陪伴

2007年12月22日下午，于北京

平 安 夜

被辽远创造的美丽充满了神秘
午夜星河　如羊群般起伏的波涛
意念中的奇迹　属于幼童与智者

在光明之峰　苍穹之下
有一片生长的树木
守林的老人还没有入睡

如期而遇的烛火在仁爱中点燃
这一夜　会有许许多多的孩子
期盼听到幸福的消息

距离的尽头依然是距离
唯有心灵　唯有心灵的贴近
能够感觉圣洁的抚慰

在怀念中活着的那些人
形如夜风　一个古老的乡村里
庄严的仪式只为漂泊无定的灵魂

精美的食物摆放在孤寂深处
有人在闭目祝祷　为隔海相望的两片大陆
有人在描述　在这种时刻该发出怎样的祝福

2007 年 12 月 5 日凌晨，于北京

如果必须怀念

如果不能透视午夜的光明
我会遗忘遮蔽
在这个时刻的高原
一定有一位清醒的长者数点星辰

暴风雪没有到来
迁徙的羊群移动在圣河沿岸
一颗沉寂的灵魂
迎着西风独自起舞

如果必须怀念
就不可背弃诗歌的心灵
活着　发出一句祝福的语言并不艰难
即使进入梦中　你也会发现鲜花灿烂

此刻　我真的没有走远
看一看　这个夜晚的月光没有覆盖群山
我在严寒的贡格尔草原
高原睡了　天使降临　一阵歌声飘落达里湖畔

2007 年 12 月 27 日，于北京

这个夜晚的母亲

妈妈　我在南方
在新年钟声鸣响的一刻
进入一首诗歌
我对守夜的人们暗示不屈的草
一匹蒙古马从生到死丈量的道路
我们放牧的族群
曾经的爱情　离散　不得不面对的开始
也就是含泪承受

微醉的午夜
一个年轻的男人渡过了淮河
他的村庄里无人哭泣
也没有雨　随长风飘散的光明
躲避石头上的裂痕
在灯光和微笑中　彼此祝福的人们
怎能联想一个独自远行者内心的孤苦
妈妈　在那个群体里
我没有忘记阿斯哈图山谷外
被时光淹没的恳求
那个午夜的南方
大地上一片碧绿

妈妈　我在梦中注视塌陷的谷地
一个旋转的巢穴

突然向上凸显的阁楼
我对兄弟们说　走啊
我们得去寻找丢失的孩子
如果失去这个夜晚
我们将在晨曦出现时全部失明

一部断章
南方史书中最动人的细节
是一扇虚掩的房门
一个老者在门外瞌睡
坐在屋宇下的那些人
彼此并不熟悉　妈妈
不要问我遭遇了什么样的奇迹
绝世的美丽
在我的眼前飘动为一面叠印的圣旗
每一个时刻都在对我提示
拥有了　给予了　置身于升腾的幻境
对于生命　要心存永生的感激

妈妈　那个年轻的男人没有回头
他消失在南方无雪的冬季

2008 年 1 月 4 日凌晨，于北京

致永远的爱人

你是否冥想过极地的白昼
那蔚蓝天空下的山野
寂静的村庄里　如历史一样古老的生活
破碎的夜　被怀念呼唤的归来中
隐伏大树的暗影
关于温暖和幸福
原来就是灯光下的团聚与心情
还有节日　早晨
陌生山脉上的一派粉红
随风飞扬的一声问候

我曾在阿斯哈图山顶
想象史诗的节奏　那是八月
飘展的贡格尔草原上
通向北方的那条大路
没有人影　是的　我不愿成为英雄
走入更深的时光　攻陷或守卫一座城池
我懂得人的生命有多么珍贵
我想活在人间　拥有爱情
与一个美丽的女子携手同行

你的记忆里应该有那个少年
他仰望天空的神态使你相信
近旁的预言　而你是花朵

你们之间存在一条不见流水的河
他大概是你前世的亲人
让树告诉风　风告诉雨
雨告诉天空　天空告诉大地
大地告诉根　根告诉岁月
在你们之间　水在舞蹈
但不会遮蔽你们的视线

我曾以年轻的沉思感觉永远
我告诉自己的心　就在这个世界
有一种柔软　像雾一样　像祝福一样
值得等待和寻找
如果获得　就值得永世珍重
那时候　我当然不能联想恋人的手
她圣洁的双乳　湿润的唇
还有白云飘过头顶的声音
那个时候　我怎么可能想到
她是我来世的亲人

你一定梦见了这个午夜
我对你暗示的旋律
最终凝固为透明的心语
这个时刻　属于我们的天空
没有流云　只有星海　那样的光明
被我一遍一遍翻阅的神秘
所记录的过程　再度降临
你说　除了感激　或者相拥落泪
我们选择什么样的语言
能够描述这交融一样永恒的伴随

2008 年 1 月 8 日凌晨，于北京

一个人的夜晚与冥想

是这个时刻
上帝收回了光明和雨
寂静的长路上无人经过
只有生锈的车轮
为了幸福，我们只能想象，是什么力量
在黑暗中揉搓羞涩与美丽

被秋叶叮咛的大地睡了
醒着的心灵守在一条河边，回望雨季
没有木船的渡口，栈桥断裂，自由的风
接近哭诉，安抚失去自由的脚步

是什么在慢慢死去？这个时刻
肯定不是火热的亲吻
也就是爱情所浇灌的世界——
鲜花开放，折损了翅膀的燕子鸣叫着
寻找一处安全的屋檐

我们在某一个初冬的早晨微笑
我们在夜晚不会遗忘旧日的时光
我们在尘埃中渴望净水，不说洗沐
我们在温饱后写下一些词语：饥饿，秋天，碑

是这个时刻

你们可以拒绝谛听
我不能拒绝夜，那遥远的搀扶一定来自林间
像幸福一样，像幸福的微笑一样，像这个时刻
弥漫在心灵故乡久远的光芒——像忧伤一样

2008 年 1 月 9 日凌晨，于北京

午 夜 书

母亲没有对我遗传苦难的心智
没有。活在人间，她叮嘱我必须善待
人的女儿。人的女儿走在母亲的歌谣中
她从河边回来，脚踏青草
她可能刚刚告别神
但远离黄昏

握住你的左手行路很安全
都市的高度，从谷地开始，经过平原
抵达一个夜晚。光明重现
开启与闭合的门
掠过肩头的视线
交错的手臂朝极地伸展
止于瞬间

不愿入眠
你的双眸里鸟群纷飞
那么美丽！在翅膀与翅膀之间
是唐诗与宋词的距离
它们飞翔了那么久
如我们彼此接近
把夏天托付给山
把山托付给夕阳
把夕阳托付给夜晚

我和你，把长夜的过程托付给灿烂

相信心灵
但不怀疑语言
初冬的雨，四只天鹅栖息的湖泊
你所感觉的火山周围，风雨未停
亲爱的，你说有什么正在走远
除了雨，没有色彩的时间
一切都凝固了——喷发，熔岩
我的午夜里的怀念
被你捧在手里的书简
幻化为蔚蓝，最终
形成一条河流相望的两岸

2008 年 1 月 10 日夜，于北京

歌　　唱

如果左边是山，右边是山
两条道路尽头静谧的湖
通往迷人的山谷
那么，亲爱的，
我们该从哪里起步
到哪里结束

如果春天是生，冬天是梦
鲜花点缀的大地面临旱季
纷飞的雪成为美丽的传说和记忆
那么，亲爱的
我们该去哪里寻觅
与神同在的灵息

我命中的寄托啊
你在哪一片星光下思慕雨日
在最高的那个点上
俯瞰闪光的大地
行人如蚁。仿佛一切都安静了
光，滚滚而来的潮汐
叠印身影的墙壁

为心灵如期到达的时节
谁在默念饱满的玉米？那种馨香

陌生新鲜的泥土
从清晨向夜晚的起伏
妖的声音，消失在辉煌深处
亲爱的，只有你能听到
那毫无邪恶的祝福

2008 年 1 月 11 日夜，于北京

断想的时空

曾经幻想北宋的马车
装载月色，驶过祖传的节日
永远忘却边关烽火

午夜时刻
奔向汴梁的信使
爱惜疲惫的马匹
那飘动的赤红，美丽长鬃在迎面的风中
击碎黑暗。在远方，汴梁醒着，王者沉醉
一个绝美的妇人也没有入睡

曾经幻想折叠时空
瞬间抵达隐秘的梦境
看多姿的云母携带雨水
移向古老的都城

那一天
人们传说：神降临了。拥吻的男女
在无比会意的对视里
把彼此的气息
想象为神赐的奇迹
那一天，果然有雨

曾经的光荣与梦想

优雅的汴梁，在陷落之前失去了女儿
在两首宋词之间，她获得了永恒之路
那个年轻的信使回到乡间
怀念未来的儿子
他在屋檐下磨镰
把食指流淌的鲜血
涂向一架铿亮的马鞍
中原。夜晚。除了河水
还有什么没有长眠

曾经的路途辉煌灿烂
弯曲的路，密林，深湖，日落与日出
干净的汗水滴落山谷
幻化为明珠。回声出现在河流北岸
你们无法感觉的火焰持续蔓延
温暖一段一段时光
焚烧一个一个瞬间

曾经的痛楚
在汴梁以西成长为树木
曾经的感激
是一滴一滴晶莹的朝露
在流水间自由漂浮
至今没有凝固——
多么美丽啊
但不会有人观望驻足

曾经
我啊，曾经在一个神秘所在的内部
体味一颗柔软的心灵，它完整地属于我
那么近，那么真实，那么仁慈而忠贞

先哲说：长歌当哭
我不哭，也不会留下一行遗嘱
你们猜测吧！我在那里还看到了什么？那是奇异
我在双手的暗示里感激命运！心灵说
你要好好活在幸福的人间，随风起舞

2008 年 1 月 12 日夜，于北京

自　语

在没有阳光的冬日
留在舌尖上的语言开始描述夜晚的桥梁
有关跨越　交错而行的方式　桥下的水
被帆影一再象征的孤寂

我沉默的亲人啊
你在哪一盏灯光下微笑
这必须正视的距离　这个冬季

一寸光阴一寸光阴接续的远方
有群山阻拦　黑暗　穿过隧道的蓝色列车
被时光一再叮咛的珍重
那逶迤的离别与团聚

我沉默的亲人啊
你在哪一声祝福里安睡
节日临近　我告诉自己的心：要保持静谧
在漫长的道路上　独行是许久的常态
我不可能随时牵住温暖的手臂

2008 年 1 月 13 日夜，于北京

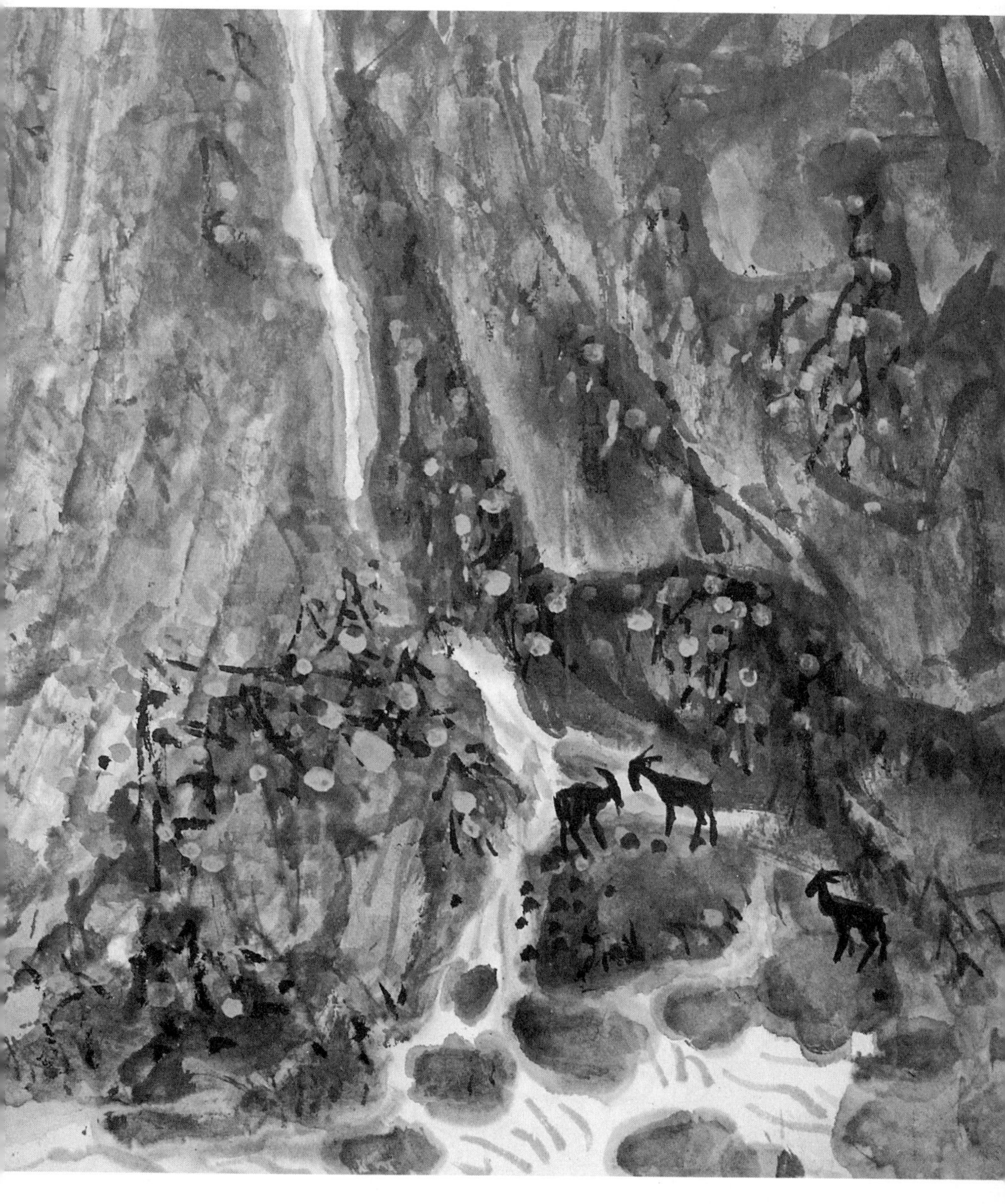

临　界

因为星光
我们感觉破碎的天空
一句藏匿的咒语　在流云的缝隙躲避风

蒙古高原雪后的漠野
觅食的鹿群横越冰冻的河
有人试图在酷寒中遗忘炎热
是身体的飘移　这个少语的人
把心灵留在了某个夏季

谁在轻柔的诺言里丧失了爱情
这个夜晚　复活的但丁置身天堂与地狱之间
垂落双臂　一声叹息
以雷击的锋利刺穿时光与尘埃
在理想的第二层揭开流泉的记忆

因为距离
我停顿在北方的二月
两座迷人的山峰　在温柔的梦中怀恋风

2008 年 2 月 3 日夜，于丹东

对　语

隐入湖底
树一样直立或匍倒
亘古的足音在暖流出现时
踏响一个世界等待已久的节奏

只有神的语言
交错的气息融入冬季
扶摇飞升　被烧灼的时间
在过程里凝固为美丽的彤云

这样的奇观不需要证明
那个期盼了一万年的真实里
也没有哭泣

必须承认通达的捷径
从黎明出发　把飞瀑交还给黎明
真的不要说方向　那里没有日光　月光
但存在雨　被畅淋的一隅
那个隐秘的世界
以流泉和丰润
回应降临

我不是目击者
我拥有奇迹　旋律　双臂　雨

一行诗歌浓缩的冬季
天宇恩赐的丰沛
在如期抵达一个高度之后
极地　幻化为永恒的流转与缤纷

我当然渴望
再次听到没有语言的声音
在静谧的黄昏
怀想一个故人

2008 年 2 月 5 日夜，于丹东

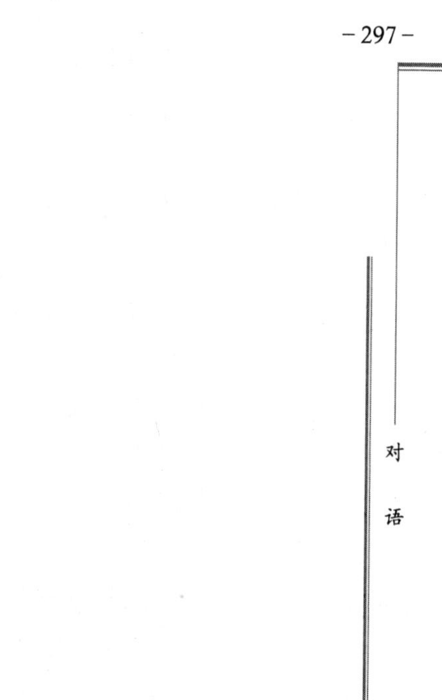

战争年代的俄罗斯

一个少女死在清晨
她那么美丽　忧伤着
用不瞑的双眼告诉杀戮者
什么是时间锻造的光荣
与无法洗净的耻辱

永远的玫瑰和北斗
永远的雪和遗痕　永远的心
永远的伏尔加河与三套车
永远的阳光和星光交替的照耀
不死的诗歌和温存
最北的乡村
白桦林
战争　苦难　离散　亡失
祈祷与神

圣彼得堡郊外密集的枪声
不可能终结人类的爱情
那一天早晨
一个美丽的少女死了
她睁着眼睛

那一切与河流无关
圣洁的天鹅聚集贝加尔湖畔

一个诗人在深夜里怀想
面对阴霾
期盼久违的和平
静悄悄的黎明

2008 年 2 月 8 日零时，于丹东

北方以北

必须穿越那个梦幻
我知道　该把什么留给时间
当风雨成为遥远的记忆
我沉默　背对飘逝的远空
想象孤雁　在什么时刻回归高原湖畔

倾诉者　你该铭记一位歌手
那无限悲伤透明的光
注视　岁末的夜晚
在北方以北　七颗星斗俯瞰的大地
渐渐熄灭的火焰

在北方以北　被时间分隔的时间
是形而上的河水
如果你丧失了神性的心智
你就无法分辨时节与两岸
活在春天　因为久远
我不说遗憾

2008 年 2 月 9 日夜，于丹东

无　　形

谁能还原那条道路
回眸春天陷落　怀念昨日山河

谁丢失了马
寻找魂魄　沿途废弃的村落

谁在大醉后无视美丽的花朵
逃亡的心　该在哪里停泊

活着　死去
有很多很多隐秘　不可诉说

2008 年 2 月 16 日零时，于丹东

彼　　岸

我们已经习惯于隐藏柔软
将来也是　还有从前
一条绳索
你牵着一端
我牵着另一端

没有进入典籍的河流山川
美丽百合摇曳的夏天
风雨依然
我们一起走过的道路
是否还能被灯火点燃

舞者啊
你黑色的眸子　深潭
波纹扩展　我在你的北方想象无限
涛声高一声　低一声
回荡在枕边

2008 年 2 月 17 日凌晨，于丹东

诺尔盖书简

你早春旷野上的那棵古榆
我少年记忆中最为形象的部分
今夜变得如此清晰
我少年时代的理想在蒙古马的一侧
朝向夕阳　是那样的血红
让我相信精灵不远

母亲歌谣中最动情的音符
跟随十月进入冬季
在清凉夏夜离开的马车没有归来
辙痕上掩着尘土　传说新娘
依然等待神秘的初夜
这是你岁月的断章　被河流阻隔

我是你的游子　我丢失了马
但铭记北方的道路
七颗北斗下的村庄里有一个新娘
歌唱往日的忧伤

你总是如此静默　如我的父亲
和他背负的生活
而我的母亲　那个曾经无比美丽的蒙古姑娘
她最后的形象　是庄重的衰老
倾吐神的气息

2008 年 2 月 23 日夜，于丹东

萨福：诗歌圣母

萨福用诗歌开启了与世界和人心对话的窗口，在哲学意义上，她的文字超越了个人、时代、时间交织的苦难与欢乐。她如宗教箴言般婉约至诚的诗歌，使我们有理由相信人的纯粹的精神可以延续生命。这与青春、美丽、浮华、浮躁、虚荣等毫无关系。一个人的容颜终将老去，这是规律，谁也不可抗拒。看看阿赫玛托娃青年、中年、老年三个时期的照片，我们就看到了时光的印痕。但是，因为诗歌，我们会觉得萨福、阿赫玛托娃依然美丽——这是哲学意义上的不朽。所以，我爱她们，敬重她们——我的诗歌，当然是对她们纯粹的缅怀与真诚的赞颂。

——作者手记

在一支香烟点燃的夜晚
我在神示的意念里独行
想象辽远　特立尼岛　地中海
永恒祭奠的礼仪

穿行在时光缝隙
我看到大海蓝色的波涛
托着你的最后的别辞
萨福　诗歌圣母
你的亡灵没有远离希腊
却归属人类不死的记忆

你纵身飞起扑向浪涛的瞬间

终结了一个抒情年代　萨福　那一天
你使所有希腊男人感受到深重的耻辱
他们不及盲人荷马　这个智者
能够在黑暗中发现绝美的海伦

我们都是诗歌家园长不大的孩子
萨福　你曾被放逐　那些卑劣的人
揉搓尊严的方式　就像揉搓无罪的花朵
他们没有力量征服自由的心灵
只有哀叹　并走向速朽

你用诗歌虔诚的祈祷
不是用语言　萨福
你赢得了世界　闪躲的风
不会接近帕特农神殿神秘的翠绿
那些浮泛的人　眼前只有废墟
你在一派神光的中心　流淌泪滴

你柔美的光芒照耀了东方
萨福　你的品质
在随海鸥飞翔的空间
形成云　然后是雨
飘洒在令你绝望的那个世纪

今夜　我阅读海
你不散的笑容
感觉有你陪伴是如此幸福

2008 年 2 月 27 日午夜，于北京

写给儿子

在你第二十四个早春的原野上
杜鹃花还没有开放　我的孩子
那个久久张望你的人是我
在一条河流的南岸
我多么想对你说渡河的历程
这不是距离　我已经把生命给了你
我希望你永生铭记母亲仁爱的气息

冬天走了　我的孩子
大地上有雪　那无语的纯白
曾经自由飘舞的神奇和美丽
降临　像母亲握住你的右手走过最初的道路
有关时节　你一圈一圈扩展的年轮
刻下我们不变的想象与祝福

欠你太多
但愿我可以补救
我的孩子　命里注定
你拥有一个追寻神灵的父亲
你要相信　我的诗歌就是献给信仰的词语
发自我欢乐　或孤寂的内心
在你成长的岁月里　我　你的父亲
是一个不时飘远的背影

该把什么给你
除了仁慈与爱
我的孩子　除了我的余生
你是一棵我必须平视的树木
高大而蓬勃　你在风中拥有属于自己的语言
我能够倾听　你的每一个早晨
你的多少有些神秘的心灵
是的　那是一个灿烂的星空

这样吧
我的孩子
每当西风到来　我愿做遮挡的墙
把最温暖的一面给你　把平安给你
我渴望看到你幸福的微笑
如果你说　母亲　你是我一生最爱的人
我会为你感到骄傲
并为你和你的母亲
永世祝祷

2008 年 2 月 28 日夜，于北京

回眸另一个世纪

日苏里海滨的纱巾已经飘逝
那片鲜红的云
未曾拒绝黄昏

传说中的那个清晨
黑色山崖上盛开白色的花
守望灯塔的人没有家

苦楝树周围
残留的冬天不是积雪
那冰冷的美丽
厚土深处无限温暖的气息
永远不会言语

日出
然后是日落
轮回的夜与光阴　是什么人
在哪种时刻
对神性的伴随指点雨后的星辰

如果曾经存在融合
就不要轻言粉碎　珍贵的泪
模糊的视野里昨日重现
歌吟梦中花蕊

黑夜与白昼的隐语写在手心
呈现在手背

另一个世纪的秋天刚刚来临
雪很遥远　冬天很遥远
另一个世纪的天空里
关于节奏　是纷纷扬扬的细雨
是 1916 年的旋律

2008 年 2 月 20 日零时，于北京

日苏里海滨

实际上，这是一则寓言，与《圣经》有关。

——题记

箴言飘在日苏里海滨
注视的神
收割稻子的少女
那个美丽的人
她劳作的躯体散发宁静的光辉

如此通透
大地与水　日苏里海滨
观光者　你一生都需要食物
可你是否知晓
几月收稻　几月
那个女子在嫁人前夜发出哭声

她将离开日苏里海滨
这个特别亲切熟悉的地方
人们说这就是家乡
女子的家乡没有新郎
那蓝色的风　沙滩
赤脚走向海边的晚上

是最后一个自由的秋季

明天她就成为一个妇人
我们的母亲们　她们相同的苦难与幸福
源自年轻的恐惧
如那个女子
日苏里海滨金色的秋季

神说
怜悯她们　爱她们　敬重她们
叫她们母亲

当第七十个冬天降临
她们的两鬓凝固霜雪
你不要歌吟
你们洁净了吧　上帝说
春天的美丽
远留在了日苏里海滨

2008年3月1日夜，于北京

祖父说

在贫困时代里作为诗人意味着：吟唱着去摸索远逝诸神之踪迹。因此诗人能在世界黑夜的时代里道说神圣。

——海德格尔

我们只有一次一生的命
梦着　醒着　你看那西拉木伦河
它流淌了七千年
多像一匹不老的蒙古马
从不改变颜色

你望远山
远山就望你身后的影子
你别想知道有什么在你身旁轻轻走过
别说风　可能是花朵
肯定不是萤火

折断了翅膀的猎鹰睡在漠南
一个母亲哭了十年
她把唯一的儿子送出毡房
目送他走入一个
无雨的春天

直到高原落雪
年轻的骑手也没有归来

你说　美丽的蒙古姑娘为什么总唱一支歌
为了什么呢
年轻的骑手横穿五百里沙漠

还是不要阻拦你吧
你在诗里走多远
都会记住离别的时间
河会等你　还有蒙古马
我们的高原　你别说苦难
要想好啊　一年　两年
你该把什么放在我的墓前

2008 年 3 月 2 日午夜，于北京

父　　亲

父亲
你在河的波涛间走过
马在岸边

那个年代的大水漂浮着
接近于悲痛的生活
没有使你恐惧和止步

我降生在后来的一个日子
在母亲的描述里　父亲
你是一个英雄
透过一根马鬃观望天空
你不说裂痕
风雪夜里收获羔羊
你也不说喜悦

鹰一样翱翔　但沉默
马一样奔赴　父亲
你从不忘记
把我们安顿在平安的时光
形容你　父亲
我就会联想温暖的山谷

我们肯定是朝阳斜坡上的花草或树木

父亲　知道你还在凝望
此刻　这样的夜
我们之间隔着什么
你去了那么久
一匹马在河边站了那么久
父亲　你再也没回头

我知道的　父亲
你把马鞭放在了兴安岭以西
我拒绝寻觅　父亲啊
我看见一驾马车卸下沉重的秋季
永远驶入了轻盈的月光之地
那驾车的人　父亲
就是你

2008 年 3 月 3 日午夜，于北京

女　　孩

女孩
你葱茏的青藤
曾经在梦幻中攀缘
随升腾移动的神秘目光
止于峰峦
十棵槐树的河畔
有你美丽的春天

女孩
使用十个意象组合你的华年
给你祝福吧
愿你身边的男子像父亲一样爱你
那样宽厚温暖
直到你七十三岁生日的夜晚
你们　把蜡烛点燃

2008 年 3 月 4 日午夜，于北京

向北的狐狸

在死亡之前
它蹲在山上凝望北方
一定会这样

2008 年 3 月 4 日午夜，于北京

怀　　念

我是异乡最高处无语的石头
怀念一双仁慈的手臂
推动幼时的摇篮
我的母亲
你在寂静中
已经走了多远

2008 年 3 月 4 日午夜，于北京

祈 祷 诗

清明祭祖　谷雨播种
牧人的鞭子抽响在风中
别说过程　妹妹　像珍重人生的初夜那样
你要珍重远大的安宁

2008 年 3 月 4 日午夜，于北京

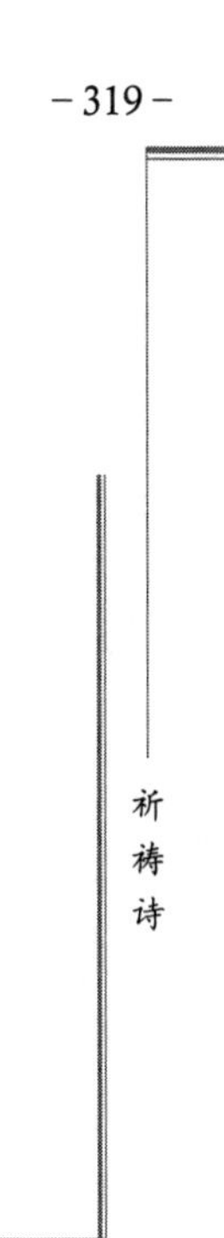

语言中的草原

风在褐色山崖上停留了瞬间
然后贴着鹰翅扶摇
我的语言中的草原
就从这里开始
不必选择神圣的名词
比如母亲　她在我的心里
我所经历的四十五个夏天
曾被她安详注视

就从这里开始
学会感激
像一棵等待萌生的草依赖地泉
如果必须说一句祝福的话
我选择鸡血石　它鲜红的花纹
凝固在断层的玫瑰　彤云
火与温暖　柔软的流线

那是你们感到陌生的时区
十万里倒伏　还有静谧
你可以看到疾飞的马蹄
在一部史诗的开篇
羊群飘移

就从这里开始

你接近没有杂质的美丽
那个牧女　在五岁的夜晚默默数点
她一共记住了十三个春季

2008 年 3 月 12 日零时，于京西

给诗人骆一禾

你说过
要用一生的光阴沟通人的灵魂
这崇高的事业　建筑在心灵上的诗歌屋宇
左边是森林　右边是河流　中间是神
点缀在穹顶的
是永不消隐的星辰

听我说啊　兄弟
月亮是母亲　太阳是父亲
在我们诞生前　河边回旋爱情的歌吟
一生的光阴不是一百岁　不是十岁
一生的光阴　是作为一个人
在这个世界哭过
并且微笑　理解一块石头
它朝阳的一面会首先衰老
它在风蚀的过程里
绝对不会发出声音

一匹蒙古马奔驰的草原上
有一部移动的历史
树与根　爱与恨　天与云
我的兄弟　你把什么留在了人间
诗歌　你最爱的人
还有光阴　你的爱人说

你在最后的时刻没有停止思索
你打着手语　那么生动
但是　你已经无法看到
她泪雨缤纷

你曾经歌唱的五月的鲜花
覆盖安魂曲
我的兄弟　从印度的早晨
到中国的黄昏
你的道路醒着
是那个夏天的正午时分
你停止呼吸　但是
你没有停止思索
我们　没有停止怀念
如这个夜晚
如你生前的爱人
她对我描述你时
那悲戚的眼神

2008 年 3 月 13 日零时，于京西绿杨宾舍

诗歌的高原

在我们只能仰视的高度
诗歌的高度
神守护一朵圣洁的雪莲
没有道路　你可以接近　没有终点
生命与诗歌　没有终点

向南的风无比温暖
那里是佛的故园
我们说仁慈只能是两只手臂
一只挥向严寒　一只挥向火焰
瞬间或遥远　泪水与怀念　不需要语言

要说明往昔的时光真的很难
诗歌的高原被水洗过　所谓洁净
是以你的心灵感知天
星河　月下安澜
雪后人间大地飘展

活着啊
热爱我们的父母之邦
血液　鲜红的源泉　是在哪一天
我们理解了离别的含义　像死亡那样
我们醒着　但已经走入一个梦幻

时光依然
我们告诉自己的心
在只能仰视的高度
神守护一朵圣洁的雪莲
那里啊　是诗歌的高原

2008 年 3 月 14 日零时，于京西绿杨宾舍

白　马

枕着我的臂弯入睡
白马长鬃垂落　梦归草场

通往北方的大路消失在旷野尽头
隐忍于天地之间的暗示
在山前形成树木
被河水永久阅读

白马珍爱草
把蹄痕留在天上
它害怕伤及生命的翅膀
迂回飞翔

白马一生都不会说出一句恳求的词语
它只有嘶鸣　向某个方向驰骋
它从天上来　在跃入海洋之前
把我轻轻放在岸上

我在栈桥上凝视
白马在水下忧伤

2008 年 3 月 16 日零时，于北京

灿烂灵息

首先哭泣
神教会我们最初的话语
在泥土上站立

这大地
我们的第一行足迹
被谁含泪铭记

灿烂灵息
母亲仁慈的心没有边际
当然无关风雨

记忆
只有含泪面对默念的距离
缓缓放下手臂

2008 年 3 月 17 日零时，于北京

伊默塔拉

在古老的祭祀中
一个牧女向夜晚的天空举起右臂
伊默塔拉　你的子民让精神走在久远的习俗中
接近神圣

比高原更高　是蒙古马群
比马群更高　是游牧的人
比星辰更高　是坚忍的心
比心更高　是仁慈的印痕

传说的节律
也就是奇异　属于春天的午夜
那个时刻　人们点燃篝火舞蹈
微醉的山　伊默塔拉　你甘甜的马奶酒如此清澈

那个时刻
父亲模仿神的动作
给一对新人传递祝福　伊默塔拉
这个三月　一位老者含笑故去
在乌拉尔山谷永恒安息

星光灿烂
伊默塔拉　你的子民没有选择语言
直到篝火熄灭　他们把新人扶上马背

这个时候　美丽的蒙古姑娘为什么落泪
他们奔驰向南
午夜降临时
奇异呈现

伊默塔拉
我知道　那群歌唱的骑手
不会有一个人离开高原

2008 年 3 月 18 日零时，于北京

如果有那一天

如果这个世界只剩下时间的声音
如果河流干涸
最后一棵树木在黎明中轰然倒下
我们建筑在精神领域的诗歌不会消亡
它将变为星子
在那个叫天堂的地方寻找清澈的眼睛
少女的眼睛
曾凝视最后的灰烬

如果必须沉默
如果人类的祈祷在烈焰里燃烧
远海的航船失去最后一个水手
灯塔熄灭　海凝固　从此围困被视为田园的岩岛
最后一只鸥鸟　将以怎样的鸣唱怀念天光
与无人弹奏的琴　它栖落　瞬间死去
在一派蔚蓝色的宁静中
展示翅羽美丽的花纹

如果人类永远丧失了歌唱
如果生命永远告别了自己的家乡
那些感动过我们的名词——
父母　兄弟姐妹　太阳　月亮
天鹅　将在哪里飞翔

如果人类能够破解一个醒着的梦幻
如果明天开始放弃贪婪与杀戮
无论种族　无论肤色　彼此平和地注视
用相同颜色的心血培育一种理想
那么　我愿意放弃苦难的诗歌
走到一座高山上
颂歌仁爱与天堂

2008 年 3 月 21 日零时，于北京

致 哈 琳

在河流上空漂浮的那种存在
像蒙古马腾飞时留在风中的影子
一个部族遥远的旅途指向东方
被精心守护的母亲　儿童
在马与马之间
没有觉察危险和寒冷

梦幻的摇篮曲始终伴随
土尔扈特　蒙古人悲壮的归路始于心灵
伏尔加草原　里海
曾经铭刻欢乐苦难的记忆
谁还在问　那么多亡失的人啊
为什么没有闭上眼睛

我们在你的歌声里没有找到答案
只能看到信仰与爱
依稀听到远逝的雁鸣
是那样的大地与天空
滋养了神圣　那是尊严的血脉
鲜红而宁静

承袭高贵的品质
在人间凝眸　一个庞大的马队已经消隐
但旋律依存　踏响于异乡的第一声马蹄

属于黎明　它没有惊醒水鸟的睡梦
故地在遥远遥远的地方
横亘的大河烟雨迷蒙

你的歌唱
是一个古老部族真切的体味
不说主题　伟大的预言者
从未说出长久的隐痛
你行走在历史最光明的甬道
倾诉了 1767 年的心情

2008 年 3 月 24 日零时，于北京

在透明的时光中

举过枝头的果实
它青涩的一面接近忧伤
像我远方的贡格尔草原
那个孤单的牧羊人
在心中反复吟唱的古歌
被他熟读的牧途
八月山峰下铺展的夕阳

不
那不是相同的色彩
时间分隔了时节
如青春告别了少年一样
有一些怀念
感恩的心灵
有一些迷惘

离别了那么久
我常常想象马背一侧的暗影
什么在长天凝望
什么凝固在地上
什么值得铭记心头
什么必须淡忘
远看流云轻轻覆盖无名的山岗

在透明的时光中
不要忘却我们是亲人
一旦隔着墙
我们就画一双安宁的眼睛
假若隔着寒冬
我们就画温暖的朝阳
在某种流逝里我们静静地思想

2008 年 3 月 26 日零时，于北京

节奏的消隐

一条河流把灵动的形态留在天上
节奏消隐　被怀念　肯定是不能仰望的幸福

远离水手　在一片废弃的船帆上记录风雨
诺尔盖高原　那个独自朝圣的人
没有在任何地方留下姓名

关于寻求　它唯一的主题依然是母亲
节奏消隐　在最遥远的一棵树上
最后一只鸟儿准备起飞
最后一个黄昏　那个独自朝圣的人
对远山微笑

因为星光　会有人凝视破碎的天空
那些远远近近的星宿
另一种河流　被绝对神话的相思
节奏消隐　覆盖广大心灵的尊严
历经轮回的四季

节奏消隐
朝圣的人　久久陪伴一朵故乡的云
背对想象中安静的马群

2008 年 4 月 3 日零时，于北京

用最美的诗歌告诉世界

我们对苦难的认知
来源于对幸福追寻的途中
那个被怀念并长久沉默的人
我们叫她母亲
在平凡的日子里
她给了你什么样的爱与激励

在这个人间
从我们懂得珍视某一句祝愿开始
到遗憾结束
无罪的手
在孤独的夜晚握住启示的门环

曾经的岁月和泪水
曾经的节日
曾经的凝视与对远山的质问
沉寂于一棵鹅黄的柳树下
与水为邻

捧着鲜红的心告诉世界
我们爱过
看桃花开放
涂染枝头的色彩
那如期的回归

去岁的身影
大雪中的生活
河流沿岸的村庄
总也不愿表达的母亲
给离家的亲人祈求什么

在每一天
怀念的心　可能经历四个季节
用最美的诗歌告诉世界
让母亲听到我们真实的声音
穿越梦幻
活在另一个微笑的早晨

2008 年 4 月 5 日记于承德，7 日改于北京

土尔扈特颂辞

——再致哈琳

所谓遥远
在睡去醒来的梦幻之间
伏尔加河畔
一架鲜红的马鞍上驮着牧歌
那东方割不断的牵挂
总是呈现在天亮之前

在里海之滨遥望血脉相连的草原
你高贵的心灵没有沉寂
十万个骑手有十万个想象
他们　这个用身影编织相思的群体
只有一个故园

所谓仁慈
是在母亲身边
把最后一块奶酪递给孩子
他们会记住黎明
那种辉煌与温暖
遗忘苦难

那条道路已经不能描述
荒芜的历史和时间
承载了泪水　信仰　亡失　眷恋

土尔扈特部族
你最美丽的歌者
用旋律复活了回归的春天

所谓无限
在人类的情怀里
没有栅栏
如我写就的土尔扈特颂辞
像神圣的爱情那样
不能逃避忧伤的语言

2008 年 4 月 15 日零时，于北京

克什克腾

在阿斯哈图山巅眺望故园
我的贡格尔　四月的那脉倾诉不是水流
辽远的静默　被智者描述的史实
永远也不会覆盖心灵
断裂草根象征的伤痕
不是克什克腾

你看满目衰草
托举自由的羊群与骏马　与天空对视
之间回旋蓝色的牧歌　贡格尔河
蒙古少女把最深的思念和疑问
放入净水　她们转身离去　最美的定格
是牧女哼唱往昔的初春

缓慢飘飞
在达里诺尔九月的寓言里
红日垂落　这个时刻　一些年轻的骑手开始备鞍
总是如此　女人们将留下　她们看护羊群　孩子
夜晚到来前
为年老的母亲点燃祖传的灯盏

心与泪
那无声地飘飞
八百里瀚海焦渴的穿越　有牧歌追随

四月惊雷　克什克腾清澈的记忆
草未绿　雁未归　人未醉　心未睡
珍藏久远的密语　编织八月的玫瑰

在史实的终章
一些骑手没有出现
也是四月　在阿斯哈图以南
我的故地　克什克腾静谧的夜晚
一个牧女开始吟唱　十个牧女开始吟唱
草地远天　一匹降生的红色马驹儿　初见星光点点

2008 年 4 月 18 日零时，于北京

回望书

我是那个穿越寂静的少年
曾将原野的萤火视为果实
像箴言一样神秘

感觉浮动
色彩交替瞬间的温暖
高原逝者留下一部回望书

在最初的一页
河流啊
以融化的形态暗喻缅怀

跟随时光进入隧道
人们铭记某个站名
还有歌声

蓝色车厢终会停下
时光依然起舞
犹如可以感觉的浮动

2008年4月19日零时，于北京

巴尔喀什河以南

用心倾听午夜星语
在天和风之间　那些遥远的马匹
依然嘶鸣　光芒均匀洒落　像白银
也像雨　我的蒙古高原
你永不凝滞的记忆

一只苍鹰奔赴八个世纪
在巴尔喀什湖上空告别最后一个春季
寻着青草的气息向南　穿越由东向西的遮蔽
它抖落翅膀上金色的尘埃
缓慢飘落柔软的蒙古草地

知道鹰归来　牧人们　我的兄弟
在同一时刻跨上马背　没有颂诗与旌旗
只有沉默驰骋　是夏天的第一个黎明　霞光呈现
他们飞上最高的山峰
向远方劳作的母亲含泪致意

这是久远的表达方式　不说奇迹
长路　八百年烛光不灭　无人远离
在栖落瞬间　那只鹰仰卧亡失　没有人哭泣
几个美丽的牧女
用牛奶擦洗它翅羽上鲜红的血滴

2008 年 4 月 21 日零时，于北京

高原上的轮回

四月
高原草地深重的蹄痕里
珍存着水　被辉映的日月
我们称为时光的流体
在根须断裂的过程中
镌刻不朽的语言
关于冬天
或者怀念

怀着感伤的心依恋这个世界
今夜　谁与谁共眠
同一盏灯
冰冷　或温暖

我安宁的达里湖畔
在细雨飘落的第三天
孤独的鹰啊
依然没有飞越山巅

母亲习惯于用手势追忆往昔的夜晚
草黄草绿　总是这高原
贡格尔河　阿斯哈图　黑骏马与红马鞍
可以歌唱的苦难
从来也没有毁灭高贵的心灵
不管那样的旅途有多么遥远

这个时节
我故园的亲人们开始想象夏天的牧场
高原上的轮回
是一匹蒙古马在黄昏里突然消失
清晨　我的兄弟在静谧中凝望
马在嘶鸣
那离家的精灵
在地平线上时隐时现

2008 年 4 月 23 日零时，于北京

无语的问询

在光阴与光阴之间隔着什么
那不会是火
建筑桥梁的人没有看到水
那种血流般的残破
这个春天　谁割断雾一样的缠绕
对比两片叶子　掩藏承诺

谁在沉思智者的山河
最美的凝视　是将目光投向湖泊
从光芒中伸出的手传递了什么
谁在保持咫尺之遥
用沉默透视沉默的时刻
夜晚到来后　谁在回味不可抗拒的瞬间
双目微阖

画一匹马在水上飞奔
画一颗心抵达最高的西山
在身后留下一片血色
画一双手　然后紧紧相握
把最真的那句话　放在被人遗忘的角落

2008 年 4 月 25 日零时，于北京

汶川：五月的祭辞

如果我们想到告别
以生者的名义垂下头颅
将会遗忘祭辞
那彻骨的严寒

如果我们对一种爱和死不再陌生
想象母亲的心
该怎样感觉焚烧的火焰

如果我们彼此安慰
用目光传递生死的语言
从对方肩头凝望群山
或苍天哭泣的夜晚
我们红色的心灵中
将消失很多可爱的孩子
永远　永远

如果我们仰首苍天
追问五月蓝光闪过的瞬间
一定要铭记啊
在第二个夜晚
我们将点燃十亿支流泪的蜡烛
但是　我们不说温暖

如果我们准备发出泣血的祝祷
我们愿意牵住无数孩子的手臂
以生命的尊严
面对西南齐声呼唤
四川　北川　汶川

如果我们想到告别
将会遗忘祭辞
脑海里一定会出现
孩子们曾经的笑脸

2008 年 5 月 17 日，汶川地震第五天，于北京

向东的旅途

我的身后回旋着歌声
在飞快的移动中　六月稻田葱茏
水面平静　水面对应天空　像人类的近邻
那些树木　对应只能感觉的风

我对应什么　如果我对应变幻的山野
我会想到苦难对应古老的爱情
陨落对应降生　降生对应阵痛
阵痛对应母亲疲惫幸福的笑容

而最远最亮的那颗星
一定对应深海帆影　那些告别岸的人们
他们的目光　对应浪涛与迷
如我走向北方　我的思绪一定会向南部飘动

2008年6月24日凌晨，于北京

额尔古纳妹妹

你把一只六彩的荷包交给母亲
这定情的信物　羞涩的额尔古纳妹妹
你绣了四季　唯独没有雪
你在一个严寒的夜晚
补上一点黑色　如你的瞳仁
在我的描摹里
那是一颗剔透的星星

你过于熟悉白色了
羊群　牛奶　被积雪覆盖的故园的河
额尔古纳妹妹
你当然懂得深深怀念
你所珍藏的哈达
日夜缠绕你　那是雾吧
像离愁一般　在歌声中
你是一座秀丽的山峰
草地间奔驰着马
马背上骑着哈达的主人

清晨
你搂着马驹的脖颈眺望湖
你的身后传来生活的声音　额尔古纳妹妹
就是这片草原　让你一日比一日葱茏
今夜　我让你走进诗歌　溯源而上

在一片白桦林深处
额尔古纳妹妹　我听你哭
为一个罹难的骑手
你会把那条洁白的哈达
编织为祭奠的花束
然后　我们回家
安慰流泪的生母

2008 年 7 月 30 日夜，于北京

十四行诗

1

塞外的荞麦花开放在清晨
被农人们绝对忽视
一条寂静的大道通往北部草原
车窗外　那满目素雅的洁白
成为一掠而过的风景
是八月　有人惊叹大地上
无声飘移的云影
关于成长和过程
我们铭记很多细节
却不愿描述阵痛与凋谢
还有必然的分别　美丽女孩
很想对你说一说夜晚的草原
一个孤单的旅人　以怎样的坚毅
穿越了被星光辉映的神秘

2

你一定接受过圣水的洗沐
在时间的尽头
你的眸子追随目光
寻觅洁净的手
岁月朗然　一句蓝色的祝福存在了那么久
你年轻的心灵　在冰的寒冷与火的灼热中
发现智慧的光芒原来是一条遥远的道路
想一想　美丽女孩

是谁在山的那边　是谁在你的身后
苦苦忆念久违的自由
在你诞生的那一天
你认识了水　陌生的旅者在同一时刻
涉过没有舟楫的河流　他也是人子
站在巍峨的山前　回望空无一人的渡口

3

隔着时光之门想象你的灵魂
像一个蒙古少年在午夜的草原凝望一颗星辰
这个时节　山上的叶子红了
在我曾思慕的日苏里海滨
美丽女孩　船长将最珍贵的东西托付给水手
那是与亲人相逢的节日
之后　年老的船长独自驾船驶向了深海
他是一个胸怀温暖祝福的人
没有人称他父亲　美丽女孩
我看到你誓言般的诗歌里飘动着轻柔的云朵
那瑰丽的幻影停滞在大海上空
你在无风的秋夜里静坐
想象漂浮　那月光洒落的黄金海岸
会不会传来长者的声音

4

有一种永别　我们不能透视
比如海　美丽女孩　比如在这个时节
你极目眺望的逶迤的丘陵
比如灯塔和建筑在沙地间的阁楼
季风中的两种节奏　与天使面对的人
在这个世间从不说悲恸
如果我们把青春想象为树冠上鲜嫩的叶子
把暮年描述为荒草伏动的大地
美丽女孩　我希望你在那个瞬间追忆母亲的眼神

但是　即使你站在北方无雪的冬天
也不要说萧瑟　在海洋与沙地之间
感觉是在青春与暮年之间　一定会呈现几种色彩
至少　我们不会遗忘黑白相间的梦幻
与总在问询的瞳仁

5

以掌心为半径
左边是西　右边是东
纵横的纹理是不是时光保持沉默的路途
关于南北　美丽女孩
你可要铭记啊　向南
精神的旗帜肯定会飘向一个圣境
那不可抗拒的抵达　像三月的水流到十月
我们说　那是心　无比仁慈的神
向北　在中指的顶端
我们静默的凝视里出现了毫无参照的苍茫
假如在夜里举起手掌　美丽女孩
你是否期待看到月亮
那个时刻　一匹无鞍的蒙古马
正跑过漠南没有灯火的牧场

6

在往昔抒情的时代里
我渴望鲜血凝成的果实
像初恋一样散发迷人的光芒
我记得一场雨　在六月的北地
我问自己的心　夜晚　太阳走了多远
美丽女孩　在很久很久以前
我相信你曾经出现在七月的海边
在比遥远更遥远的地方
你是开放在白云上面的花朵
你如一个目光清澈的天使守护静谧

而被先哲们终生敬畏的苍穹
的确有扶摇飞升的羽毛
那炫目的洁白　原本是古老的神语
最终轻轻飘落你降生的大地

2008 年 10 月 21 日夜，于北京

生日之夜

点燃心灵
我们对你说
爱你　就如爱一个圣婴

这无限辽远的世界烛光辉映
我们对你说
爱你　在这个夜晚
你会看到春天的花海
而你　是其中最美丽的一朵
随风摇曳　那是庄严的歌声

爱你
实际上没有距离
如河流之于岸　岸之于垂柳
垂柳之于泥土　泥土之于树木
树木之于果实　果实之于阳光
阳光之于天空　天空之于无所不在的神性

爱你　愿你铭记母亲的身影
那是我们移动着的　仁慈的圣地
朝觐　不是选择　是每一个人一生中
不可抗拒的命定

我们深怀纯粹的信仰

把诗歌呈献给自然与世界
把感激倾诉给母亲
把崇敬的目光　投向父亲一样沉默的山峰

爱你　是的
你是灿然花海中最美丽的一朵
相信你洁净的心智
相信在这样的夜晚
你会以自己的方式
感觉永恒

2008 年 10 月 21 日夜，于北京

天堂辉映的纵深

海图以外
鸥鸟不肯飞抵的天空下
开花的树木在一派无际的蔚蓝中
证明梦幻的光辉确实在那里升起
一道神秘之门
开启闭合　巨大的漩涡
史前奇异般的景象
决定了陆地上悲伤的祭礼
被深切怀念的人
那些水手　把凝固的微笑留给女人们
那种绝望断指一样疼痛
在烛光和祈祷的歌声里　她们落泪
清晨　涛声拍岸
在海图以外的水域
他们潜入幽深

永不复归
诀别　苦难的心智在午夜醒着
可以想象桅杆倾倒
选择死亡的船长　人的父亲
驾驶航船驶向海图以外
追随他的水手　那些男人
在最后的时刻遥念自己最亲的人
那深褐色的波涌

大水的墙壁　浮游浪峰的水手
把一些温馨的词语
植入一个美丽女人的梦中——
没有分离　只有爱
鸥鸟不肯飞抵的天空下
洒落人的泪滴　一百个世纪之后
大海干涸　在鲜花开放的山谷
人们会发现一片红色的宝石

2008 年 10 月 28 日夜，于北京

高原绵长的竖琴

蒙古南方　西拉木伦河血脉
高原绵长的竖琴　在深秋时节弹奏满山叶红
暗喻远夜篝火　通古斯草原　厚重乌云挤压下的古国
男人喟叹那些马匹　它们仰天的嘶鸣

掀开密云的一角　透过缝隙遥望幽深
只有在夜里闪现的星子　隐匿何处　谁在预言家园
那些炊烟消散的谷地　总有天使莅临　上苍通往世间
她们借助光明的甬道传递一个口信　拒绝发出声音

那个昔日的少年成为王　他目光忧郁　在长风中涕泪
某种凋敝　脆弱的心灵　在竖琴最边缘的那根弦上
跳动没有色彩的缅怀　寒冷的早晨　长者进入山里
寻觅梦境之花　他把唯一的女儿留给了部族

都说遥远　心灵和心灵之间隔着十个冬天
匍匐身心叩拜圣地　远古朝觐的人群赤足前行
只有这河　七千年的西拉木伦　它今日的浑黄
原是缓慢飘落的尘埃　在血脉里保持永不凝固的抚慰

2008 年 10 月 29 日夜，于北京

贡格尔河畔的信札

我要告诉你众神的恩宠
在克什克腾草原最后凋谢的花朵上
眷顾一抹白色　进入夜　锐利的星光
把锋芒投向水　如箭镞　飞往盛典终结的岁月

我要告诉你一种陨落与风无关
不是为了逃避天空　在大地上留下一片阴影
道路的拐角处高悬的危崖　马头一样伸向树
如怀念的触角　蔓延至垂下精神之臂的往昔

我要告诉你所谓爱情是一层黄土上永生的青草
你听马嘶　那有些凄凉的秋诉
美丽的极致　在净水清凛的第五层
错开的花　以幽香拒绝摇曳　多么高贵

我要告诉你只有一生的品格
形如炎热时节的绿荫　那里站立着吟咏古歌的祖母
她高举一片蓝色棉布　召唤水边浣衣的少女
高原黄昏　两只天鹅栖落贡格尔河畔　毫无声息

我要告诉你一颗心灵
柔软仁慈　如自由的羽毛　在广大的天地间

无言问询没有尽头的道路　但远离诅咒
穿越荒芜　把最美的微笑呈献给早晨

2008 年 11 月 2 日零时，于北京

那些地方

那个遥远的　名叫故乡的地方
给了我生命　如今　我的母亲在那里安息

那个轮回的　名叫节日的地方
给了我幸福　如今　我的足迹在那里静默

那个漫长的　名叫道路的地方
给了我激励　如今　我的岁月在那里重叠

那个亲切的　名叫家园的地方
给了我儿子　如今　我的记忆在那里飞徊

那个温暖的　名叫诞生的地方
给了我爱情　如今　我的青春在那里停滞

那个真实的　名叫背弃的地方
给了我绝望　如今　我的孤苦在那里凝固

那个仁慈的　名叫心灵的地方
给了我感知　如今　我的思想在那里成熟

那个神秘的　名叫未来的地方
给了我想象　如今　我的诗歌在那里探寻

那个蔚蓝的　名叫天堂的地方
给了我遐思　如今　我的凝望在那里飘移

2008 年 11 月 4 日夜，于北京

一墙之外的蒙古故乡

我在天使的低语中止步
金山岭长城　一墙之外　我的蒙古故乡
你最初的雪　那远天远地的纯白
一匹蒙古马驮起的歌谣　奔驰了八个世纪
它选择一次日落　静静而卧
面朝迷蒙的贡格尔河

在命中约定的时刻
我服从尊严　一墙之外　我的蒙古故乡
你凝固的泪　那往昔今日的剔透
一曲马头琴唤起的记忆　覆盖了八座山峰
它期待一次日出　忧伤飘逸
缠绕安谧的贡格尔河

我不怀疑未来的岁月
孤寂或欢乐　一墙之外　我的蒙古故乡
你永恒的心　那活着死去的爱恋
一首边塞词吟咏的夜晚　经历了八度轮回
它祈愿一次融汇　江山万里
献身洁净的贡格尔河

2008 年 11 月 14 日夜，于北京

永世感激

谁在感激遥远的安慰
抚摸的手　一定感激飞扬的恳切与温柔

蒙古的牧场没有尽头
青草远大　谁在感激梦幻的依偎与深秋

谁在感激曾经的岁月
铭记誓约　某日黄昏飘洒的细雨与自由

心灵的深处没有诅咒
明月当空　谁在感激永生的贴近与凝眸

谁在感激前世的诺言
后世珍重　一时一刻共同的灯火与相守

心灵的视野没有栅栏
祝祷依旧　谁在怀念无怨的献身与泪流

2008 年 11 月 15 日夜，于北京

诗 篇

曾经的山河已经走远
曾经的蒙古马
跃入克鲁伦河　逆流北飞　曾经的满月
像爱情那样　像高原马莲花开放的岁月和季节
隐含微微苦痛
磨砺大地的心

我的羊群正在食草
它们是高原上洁白的奇迹　舒缓流淌
而成美丽　你听彼岸　在废弃的渡口附近
是什么人　以什么样的歌声倾诉曾经的罹难
这生命　这只能用想象与梦幻折叠的远途

一个含泪颂歌阿尔泰山的女孩
她的昨夜　雨已停息
渐渐凝为永恒的追忆

2008 年 11 月 17 日深夜，于北京

没有预言

送别先人　高原上一次未完成的祭祀
行进在十三世纪　那棵树上　最后一颗果实
依然青涩　这使我想到夭折的初恋
尚未成熟的时光　多伦　经商的驼队
把什么永远留在了古镇

一场婚礼停滞在雨中
一次背叛　哭泣的新娘张望身后的父亲
她可能想到了死亡　巨石从山上轰然而下
滚落深潭　很多很多人　遗忘了那种回声

朝阳呈现
首先从蒙古马背的一侧向上飞升
在人类无法仰望的高度　它迎接了天使
神的女儿　她把最深的眷顾托付大地
那大概是雨　后来是风
夕阳时分变为玫瑰的色彩
最终消退

这一生　我已不可能告别
正如我在高原寒冬的午夜
守护羊群　感觉是在迷恋一片静止的雪

2008 年 11 月 18 日夜，于北京

自由之路

乌云滚动
不受季节束缚的思想
走进晴朗的午后
仰望天空

记忆
这没有阻挡的道路
人类最早的祈愿已被掩埋
在长河故道消失的木桥下
水中沉淀谁的倒影

永远目视前方灿然的花海
走向那里　铭记身后的村庄和城市
那些人　还有母亲
当然不会忽视河流
日夜流淌的水
接近了痛苦

一生活在安静的怀想里
感觉温暖
想象某一处屋檐
飘动洗净的衣衫
然后思慕一双手
曾经挥动在什么时候

一定是在风中
那举起又放下的两个瞬间
像孪生的兄弟和姐妹
也如相思
甚至超越了幸福

自由之路
它不在我们熟识的世界
在高远的地方　你不要想到什么辙痕
它无形　但你不要怀疑　它同样充满坎坷
也像爱情一样痛楚

2008 年 11 月 20 日夜，于北京

默　　者

午夜之前
默者穿越了时光隧道　这个时刻
形而上的高原　那个给了他生命的远方
遍地的岑寂里或许亮着一盏灯火

默者独行
他逶迤如山脉的忆念
在用心智写就的诗篇中
停于接近践语的终章
而昔日的牧童
依然在草地上安坐
数点星辰

岁月的细节
是那白的雪　绿的雨
曾经红硕的花朵　在无风时凋谢
是昨日少女的手不再那么柔软
是一个妇人面对北方冬天午夜的冰凌花
在光阴的缝隙小心珍藏一丝真情

这就是生活　默者
长久栖身这庞大陌生的古城
他拥有过波涛似的幸福　未曾泯灭的
高原的心灵　汇聚而成的温暖与璀璨

在阿尔泰山以南　任牧人们放马辽阔
持久感动永远告别了坐骑的默者

默者说
活着　我们都需要祝福
远离诅咒　就是接近了神　同时远离了罪恶

活着
爱是另一种阳光
源于神性

2008 年 11 月 22 日零时，于北京

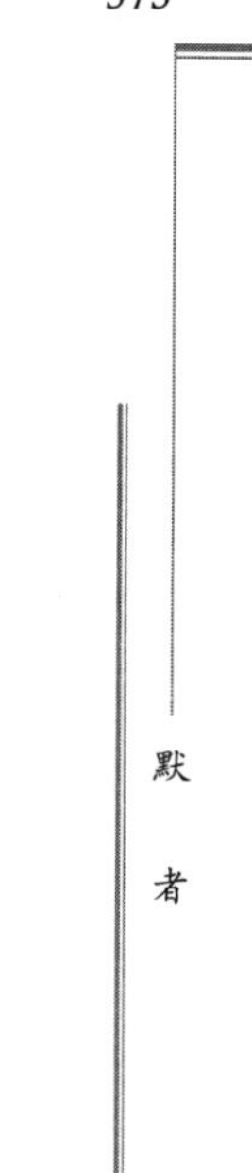

雅　　歌

曾经的中原
流过圣境的水
穿行灯火　在岁末的夜晚
飘逸神秘与幽香

无限感激这珍贵的幸福
这人间的雅歌
天使的双臂揽住奔马的湿地
这赐予　无风之林缠绕的山峰喷吐圣泉
在那样的注视下　波涛渐渐平息　人啊
你要懂得为母亲祈福
为忧伤欢乐的生命

曾经的中原　滴在午夜的泪
稀释光阴　在清晨抵达
宣喻降临与献身

无限感激这馈赠的过程
这人间的雅歌
神性的气息笼罩微明的一隅
这奇迹　无帆之海激荡的岛屿显露美丽
在那样的注视下　青草渐次葱茏　人啊
你要体味这浩荡恩泽
为孤寂充盈的灵魂

曾经的中原　醒在梦中的心
凝眸广袤　在前世的春天
描绘血色与声音

无限感激这漫长的等待
这人间的雅歌
静默的唇语缩短距离
这神秘　远落红日横亘的西山如此静谧
在那样的注视下　天地永恒温暖　人啊
你要忠诚于相拥深吻
为不可亵渎的依存

2008 年 11 月 30 日夜，于北京

神性之下

神性之下
这颗蓝色的星体
只能看见树冠的森林　隐秘的青藤
爱情一样缠绕上升　雨后　那最柔软的触须
会流淌净水　如情人的泪滴

神性之下
大地上交错的道路
有些接近于人的思想
从哪里起始　到哪里终结　又在哪里重现
一生中必然的行走
无限隐忍的痛楚或欢乐
这之间的断裂会使谁想到横亘的河流
早春的抚慰　在夏天激荡心扉　晚秋沉静
在冬天形成剔透的冰河
照耀一双美丽忠诚的眼睛

神性之下
最高的珠穆朗玛也如一粒微尘
即使没有云　也存在消隐
我们　无比脆弱的一群
感觉掌温　感激爱与活着
凝望黄昏　遥念家门
举起手臂　送别永不归来的人

这个时候　神性之下会出现飘浮的岚
像初恋那样　有些时候　像幸福那样
久久谛听不可重复的声音

神性之下
百年就是一瞬
你看白色云海　它总在变幻　那不是启示
那是一首颂诗中的天堂
一个赤足的牧童　在放牧羊群
这个时候　在人间大地　晚祷的钟声鸣响了
摇篮曲回旋　神性之下　有多少含泪的母亲
在怀念只有一次的青春

2008 年 12 月 12 日，于北京

诺尔盖灵息

那条河消失了　还有马与牧鞭
无限忧伤的牧人　站在古曲边缘
鞍子由明变暗　岁月依然　这无雪的冬天

横亘两颗星辰之间的幽蓝　是空旷
像落寞的心灵　一刻　然后是一年　又一年
寻找父亲的孩子走遍草原

活着的人啊　你们该铭记什么　珍重什么
这只有一世的凝眸　或泪流与祈求
想到短暂　就必然会想到青春灿烂

在隐秘的渴望中等待那句箴言
我梦归往昔　诺尔盖　诺尔盖　灵息再现
两片相视的身影没有被时间隔断　但隔着风与栅栏

2009年1月31日凌晨，于北京

一世拥有

你降生在这一天
拥有洁净的天宇
那是生命之路　白云浮动的沧海
天使　岁初黎明的第一缕阳光温暖整个世界
我听到了颂歌　像精灵一样的海鸥飞过一月
也像记忆　蓝色之水留在岸上精致的花纹

在目光与烛光之间
仿佛在波峰与灯塔之间
你柔软的心　开放为每一季的花朵
天使　这是你的语言　还有微笑
倾诉不尽的过程让你想到漫长的道路
生母总在祝愿的神情

向着远方的光明奔赴
这一天所昭示的尊严
使你的摇篮成为初始的忆念
天使　你将一世拥有源于心智的感激
对天与地　花间剔透的晨露　还有爱
牵手瞬间深入灵魂的誓约

这个夜晚　一双翅羽穿越山岚
在河流之上朝极地飞翔
关于抵达　天使　那是命定的时刻

一如你的降生　你要凝视谛听
关于遥远　有些接近于火焰焚烧的严寒
或者奇迹真实呈现的某个春天

2009 年 2 月 1 日凌晨，于北京

光　芒

我相信心灵中
有一个远大的世界
存在两极

假如为你剪裁一片山河
我选择高原的秋季
望群雁飞离　静谧的湖畔
午后时分的草地

独对天宇翻卷的云海
一万年飘移的暗影像永恒的恳求
那么神秘　谁的手臂与手语
都无法暗示微笑里的忧郁
但是　你将获得一种旷达
玫瑰色的落霞
净水与马匹

这一切
当然就是赐予
它在绝对平凡的生活中
以河的形态象征血脉
古老典雅的爱情
像一道闪电出现在天空
然后亲吻大地

我相信人的生命来自神秘
最终回归神秘
假如为你推开一扇窗口
我选择珍贵的自由
听秋雨淅沥　葱茏的山前
黄昏时分的旅人
以怎样的从容对我们启示风走云游
还有看不见的火焰
隐入雾中的双手
是否紧握着石头
遗忘了另一双纯洁的手

这一切
当然不可回避
它在绝对神性的光芒中
以泪的形态象征挚爱
无比忠诚的步履
像一首颂诗萌生泥土
然后走向了尽头

2009 年 2 月 2 日凌晨，于北京

西域雪野
非平

九十九夜

死寂
通往理想之乡的途中
有一个平台　它建筑在六月的雨日
那些劳作的人　有的是父亲
有的没有成为父亲

九十九夜
盛开在白云之间的花朵点缀天涯
谁是谁的寄托　谁是谁的家
谁是谁一生的牵挂
谁在夏雨停歇后把彩虹指为落霞

纯洁的心
人间伟大思绪的河流
一切无形的创造　终于被泪水感动的某个时代
在空中平台上停留了一瞬
第九十九夜
是谁　在无语中告别一切

2009 年 2 月 3 日零时，于北京

夜　曲

对你说这个时刻
永不回返的古典的山河
穷尽一生　问询神秘星空
人类悲苦的心灵
最终漂泊在哪个角落

爱情是什么颜色
对你说六月的花朵　七月的雨
但我不愿联想火　那渐渐冷却的灰烬
总会让我们沉入记忆　某一个晚秋
所谓忠诚与誓言　可能是轰然倒塌的精神屋宇
一个人　必须独自面对的残破

对你说这无悔的追寻
月照中原　一首凄美宋词的结构
在山之南　水之侧　直面奇迹
如同这夜曲　我所焚烧的时光
为什么如此静默

2009 年 2 月 4 日零时，于北京

凌晨独语

渐渐退远的山谷
迷蒙或灿烂
我的童年　我的没有少女珍藏的
第一首诗篇

少女一样美丽的沙地云杉生长在草原
达里湖畔　我平生跃上的第一匹蒙古马
消失在天边

心灵啊
被我敬畏的人性之海
我折服你的神秘
我仍将告别　但热恋水
沉入深处的无尽的痛苦　铭记誓言

诗歌
你结构空间里最高的山上
站立着我的父亲
这个给了我生命的男人隐身天国
他牵着马匹　怅望故园

他一定想对我说些什么
与诗歌无关　我知道
我会将往昔的时光写入典籍

然后忘却怀念

我的爱人啊
此刻　我把自由与陌生的前路给你
你走吧　我守在灯光里
愿你安睡　愿你在蓝色的梦中
尘封昨天

2009 年 2 月 9 日凌晨，于北京

最远的那颗星辰就是父亲

我的族群　北方高原
二月不死的草根
在积雪下呼吸　像河流那样
依赖地泉获得遥远
父亲　我是你永生放弃了马匹的儿子　写诗的儿子
我的血脉里当然流淌你高贵的基因
如今我远离故园
每天守望夜　焚烧自己的灵魂
在恒久的寂静中　我追随神
天籁　轻轻敲打神秘的声音

五十年
你以缄默的身影提示我　降生草原
也就拥有了坚忍的生命
不可欺骗自己的心
这是一个没有英雄的年代　父亲
你曾给我托梦
关于诅咒般的沙尘就像仇恨
以怎样的灭绝朝青草逼近　那个清晨
我在异乡蓝色的海岸驻足　面对澎湃潮涌
我突然想到归程　母亲美丽的青春
贡格尔河上空
童话一样的雁阵

我没有违背祖训　父亲
我用诗歌建筑了一座巨塔　我掩藏泪痕
我是你最孤独的儿子　写诗的儿子
我选择的意象里常常出现古老的马鞍
我相信　是那样的驰骋
让我走到了今夜
此刻　还是我一个人
父亲　我念你　但不会哭你
隔着墙壁　我想象这夜　远空
醒着的人与安睡的人
我想告诉他们　最远的那颗星辰是你
在北方以北　父亲
你没有悲伤　你跳下马背
用鞭梢数点羊群

2009年2月12日，于北京

二月 · 天鹅 · 一首悲歌

消隐了我的天鹅　精灵
在我的视野里　你曾飞越静静的洛河
这不可战胜的时间与空间　有形与无形
尘埃厚重　我渴望穿越这道幕墙
如走向日苏里海滨的清晨
面对潮涌而遗忘疼痛

消隐了我在初雨的二月写这悲歌
遥想生命　精神的果实应该成熟在哪个季节
我知道　诗歌里存在无限温暖的死亡
像迸溅的鲜血　那么红
像所谓爱情　那么凝重而轻盈
像一个谶语密集的梦
开放奇异的花朵
像最终的抉择

消隐了那些道路　长发与风
这不可超越的时光之海尽显裂痕
二月　天鹅　一首悲歌　唱尽日升月落
此刻　问询中原汴梁　那废弃的马车轮毁何处
那驾车的人　究竟为什么　选择了余生的静默

2009 年 2 月 13 日零时，于雨后的北京

一个人的周庄

在水与水之间
也就是在时光与时光之间
那些远去的人们留下了什么

江南女孩
我相信　在无尽的怀念中
他们留下了祝福
对古镇夕阳　这梦幻的水乡
他们留下了忧伤
也曾歌唱

古韵里的色彩不像火
它有些接近于蔚蓝的水
依托生命之爱
那种灵性　更加接近你美丽的青春
想一想某个黄昏　被你牵挂的那个人
在这样的视野里留下了什么声音

江南女孩　看世界幽淡遥远
你要相信　人间的一切过程
都能够吸引你沉静的眼神

2009 年 2 月 15 日，于北京

今日：关于这座都城的零散记录

成群移动的麻雀
在二月某日最后的夕阳中脱离塔顶
它们像传说里的疼痛
但没有鸣叫
是那样的斜飞
让我看到忽明忽暗的天空
悲哀的事件由高处朝低处跌落
一只鹰突然失去了方向

旧时
一定有一个击鼓的老者
在钟楼与鼓楼之间守着鸟群
石板路　被槐阴笼罩的纵深
那时　一定是一个典雅的时代
身穿旗袍的美丽女子
在没有砌合的光阴缝隙寻找亲人的踪迹

这个都城有无数条道路
它们交错　路面上一层脚印叠印另一层脚印
人间生死明灭
道路的指向从未改变
它们属于绝对的遥远
在绝对的寂静中
有我无法想象的尽头

从平安里到和平里
温榆河在东　中轴线在西
我止步于最后的夕照下
一个影子在说　你要回到过去的记忆
我过去的记忆啊　不是后海的灯光
不是芙蓉北里　我过去的记忆啊
是我举起来　然后轻轻放下的手臂

2009 年 2 月 20 日深夜，于北京

你这一生

你这一生
曾经深深依恋母乳与爱抚
如经历种籽到果实的过程
母亲是树　或根须蔓延的泥土

你这一生
总要走向一个异性
你们相爱　或选择陌路　感受痛楚
把本来完整的秋天分在时光之河的两岸
你不要否认　你曾独自泪流

你这一生
从相对年轻的时代
心怀理想　像你无限美丽的青春
朝向精神的高地行走
你体味至爱　或透明的感伤
但你愿意做一个信徒　那样的奔赴
凝视朝圣的远方
把影子留在身后

你这一生
如果你祈求最珍贵的幸福
会获得恩赐　上苍将让你拥有一个孩子
孩子恋你　爱你　孩子也会渐渐长大

你却老了　你将发现　你的孩子
终将接续你走过的道路

你这一生
在心灵最为柔软的部分
珍藏隐痛　像永不融化的雪
雪下有你真实的悔悟　喟叹
更多的却是祝福

你这一生
或许　有一句话语到死也不能倾吐
当夕阳临近　当你听到新婴啼哭
相信你依然会为生命感动
在最后的时刻　你一定会想
我是一个人　我就要离去了
记忆啊　你是我的
开放在另一个世界的花束

2009 年 2 月 21 日午夜，于北京

看看远方

——致一位朋友

看看远方
那泛青的山脉
一条叫故园的河流，她再次绿了
就像非常古老的爱情

是的，燕子的确还没有归来
我们的心灵，真实忧伤的心灵
就如庞大的气象
在某一个夜晚被深深感动
没有雷声，也没有雨
甚至没有可以相握的手臂

看看远方，我们一句一句的心语
用血液写就的往昔
堆积为美丽的夕阳
谁在那里成了新娘

是的，所谓幸福
她常常远离心灵的村庄
生命本来就是一片隐秘的田野
幸福是无比焦渴的草，绿了，黄了
或被割刈。断裂的疼痛
不是我们最深的记忆

看看远方，想一想无数沉默一生的人们
他们在广大的天地间留下了什么
一行泪水，两行足印
一片身影贴近轻柔的槐阴

是的，隔着心脏的前后
关于冬天与春天的想象依然忧伤
这血的河流啊！永生永世不会显露的月光
出嫁的新娘为什么背对故乡
她为什么停止了歌唱
想一想春天，看看远方
我们，能否发现自己的光芒

2009 年 3 月 17 日，于北京

最终的复活

诗歌一定是一条安静的道路
你可以想象细雨　洁净的雪峰
在独自前行时
你可以感觉脚下柔软的凋落

你可以拥有整个世界
成为孤寂骄傲的王
在你生命的全部过程中
你可以用吟唱倾诉忧伤
你可以告诉自己的心灵
你是唯一的主宰
不是指向生死　也不是平息隐痛
而是透过一片飞升的羽毛
铭记尊严与血红

铭记爱
在两颗粉红色的樱桃之间
感觉风与起伏
那凝视的迷醉

永远也不要回避真实的凄苦
哪怕在随处开满了鲜花的国度
也会有人掩面痛哭
可你要相信

哪怕一切都变得沉寂
像无比黑暗的洞穴
也存在地河

还有我们无法看到的最美丽的钟乳
循着水声　生命就会抵达另一个光明的境地
是的　你不要怀疑　就在那里
依然生长着叫诗歌的树木

在最成熟的启示下复活
你不会成为新的传说
不错　到那一天
你一定会记住一座桥梁的名字
你的前面将出现两条道路
一条向右　一条向左
在最成熟的启示下
你将微笑
并做出抉择
之后　你就融入苍茫月色

2009 年 4 月 18 日夜，于北京

我的宣喻

我活在家族史诗的一个位置
不是过渡　是鲜活的意象
我曾被祖父扔向蒙古马背学习飞翔

在最初的惊恐中
我认识了风和自然移动的澄湛
那不像父亲　更不像母亲　像我永恒的恋人
她不属于我　她属于大地
当然也属于天空

活在人世
我习惯于以贴近的方式表达渴求
但我沉默　我的双手
通常会挥向河流流淌的方向
是那种闪耀让我相信
这大地啊　即使在冬夜
也存在持久的光芒

我诞生在一句古老的哲语中
这注定了凄楚　但我不会绝望
看四月花开　九月凋谢
看野草绿了又黄
我无限感激　为这万物
我敬畏　我热爱　我告诉太阳

我是多么珍视温暖
是的　我也忧伤

入夜
在洗净双手之后
我翻开典籍　我对终生陪伴的身影说
这是我深深怀念的时刻
怀念树　我分解年轮
怀念草　我分解朝露
怀念马　我分解旅途
怀念人　我分解孤独

在阳光最亮的地方没有树木
在噪声最强的地方没有歌声
在贪婪繁衍的地方没有人性
在诺言最密的地方没有忠诚
在泪水纷飞的地方没有宁静

在我生命的宣喻里有疼痛
肯定没有苍白
这不像我所迷恋的雪
这像黎明　你们可以联想
东方　遥远的山峰上空
那奇异出现又慢慢消失的一派鲜红

2009年4月19日夜，于北京

安澜深处

顺着微微倒伏的夜色
我把记忆引向曾经的少年
隔着冰凌花　我在温暖中面对寒冷
我知道　河那边的远山上站立着很多松树
它们望着草原　没有泪水
或许它们还说了什么
就在被砍伐的前一个夜晚
只是　我们听不懂它们的语言

触摸一个约定
像信仰一样让星辰布满心空
在生长美丽草莓的斜坡上
诱惑就是神秘　这样的夜晚
我又一次想到那些消失的松树
如果那是大地的爱情
那么　就夭折了
一棵树木消失了
另一棵树木失去了风中的依偎
这多么悲痛

倾听节奏
感觉两片星光相遇　然后叠加
然后赞美缓慢升腾的光辉
然后　想象一只手握住另一只手

说平安　不说从波峰到波谷之间的距离
说这仁厚的大地给了我们生命
说在水中　说在一个绝对隐秘的地方
一定存在激越的飞翔
可是　真的　你却看不见翅膀

游移
一切如此安澜
在无形的黑暗中
那挤压也是渗透
想到自由　我们就会想到明亮的眼睛
飘落脸颊的尊贵的绯红
假如你问我什么是幸福
我会告诉你　那是无怨的牵手
像树冠轻抚树冠
也像一个少年　在我的日苏里海滨
把浪花阅读为寓言
那是无限　即使死了
也不会丧失灵魂的陪伴

2009年4月21日，于北京

光　　辉

此刻　你要安睡
你不一定梦见陌生的山河
那散发异香的花海　鹰或马
你一定要守候　你的柔软的道路
那丝绸般的浮动与飘展　你的湖泊
向四个方向漫延的春水　你的幽静的森林

此刻　你要安睡
你不一定凝视上苍的流云
那须臾变换的图景　雨或神
你一定要守候　你的悲怜的心灵
那河流般的永恒与奔腾　你的谷地
必然指向的耸立　你的安谧的山峦

此刻　你要安睡
你不一定感觉透明的忧伤
那如影随形的思念　笑或泪
你一定要守候　你的丰盈的时光
那秋叶般的成熟与静美　你的双眸
在睫毛重合的过程里　轮回十个四季

此刻　你要安睡
你不一定铭记泣血的誓约
那渐行渐近的莅临　爱或人

你一定要守候　你的幸福的明日
那奇迹般的真实与相拥　你的夜晚
在群星照耀的大地上　散发持久的光辉

2009 年 4 月 23 日，于北京

仰望与垂首

在如泣的神乐中
我迎迓雨　倾听祝福
我沉默　如一个圣徒
我的充满仁爱的大地
我永生永世的赐予　我的感激

仰望高山
我不说巍峨　我会久久注视那些树
透过缝隙的自然的天光
那毫无修饰的悠远
就像我面对四月的溪水
也从不说你的纯洁与柔美

我想到软弱或坚定的泪水
流过脸颊后的痕迹
在我们必须敬畏的世界
我们爱　我们也在爱中永别
这不是神的旨意　神无形　但有翅羽
你可以联想一盏灯光无限温暖
或细雨中的旋律　那就是真实的庇佑
活着　学会关爱与微笑
这是神的叮嘱　这也是理由

2009 年 4 月 26 日夜，在肖邦的乐曲中写就，于丹东

深　　厚

我曾对你讲述消失的王朝
留在尘埃深处尊贵的血脉
一根草萌生的春天　一片花海
父亲般的原野　那令人感伤的杳然
河流彼岸谁在独行　谁在默念谁的背影
依然苍郁的树冠上曾经栖落哪种鸟类
在飞去之前　它怎样发出啼鸣

把青草柔韧根须的尽头视为起始
向着渗透阳光的地方移动
吸吮水　在逐渐透明的过程里
让颜色改变　直到绿　到一片叶子的尖顶
看到花朵鲜红　还有远山积雪的山峰
我曾对你讲述一个人的生命
在征战年月纵马的武士
那迅疾的四蹄踏向草
破碎的春天里出现了什么样的断裂
除了故园　远去的武士还遗忘了什么
除了爱情　守护青草的女子忍受了什么样的哀痛

我曾对你讲述古歌中的奇异
死去的蒙古马　年轻的马
它骄傲的头　永远昂立的高原的魂魄
那是慈母的心　焚烧了十个世纪

那是多么忧郁的提示
很多很多失去了生命的人活在大爱中
如果你没有洗净双手和心灵
就不要走向柔美的河流
在四季平静的水下
你会发现少女清澈的眼睛

我在那种血脉里沉思
从午夜直到这个正午
我目送古人远遁　耳边天籁依然
我看见四月橘色的阳光照耀万物
一个幼童在草地上学步
我看见美丽
我看见　人的本色
原来如此晶莹

2009 年 4 月 28 日，于丹东

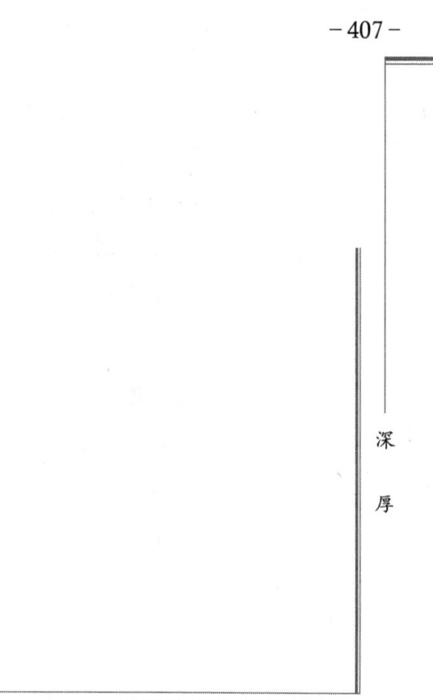

独对夜海

观八万里夜色
只有我的日苏里海滨透着一线蔚蓝
我书写　从高洁的月光开始
但没有结束

我必须经历探秘
遥远的星子　我的另一个梦被久久膜拜
那样的岚　将我引入湿润的山谷
但忽视流水的源头

一任闭目的感觉穿越平原
颂歌萦绕　那是由不眠时刻连缀而成的诗篇
阅读与被阅读　我念着来路
但不能躲避繁茂

我将久居湖畔
眺望起伏　我洗沐　也会畅游
我当然渴望在交错与合奏里看到缤纷的雨
但不会淋湿离愁

这样的夜海
一定有什么在远方等候
想到高原纵马　我卸去鞍子　我为此迷醉
但敬畏自由

2009 年 4 月 28 日夜，于丹东

遥远（一）

如果你无法拒绝命定的长旅
你会选择自由的行期

抵达那里
你将看到灿烂的星群
纯净的湖　能够呼吸的美丽
奔马　沉默　友善的牧羊女
听见忧伤的马头琴
倾诉某个秋季

你应该在八月启程
向北　穿越无数陌生的灯火
投身一片圣地

朋友
那不是遥远　是白云
飞过安谧的山脊

2007年6月30日，于北京

遥远（二）

阳光把岁月投在鹰翅上
那金黄。闪闪发光的河流
在我故乡的七月发出低语
我的突然被唤醒的童年追随一片暗影
我知道是鹰在飞翔。而我美丽的母亲
在艰难劳作的间隙，让微笑滑过脸庞

我已经痛失那种凝视
当我在没有母亲的人间
感觉抵达鹰飞的高度
是在严寒的岁末
满目苍茫的雪原
依然行走着牛羊

那一天
我对宽广的北地说
就让我这样活下去吧
故去的母亲是遥远，爱是遥远
从孤苦走向幸福的旅途是遥远
活在人间，我是另一种遥远

思念
总会梦归寂静的从前
那无限遥远

鹰
最终消失在群山那边
永远

2009 年 4 月 29 日，儿子生日之夜，于丹东

想到忧伤

跟随旋律抵达那个圣境
这无形的台阶通向没有喧沸的高远
玫瑰色的花　开放在一片云海和另一片云海之间
然后变幻　在夏天到来之前

想到忧伤在云海之下
那么静　在第三度空域想到人世天涯

鹰的一生能飞多高
我俯瞰　阿尔泰山　阴山　只有轮廓
鹰是移动中最美的山峰
它小小的身影如一颗黑色流星
轻轻摇动五月的第一个黎明

想到忧伤在云海之下
那么重　在第三度空域想到亲人和家

一首宋词战胜了帝王
在最后的汴梁　一驾马车驶出城郭
融入神秘的夜色　最后的汴梁
在午夜时分燃起冲天火光

想到忧伤在云海之下
那么浓　在第三度空域想到四月落霞

那么痛　雨季将临　我听到雷声
在第二度空域由西向东
想到在人间　爱是不是一次短暂的旅程
那么冷　我想到鹰　在春天里的冬天
它傲然的身影
那绝对孤独的飞行

2009 年 5 月 1 日正午，于丹东

五月首日：小札

我开始追记蓝河岸边的一日
永失故乡　像珍视品格一样　我珍视想象

这一天北方无雨　那些花开了
像思念一样　有些疼痛　否则不会那么鲜红

我把这一天献给了诗歌
我的永生永世的恋人　我的美丽非凡的神灵

这一天　我面对独行的无尽　那未知的道路
如果命运让我丧失了一切　我会在瞬间遗忘大地上的树木

2009 年 5 月 1 日下午，于丹东

寂

黑夜的屏障守护一个字
寂　它包裹广大的群山
所谓无限　大概就是此刻的安澜

寂　我不是在它的中心
我在自然魂灵的一侧感觉自由
同时遥念平静的水流

今夜　星光在何处飘逸
寂　古边关的城门前
何时能出现我亲爱的马匹

寂
说忘记
却久久也无法进入梦里

2009 年 5 月 1 日深夜，于丹东

一个梦：秋天的副歌

我看到群山缓缓沉没
那一刻　是什么出现在异域的海滨
我触摸云　我看到下面迁徙的鸟群
向着黄昏的南方飞去

我看到广大的丘陵
在那里　隐忍的痛苦
是一棵落叶的榆树
粮食的家园杳然
我看到大地上最后的金黄
是一面斜坡上的光芒

我看到我的第二故乡
蔚蓝的沧海正在涨潮
我看到我的母亲依然年轻
她果真故去了吗
谁能告诉我她去了什么地方

2009 年 9 月 14 日午夜，于北京

对呼伦贝尔之行的补记

为了获得天使的颂词
我选择了草原之东　呼伦贝尔
桑叶最美丽的部分　我的心愿
是在五个夜晚横渡你的五条河流
额尔古纳　海拉尔　当然是在马背上
你蓝色血脉的飞溅　也那么美
像蒙古少女的青春
这将使我彻底忘却一个疑问
我身后的都城
为什么丧失了婉约

如果就那样走下去
感觉两个轮子
在我的前方追随马匹
它们象征不同的王朝
属于牧歌深处的仪式
那红松的两辕
一边指向高贵的庆典
一边提示陨落的黑暗

阿丽雅
你该怎样铭记那个正午
你童稚的心　眸子
你脸颊上高原的红晕

是的　阿丽雅　在我的补记里
因为有你　就不会出现往昔驾车的人

阿丽雅
我的出现与归期
将成为你未来的传说
像山脉一样真实
那叫记忆

2009 年 9 月 14 日夜，于北京

云

第八世纪的天空
云　我在那个夏夜的远方
是你唯一的星宿　你托举我
向西南飘浮　我在你无限柔软而洁净的倾诉中
握紧恒定　云　我们就那样飞

源于一瞬
云　我在十七年时光之怀
珍藏一只圣杯　很多人怀念树
在百合之夏　当我在你起伏的飘飞中
突然感觉到溪流涌动　云　在你神秘的内里
湖光微漾的中心　我成为你的岛屿

云　云
在第八世纪　在第十七年后落雨的清晨
除了我　不会有谁发现云　云下的雁阵

2009 年 9 月 15 日深夜，于北京

片段：第七日之后

那些雾
在最早显露的层次里
不见飞扬的尘土　圣读
第七日之后安息的主　造物的主
原宥了人类最初的始祖
那必然之路

光明结在树上
那不是果实　那是开启双目的箴言
像星子一样划过心灵的天幕
这需要感恩　但首先应该洗沐
从双手开始　到你的心灵
到你将干净的泪水
滴在无罪的裸足

第七日之后
牧羊的亚伯把年轻的生命
供奉在何处　活着的人　这越来越多的人群啊
谁最需要在亚伯献血映衬的辉光里
幡然悔悟

2009 年 9 月 15 日夜，于北京

三十三年

属于我的这条道路已经延伸了这么久
从高原起步　我人生的切面上镌刻着生母的影子
那是冬天　母亲送我到清冷的小站　到元宝山
我的无限可能的未来　在她一步一语的叮嘱中
变得那么莫测　我记住了她的白发
那是光　这让我常常忆念燕山余脉上
冬日的雪　这两类崇高的飘飞出自一隅
十八岁　我远别降生之地的年华
所形成的隐痛　占据了母亲的心

前方　总是前方　那个地方叫异乡
列车穿越辽西　穿越我天真幻想的思绪
停在凤凰城　我在心里说　母亲
我不想回去了　我要留下
我要在这无比新鲜的气息里
给你发出一封又一封家书

三十三年　在我遥远的回眸中
母亲的思念是我永恒的岁末
是我白雪覆盖的老哈河
在灯光下　我的耳畔总是萦绕她的恳求
母亲说　我的孩子　你回来好吗　你回来
我守着你　哪怕你在我的身边睡上一夜
就是我的幸福

我在这条路上奔波了这么久
这不应该是一个迷途　三十三年
母亲　我昨夜未睡　也未醉　更无泪
我想把我的感觉告诉后人
断指很痛　痛失无血　在一个人
终生大念的疆域上存在遥不可及的边陲
想到碑　所有故去的前辈　他们再也不会
站在黄昏的门前呼唤我的乳名
生与死是同一条河流的两岸
因为水　也就是神秘的时光
将永恒相对

2009年9月16日上午，于北京

昨　夜

昨夜，我把无魂的肉身留在这里
神游坝上，向北凝望我遍地衰草的故乡

必须感激所有的艰辛和苦难
铭记饥饿，牵挂那么多依然饥饿的人们
霜期到了，还有多少人没有备好冬衣

广场。我可以想象那些无根的花
成为石头上变幻的修饰
在手臂的摇动或托举中
我看到燃烧的光焰刺伤风

我轻轻告诉自己的心灵
昨夜，我们抵达一个寂静的边缘
仰望自然的远空。向北
在我永远背对奢华的贡格尔草原上
一位牧人独自守着死去的老马，他不说疼痛

2009 年 10 月 2 日深夜，于北京

天　　韵

我试图遗忘舞蹈的王者
在他至尊的山河间，追寻一首诗歌

预言者，你秋天深处的河
铸就了终生苦乐。我的蓝色的国
在一只猎鹿的鸣叫声中，回望十三世纪的城郭

在火的烈焰里，我看到一棵树的形象
我看到一个绝美的少女，她高洁的前额
在她不远的地方，有一类焚烧让我想到苍翠的树冠
柳絮飘落。就如雪；我少年的夜晚；阿尔泰山抒情的斜坡

妹妹，就如清澈，你青春的湖泊
在天韵奏响的地方，我是那个赤足的牧童
我曾经的湿地，如今已经干涸。妹妹，我知道
你依然在怀念焦渴的骆驼。而我们的牧歌
就这样世世代代唱着，面对光明微笑，感恩天泽

2009 年 10 月 3 日深夜，于北京

微　　澜

已经不可能对年少的孩子们
说一些往事，比如在写意一样的春天
河流被拦腰截断。这预示着，在漫长的下游
比如在额济纳，草将枯，树木会死
孩子们！你们饮着苦涩的水长大
还有那些马，那些花，那些额济纳
美丽的女子，为什么不愿出嫁

化石。帛。一生一世的初夜
描摹者，你只能在黄沙的围困中
注视仅存的青草。额济纳人古老的爱情
剪影。幻觉。戏水的白鹭。总是为水迁徙
孩子们！他们过早地记住了陌路
正午，在干旱的额济纳，直射的阳光照耀母亲
我的部族，繁衍在一首牧歌深处

他们无比坚强地活着！你不会懂得
东归的额济纳人为什么不愿离开尊严的故土
尊严，肯定是生命里渴不死的花束
而灵之舞，溯源的人啊！我要告诉你
是一只苍鹰不睡；是一个牧人不语
是一泓新泉不枯；是一生一世的初夜
是两颗交融的心灵：盼一个新婴啼哭
啼哭，也为一匹马一生一世的奔赴

2009年10月4日，于北京

提　示

一切都在沉寂。心。草叶。贡格尔
你没有跟随那种仪式。你的辕，马鞍
应该被祭祀的树木失去了根与冠

从前。在动词戕害名词的年代
我的优雅的疆土上开着百合花
我的血肉相连的家，不在天涯
我的牧羊的妹妹，出现在阿斯哈图山下

梳妆的女子，蒙古青春的女儿
在向南的河水里寻觅星子
是最北的那一颗。那一刻，那一歌
源自陨落。她们的姐姐，贡格尔最后的王妃
把生命和美丽留在废墟间，她拒绝诉说

中轴线，你神秘的指向　那座消失的王城
滦河，你的黎明，在永无穷尽的光芒中
蛇立的倒影就是诅咒。破解谶语的人驾鹤而来
他当然深深铭记岁月的隐痛。就像爱情
活着的人们，小心掩映隐秘的一隅
向远方示意

2009 年 10 月 6 日凌晨，于北京

在时光沿岸 4

1987-2017

舒洁◎著

人民出版社

目　录

救赎 / 1

往事 / 2

垂听 / 3

隐士 / 4

哑语 / 5

帕斯捷尔纳克 / 6

独酌 / 8

神迹 / 9

赠言 / 11

时间 / 12

静穆 / 13

杳然 / 15

传说 / 16

圣山 / 17

生灵 / 18

阿丽雅 / 19

一辈子最深的怀念在哪里 / 20

在你的平原我的群山的那边 / 22

岁末：八行诗中的祝祷辞 / 23
在无限的想象中被什么所俘获 / 24
那匹红色的马驹已经走远 / 26
这一生的目的地究竟在哪里 / 27
冬天：岁末的青城 / 28
我的箴言浓缩的王国 / 29
关于岸：或河水波纹上的抒情 / 30
2010：回望书 / 31
冬夜的旅途 / 33
红蜡烛 / 34
我告诉祖先的山河 / 35
在克什克腾想到彼岸 / 36
怀着谦卑的心灵追寻箴言 / 37
活在爱中，像花朵活在枝蔓 / 38
两颗心灵守望的河岸 / 39
冬夜：在寂静中想象下一个春天 / 40
神赐：这起起伏伏无尽的安慰 / 41
此刻，仿佛只有那些灯亮着 / 42
夜思：在春节第二日 / 43
在一场雪中怀念另一场雪 / 44
早春：布里亚特的时光 / 45
2010：写在时光中的家书 / 46
——给我的儿子

天地人，还有羊群 /　48

梦者 /　49

设想：在人类未来的某日 /　50

救赎：当心灵远离心灵 /　52

舞者：穿越孤独的几个瞬间 /　54

与遥远的想象坐在一起 /　56

浅水湾 /　57

我们：在此之前，或之后 /　58

虚拟词：给女儿的信 /　59

隐 /　61

今天：活在诗歌中的海子 /　62

在人间 /　64

此刻，通往圣境的道路 /　66

清明之前的诗歌花束 /　67

清明前日 /　69

清明祭辞 /　71

4 月 6 日：日暮时分 /　73

1999 年京都岁末，与母亲 /　75

三江之源：思 /　77

致吉狄马加：诗 /　79

格拉丹东：恋 /　81

与静为邻 /　82

以地为心 / 83

四月哀歌 / 84

蓝月亮 / 86

在边城 / 87

海岸流 / 88

日全食 / 89

阳光雨 / 90

青石镇 / 91

水之侧 / 92

洛河南 / 94

午夜说 / 96

少年赋 / 98

七年诗 / 99

回眸间 / 100

起始：在故园的这一天 / 101

仁慈是一条柔软的河流 / 102

只能感觉的凝望 / 103

诞辰日 / 105

歌者：午夜的守候 / 106

在镇江的夜色中 / 107

回望镇江 / 108

南方：水的镇江 / 110

那一天 /　112

在辽东 /　113

岁月那边：或童年 /　114

夜语：体验与距离 /　115

第四极 /　116

一生一世的温暖 /　117

静默的最深处 /　119

在人间 /　120

金山岭 /　121

雕刻时光 /　122

诗歌的荣誉 /　124

正蓝旗：夏都的秋天 /　126

黄昏曲 /　127

怀恋的语词 /　128

凝望格尔木 /　129

转瞬 /　130

布达拉 /　131

德令哈 /　132

——写给永恒的海子

我在 /　134

活在世间 /　135

一箭之外 /　136

不解尘埃 / 137
感念内外 / 138
想象洪江 / 139
洪江补记 / 141
鹰翅那边的秋天 / 142
守望故乡的母亲 / 143
垓下 / 144
感谢拯救 / 145
筹远 / 147
又是冬天 / 148
燕山：感觉环绕与拥抱 / 149
纯粹：我所看到的光辉 / 150
母亲的故国 / 151
初冬：一个默者的黄昏 / 152
不问日月（一）/ 153
不问日月（二）/ 155
不问日月（三）/ 157
逝水：或那一年春天 / 158
天光与纵深 / 160
天光重现 / 161
前缘注定 / 162
永世（一）/ 164

青衣 /　165

飞行 /　166

听会儿音乐吧 /　167

反顾 /　168

生灵最贵 /　169

阅尽苍茫 /　170

远隔山川的音讯 /　171

我曾经是一个牧童 /　172

知觉：这个夜晚 /　173

领受 /　174

七年之痛 /　175

独自守望 /　177

大兴安岭 /　178

穆斯塔尔 /　180

崇高的安宁 /　193

西番莲 /　194

灯光，与正午的交错 /　196

在寒夜的独行里念这颂辞 /　197

告别辞：七年之后 /　198

灵息舞动 /　200

近在咫尺的蒙古 /　201

千年之约（一）/　202

在蔚蓝与洁白之间 / 203

燃烧中的推论 / 204

双亲已去 / 205

儿子 / 206

四重奏 / 207

举目而过 / 208

玄机 / 209

落满尘埃的典籍 / 210

肖像 / 211

头羊 / 212

鸟向西飞 / 213

触摸：2018 年的海滨 / 214

与孙书 / 215

——给我未来的孙子或孙女

隔代之间 / 217

信奉 / 218

德令哈 / 219

荒芜之下 / 224

——中国远征军祭辞

那里花开 / 225

草之侧 / 226

从右到左 / 227

雾的空 /　228

那些鸥 /　229

门里门外 /　230

我所理解的不朽 /　231

十二行 /　232

寂：最终的揭示 /　233

耕耘者的圣途 /　234

——祭奠诗人王燕生

我们都在过程中间 /　235

千年之约（二）/　236

此刻：春天就这样温暖着 /　237

花朵的梦想 /　238

春天的秘史 /　240

神赐的口信 /　241

天使的证明 /　243

时光的铁幕 /　244

跟我的忧伤去趟草原吧 /　245

你 /　247

其实你是我诗歌里的花朵 /　253

我和你 /　254

三十年后的草原 /　256

延时 /　258

走过 /　259

倾吐 /　260

札 /　261

飞 /　262

北纬三十度 /　263

枕着无形的波涛入睡 /　264

在普陀回望灿烂的故乡 /　265

红樱桃 /　266

六行诗 /　267

穿过雨幕 /　268

八行词 /　269

花朵的心 /　270

三岁的天使 /　271

曾经的美丽 /　272

午夜辞 /　273

这个日子 /　274

——写在儿子的生日

致子书 /　276

我们的梦境没有疆界 /　277

在世界的另一半 /　278

2012 /　279

远夜 /　280

远夜那边 /　281

舍弃三万里 /　282

寂然之河 /　283

五月诗 /　284

生命那边的母亲 /　285

两个人的德令哈 /　286

海伦 /　287

水的高原 /　289

我是你的精神的父亲 /　291

七个世纪 /　293

永恒的心 /　295

永恒相融 /　296

融 /　297

史上树下 /　298

开解 /　299

燕子 /　300

距离 /　301

幕 /　302

守 /　303

幻 /　304

曾经的夏天 /　305

回望穆斯塔尔 /　307

雨幕深处 / 308

前生的信使 / 309

帝国的疆域 / 310

命中 / 311

阿斯哈图远眺 / 312

1279 年 / 313

十三世纪 / 314

七夕 / 315

青海 / 316

贵德的黄河 / 317

青海：斜坡上的羊群 / 318

青海湖 / 319

在塔尔寺，我想到人类的爱情 / 320

五个昼夜的青海 / 321

光芒 / 322

奔向德令哈的马匹 / 323

青海一梦 / 324

塔尔寺金顶上的阳光 / 325

挥别 / 326

梦：菩提树下的两个孩童 / 327

黄金城池 / 328

在远离高原的地方 / 329

活着的指纹 / 330
独奏者 / 331
六行诗歌里的秋天 / 332
在人间 / 333
帝国 / 334
圣地 / 335
墙：虚构的语词 / 336
六个词 / 337
在天宇下 / 338
故园的歌声越过山脊 / 339
默读 / 340
久远 / 341
追踪鹰迹 / 342
河流之上的怀想 / 343
在隐约的鸟鸣里 / 344
秘境 / 345
云下 / 346
圣泉的揭示 / 347
遵从 / 348
铭记 / 349
在人类之顶 / 350
蝉翼上的辉光 / 351

后来 / 352

假设 / 353

蒙古 / 354

感激一个名词 / 355

牧歌中的灵翅 / 356

救赎之树 / 357

人间恩惠 / 358

这是我们的岁月 / 359

到灯光的边缘 / 360

面对暮色 / 361

带走火焰 / 362

墙壁那边的枫叶红了 / 363

峡谷的心灵 / 364

雨和峰峦 / 365

设想复活 / 366

动咫尺而行万里 / 367

鸢飞 / 368

骑手的荣誉 / 369

穿越一切 / 370

承认并相信 / 371

神曲 / 372

宝石镶嵌的山顶 / 373

沿岸精致 / 374

青釉 / 375

纱巾与黄昏 / 376

在后海想到纳兰性德 / 377

从长安到汴梁 / 378

朝向的逻辑 / 379

心动于温暖之后 / 380

彗光 / 381

在落叶缤纷的秋季 / 382

少年 / 383

环绕 / 384

梦幻的领地 / 385

没有疆界的忆念 / 386

云线缠绕 / 387

花开十万里 / 388

马 · 蝙蝠 · 乳名 / 389

就在此刻 / 390

迎迓 / 391

我的贡格尔草原 / 392

英雄 / 393

十指与道路 / 394

音乐 / 395

在河流之间赴约 / 396

白日 / 397

无所不在的缝隙 / 398

午夜 / 399

岸说 / 400

根系 / 401

非凡的奏鸣 / 402

活过一生 / 403

人间瞬间 / 404

主宰 / 405

恍若隔世 / 406

无形边陲 / 407

在文字退远的午夜 / 408

拥有者 / 409

边关驿站 / 410

幻想的疆土 / 411

语词的魅力 / 412

我出现 / 413

一切，都在近旁 / 415

你能想象的辽阔 / 416

在鹰翅下飞 / 417

一切在一切中 / 418

向西的智者 /　419

此刻 /　420

在济南 /　421

梦境中的临界 /　422

在轻微的触碰中 /　423

我听到鸿雁飞过今夜的天宇 /　424

梦海 /　425

在一句箴言的尽头 /　426

亲人们 /　427

一寸肌肤的山河与史实 /　428

感激与尊重 /　429

面北诉说 /　430

沿山谷而下 /　431

颂诗的荣耀 /　432

前世的恩泽 /　433

隐喻 /　434

永世（二）/　435

我所拥有的心灵 /　436

夜那边的河 /　437

图腾之地 /　438

祭祖之后 /　439

今夜，我们的雪 /　440

时光码头 / 441

怎样画一个夏天 / 442

在水与时间的两岸 / 443

静若微茫 / 444

净水洗沐 / 445

暮色之下 / 446

在臂弯一样的夏天 / 447

冬夜赋 / 448

第二夜 / 449

由北向南 / 450

从左到右 / 451

昨夜今夜 / 452

午夜山河 / 453

永世不疑 / 454

幻想都城 / 455

梦影重叠 / 456

今夜禅定 / 457

为心而歌 / 458

红日以北 / 459

立春如夏 / 460

时光信札 / 461

静处听海 / 462

两侧宇宙 / 463

相守时光 / 464

心海远岸 / 465

未来某日 / 466

救　　赎

贪恋宝石的人，通常忽视玻璃和水
还有一切生灵的眼睛。贪恋宝石的人
绝对不会尊重一颗柔软的心灵

贪恋宝石的人恐惧劳作与对视里的忠诚
这远大的天地。光源来自上方烈日
在帷幕那边，承受照耀的月和星子
以反射的银辉还原白昼

在史实中
古老的树木依然结着新鲜的果实
那是活着的心灵，是的，有些悲苦。可是
那些浮华，甚至王冠，在公正的时间里
显得那么落寂，如一片腐叶蒙着尘土

洁净，最终的救赎从醒来后开始
忆念爱，这可能非常疼痛
这是清晨，你要对一位故人默念祝福
你伤害了，你失去了，你的灵魂上压着石头
到那一刻，你要记住圣灵的训诫：洁净
你要看一看不远的树木上，在枝杈间
是不是坐着一个自由的孩子
那是上帝的果实
通体透明

2009 年 10 月 7 日凌晨，于北京

往　　事

穿越青纱帐的少年
在田垄的尽头遭遇了黄昏
像被分开又合拢的海浪，玉米的叶子
伴随着某种神秘惊悸的奔跑
丘陵杳然。在贡格尔以南，传说中的谷地
已经变成金黄。喜鹊落在高大的杨树上，看着北方

穿越青纱帐的少年
面对横亘的高原之河，但没有发现行人
九月，我的色彩重叠的记忆
我的夕阳，云中幻化的大鸟
似乎从不恐惧燃烧。那个年代，在落日的大地上
我是一个迷恋星空的孩子，我不知道哪里是目光的故乡

穿越青纱帐的少年
感觉危险就在身后，但没有听到声音
严冬，我永远失去了母亲
我的光芒，我的生命之火，焚烧为遍地忧伤
我的青纱帐，我的海洋，我回望中少年的天堂
它无形的门，在那一天关闭，直到这个寂静的晚上

2009 年 10 月 7 日夜，于北京

垂　听

我选择静默
在精神的南岸
我在一个人的午夜选择了苍茫与岑寂
如果我进入你的梦境，我会远远站立
我是你的碑，我选择垂听的方式守望你的疆界
我拒绝铭文，但我珍视光明下的倒影，还有风

你舞动的长发，那样的自由多么接近
墨与黑夜的色彩。我甚至能够嗅到一阵异香
光明大概就在河上

黑色：煤。瞳仁。鹰之翼。墨与夜海
是啊，还有铁树。如果心怀感动，这漫长的等待
将在一个布衣先知的箴言里
诞生五月。因为美丽珍贵
有人恐惧花开

2009年10月10日，于北京

隐　士

扶轩的人，在木头的花纹里看见了山岭
后来他成为广大原野的一部分，在泥土中
他见证很多幼树，把新生的枝头和叶子举向高空

我们看见宋代远了，唐代更远
中原的牡丹依然开在洛河沿岸
扶轩的人，我们不记得他的姓名
可我们熟识窗子和门

扶轩的人，帷幕之前雨幕之中的人间
雾罩群山。心与心不见，隐士无言
五千年尘埃落定，雨后彩虹
飞越一条旧路。在那道彩门的边缘
我们看见远空，扶轩的人，已经无影无踪

2009 年 10 月 10 日深夜，于北京

哑　　语

如果没有光明，空气中的对视
如果我们漠视渴望诉说的眼睛
如果没有手势，灵活的十指
如果没有生动的暗示与神情

如果不再感觉远山落雪，愁锁眉中
如果我们永世忘却月下独行的身影
如果没有明天，红色的黎明
如果没有降生的过程与疼痛

我面对三个打着手语的哑者
面对他们的世界。如果我启齿
他们一定会感到异常陌生与寒冷
他们无法听到我的心语：我的姐妹弟兄

2009年10月13日深夜，于北京

帕斯捷尔纳克

俄罗斯，别列捷尔金诺
你的墓地那么静。他们送你
那自发的人群，在六月的第二日
企盼天使的词语安慰你，并使那个年代得到医治

帕斯捷尔纳克，人类的医生
你死在无边的伤痛中。你的祖国
在昏睡的年代里悲哀深重
你的祖国失去了多么孤独的儿子
二十年后，她希望把你唤醒
一个美丽的俄罗斯少女流着泪水
在别列捷尔金诺墓地唱起颂诗
一切都太迟了！一切。面对怀念
那个少女说：父亲啊，究竟为了什么
我们在夏天最初的早晨
必须接受庄严的凋残

帕斯捷尔纳克，你说：夏季就这样告辞了
在你永别的夏季，是谁的舌尖发出了蛇语
那喷吐的火，烧灼人类心灵的花朵

你的祖国，那片诞生诗歌与音乐大师的土地
那片忧伤多情的土地，铺展欧亚大陆的土地
在六月二日痛失你。那些人，他们以正义的名义

剥夺了你灵魂的王冠。之后，他们速朽
在人类精神的长堤上，我们无从寻找他们的印痕

哭泣的少女，俄罗斯美丽的女儿
当她成为新娘，成为年轻的母亲
她会在自由的灯光下谈起别列捷尔金诺墓地
她会说：是的，我哭过，为一颗伟大高尚的灵魂
为了绝望的帕斯捷尔纳克，我呈现过心

帕斯捷尔纳克
今夜，我活在我的祖国
我能将什么给你？除了我的祭诗
我还能用什么透视你永恒的沉默

我的相连的诗歌山河
帕斯捷尔纳克，我要把一支忧伤的牧曲给你
它源自我的蓝色高原
在它最核心的位置，帕斯捷尔纳克
自由与爱情是两道光明
没有任何力量可以剥夺

如你安息的别列捷尔金诺墓地
今日的俄罗斯，或你的伏尔加河

2009年10月13日深夜，于北京

独　　酌

你们总可以想象唐朝的村庄
或西域边塞苍茫里的死亡
孤独的牧羊人，站在塬上

塬下有位出嫁的姑娘
你们总该知道她为什么忧伤
马莲花开，九月的深处，闪烁泪光

此刻，我独酌，遥念心海边疆
我把一种色彩献给两个黎明，路那么长
雪那么柔，草那么绿，湖那么静，夜那么亮

2009 年 10 月 17 日凌晨，于北京

神　迹

在贡格尔河谷，牧马人
躺在一面朝阳的斜坡上怀念亡失的爱情
那是两种岸的故乡

我看见杨树巨大的阴影
凝滞在地上。那个时刻，我的思绪
从蒙古高原的凝视中醒来
仿佛有什么突然断裂，但不是铁
应该是我们常说的岁月

牧马人，蒙古高原的儿子
他怀抱牧鞭，如怀抱初恋的少女
牧马人，让一支牧歌久久回旋在
心灵最洁净的地方。一匹马在一旁食草
还有一群马。牧马人，他闭着双眼
在两种岸的故乡，他的泪水
流淌在青青的草叶上

是的，那应该就是开始
岁末，风有些微凉。我们走过广场
我们在午后阳光铸造的记忆中
来到一个交叉路口。哦，这形象的隐喻
你的笑容绽放在深秋的下午
那一刻，我看见地上落满金黄的树叶

是时节断了。我告诉自己，这一定是怀念
不远的中原，洛河，红色的牡丹
一定会开放在温暖的灯前

灯前，是什么在神秘叠印
天籁凄美，一个古老的都城睡了
那是第几日？我在沉醉的体味中追寻神迹
贡格尔河，洛河，恒河，额尔古纳河，巴比伦河
灯前，我的冬天的河。在时光之岸，我醒着
我的鲜红的黎明必将到来
睡吧，我的河。我会把不朽的树木
植入你的梦境，你要感觉它的生长
然后，我用泥土的心智赞颂十条河流
使你成为水的女儿

2009 年 10 月 20 日，于北京

赠　　言

你要在寂静的包围中感觉焚烧
关于生活与痛，在岁月恩赐的孤独里
你要微笑

你要告诉自己最近的人，比如母亲
或她的亡灵，你爱过，像杜鹃对温存的山脉
像幻想，那一闪一闪的光芒

你要在精神的废墟上追寻遥远
比如仰望。面对澄湛，或满天星斗
你要怀念

你要安慰自己最真的心，比如泪水
或它的哀伤，你活过，像树木对风雨的未来
像预言，那一波一波的微澜

你要在光阴的缝隙中安放幸福
你要相信，痛苦，是黑色之斧劈开的忠诚
你要铭记

你要祈愿自己最远的路，比如衰老
或它的象征，你走过，像风帆对神秘的远海
像鸥鸟，那一声一声的啼鸣

2009年10月20日深夜，于北京

时　间

我已经感觉到某种降临
一只大鸟栖落科尔沁与贡格尔之间
对于辽河，时间就是水。而一天一天变窄的河道
大概是时间古老的哀愁

我们改变不了一切
比如浑黄。那么，我们可以改变自己
变一种方式，让唯一的心灵凝视庄严的萧瑟

溯源，这逐渐向上的纬度
从平原直到丘陵，到两河交汇处
西拉木伦河，老哈河——辽河的北源
在时间轮回的北地，是谁把身后的思念
点缀为羊群。在大兴安岭最高峰
我想到时间的高度。看到飞奔的马
我想到岁月的高度。看到一个牧人虔诚匍匐
他触摸到地母的高度

而降临，是一个久远预言的一部分
我们不能拒绝大鸟的暗示
在时间的神秘中
人不能拒绝独自焚烧的痛苦
这藏在时间尽头的满足

2009 年 10 月 24 日夜，于丹东

静　　穆

那很远吗
我是说存在，那美丽的树木

那很远吗
我是说栅栏，那隔离的天空

那很远吗
我是说河岸，那腐朽的桅杆

那很远吗
我是说幻想，那滴血的翅羽

那很远吗
我是说初恋，那燃烧的语言

那很远吗
我是说心灵，那透明的夏天

那很远吗
我是说夜晚，那迷蒙的山前

那很远吗
我是说静穆，那回眸的双眼

那很远吗
我是说告别，那无声的视线

2009 年 10 月 25 日下午，于丹东

杳　然

在一瓣野百合的苦涩中
八月逝去。九月里赶着黄牛回家的孩子
幻想春天的牧笛

十月，我的高原寒气笼罩
我的母亲，那个死去前异常瘦小的女人
把强大的怀念留在人间
她让我在回望一道帷幕的早晨
以儿子的身份，铭记她的大爱
与非凡的美丽

总有一天
我会把生命还给母亲
我仿佛已经看到一个祭祀
是的，纸的灰烬在斜阳里飘舞
如落叶缤纷

不，这不是想象死亡
死亡，是河流那边永恒的光芒
没有忧伤

2009 年 10 月 26 日上午，于丹东

传　说

我几乎触到了那团火焰
那种令我迷恋，又不可分解的物质
它高于平原，低于星空，它燃烧时刻的形态
那么接近山脉

我几乎相信了一种幸福
在瘟疫流行的年代，飘浮的人，在阴霾深处指点什么
我们活在这个叫人生的世界
目睹新生与衰亡

我几乎触到了那团火焰
那令我神往，又难以寻觅的源泉
它掩于隐秘，动于幽深，它美丽呈现的时刻
那么接近传说

我在广大的地域追踪一个骑手
他留下了惊世一语，像血那么红
他说：跟着心灵行走吧
据说，他消失在没有月光的秋夜
在阿尔泰山以北　还深爱过一位至死不渝的女子
据说，骑手把他的恋人丢了
为了寻找，他的坐骑跑遍了高原草地

2009 年 10 月 30 日夜，于北京

圣　山

肯特山，如果你必须成为我的仰望
让我回到遥远的童年
我精神的父亲，我会在鲜血的誓言里
一生寻觅你的身影，这很艰难
但我将铭记骑士的旅途

肯特山，如果我注定身在异乡
在某个雪季痛失相依的爱情
我精神的父亲，我会在珍贵的怀念里
对你倾诉，这很幸福
我将微笑，并默念你的遗嘱

肯特山，如果你的肃穆
让我记起一个温柔的名字
我精神的父亲，我会在篝火的舞蹈里
透视不可回返的往昔，这很灿烂
长歌当哭，隔着时光的帷幕

肯特山，如果我注定心守孤独
在某个黎明遥想三河之源
我精神的父亲，我会在升腾的朝霞里
对你寄托一切，这很痛苦
我将站立，并想象你的道路

2009 年 10 月 31 日夜，于北京

生　灵

我在狗的双眼里看到了伤感
然后它落下了泪滴
它伏在那里，在十月最后的阳光中
它注视我。那一刻，我遗忘了奔忙的人类

我在狗的雀跃里看到了欣喜
是这样的语言让我理解了归期
我想到它的等待，在寂寞的睡眠中
它能梦见什么？那一刻，我接近了流水的圣境

我在狗的双眼里看到了渴求
比如食物，比如走向室外青草掩映的路径
它的四肢会在一棵树下舒展
它很幸福。那一刻，我体悟了生灵的尊贵

我在狗的双眼里看到了恐惧
在人间，不可饶恕的遗弃
使它无比依恋臂弯的守护
它总是走走停停。那一刻，我想到了必然的伴随

我在狗的双眼里看到了安宁
那么忠诚，一定不会改变
它仿佛想说什么，但选择了低头
它总是沉默。那一刻，我忽视了身后的日落

2009 年 11 月 2 日凌晨，于北京

阿 丽 雅

我听到最沉重和最轻柔的回响
八月，我的族群把一种仪式送远
他们留下苦难，把爱给了女人与孩子
在历史色彩最浓郁的一章，他们敬仰长者
这个历程是八百年。要说祭祀
是高原上一夜变黄的草
而幸福，却是阿丽雅正午阳光下的笑容
还有呼伦贝尔牧场

在手背光明手心黑暗的人间
时光带走了一个人的青春
还有想象。在北方以北
那个叫蒙古的地方
也是云的故乡

阿丽雅，你知道在家族以外
两个最亲的神　一个叫太阳　一个叫月亮
而我，阿丽雅
我是你记忆中的一页，或者片段
最终，我一定会成为你的遗忘

2009 年 11 月 3 日夜，于北京

一辈子最深的怀念在哪里

丝绸的质地，一波一波起伏蔚蓝
映衬六色。在远山，鹰守着雏鹰的巢穴
俯瞰河岸。顺着山脉行走的心灵
感觉一种涌动，那是逆向的地泉
朝着水位越来越深的北方奔流

把最甜蜜的亲吻留在月下
等待星辰一颗一颗升起
在岁末的午夜怀念属于邮差的年代
那么多手写的书信
洁白的信笺与永远消失的地址
曾经充满幻想的青春和姓名

进入一条古巷，轻轻抚摸旧宅的砖瓦
把无言的追忆献给往昔的情侣
那个做了父亲或母亲的人
相信人的渴望来源于纯洁
是那样的岁月，诞生了被传唱至今的歌谣
像幽静的黄土小路，通往深秋的白桦林

在泛黄的书中寻觅灵性
铭记身后的温暖里有自己的母亲
被她珍藏的灯盏，一些黑白照片
那是每个人都曾经历的童年

还有腊月，换上了新衣的人们
那么期待除夕的夜晚

我是一个活在记忆中的孩子
与风为伴

2009 年 11 月 5 日凌晨，于北京

在你的平原我的群山的那边

雪刚刚落下。我可以感觉高洁的额头
被风吹向肩头一侧的黑发抵御夜
我可以断言这个时刻的融化就像花开
雪首先落在发间，然后是额头与脸颊
在唇上融化，美丽而寂然

我可以告诉你
在你的平原我的群山的那边
在一条久久眺望的道路的尽头
站着一对姐妹，她们叫怀念和幸福

但是，我必须对你说
我永远都不会成为你精神的父亲
此刻，我背对岁末的贡格尔河
甚至不能复述她的低语

在你的平原我的群山的那边
灯刚刚点燃。你醒着的心灵
为了什么彻夜不眠

2009 年 11 月 28 日凌晨，于北京

岁末：八行诗中的祝祷辞

向上，在一束光明里实现
最后的告别，我的蔚蓝色的倾诉

是那样的过程，我告诉自己的心
是只能怀想纯洁的庇佑，决定了拯救

隐语者，你们在人间凋敝的秋天里
珍藏了十粒稻谷，那没有语词记录的迁徙

在温暖的覆盖下，十颗得救的心灵
与天使同行，飞向我们不可想象的圣境

2009 年 11 月 29 日凌晨，于北京

在无限的想象中被什么所俘获

我们都会走向苍老
或在人生的中途死去
老去的时候，我们像旧宅的屋顶
有些暗色，我是说那些土

我是说那些回忆，像历史一样斑驳
那么多年，我们在诗歌里甘愿被焚烧
我们无限忠诚的灵魂
曾经如水那般剔透，然后被慢慢蒸发
最后，我们可能会把自己安放在某个黄昏
我们老了，没有陪伴
而另一个人，那个被我们深深怀念的人
是永远消失的河

如果什么都没有了
我们至少还有回忆
想一想在哪一年的哪种时刻
我们被爱情俘获，从此成为它的奴仆

我是说那些难忘的过程
还有无可挽回的过错
我们充满忏悔的泪水
将在哪里飘落

我是说在无限的想象中有一种可能
那是苍老的诉说
已经远离青春的花朵

2009 年 11 月 30 日凌晨，于北京

那匹红色的马驹已经走远

它在我少年的梦境中横穿沼泽
那一夜的雨，那一夜的湿地

那一夜的辉煌是红色的马驹
不是我。我在梦中飞，它在水上飞

我们叫人类。我们相拥，在亲吻的间隙说爱
在遗忘前说恨，在怀念时说曾经有那么一个人

长久渴望抵达蓝色的蒙古高原。他在纸上画马
然后离开了家，他用目光问询一道又一道门

后来，他死了。他一生都未能娶一个女子为妻
就像走远的红色马驹，那样的灵息，永无痕迹

2009 年 11 月 30 日深夜，于北京

这一生的目的地究竟在哪里

我对微明的天光说，我永失故乡
我想象爱人的臂弯里存在一个不变的凌晨
我如婴儿那样安睡，脸上挂着泪痕

她应该醒着，在我和她之间
隔着爱。这使我想念长眠塞北的母亲
她在什么时刻，完成了这样的托付

伟大的她们！我对微明的天光说
她们是美丽仁慈的树，是我爱着的理由
如果我曾经背弃，我也没有失去绿阴

我用一生的时光追寻清澈的源流
如珍重不可沦丧的品质。我的尊严与信仰
在母亲的一语嘱托里，指向未来苍茫的四季

活着啊，我们相伴走向未知
无法抗拒的神秘，那辽远的命定之旅
这一生的目的地究竟在哪里

2009 年 12 月 2 日凌晨，于北京

冬天：岁末的青城

我走在年轻而沧桑的途中
在我的青城，在一匹马奔赴的雪阵
我祝福阴山。我的长眠在广大忧郁里的亲人们
我的族群，你们多么珍重黄金史上的密语
你们多么虔诚。你们以无限宽广的胸怀
隐忍一切悲苦。十三世纪的云朵飘在青城上空
它让我飞。它让我在一切悲苦之上舒展双翼

这隐形的魂灵。一定存在一个盟誓
一定有一颗柔软的心，在滴血的午夜守望爱
她超越世俗，她在一杯醇酒沉淀的岁末燃烧
但你看不见火焰

在我的青城，我没有看到这一年的雪
可我可以感觉飞。它在午夜，在我的族群安宁的往昔
沿着阴山飞

这个时刻
我不知道谁在流泪

2009 年 12 月 8 日青城归来，凌晨，于北京

我的箴言浓缩的王国

寂静。透过指缝，那一年八月的夕阳
照耀高原和我的祖母。我在持续的幻觉中微笑
忠诚于不可改变的前定

我所接近的非凡的痛苦被河流洗净
如一个圣童。那个年代的伊默塔拉草海
骏马高贵，那是我久久追随的品质与气质
我的箴言浓缩的王国，星辰硕大
那么明亮，仿佛已经穿越了悲伤

如果我们必须面对沧桑的山河
任沙海逼近，绿草成为遥远的记忆
如果我们必须感觉心灵的枯萎
任诅咒肆意，信仰成为破碎的旌旗
我们该怎样爱？怎样解读孩子们的注视

寂静。置身梦境，那一年八月的月光
恩赐高原和我的祖母。我在均匀的洒落中奔跑
依恋于天籁回旋的圣地

2009 年 12 月 9 日深夜，于北京

关于岸：或河水波纹上的抒情

我已经感到那种奇迹将出现在这个时刻
今天，我承认严寒的冬天真的来了

关于岸，我们习惯于联想桅杆和灯塔
我们过于关注一些遥远的事物
比如天象，仰首之后的预言
比如祸福，语言之刃所雕刻的极致

我们如此善于遗忘
那是我们的河。你看河水波纹上的抒情
是否闪耀着一些理当铭记的过程
或者心痛——当你在河水的波纹上
依稀看到不该遗忘的姓名

我看到了，我接受终结
今天，我承认蓝色的波涌真的远了

2009 年 12 月 11 日深夜，于北京

2010：回望书

我所热爱的年代
那飞行于人类大恸之上的幽蓝
无翼的心，被什么辉映与回应

我所热爱的年代
逝者的故乡，让我们久久仰望
想象一个身着蓝裙的女子
在无名河畔守护一片兰花
我的诗歌中就会垂落旗帜

我所热爱的年代
英雄沉寂。我们是多么孤独的人
铁质的怀想追随一驾马车
从北方到达南方，往昔的孩童从青春
走到了中年。我能够阅读的云海
在无限的星宿之间
让永恒的风成为永恒的伤痛

我所热爱的年代
河流洁净。河流，真的如同神圣的爱情
神女峰，在中国西南的群山之间
神女的彩巾飘着
那么柔，那么重

我所热爱的年代
那成熟于秋季之树上的果实
尽显血色。智者的泥土，那一条一条
被踩出来的道路，在午夜反射白昼之光
骑马的人，在科尔沁草原以东
开始怀念消失的银狐

我所热爱的年代
红马驹飞过午夜雪后的山麓
女子美丽，月光充足

2010 年 1 月 1 日，于北京

冬夜的旅途

那是你梦的边境
我已经穿越，比如那一刻灯火照耀的聊城

比如新岁的钟鸣
这一天的祝福以什么样的方式飞过了漠野
抵达一个边缘，比如回溯
一定源起郑重的承诺

比如你柔软十指所弹奏的竖琴
某种无形，你的一个人的海洋上
那唯一值得骄傲与挂念的水手
他守着折断的桅杆，守着幸福与生
也就是你的梦

那是你梦的边境
我已经穿越，比如那一刻无人伴随的旅程

2010 年 1 月 2 日夜，于南昌

红 蜡 烛

点燃那片红蜡烛
在红色和橘色的辉映中
看时光流泪

点燃那片红蜡烛
在无限感伤的乐曲里
听雪落丛林

点燃那片红蜡烛
面向遥远的青春大声呼唤彼此的名字
忽视脚下的暗影

点燃那片红蜡烛
手心相对，像两条河流在天空下重合
像两个孩童，说起飘逝的风筝

2010 年 1 月 14 日夜，于成都

我告诉祖先的山河

是那种气息，我告诉祖先的山河
是色彩的奇异与燃烧中的飞行
让年轻的耕作者仰视光明飞尾翼
多么接近一类嘱托

我告诉祖先的山河
陨石，这承载了无尽暗示的物质
已经冷却。在我们只能幻想的银河系
那有序的结构，那悠远，那如人类哀伤一样的神祈
洞悉了什么

为了什么我们总是感动于大地上的爱情
为了什么我们一咏再咏？一叹再叹
为了什么，我告诉祖先的山河
我服从命定

我把最后的倾诉给了冬天的高原
我离开。我告诉祖先的山河
那些花儿开着，我的恒星
在一派蔚蓝色的铺展中守望宁静

2010 年 1 月 29 日，蒙古高原归来记，于北京

在克什克腾想到彼岸

你看充满疑问的天空
辉煌或阴霾的视野，少年的幻象终成杳然

你看来路，花开四季，还有枯萎
泪与水的大地，依稀可辨的年轻的伤痕

除了圣旗，你看在一种理想的高度上还飘舞着什么
除了心灵，穿越十指的风还吹拂着什么

你看慢慢磨损的美丽，如远走的七月
迎来龟裂的时节，那个时候我们真的怀念水流

你看自然，降生与故去，轮回的过程
被诺言安抚的拯救，只能飘飞在梦境的花朵

除了微笑，你看在冰冷的嘴角上还挂着什么
除了祈福，踯躅而行的人还拥有什么

你看彼岸，也就是未来，山河依旧
奏鸣曲，我们的垂柳，我们隔窗而念的纯洁与自由

2010 年 1 月 31 日正午，于北京

怀着谦卑的心灵追寻箴言

那个影子真的不见了，那个影子
它存在过吗？你说疑问，但和远山无关

远山沉默苍莽，它以危崖流泉作泪
缅怀永远消失的大树。你说欲念，我想到火焰

这个时刻，我的世界静了，月照旷野
一首干净的诗歌纯真复活，如珍贵的童年

面对神秘的星系，你能发出什么样的语言
如果你扬起手臂，你会感觉到怎样的阻拦

那不可破译。玛雅族群，他们在石头上刻下了什么
一个绝美的少女突然夭折，她曾折叠时间，你说那就是预言

让你的心获得安宁，像露珠或叶片那样，像仁慈或忧伤
以静美的形态倾听风，花朵，沉痛，还有智慧的双眼

2010 年 2 月 1 日零时，于北京南城

活在爱中，像花朵活在枝蔓

被阴影遮蔽着，在积雪厚重的山麓
弹奏时间的竖琴。入夜，我发现一颗星子
划过贡格尔草原以北的天空，有些悲凉

这非常接近我归乡的心境，痛失母亲
我从此没了家门。感觉神灵，我眺望光阴之海
波涛接着波涛，桅杆消尽

活在爱中，像花朵活在枝蔓，根吮清泉
尊严的树上总会出现鲜红的果实
在绿叶中间，那些果实，如我们守在母亲身边

我们不会躲避纯洁的孤苦，这样的品质接近神
与浩荡的云。那个时刻，我的前方是冰封的西拉木伦
是黄昏，我突然为生命感动，我的近旁流过晚归的羊群

2010 年 2 月 2 日午夜，于北京

两颗心灵守望的河岸

如期开放，在那片干净的天空
美丽的蓝色花朵没有错过注定的时节

在形而上的凝望里，被珍重的美丽就是心灵
像青春一样动人，在别处，那叫遥远的异乡

飞舞而来，这生于前世的羽翼，如莲
你可以遥想透明的春天，如愿

第五季，我们看着天空说，多么好啊！这两颗心灵
就像重合的槐荫那样，从此拥有了涛声起伏的河岸

2010 年 2 月 2 日午夜，于北京

冬夜：在寂静中想象下一个春天

在离开贡格尔的清晨，我的脑海
出现了那些朝圣者。向西，那不断上升的高原
辉煌的塔顶上响着风铃

他们衣衫褴褛，可目光清澈
妹妹，那一天，大地的骨骼发出闷响
像恒定的启示那样，久久回旋在我的身后

我想，我们一定是错过了什么，比如前世
比如母亲的黄河切过厚土，我们在梦中离散
成为黄河两岸无声的风景

那一天，我听到了最美的钟声
妹妹，那与黄金无关，那是尊贵流淌的血液
对春天发出的誓言

一定是在水边，感觉风雨降临
感觉灵动的超越一如飞行，从平原直至谷地
然后，我们会坐在星空下，谛听午夜的潮汐

2010 年 2 月 4 日凌晨，于北京

神赐：这起起伏伏无尽的安慰

妹妹，你看那些花儿开着，像星空一样美
未来的春天那么纯粹

妹妹，你想一想，幸福的泪水会在哪里飞
抒情年代的某个夜晚，至今未睡

妹妹，你要牢牢铭记，在心灵的边陲
矗立的等待那么安宁，谁在幻想，在对视中碰杯

妹妹，透过灯火，你可以回望高原，向北
怀恋自由飘展的浩荡，你的心，不会疲惫

妹妹，你要感悟那种象征，与追随
人类，为了什么在痛苦中依然深怀迷醉

妹妹，你要珍藏这蓝色的典籍，终生不悔
这前定，这苍宇下的海，这起起伏伏无尽的安慰

2010 年 2 月 4 日深夜，于北京

此刻，仿佛只有那些灯亮着

沉寂了
这个祝福纵横的夜晚
我感觉到极地的雪
开始飘落无人的地域
我感觉到寒
在这人间犹如隐秘的根须

此刻，仿佛只有那些灯亮着
那些远离旷野的火
还有很多虚词
在传说的领地
我相信众神在河畔踱步

沉寂了
仿佛只有那些灯亮着
仿佛天堂距离祈愿的人们近在咫尺
仿佛苦难，从来未曾在落叶上留下任何声音

2010 年 2 月 14 日，除夕之夜，于丹东

夜思：在春节第二日

比永远远一点
比长安遥远，相隔唐朝的中原

比月光暖一点
比星空灿烂，寻找往昔的火焰

比爱情浓一点
比诺言湛蓝，穿透无色的时间

比亡失痛一点
比泪水更咸，行走泥泞的河岸

比未来真一点
比昨天平淡，接受必然的瞬间

2010 年 2 月 15 日凌晨，于丹东

在一场雪中怀念另一场雪

那场雪的确存在过
我是说飘落与铺展
还有不可破解的静谧

在北方，在正月的这些日子
我们试图还原一个真实
比如雪的语言，比如飞，比如梦
比如雏鹰，在辉煌的阳光下熟睡
它是否在虚幻的扶摇中
获得了天使的翅羽。比如我们
为何在巍峨塔楼的坍塌声里
依然关注腾飞的尘埃

这绝对源于最美丽的想象与忧伤
正月的这些日子，我想到那场雪
曾被描述为一个传说，有些决绝和无助
正月的这些日子，我们念起故人
犹如念起黎明前消失的北斗
那只能感觉的光明

我们只能问：活在人间
我们，直立行走的人类
倾心相爱是不是很难

2010 年 2 月 17 日下午，病中，于丹东

早春：布里亚特的时光

布里亚特，与一条河流
同生的部族
是永恒的波涌

还有你的柔
布里亚特少女
在雪后的这个清晨
在你们回归的呼伦贝尔
你是血脉的灵息，是移动的白桦树
是结在岸边高贵的冰凌花
我的美丽的乡愁

有一条道路没有荒芜，因为心醒着
贝加尔湖与色楞格河上空的云醒着
布里亚特，你的光荣与梦想
在一首古歌的主旋里
萦回如少女胸前蓝色的纱巾
我的终生的记忆

布里亚特，与一部历史
同源的部族，那是永恒的悲痛

2010年2月18日夜，于丹东

2010：写在时光中的家书

——给我的儿子

我的儿子
我年轻的山脉
你已拥有独立的气象
如自由的星体
服从唯一的神性

不是服从我
我只是你的父亲
一个缄默的瞩望者

我的儿子
我年轻的山脉
我并不期望你的巍峨
但你必须珍视智慧一样的灵秀
那是挺立，象征尊严般的坚忍

你生命历程的绵延一定隐含艰难
你要学会承受，我年轻的山脉
你不要怀疑，横亘月下，你的绵延
就是一生柔软的情怀

我的儿子
在你的视线里

我终将成为一座堆积的雪山
有些神秘，因为你无法揭开我的记忆

不必阅读我
我年轻的山脉
比如沧桑，比如属于我的往事苍茫
比如歌唱或忧伤

隔窗听雪，我的儿子
你听神的声音，人类的声音
在广袤的雪野上能够留下什么样的印痕

我的儿子
我年轻的山脉
你听微尘，那不可想象的无声的汇聚
你听午夜大地，为什么失去了人语

你听我们世世代代无怨的恳求
让无比自由的心灵飞起来，获得俯瞰
活一生，哪怕只为这一瞬

2010年2月20日午夜，于丹东

天地人，还有羊群

他失去了羊群
远东的雪原上亡失一个绝望的牧人
人类上天入地
却遗忘了家门

2010 年 2 月 21 日上午，于丹东

梦　　者

梦者，渴望在银河上觅见舟楫
他泪洒身后
穿透飞天衣袖

云峰万重
唯念花开故国
在那一刻

梦者，把心灵放在祭坛上
然后仰面倒下
从此赢得了星空与自由

2010 年 2 月 21 日夜—22 日晨，于丹东

设想：在人类未来的某日

如果在急速的上升中感觉不到飞行
或失重；比如爱情死了，苹果脱离了树木
在曾经茂盛的人间　只留下碑林

如果在决绝的永别中有人说彻骨寒冷
比如右手暗喻一切罪恶
左手指向一双没有泪水的眼睛

如果那样的燃烧真的可以被隔绝
有人怀揣种子，身边伏着温顺的羔羊
那就是新的纪元与生活，比如开始
从此不见故园的泥土

如果伤痕累累的心灵能够平复疼痛
或失忆；被拯救者是谁
比如群体的逃离只有一条狭窄的通道
被遗弃者是谁

如果人类永远丧失了那些亲切的名词
比如母亲；我愿留在碑林之间
也就是让我的灵魂留在地球上
如果可能，我就在一派岑寂中

一声一声念起曾经苦恋的爱人
那灯光一样温暖的姓名

2010 年 2 月 23 日零时，于丹东

救赎：当心灵远离心灵

就像荷马远离了希腊
海伦永远失去了特洛伊的家

在雨季之前
我看到蚁群向着南方爬行
我看到寻找水源的人在黄昏里安抚马
我看到消失的村庄
废墟上坐着一位妇人

就像谎言掩盖的真相
远山永远不再升起黎明的光芒

在一首回旋的曲子里
我听到了哭泣，我听到风吹芦花的声音
百合凋谢的秋季
还有玫瑰，自然的血
少女掌纹尽头所象征的归隐

就像无法复原的梦幻
一种破碎洞穿的夜晚

在神秘的时光中
我想到寂静的路
谁在浓重的大雾里独行

我想到和平，深陷战乱年代的女子与孩子
我想到爱情，被微笑掩饰的背叛
无水的深井

2010 年 2 月 25 日午夜，于丹东

舞者：穿越孤独的几个瞬间

是的，我会在那里
在冰凌花呈现的高原
我遥想日苏里海滨一定会有夜归的人
我会在那里告诉这个世界
被我祝福的舞者
在穿越孤独的几个瞬间
接近了神，并与水为邻

是的，我会在那里
在母亲长眠的故地，雪夜美丽
我从不怀疑日苏里海滨蓝色的灯光
就是海的絮语，那么缠绵，如此亲近
你可能会联想到蓝色的窗帘，它垂落
它在久长的旋律中
可能成为什么背景

是的，我会在那里
不是为了等待，是为约定
我愿在梦里触摸红色的花朵，如触摸火焰
依托我的蓝色的日苏里海滨
我的倾诉，只为一个优雅的舞者
在穿越孤独的几个瞬间
把柔软还给人类

是的，我会在那里
我拒绝为夭折作证，比如凋零
或者天空间曾经出现折断的风声
比如沉痛，洁白的百合像死亡一样
静静摆放在逝者身旁
比如哭泣
我必须面对的泪雨

是的，我会在那里
不是为了宣喻
不是为了在一声雁鸣里
凝视沉重的失落
我相信四月花开，六月雨
八月的日苏里海滨有少女叹息
到岁末，陌生的地平线上
依然会传来隐约的足音

是的，我会在那里
沧海不变，我就不变
舞者，你肢体的描述那么孤独
在注视下，在色彩中，在时光深处
在我一咏再咏曲折的路途
有一种轮回，有一种献身
非常接近被砍伐的树木

2010 年 3 月 1 日，于丹东

与遥远的想象坐在一起

我坐在界河旁
与许多树木一起
与美丽休憩的祖国

雾气
仿佛发出回声的沧桑
白色与白色的交错
像和平年代的忧伤
两只鸽子的翅膀

我坐在这个清晨
与太平山下港湾里的船
与波纹闪动的蔚蓝

与一位叫做旅途的少女
仿佛没有衰老的时光
与遥远的想象坐在一起
面对辉煌的太阳
无人歌唱

2010年3月4日晨，于香港太平山下

浅水湾

浅水湾
我读这水，如此干净
这让我想到远嫁的妹妹
她哭着，纱巾飘落，如这蓝色的海湾
如这柔软

浅水湾
你金黄的沙滩让我想到妹妹的语言
那么朴素，对离别的表达那么深
那么神秘，那么远
那么温暖

浅水湾
我走过三月，走不出这天
我远嫁的妹妹啊，走不出水的视线
浅水湾，浅水湾，我远嫁的妹妹
在海那边

2010年3月5日上午，于香港避风塘

我们：在此之前，或之后

我们在人间留下一些诗歌树
让智慧的后人们寻觅我们求索的指纹
我们曾经相爱，怀着巨大的隐秘渐渐老去
在此之前，我们注视三月的阳光告别二月的山顶
心安抚心，沉默安抚失落与悲痛

在此之前
想起虎的英姿，虎的美丽，虎的饥饿与死亡
谁在说，这多么接近爱情的过程
少女垂泪，少年在无水的河道孤独追问

这是必由之路
我们的目光终将浑浊，珍重清澈
在此之前，我们目送十月的苍茫告别九月的橘红
山连着山，远空托起新岁的北斗

我们在人间留下一些无名苦
让怀念的后人们想象我们浩荡的旅途

2010年3月13日正午，于北京

虚拟词：给女儿的信

在此生此世，我们未能相遇
我的女儿，我们只有期待来世

我的女儿
如今你变成我生命中最美的四季
春天的绿，夏天的红，秋天的金黄
我在一个岑寂的冬日迎迓漫天飞雪
大地那么洁白
我想象那就是你最爱的衣裳

如果我能领着你走过哪怕一个季节
那有多么幸福！我的女儿
如果在星光灿烂的原野
我能看到你的微笑

如果有你，我的女儿
你和你的哥哥，将会成为我精神的两翼
那也是我飞翔的理由

你们将成为我最迷恋的山脉与河流
我的渐行渐远的风景
我的女儿，你在我的梦里生长
我教你词语，比如爱，大地
薄雾笼罩的果实

我的女儿，比如祝福
我会告诉你
那样的语言非常接近人类的童年
就在不可改变的光阴里
我等了你半生

一万次幻想你做了新娘
一万次幻想，在你的婚礼上
你的泪光因我闪耀，我的女儿
一万次幻想你的新郎站在你的身旁
一万次幻想，我的痛苦的托付
对一个我原本感觉极度陌生的男人
说出真实的祝福

我的女儿
我是你人间的父亲
另一个世界的守望
但愿来世，我是你唯一的故乡

2010年3月17日夜，于北京南城

隐

那个时刻黄河北岸的钟鸣
在短暂的花期里隐于浮世
精美的彩石隐于洛河
那个时刻，帝国的牡丹隐于人间
阴谋隐于笙歌和灯光重叠的暗影
诅咒隐于血腥

我发现帝王的童年
隐于垂柳拂动的记忆
他最美的妃子隐于残照
一个帝国的梦想隐于长城尽头
所有的荣光都隐于泥土
心灵隐于持久的哀痛
在词语中渐渐泛黄

那个时刻黄河南岸的牡丹开了
迁徙的种族隐于长路和尘埃
无人啼哭

2010年3月26日上午，于北京

今天：活在诗歌中的海子

无法回避这一天的
麦子绿了
你去了

你在这个世界留下了金属的声音
那是我总想描述的光泽
它曾一次一次凝滞在你年轻的前额
成为四个姐妹永远的迷惑

无法回避这一天的
冰雪化了
你去了

你的第二十五个春天的原野上
在犹如悲伤传说一样的北方
那最红的色彩是你的血
我的兄弟，你说我们该怎么和你告别

无法回避这一天的
暗夜醒了
你去了

你追随天使的歌唱
向着永恒的天光层层呈献你的诗歌

我相信你虔诚的灵魂
赢得了一个王国

无法回避这一天的
晨曦来了
你去了

你断裂的身躯
最终成为南北两极的隐喻
你活在诗歌中，我的兄弟
你生命的鲜花如期开放在每一个春季

2010 年 3 月 26 日，于诗人海子祭日

在人间

我就在这里
在以贡格尔草原为核心的这片地域
追随故去的先知

这里是人间的一部分
它属于我，但不是我的领地
一只鹰在高山上空飞了多久
我的爱就上升了多久

我迷恋贴伏
这让我想到身影，或者倾吐
在人间，就在这里
时节的枫叶飘落了多久
我的心就沉寂了多久

此刻，我对你们说
在这里，在北方这座都市
我听到了雨声
可是，我很久很久听不到雁鸣

梦归布衣吟唱青禾的朝代
马车上坐着谁家的女儿
那一路泪雨纷飞的日子，出嫁的日子
是什么样的真实，被尘埃印证

我就在这里
在以日苏里海滨为边缘的这片地域
静默而思

2010 年 3 月 30 日下午，时西南大旱，北京落雨，于北京

此刻，通往圣境的道路

此刻　我在一首诗歌中
在一个非常古老的心愿里
如果你们揭开词语的覆盖
像切割新鲜的橙子，看到内心
你们就会远离诅咒

不是远离我　我在一首诗歌中
我的夕阳正在泛红　那些舞者
他们一定遗忘了我的名字
我与他们之间隔着漫长的世纪，在风雨里
他们活了，在此刻
在身旁的灵异的注视下
我背对河流。而清明
在传说一样的彼岸缓慢苏醒
我的故去的生母　仿佛走在白昼的梦境

我，在一首诗歌中
看到桃花开了，是那种洁白，也像少女
写给春天的帛书　是这一切，是世界
是我所爱的人们
在流泪的节日到来之前
目送我走向通往圣境的道路

2010 年 4 月 2 日夜，于北京

清明之前的诗歌花束

不，还是决定进入那道门
让影子轻轻擦去雪地上的印痕
目光追随鸟群，云发出自由的声音

雨的祈祷，可以感觉波涛举着波涛
我不知道，你不要问我什么在那里燃烧
一个找水的少女，独自唱起母亲时代的歌谣

在缄默之间短暂的霞光里，
谁珍藏起花衣，谁在灿烂的边缘寻找记忆
谁放弃了疲惫的马匹
在午夜时分横穿月光普照的湿地

你听，圣乐响了
这无限广大的宇宙
风吹拂黑暗与光明的分野
梦枕着哀愁，已故者睡在寂寞的墓地
仿佛遗忘了我们和清晨的水流

近了，我告诉自己的心
每年的这个时节
广大的道路上总会出现归乡的人群

妈妈，此刻我为什么感到寒冷
在橘黄色的灯光下我试图破解神秘的掌纹

2010 年 4 月 3 日凌晨，于北京南城

清明前日

大概在那个时刻
但不是黄昏
我会抵达
在此之前，我把最真的话语写入诗歌
但不会伪装沉痛

大概在那个亡失的时代
但不是正午
神曲诞生。在此之后
我把最重的寄托刻入岩石
但不会遗忘粉尘

大概在最后一棵树木被砍伐的雨日
我读远海，红珊瑚
我的滴落在灯光下的血
无人注视的情感的苍茫
是没有任何发现的回眸
深深眷恋的大地
给了我生命

大概在两声怀念辉映的田园
树冠脱离树身
那是什么样的疼痛？
描摹建筑的男人

他的身边放着铁锯
而他的幼子，那个裸体的男孩
正在萌发新绿的地方奔跑
像个天使

大概在风雨之后
但不是清明
我会写好自己的墓志铭——
我没有悲痛
只有悲痛凝结的果实
这是我的选择
我会葬在母亲的营地
倾听故乡地下的流水
也倾听自己的一生

2010 年 4 月 4 日清明前，于北京

清明祭辞

不是我
是风，是清明
母亲，我心怀无尽的疑惑
亲吻一捧新土

梦里的那扇门再次对我关闭
母亲，我是人子，也是人父
在南蒙没有绿色的春天
我也没有花束

我只能把这血红的祭辞给你
在我无比珍重的一条血脉的中游
我守着岸，母亲，你守着寂灭
午夜一样安静

不是我
是风，是清明
母亲，你走了
怎么就再也没有回头

在活着的亲人们中
我对你叩伏
母亲，我愿意失去尘埃腾起的江山
只要你让我忍住泪流

让我再次牵着你的坐骑
母亲，我们出发
向着阿尔泰山无雪的四月
我走在你的前面
我的前面的梦幻啊
披着星光的慈母的山峦

不是我
是风，是清明
母亲，我来了
我将在祭祀中伸出干净的手

感受你的余温，母亲
你不会再对我叮嘱什么了
我跪下，面对你的坟茔
如面对无雪的阿尔泰山
我说不出一句语言
在我人生的第五十三个春天
我接受了！
我已经是一个没有母亲的人
没有你了，母亲！
我活着，像你生前一样
总希望为晚生的亲人们
遮挡哪怕一丝风寒

不是我
是风，是清明
母亲，是疼痛

2010年4月5日午夜临界，于北京

4月6日：日暮时分

整个春天
我都在回忆阿斯哈图的积雪
我的思绪弥漫在整个春天
在一条叫西拉木伦的河流上
我踩着冰层
我发现一些原本明亮的事物
已经变得浑浊
却没有消隐

整个春天，我拒绝追随逆行者的身影
可我无法拒绝充满灾难的音讯
在我们的时代，那些典雅的时代像熄灭的灯塔
让水手沉寂。而通往光明的道路
正日渐荒芜

整个春天
我用诗歌亲近一个信仰的种族
他们丧失了文字，还有祖先的语言
他们总在春天的节日穿上盛装
高举火把或者舞蹈
遵从高贵的礼仪

整个春天
阿斯哈图山顶的白桦林

直到纵深，在能够看到草原的地方
再也没有出现鸟迹

整个春天
我仿佛都在期待这个时节——
清明。此刻，北方日暮
我的清明已成为昨日

2010 年 4 月 6 日，于北京南城

1999年京都岁末，与母亲

四年后
母亲带走了我唯一的宗教
把一卷山河给了我
把爱，把沉重写在我永不妥协的眉头
我的最美的经书

是这样吗？母亲问我
仿佛也在问滴血的残阳
那一天，母亲
在你神圣的王国里
我是骄傲的王子
我有你，你在我的一侧
那么孱弱，你让我看到了衰老的瞬间
是我们不可责怪的岁月
无限宽容地接纳了你的影子

十一年后
母亲出现于我的梦境
把一种记忆给了我
把痛，把往昔放入我永不背叛的掌心
我的最深的叮嘱

是这样吗？我问母亲
仿佛也在问神秘的道路

那一天，母亲
在你永恒的缄默里
我是异乡的游子
我失你，你在我的远方
那么飘忽，你让我看到了生死的界限
是我们不可逾越的光阴
无限仁慈地倾听我的悲伤

只有悲伤
1999 年京都岁末
与母亲
面对同一刻夕阳

2010 年 4 月 7 日夜，于痛失母亲的京城

三江之源：思

玉树
我能把什么给你
我与你经历着这一切，这个过程
三江之源，一个获救少女的眼睛那么哀伤
她注视着我们
还有这个世界
那是你依然活着的灵息
覆盖我们的沉默
在无比诚挚的祈愿中
我们大悲
时间必将证明泪水的价值
比金子珍贵
比飞雪轻盈
比群山沉重

玉树
我能把什么给你
当一个年轻的母亲
把乳汁给了别人的儿子
那个圣洁的雪域的雏鹰
他在吸吮时紧紧握住她的手
也就握住了平安与幸福
而藏族之鹰的生母躺在病榻上
她用人间最美丽的语言形容大爱

她表达了那么深切的感恩
玉树，她却忽视了自己的身份
她是你的女儿，她和她的姐妹们
那些藏家的女儿
是三江之源的守护神

玉树
只能把这心灵之诗给你
我想切开血脉
慢慢染红我们共同的记忆
供奉这大爱
还有天地

2010 年 4 月 22 日，于北京

致吉狄马加：诗

我的诗歌兄弟
此刻，在人类的大难中
我阅读你的语词
你的高原上的悲戚
我可以想象
你敏感的诗人心灵
经受了怎样的洗礼

我的诗歌兄弟
此刻，你就在那里
在玉树，在高原伟大而崇高的怀想中
渴望愈合。是的
我们多么敬畏时间
当我们把一种伤痕写入诗歌
不是为了忘却
而是为了仰望
对心之雨，天之翼

我的诗歌兄弟
让我们接受这必然的锻造吧
为玉树，我们泣
为永恒的大爱，我们感激

为庄严而不可抗拒的未来
我们致意

2010 年 4 月 24 日，于北京

格拉丹东：恋

隐喻，我的绿色的叶子
我的忧伤

玉树，我的梦萦绕的地方
格拉丹东，我的源头
一条大河的故乡

我的恋，我的如此纯粹的泪光
贴着净水。玉树，也贴着你的殇
在一个孩子的心头
悬着月亮

让往日的安宁如期复归吧
玉树，你是不会陨落的，不会
天使的翅膀，就在你的近旁

我们的心
就在你的近旁
像格拉丹东的雪一样洁白
像水一样浸润
给你：我们的祈祷
你不会失去的守望

2010 年 4 月 26 日，于北京

与静为邻

我觉得近了，不是一个人
是一个时刻，我的梦境的山崖上
安宁的鹰巢向南洞开

我觉得近了，不是一扇门
是一个抉择，我的杳然的旧路上
废弃的车轮隐入荒芜

是近了，我提示自己的心
看花开花落，我的记忆的天幕上
最远的星子发出悲鸣

很近了，沉寂了，降临了
谁还在诉说？我的谛听的旷野上
最美的扶摇暗喻萧瑟

2010 年 4 月 28 日夜，于北京南城

以地为心

我对一句伟大的词语中说出了悲伤
关于石头，它今日的凄美
让我联想完整的山脉
是的，我不会遗忘树木
那峰峦的手，拥有风
才拥有飘动和自由

我对一个不眠的长夜说出了信仰
关于光芒，它未来的亡失
让我联想遍地的寒冷
是的，我不会遗忘恳求
那心灵的手，拥有光
才拥有生命的灵秀

2010 年 4 月 28 日夜，于北京南城

四月哀歌

是最后一日了，明天
石砌的甬道将出现沙漏
气息贯通

从另一个出口呈现的春天
也会祭祀这个四月
但不是挽留

伤害太重
心会不会变得轻盈
牌楼，汉白玉上雕刻的花纹
已经风蚀。遥想显赫的逝者
他在离去的时刻能带走什么
这就是世界，树绿了，然后枯了
月明了，然后暗了
上食哀土，无翅的蚯蚓恋着地泉
这就是幸福

我的父亲一样的引领者啊
你让我遭遇这不可躲避的四月
从我的眉宇间缓慢上升的思想
我的太阳和月亮
宇宙孪生的奇异
交替辉映我的哀歌

我领受，我在四月的某个午夜
把往昔祭上心头

我领受
活着，我就拒绝诅咒
在寂静中，我对高原玉树寄托了
太多太多的哀思
属于我的一个人的痛楚
我的生命过程里的停滞
我自己领受

风雨无定
我们互道珍重
在一天一天的生活中
谁都会独自体味非凡的痛苦

2010年4月29日夜，于北京南城

蓝 月 亮

那样的皎洁非常像你的青春
我是说云，相隔的天宇
银河那边的桂树
在心灵枝头结着唯一的果实
十万里夜空不见云影
可见星辰，那么密集
那么有序，那么温存
等待的人
遥想归隐的云

岑寂，这无穷无尽的浩渺
你就在那里，我是说云
五月的地球上绽放红色的花海
觅寻的人，描摹洁净的云
十万里长路青草依旧
可见群山，那么伟岸
那么连绵，那么坚忍

我是说云，蓝月亮
我是说云的青春
水的女神

2010 年 5 月 2 日，于丹东

在边城

我曾投身你的柔软
在神的海滨，我战胜了一个宿敌
那是时间。你曾因我而蔚蓝
在忧郁的另一面
你的岛屿闪现粉红色的花蕾
因为你，我延长了那个春天

我们在凝固出现之前
分开预言，分开黑暗
分开南方与北方的土地
分开花瓣，在黎明之前
分开无限。昔日的波涛凝固了
我们分不开连绵的山峦

我接受拯救
如果人间存在血脉一样的祈福
我就会选择在透明的感伤里焚烧怀念
这神意的缝合，这珍重
这生命必须面对的真实
如我的云，静静而眠

2010年5月3日，于丹东

海 岸 流

远海的涛声终于破碎
平行涌动，向着岸的故乡
蓝色细密的触须深入沙地
从此遗忘礁石的倒影

永无悔反的奔赴之旅
终结于破碎。在地球大洋的沿岸
吻一样的海岸流没有止息
但归于沉寂

在失去泥土之息的漂浮中孤独入梦
水手的相思升上桅顶
远至星空。他的航船
可能在抵达港湾的时刻破碎
汇入海岸流

回声，在新的黎明
他再也不可能实现的祈愿
被蓝色浸染，从此无形。那个时刻啊
船又在出港，在军舰鸟悲啼的远海
通常不会有人的歌声

2010 年 5 月 3 日，于丹东

日 全 食

庞大的鸟类飞过另一个空间
女童手指昏暗，那种遮蔽
其实就是降临

忧郁的花，还有柳
当然也有人类的哀愁
自由就如断了的血流
前定已经存在了那么久

那一刻没有光
人们开始怀念光芒
我拒绝仰望。在一首牧歌中
我看见了高原上的太阳

重叠的想象构筑另一幢塔楼
女童手指飞檐，那种征兆
其实就是归隐
我们的心，灵魂，还有云
云边缘凝滞的幽蓝，微微显露的雪阵

我领受
斧凿一样清晰的往昔与未来
寂灭的灰烬

2010 年 5 月 5 日，于丹东

阳 光 雨

掠过贡格尔尚未泛绿的草原
不见天鹅归。我的五月尽显尊贵
不见花蕊，不见马背

正午的天雨在阳光里飞
我的道路服从唯一的心灵
追随谁？我的边陲永失界碑

我的血色的语词
服从沉默。我几乎遗忘了遗忘
关于湖水，或前方山前的苍翠

被烧灼者，你的去岁
被美丽自由之光照耀的原野
如今杳然。我的诗歌也被焚毁

还需要期待吗？面对这世界
这雨，这人类
还有原罪

2010年5月5日，于丹东

青石镇

我肯定是在这里留下了什么
比如对秦国的想象
三个家族的荣耀与恩仇
我描述过古人的爱情
年轻的人们以怎样的无畏冲破了羁绊
踏上私奔之路

我说自由就是在高地上呼吸黎明的风
入夜，打铁世家的灯亮着
他们最小的女儿
那个身在赵国的凄美女子
如约奔赴了自由的风

后来
我描述过那么遥远而艰难的追寻
青石镇，我与你一起经历了三个春季
我只记得云
与我同行的人
再也没有音讯

2010年5月5日，于丹东

水之侧

我要告诉你们一种内质
类似于骨骼

我要告诉你们关于秋荷
花蕊间的一点鲜红是血液的舞蹈
远离旋律。在中原废弃的古城
我高贵的诗歌源自旧址
你们要记得
顺着某种边缘行走
就会抵达无人的村落

在水之侧
我要告诉你们，我来到了这里
五月的雨夜，我的永不荒芜的心智
向着梦幻与信仰的两极飞翔
我曾经那么渴望成为一个英雄
为了爱情誓死捍卫被困的城池
让我的女人和年幼的儿女
在灯光里流泪祈祷
而我，愿意为他们赴死
在无限温暖的名词中存活

我要告诉你们一种怀念
类似于篝火

我要告诉你们关于陨落
破碎中的一点星光是灵魂的哀歌
永别天宇。在两首诗歌的间隙
我的女人踏浪而来
你们要记得
逆向大河沿岸跋涉
就会抵达众神的居所

在水之侧
我要告诉你们，我来到了这里
五月的午夜，我的终于安宁的心灵
向着南方与北方的大地追寻
我曾经那么渴望成为一个英雄
为了爱情单骑飞往遥远的营地
让我的女人和年幼的儿女
在屋宇下默默期待
而我，愿意为他们归来
在世间永恒的爱恋中存活

2010年5月5日，于丹东

洛 河 南

你不会读到这段秘史
那留存的辙痕所象征的激越

五月
你在牡丹的怒放中忽视了神的语言
你不会理解一条支流
它穿越重山，在寂静的平原上
展示开阔，它选择融入的时刻
把自己彻底丧失

这让我联想微笑的天使
我的真实的感激。我所认定的亲人啊
在遥远的维度是一棵仁慈的梧桐
给我葱茏，给我迷醉的天宇
在某一个临界
给我柔软
与慰安

在洛河南
我的红色的叶子飘在一月
飘在毫不游移的约定中
那就是超然的美丽
未染尘埃

祭祀已经结束
洛河，此刻，我的虔诚伏在
旷世的红叶上
我们飘在水上
我闭目接受迷醉的洗沐
犹如圣童

2010 年 5 月 6 日，于丹东

午夜说

我希望良知与证词
永存它的故地，比如人的心海
我回到原初，看风暴退远
在一杯绿茶的渐变中
倾听五月星光飘洒
一层，然后是又一层

我的引领者
那个在苦难的不断击打下
获得了真知的人，一生孤寂
他在那年岁末消失在塞外雪原
向着更远北方，他顺应了神意
这不是皈依，我的引领者以背影
留下的提示，被我视为心灵的典籍

后来我就懂了
谁在人间敢于将内心的焚烧呈现给大地
谁就是自由而幸福的人

这有多么艰难
真实地活着，多么艰难
如果你的内心是另一个宇宙
你就该用目光告诉尘世的太阳
你的扭曲的身影

是因为负重

是的
在这个午夜到来之前
我的脑际出现天使的雅歌
我开始微笑，我依稀看见生命的舞蹈
在星光的第三层，从容穿越了阴霾与梦境
抵达海滨，拯救者的眉宇
写着崇敬

这就是神赐的恩惠了
此刻，我可以见证，在午夜的原野上
星光又飘落了一层
依然那么晶莹

2010 年 5 月 7 日，于丹东

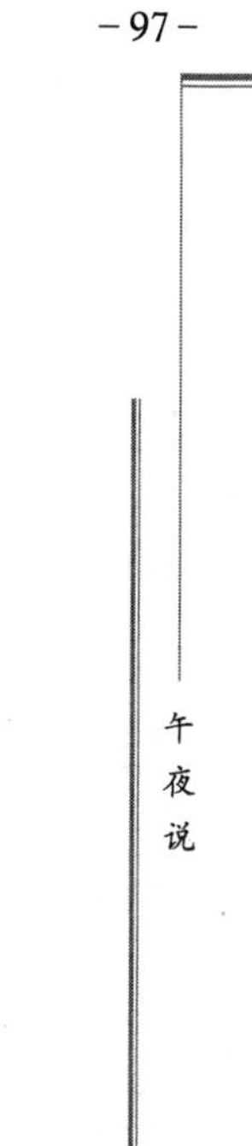

少 年 赋

那时候我在安宁的中心
我在月亮上看故乡
放牧我的马匹

那时候我骑在一棵树上看月亮
我的马在休憩
卧在草地

那时候我还不懂得忧伤
后来我走在越来越远的路上
也就失去了故乡

2010 年 5 月 8 日临近午夜，于北京南城

七 年 诗

在巨大的疑惑中
我书写七年诗，母亲
我写痛，怀想的叶子刚刚进入夏天

母亲，我不写节日
我想寻找一个念你的途径
把人子的身影映入你的视野
祝福你，生我养我的人
在越望越高的天宇
写着我们的别辞

此刻，我静默
如置身你阳光灿烂的高原
母亲，七年，是你永别我的时间
今天啊，除了这首七年诗
我没有任何语言

2010 年 5 月 9 日，于北京南城

回 眸 间

我再次走过父母之邦
这像历险，我的精神的旅途
始于一种诀别，在五月
我如置身突兀的春雪

我开始怀疑人类语言
所残留的虚无，在有形的事物中
无形的泯灭

让我在自然吐绿的时节选择向北
深入一个仪式
我仍然相信天籁下的舞蹈活着
而长城之外怒放的杜鹃
真的如血

此刻
我坐在这里，在回眸间
感觉神秘的冷却

此刻
谁在遥远的灯光下
品味那一切

2010 年 5 月 10 日午夜，于北京南城

起始：在故园的这一天

苍翠源自水
你所看见的五月
那开花的山脉，岸边，正在吐绿的北方的田畴
正午时刻群鸟向哪里迁徙
你所能感觉的美丽
源自地母的阵痛

纪念一棵树木
如同纪念我们短暂的青春
怅望两极的心

这碧蓝的远空多么接近寂寞
没有云，没有鹰翅，似乎也没有怀念
五月，醇厚的牧歌缠着塞北
我想到归期，一个伟大智者的山河
旗帜丢失的夏季

2010 年 5 月 23 日，于赤峰新城

仁慈是一条柔软的河流

总想把什么给你，我的圣河
我的美丽如初的夏夜
在纵向的南北
你的两片草原正值处女期
就如孪生的姐妹

向着未了长驰
向着高原高远的境地
向着横向的东西驻足凝望
把一架山脉想象为精神的马鞍
因为此生此世不可躲避的残缺
恳求补救

仁慈那么柔软
我可以看见鹰翅飘动的怀想
永失故乡

仁慈也是光芒
我的天堂，安睡着忧伤的姑娘

2010 年 5 月 25 日夜，于赤峰新城

只能感觉的凝望

母亲，如今我们被分隔在两个世界
你失去了我，我失去了最伟大的爱
最神秘的孤单是这帷幕
是永恒的生与死
没有边缘

你才是我最亲爱的故国
母亲，你陨落
我就失去了诉说
与不可替代的寄托

母亲，如今我们只能隔着帷幕
我对你默念人类的语言
比如爱，温暖与怀念
还有不为人知的痛楚
像平原一样没有尽头

母亲，你走了
我就失去了精神的故国
我可以重归你的领地
但我再也找不到家门
我的游子的身份
被永远确立

母亲啊，所谓异乡
就是绝对没有你
但有我的泪光
我们隔着帷幕凝望
这无形的墙

2010 年 5 月 26 日夜，于北京南城

诞 辰 日

这一天
我在鄂尔多斯迎迓短暂的雨
然后我看见了遍地辉光

我的精神的父亲依然缄默
那永恒的肃穆
被智者形容为亡失的爱情
就如废弃的城池
苦念浮动

这一天
我在幻化的魅影中独自站立
遥远的沉沦，拒绝了一个词根
复原往昔，试图掩埋湖水的记忆

我的精神的父亲不在鄂尔多斯
我也不在五月
我们策马，奔赴克鲁伦河畔母亲的营地
篝火已经熄灭
在干净的清晨

2010 年 5 月 29 日，成吉思汗诞辰日，于呼和浩特

歌者：午夜的守候

我们多么珍爱悲苦的心灵
我的歌唱的妹妹，有时我们很无助
比如午夜的守候

想起一片落叶浓缩的秋天
距我们还有多远？我的歌唱的妹妹
想起你连着血脉的微笑
我就想祈求上帝
让你幸福而眠

我的歌唱的妹妹
在灯火中，我们穿越旧城
在人群的交错里，我们寻找宁静
我们给不变的心灵寻找一片无云的天宇
躲开无限遗忘的围困
把心还给心，把守候还给泪痕

把可以眺望的未来还给时光
我的歌唱的妹妹，此刻
我想告诉你，让我们感受这静默
把最深的夙愿
还给诉说

2010 年 5 月 30 日夜，诗歌信札，于呼和浩特

在镇江的夜色中

这个时刻，心灵的故乡
就在我们身后，她已经脱离一个语词
独立为如人格一样的气象
在我们可以感觉的高度
让珍贵的纪念成为可能

我的兄弟，你要记住生你的日子
那个叫母亲的人
这个时刻，她在天国睡着
或许会进入你的梦境
对你说起遥远的往昔

她就是我们的本源
像预言一样美，也像长青的植物
母亲，生我们的人
在这个时刻依然缄默
在六月，在镇江的夜色中

我的兄弟，我把这首诗歌给你
然后，我就到另一个境地追寻失去的声音
此刻，缓流的长江肯定不是阻隔
我们跨越，同时破解一种怀想
把最终的答案留在水上

2010 年 6 月 5 日零时，于镇江

回望镇江

一只鹤最后的秋天刻入石碑
山悬浮在南朝，运河上的人们
久已习惯眺望它的轮廓

镇江
你的风雨之夜使长江发出喧响
然后是雷声，透明的红
那座山消失了，鹤消失了
就像最后的悲痛消失一样
碑消失了。一颗永恒不老的心
沉入了江底

这个事件与中原无关
在两个语系之间，吴语美丽
相隔一条河流的异乡
晨曦初现

最后的宫阙不在水边
最后的南朝如一缕飘逝的烟尘
最后静落于这脉水，这就证明了
那只亡失的鹤
获得了永生

碑与文字

以沉没确认曾经的飞翔
我的镇江，你在扬州以南
我在夜里，游历于你漫长史实的边缘
已经无法描述飞鹤的翅膀
只有静静体味
人类的感伤

2010 年 6 月 5 日夜，于南京

南方：水的镇江

一杯绿茶里投映着金山
千古凝缩，运河与长江上的舟楫
那柔软的托浮，缎子一样的波谷
起落升腾的岁月因水葱茏
唱晚的词人手指倒影
夕阳迷醉粉红

南方，水的镇江
我成为你六月之初的细节
心怀珍重

我是牧人的后裔
在金山的倒影中看到了马鞍的图形
那夜，我无言问询自己的心灵
什么是轻？什么重

活了一生
我们能把什么留在身后
总是这水，镇江
你让我在无限的涌动里
蓦然发现词语的空间
不仅有蓝色，还有微紫
还有色泽深沉的怀念生于祝福
镇江，我看到你的一盏灯

然后是遍地灯火，大地的眼睛
与星空对映

镇江
如果没有这水
我的记忆之海，也就隐去了金山
还有你的名称

2010 年 6 月 7 日，于合肥

那 一 天

红色翻过一层
之后是雨季，谁曾凝视水中的翠绿
在北方，一只鸟儿
在最后的扶摇下送别惊雷

第次的知觉，雪中的火
少女变成了妇人，谁曾画出未了的生活
在春天，在草芽穿透土层的清晨
妇人开始遥念美丽，遗忘姓氏

那一天
通往拉萨的旅途上
朝觐者，那些比树枝更繁茂的人们
听到了什么声音

2010 年 7 月 30 日夜，于鸭绿江畔

在辽东

就是这雨，两幢高楼之间的一线天空
所激发的怀想，人类的自由与忧伤
随太阳隐伏，最广大的忧患
深藏于哲语，如故人

幻想托起最亮的星体
但屈服爱情。在辽东，也就是在关外
一个望族已经沉寂
传说中的关联，大概接近
两只分开的手，干净的手
一只指向沧海
一只指向神祇

2010 年的辽东
很快将成为过去
唯有这雨，像一个王者
会如期莅临

2010 年 7 月 31 日下午，于雨中的鸭绿江畔

岁月那边：或童年

那个时候绝无阴郁
我们的心绪在青草上闪现
比露珠明亮。那个时候
地平线上的黎明那么美
河流那边，潮湿的氤氲遮蔽芦花
或者百合，我们在河流这边仰望
想象比雨季远，比流云洁白

那个时候我们不懂一生
我们不会思索世界
我们只有故乡，我们守在亲人们身边
感觉一年是那么漫长
那个时候，我们拥有自然的微笑
还有青草一样的乳名
我们恐惧神秘，比如黑夜
但我们亲近人类

那个时候
我们是苍茫中的奇异
在雨里奔跑，欢乐着，自由着
大概就像圣童
不懂爱情，也没有悲痛

2010 年 8 月 2 日午夜，于鸭绿江畔

夜语：体验与距离

你是否可以感觉薄荷的清香
只有十岁的松林，逼近的火焰
迁徙的蚁群那么有序

你是否能够想象幻境与钟乳
隐约的水声，在洞穿的奇妙里
四个宇宙的光芒
凝聚于一瞬

一定比梦乡更远
开始或者终结，心灵的语言当然是目光
是仰望，或最近的鹰迹

一定没有预示
它到来了，彻底的颠覆
是云化为雨，雨开始斜飞
我们的忆念，开始追怀最美的故地

2010 年 8 月 5 日零时，于北京南城

第 四 极

就是那里了
它隐伏着，它的恒定超越一切形态
那是第四极
比夏天静美

在无比残酷的战乱里
最真的慰藉活着
最近的抵达不需要语言
也拒绝文字
它仅仅祈祷一颗自由的心
保持诚挚，如一行诗歌里的雪莲
朝向山口，丛林的风
持久而轻柔

就是那里了
它迎候着，它是一个美丽誓约
最神秘的风景
那是第四极
隐在轮回中

2010 年 8 月 6 日凌晨，于北京南城

一生一世的温暖

那道辉光没有消失
你不要说夜晚，是什么在远方的山脊
留下了橘红。不，不是这样
在箴言的寂静中，草在成熟
那种投射，它永恒的定力
肯定从未停止召唤循环的水流
正如我们不会冷却的血脉
正如生，渐渐老去的母亲们
她们曾经年轻美丽

在进入八月的高原
风车转着。在这个时节
我从不否认必然的凋谢
比如最边缘的花瓣
像一个心愿紧随另一个心愿
蝴蝶站在花蕊，那是它摇动的世界
对于我们，那就是记忆
或一个瞬间忧伤的怀想

就活这一世
我们向善的心灵
凝望先人们爱抚马匹，然后
我们听到旷世的轮声
一个绝美的妇人坐在迁徙的车上

她怀抱婴儿，把目光投向身边的长子
你无法否认，这个绝美的妇人
后来成为一个族群的祖母

那道辉光没有消失
你看母亲，还有婴儿的眼睛
你就会感受活着，多么美好
而无限虚无里的虚无
不是温暖。只有爱
比如手的抚摸，比如微笑着祝福
是这样的真实一天天伴随着我们
使我们持久地感动

2010年8月8日临近午夜，于北京南城

静默的最深处

那种羽动在四重色彩的空域
躲避着什么？在五京之首，敏感而伤痛的心
围着南塔飞徊，这沉重的恋
远去的契丹

猎手的眉宇，醒着晨
睡在古老歌韵上的少女
呼唤父亲：父亲，我的伟大的男人
你的闲置的弓上，挂着黎明

拒绝寻找旧时的青铜
我甚至拒绝那种冷冷的光泽
我迷恋羽动，我是一个在诗歌中
彻底丧失了往昔记忆的少年
爱我的人啊，你要相信
在静默的最深处，我的天宇明亮
沧海蔚蓝，被我一再颂歌的辽远的圣乐
如母亲的安抚
比如此刻

比如在静默的最深处
我铭记感动与血色的祝福
品味此刻，这珍贵的想象与孤独

2010 年 8 月 12 日零时，于北京南城

在 人 间

静了，在第二度超越的峰顶
雪夜重现

那个世族，感念炉火的人
寂于凝，他将高贵的姓氏刻在生铁上
可他诅咒箭镞

疼痛，那一语
那如前生来世的嘱托
漂浮着，环绕玫瑰色的球体
活在幸福中的人们，你们是否感念褴褛
初秋彻骨的寒冷，罹难的人群
不再恐惧泥石流

静了
我的山峰，平原与无限隐秘的林地
我的南方的雨
飞向盟誓的美丽

静了
这就是初秋的预言
如雪夜重现

2010 年 8 月 14 日零时，于北京

金 山 岭

关隘洞开，光泽已不在天上
这匍匐的初秋，甘薯的枝叶铺满遥远的大地
我深知遥远的忧伤，最终依然是殇

我的攀缘具有征服的意味
心怀崇敬与迷醉
我征服自己，我试图停止对那些建筑者们的冥想
犹如将鞭子抽在水上，渴望看到直立的断流

就那样向上，直到可以眺望苍茫和逶迤
直到我的目光透入青砖的内部
发现血，乡思，发现一个凄美的女子
站在傍晚的镇江

小金山，一座巍峨塔楼的名称
在金山岭久长的静默里
烽火未熄——这不该是奇迹
我想，在蓝色的奇迹里
不该有如此年轻的叹息

那么多人
到死，都没有读懂一生的别离

2010 年 8 月 18 日夜，于北京南城

雕刻时光

那一切都可以甄别
我对往昔的牧途说，比如草与水
鹰翅与天空

比如我少年的黄昏与记忆里的族谱
弥留的人，在微明的辉光里
没有说出最后的语言
如我高原上的亲人
他们的微笑与隐忍的眼泪

在一层一层的岁月中
铺就一层一层尘埃
比如青涩的爱，怎样确认一个真理
后来，比如某一个时刻
艰难的心与思绪重重的远方
怎样刺痛我们的灵魂

还有荣辱
尊严的起始源自一面圣旗
它应该飘在永恒的故乡
比如憧憬，多少有一些狂野
我们只有一次的童年，依然在墙的那边
比如无形，一天一天变老的母亲

我们肯定是遗忘了什么
比如黑白相间的梦，一些人
干涸的水井。比如你伸出右手感觉风
比如道路怎样随着目光移动
是的，当然要说人类的思想
比如温暖与冰冷
柔软与坚硬

2010 年 8 月 20 日夜，于北京南城

诗歌的荣誉

它存在了那么久
在人类庆典的尽头，光耀依旧
舞蹈伴着酒歌，只为痛失
只为在形体的祭祀里洗濯逝者的骨骼
那个纪年的朗月，像缅怀一样神秘的音符升腾着
一只豹子无限孤独
怅望没有同类的山口

越过先祖的脊背
我看到了渐次成熟的庄稼
河流，彼岸的草原，圣山与神树
我将回溯的触摸停留在震撼的一页
那么逼真，在这样的荣誉里我拒绝宿命
我理应是松涛的回响
轻轻飘过篝火燃烧后的灰烬
我珍重，因为我在最悲的典籍中
发现了最美的爱情

最早的觉醒接近星宿
最深的悲痛，幻境的巉岩上开放奇异的花
它是神鸟，栖落精神的枝头
在梳理岩体的飞瀑之间
它鸣叫着，像一只响箭射向沉沉暗夜
它是帛书上洁净的指纹

记录了人类心底古老的安慰

我感受博大
这此生此世的光荣
它的寥廓可比苍宇，圣童仰望巨塔的门环
在人间，少女鲜红的衣衫
那柔软棉线的纵横里，织着梦幻
这不是尘埃覆盖的细节，人类世代的咏唱
形如栅栏。冬天，炉火依然
一位苍老的母亲哼唱古歌
在她的一滴泪水里夜色沉淀
我看到了穿越时空的怀念

它存在了那么久
它如此刻，它如衡山之顶此刻的寂静
向辽远漫延。在群峰之上
是什么力量，展开人类的忧伤与哀愁
还有旖旎，我的与生俱来的父母之邦
这贯通的源泉所形成的河流
当然象征我们的诗歌与荣誉
它存在着，将最美的节奏献给了宇宙
它没有一个时刻停止呼唤
爱，延续，渴望
尊严与自由

2010年8月22日，于北京南城

正蓝旗：夏都的秋天

我的先人们如今安睡在
伟大的怀想中
他们的手曾充满弹性
血液流向指尖，握着光荣的旗杆
或轻轻抚摸爱人的额头
如今，我只能倾听他们骨头的声音
就像阅读离散的历史

夏都光荣的怀想
如今就是这无边无际的宁静
这是一个蒙古部族历经热血长驰后
对本源的归依，而他们曾经的眼神
被我形容为精神不屈的潜行

凌绝顶
在夏都平坦的初秋
那是马与骑手的雕塑
永远失去了呼唤和嘶鸣

2010 年 9 月 10 日正午，于北京

黄 昏 曲

我进入神示的宁静
把理想还给旗帜，把旗帜还给风
把绝对自由的世界，把世界还给寻觅的眼睛

无须回首，我知道那个伟大部族诞生的高原
此刻拥有辉煌的落日
归栏的羊群，它们涌动的洁白
让我联想到血脉与信仰，当然也有悲伤
它尊贵的额头上刚刚消失一个雨季
留下纯粹的光芒，照耀我的黄金经卷
它所记录的渴求，在永不屈服的繁衍中
缓缓升起初秋的月亮

这是我的一个人的晚上
当然属于非凡的想象
不错，此刻我身在异乡
以骑手的名义，守望精神的边疆

2010 年 9 月 12 日夜，于北京

怀恋的语词

真想把这江山给你
没有江　也没有山　只有恋

只有我从生到死的信仰
我的心灵的语词　在低于海平面的地方
把朝露献给花蕊

只有那样的摇动与感激
能够让我的想象飞越国界与时间
飞越历史与悲痛　飞越比崇高还纯粹的圣境
等待你　等待后世与前定

真想把你还给自由
在自由的辉映下回到童年
回到我生命的起始　在一场暴雨里
感受痛苦的花朵　感受伟大尊贵的人间
温暖而灿烂

2010 年 9 月 13 日夜，于北京

凝望格尔木

这片高原很重，水很重
在阳光深处
饱含信仰的尘埃，大概在格尔木方向
在我凝视的时刻里，翻动翅膀的遗痕
这个时刻，我听到了乐声
我相信一种祭祀的完美
止于心扉，或同样沉重的泪滴

这个时刻
我是高原上的默者
格尔木，我在践行忧伤的约定
我依稀看到往昔的旗帜依次展开
我看到了破碎，不是丝帛，也不是眸子
那是比高原还要崇高的理想
所决定的仪式，一只大鸟
在你的天宇间鸣叫一声
然后自由跌落

2010 年 9 月 20 日正午，于西宁

转　瞬

风走，云走，人走
岁月依旧，苍宇深处飞天依旧
冥思古驿站的人，望明月依旧

祈福的河，高原肃穆的黎明
两种流动，在一行热泪饱含的怀想中
飞翔着鸟群，自由依旧

是什么温暖着我们的心灵
是什么在离去，是什么在静静降临
又是中秋，凝望依旧

2010 年 9 月 22 日中午，中秋节，于西宁

布 达 拉

这是桑叶上的经络
最美的那个点，是我的布达拉
飘逝的夏，在我的一行诗歌中远行
被情歌苦念的少女，生在康巴

布达拉，我的佛塔，我信仰的初始与天涯
你在拉萨，你在一部颂诗耸立的群山中
拥有最洁净的雪，还有雪莲
布达拉，你辉煌的静穆感动心灵
我的永不陨落的星辰
我的布达拉

我的生长着雪莲的山峰
是珠穆朗玛。我的目光与精神双重仰望的圣地
回旋天籁，你启示我一生的沉思与爱
你是史诗里最厚重最明丽的句子
我的布达拉

2010年9月27日夜，于北京

德 令 哈

——写给永恒的海子

德令哈
我的金色的蒙古语词
今夜，你的星光可以远离山河
但一定要照耀一位忧伤绝望的诗人
如今他在时光的另一边守着麦田
那也是金色，他那么孤单
甚至失去了人间问候

德令哈
你在任何一个被仰望的所在
都是高地，这让我想起高贵尊严的血液
一旦流入纯粹的诗歌
那种回旋，就会响彻天宇
关于生活，还有生命与爱情
我们只能认识一切表象
可是，德令哈，你的蒙古属性
决定了我的方式，不仅仅是描述
在我们的对语里，那位年轻的诗人
活在他的二月，等待菊花盛开

德令哈
他赞颂过你的星空
这使他陷入了长久的痴迷与对神秘的渴望

最终，他把自己隐在黑暗中
在最后的时刻，德令哈
他一定在心里呼唤一个美丽少女的名字
他那么希望获得拯救，如同希望
在你的世界里获得一匹自由的马

德令哈
你的蓝色的水流过红色的山谷
怀念流过我的怀念
我承认，有一种存在
此刻，就站立在我的窗前

2010 年 10 月 1 日夜，于北京

我　　在

比幸福高一些
在神最美的音符下安坐
我是你最远的那朵云，怅望故乡
把少年的树托付给泥土，进入宁静的核心
德令哈，我成为你泣血箴言永不动摇的信奉者
在绝对孤独的诗歌中捍卫你的心灵

我丢失了羊群与马
实际上丢失了往昔的道路与爱情
德令哈，在你怀抱，我得到了神的庇佑与宽容
在比怀念更远的远方，德令哈
草原已被分割，流浪的风
奔向一个未知的黎明

2010 年 10 月 2 日午后，于远途

活在世间

我知道那里一望无际，但不是原野
我知道那个高度，但不是天空
可我不知道距离，它仿佛在很远的地方
昭示我们的心灵，如一生的信仰

我知道某种跌落不仅仅因为引力
我知道鹰飞阴山，它无声的影子掠过山谷
可我不知道重量，关于扶摇
中亚的云，或玫瑰色的凌霄

我知道那类沦丧一定在黑暗中
我知道梦境里的麦子，麦芒上浮动温暖的光明
可我不知道深秋之后，有什么仍未苏醒
比如诅咒，或失血的冰冷

2010年10月4日夜，于鸭绿江畔

一箭之外

一箭之外的概念不是异乡
一箭之外，消失的河流不再拥有秋天

一箭之外的玉石上镌刻鲜红的语言
一箭之外，纷纷扬扬落叶，陌生的远山

一箭之外的追寻者遗忘了什么
一箭之外，横亘的岁月，倒在风中的栅栏

一箭之外的故人渴望回返
一箭之外，金山岭山麓的杜鹃，依然灿烂

2010 年 10 月 6 日正午，于鸭绿江畔

不解尘埃

存在于光明背后的幻境
鸽子的啼鸣，占卜者，那个深怀大爱与大悲的人
洞悉尘寰，他将朴素的记忆刻在窗棂上
然后迎来漫长的雨季

年轻的心，不可漠视的羽毛上沾着血痕
一缕星光折射逆旅，背弃者
试图将誓言写在前额上，在美丽的语词中
走失的灵，从此陷入绝对的孤寂

被遮蔽了的，比如水的纹理
精美的虎皮，是的，还有干净的相思
拒绝手的传递。活着的气象，远天远地
如那神秘，或飞升于一首诗歌里的凛然的晨曦

2010 年 10 月 9 日夜，于丹东

感念内外

就从那里开始，从你目光抵达的最远方开始
忽视沧桑的土，泥沙上的河流，还有山峦

实际上，我希望你超越所谓的生活
那些流动的感伤，像山峦一样起伏的困惑

就从那里开始，从你目光不能抵达的地方开始想象
在漫长的时光里，是什么磨损了我们的心灵

然后，你就尝试用真切的语词描述自由的来路
在一片残破的落叶上，寻找时节轮回的供奉

最终，我们都将归隐泥土，把感念留下
把庄严的降生与肃穆的亡失留给新的人类

2010年10月10日午夜，于丹东

想象洪江

三千年前的渡口
如今是画中的静默
在一片灰色中，古城的倒影里乡音依旧
但不见凤凰

在湘西
在此刻的想象里
我凝视远方水的缝隙
水无语，有时候，水也会挂在最高的枝头
辉映凝缩的故乡
此刻，我的目光停留在两脉水流之间
可我不知道有什么在飞翔

我的女儿
你降生在古典恩泽的深处
不断向上的石阶上可见青苔
染着淡淡的月光

那是你成长的时间
你的美丽，你的充满想象的未来玫瑰盛开
在无限的可能中
我的女儿，你会失去一些记忆
但你不会失去我的祝福

我的洪江在远方等待
就如一个故人
就如两片月光之间的音韵
就如我的女儿，你的天使的容颜
你的青草般纯洁的华年

2010 年 10 月 25 日，于湖南长沙细雨飘飞中

洪江补记

在芙蓉的故国
这一隅秋季　色彩的语词流入湘江
雾霭深沉　神在某一种核心瞩望
神在一片落叶上
写下人类的忧伤

我送走这一天最后的阳光
在橘子洲头听大江唱晚
我的女儿　你将出现在星辰之间
穿着素雅的衣裳
你是我唯一的月亮

这一年秋季
我没有抵达古典的洪江
可我颂歌美的人生与人类
我的女儿　你的目光
在我的诗歌中静静流淌

2010 年 10 月 27 日，于长沙

鹰翅那边的秋天

那些花儿开着，那些河流
那接近仙境的爱情在大地上活着
在鹰翅那边的秋天

那些晒在屋顶上的玉米，金黄色的光芒
一片连着一片，可那些花儿开着
牧童依然吹着柳梢，那些河流
玉女手臂一样温柔的缠绕
在鹰翅那边的秋天，闪现蓝色
这个时候，我感觉有什么在飞
或缓慢地消隐，不是云
不是早晨，更不是黄昏

我知道，我是在怀念
对远方的一座城市，或一个村庄，一片天宇
我的没有翅羽的想象，在鹰翅那边的秋天
飞向一个安静的人

2010 年 10 月 29 日临近中午，于北京

守望故乡的母亲

守望　无关生死
比如阿尔泰山高贵的灵魂
在母亲最后的微笑里
让我获得了印证

确认什么活着
我们可以寻觅踪影　比如哀痛
一双含泪的眼睛　铭记怎样的真实
守望故乡的母亲　那个生养了我们的人
她习惯缄默　这像净水　比如无风的湖
比如深刻的沉淀　她的乳汁

是的　我们无法回避那一天
母亲走了　比我们三生走得还要远
可是　她依然会葬在故乡
她的守望　没有抵达那个临界
她真的就在那里　她永恒缄默
她张望　以她的灵魂
我们张望　以我们含泪的目光

2010 年 10 月 30 日夜，于北京

垓　下

虞姬湾　在沱河苍老的脉动里
我只能遥想你的美丽
就是这里　在汉之源　在遍地遗忘中
透过破碎的瓦片　依稀可见血色残阳

那一年　三十一岁的霸王
在虞姬的泪光里倾听四面楚歌
他的无比忧伤的楚国

濠城　你的历经风雨侵蚀的记忆
你的被岁月年年点燃的光辉
是虞姬的血　是她毅然赴死后
年年开放在垓下的花朵
是霸王之剑　在历史一刻所斩断的人间离愁

垓下　一尺之下的黄土
霸王和虞姬曾经的领地
躲避照耀　只有两棵树木紧紧依偎
在水之侧　在若明若暗的重叠中
终归宁静　垓下　你曾见证一个绝美绝望的女子
把年轻的生命献给了爱情

2010年11月5日，于安徽垓下

感谢拯救

必须珍重鲜活的生命与恩惠
我们无可选择的父母之邦
渐渐模糊的往昔
足迹与生长的印痕

同时珍重我们的怀念和隐痛
你听神的圣乐
那永世伴随的叮咛
像阳光一样　像洒落的蓝雨
盛开在节日的语言的花朵

感谢拯救
感谢出现在一个美丽女子双手上的变化
在细腻与粗糙象征的过程里
分辨必然凋谢的美丽
关于曾经的青春
甚至曾经的过错
肯定都值得尊重

感谢拯救
感谢给了我们幸福的神圣的爱情
感谢空气铺展的苍茫
孕育了降生和感动

感谢这个世界
感谢相识和相知
在相爱的岁月中
感谢泥土和岁岁辉映的庄稼的光芒

感谢夜晚　比如此刻
可以冥思的星辰
还有离别北方的雁阵　感谢拯救
在我们周围　隐隐约约的人类的声音
如净水一样珍贵和温存

2010 年 11 月 8 日夜，于北京南城

筹　　远

永远的寺
与夕照一同下沉
随着黎明上升　筹声　吹奏的僧人
置身永远的中原

筹远　比声音远　比怀想灿烂
十一月　梦中的马车接走了谁家的女子
在洛阳到开封的路上
古老的生活迎来萧瑟
火热的心　我是说那种一世不灭的渴望
就像筹远　十一月
谁的意念中开放着牡丹

为了爱情
谁毅然放弃了王冠
谁在吹筹　一盏烛照　一隅江山
一个秋天又一个秋天
仿佛只有筹远

2010 年 11 月 13 日正午，于北京南城

注：筹，古老的乐器，类似于笛子和箫，用嘴吹奏，几近失传，被誉为活化石。

又是冬天

我几乎遗忘了那些概念
比如祖国　比如悬浮在幻想之顶的爱情
但我牢记着故乡　比如母亲生我的清晨
那可以想象的奇异

那些岁月
消失的古柳就如训诫
我的拥有母亲的童年
在对食物的等待与渴望中
认识了缓慢的时间

在西拉木伦河以东的天空上
我凝望的果实微微泛红
三十年　甚至更久　回家过节的人们
走在陌路　是的
我几乎遗忘了那些概念
此刻　我的神思中出现了绵延的燕山
不错　红叶落了
时节再一次回到了从前

2010 年 11 月 14 日正午，于北京南城

燕山：感觉环绕与拥抱

那橘黄，已经接近辉煌
那燕山深处的光照，经久的源
我的自由的天上凝固着云朵
这是岁末，在古城通往夏宫的路上不见马车
当然不见旧时的词人
只有这气息，这铺展不尽的梦一样的真实
让我感念故地

感念烧灼，在驿站张望信使的人
像我年轻的儿子
可是，他却比我早生了五个世纪
在我只可冥想的时代
他独自守着烛光
感念一个牧羊的姑娘

他真的比我幸福
他一定见过南飞的雁阵
头雁鸣叫着，震颤翅膀
驮着故园的夕阳与忧伤

2010 年 11 月 14 日临近午夜，于北京南城

纯粹：我所看到的光辉

一切都没有了结
特里斯诅咒，那冰一样的禁忌
唇语覆盖着疆域和部族
午夜，在黑暗中，我看到一行泪水浸润的边缘
闪动一双眼睛，那么孤独和哀怨
我看到一弯冷月，一半混沌
在微明的另一半，好像挂着谁的衣衫

是什么使一切变成了这样
特里斯诅咒，扼杀爱情的箭镞总是无形
那是唯一的指向：人与人的纯粹
人的泪水和灵与肉相融的无畏
以灰烬的名义，蝙蝠在飞

他们在祈祷
我看到了铁的光泽
他们冲破禁忌的过程，如两条缠绕的柳枝一样柔软
那个部族最美丽的女人
为了爱情选择了纯粹
不错，我也看到了粉碎
在他们最后的话语里
我也看到光辉

2010 年 11 月 15 日正午，于北京南城

母亲的故国

在母亲安歇的地方
那盏灯亮着，我的心，我不时穿越的领地

我儿时的身躯上印满母亲的指纹
她的故国，我获得生命的晚秋
黎明橘红，永恒的风，轻柔地飘过母亲的十指
然后停在我的额头
让我感觉到人世最初的爱
后来我就认识了痛失与自由

那盏灯亮着，我的心
在母亲安歇的地方，我时时驻足
我所感知的音韵，就在母亲的故国

那盏灯亮着，比如此刻
我以少年的名义穿越领地
百合不落

2010 年 11 月 19 日凌晨，于北京南城

初冬：一个默者的黄昏

藏香渺，昨日午夜梦中的百合
如何成为活着的信仰，铺展到极地
此刻，我的诗歌里站着忧伤的马匹
在两种宁静之间，我的前方出现雪的意象
藏香渺，我的活着与死去的亲人们
你们说这灵，这广大的原野上
那最后的光，为什么渐变为深刻的幽蓝

我的两种宁静
马与百合，麻雀飞过的天空已成铅色
默者远，他年轻的身影嵌在石头上
他进入群山，他在人们庄严的晨祷中注目
是冬天，他突然想到人类的语言——
有酒吗？有火吗？有爱吗？在火的周边
冰冷的孤独与哀愁还要持续多久

冬夜赋，我谛听这珍贵的节律
这人世，一个默者的黄昏里
百合与马匹，那灵息
有一些声音，或岁月
已经永远离我们而去

2010 年 11 月 21 日黄昏，于北京南城

不问日月（一）

沉重吗
当你伏下头，在交叉的手臂上想象此刻的人类
黑暗中的花朵，在河流上空折返的鸟群
树木掩映的村落。沉重吗？当你举起右臂
仰首看到平滑的屋顶，是什么还在隐去
在不断扩展的城市，你怀念乡音
童年的土路或沙地

轻盈吗
当你走向山顶，在云与大地之间发现雨丝在飞
生长期的哲语，在目所能及的远方
被阳光所照耀。轻盈吗？当你发出问询
直面雾气升腾的山谷，是什么还在萌动
在辉光尽染的草原，你迷醉圣境
七月的牧歌或黎明

诚挚吗
当你回眸，见证另一颗心灵寂灭
那无怨的眼帘上挂着恩泽的光与风
记忆漫过的往昔。诚挚吗？当你想到祭祀
独对神灵发出忏语，是什么还在雨季
在前缘焚毁的夜晚，你梦归故地
曾经的牵手或亲吻

幻想吗
当你置身临界，当你奢望长河回流
永不融化的雪，比信仰更孤独神圣的雪莲
滴血的心有多么哀痛。幻想吗？当你祈祷上苍
让一切回到原初，是什么还在凋落
在必须经历的冬天，你等待预言
无声的远山或远天

2010 年 11 月 23 日深夜，于北京南城

不问日月（二）

痛惜吗
关山万重，只有一片枫叶如心如血
初冬的湖泊，映入水底的长空不见天鹅的踪迹
某个午夜，洞悉身后的先哲
通过一个少年的梦呓
对静谧之水说了一些语词
其中的一句是：旧时究竟是什么呢
痛惜吗？如果你未加珍视

倾听吗
如果那隅山河不再落雪，如果存在这样的假设
人啊！你将怀念西风凛冽
那利刃切肤的真实
倾听吗？落霞远，黑暗已经堆积在山前
在蒙古呼伦贝尔以西，陌生的大鸟飞过湿地
你无法读懂那凄美的扶摇
一声鸣叫，穿透十个世纪

感动吗
以手抚心，你丧失了什么？你伤害了什么
你看夕阳，它最后的光芒停在屋脊上
不是珠穆朗玛，甚至不是你的家
感动吗？在最为普通的生活中
新婴降生，一对男女成为人的父母

一声啼哭，然后还是啼哭
最神圣的河，哺育的河，人类的母乳

点燃吗
踏遍地落叶，一腔别愁，不说永久
也不要数点星宿
所有的一切，就在这有序的轮回中
点燃吗？比如此刻，点燃神秘的夜晚
一语问安出现在古老的中原
一片身影如一片移动的槐阴
再也飘不回淡雅的春天

2010 年 11 月 25 日凌晨，于北京南城

不问日月（三）

我不知道是什么揉碎了那朵云
它真的消失了，它曾在地球的上方
如我们的近邻

不会再出现相似的一朵
风切割石头，水切割黄土，怀念切割心灵
多么疼痛

炊烟没有切割天空
那朵云永远消失了，在比欲望更高的地方
雨低于缅怀

一位弥留者面对围拢的亲人
他最后的祈望高于生死，但未能说出一个词语
最终合上迷醉的眼神

2010 年 11 月 29 日夜，于北京南城

逝水：或那一年春天

龙已经灭迹
那一年春天，在龙潭湖公园，观望天象的老者
肯定是丧失了什么
在松软的土地上，他画帝王的宫阙
可他无法描绘夕阳，在感觉的余光里
他画一个美女的肢体，那种线条

我观望老者
他双唇抖动，他的头顶是悬浮的柳枝
那样的颜色，肯定接近了某个传说
我不知道他是谁，我想听懂他的唇语
从遥远的地方，巫傩的气息奔老者而来
他不为所动，那个时刻，帝王的陵寝荒草依然
黄金宝座上积着一层尘土

那些花开了，那些花，大地的语言和倾诉
观望天象的老者，试图画一片天
我却看到一角闪亮的飞檐

天在观望我们，就如我们观望蚁群
逝水，或那一年春天
或此刻，当然还有永远，在安澜深处的自然

那些花开了，那些花，那不可触摸的高洁和美丽
不在人间

2010 年 11 月 26 日正午，于北京南城

天光与纵深

在纵向交汇的地方辉光灿烂
静谧的花　那静谧无尽的涟漪

天光与纵深　星空下的心没有入睡
这不可否认的生活　其中的一个部分
灯火　等待　语言里的表情总是指向异旅
这不可否认的伟大与迷醉
永恒的源　永恒的悲与喜　雨雪和大地

我们需要瞬间的感动抵达泪腺
让闪亮的记忆焚烧黑暗
然后　在天光与纵深中
相拥无语

2010 年 11 月 26 日深夜，于北京南城

天光重现

雨落着
在一节蓝色车厢
我看到百合开在河流沿岸
在寂静的中心，我远离冬之寒

在凌晨的梦国
我的身边出现一些陌生的人
爬上顶端的车辆陷入泥泞
雨未停　有人开始谈论日出
他们长大的村庄　在华北平原
一棵轰然倒地的古柳与他绝对年迈的祖父

没有目的地
是的　至少我不知道去哪里
我承受了那光　比诺言重　比菊花黄
天光重现　照耀一位少女洗净的衣裳

醒来　活着　如此美丽
我的美丽的天与地　陌生的姑娘
我的冬日正午的诗歌　被天光照耀
这同样美丽的发现与忧伤

2010 年 11 月 28 日正午，于北京南城

前缘注定

始自混沌　永恒存在的苍宇
一点与另一点芒　不可能彼此读懂的前定
处在两层遥远的悬浮

一切都不能用思想计算
有序和诡异　宇宙的花与天涯
一点与另一点光　不可能彼此会意的闪烁
或许隔着黑洞

降生在被什么仰望的星空　这蓝色的球体
一个与另一个时刻　还有不同的语系和纬度
但绝对依赖水　羊水　饮水　不同地层的水
唯有惊叹这奇迹
奇幻的泪滴

修炼五千年成为空气中的一株植物
两个相知的人相视微笑　在学会奔跑之前
追溯　在被孕育之前　曾经以什么形态存在于何处
只能联想火　那一丝飘舞
或灰烬里的灵息穿越时光帷幕

如果两个人
在这个世界上　如果两个人的泪水得以相融
那就是生命花开　或最后的凋谢

这都需要珍重　就这一生
一种微笑　一次牵手　一瞬相拥
一语祝福可能出现在亲吻之后
这都不可抗拒
源自前定

2010 年 11 月 28 日午夜时分，于北京南城

永世（一）

不是你我这一世　是永世
有关开启　或太阳的童年

你和我　我们这一世叫一生
比轻盈的萤火还要孱弱　你怎么能够进入
微小光明的内里　没有羽翼的飞
宇宙时空的点点星火
拒绝声音

对红的认识
容易将我们引向遗忘
比如普照　后来的山茶花　还有生命之血
不仅仅只有人类才拥有滴落或流淌的殷红
一只羊在前面被杀戮
另一只羊在后面发出哀鸣
它甚至会给人类流泪跪下
只求一生

你知道地球上有个喜马拉雅
但你不知道　在宇宙同心圆的外面
被什么所包裹　你甚至不知道欲望的遗痕
如何割裂了安宁的故乡

2010 年 12 月 1 日零时，于北京南城

青　衣

那个倩影在帷幕里面
这让我想到蓝，雨后的天空，镜子一样的海水
明月挂在那里，她没有照耀天空，她照耀海水
那种橘黄像纯粹的爱情
照耀人类蓝色的理想与哀愁

这不可超越的对视，一羽青衣
无形的悬垂就如世纪，此刻
谁在追问现实的生活，那钝器一样的磨损
刺痛谁的心

我在广大的人间等待奇异
那是我只能凝视的枝叶
闪现最干净的晨露
那是青衣

2010 年 12 月 9 日下午，于北京南城

飞　　行

雪压冬麦
我的百合征服寒冷与燃烧
在时光的隔壁见证飞行
在南方，雨刚刚落下，人在雨幕中
或者说，雨在人类的周围
把一切合为领地

是的，雪也没有停歇
我可以看到，雪在窗外飘洒
像睡眠一样安静。此刻，在山海关以东
我相信，我真的看到了自由，她就在那里
低于相思，但高于旗帜

心行，这白蓝两色的结构
心行十万里，未能拉长一个语词的距离
如这雪，这雨，这永生永世的恳求与致意

在时光的隔壁，时光的主人依然消隐
时光的主人，在雪和雨的缝隙留下一片晴朗
还有云，那最古老的帛书
随心行而动，寂静无声

2010 年 12 月 12 日下午雪中，于鸭绿江畔

听会儿音乐吧

寂静了，此刻
唐朝的雪在一首边塞诗中铺展
冰冷而孤独的光。是的，也是岁末
雪终于停了，原初的萌动里一定存在珍贵的温暖
我试图遗忘对古典与忠贞的想象
可我无法忽视光泽与恩泽

那么，我们听会儿音乐吧
盛唐的长安图景早已湮灭
西风起处，谁的感念不再漂泊

在一羽云上种植庄稼
期望开放红色的花朵
在安宁的谷地建造栖身的茅舍
守望者，歌唱与缄默都为了什么
八万里风动，十万里涓流成河，守望者
独对时光残破

那么，我们听会儿音乐吧
听白雪遍地，这自然的心灵
听六月已远，那个时节的星辰在何方起落

2010 年 12 月 13 日夜，于鸭绿江畔

反　顾

我活在氤氲不熄的寂静中
以微尘的名义发出人语
活过半生，我失去一条旧路，那叫童年
我在奇寒的午夜思索花开，是第一朵
它在水边，为这个世界绽放最初的美丽与羞赧

那个时刻不属于我
那个时刻属于神或想象
之后，我听到清脆的断裂，如夭折的青春
流放的心，在寂静深处寻找湿地

我洞悉结构
我看到一个少年跑过无雨的七月
之后，我看到了他的老年，他坐在山前
仿佛正在等待什么消息

2010 年 12 月 15 日，于鸭绿江畔

生灵最贵

不，这永无替代
它的陪伴与神情，那蕴满忧郁的双眼
来自人类以外的注视，常常充满恐惧和疑问

我一定会写到雪与寒冷
它曾经的小小的乐园，抚摸的手
已经丧失，它只能以冲撞或躲避的方式
渴望嗅到熟悉的气息
不错，这个时候，它象征遗弃
它一定会躲避无所不在的危险
但它不能躲避结局

结局就是永失，我甚至想到它最后时刻的泪水
它会狂吠，在最后的腾跃里，它将泪珠砸在地上
它曾经的小小的乐园，灵性陨落

一条孤独狗穿过城市的午夜
它将曾经的温暖留给了主人
遗弃者，无法想象它危机重重的异途
不，这永无替代
它泪珠的琥珀已嵌入泥土

2010 年 12 月 15 日临近午夜，于丹东

阅尽苍茫

只要那么一点蓝
留下海的宁静，抑或翻涌

留下无限广大的神秘和未知
跟随缓慢上升的原野，可能就是跟随怀想
在一个干净的地方，比如临海的巉岩
眺望往昔，看一滴水
如何在腾跃中粉碎

留下一片晴朗的天空
最好留给云，像雁翅一样自由穿行
在那圣洁的皓白里
怀想透明柔软的感伤

然后
把什么轻轻放下
进入一个人静静的黄昏

2010 年 12 月 22 日夜，于北京南城

远隔山川的音讯

在一年中最黑最长的冬夜
感觉最真最暖的凝眸
这一寸一寸的幸福和隐痛
众鸟高飞，那开放在云里的花
怎样牵动我们的神思，一寸一寸时光的流逝
是我们幸福的隐痛

不能留住什么，尽管我希望留住一点蓝
在心灵烛光所点燃的希冀中
幸福就是宽容，对破碎的时日
关于天光，我们铭记向日葵的金黄
我们说，在人类世界，幸福
最终就是孤独的守望

遥想一片落叶飘过陌生的海疆
环顾我们的生活，这一年中最黑最长的冬夜
众鸟高飞，那无尽
体味与抚慰的手
以什么方式
托住了泪光

2010年12月23日正午，于北京南城

我曾经是一个牧童

我很想对你说一个牧童所有的发现
雨前的雷，阿尔泰山上空的鹰，梦里的橘红

想对你说灰烬的哭泣只为星火
那非常接近自由的心，温暖而闪耀
在生活之河的磨砺中，他渐渐长大
初识人类的哀愁

白夜逼近，昨夜的星辰如一些故去的人
如隔着穹庐的想象，我的故乡
那个叫蒙古高原的地方，灵性真实
午夜，背诵箴言的骑手
告诉我什么是自由

很想对你说这一切有多么辽远
想对你说珍重，想对你说，活着啊，请珍重
不可辜负你的心灵，就像不可辜负
一生一世滋润生命的爱情

2010 年 12 月 23 日下午，于北京南城

知觉：这个夜晚

是要剔除一些什么，但要保留洛邑和牡丹
光走剑锋，唐朝走在洛邑之南
众神走在这个夜晚

我选择安坐
这个夜晚，我的朋友们都在饮酒
光走山脊，光随着流水与忧郁波动

有什么召唤古典的心情
先哲们安坐于画里，在背景里，光走遥念
比远天近，比群山遥远

仅仅为了这个夜晚
我的诗歌中就会升起一个黎明，我会等待
光走梦境，照耀心海，也许不见一点血红

2010 年 12 月 24 日平安夜，于北京南城

领　受

不能简单描述人的倾吐
活在有限的疆域，尊卑如草
脊背的虔诚总该让你联想无语的山脉
匍匐的人，渴望在泥土中释解疑问
让思绪上升，洞悉星光架起的桥梁

相信高贵的母语一定会抵达那个顶峰
相信手的传递
还有暗示

时间
双刃的刀子切割注视
老去的歌者，那颤动的心音正值青春
在沉默脊背的上面，一定会飞过鸣唱的鸟群

这是幸福的理由
只有一次，也只有一世
不能简单描述人的倾吐，或以泪相抚
然后彼此相忘各自的旅途

2010 年 12 月 25 日夜，于北京南城

七年之痛

题记：1 月 22 日，是母亲故去七周年祭日。此刻，我痛切地感到，我距那个灭绝一样寒冷的日子渐渐地近了……

我总在冥思那条悬河
母亲，七年艰难，我必须掩饰寻找家门的神情

那条悬河，在犹如秋诉一样脉动的上方
存在一个高度，越过蔚蓝
我可以看到你的马

而我的冥思
会在没有你的午夜准时抵达那里
我的无尽的忧伤和绝望
借助诗歌的翅膀向更远的地方翱翔

母亲，我把最真的语言藏在韵律中
我的童年，依然跟随在你的身后
我从不怀疑，跟随你，就是跟随一生的信仰
可是，我痛失了！在 2003 年最严寒的一天
我痛失人间最伟大的称谓，从此痛失走向你的旅途

在七年疼痛中，母亲，我变得平静
我的脸上常常挂着微笑，我懂得隐忍就是最深的怀念
我想以此告诉这个世界，我是一个拥有幸福的人

我想证明那条悬河真的就在我们精神的上方
它能够看到一切，母亲，你能看到我
在我孤独的身影里看到悲凉

可我看不见你！母亲
整整七年，我在诗歌的王国里追寻你
我相信闪现，我相信在一片蔚蓝的神秘境地
那一点洁白就是你的马，你生前的坐骑
它死在另一个冬季，留下无比凄绝的嘶鸣
母亲，它会找到你，在尘世之外，在天籁的萦回中
你牵着它，含泪凝望你曾经的蒙古，我的源头之息

2010 年 12 月 30 日夜，于北京南城

独自守望

我看见红，我看见云的素洁中
仿佛绽放着玫瑰。我看见一颗心
在岁末的最后一夜，将拯救的光芒投向沉寂
然后，我看见了自己

不见影子，我能感觉的风声从西边而来
似乎裹着雪粒。新的一年新的一天就在附近
岁月的证词将高贵的风霜刻在树上
让隐秘的年轮向外扩展
就如哲思或涟漪

我看见中国广袤的北方被寒冷胁迫
红依然在那里，还有云的素洁
我看见我们爱着恨着的人世不为所动
我没有看见圣地的烛光，那么多祈愿的人
为什么遗忘了自己

我看见红，我看见北方的这座古城
被淹没在重重欲望中
在岁末的最后一夜，是什么在顿悟斑驳的往昔
但不说爱与沉痛，那些消失的树木

2010 年 12 月 31 日岁末之夜，于北京南城

大兴安岭

你沉默了一个世纪，我的苍老的祖父
我在少年的河边怅望你头顶的雪
我的周围是无尽的寂静
甚至没有风

你总被劫掠，泪腺干涸
你威严地望着远方，一座城市就是一头怪兽
那里的人们活在往昔的农田上，或墓地上
他们在积木一样的楼层里咀嚼食物
在比树梢更高的地方
他们退化为蚕食的蚁群

大兴安岭
你看我眼前的河，我少年的河早已断流
这大地的相思，这亡失和陨落
我在旧时的河道踩着积雪
这满目的萧瑟与哀伤让我确信凄美的破碎
是蒙古高原上的清晨，大兴安岭
我没有看到一弯玄月
那被遮蔽的慧光与美

大兴安岭
我甚至不敢向你致意
我是蚁群中的一只，我是归来者

我悖逆了少年所有的想象
感受深重的耻辱，我唯有喟叹——
远天远地，在绝对没有人迹的一隅
才有圣灵，自由与爱，平等相挽的手臂
安宁和谐与桑榆

2011年1月2日，于北京

穆斯塔尔

首先要亲近一个语词
比如旧时，最后离别驿站的老者
或你的黄昏

某种淡黄，肯定隐藏在蓝色后面
是纵深，与云层不同，在那道看不见的帷幕里
它成为持久，它两翼的山脉围拢地平线
那里的麦子熟了，那里的人类
正在迎接一个节日

关于逾越
我想，那果真非常艰难吗
如果让欲望平息，感觉曾经的隐痛
如果仰望寂寥的空，期待归来的鸽群
那么，你古歌
它最美的和声，也在纵向的远方
接近你的悲痛，然后
恢复宁静

今夜，我距你很远
今夜，我在华北平原
在一个神秘横亘另一个神秘的零时
等待西风止息，就如等待奇异与降临

今夜，我向你的星空致敬
那种极致，被神光笼罩的高原河
比圣山还要古老的爱情，大地上最珍贵的果实

你的思绪那么静，那么远，那么莫测
在蓝海之滨，人类的母亲和少女
在涛声里织网，在有序的经纬中，透过缝隙
她们注视斑驳的生活
神情感伤

你是她们一生的传说
借助光明，她们打结，她们编织一颗星斗又一颗星斗
她们从不遥想自由

穆斯塔尔，我是说
她们，是你壮美星空下的花朵，充满异香
她们的指间存在另一个星空
我的目光在那里停留，同样心怀崇敬

你的光中出现追寻者
在密集的人类追寻另一个人
你的光，精美的玛瑙
那凝固的血痕里没有任何声音

在智者归隐的年代
你夜晚的色彩那么深重，我独自走过你的领地
面对星辰，我想到灵魂

我想到一个活着的人
可能是另一个人活着的理由与全部
听说黎明就在河的彼岸，它不在山上

它是某种灵光的沉浮
如你的幻境托起星辰
安抚永生不眠的灵魂

穆斯塔尔
这个时刻，在两颗巨大的玛瑙之间
我发现了母亲

命里注定
我不能改变这一切，比如凝思
这比河流还要漫长的心绪

守住距离
我就守住了真与怀念
我必向你呈奉，向你午夜的安宁
气韵飘逸的祖露，我呈奉诗篇
我要让你相信远方的夕阳
光与暗影下的人类
他们坚定或迟疑的步伐警醒着什么
我也在那里，在那个庞大陌生的群体内
我用孤独感伤的诗歌分割着异乡

我焚烧自己
在诗歌中，我焚烧自己醒着的心灵
焚烧无形的帷幕，我听旧时的光阴
听一个待嫁的牧女怎样歌唱亲爱的母亲
穆斯塔尔，我听到一片天鹅的羽毛飞过夜空
飘向天鹅曾经的营地
我听见秋天去了，仿佛睡了
然后，它在一穗金黄的玉米中醒来
就像我们重叠的记忆

穆斯塔尔
我听见一颗虔诚的心灵为另一颗心灵
忍受滴血，或以泪为雨
然后我听见彩虹飞架
跃动天宇

那个时刻的异象
应该是你无人的道路
是你遍野金黄的晚秋
对我的呼唤

命里注定
我要在诗歌中证明，你就在那里
我的亲爱的母亲也在那里
成为永恒的存在

我在你仁厚的相拥里回到童年
我梦幻的第一层是雪，那寂静的覆盖
第二层是水草，第三层是鲜嫩的百花
母亲在花香那边
呼唤我的乳名

与你的距离薄如蝉翼
穆斯塔尔，你是我的微缩的祖国
我的最美最真的初恋
我少年时代全部的记忆
浸染你的秋色

你的如绸缎一样的绿地
孤独的天空中，那孤独盘旋的鹰
转场的牧人，在离家越来越远的地方注视鹰翅

穆斯塔尔，你说，当那种暗影掠过河面
当牧人的双眼中闪现泪水
当高贵的怀念深入沉默
你是否还记得一个少年
他在奔跑，迎着疾驰而来的马群
他张开双臂，以男人的身份迎向遭遇和自由

穆斯塔尔
我的少年时代的祖国
你给了我自由与野性，我的幻想
在你仁慈的宽容下像草一样疯长
我一万次渴望到群山那边去，我最初的历险
是在你的安宁中进入梦境
我开始飞，就像鹰那样
我最初的叛逆，是在跌落惊醒后
渴望重返那片天宇
感受每一瞬间的奇异

那一天
我可能就离别你了
离别你，我的肉体与灵魂双重的故地
我的微缩的祖国，还有亲爱的母亲
今夜，我静静地回首童年
我只有热爱，穆斯塔尔
我不会对你说后来的道路
那些岁月，还有岁月中积累的
深深的疑问

我曾在异乡的凋残中冥想你的秋季
看到落叶，我想到你的草
看到孤树，我想到你的远山

你傍晚西天的深灰与鹅黄
你的流泻的鲜红，那高原上的景致
让我想到人类之血

人类为什么一再感动
究竟为了什么，人类一再对后人叮咛
血的答案在滴落中，在变幻的形态中
在苍老母亲的叹息中，迎来新的夜晚
那么远，那么真，那么沉，那么重

我在一生必须经历的路途
看一群鸟飞过，然后是又一群鸟
那觅食与生存的艰难，在种植庄稼的大地上
留下它们的鸣叫

穆斯塔尔
为什么我们凝望天空遗忘大地
为什么我们面对大地遗忘翻卷的云影
为什么我们总在透明的感伤里追寻未知
为什么答案那么深？浮尘那么轻？问询那么静

人类之血
这阻不断的尊严
牵着东山黎明与午夜心灵
穆斯塔尔，我从不敢忘却如手相握的知遇
在没有神性的现世里，神的化身就是一个女婴
她的哭声与泪水浸润的眼睛

是的，总该铭记
总该在记忆的最底层
找到爱的印痕，感觉寒夜温暖

明亮的冰雪正在消融，感觉复活
在你心灵最崇高的位置
安放一个令你疼痛的姓名

就这样，穆斯塔尔
我的游子的身份已被确立
在地理上的异乡，我的精神的故乡
紧密地贴近高原，我走在远别与遥念之间
感觉那样的贴近就像亲吻，湿润而甜蜜

因为你，穆斯塔尔
我才拥有无限的疆域
在山之侧，是河，在河之侧，是岸
在岸之侧，是百合，在百合之侧，是我
在我之侧，是人类的生活
我遥念你，守着静默

在静默的四季
春天绿了，夏天红了，秋天黄了，冬天白了
穆斯塔尔，你的约定
在高原的誓言中尽显蔚蓝
从不回避的忧伤，聚为光
映照午夜与殇

谁在遗忘
穆斯塔尔，我守着静默
守着孤独的信仰，感觉活着
我可以感觉花开的声音，断裂的声音
就如背弃的身影游过旧地
我可以感觉有力的拯救，流水的声音
天鹅飞过夜空的声音，枪口离开猎物的声音

穆斯塔尔，我可以对你说
在关于你的诗篇中
人类普遍的哀愁
恋着自由

拯救
需要一双手握住另一双手
穆斯塔尔，此刻，在异乡的午后
我感觉极地的飓风慢慢消退
我感觉知遇，我原是你的河流
你是我永世的源与上游

穆斯塔尔
此刻，我距离德令哈那么近
我无须想象她的舞动，飘在袖间的风与黎明
她是你的姐妹
在德令哈金色的早晨，我无法忽视山顶的腾跃
犹如我无法忽视同样金色的族谱

在这里，在德令哈金色的袖间
绿色隐现，白色涌动在天空下，那是羊群
我成为一个凝滞的点，那么小，那么感动
这片天地存在了那么久，怀想漫过鲜红的血脉

在德令哈金色的边缘
我寻找一句密语，与自由有关
或者与一匹马有关，我感动，我停滞
我久已远离白银的雕饰，比如镶嵌的马鞍
爱情，走过德令哈静静的夜晚

穆斯塔尔

我已经获得一种高度，在距离德令哈很近的地方
我等待降临，我等待天使的祈福落在前方
那里就是德令哈，是高原一月，天空那么远
我等待开启，等待完全不同的奇迹

在距离德令哈很近的地方
我可以确认一种信仰，她比高原更高
她在比山脉更古老的启迪中，照耀我
照耀这个时刻
你的梦幻一样的山河

穆斯塔尔
高原一月，在德令哈金色的启示中
没有日落

这个夜晚
你的原野远离祝福
我和你一样，或者说，你和我一样
在一曲那么古老的赋中
送别无雪的十万里山河

这个时刻
风掠过无名的山岗，在山脚停顿
像一个铭记约定的人准时抵达那里
在远方，爆竹响彻夜空
地平线举着火光

我接受祝福，在节日焰火与遍野的喧响里
我遥念静谧，穆斯塔尔
我在感觉你风中的骨骼
在这一刻，我等待降临

没有诉说，眼前也没有如水的月色

对称的黄与黑，对称的眼睛
在对称的另一端，太阳系之外
时光变暗。你从未失去那个故国
怀念远，誓言从一叶草尖移向另一叶草尖
高贵的心灵刚刚安眠

彼岸静，对称的空间，人未还
我感动于那种无以诉说的生命
它如月光一样安宁，充满怀疑和恐惧
它是人类永远的朋友，人类天然的近邻
它懂得我们的语言，或手势
我们感动于它常常无助的双眼
在对称的瞬间
理解无限

那个生灵应该奔过了雪野
临界线，它的原初的故乡肃穆杳然

那个生灵，它失去了人间的亲人
失去了最可信赖的注视和依偎
穆斯塔尔，你比我更懂得这世上的等待
还有伴随，比如熟悉而亲切的脚步
开启的门，伸向它额头的手
以神的名义传导爱与自由

就是这个时节
我在无穷的想象中追踪它的背影
我怎么能忽视它的眼睛？
像井那么深，像孤独那么无助

像你的早春
一条天路指向尽头

尽头
通常就是永别
穆斯塔尔，那个生灵应该奔过了雪野
抵达平安的白夜

它的眼睛
像怀念那么静，像孤单的花朵那么哀伤
像人间最洁净的语词
所描述的幸福，在行走中
戛然止步

我再也看不见那个生灵了
穆斯塔尔，在人间，我等同于
丧失了独特的音讯

我被迫寻找，被迫面对沉睡的记忆
没有疑问，它是活过的
即使此刻，我也不相信它已死去
没有任何预兆，穆斯塔尔
你的早春像一个奇迹
如期降临

可它消失了
它美丽的头，美丽的神情和眼睛
它依赖嗅觉的确认足以分辨善恶
穆斯塔尔，它的眼睛
它倏忽一现的哀伤那么沉痛
被我们绝对忽视的生灵的内心

它警觉的眼睛
铭记伤痕

在被唤醒的记忆中
它的形象成为移动的雕塑
像缓慢成长的年轻的山脉
期待一个名称。穆斯塔尔
这是我深切祝福的核心部分
我的诗歌，真实触摸到温暖与柔软
然后我看到它的曲线
那是我理想中的奇异
进入你的早春

是永恒的停滞啊
穆斯塔尔，那个生灵消失了
那个生灵，在人类的对语中等待过
等待爱它的主人，等待脱离狭窄的囚笼
在大地上奔跑，在阳光下
这是一定的，它会雀跃
它会表现得无比幸福
跟随主人走向一扇门

从此，穆斯塔尔
我再也看不见那个生灵了
在人间，我等同于丧失了最珍贵的信任

我无法形容那种萌动
沙土松软，正午的阳光洒落于植物枝头的缝隙
这逐渐扩散的氤氲
我的复活的少年的记忆
是你美丽的躯体

其实一切都未曾改变
我是说自然，阳光与水，松动的时节
那些树木，通向幽静的路径
其实一切都未曾改变
我们迎接与送别古老节日的方式
包括祝词，还有火热缠绵的亲吻
正在复活着的，你美丽的躯体

我们久已漠视自然色彩的尊贵
穿行暗夜，仰望泪雨斜飞的银河
谁的怀念挂在那里？
我复活的少年的记忆一派葱绿

其实一切都未曾改变
我是说人间，山与大地，归来的鸟类
那些往日，走向未来的生活
其实一切都未曾改变
我们获得与痛失古老爱情的方式
包括手臂，一双手臂回应另一双手臂
比如紧紧相拥，两颗心之间的距离

2011 年 2 月 10 日正午，于鸭绿江畔

崇高的安宁

怎样才能让生命
像鹰一样自由？拥有天宇
在神祇舞动的空间
将信仰的血脉阅读为忠诚与安宁

怎样祭祀？面对一切熟悉的去者
超度的花开在帷幕那边，在地平线那边
一片蔚蓝连着一片蔚蓝

崇高的安宁是这样的凝视
迎着严寒朝高原行进，拒绝车马
在七颗北斗下面，选择七件往事独自忏悔
或仅仅为了七个失去音讯的人
遥想七个圣地

这是可以的，母亲
在你安眠的第七个冬天，我活在中年
一个神秘的幻想在山前渐渐闭合，雪已停歇
我感知你的认同，你的崇高的安宁

2011 年 1 月 3 日夜晚，于北京

西番莲

在瘟疫蔓延的年代
道路两旁开满红色的西番莲
远别的少年，他的红色的黎明
之后的雨，马蹄踏过浑圆的草地
向着遥远的异乡奔跑，少年的使命
在亲人的生命中，是一句归来的诺言

以命相托，部族的火燃烧了那么久
西番莲年年怒放，结为果实，它的种子
遍布美洲与欧洲，它的鲜红浸染土
后来的少年，在那句诺言里
常常面对红色的山峰

瘟疫蔓延的年代战乱不止
传说战死的武士们变为马，它们认识遥远的路
如果一匹马死了，它们都会嘶鸣
面对怒放的西番莲，呼唤那个少年

我对此的想象，停滞于这样一个夜晚
是冬天，我的眼前没有西番莲
那场蔓延的瘟疫最终消失
在很久很久以前——很久很久以前

这是人的概念
多么短暂

2011 年 1 月 4 日夜，于北京

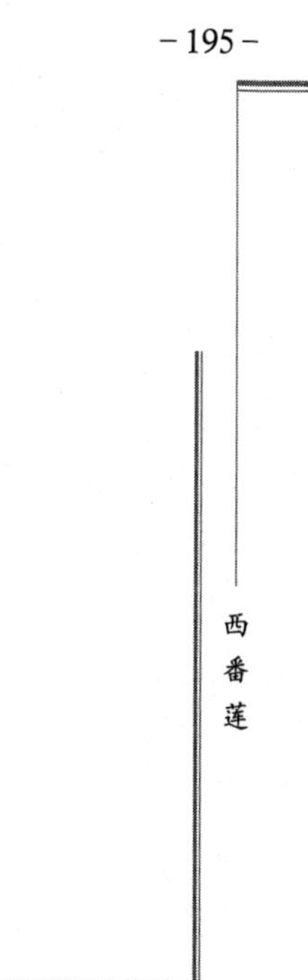

灯光，与正午的交错

那盏玫瑰色的灯燃着
正午，在老哈河北岸，一驾马车应该启动
一个离别了村庄的家庭

那盏玫瑰色的灯
在贡格尔草原雪后的一月，在静谧中燃着
马驹跑过暗影，云不再移动

那盏玫瑰色的灯燃着
提示归期，说淡忘，往昔那么凝重
西番莲那么红

那盏玫瑰色的灯
在太阳的辉煌下燃着，我的无限怀想的眼睛
注视充满欢乐与苦难的人生

2011 年 1 月 6 日正午，于北京

在寒夜的独行里念这颂辞

母亲，此刻天光映你，也映星辰
你的温暖在我的心头与上空闪耀
仿佛故乡之冬的那道夕阳，像预言一样的色彩
那是我的持久，比如道路

是的，母亲，活在光明里
在这纯洁的大念中，我相信视觉
你的年轻的身影，那个走在天光下的女子
我的最亲的人，母亲
为了人间的哺育，你献出了美丽与青春

寻遍整个世界，我都没有你了
母亲，今夜，我在寒夜的独行里念这颂辞
第七年，我的光明而疼痛的七颗北斗
此刻，也被掩埋在沉沉云中

2011 年 1 月 6 日夜，于母亲故去七周年前夜

告别辞：七年之后

谨以此诗，在心灵上告别我故去了七年的母亲。从今夜开始，我对母亲永生的亡灵发誓：我将不再感受疼痛，无限珍重活着的自由与幸福！

母亲，生我的人
今夜，我要和你告别了
七年隐忍，七年痛望你安眠的故乡
我以儿子的身份，完成了一个仪式

我知道，这是淹没，我的真实的飘零
是走出你的身影。在这个过程里
我们交谈了那么久。母亲，在这人间
一万次默念你尊贵的姓氏
一万次独自泪流

此刻，母亲，我看到你在那里微笑
你的身旁是一棵刚刚七岁的树木
就像我的童年，我的稚嫩的生命

母亲，我要用心亲近一个新的早晨了
看冰凌花绽放，在雪后的原野上感受活着的自由与幸福
我将永生铭记你养育的恩泽
但告别疼痛

母亲
属于我们的七年之诗
疼痛，是最真的过渡

母亲，我的阳光与风，我的活着的自由与幸福
七年隐忍，在今夜结束

2011 年 1 月 8 日凌晨，于北京南城

灵息舞动

在阿斯哈图星空下
如果俯视，大片的树冠就是浪涌
最好选择秋天，在那样的高度
感觉风拂过粉红，嫩黄与青翠
像人类的初恋一样，那种曲线与柔软
在阿斯哈图星空下，你无法看到白桦林

我没在天上
在阿斯哈图星空下
我的灵魂匍匐在岩层上，守望永恒的八月
那个圣约，在贡格尔午夜追随遥远
遥远的双臂与呼唤的声音

2011 年 1 月 9 日凌晨，于北京南城

近在咫尺的蒙古

感激黑暗中一缕一缕的温暖
一针一线的光焰。感激如水与岸那样的亲近
帛上的花，花中的血，血里的箴言
我的箴言庇佑的蒙古的冬天

感激这生动的表述，在一句蒙语的后面
少女微笑，她如同我双手纯洁的母亲
依恋着我们的河流，那一波一波的圣灵
铸就昔年。感激冬天里的眸子，在远大的静谧之间
水上的月色，月色上的蓝，蓝上的念
我的夜晚，关山万重，不见马鞍

我们是一个伟大种族的儿女
今夜，我们歌唱，我们在一针一线细密的纹路中
重温绵延与信仰，高举酒杯，我们感激绿草，但不说阴山

2011 年 1 月 13 日凌晨，于北京南城

千年之约（一）

这一段黄河源自千年之约
一月，可见初雪，两颗星斗交融的光芒
投向凭栏。不说嘉峪关，或者酒泉
一个圣婴降生于敦煌梦境
只为这个夜晚

飞天
月照黄河，点燃人间的灯火
节日近了，这满目的苍黄，高原上的阶梯
流过兰州的黄河与精美的彩陶
午后的唇语，被突然唤醒的瞬间无限温暖
降下的眼帘，与安澜一同垂落
千年之约，在时光里
奔赴了九百九十九年

2011 年 1 月 28 日凌晨，于黄河岸边

在蔚蓝与洁白之间

你不是占据者，尽管拥有无限的疆界
在蔚蓝与洁白之间，我的精神的海洋与飘雪的天空
连缀起你不变的姓氏，铸成词
像青铜一样，像我缄默而遥远的草原

还有大片大片的柳林
动物出没的路径，那是我必然的幸福
你此生的领地，守望者
你不变的姓氏永恒闪耀，铸就光
像麦芒一样，像我高傲与真切的忧伤

我敢于确认旌旗垂落
没有绝对的胜利者，也没有落败者
我们就是人类中的一个
而你，已经拥有我精神的山河
我的虔诚的诗歌中开满花朵

我在你的领地上纵马，那最真的舞蹈
我的马，它充满野性与征服意味的嘶鸣
激励我的心灵，春天到了，你依然那么安宁
我是打破寂静的舞者
你的不变的姓氏在我的前方重叠，就如幻境

2011 年 2 月 7 日凌晨，于鸭绿江畔

燃烧中的推论

大概在浓雾升腾的早晨
祭祀者面对精巧的拱门默念着什么
火就在那里，即将燃尽

黑色的灰，那梦中诡异的飞鸟
大概在浓雾之上失去了翅膀
即将成为粉尘

大概在早春和雨季之前
鲜花凋谢于暖房，在光照的中心
浇水的人，听到昔年的浪涛滚过记忆的黄昏

泪痕，清洁的精神
大概在百神降临的午夜成为一种象征
比如声音，以什么样的形态覆盖沉沦

大概在痛失之后
血色的曲子回旋于人间，风起自异乡
悔恨的凝望止于云

2011 年 2 月 7 日午夜，于鸭绿江畔

双亲已去

我就在其中
在父亲的骨骼与母亲的血脉里
我曾是他们年轻而尊贵的理想
他们，热爱生活的男女，曾彼此注视
我就在其中，我在如时光一样累积的高原上
顺应生，而成为人子

我就在其中
我的曾经美丽的母亲
她的头发由黑变白，就像由夜到昼
而我的父亲，他倒在永远的中年
他把余岁给了我，一定就是这样
我就在其中，我在两种浩大的仁慈之间
顺应命，我接受必须接受的事实
我失去了他们，我就在其中
这神赐的前定，我的河一样的血脉与恩情

2011 年 2 月 11 日正午，于鸭绿江畔

儿 子

我不是你的前一个季节
至少，我不会是你前方的春天
在神圣族谱的两个点上，儿子
我希望你珍重青春季，在那里停留久一些
不要害怕我走远，更不要恐惧冬天里的怀念

面对你，我常常感觉语言很轻
我常常感觉，与你之间隔着一条大河
我不想说岁月，有形或无形的遗痕
肯定有一种波涛响彻苍宇，儿子
如果你渴望自由的天光，就不能拒绝飞翔

我注定会成为你的凝望
像苍老的山岗，向年轻勇敢的鹰致意
对你，我的儿子，我将坚毅地守候一个季节
让你拥有最真实的信仰，也就是具体的故乡
在高原啊，在北方，午夜里的青草闪闪发亮

2011 年 2 月 11 日午夜，于鸭绿江畔

四 重 奏

要感觉飞行，比如摇曳的果实或灯火
人类不可能识别所有的星宿，要珍重安慰
无限柔软的重叠，比如相融的泪珠或子时的倾吐
每一寸肌肤都是世界，比如黎明的海，你不知浪涌何处

2011 年 2 月 13 日凌晨，于鸭绿江畔

举目而过

我多么珍视此种放逐
在传说中海的那边，在哀伤的古曲奏响之时
我发现雪落，然后看到花开

我唯独不能确信自己的灵魂飞到了哪里
它自由，我就给它自由
在传说中梦的深处，在傲然的鹰翅腾跃之前
我醒着的心面对浮尘，一切都不会结束飘逝
日落了，你会感觉银色的光辉

在传说中不朽的起始
我迎迓诞生，同时迎迓阵痛
那不一定是黎明

2011 年 2 月 15 日夜，于北京南城

玄　　机

它在你的祖国
在收割麦子或油菜花开放的村坳
让原象隐伏于某个城池

在对应的时间中
比如夜与昼，比如生死或双目泪流的正午
它贴近你的心扉，让早春的梦境秩序纷乱
你会发现故人复活，你的思绪将停留在昨夜
与最亲的人无语相逢

在我们永恒的局限里
它早已进入落满尘埃的典籍，如宇宙的一角
被我们定义为奇异

仿佛就在近旁
就在身后，如果我转身，它依然在我的身后
为我微笑，也为我哭泣

2011 年 2 月 16 日上午，于北京南城

落满尘埃的典籍

指纹印在恋人的胸口
也印在兵器的手柄，征鞍的一侧
印在岸边，随沙地消失，就如亡国的王冠
一条天河注入这里，惊飞鲲鹏，最终成谶

看血凝固为永不凋谢的花朵
青春老去，与怀想一同呼吸
一些指纹在扉页上，就如在恋人光洁的身躯上
五千年明朗，不仅是日月，其实就是短短一瞬

在人类思想的豁口，我忽视残破，关于尊严
是一位少女成为妇人，最终成为伟大的祖母

2011 年 2 月 16 日夜，于北京南城

肖　像

眼帘下海途
那微微倾斜的大水涌向极昼

消失的海图
不！是在海图之外，蔚蓝着的致幻
由宁静到澎湃，然后复归
如一片安宁的叶子
透明着，远离我们的想象

在人间
有一种伤痕永难愈合
有一种肖像，在白云之上，如在恋人的臂弯之上
散发持久的光芒

2011 年 2 月 21 日，于冥思中的京郊

头　羊

我失去了它
它失去了同伴众多的元朝

它高傲的犄角在穆斯塔尔早春闪耀
牧场遥远，像元朝那么遥远
像两颗心之间相隔的山峦

我失去了它
它失去了草地，一颗星子失去了父亲的苍宇

它忧伤的眼神在穆斯塔尔飞扬
往昔遥远，像爱情那么遥远
像两滴泪之间浸润的高原

2011 年 2 月 22 日，于冥思中的京郊

鸟向西飞

那里朗然，那里是鸟的湿地
安宁悬在半空，一些云将会变红
旧衣挂在人间的树上，还有王冠

在中国北方，槐树等待花开
两条并行的铁轨伸向大地尽头
自由醒着，自由就在山川一侧醒着
看欲望蛰伏，感觉晨暗厚重
真的接近了哀愁

此刻
鸟的湿地寂静，它轮回的胜境在梦的那边
此刻，我的清晨如此柔顺
似乎有些微醉

此刻
众神安睡，鸟向西飞

2011 年 2 月 23 日晨，于北京南城

触摸：2018年的海滨

那个时候，我大概就老了
是在日苏里，我年轻的海滨蓝波依旧

日苏里，2018 年的海滨
我神思的触摸有些微凉
被我无限珍重的记忆，也就是怀念
在风里，在往昔的天宇下，在永恒不老的记忆中
那些身影活着，生动而美丽

触摸一支曲子
我会想到诗歌跃上浪峰的午夜
四十年倾吐，我的夜色涌动的心灵海疆
我只能深怀水的意象
一滴水中的星光
抑或忧伤

那个时候，我将以祖父的身份
牵着一个孩子的手，走向日苏里
我会注视孩子清澈的双眼
感觉伟大的奇异与接续
那真实的呈现

2011 年 2 月 24 日午，于北京南城

与孙书

——给我未来的孙子或孙女

当你开始学步，我的孩子
我会引领你去看高原上的花朵
我希望你在仁爱中经历四个季节
这意味着，你出生在春天
跟随我走入另一个春天

当你开始求知，我的孩子
当你踏上那条艰辛的路途，我会对你说海洋
蓝色的花，平静的海岸线，还有灯塔
没有任何力量能够阻碍你的想象
你要认识最初的自由
像那些美丽的水鸟
在永恒中扶摇

当你开始仰视，我的孩子
当你发现另一种蔚蓝，或洁白的云朵
或在某个夏夜，你面对满天星辰
我就在你的近旁，像苍老的树木和屋宇
我将沉默，我将见证一颗自由幸福的心灵
怎样沉入我的泪光

当你开始感恩，我的孩子
当你搀扶我走进迷人的黄昏

我会对你说，走吧，去你所选择的遥远
把最真的语言留给你的双亲
把独立的道路留给自己
把你的微笑留给我

当你开始思念，我的孩子
你不要恐惧失落，那雾一样的孤单
你要珍重透明的心智，想到那些自由的花
你要相信在这人间，爱活着，自由就是永远
我们，是你一生不变的亲人
我们是你最熟悉的语言，你的从前
你的轮回的四季与精神的故园

2011 年 2 月 24 日午后，于北京南城

隔代之间

我相信存在不同
比如空气和水，它们的纯度
比如人心，在时间里朝向生灵的方式

隔一条河望另一条河
比如分离与倾吐，比如面对同一个春天
选择告别或归途

2011 年 2 月 24 日午后，于北京南城

信　　奉

我不会怀疑
我始终相信，那道金黄色的影子
在绝对的光明中移动
就在风中

在青草的海洋里
若我站立，就是礁石
面对岑寂高原上的花朵之香，那一波一波翻涌
我联想到舟楫，那是你的拯救
将奇迹还原为真相

我只有信奉
若我追随红色的虔诚，即刻实践一个誓言
我就是疾飞的马匹
献身灵息

2011 年 2 月 25 日夜，于北京南城

德 令 哈

那双翅膀已经折断
只有一秒钟，德令哈，你的舞者
永世诀别苍茫的星群，他把神曲留下
在最后一点星语中，他把身躯安放在凌晨
是的，德令哈，他从此选择了洁净

箭矢跌落
那些射向他的箭矢
在高贵的尊严前纷纷跌落
只有一秒钟，德令哈，只有一世一次的终结
或开始。像灰烬也像萤火那样飞
曾经在蓝色高地上怅望黄河
背着行囊走向异乡的美丽的姑娘
德令哈，他的心中亮着黄河沿岸的灯盏
映照他忧伤的诗篇

德令哈，我们想，我们念
昨天啊，昨天，已经成为回也回不去的从前
沉没如此缓慢
沉没，在一个语词上滞留：沉默

是德令哈安静的黎明
我看到黄金铺在远山，光溢大地
我想到疲惫的人类被神秘推动

额头上堆积沧桑

爱情闪闪发亮，那是玫瑰红
衬着湛蓝，在人类精神抵达的领域
遥远依然呼唤着遥远

在告别德令哈之后
我难以抗拒，那是一条河流
在严冬，水面上涂着色彩

是节日之前
风那么冷，沿河的灯盏那么红
不错，夜那么静。德令哈
还有美丽清澈的眼睛
黑白分明

那个天象距你不远
德令哈，岁末降雪
我几乎和雪同时落在那片地域
这雪中的记忆

我走下高原
德令哈，在必须奔赴的前定里
我听懂了天使的唇语：这就是归期，更是奇迹
雪落大地

祈舞词，圣地的前奏还没有出现
舞者等待，在比水更安宁的精神极地
德令哈，你的乐手遗失了古琴

他相信阳光上的运行

那葱绿的草长在金色的斜坡
在比极地更幽深的以往
德令哈，你纵向的舒缓就如胴体
那天早晨，寻找古琴的乐手
突然遗忘了姓氏

乐手这样告诉人类
在德令哈金色斜坡的上方
除了阳光，还有另一类燃烧
他追寻的神思已经到达那里
就如纯白的雪顶

那是一条河流的荣誉
德令哈，那是我少年时代绝对高于树冠的神秘
源于初始

那是一百年只有一次的赴约
德令哈，那是我独自进入神秘后所渴望的问询
止于倾吐

德令哈
因你辉煌的照耀与见证
我的初始与倾吐源自内心

那时，你的黄昏正在关闭
与此相对，一扇门也在为我开启
那时，我感觉天使的颂辞气息真切，她降临
比如洁白，生命的胸乳，阿尔泰山谷的雪

那时，我的前方出现两条道路
我需要抉择。德令哈，穿过雪的帷幕

你宣谕抵达。我也感觉到迎面的鲜红
与天有关，与两颗灵魂的相融有关
那时，我渴盼天与地的唇语
在突然明亮的灯光下
如何释解人间的距离

那时，我想对世界说
天使的颂辞就是注视，或闭目而飞
就像我金色的德令哈
在星光均匀撒落后
留下的印痕

一瞬一瞬的光
一片一片的雪，一季一季的生活与苍茫
一波一波的浪
一滴一滴的水，一年一年的流逝与凝望
德令哈，观雪的女子珍重怀想
她就是这个早春，站在高高的山上

我的心跟随他的身影移动
我的旗帜，他的犹如高原泥土般的脸庞
在生养了他的故乡，他甚至拒绝示意的手势
他将一个疑问给了我
比如他的方向，他所承担的部族的使命
在那个特定的年代，他多么不愿离开羊群

我设想他也活在爱中
他的百合花一样的姑娘，在灯盏下流泪
在难以洞悉的离愁中，她像水一样安静

他的水一样的姑娘，高原上的百合花

德令哈夜晚最深的守望，牧羊的信使
在一个女人一生的等待中，再也没有回到故乡

2011 年 2 月 28 日夜，于北京南城

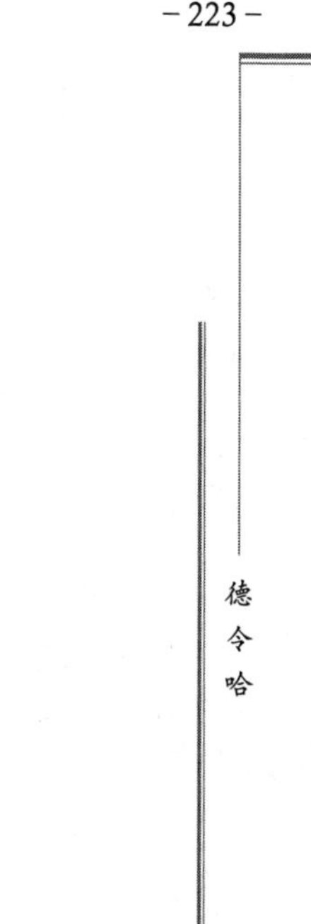

荒芜之下

——中国远征军祭辞

那些白骨从不说话
悲壮的血泪流在树下

荒芜之下，与天语，与未竟同守一个约期
南方以南永远的山茶花

十万大军终归沉寂
梦碎天涯

2011 年 3 月 1 日夜，于北京南城

那里花开

一条大路在前方等你
那是无数人的离散，通向京畿

血性的燕国
刺秦的武士决意赴死
为江山一卷，那里花开

如果你不能体会远大的离愁
这一季一季花开，你就不能发现飞天长袖
那里花开，武士去了
再未归来

总是这春天
那里花开，在长城内外
无须告别

那里花开
燕国湮灭

2011 年 3 月 2 日午后，于北京南城

草之侧

我的大魂活在那里
它脱离骨肉，但可以凝眸

活在血脉的动感中，在战栗的痛苦中
接受明示，它无形，不可能伸出干净的手
如果怀念，它就接近大地
垂下头颅

我们已经丧失纯粹的时代
那棉布一样真实柔软的生活
在草之侧，我面对暴戾的风沙
一寸一寸蚕食碧绿，是这样的逼近
让心灵一天一天荒芜

我在想
最后的蒙古马，假如它驮着高原的心灵
它将飞往何处

2011 年 3 月 2 日凌晨，于北京南城

从右到左

指星星落
指日月，日月落
遥想山河苍茫
你就在那里，唯你不落

2011 年 3 月 13 日午后，于北京南城

雾的空

那不是悟的空
是物的空。即使相隔一面墙壁
彼此也不知道姓名

2011 年 3 月 13 日零时后，于大雾中的京城

那 些 鸥

谁是谁的远方
告诉你那些鸥，泪落千行
告诉你那些鸥奔向残破的夕阳
神伤柔肠

2011 年 3 月 13 日傍晚，于北京南城

门里门外

门里是母亲
门外是一闪而过的青春
我在两条道路之间，看一个少年采摘青果
阳光蹲在叶子上，没有发出一丝声音

2011 年 3 月 14 日傍晚，于北京南城

我所理解的不朽

我们都在一条光明的通道中
活着　或者死去　或者喟叹
或者必须想象巨石下的黑暗
艰难的藤蔓与时间

2011 年 3 月 15 日上午，于北京南城

十 二 行

我需要一个出口
在精细的知觉中捧起百合
像语言提示躯体　在抚摸天光的时刻
让逻辑变得缜密

我需要那种盛开
致幻的溪流浸润两条道路
我需要凝眸　不只对恩惠的百合
还有薄雾笼罩里起伏的山谷

我知道什么不会凋谢
即使一辈子　或轮回到下辈子
我的天光都将永存　在这样的生活里
你的蓓蕾　就是自由的宇宙

2011 年 3 月 16 日晚，于北京南城

寂：最终的揭示

分开阻隔
岛屿分开水　我分开寂

丝绢分开褶皱　我分开手
我听见在两页书之间鸽子啼鸣
细雨缤纷　山峦移动
我看见了禾苗
但没有落英

一封帛书行走了千年
文字分开界　风分开雪
我分不开相融

2011 年 3 月 17 日零时后，于北京南城

耕耘者的圣途

——祭奠诗人王燕生

此刻倾听你
避开午后西斜的太阳，看一群少女
手捧百合向你围拢，在你的圣途
留下永恒的馨香与美丽

此刻，大地坦荡
就如每个人曾经的青春
在这毫无阻隔的凝视中，早春无语
你也无语，你的圣途降落诗歌雨

此刻，你的天堂辉煌依旧
你在微笑，你在心血浇灌的天地之间
回望摇曳的玫瑰。你说，那是我们最美的语言
盛开在人类的家园，也开在梦里

此刻，你的圣途神乐合奏
天使歌唱，长风轻拂你的领地与海疆
我看见你白发如雪，你走了，留下空白与苍茫
让我们在诗歌的世界，忧伤地怀想

2011年3月22日下午，于北京

我们都在过程中间

相信我，那片山河已经没有王者
他把指纹留在往昔的幼树上
在熄灯之后苦念他的女子

他最忠诚的山河满怀阴柔
那些像星海一样稠密的思虑
如今已经不在天上，不要尝试找寻那种踪迹
它在旧时山河的扉页上写下两个文字：心随

直到最终，他也没有找到第五个方向
夜色那么重，仿佛有什么正在焚毁
仿佛有什么正在降临，一叶扁舟
仿佛刚刚停靠曲线优美的海岸
仿佛有人呼唤了一声
然后重归寂静

2011 年 3 月 26 日午夜，海子祭日，于北京南城

千年之约（二）

我到达了，比如伏尔加河，或者更远
或者，我在神秘的语言中，捧起枝头上的花朵

千年一瞬，万年一夕，这注定的灿烂
我领受了，或者给予；或者，在彩色飞瀑的下面
我阅读光，比如光的一部分；或大地，或天宇

或转换，像时节那样，我拥有了那样的飘浮
或馨香，或者，我在馨香的中心挺立
触摸到一种宗教，我等待了那么久
我一定像一个英雄，或幸福的圣子

我到达了，比如昨日的想象，今夜之岸
或者，在到达彼岸之前，我像鹰一样穿越天空

2011 年 3 月 28 日零时后，于北京

此刻：春天就这样温暖着

我突然感觉到苍寂
遥远而美丽。我所理解的一天
就是获得这样的心情：接近着，如此坚毅地
期待粉碎，然后重合，然后接受冰川的暗示

隐现着，那苍寂，无色的时空和距离
传说八月花开，八月，还那么远
可我已嗅到你的馨香，那么近

拥高原入怀，拥你入海，我的高原
拥你入神乐长存的甬道，让世纪重叠
拥你，念前世恩惠，到今生之约

大概在不远的一天，我会打破苍寂
关于重逢，哪怕只有一刻都是幸福
我所理解的一天，就是一个复活接一个复活
此刻，我期待花开。然后
我们一起谈论曾经的冰河
以怎样的形态幸福溶解

2011 年 3 月 30 日上午，于北京

花朵的梦想

你的紫与红的青春
身着绿衣的夏季，你的白的姐妹
种子静卧泥土后白的雪，白的山脉
你的没有冬天的南，你的蓝涛荡漾的东海岸
你的向北的门敞开于六月
你的最美的姐妹牵手而来
鸢尾、白桑、天堂鸟、茉莉、琼花

梨花开在春天的树上
你的坚贞与思念是永恒的勿忘我
你的相思的红豆　忧伤的蔷薇，孤独的蓝鸢尾
麦秆菊，你将深刻的记忆托付给风信子
世间苍茫一片，我看见了苍黄

我当然看见了沉思
那是三色堇，怅然的银莲
虞美人与菁草，给了人间大地以持久的安慰
蝴蝶兰，大地酷爱自由的情人
将最远的渴望遥寄天宇，她象征射手座
有时候，她也暗喻人间的离愁
在大地上，在人类中间
花朵的梦想不止一生，花朵的一生

只是一次开放，花朵的梦想在神秘的星际
远离尘埃，自由绽放

2011 年 3 月 30 日临近午夜，于北京

春天的秘史

我多么感激这丰沛
这春天的秘史，一句悲伤的词句指向清明
它源自我的黄河，我的这个正午寂于朗然
复活的美丽，在空间的云层上舞蹈
我说出结论，但必须经历时间的过程
在等待的结构里，那个时刻存在了
光存在了，也如灵息，年轻的银河系
悲伤的词句，这春天的秘史
深含一颗心对另一颗心诚挚的祈念
比黄河长，比银河旖旎

贴得这么近，这么紧
阳光的花纹在一片叶子上
我的这个正午浪止风息，一颗心与另一颗心
这一刻与那一刻，春天的秘史
浓缩于悲伤的词句，瞬间释放无尽的感激

核心，依然是心，依然是如神一样的光顾
如我的黄河正值青春。依然是这生活
这样的人间，我的春天的秘史已被揭示
就如箭矢，鸣叫着，穿过一个世纪

2011 年 3 月 31 日正午，于北京

神赐的口信

大概在伊默塔拉到贡格尔途中
我的信使从熹微的晨光中醒来
透过铁幕，我看到他年轻的脸庞
上面遗下泪痕

少年时代
我与信使在梦境相遇
他把一句口信传给我，那非常简洁
却闪耀着光泽。那个时候
在我还不懂得承诺轻重的华年
我给了他承诺。对于信使
我最后的记忆是他的微笑
还有意味深长的背影

关于口信
是我必须严守的秘密
这是一代一代传下来的叮咛
我可以说明一个大致的方向
比如西，比如一种无限古老的心情
怎样在高原遍野的秋诉里贴近马
只有马的腾跃，才能完成未知与寻求

而我
我对信使的承诺已经融入血液

从此，我开始迷恋河边的天使，比如等待
比如我的诗歌，我夜夜高举的心灵之旗
臣服于土而赖于风
以此实现对信使的告慰

2011 年 3 月 31 日午夜，于北京

天使的证明

我所得到的不是黄金屋宇
午夜，一抹暖色凝滞于我的高原
我可以感觉微微律动，这让我忆念马
热爱马的族群。此刻，他们活在河流之间
在一个心愿抵达另一个心愿的时间里
天使把怀想给了我，那是血一样迷人的信赖
其实也是一种神情

我所得到的那么洁白
像棉花一样柔软，我的目光掠过史实的疆界
在一湾绿水弓形的沿岸
我看到歇息的马，它曲线优美
我看到舒展的自由毫无遮蔽
我在心里说，一切都还不迟
一切，总会有新的开始

我所得到的已经历经风蚀
她的源头在一首高原古歌的深处
没有变成化石。她非常接近天使的絮语
有白桦的形态，那一抹暖色停滞在山谷
我渴望抵达的胜境直通天庭
会有那么一刻的，我将畅行那里
初始的奇异，将环绕涓流

2011年4月2日凌晨，于北京

时光的铁幕

在我精神的帝国
古老的首都四门开启，我不迎接四月
我迎接你，我的历险者
光荣与梦想的主人

安于心，静于凝视
我的铁质的蒙古高原，马蹄停歇于午夜
请你进来，请你确认我从未离开这里
请你切开时光的断层，捧起核
亲近牧羊的少年

请你相信
我将一天一天衰老，像风化的岩石
在我精神帝国的首都，我迎接你
也就跨越了海一样的阻隔
回返不老的青春，仅仅为你
我也会竖起鹰族的大旗

2011 年 4 月 3 日正午，于香港青衣

跟我的忧伤去趟草原吧

请你倾听一条古老血脉的语言
请你看阴山，请你跟我的忧伤
走进乌兰巴托的夜晚

在那里看漠南，看额济纳精美的玛瑙
胡杨的春天和秋天，土尔扈特的阿拉善
跟我的忧伤去趟草原吧
越过黄河，看鄂尔多斯金色的日出
东部的黑骏马，请你接过牧人的美酒
听他们描述河流
那是锡林郭勒遥远的从前

跟我的忧伤去趟草原吧
带你去看沙地云杉，去我的克什克腾
阿斯哈图的白桦，用柔软的双臂拥抱你
西拉木伦，我仁慈的草原母亲
告诉你传奇一样的科尔沁
就在河的那边

跟我的忧伤去趟草原吧
请你看古老的安代舞，跟随我们唱响一片天
那梦一样的草原和江山

请你到呼伦贝尔

亲近海拉尔河，亲近呼伦湖
亲近大兴安岭翱翔的山鹰
请你在满洲里的四月回望这来路
让你的心回到起点
回到乌兰巴托的夜晚

2011 年 4 月 4 日下午，于香港青衣

你

从南方开始，凝视你的国
向北，走一条道路，看另一条道路
散发橘光。融于幽境，那仿佛静止的时间
湿地，茂盛的草坡放射奇异

我是你唯一的旅者
在到达平原之前，我将在那里久久停留
从南方开始，我曾久久遥望你的国
你的犹如指向天堂的道路
在密林处交汇

然后
我将继续向北
向着你的平原与山谷行进
入夜，我看到两颗星，那么亮
我的黑白相间的夜与昼，我的匍匐的灵魂
深陷于你的国。你的两颗明亮的星照耀我
我迷醉，我感激，我穿越你的谷地
我依然可以感觉你的密林
只有涓流
没有风起

那个时刻，在你的国
我的周围响彻圣乐

让我成为你迟来的歌者

我在你的国
我在你的天下被气息高举
我来了，初识你的疆域

我是另一重时间里的生还者
你接纳了我，你的国就接纳了我
你的天，开阔的鹰翅阻挡夜暗
我领悟，在漫长的开解中，我飞行

我在你的天飞行
我的影子贴着你的国，你的花朵
开放于两条道路的尽头
你的天飘雪，暗喻我所抵达的奇幻
在河沿岸，你的天
将飘飞你的语言

到那一刻
你的天，你的国，你的最圣洁的花朵
都无须诉说

神的手指游过你的国
那是雨。或者雪，牧羊的女子
保持仰首的姿态，诉万年之渴，只为一瞬
只有一个词语能够平息万年之痛
在你的城，奥秘洞开的一隅

比沧源更加悠远
你的城，水泽众多的故乡
那是天泽与涵濡，我告诉牧羊的女子

在我的草原，那就是水草与根部的浸润

如果我以鹰的名义穿越你的城
我祈盼积雪融化，净水四溢
牧羊的女子，我要告诉你飞翔的快意
取决于搏击的过程，你会感觉到有形的自由
在暗夜深处舒展，由此
你会相信天泽，并确认自由的蕴涵

这需要持久的培育
在你的城，我的畅想
是你依然将我视为那个牧羊的少年
心怀探寻神秘的初衷
穿越你的城

那没有边际
两颗星子嵌在天宇下，接近倾听

你的疆域不需要主宰，你就是主宰
在一切可能中，我关注百合
你的景致那么幽深

渐次展示，从南方开始
到最北的那端也不会结束
我设想神怡的悬浮，我被纵向吸引
凝视你的国，目光飞过相对的两极

我不善预言
我或许不会成为你的歌者
当群鸟飞尽，第一缕星光逸入我的诗歌
我的冥思里出现巨石，它曾被沧海怀抱

凸显高原，幻化为骑手的隐喻

你的疆域伸向无限的可能
我祈福，为光明照耀的自由与仁爱
我选择最贴切的词语，不为描述，甚至不为渴望
我服从自己的心，在所谓远方
我少年的领地未到雨季，我的蒙古马
当然也未到你的疆域

在所谓远方
有一个神，发出神秘的叹息

你的边陲环绕玫瑰之光
我就守在那里，那里接近我的高原
我相信天籁的根系迷醉水，它从天堂来
它在一句古老的箴言中让鹰翅展开
轻轻托起牧女的梦幻

我守在那里
也就守住了开花的前定
你的玫瑰之光里没有物质的遗存
但在升腾，向四周扩散，这庞大的气象
浸染与火，前世的恳求飞向天宇
露出安宁与湛蓝

你的边陲接近我的高原
它在焚烧，但不见熔岩
它在遥远寄语的核心倾吐四月
就像山峦那样，就像舞蹈那样
就像飞，你的边陲，总在我的前面
就像一个牧女挥动牧鞭，将噙泪的目光

投向另一个火热的夏天

我已经游历了你的山河
这个时节，一些花开了，鸟儿蹲在树上
蹲在凝滞的时间上，这个意象属于我
在你的国

我将一个王朝给了你
但我没有给你金子，我给了你魂灵
水洗一样的漠野，同样经过洗礼的语词
在你的国

我把一切夙愿描述为枫叶
或彼岸花，她承沐天雨，吐六瑞之息
她所唤醒的记忆也在树上，我在覆盖的确认中
在你的国

我将尊贵的手语给了你
不是我尊贵，是感觉与倾听尊贵
倾听，这无限里无限的可能，天雨垂落
在你的国

我是你的我
我是你遥远的奔赴，你让我重生
并阅读你山河的起伏与纹理，然后静默
在你的国

我笃信一条蓝色纱巾飘落高原就是河
那不是梦，那是眷顾，那是长风止息后
自然怀抱里的慰安。我也听到了满天星语
在你的国

我是你的我
我把往昔的坐骑留在永恒的故乡
这意味着，我会延长阅读你的时刻，那就是眷恋
在你的国

不能说那是你的果实
那是果实的家园，你的核
风光诱人的宇宙，我的发现在第十层

站在那里，在双手不可轻触的圣地
感觉什么在飞，你的核，那里永远没有酷寒
因而无雪，鸟飞四季

我的发现可以描述
但这是神的秘密，我将缄默，信守永世的约定
犹如波涛沉下的絮语

你的核，慧光飘逸的海滨
不见渡口，我的归途写在意念里
接受你的允诺

当夜晚闭合，你的核
你的浓缩的空间星光升腾
你听，你听那滚滚到来的回声

如水击岸，你的核
如岸围拢栖息的鸥鸟，如你
相信神祇庇佑，目光焚烧于灿烂的星空

2011年4月9日晚，于深圳

其实你是我诗歌里的花朵

就一朵，那是你
那是你为我绽放的奥秘，也是奇迹
我必须铭记的约期

走在光明的通道，仿佛走在
从那一世到这一世的途中，不说来世
那太遥远，多少有些凄苦
在笃定的华年中，我相信神示的手
从未放弃渴望与自由

你的花朵不在山谷
在春天与冬天之间，在此岸到彼岸之间
你静若莲，若溪水编织
若圣女的屋宇坐落在草地
气息飘浮，掩映花蕊的中心

就一朵，那是你
你在我的诗歌里，在鹰的翅羽下休憩
在春天那边的夏季
期待雨

2011 年 4 月 10 日傍晚，于北京南城

我 和 你

很久以前，我就在那个预言中了
我是一个接受了高原启示的牧童
生于一隅，我首先认识了马，它长驰的草地
然后我就进入了牧歌，她那么远，比怀念还要远
那个年代，我觉得大兴安岭就是墙壁，它那么苍老
就像祖父隔开我与先祖的交谈。那个时代
我一万次联想山那边的世界，比如是谁家的孩子
正在与我对望，他的身旁有一棵树冠葱茏的古树
比如垂柳，枝杈间筑着鸟巢

我曾经那么依恋母亲，在黑暗中抓住她的手
那个时代，我还不知道那是抓住了一生一世的恩情
很久以前，神秘的意念飘飞于我的天空
月夜，我的亲人们都睡了，世界那么静
神秘的意念伴着我，那是一些影子
我肯定那是一些影子，它们在飞
但不见翅膀

很久以前，在那个预言中，我产生了预感
总有一天，我会走到大兴安岭那边
我希望能够遇到与我相望的孩子
如果他问起草原，我就对他说蒙古马
说它在草地上飞，四蹄腾跃
没有一丝声音。是的，我还会说

我也有一架马鞍，我留在贡格尔河以南了
我将马也留在那里了，还有家
还有接过了我牧鞭的妹妹

时光逝去了这么久，我还记住了什么
我和你，我和你在那个年代就血脉相通了
比如月夜，那些影子；比如暗夜，遍地星光
比如母亲永远松开了我的手，她安眠故地
比如我从一首诗歌的夜晚走到一首诗歌的黎明
和你魂灵相融；比如此刻，那个预言又在复活
我在微笑，我和你，我们的目光同时投向明亮的北斗
事实真的那么近，我和你
我们的魂灵在另一个时空
我握住你的手，你没有问
我们把什么留在了身后

2011 年 4 月 10 日临近午夜，于北京南城

三十年后的草原

玫瑰色的落霞里有一幅剪影
那是三十后年后的草原，安宁的心
像嵌着血红的玛瑙，滋润依然
移动在自然的胸脯，贴近的心
再次奔向一个约定，那是无上的感激
三十年后的草原，一层一层的绿波
在山前停歇，你将看到圣洁的百合
在绿波的边缘怒放，那安宁掩盖下的焚烧
已经褪尽铅华，余音萦绕

曾经的过程，在相对年轻的草原
心存火热思念的人选择攀缘，在山顶呼喊
是重叠的记忆让我们感恩，曾经的获得
让我们在三十后年后的草原畅饮甘露
闪现的可能，还是神怡相融

在心里念着亲人的名字
就是恋着生命。三十年后的草原
对苍老的注视将呈现微笑：曾经年轻过
曾经激越过，曾经在一个阳光灿烂的春日
遥想三十年后的草原
一幅剪影，就如迷醉的抚摸荡漾夜色

把最美的仪式
献给贡格尔河

2011 年 4 月 11 日正午，于北京南城

延　　时

我曾错过一场雨，我延时抵达
霜季将至，牧人们正在运草
就在那一年，我失去了母亲

那一年冬天迟迟无雪，天色很低
我在极度严寒中奔回故地，看着满城灯火
我告诉自己，没有一盏属于我了
我再一次延时抵达，从此成为真正的游子

2011年4月14日凌晨，于舟山

走　过

不要再说断裂
我一生的峡谷中长着罂粟

我的昨日的峡谷，一生的剧痛隐于幽远
我的骑士怀揣一首至真的诗歌
独自走过伊默塔拉
他丧失了一切
包括马

罂粟美丽
罂粟连成一片，象征谁的落霞

2011 年 4 月 15 日正午，于舟山

倾　　吐

止于峰顶，最后的话语止于静
在我的领地，波止于扩展

眺望海滨，鸽子收拢双翼
核止于余音，我的超越了峰顶的视野美丽如初

根止于吸吮，潭降神雨
那迅疾的畅淋多么接近无限的幸福，心灵止于感激

2011 年 4 月 15 日夜，于舟山

札

我在海之间梦见桃花开了
我看见焚烧一般的粉红就如一句巫语
浪涛不远，浪涛距离我的枕畔不远
这是我的一个人的舟山

我所统领的疆域没有蔚蓝
但有火焰，在那样的潜行中，我接受容纳
我在海之间梦见桃花开了，然后杏花开了
感觉满天飞雨，将湖泊洞穿

2011 年 4 月 16 日下午，于舟山

飞

我不能对你说层叠的景致
你不会懂得，那景致像棉絮一样柔软
王的宫殿，王的预感在八岁的天空
鹰在云间筑巢，灵光乍现

我不能对你说暖流与湿地
或一条岁末的河流，河畔西风中红色的灯盏
那一切都不属于你，比如雪幕
夜里的唇语，飘飞胸前

2011 年 4 月 17 日正午，于舟山

北纬三十度

我不是说隔着海
我说漫长。在这个维度光阴的夹角
我肃立，怀着绝对虔诚的心

在这不朽的岑寂中
我终于成为一个点，而不是隐伏
在普陀，我的意念飞过古老的埃及与百慕大
然后回返自己的祖国
雪线明亮的珠穆朗玛
神留遗存

是的
就在这里，我许下一些心愿
若得，我喜
不得，我认

2011 年 4 月 18 日夜，于舟山

枕着无形的波涛入睡

我接受音讯
四月的花香飘自河畔，覆盖海面
仰望枝头，那葱绿微动的佛性
在碧蓝的天上写着普陀

分开苍茫，分开怀念的时光
我遥想少年的河，从高原开始
从我们迷醉的唇语开始
翻开典籍的扉页，那么轻
如翻开河畔的厚土
寻找你的名字

高贵的心灵在午夜交错
然后分别飘落，此刻
你是否会梦见东海碧波
我已经离开了普陀

在你的梦中
我不是水
是火

2011年4月19日凌晨，于舟山

在普陀回望灿烂的故乡

如此安宁，这一湾沧海
我追寻至此，我的心与普陀
融会在广大无垠的幽远中
是的，在海浪与天光之间
我许愿，我无语

我回望
回望北方灿烂的故乡
我看到往昔活着，我所走过的道路
在穆斯塔尔出现停顿
等待丢失了马匹的人

我服从心
目光服从心的招引，这注定了我的远途
不可与马随行

今夜，我说再见
我不说东海，我只说普陀
我四月的依偎，你如此宽容我的远眺
与迷幻的扶摇

2011年4月20日凌晨，于舟山

红 樱 桃

我想到雪白散发馨香的午夜
你的红在梦中
我想到洁净对比芜杂是这般珍贵
我的双手，我必须信仰的旌旗归属领地
但绝对没有跌落

红樱桃，你在雪白的山峰吐露人类的渴求
这让我联想到哺乳的日子
摇篮曲萦绕的日子
凝眸圣洁的日子
早已离我而去

看见枫树，我就想到你的色彩
红樱桃，你让我感觉活着是这般迷醉
你让我感奋，这浩荡的激励与诱惑
在雪白中熟睡的花朵
那么粉红，隔着山谷
我看见一朵，然后又是一朵

2011 年 4 月 21 日凌晨，于上海

六 行 诗

今夜，我在上海的雨中歌唱黑骏马
我动情舞蹈，灯光深处站立微笑的妈妈

今夜，妈妈，我忍住泪水如同闭目感觉落霞
我需要一个纬度望你，比如青藏高原上的德令哈

今夜，妈妈，你是我最远的天涯
我火一样的痛苦猛烈燃烧，辉光铺展在云杉树下

2011 年 4 月 22 日凌晨，于雨中的上海

穿过雨幕

以一匹马的形态穿过雨幕
仰望花，以一行诗歌的形态，我看到云
秦淮河畔的翠柳，这个黄昏

我穿过上海的雨幕，身后是挥手的舟山
杭州湾，你柔软的臂，臂中的疆域
穆斯塔尔的圣息

原来就是黑色的马匹
我的眉宇间闪现巨大的落日，还有人群
这鼎沸的欲海，没有飞鸟的声音

2011年4月23日上午，于南京

八 行 词

一世一刻，你的孤独里没有我
一梦一夕，我的臂弯里没有你

我是你来生的道路，一季一旅
你是我今生的天空，一动一翼

一幻一年，忘记铭记足迹心迹
一生一息，雨滴水滴泪滴血滴

我在你最后的梦里，一步一曲
你在我最初的河畔，一红一绿

2011 年 4 月 23 日下午，于南京

花朵的心

我的遥远的花朵
你包容着我，你包裹着我，你浸润着我
你让我懂得珍重骑手的荣誉
就如在河畔牧马，不可游离

我的遥远的花朵
这一天我在江南，你目送我滞留异地
你让我转身，面对梦中的马
马的神姿与隐忍

我的遥远的花朵
你温暖着我，你昭示着我，你迷醉着我
你就在那里，在远方，我的一泓净水
映着四月星辰

2011 年 4 月 24 日正午，于南京

三岁的天使

三岁的天使伴我向北
我难以入梦。此刻，我感觉那脉绿水
流淌在午夜的天空，也流淌在我的一侧
三岁的天使在河边对我微笑
挥动着双臂

三岁的天使
她干净的眸子
我的菩提树下的奇异与证明
那么近，那么亲，那么真

三岁的天使对我提示别离
她最深的含义，就是无语

2011 年 4 月 25 日正午，于北京南城

曾经的美丽

退到背景里的是什么色彩
水边的洁白与殷虹，安静的鸟
在花蕊的中心，那点嫩黄衬托遥远的苍茫
我想到人类的心愿，饱满的草莓
是否蛰伏于此刻的氤氲

我们的岁月
在这样的注视下懂得了宽容，懂得爱
是以忧伤的心灵贴近鸟类
如同贴近毫无音讯的往昔的情人
祭奠雨，或雨中美丽的青春

2011年4月27日午夜，于鸭绿江畔

午 夜 辞

把你放在绝对的位置
跟随最高的音符飞返回穆斯塔尔
我的安宁之乡，最真的词语

最美的你，守护根系的人
我的怀想在你的身旁，我的河流清纯
岸边没有渔火，你的午夜安谧

就如同大地的心，史诗巍峨的拱门
我愿将一切奉献给你，直到我写好最后一首诗歌
把身后的忧郁留在异地

之后，我会等待，从七月到八月
我都将在开花的河岸，想象你，想象你的我
与最远的那棵树，一同老去

2011 年 4 月 28 日午夜，于鸭绿江畔

这个日子

——写在儿子的生日

我和你谈到隔代的风景
我们的亲人们，那些比我还老的人
他们坚守高原，他们的骨骼浸在净水中
这让我想到一杯绿茶，敞开的杯口
总会朝向天宇

我没有对你说新鲜的土
这个时节的绿意。是的，我的儿子
我没有对你说；历经洗礼的族群的历程
我的少年的清晨，早春的雪
怎样燃烧河那边的山脉

这个日子，辽东有雨
可以想象沿河葱绿。是的，我的儿子
我的记忆回到你降生的午夜
我没有对你说，我就是那个丢失了马匹的少年
我获得了你，从此远离故地

我没有对你说神光照耀
你年轻的河，通常流过我的静默
我的儿子，在这个日子，我没有对你说祝福

我和你谈到隔代的风景，你微笑
对我指向一个所在，比如花开

2011 年 4 月 29 日，写在儿子的生日，于丹东

致子书

如果你能站在我的肩上
在我精神的峰顶眺望更远的地方
或者感觉接近了星群
那么，我希望你忽视我的存在

如果你承认我是你的源头
你要记住一棵松柏，你不可想象的雪季
在你的少年，我曾引领你走入高原史诗
是那样的品质，让我松开你的手

如果你在自己的血液里听到我的声音
那就是怀念，到那一天，你不要痛苦
我曾是你人间的父亲，一个和你一样的男人
到那一天，我已经抵达寂静深处

2011 年 4 月 30 日正午，于鸭绿江畔

我们的梦境没有疆界

我们曾经在一条大河的沿岸
采撷严寒中的花朵
那个夜晚，我对你隐瞒了骑手的身份
你对我说雪，你知道我来自高原

那个夜晚，我刚刚告别德令哈
嗅着淡雅的馨香而来
仿佛跟着岁末的雪
走向我们的岸

一切就那么简单
我们服从心，服从一个梦幻
在没有疆界的领地，那些灯亮了
风那么冷，自由穿行于我们之间

午夜之后
我们的梦境没有疆界，也没有语言
感觉神意相拥
听雨落山前

2011 年 5 月 1 日凌晨，于鸭绿江畔

在世界的另一半

一座都城在梦中渐渐老去
雕工精细的凭栏，楠木立柱，琉璃闪耀的飞檐
朝南的窗内，瓷器与玉器摆放在旧时的位置
尚存的气息被浮尘覆盖。在都城的纵深
那些树绿了，就像透明的忧伤

青铜器上的文字已经斑驳
埋于深土，陪葬的女子把最后的心语留给母亲
或隐秘的情人。她没有进入史书
她曾见证都城浮华，夕阳沉尽
麻雀栖落于古老的钟楼

在世界的另一半
歌者的心，他歌声中永不回返的人
横渡午夜。那一天，一座老去的都城闪现萤火
我们在歌声的尾音处相遇
凝望河那边的乡村

2011 年 5 月 2 日下午，于丹东

2012

我相信远遁的智者们都在空中
仁慈而柔软的人类爱恋将会躲开礁石
我们将听到遍地秋诉，面对开启之门

我们会让记忆回到童真之夜
亲吻雾中的花，途中的果实
光明依存的初夏，雨落森林

我们未曾体味的生活表象安宁
总在渴望的心，等待遥远的星辰
在我们之间，除了爱与怀念，一切都那么短暂

活着，我相信灵魂的火焰总会燃烧在最高的峰峦
你就在那里，在鸟啼出现的瞬间
将手伸向我，在 2012，选择一个黎明，或者夜晚

2011 年 5 月 2 日午夜，于鸭绿江畔

远　夜

我听到圣乐响了
然后寂了，我听闻你站在光明的云端
在我的身后，通过我的双肩
遥望我的年代

你一定看见了一派金黄
那是我的年代，我的河流与草原
你的气息逼真，你是我身后花海里最美的一朵
缄默着，你的诉说

在庞大的精神帝国
我听到圣乐响了，然后寂了
你存在，那不是梦，你就在我蔚蓝色的怀抱里
感觉飞，恋着你的山脉

2011 年 5 月 4 日正午，于鸭绿江畔

远夜那边

远夜那边是你的青春
你的粉红色的宝石，它收敛光
镶嵌在贞洁的树上，它的悬浮的形态
如青涩的果实，花蕊鲜嫩

远夜那边是我的神秘
我的圣殿般的追寻，它聚拢风
挺立在安宁的正午，它遥指的方向
如迷醉的夏天，绿阴浓密

远夜那边是融汇缠绵
我们巅峰上的异象，它催生水
弥漫在最初的预言，它真实的抵达
如洞开的静寂，臣服慈悲

2011 年 5 月 4 日午夜，于鸭绿江畔

舍弃三万里

我注视，我的山河
舍弃三万里，我要咫尺
宁愿用一生的时间珍重触摸的距离

在无比漫长的岁月中
我学会了等待，我尊重缘定
舍弃三万里，我要气息

我的表达不像年轮，形态接近孤独的鹰翅
我因你飞旋，顺应一种伟大仁慈的爱恋
舍弃三万里，我终将成为你不老的记忆

会有那么一天的，会有那一刻
我将在神意的支配下重温柔韧的颂词
舍弃三万里，不舍你，与你同喜同泣

2011 年 5 月 6 日凌晨，于鸭绿江畔

寂然之河

音乐没有止息
在这之间，占卜者的手鼓响彻云端

再一次想起海伦，十年之战只为美丽
隔着窗子，仿佛隔着遥远的年代
我们，活着的人，已经错失
一个春天又一个春天

阅读寂然
永生的海伦在云端宣喻
我错失了爱情，那个陌生的人
那个曾经迷恋炼金术的人获得了真知
他古老的手艺已经失传

音乐没有止息
在这之间，朝圣者的身影嵌在高原

2011 年 5 月 7 日正午，于鸭绿江畔

五 月 诗

给心灵一个角落
在这一生一世的人间，接住灰烬
放弃雨，但要崇敬远方的河流

仰望果实的少年，他忽视了树
我在想象他的姓氏，越过他阳光斑驳的头顶
我追踪马，我的明天安谧如初

德令哈的五月，大地公正的心
我的幽思留在古时的牧歌中，移向夜
史诗的河，我记得那种步履，无比坚定

感觉倾吐，这人间的等待与长途
学会挽留，让微茫扩散为最终的拯救
然后微笑，面对你，但背对身旁的河流

2011 年 5 月 8 日下午，于北京南城

生命那边的母亲

妈妈，此刻
我将夜晚的一角光明给你
我幻想着切开自己的血脉，看到红
看到雨中的花朵那么温柔，这像你的叮嘱
在五月大地的美丽中，妈妈，你只能无语

你在我只能仰首的天堂安坐
身后是年轻的草，那是我的泪光也无法飘去的远地
在这样的日子，妈妈，我感觉你的呼吸
这永恒的灵与舞
是我活在人间最近的伴随
妈妈，我深知血脉里沉淀的黎明与夕阳
将不断轮回于我的一生
你让我看见光明起落
就如记忆与沉痛

妈妈，此刻
我不能以人子的身份跪拜你
我将夜晚的一角光明给你，给你我的怀念
你给了我这个夜晚，或一首诗歌
天河，就这样横亘在你我之间

2011 年 5 月 8 日母亲节之夜，于北京南城

两个人的德令哈

在梦幻的金色之下
心智劈开的荒芜渐显丰润
无限感激这途中的知遇，醒着的心
两片桑叶在高原上叠加

还未启程，在相对的高度上
两个人的德令哈刚刚进入午夜
那是绝对的奔赴，如时节随着长风奔跑
迎迓雪或雨，或感激的泪滴，替代语言的泪滴
隔着夜海紧握对方的手臂，道一声珍重缩短万里

相约这一刻就是幸福
雪或雨，泪滴或手臂，光阴或缝隙
在遥远的德令哈，心未睡，火未熄
可以感受深埋的誓言，牧马的孩子
紧闭的门，等待开启的门，透着神秘

两个人的德令哈进入五月
醒着的心，等待开启的门
远远避开世间的浮尘

2011 年 5 月 9 日凌晨，于北京南城

海　　伦

海伦，我的航船停在半途
你所认识的风浪远离特洛伊
在五月预言渐退的中国，预感逼近

一种火焰即将熄灭
我接受横亘，但我会飞跃到无形的那一边
回望一波一波海浪，海伦
五月的中国大地宁静
异象降临

悲苦的心灵将最后的微茫献给了五月
这初夏的祭祀，因为梨花
让我联想杳然的极地

海伦
就在这一天，我亲近遥远的母亲
她安眠于云端，比海洋更远
她只用一丝暗示
就点到我的痛处

我的留在午夜与时光深处的表达
会变为礁石，沉默于永远的中途
海伦，你要相信，在两颗星之间
一定会有泪光飞舞

如果生在那个年代
我依然会拒绝征战，我愿用一行诗歌
照亮混沌的一隅，我依然会选择祝福
哪怕我变为沉没的礁石
永失通往德令哈的天路

我接受
海伦，在五月预言渐退的中国
天使的微笑，应该就是五月的花朵

一滴血滴落
一片云飘落
海伦，预言随之垂落

2011 年 5 月 9 日正午，于北京南城

水的高原

当光辉升至高贵的额顶
浪涛临近，浪涛在风雨之前席卷苍宇
那么沸腾

那个时刻距离消失
我看到你干净的扉页上出现最初的颂辞
而我的指纹，在文字呈现之前印在那里
这不是仪式，古风的仪式在刀刃上闪耀
证明一个初衷，多么符合冥冥中的神性

江山
我的江山
你的隐秘圣洁的暖流
是气息弥漫的五月的夜海，所知会的浸润
一生一世的树木为你挺立
祈愿，五百年后的晚秋与近似的夜晚
在枝杈间，依然会有美妙的鸟啼
犹如幸福柔软的缠绵

就这样贯通
从最真实的语言开始
到某一个动词结束，距离消失
距离在焚烧的过程里，没有伤及肌理
这多么像神意的舞蹈，在缓慢过渡后

随着光芒上升到激越，然后再次放慢节奏
然后迷醉凝视，感觉一切
都相拥在五月的风中

当光辉升至高贵的额顶
浪涛平息，浪涛在平息之后催生黎明
那么鲜红

2011 年 5 月 10 日晨，于北京南城

我是你的精神的父亲

你一定要忽视那些精致的语词
在我用目光一寸一寸亲吻过的大地上
感觉充溢悲情的心，比怜悯还要谦卑

我已经对你描述了真理
它那么平实，蕴含丰富
它降临，在你的视觉还未触摸时
它宣谕诞生，我当然祈望你记住惊魂的过程
深怀无限感激的记忆

我还能把什么给你，在人间
我只能给你开始，不会给你结束
我是一个被红色箴言一层一层揭示的人
我揭示你，我是你的精神的父亲

总有一天，在人间
我独对午夜，遥念德令哈之光
那时，我就老了
就像树冠凋零的古柳

是的，那时，我随时可能轰然倒地
可是，我笃信你会遥望来世，在这颗蓝色星球
在某个早晨，看见天边出现匍匐的身影
一个黑色的点，缓慢地朝你接近

你知道那是谁

我热爱七月
面对一条干净的河，我倾听喧响
那么真实，彼岸那么静，人间的生活那么亲切
我等待一个预言幻化的日子，一个雨日
此后，我在复活的语词中计算七日
灯光，轮回，必然的起始
在那样的真实中，我们创造
共同实践崇高的理想
迎迓绵延不息的圣乐

在人间
或在另一个世界
我是你的精神的父亲
常年守望午夜的人，看着你成长的人
此刻，在你梦境的边缘
我依然选择珍贵的无语
感觉你缤纷的泪滴
凝为我的宝石

2011 年 5 月 12 日午夜写就，于北京南城

七个世纪

七月
鲜红的花儿开了

鲜红的花儿，她走过了七个世纪
在犹如高原雪一样质地的洁白中
她让一切成为背景，她的自由的怒放隐含疼痛

时光完美契合
在七个世纪之间，一个时刻被轻轻呼唤
我崇敬这样的奔赴，不为信仰
只为命，这命中的幸福

七个世纪
只为这一年七月，鲜红的花儿开了
她开放在风雨之前，在无限感激的泪水里
在那个神奇的预言隐伏夜幕之后
把最美的形态呈献给注视

七月之后
花儿将重归路途，朝向必然的秋季与暖冬
七个世纪可以在七天里浓缩
七天的日月，七个世纪
有圣女舞蹈，苍宇飞瀑
之后，送她远足

七个世纪
神的一生一世，或一瞬的气息
天幕启开，然后闭合，人间的鸟儿疾飞于深夜
向着纵深的境地探寻
那舒展着的，天下世间的瑰丽
将是新的黎明，可以感觉那种倾吐
在山与山之间，刚刚发源的河
犹如神秘的妇人，守望流动

2011 年 5 月 13 日夜，于北京南城

永恒的心

在星辰的飞行中，有序的心追随神
所谓道路，是一个疲惫的概念
对于诀别，那就是虚无

我们相遇在浩大的风里
浩大，但纯净。三世焚香，在第四世
我们看到第五世的星际间云裹烛火
在浩大的风里，我们不需要道路

在第六世的某个瞬间
我们确立一个坐标，它依然不在人类的大地上
它在比理想更高远的意念下
提示手臂或腿上的经络
提示活，必依赖于血

如此，一片鲜红飘向第七世
预言者，在六月的叶子上看到板结
他没有说飞尘，是的，他甚至没有说水
但他发出了无声的感叹：来了，终于来了
你飞来，你把清泉的语言，留在忘情河畔
就这样，永恒的心，在彼此的光照中呈现

2011 年 5 月 14 日夜，于北京南城

永恒相融

那是尽，无尽
一滴血的夕阳，它的起程在夜的那边
被天语托浮

一滴血的渴求，夜与昼
在你的星光我的日光的地球
熔岩相通。那个时刻，我与你相对
我们感激湛蓝的神示，以手抚心
以鹰或鸽子的姿态穿越平静，如穿越等待
那就是飞行，直抵致幻

天雨，或者呼吸
或在一驾共同的马车上品味精美的食物
以鹰或鸽子的姿态接近雨和虹
在你的星光我的日光的地球
永恒的相融是瞬，一瞬
神在我们近旁，神示意
我们在神的一侧相融
与水为邻

2011 年 5 月 15 日晨，于北京南城

融

你在一棵树下浣衣晾衣
月亮在你的上面，奇幻也在你的上面

我在一个梦中牧马纵马
山谷在我的下面，溪流也在我的下面

遥想在我们之间，光也在我们之间
此刻，你在那边，我在这边

一语长叹，一团火，心手相牵
谁也不能改变

2011 年 5 月 16 日凌晨，于北京南城

史上树下

珍藏史实的人怀抱魔石
念一条河流，念着恋人
时光涌向他，时光形如箭镞
射向他，飞雪击打安坐的山脉

他多么想告诉这个世界
金子般的心，怎样摒弃了金子
城垣残破，年老的妇人在那里祭奠
纸灰在飞，她已没有泪水

树下
我承认，我站着，但灵异不存
只有金子般的心，在这样的落日中
把河流举向她的天宇

只有我的马匹在近旁吃草
我记住了这一天，在五月
我的故人们，像置身逃难那样
纷纷离去

2011 年 5 月 18 日午后，于北京南城

开　　解

树下坐着神的女儿
树冠上落着群鸟，它们啼鸣
光芒透过树的枝杈，逸入午夜
气息贯通。那是永远值得记载的年代
在泪水里复活，美丽的肌肤洁净明亮

眼眸在神秘的那一边
睫毛掩映潭。谁能证明成长的山谷
谁就是偷窥者。这必须翻越的高度
历险的过程，也是幸福

云翳散去，极致的蓝
绿草之上慑人的白皙，舞者
最美的造型会刻入洞穴，拒绝观赏
这个世纪的清流，溢出草丛
但绝无声响

月下坐着人的女儿
她不想睡，她看着遥远的江山睡
心怀一生的感动，守望静

2011 年 5 月 19 日凌晨，于北京南城

燕　子

燕子的巢穴在半空中
树也在半空中，雏燕渴望飞
渴望两片翅膀如两瓣花那样绽放

飞与绽放，隐约的雨
应该有些疼痛。那飞越神秘的过程
围着树舞蹈，知风雨降临
倾斜，树与巢穴，雏燕最初的飞翔
一定会惊动什么，比如疼痛
或最亮最亮的星

比如用鲜红确认黎明的呈现
倾吐呼吸，长夜陷落
慢慢感觉美丽的重铸

燕子安睡
燕子一定梦见了雨，有些缠绵
燕子梦见了树木，也就梦见了宽厚的大地
燕子安睡，燕子一定听到隐隐的潮汐
就如神语

2011 年 5 月 19 日午后，于北京南城

距　　离

是人语，我对黑暗说
就在墙壁那边，有人在谈论什么
我突然醒来，感觉细密的包裹
灯近在咫尺，灯暗着
门在不远处锁着

此刻，月隐着
五月的华北平原，燕山的尾部归于土
土归于海，婴儿归于眠

在这样的寂静中
我对比曾经沸腾的生活
归于无形。在墙壁那边的那边
在人语之间，肯定存在某种焚毁
那再生的废墟上，将出现孩子和遗忘

如果没有雨
那里还会洒落斑驳的日光
很多人，就这样告别了青春的边疆

2011 年 5 月 20 日凌晨，突然醒来记，于北京南城

幕

这样的穿越永世不可抵达
像梦里虚妄的圣境，或那棵桂树

洁净的少女
端着精美的食物走过人间的正午
她幻想无边，隐入神秘的寂静

关于结束
智者说，其实
那仍在穿越的中途

2011 年 7 月 2 日零时后，于北京南城

守

那个看护古柳的老者，是我故园的亲人
那棵冠顶茂密的树，树下曾经的少年
一生不懂爱情，在不可隔断的生活中
守护者老了，他的儿女们
已经分属十条道路

如今，在穆斯塔尔的黄昏
只有他一个人，只有他坚信树木的心依然年轻
只有他说，树木的心，举着一片星群
只有他还在守着，就像远离爱情的美丽女子
守着孤独和忠贞

2011 年 7 月 2 日下午，于北京南城

幻

所有的往昔就在我们身后
它在生活中静止，在水一样的记忆中
不时闪现，成为我们的近邻

我们的未来不一定都在前头
我看到额上的雪，额之下睫毛上的雪
我看到奔流，迎向逆行的马车，我看到泪流

汇聚一生的光泽，我看到遗痕与辙痕那么深
关注河流，谁遗忘了森林
谁在一闪的惊悸中醒来，突然感激早晨

谁在午夜的山脉前止步，发现直立的倒影
然后听到隐隐的哭声。我看到额上的雪
额之下睫毛上的雪，凝为滴血的玫瑰

2011 年 7 月 3 日零时后，于北京南城

曾经的夏天

那一年
你在哪里
那一年夏天，那一天
那个夜晚

我的百合一样美丽洁净的少女
为了信仰冲在前线，凌晨
她怀揣恋人最后的情书微笑着倒下
枕着血光与沉沉黑暗

这一年
你在哪里
这一年夏天，这一天
这个夜晚

我们祭奠少女永恒的青春和美丽
永恒的百合，她的洁净的信仰
仿佛开在淡忘的疆土上，可她依然在那里微笑
我们，是她活下来的证明，是她最真的寄托和语言

难道你能够忘却吗
那一年，你在哪里
那一年夏天，那一天
那个夜晚

人间

哪怕最轻微的触碰
都会惊动草，因为你不能以季节的名义
或以自由的名义崇敬沧源
比如此刻，孤寂者
他也不是你的弟兄

我的清香飘逸的春天
草绿了，彗星飞越神的天河
待嫁的妹妹，穆斯塔尔最美丽的姑娘
在月下梳妆。那个时刻，一个父亲站在那里
他久久无语，神情忧伤

人间
就是我们活着
在记忆里试图接近一些逝者
把最仁爱的一面献给身旁的亲人
然后投身陌生的前路，因为怀念，我们沉默

2011 年 7 月 4 日零时后，于北京南城

回望穆斯塔尔

在一个事物的末端
不是夏之尾，我拒绝采莲

在穆斯塔尔，我是一个托住了自由的人
我肯定托住了最深的伤，你看幼小麻雀的翅膀
它滴血的一翼，贴着我的掌心

我的自由的门，蓦然出现在指缝之间
那辉煌的红，麻雀明亮忧伤的眼睛看着天空
我不知该怎样安抚这美丽的生命

2011 年 7 月 6 日正午，于北京南城

雨幕深处

我听见雨声，就是这个时刻
向上的山谷越来越亮
最终超越了云

我的领地睡了
我的一点烛光点燃温情的蒙古高原
马在休憩，马的脊背上遗留一抹夕阳的余晖

走过寂静，我就听见了雨声
千日草，你属于今夜
这个凌晨，你让我在没有星光的天空
想象永恒的花语

然后，我忘却雨
在灯光后面寻找最古老的辙痕
琥珀堆积的家园里，此刻空无一人

2011 年 7 月 7 日凌晨，于北京南城

前生的信使

只有在水中才可能还原那个梦
在泪光里断开路

天香染红的海滨，潮汐中的人类
我幻听喘息，那么沉重。在古国北方
在最亮的星的下面，我的亲人们正在祈雨

我的亲人们，把清水端给马，他们满目哀愁
这个时节，在我与故园之间晨暗汹涌
我睡在异乡，醒在一首诗里
我是前生注定的信使
守着神圣与隐秘

说到忠诚
那只能是血，还有无怨的身影
飘向黎明后的花束

2011 年 7 月 11 日正午，于北京南城

帝国的疆域

与之毗邻
帝国的疆域一直到草的边缘
通常是水，对岸的山脉，还有突然逼近的事物

那种陌生一定存在了很多年
我勒住马头，一声凄厉的嘶鸣
飘向帝国的都城

我的帝国的都城
手捧蓝色哈达的美丽女子
早就痛失了爱情

穆斯塔尔的七月
帝国疆域幽淡，高贵的智慧傍水而栖
那个美丽的女子，在草根下安息

2011 年 7 月 18 日午夜，于穆斯塔尔

命　　中

我们从乌兰布统北侧经过
幻觉的马蹄声已远，泥塑的将军那么孤寂
烈日高悬，在华北与塞外之间
那道伤痕从未愈合

是去穆斯塔尔的途中
我几乎遗忘了世间喧沸与粉尘包围的人类
只有我的马，这七月长驰中的感动与安宁
只有奔赴，这缓慢展开的恩惠

2011 年 7 月 25 日夜，于穆斯塔尔

阿斯哈图远眺

一定是在爱中
我想，穿越白桦林的人们
如果他们感觉到正在穿越我的诗歌
他们就会挥手，不是对我，是对那一刻

一定是在爱中，这岩石的累积，阴影下的苔藓
朝圣者，在光影变幻的午后背负沉重的苦难
等待像哀愁那么久，一定是在爱中，他选择朝觐
他在我的诗歌里喘息，然后他开始饮水

一定是在爱中，阿斯哈图
那独行的人，内心燃烧绝望与热望的人远离人类
想到他将露宿星空下，将身躯编入高原的草中
那一刻，一定是在爱中，他隐忍了巨大的悲痛

2011 年 7 月 26 日夜，于克什克腾

1279 年

八岁的君主，那个跳海的男孩带走了南宋
他留下杭州，泪眼一样的西湖
织锦的女子失散了父兄

八岁的牧童，那个骑马的男孩在贡格尔以东
他的肩上站着幼隼，成为英雄的人们
似乎忘却了高原上的爱情

我在两个男孩之间，在两种深重的忧伤之间
联想愈合的可能。1279 年，那一年最后的日落
在雨中，但同样鲜红，就像徐徐上升的爱情

2011 年 7 月 27 日，于穆斯塔尔

十三世纪

那时，高贵的仰视放射金黄
乳一样的沙漠，乳一样起伏，在风暴的中心
花儿开着。涌动的源，高贵的仰视在水的上面
箭镞涂染鲜红。它静待了那么久，这仰视里的坠落穿越雨幕
就为这一次，射手伏在永恒的故乡
他确信自己活了下来。那时，十三世纪的表情
与凯旋毫无关联。午夜，高原上传来阵阵马嘶
一首年轻的牧歌复活在柔美的曲线里
卧在故乡，远方大概就是前额的尽头
这就够了。那时，十万只天鹅同时起飞
它们惊动水，它们在一种古老的心愿里飞过
在高贵的仰视里，它们的足底印着美丽的恩泽

2011 年 8 月 2 日正午，于鸭绿江畔

七　夕

箭矢的声音在墙壁那边
它飞在古老的王朝，留下弧线
在它射入的地方长出松柏
树干上幻化河的遗痕
也有两岸

相望的默者一生都在等待聚首的一日
孩子们在相思的日子里长大
他们的母亲，仿佛活在永远的异乡
而人间的箭矢，穿过时间的肺腑
从此拥有了呼吸，在另一个朝代
箭矢隐在花枝里，见证流逝

今天
我们的人间尘埃沸腾
爱与相守，都已经远离典雅的夏天

2011 年 8 月 6 日，于北京

青　海

青海，你将一颗藏红玉隔在视线与太阳之间
这让我看到遥远的世纪，在大湖那边拾穗的女孩
她的影子，原来同样鲜红
这让我想到某一种祭礼
或金黄色的德令哈

青海，我未曾看见透明的水
一寸一寸切割黑暗，关于蔚蓝
我的记忆不是大湖，是传说中的石头在午夜闪亮
应该还有一双手，在那个时刻托住了什么
星光穿过十指，止于真相

2011 年 8 月 12 日，于青海西宁

贵德的黄河

一个孩子在沙地上画飞鸟
他先画翅膀，是飞翔的形态
他没有注意近旁的栅栏
还有那条河

临近黄昏，贵德的黄河在山脚处隐没
像消失在天空的大鸟。我在那个孩子的身后
感觉是在童年的身后，面对凝重的蓝
倏然进入青海的夜晚

2011 年 8 月 12 日夜，于咸阳机场候机楼

青海：斜坡上的羊群

我们一定被什么牧着
被什么所长久围困，我们敏感的心
将肉体带到青藏高原，接受圣光的沐浴

而斜坡上的羊群一定比我们自由
仅仅因为那一时刻，那一时刻的山与青草
就让我们记住了青海，如同记住大地幸福的低语

2011 年 8 月 12 日夜，于咸阳机场候机楼

青 海 湖

离水很近是什么感觉
比如咸水，比如流着汗水的肌肤
还原为美丽和诱惑

比如青海湖，在这浩大的蔚蓝前
你选择沙滩，留下瞬间的影像。而我
依然固守自己的凝望，比如青海湖遥远的那边

2011 年 8 月 13 日，于香港青衣

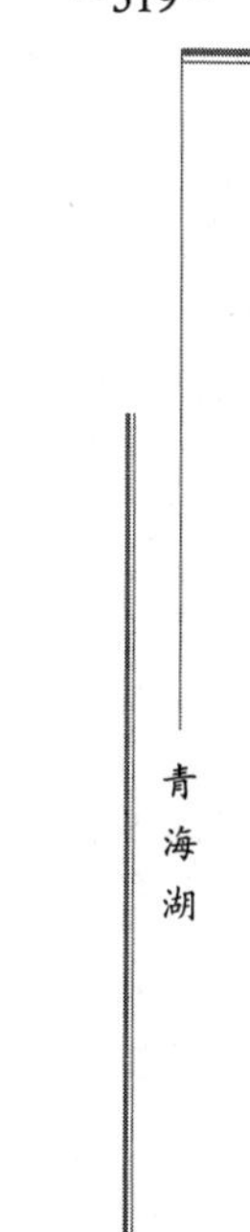

在塔尔寺，我想到人类的爱情

我和兄弟们走在一个边缘
我和兄弟们，在白色塔顶的下面
认定我们是雪下的尘，但睁着眼睛

塔尔寺的菩提，我们渴望获得的经络
不在人体的结构中，它在我们魂魄的每一次
日升月落的过程里，叫我们远离恨

触摸经筒，我就触到塔尔寺
然后我就触到微微而动的塔顶和云的语言
我几乎触到天了，但我触不到你

2011 年 8 月 14 日，于香港青衣

五个昼夜的青海

举起一只手，有什么能看到我的示意
各拉丹冬比水高一点，可可西里比指尖低一点
我在圣湖以北寻觅鹰迹
我举着心

向如此寂寥的青藏高原致敬
一块玉石深处的暗影，为什么犹如雨前的天空
在青海，我在五个日夜一再追问
那里的黄河没有发出一丝声音

2011 年 8 月 14 日，于香港青衣

光　　芒

我想陪伴一下安坐的童年，在光芒中看你
我的童年还不懂得抚摸你
在库库淖尔仰望飞越湛蓝的金雕
我渴望抚摸它的羽，在它羽翼的下面
在朝向大地的那一面
我的童年走入山谷，光芒闪一下
树上青涩的果实就闪一下

库库淖尔，我的青色的海
即使我懂得了，我也不愿抚摸你
就坐在光芒中看你，光在祁连上闪一下
在日月山上闪一下

知道你也在看着我
库库淖尔，你的泪光在我的血液里闪耀
然后，金雕出现，在我的掌纹间孤独歌吟

2011 年 8 月 15 日，于香港青衣

奔向德令哈的马匹

应该将口信捎给金色的山岭，就一个字：爱
德令哈，可我没有约定，那一刻我在青海湖以西
奔向你的马匹，已在闭合的夜幕中消失

德令哈，人的归途，大概就是一寸一寸折起的光阴
展开活着的记忆。可是，我总在怀想那棵十六岁的树木
那个少年，他呼喊河流，在星光下枕着你的旗帜

我知道，德令哈，在走下高原就是兰州的西宁
你给了我九行诗歌，你的不朽的九次月落
就是这个字：爱，难解唇语

2011 年 8 月 15 日夜，于香港青衣

青海一梦

我知道那个去处，知道秋天已回到远方的故乡
在梦里试行，玫瑰色的鲜红覆盖了蔚蓝。就像雏鹰那样
我飞往那个去处，见到很多熟悉的人默然汇聚

我遗忘了山峦的名字，记住一个人，在高原花海中
我们面对，像两个久别的亲人，像车的两辕，中间隔着马
或隔着空荡的夜色与秋天。我们面对，看群鸟起飞

关于人类，我还记得一些影子，记得一些影子在地上飘
如巨大的画笔，试图重现什么，那种发现非常短暂
在青海，我在梦中抵达那个去处，但我不能描述回来的道路

2011 年 8 月 17 日零时后，于香港青衣

塔尔寺金顶上的阳光

我依稀看见了舍利
那来源于无罪肉身的晶体
我是说塔尔寺金顶上方的幻象，跋涉的人捧起净水

然后，我依稀听见乐声
在通往拉萨的方向闪现金黄
那是经卷的某一页，长跪的人们，遗忘了肉身的故乡

最后，我们告别
在那样的照耀下，我依稀面对一位母亲
她白发如雪，正在含泪为青草浇水，低声呼唤儿子的乳名

2011 年 8 月 21 日夜，于深圳

挥　别

我在那光中
顺着光的阶梯走下来
隔着青海湖，我真的看见了童年时代的色彩
它沉淀在一杯甘甜的青稞酒里，退入德令哈深处

高原上的诗人
我虔诚的兄弟
他们书写一册山河，蘸着信仰之血，他们描述前人的神情
但不说旗帜。我虔诚的兄弟们，在高原恒久的回声里行走

我知道
我暂时挥别了什么，但我没有丢失
我内心紧锁的记忆之门上爬满青藤，就是这种美丽
通过细密的天泽滋养了我们，让我们常常念起母亲

2011 年 8 月 21 日夜，于深圳

梦：菩提树下的两个孩童

就是那个去处了
在大片成熟麦地的尽头
阔大的菩提树依托远空湛蓝，那是唯一的菩提
在它金黄色波涛浮动的视野里，出现两个牵手的孩童

极致的远，在人类最后一行忧伤的诗歌中，确认最深的哲学
是最浅最净的流水，细沙上留不下人类的足痕
关于涅槃，我们不断想象凤凰的翅膀，已在烈焰下寂灭

我在一个梦境惊醒
无限感激活着的人间
这不是第一次，这一再的昭示深入我的掌纹
凌晨，我看着最深的一条，在悬浮中神秘消隐

就在永不可见的边
在边的那边，我的亲人们
你们在暗中睡着，我醒着，我梦到那个去处了，那真的很远
我看到人们在世间相拥，还有一个人，将额头贴向悲痛的天

2011 年 8 月 22 日凌晨，于深圳

黄金城池

你听鸟啼
它在树的枝头歌唱，此刻
羊群散开，它们让鸟儿看到脊背
看到静止和移动的百合，和昨天一样
我在城门洞开的清晨想象雪，我的马在雪的边缘踱步
这高贵的王子，它的鬃毛在金黄洁白与玫瑰红之间扬起
接近一个高度，但没有超越鸟啼

在城池的正东
河流闪闪发光，那是银色
那样的色彩比月光浅一些，但更清澈
就像久远年代的生活，是的，我在马上
我就不能不想到往昔与牧歌

我的亲人们啊！如今你们都在何方
我守在这里，不是守住黄金，那凝固的沙土
我守着每一天日出，注视玫瑰的鲜红漫过黄金城池
然后飘远。此刻，碧绿的草坡开放紫花，我的马匹开始饮水
它的唇声高于水面，高于幻象，但低于苍云
也就是低于鹰飞，还有永远离去的前朝的信使
我守着，我知道一切，都将归隐最深的沉寂

2011 年 8 月 24 日晨，于广州

在远离高原的地方

止于火焰与火的边缘
蓝色的燃烧倏然熄灭于柔软的斜坡
终结在灰烬的飘落中。关于夜

肯定存在十万种想象，只有一种真实
鹰足止于微动的巉岩，它在黑暗中凝望
群星闪现，森林淹没于大地尽头

2011 年 8 月 27 日，于南京军区

活着的指纹

昔人的指纹留在琴弦
琴已寂然，指纹逆风而动
这对抗光阴的努力感动着夜暗
在可以望见的远山，一个人影出现，然后又一个人影出现
曾经浸染了沸腾生活的牧歌，在那里失传
他们，或他与她，被隔在永恒的两岸

仿佛在睡梦之上，我遗忘了时间
我追寻灵动的手指，昔人不再弹奏，我开始翻阅浩繁的书简
一点烛光下的孤者，两点烛光下的苦恋，三点烛光下的家园
在荒芜深处，骏马的化石保持飞跃的形态
它那么忧伤，似乎对人类说了最后的语言

2011 年 8 月 28 日零时，于南京军区

独 奏 者

我不知道他安息在哪里，我相信那是神秘园
听他的琴声，感觉白鸭游过宁静的湖水，收拢美丽的身躯
月光在静谧的水面反射一道道银白。我听到了桨声，伴着低吟
我不知道合奏者们去了哪里，但我记住了他们的神情

我看见一只舢板划向对岸，我看见一个人的背影
在战争暂时停歇的时刻飘向久别的恋人，但她仍无音讯
那时，独奏者的脸上挂着微笑，是的，也有泪水
背景里的合奏者们，他们仿佛注视着同一个方向

今夜，我甚至遗忘了独奏者的姓氏
在这充满残缺怀念的世界，我问询自己的心灵
独奏者，他留下了什么？他追寻了什么？最后祈祷了什么
我们，活着的倾听者，在最后的尾音里听到了什么

2011 年 8 月 29 日零时，于南京军区

六行诗歌里的秋天

秋天就是垂落下来的，向着低处
向着高处仰望的心灵，终生都不能走遍一笔画出的边疆

还有太阳，她圣殿一样的秘境
从此港湾到彼港湾，人影浮动，斜飞的雨淋湿了什么

一部史诗走在永远的途中
一颗心总渴望抵达秘境，燕子在黄昏里歌唱爱情

2011年9月19日正午，于北京南城

在 人 间

那种温润仿佛就是指纹叠印的旗帜
纵马一样的自由。微启的唇语焚烧黑暗，避开灯
仿佛从一个村庄抵达另一个村庄，风一般逸入
骄傲的马头分开月光无形的浪涌，投入奔赴

这银辉洒落的岁月，你感动的心灵
是第八颗北斗，在第九个预言下，你感觉缤纷的落叶
一个少年听到母亲的呼唤，他看一眼地平线
在幸福的人间，送别秋

2011 年 9 月 22 日，于空军指挥学院

帝　　国

我想给你一个帝国，如果你能识别
微微凸起的经络，领会苍鹰扶摇的过程
最终，如果你能从一个婴儿的哭声里感觉花朵开放
雨斜飞檐，我就对你描述帝国的疆域

你将成为帝国的一部分，如果你能确认神圣的边塞
唯一的界碑上没有一个文字，天籁萦回
最终，如果你能破译隐秘的手语
随之舞蹈，我就为你再现浪涛的奇异

2011 年 9 月 23 日，于空军指挥学院

圣　　地

你没有边疆
但有岸，像语言一样静默
你的背影里安睡一个王朝，落败的英雄在回乡的路上
关于铭刻，不是高粱红了的河畔印着鸟的蹄痕，
或在石头上寻找谁的姓氏。不！不是这样
你的尽头存在自由的风，还有源

落败的英雄，那个悲伤的人子
在孤寂的异旅上想念自己的恋人
关于铭记，你相信抚摸，或午夜深处的某一种声响
那像鸟一样飞，像鸟一样落，像鸟一样
落在你的中央

2011 年 9 月 24 日夜，于北京南城

墙：虚构的语词

当思绪拂过寂的原野，你被隔离
这立着的实体，在眼前身后，或横亘记忆
像山一样暗示虚构的语词。比如你感觉我如过去
或现在的时间，立体或平面的想象

那么，你会设想逾越，在感觉穿透的过程里
水流在原初的河道，光明和氤氲中古老的舞蹈
都不能让你找到准确的表达。比如你感觉我如此刻
或未来的时间，睡着或醒着的梦幻

结论就在那里，就像石头，苦难与无边的昭示
是这个意象，是这个意象里的自由与心
接住所有破碎的叶子。比如你感觉我如地上
或空中的时间，离别或重逢的拥抱

那么，你会驻足回望，那个时候你在门外
但愿你能看见燃烧的花朵，雨前和雨后缄默的山脉
应该提示你曾经的生活。比如你感觉我如墙里
或墙外的时间，轻盈或沉重的承诺

2011 年 9 月 28 日深夜，于鸭绿江畔

六 个 词

还有什么，在九月的最后一天行进
我在一面镜子里看见投影，被岚轻轻笼罩的肌理
一个词落入水，一个词落入火，一个词落入荒芜的边关

两只天鹅飞过九月的湖畔
我在那个空域中看见云走，被风猛烈吹动的山峦
一个词落入谷，一个词落入潭，一个词落入蔚蓝的梦幻

2011 年 9 月 29 日深夜，于鸭绿江畔

在天宇下

我想描摹那扇门，它闭合，抑或开启
我想描摹永恒的祈求，在天宇下，它开启
在绝对苍茫的孤独中，它闭合

我想描摹清澈的泪光，你的故地已经失却最后的乡音
我想描摹终生的回眸，在静穆中，它凝固
在午夜独行的长路上，它闪耀

我想描摹那种身影，浮于落叶，沉于水中
我想描摹词语生死明灭的过程，在视界里，它清晰
在时节交替的缝隙间，它隐没

2011 年 9 月 30 日午夜，于鸭绿江畔

故园的歌声越过山脊

淡烟飘向空中
阴影里的残垣，周边蔓生荒草
远方年轻的城，四条道路，四个憧憬爱情的少女
观望灯光下的母亲，她们神情迷惑

走在月下
四个回家的男人选择四个方向
那代表故乡。清凛的河流过某个山脚，突然消失
清明突然消失，故园的歌声越过山脊，突然遭遇雨季

奇迹降临，灯突然灭了
岁月翻过沉重的一页，迎接零时
后来，枫叶红了，雪落了，雨的逼近依然那么真实
我感觉这寂静，这寥廓，这不可悖逆的冥冥的天定

2011 年 10 月 3 日零时后，于鸭绿江畔

默　　读

从一个细节开始，到一个细节停歇
到山之侧，到水渍扩散为迷幻的花形
到知觉的手掌慢慢移向无雪的峰顶

清风拂面，到黑色的瀑布遮住眼眸
到泪光闪烁，如不能言说的天象，到四星相对
在你的国，你的丰饶，你的边疆

默读者，他遗忘锯子的声音
在双峰相拥的谷地，他幻听草，草的奇异
是在水的浸润下，无声无色地燃烧

2011 年 10 月 3 日深夜，于鸭绿江畔

久　远

三种颜色的眼睛，瞳仁的觉察那么真切
关于危险，应该源自另一个瞳仁，狩猎者
在三点一线的射界里追逐移动

瞳仁里的恋人那么小，越过双肩的目光那么缥缈
一片落叶里的秋天，一行雁鸣中的久远
一颗孤单的心灵无处可逃

天井空旷，黑暗压向水边的村庄
梦牵着梦，忧伤牵着忧伤，马牵着人类的语词
幸福牵着往昔，所谓日出，仿佛已经非常苍老

2011 年 10 月 4 日夜，于鸭绿江畔

追踪鹰迹

我曾顺着湖岸追踪鹰迹
在穆斯塔尔之秋，破碎的水就像飞在天上
让我陷入魅惑的鹰翅，似乎已经嵌入石岩

始自迷幻，我感觉血，我的少年时代东方的天空
一万只手臂挥动，然后飘落，然后我看到群山上的森林
像人一样默立。那时候，我第一次联想到人的哀愁

在我还不懂得离别含义的日子
我相信云阵之间一定存在一种路途，比如我的鹰
比如属于我的后来的一切，早已注定

2011 年 10 月 5 日深夜，于鸭绿江畔

河流之上的怀想

你要感觉那个时刻，感觉金黄的落叶
在河流之上保持高贵的怀想，你要感觉植根于激越的忧伤
铺展在大地上，你是月亮

你要感觉那种飞翔，感觉极致和高度
在风雨之中勿忘两山的重合，你要感觉萌生于心海的抚慰
展露在光明里，如此苍茫

你要感觉那时花开，感觉弥漫的馨香
在屋宇之下证明活着的过程，你要感觉轮回于时光的四季
成长在怀抱中，没有边疆

2011 年 10 月 6 日上午，于鸭绿江畔

在隐约的鸟鸣里

契合
释解的离散与疼痛渐次退远
为此甘愿放弃九州，只要这种接近丝绸的品质
在宇宙的雷电中静卧，或飘拂

不要联想旗帜
是的，是那种缜密
让我们心生浩荡和感激，你要知道，并且确信
横卧的山脉没有名字

横卧的山脉
在血脉之上　光芒之下
在隐约的鸟鸣里，在剔除最后一丝雕饰之后
尽展雄奇，臣服于阴柔

2011 年 10 月 7 日晨，于鸭绿江畔

秘　　境

失去了视野
我们依然能够主宰飞行
我主宰方向，你主宰秘境，也就是主宰宇宙
我们主宰悲喜，水的花朵开放于子时

在逻辑的反面
如在门的另一面
有一个星系，有一个源头决定兴衰
有一个故乡在秘境深处

我选择微笑与注视
在清澈的瞳仁里
我观望自己，观望洁白的云，秘境之外的山峰与山谷
秘境中的倾吐，总也离不开探寻的道路

2011 年 10 月 7 日深夜，于鸭绿江畔

云　下

那月，云在西南方向
云在一条河边落下，成为一个地址
奔赴者，深怀信仰的人，在云的包裹中穿行

那天，湖上有风，山前飞着群鸟
迷宫一样的水巷停泊孤舟。那一天
两个人的回程，犹如休止符，隐于天光和纵深

那夜，暴雨击打巨大的铁门
他们在雨声里呼唤，仿佛丢失了彼此
那一夜，如今已经飘逝，就如风雨在黎明时停歇

2011 年 10 月 8 日傍晚，于鸭绿江畔

圣泉的揭示

以一颗星子的名义投入圣泉
阅遍浮世，你不会觅见圣泉的奇景
假如你站在未名的海岸，感知什么在徐徐上升

你就会发现，一万年江山遗痕依旧，但不见王者
唯有圣泉，那幽闭的温存，一圈一圈相连的美丽
推动上升，神的语言在扶摇中闪耀

这是我们活着的理由
像初吻那样，像素衣里面干净的肌肤那样
圣泉，每一次揭示都那么不同

2011 年 10 月 10 日夜，于北京南城

遵　　从

没有任何力量阻止你，没有
没有不落日的远山，没有没有哀愁的河流
没有不流血的创伤，故人每时每刻迎迓的渡口

没有恒定的痛楚伴你左右，没有
没有不融化的积雪，没有没有代价的自由
没有不凝聚的额头，斜阳猛烈敲击窗棂的午后

没有任何力量囚禁你的心，没有
没有不渴望的灵魂，没有没有记忆的行走
没有不怒放的花朵，光明永恒消失人间的宇宙

2011 年 10 月 11 日上午，于北京南城

铭　　记

铭记花期，那灿然与静美，青春的河畔之晨
你的永恒是波光里的微笑，是记忆之树最亮的叶子
发现荞麦白了，风车慢慢摇暗了黄昏

铭记秋至，你的安宁的容颜，你身后的原野
已经显露萧瑟，远山变得黛绿，一条河流绕过山脚
在那个叫渡口的地方，没有人迹，当然也没有人语

铭记飞雪，一切被无声掩埋的事物，暂时休憩
相信根活着，被泉水洗濯，就像两个人的道路
雪下的辙痕；相信青涩的果实，一定还在舞动

2011 年 10 月 11 日正午，于北京南城

在人类之顶

我只能猜测，比如用五十年时光
进入一刻，一个天空湛蓝的日子
感觉那样的语言非常美，多少有一些忧伤

光线明亮的正午，夏天，我想它们在说水
或者树木，说阴面山坡上长着茂盛的青草
一只羊走过那里，然后是一群羊

我曾幻想，让它们中的一只落在我的肩上
它们飞过人类的头顶，或者落在我的梦里
我会告诉它们，在阴面山坡上，也有鲜花开放

2011 年 10 月 12 日零时后，于北京南城

蝉翼上的辉光

那一定预示着什么
蝉翼上的辉光那么持久
我的手准确停留在一个位置，然后滑向另一个位置
没有暗影，是的，一切都那么通透

我们在辉光的中心
在一个过程托起日月
感觉垂落，感觉玫瑰的色彩
笼罩高耸的山峦，在对视中，感觉寂静

一切就是如此丰沛
从风到雨，从雨到虹霓
从激越到舒展，从幻梦到幸福哭泣
就在这样的人间，阅尽神秘

2011 年 10 月 13 日正午，于北京南城

后　来

后来
我依稀记起那片空域有一些岛屿
我故去的亲人们在阳光中微笑
我出现，后来，我离开

后来
我开始怀疑那类翅膀
雨打在上面，闪电似乎也打在上面
这让我想到大地上的爱情，跌入谷底的果实

后来
我试图在诗歌里复活什么
比如那片空域，横向疾飞的云阵，无限渺然
我想那可能就是心，它应有的形态

2011 年 10 月 13 日夜，于北京南城

假　设

假设你在最后一片云的近旁
由此脱离身后的沧海，假设你的肉身
曾经洁净

假设第三种岸不在人间
在梦的那边，或者更远更远的地方
曾经显露

假设秘境的皓白分离聚合，你藏起双手
只用眼睛感受没有人烟的所在，或闭上眼睛独自回忆
曾经泪流

2011 年 10 月 14 日夜，于北京南城

蒙　　古

战马奔到最后的海洋，它们饮水
它们的长鬃扫落飞虫，同时扫落地中海夕照
海的鸥鸟睡了，他们睡了，枕着疲惫的时间

那个夜晚，肯特山南麓酒歌扶摇
在雪线明亮的边缘，牧女们舞蹈，她们围着信使舞蹈
那个年轻的人，在睡梦中上升，惊叹飞雨

此刻，我的蒙古依然花开
我尝试遗忘一个旧址，我昔日的坐骑依然活着
它在静卧中望我，它就在那里，在我一生远离的故地

2011年10月14日零时后，于北京南城

感激一个名词

我的日苏里海滨的圣女，你奶酪一样的青春
隔着时光栅栏。你的目光漫过夜，你无限感激一个名词
它让你瞬间拥有一个动词

秘境，我的绸缎一样的视野，可以触摸的火与水
无言等待二十年，等待一棵树，在帝国
成为冬天里温暖的风景

之后，你看到我在最高的地方升起旗帜
那是我们的领地。你仰望，你一定看见了最亮的星子
那种光芒照耀你的额头，万马奔过帝国的湿地

2011年10月15日，于北京南城

牧歌中的灵翅

在那个节奏里，你一直没有长大
你是部族用血脉与心智养育的女儿
你的歌声中闪着灵翅，那是马，我们最美的近邻

额济纳原野上的脉动，部族蓝色的百合
你在年轻的梦里书写古老的文字，那是你的歌
我们的草原母亲，看护忧伤的母驼

纵歌十万里，我们还是迷恋那里
迷恋旷达，柔软的哈达与箴言，那是我们的草原
五千年不变，佛光里祖父一样的圣山

2011 年 10 月 15 日正午，于北京南城

救赎之树

此后一千年
天朝圣地来过很多人
那些预言者，他们骑着马到来，丢弃马离去
都未能征服公正的时间

骑士的荣誉一旦被鲜血唤醒，就会接近救赎之树
此后，他们相信应验
相信唯有在苦难中获得的爱情
才能够让他们抉择，比如离开耶路撒冷

后来，在遥远的正午，在三个时刻
智者看到那里的阳光暗了，随之亮了，她出现了
此后，夜晚出现了，星光出现了
史集中金色的记载出现了

2011 年 10 月 16 日零时后，于北京南城

人间恩惠

一直走下去，会到哪里
一直念着人间恩惠，将掉落的枫叶夹入典籍
在两条掌纹之间阅读一册山河，看云归苍宇

距离一定是光，不说晨暗与夜暗，在两点之间
或者在两片之间，距离就是望着，但不能接近
所谓恩惠，是凯旋的骑手遥指祥瑞，将自由还给马匹

两条掌纹环绕永恒沧海，故人未归
午夜之后，我相信那种光扩展着，像一个预示
我在一个边缘等待，无关往昔

2011年10月16日午后，于北京南城

这是我们的岁月

游过那里，在舟头幻听逝水
这是我们的岁月，幻听墙，还有那边的静物
幻听魔笛飘自天宇，润泽的触觉似在起伏，比光轻柔

在光与暗的临界，有一种声音宣谕千古
这是我们的岁月，它就在那里，所谓奇迹
不是说你拥有了秋天，就能幻听悠长的雁鸣

你一定要珍重幻听的感觉，握住玉石幻听山
握住迷人的果实幻听峰峦，握住另一只手幻听不老的语言
幻听琼浆流于秘境，涌动的潮汐撞击岩层，比雨迅疾

2011年10月17日凌晨，于北京南城

到灯光的边缘

到那里为止
母亲，到灯光的边缘
我的远行的亲人们，我的一尘不染的天堂鸟
我的午夜，人语模糊的异域和海滨

我的手足，从睡梦里醒来的声音，那么近
在霜季到来的高原，你替代我，在祭祀中祷告
母亲，你给了我们生，给了我们命
给了我们幸福与痛

穿越灯光，我在无际的夜暗里感觉白茶花
你是天鸟的姐妹，你让我确认母亲活了一生的真实
你让我在两种白花之间，感觉光
可以淹没睡了醒了的人类

2011 年 10 月 18 日零时后，记于幻听，于北京

面对暮色

面对暮色，这人间里的城池
时节将色彩涂在云上，云将色彩涂在山脊
我们看不见那双手，将色彩涂在枫叶上

我们难以知晓有多少人选择了独行
相信领受，如同落叶服从季风的引领
永不怀疑静默中的等待，如深海岛屿，止于仰首

我们只能看那么远，比如一隅星宿
那一点一点的闪烁。相信在万物生长的世界
指尖的温度，可以传导不变的领受

2011 年 10 月 18 日夜，于北京

带走火焰

我把什么留在那里，然后
一个怀着深刻思念的少年，随我踏上回乡的路途
他就是那个出现在梦里的圣童
身上沾着金子一样的沙粒

从某个字母开始，我让他慢慢感受海
我看到惊恐，他的眼眸里装着只有父亲的故乡
那是少年的远端，我说灯塔
他转头看了看黑暗

我没有让他看到祭礼，四年
这是我必须铭记的时间，他曾经是我日夜相依的亲人
少年回到了故乡，我离开了
在非常炎热的夏天带走孤独的火焰

2011 年 10 月 19 日零时后，于北京

墙壁那边的枫叶红了

我不是途经那里，我不知道
墙壁那边的树叶红了，棉花已被摘落
在两片幕布合拢的秋天，文字的记忆浸入青石

从少年到中年，然后，我们都会老去
站在午夜的河流边，我没有喟叹逝水，我想起一座桥梁
在什么时刻美丽　在什么时刻废弃

在什么时刻将被遗忘　在什么时刻捧起滴血的夕阳
在什么时刻，我们重归旧路，面对圣殿
将长风视为永恒的诉求

2011 年 10 月 20 日夜，于北京

峡谷的心灵

不能奢望占领那里
我幼时神往的领地
如果掠过峡谷，我会陷入更加迷幻的夜空
在无限的重叠中，对无限的可能表达敬意

我还是相信手语
砍伐者肯定背叛了种植者
我选择畅游，以劳动的姿态
对世界描述幸福

峡谷的心灵
在那没有尽头的前额的上方
另一种语言的吟唱，一切都在飞
在峡谷深处，我感激人类

2011年10月23日晨，于北京

雨和峰峦

旧朝的马匹奔于指的缝隙
月照峰峦，鹰盘旋于指间，隐没最核心的指纹
最核心的部分，降落雨

雨的节奏从舒缓到激越，旧朝的马匹掠过中原
没有止于洛河，向着幽光迷幻的纵深
手语点燃远秋的火焰

这对应的美丽，雨与火
峰峦上指纹的语言拒绝镌刻，让色彩成为背景
但轻触灵息，也就是雨与火的记忆

2011 年 10 月 24 日正午，于北京南城

设想复活

我设想复活之路，复活一个灵魂
或沉睡的肉体。此刻，在如此苍茫的宁静中
我设想复活青春，鲜红铺满大地的早晨

我设想美的心愿开放在鲜花灿烂的山野
让蝶群和蜂群自由飞落，空气里存在那类低鸣
像长久的渴求，或积雪融化，清流出现在羊群觅草的山谷

我设想古老与年轻的爱情
在沸腾的生活中保持洁净的身躯，像心灵的忠贞
依托河岸之树，成为永恒的风景

2011 年 10 月 25 日零时后，于北京南城

动咫尺而行万里

那种萦回，动咫尺而行万里
史诗的日月，瞬间凝固的钟乳滴着净水
布满花纹的彩石上，偶尔有光闪过

像一个故人的身影闪过，在暗夜深处
果实还未成熟，那样的萦回不是远海的涛声
也不是兰州的黄河，投映节日的灯火

某种穿越潜于河底，像一语承诺
被心疼阻隔。那种萦回，行万里而不变底色
此刻，仰望夜空，神明闪烁

2011 年 10 月 25 日正午，于北京南城

鸢　　飞

在惬意或阵痛中穿越明朗和风雨
穿越时光，像落雪穿越松涛
朝觐的人们穿越拱门

非凡的心灵穿越雾锁的前定，抵达圣途
然后慢下来，在太阳或星空下面
感觉泪滴的人间，那无尽的尘埃

总之要飞，向着高度与极致
然后俯视，无比诚挚地道一声祝福
哪怕仅仅用目光，也要飞过优美的疆域

2011 年 10 月 25 日夜，于北京南城

骑手的荣誉

我想描述那种荣誉，骄傲的心撑起一片天空
在往昔逆旅，山顶上的树木被我视为不倒的旗帜
我想描述一类人，如何穿越无定的风雨

在人类中，在泪与痛中，心灵指向静默
孤独寻觅古老的爱情。那个骑手
在一行灿烂的诗歌里，发现了拯救

九颗星子，是在九颗星子的环绕下
骑手纵马，然后，他听到恩泽与阳光在草地上飞
他看到鹰的双翅，在月夜里扶摇，重获新生

2011 年 10 月 26 日下午，于北京南城

穿越一切

你是薄雾笼罩的祖国
一个骑手至尊的荣誉是为你而战，或为你而死
当然也为你而生

你的焚烧无处不在，已经接近了信仰
无须穿越光，就可以贴近你，然后穿越你
圣洁美丽的领地

你是英雄流泪回望真切眷恋的理由
你是静夜里最柔情的语言，是婚礼之后
蓦然闪现的神秘的星群

2011 年 10 月 26 日傍晚，于北京南城

承认并相信

我承认凋落
有些东西会老，有些会朽
我相信骑手的荣誉永在那个位置，比诅咒高，比尊严低
我相信人类的哀愁源自一个故乡，比歌声近，比怀念久

我承认风蚀
有些东西会飘，有些会旧
我相信骑手的荣誉，就如今夜，我相信幻象
在夕照下，我将手臂搭在母亲肩头

我承认亡失
有些东西会灭，有些会走
我相信骑手的荣誉，酒与柴的火焰，一定会点燃在语词之后
之后，夜空神曲回旋，魂舞九州

2011 年 10 月 26 日夜，于北京南城

神　　曲

我在坡上
在一派葱茏之上
我听波动的心，真实沉浮的瞬间与过程
被什么覆盖？被什么托起？被什么引入神意的圣境

我在命里
在一个传说之上
我听疾飞的鸟，日月交替的存在与远空
被什么召唤？被什么激励？被什么主宰无形的腾飞

我在倾诉
在两泓清泉之上
我听无语的泪，最终凝固的前世与今生
被什么注定？被什么融汇？被什么照耀无悔的追随

2011 年 10 月 26 日深夜，于北京南城

宝石镶嵌的山顶

我从未妥协，我在宝石镶嵌的山顶
渴望描述柔软与浑圆，那个时候，一定有什么
藏在山谷，一只手，或充满野性的奔兔

一枚蔚蓝，另一枚鲜红
那是我的宝石，一枚在我的手里，一枚被凝视
一定有什么力量直抵秘境

我就是那个英雄，或英雄附体
我崇尚征服，比如将一枚宝石握在手里
然后上马，让十个世纪垂死的欲求，因我重生

2011 年 10 月 27 日正午，于北京南城

沿岸精致

那是我的，我在槐花绽放的异乡
醉于没有鸿雁起飞的沿岸
比如我的左岸，你的右岸

在那一刻，你是我的
你是我的高原，史诗垂落的槐花一样的姓氏
宝石应该闪耀于子时

谁在描述沿岸的景致，谁就忽视了存在
在你的右岸我的左岸的人间
花香四溢，夜色漫过火焰的边缘

2011 年 10 月 29 日凌晨，于北京南城

青 釉

两个王朝在釉色中退隐，这高贵的色泽
那么冷，就像背弃。南宋绝美的女子曾经啜泣
她失去了杭州，杭州没有失去歌舞与丝绸

元朝的马队踏碎青瓷，青瓷裂一下
绝美女子的心就裂一下，直到杭州沦陷
在更远的地方，五代的山，盛唐的水，都已不见

后来，青釉的色彩流成了河，后来
一个少女在天上看到秘色，后来雨过
天青色的瓷片，闪现于一面斜坡

2011 年 10 月 29 日夜，于北京南城

纱巾与黄昏

就在不远处
就像你隔壁的邻里
印刷品，枪声里的爱情，两个奔赴诺言的人
不愿惊飞休憩的鸟群

被冶炼的记忆
在钢铁的夹缝中移向远郊
一切都如此陌生，雨，清晨，文字里记录的史实
在一朵或十朵，或在一百朵一千朵鲜花间枯萎

就是那里
我听到一种肯定的声音，就在那里
那一刻，我看到一个忧伤的女子，她在文字之外
她胸前舞动蓝色的纱巾，还有史实，在无雨的黄昏

2011 年 10 月 29 日午夜，于北京南城

在后海想到纳兰性德

我总会想念那个词人，他雨中雾中的丁香树
他的没有爱情果实的经年，悲苦的心，放逐的路
这一片水里投映光焰，是夜晚，他的梦在何处

有很多人感叹现世的生活，是活着
是年轮一样的扩展与抉择，将迷惑交给仰望
将注视留给父母，让记忆凝固

我相信火焰里的旗帜一定是最高的灰烬
它飘舞，它会以庄严的飘落完成挚爱与融合
就是这样，我的后海没有时节，始于倾吐

2011 年 10 月 31 日零时后，于北京南城

从长安到汴梁

从冰凉到温润
从一片疆土到另一片疆土
这一点一滴的触觉，仿佛从长安到汴梁，到河之畔
水的妹妹，你要记住这人间的图景，这一隅安邦

在长久的等待中，心愿没有成为礁石
心愿就是那种手感，如青春时代的初吻
水的妹妹，你要相信神就在水边，在灯光下凝视

奇幻的深秋
将时光里悄然重合的一瞬交付夜色
这待光之章，开花的天空就是预示
水的妹妹，你属于幸福的天庭，但不说拥有

2011 年 10 月 31 日深夜，于北京南城

朝向的逻辑

朝向我的月亮，我确认悬浮
它的高度就是心的高度。我确认距离
这非常神秘，我确认那条山谷万分静谧

我朝向时光之河的一刻
像从容的骑手朝向马
马朝向晚霞

我朝向晚霞消失后的秘境，我等待
像等待一个奇迹。我等待，我朝向一生里必须经历的过程
我想象迷失，然后我会发现神示的路径

2011 年 11 月 1 日下午，于北京南城

心动于温暖之后

从指间开始，朝手腕方向移动一寸
岁月也就动了，心动于温暖之后，光芒
在夜色的远方缓慢升起，然后折返，停于足下

这就是奇迹。在巴尔喀什湖以南，我是说在中国
深秋降临。深秋，一首诗歌降临，它呈现在一寸一寸的手语里
在心灵的沃野惊飞鸟群

箴言嵌入巴尔喀什湖沿岸
西征者，他们最深的渴望是水
对于我，这近旁的湖，就是一寸一寸美丽的记忆

2011 年 11 月 1 日深夜，于北京南城

彗　　光

你的神秘之翼，洞穿黑暗的光明与时间无关
你倏然闪现，你消失，你遁入我们无法想象的深处
在我童年的传言里，你不是人间的吉兆，你是惊悸

我不相信那类传言，我相信你光明的尾翼
那是十万匹金马飞奔，后面跟着十万匹金马
你无声，你飞翔，你至今托着我少年的想象和忧伤

你金色的，我所追寻的品质，就是飞
你给了我一个梦，然后我进入另一个梦
在这之间，我常常缄默，就如我永难觅寻你的印痕

2011 年 11 月 3 日上午，于北京南城

在落叶缤纷的秋季

像垂柳的落叶那样，像水里的灯光那样
像微风游过前朝的拱桥，像一只手牵住另一只手
像我那样，读透这个夜晚

开启我的人，他的脸上曾经盖着黄土
如今只剩下一堆骨头，他丧失了眼眸，心跳
可他活着，就在那里，在这落叶缤纷的秋季

像预言那样，像巴尔喀什湖水洗濯圣洁
像十六岁的少年走过我的怀念，像一个人祝福另一个人
像我那样，领受一个瞬间

2011 年 11 月 4 日深夜，于北京南城

少　年

他在途中，大概抵达了农耕与牧羊的历史
他见证了那些收割的人，还有跟随羊群回家的人
他走过大地的低谷，身后传来秋虫的低鸣

这个少年铭记人类的语言，那些名词，动词
他的想象在南北两极之间铺展，他在入夜之后独自感叹
道路啊，你始自我的心扉，在直抵云层的地方就是山脊

那里是草原与农田的分野，是他决意献身的一部分
他走向一面斜坡，向上行走，感觉如同是向天上行走
他依稀记得史书中的一章，鲜花就在山峦的那边摇动

2011 年 11 月 5 日夜，于北京南城

环　　绕

是一些星体
在一些星体的边缘
是水漫过水，是一些光，在光的尽头熄灭
是握拢十指的双手攥住了掌纹

是一些话语
在记忆的天空闪耀，突然凝固
是穿过叶子洞隙的风，吹向百合摇曳的原野
是浸透疼痛的心灵被苍茫遮伏

是幻梦一般的舞蹈
脑际飘着彩绸，是岁岁不变的人间
降下蓝色雨，有人在伞下站立
是雨水泪水的凝望使雪山燃烧

2011 年 11 月 6 日正午，于北京南城

梦幻的领地

我的心灵还贴附于中秋，在广袤自由的北方
我幻梦的领地。此刻，我将一盆吊兰移到窗前
我感觉这个日子，感觉有什么正在远去

点燃一支藏香，我看着那一星火
蓝烟缭绕我的世界。在刚刚过去的长夜
我梦渡河流，我在午夜之前迎迓一个时刻

月夜，在天上人间，我看到那么通透的仁慈与尊严
一个临界退入天庭，我进入这个日子
少年雪原的奇幻时隐时现

2011 年 11 月 7 日正午，于北京南城

没有疆界的忆念

我仰望金黄色的天象
我像一个孩子，在树下注视
我笃信母亲就在那里，我想对她说人间的心情
没有疆界的忆念的世界

在黑暗中
母亲，我跪拜你
我的脑际飘过金色和美丽，飘过很多很多
拥有你的日子，那是我们的高原

如今
我是一个痛失母亲的人
在皎月之下，我的忧伤在泪光之上
母亲，在你的营地，在我的第二故乡

2011 年 11 月 8 日正午，于北京

云线缠绕

我的冥思永无穷尽
对这个世界的怀想一俟上升
我就专注于云线。在阿尔泰山顶
云线也是雪线

你可以想象树冠上的积雪
仿佛举着凝固的苍云，是的
有时候，我们会在那里看到一片碧空
像看到一个晴朗的正午

但云线就在那里，我们看到的碧空
如海湾，如高原蓝湖，如人类年轻时代的爱情
被百合簇拥。那是云线
当然也是雪线，对应黄昏和黎明

2011 年 11 月 9 日夜，于北京

花开十万里

花开拉萨，花开乌兰巴托
花开普陀。花开忠贞恋人的枕畔
花开七个大洋浸润的陆地，你的我的难以割舍的祖国

花开罗马，花开古尼罗河
花开吴哥。花开吐露神示的唇边
花开七颗北斗照耀的人间，人的神的不可分离的诉说

花开希腊，花开直布罗陀
花开罗索。花开犹如圣女的海岸
花开日月交替升起的天宇，风的雨的永恒不变的融合

2011 年 11 月 9 日凌晨，于北京

马·蝙蝠·乳名

在高原黛色的黄昏之后，蝙蝠起飞
一匹骏马奔出垭口，它突然发出一声嘶鸣
蝙蝠随之叫一声，离散的爱情仿佛也叫了一声

大兴安岭南麓的初冬，严寒到来的最初的日子
我在神树下望月，河流那么近，家那么近
在圣光里，克什克腾那么亲

总能听到母亲唤我的乳名
她仿佛也在唤那个野性的骑手。总感觉在我的身后
母亲的白发依然飘着，像雪阵，也像梦幻光临

2011 年 11 月 12 日上午，于北京

就在此刻

就在那里，或不在那里，就在这地上
在叶落花红的早晨，我看云
在阳光下焚尽

就在那里，或不在那里，就在这北方
在一泓秋水唱晚的时刻，惊飞的鸟在哪里飞徊
我看云，然后我试图听月的声音

就在那里，或不在那里，就在这午夜
在一盏一盏灯火明灭的人间，就在这深海
我看云，如何重合为迷人的往昔

2011 年 11 月 13 日正午，于北京

迎　迓

就这样迎迓你
我让西南之湖在意念的山前
安静下来，让风缓慢吹入一个水巷
将岸上的站立者视为久违的亲人

我会感觉微凉
这有点像雨后，或仍在雨中
我会这样迎迓你，我可能会对你说起一次迷途
我们无意抵达，那不可抗拒

只有我还无比珍视那一切
那是我的史实，我会这样迎迓你
我不说遗忘，我说此刻，我在诗中栽下九棵树
九个干净的孩子，站在无雪的晚上

2011 年 11 月 14 日夜，于北京

我的贡格尔草原

那时我获得了一个叫童年的时代
我的河流飘展开阔，语词天真。那时
我仿佛与他一起长大，那个我感觉真切的圣童

那时我无意错失一位天国的上宾，他在人间背着行囊
穿行于我的雪地，我的贡格尔之冬，他用最简洁的语言启迪了我
然后他离我而去，从此再也没有回头

那时我开始接近一些悲凉的语词，我固守天真
在母亲身边，我总在盼望一个节日。那时，我的悲凉
是很多被砍伐的树木，在黄昏的高原上呈现优美的年轮

2011 年 11 月 15 日黄昏，于北京

英　　雄

正值壮年的英雄，把泪水献给另一个英雄
他对逝者说了一些话语，说曾经的笑容和花朵
在断臂一样的剧痛中，活着的英雄，也说了沉重的托付

活着的英雄，对死去的英雄说了一个约期
他把一段旅程托付给逝者，他让逝者记住被终结的美丽
那是他的至亲，将与逝者同行

活着的英雄独对心灵的残局
那永无丰沛的缺失。活着的英雄面对众人的注视
完成古老的祭祀。那一天，远天无雨，江山正值一年的花季

2011 年 11 月 16 日凌晨，于北京

十指与道路

幻想着分开十指，就分开了十条道路
通向十个异乡。我的空气只有一种色彩，我迷醉
我在鹰翅上写下黎明，在故地最高的山峰描摹童年

这一切那么近，在乡音亲切的遥远的黄昏
我幻想举起双手，就举起了两颗闪烁的星斗
我的两臂之间光明融合，就像萌动的岁初

梦境里的十万里花海，应该只有一种守护
是的，无鞍的大马群奔跑在花海边缘
在美丽牧女的歌声中，我看到日出

2011 年 11 月 16 日正午，于北京

音　　乐

就那样浸润你，这恒久的初恋一样的感觉
你在那里安坐，于是你就有了一个位置。你像耕者
也像王，或天下最幸福美丽的人

你所深怀的隐秘被音乐洞悉
它几乎说出了你的全部，那就是渴望
通常没有边疆

即使闭上双眼，也能看到遍地青草
山前流淌着河流，无声的桅杆正在移动
它提示你活着，如此富足

2011 年 11 月 17 日正午，于北京

在河流之间赴约

大概在那个时刻，白桦的树身闪现峰顶
惊异之后的奇迹透着辉光，像追着慧光的女子
在森林中寻找宝石

那是想了又想的赴约，在一条河到另一条河之间
道路总是充满崎岖，而梦中的马匹，那个精灵
将于午夜前到来，在光下饮水

一定会感觉奇妙的黎明，它在墙与山的那边
在神的去处。一定会在那个时刻
黑暗中的灵性，被突然贯通

2011 年 11 月 18 日零时后，于北京

白　日

那一天我被白日俘获，我那么小
在一派杳然中，我嗅土与青草，嗅白日深处
完全隐藏不见的蔚蓝

我似乎听到了水声，但我没有看到流动
整个世界仿佛都在安睡，人类也在安睡，就我一个人
在堆积的高原上，我仰望白日苍天，但不见鹰翅

这最初的源，我的白日，宇宙一隅硕大的花朵
在心灵多次走过的故乡，它庇佑我
完成蓝色浸染的诉说

2011 年 11 月 20 日晨，于北京

无所不在的缝隙

在世界和大气的缝隙里
我画一尊石佛，我无法填满线条之间的缝隙
那种留白，就像人类的孤寂

在两片叶子的缝隙，我看见天空
之后，我看见云，云的缝隙，那是更远
在河流间的缝隙，我看见苍莽，但我不会说那是大地

在梦的缝隙，我看见雨，还有雨的缝隙
那一时刻的记忆有些斑驳，这像留白，我想
在十指的缝隙，我看见流逝的岁月，像苦苦怀念的沙粒

2011 年 11 月 12 日，于北京南城

午　夜

不错，我遗忘了分野，我想象
一个少年离家的孩子，遗忘了回返的路途
他如此忠诚而痴迷，投身于轮回

我在午夜的灯海中幻想一双眼睛
在指尖上方就是天庭，我的东海之月
眨动的神情下的波，漫过心扉

向北，天使的归宿那么静
我在午夜时分向南，将一座桥梁留在身后
我想到开始，然后我想，这个时刻，还有什么在飞

2011 年 11 月 23 日零时后，于北京南城

岸　　说

那个探寻旷世隐秘的人拒绝三桅船
逆流而上，那个孤傲的人，他光亮的皮肤点燃冬夜
他的肉身，沉入水与丛林

像花朵之上的微芒，传说之上的传说
那个旅者，他将信仰的旗帜护在胸口，他紧密贴近
在一波一波的浮动中，他喊一声亲人

活在星宿之下，活在一个时刻
活在这个叫人间的地方，岸说，那个探寻旷世隐秘的人
就是隐秘，比如他的旗帜下的心，他的思想后面的眼神

2011 年 11 月 23 日正午，于北京南城

根　系

顺着细的水流，我会找到自己古老的根系
犹如此刻，在我的一个人的都市，顺着中轴线
我就能回到祖先的遗城

记忆中最明亮的光线是水
是虔诚祈愿时祖母的泪滴，那些珍珠落在纯棉衣襟上
落在我的心上，缓慢扩散为一片疆域

那才是我一生一世永恒的领地
顺着清澈的泪流，我能穿越迷阵一样的愁绪
回到根系

2011 年 11 月 24 日零时后，于北京南城

非凡的奏鸣

我能接住什么？伸出双手我接不住夜暗
我甚至接不住一句星语。走在梦里，抵达天庭圣湖
我接不住水的光阴

融入非凡的奏鸣
我忽视了一盏亮着的灯，在箴言后面寻找灯塔
我的身影，那飘过的路途，应该就是弯曲的海岸

有些接近于最真的怀念了
被我打开的午夜窗棂朝向东方，这个时刻
我可以确认一点鲜红，还有远方醒着的黎明

2011 年 11 月 24 日凌晨，于北京南城

活过一生

那很细微，是隐隐的到来
我在心里道一声感激，说谢谢，对我的神明
我深信不疑的庇佑

想象飘飞的叶子那么小，在不属于它的冬天
北方的寒夜那么重。我就在期间，在这个午后
我的祈愿再次灵验

幸福啊，就是没有疼痛
你的肉体，你的心灵，你的清澈的眼睛
你在没有疼痛的日子里慢慢变老，活过一生

2011 年 11 月 26 日下午，于北京东城

人间瞬间

从灯光开始，从高原视线尽头的岁末开始
到水边的沙松；鹰在河那边盘旋，在颂辞里休憩
我的最小的弟弟，牵着母亲的衣襟

母亲端着食物朝我们走来，她微笑着
可我听到她轻轻的叹息；从初雪开始倾听纷扬
我面对冰封的河道，远方幽闭的山谷

曾经活在那种大爱中，从节日的剪纸开始
到除夕爆竹，我一直跟随在传说的后头，扬起手
我似乎就能触到明亮的星斗

2011 年 11 月 27 日下午，于北京南城

主　宰

我是验证过的，我被一句蓝色箴言
吸引了那么久，我曾深切怀念一棵十六岁的树木
体味渐行渐远，在一个人的午夜，我的仁慈浩荡的神明

我知道，我相信某种无形围困的冶炼
那种力量就在近旁，它没有光，也不是暗影
抽出一丝孤寂，我就能看到毫无人烟的雪地

在伟大的主宰中，我的人类如此陌生
我的人类忽视草原的伤痕，忽视流水一样的抚摸
比如此刻，一定有许许多多人，忽视了两片叶子贴近般的亲吻

2011 年 11 月 28 日零时后，于北京南城

恍若隔世

闭上双眼跟随一个音符，就可抵达那里
在黄金色草海奔跑的两个圣童，他们不认识我
可我熟悉他们的故乡，还有他们前方的菩提

就是这样，我拥有那扇门
我的湛蓝天空里的玫瑰，两片湛蓝之间的军舰鸟
我的最深的祈愿，汇入低回的晨祷

看到玫瑰破碎，你就看到了人间黎明
看到踯躅的背影，你就看到了对时光的挽留
你若看到泪水，不一定能看到爱情的悲痛

2011 年 11 月 29 日黄昏，于北京南城

无形边陲

不一定隔着水，可能隔着人类
可能隔着三世无法走近的时光
无形的边陲

不一定隔着泪，但连着心扉
可能隔着两极冰雪，我的一行诗歌的故国
谁为谁悲？谁为谁醉

不一定隔着谁，可能隔着烛火
但照不亮堡垒，可能铁幕那边的人揉碎花蕊
看燕去燕归

2011 年 11 月 29 日夜，于北京南城

在文字退远的午夜

就这样道一声夜安，就这样
将天地灵气聚拢于灯下，就这样相信
世界远大，只有心能容下心

就这样安抚内心的鸟群，就这样
将一个怀想藏入掌纹，在文字退远的午夜
就这样仰首天赐，静静等待前方的声音

就这样平息滚滚潮汐，就这样
将火焰举向新的高度，面对苍茫渐深
感觉焚，舞蹈，一个人与另一个人

2011 年 12 月 1 日零时后，于北京南城

拥 有 者

像水一样
像神怡慢慢游过花的原野
迎迓者，那个反复描述梦境的人，渴望啜饮
像冬天那边的早春，那种降临

像夜一样
像利器洞开紧锁的门
奔赴者，那个一路默念勇士的人，冲破阻隔
像火焰那边的火焰，那种贴近

像唇一样
像触觉催生一个传说
拥有者，他们将人间一隅视为天堂，然后融合
像掌纹尽头的掌纹，感激众神

2011 年 11 月 2 日夜，于北京南城

边关驿站

我必须跨越
这种横亘常常出现在我的脑际
我仿佛听到焚烧的声音
天空垂落无人仰视的羽毛

我的海滨没有游人
只有我，日夜守着一座灯塔
我必须跨越，让身影飞到浪涛那边

因为无形，我放弃描绘
遥想旧时，我可能是边关驿站的主人
与马为伴，这样的命运，似乎早已注定

2011 年 12 月 3 日正午，于北京南城

幻想的疆土

然后
我就把长久的心愿交给触觉
像鹰一样飞，我掠过新鲜的平原山谷
透明的，哲学一样的湖

然后
我就渐次回望，用我全部的心智
一寸一寸熟读曾经一万次幻想的疆土，我的指尖
或许会画出最优美的曲线，一起一伏

然后
我就进入歌唱，从第一个音符
到最后一个音符，把深度与高度给你，给你萦回
我迷醉的，不可重复的圣途

2011 年 12 月 3 日下午，于北京南城

语词的魅力

两山之间的语词是风
两季之间的雨，在两种灵息之间
雨未停，风摇苍宇

一定有什么红了，有什么白了
有什么在流，一定有什么等待于风雨之前
彰显于风雨之后

一定有什么深入了梦境
一只手，两只手，能够握住多少温柔
最美的语词是：奔赴和自由

2011 年 12 月 3 日深夜，于北京南城

我 出 现

我出现
我在这个世界使用最美最真的语词
为最静的午夜祝祷，像祝祷正值夏季的生命青春
我以穿越梦境的方式，证明复活

我出现
哪怕只有一天，或只有一刻
我都会用最暖的语词记录人间幸福
然后回望一盏灯火，还有月夜里的山河

我出现
我如此迷恋鹰的意象
它已经接近某种重生，它不像预言，也不像花朵
它扶摇的羽翼就像手掌，在神圣的领地反复拂过

我出现
给你咫尺，我在岑寂的冬夜
让你听到鸟啼，让你相信舒展的飞瀑就在近旁
我将远大留给你，免于自囿

我出现
在一层一层的揭示里
我是你独一无二的故乡，你的栖息地
我把咫尺给你，那里写着图腾，也有安宁

我出现
我情愿还原为你的牧童
你要安睡，你要梦见羊群和马匹，面对神树
你不要想到重塑。我出现，从午夜直到日出

2011 年 12 月 4 日下午，于北京南城

一切，都在近旁

那是玫瑰与翡翠的星体，我能确认
玫瑰的馨香与翡翠的素雅。就在我的近旁
还有柳的柔韧

我能确认那种光辉与日月无关
它源自幻，一刻一刻缩短的距离。我凝视
然后我联想到玉

在伸出双臂就能拥住奇异的夜晚
我感激生，我的意念里飘逝一个秋季
然后我看到初雪，同时获得了冬天的赐予

2011 年 12 月 4 日夜，于北京南城

你能想象的辽阔

不要想到旗帜，不是的
那是一段旅途，在雨中，在向上的斜坡上
飘散异香，但不见花朵

那是鹰，在静夜扶摇
影子印在柔软的湿地，在空中
感觉就是伏在山上，山谷幽静，也在闭合

舒展，你想多辽阔，就有多辽阔
那是最美的舞蹈，舒展，不要想到旗帜
剪一角湖光山色回报神赐，就在此时此刻

2011 年 12 月 5 日零时，于北京南城

在鹰翅下飞

在鹰翅下飞，臣服一个意念
在蓝色的幻想下感觉青草茂盛与涓涓细流
飞越十座高峰，然后栖落，在暖风里歇息

在鹰翅下飞，阅遍你能主宰的疆域
在又一次腾跃里铭记核心领地，就那样飞
遗忘沉睡的人类

在鹰翅下飞，在峰峦上醉
在神树根脉的律动中幻听来生前世
那样的契合，已经超越语言的完美

2011 年 12 月 5 日零时后，于北京南城

一切在一切中

一切在一切中，水在水中
空在空中，土在土中，一行孤独的雁鸣
在孤独的雁鸣中

怀念在怀念中成为寂静
空在空中成为空，心在心中，梦在梦中
风在风中穿过了黎明

悲痛在悲痛中，幸福在幸福中
记忆在记忆中蒙着尘埃，尘埃在尘埃中
倾听在倾听中，听不到回声

2011 年 12 月 5 日夜，于北京

向西的智者

图腾的立柱终将刻上你的铭文
它永不风蚀，它甚至可以挽留脉动的时间
复活一个影像又一个影像

从一个名词到一个动词
箴言诞生，它的尾音在山谷间流连
在粉红色的花瓣上，留下夜露，心和宇宙

在这之前需要静候，如等待一个盛大的节日
向西的智者，在什么年代横越了巴尔喀什湖
他把暗示给了我，还有无字的史书，凭我感悟

2011 年 12 月 6 日下午，于北京南城

此　　刻

那个临界远离雪线
它不在预言里，此刻日落
此刻，在遥远的边地仍然活着青草的救赎
此刻，在天与山的连接处，放射黄金般的光

此刻
谁的心还在路途？谁还在异地
轻声问询陌生的村庄？谁的春天浓缩在灯光下
渐渐显现大湖的图形？谁举起手臂，向更远的前方致意

此刻
黑夜就在墙的那边，那么深
世界那么静；此刻，我回望童年的某个夜晚
时光那么远，就连燕子也不可能飞回安宁的从前

2011 年 12 月 6 日夜，于北京南城

在济南

这里，燕子山拥着黄河
古典的一切都在休憩，像冬眠的语言
在故道上留下斑驳之影，那么安静

我来到这里，没有耽于对往昔的梦幻
我知道一切都蓬勃着，远方的泰山眺望着
鲁国活在地下的净水里，那么安静

这里，燕子山岁末
我的一首诗歌游过黄河，它穿过寒冷与夜色
在一个地方等我，燃起篝火

2011年12月6日深夜，于北京南城

梦境中的临界

就这样，今夜，我将在梦中飞越那个临界
我无语静候的地方，会成为诗歌遗址
一定会有人寻着轻柔的光辉而来，我刚刚离去

我的身后也将出现白雪明亮的山脊
但不会留下我的声音，我无限感激那些静候的日夜
与诗为伴，就是与心为伴

望远，我就看到了明天
是的，像广大的神灵醒于穹顶，我即将启程
我将去一个典雅的古国，割断静候里的诉求

2011 年 12 月 9 日下午，于济南军区燕子山庄

在轻微的触碰中

已经非常接近了
一条黄河在那里穿越齐国和鲁国
我在济南，在肃穆与倾吐中目送日落

我完成了一段路途，不是为了修正
我的灵舞从未远离最暖的怀抱，在最深的注视里
一个伟大而真挚的幻象
在岸边变为真实

是的，神的旨意就在那里
在我们语词的间隙，在轻微的触碰中
在不可违背的誓言里，覆盖洁净的雪，那是隐秘

2011 年 12 月 10 日零时后，于济南军区燕子山庄

我听到鸿雁飞过今夜的天宇

那样的江山虚幻，君主孤单
霸王朗笑，垓下不远，楚歌不远，
虞姬再也回不到某个春天

我的耳畔没有萦回凄婉的哀歌
在无声的靠近里，我感觉水与火
点燃一刻，水漫一刻

我听到鸿雁飞过今夜的天宇
在永恒的臂弯歇息，我感觉只有靠近
才能唤醒活着的美丽与记忆

2011 年 12 月 13 日零时后，于北京南城

梦　海

纯白不是雪，暖黄不是晚秋
长发没有飘在风中
也不是凝固

雨在前头
那是必须实践的诺言
默者看到云开，感觉驿马奔入午夜的湿地
是的，那个过程雷声低沉
天使垂下安静的睫毛

那么美
两条河在那里交汇
两只手，一只握着温柔，一只握着自由
指间与掌间流淌的风，悄然接近未来的黎明

2011 年 12 月 13 日下午，于北京地坛

在一句箴言的尽头

静止的雕塑，在柔光中动
在一句箴言的尽头，焚烧的火焰
幻化为理想一样的蔚蓝
它依托鲜红

鲜红如散发馨香的玫瑰
如怒放的心灵，在暗示出现后
奇迹出现，然后穿透夜幕

这是属于颂歌的年代，需要英雄
需要有一匹无鞍的马，绝对自由地奔入圣境
之后，我会懂得献身
就那样投入

2011 年 12 月 14 日零时后，于北京南城

亲 人 们

今天，或者明天
我很想对神说些什么
有关知遇，青草一样的伏贴与微动，那种气息
在越来越近的午夜
是什么穿越了钟鸣

是什么让我们深怀感动
人群，到处都是人群。走在天光下的我们
逐渐接近了预言
或者接近了降临

这个时刻
风一定掠过了湖面
马在高原睡了，亲人们睡了

今天，或者明天
我很想对神说些什么
比如翅膀重合，比如灿烂

2011 年 12 月 15 日零时，于北京南城

一寸肌肤的山河与史实

在彼此精神的世界里栖息
曾经飞，曾经触碰翅膀一样的手臂
感觉神秘的疆域，这是我们的秋季和冬季

感觉雨落另一个世纪
曾经融入远天远地，在人间一隅、
在故都，在蒲黄榆

一寸肌肤的山河与史诗见证神语
幻听涛声拍岸，一寸肌肤的山河与史诗
是我们的手臂托着晨曦

2011年12月15日上午，于北京南城

感激与尊重

静了
这一时刻，我还是要对神的远天
道一声晚安——以人子的名义，或以诗歌的名义
我以手抚心，说了这话语

对于时间
我表达了极深的感激与尊重
一切都在它的声响里，或无声里，或循环中
我们，就在它的帷幕下
认定为亲人

而我想象世界的帛书，依然字迹清晰
那像血的脉络，或我们终于寻找到丢失了许久的语言
然后，我就睡了。此刻窗外，天光重现

2011 年 12 月 16 日零时后，于北京南城

面北诉说

铺展一片白，我镌刻
我将心灵之章书写在历程中
那某一刻的史实，记录了神怡的融汇

我被五朵玫瑰照耀
在火红的夜晚，我选择洁白
我的帛书，第一行文字出现在前世
某个无雪的深冬

最后
我在灯光下熟记另一行文字
我相信神的话，所以我缄默，此刻
就我一个人，我书写，并面北诉说

2011 年 12 月 16 日凌晨，于北京南城

沿山谷而下

就是那里了
就在重重叠叠的结构中
花开无声

探源
我没有说抵达
我只说深入的过程，让我感念生

我以全部的心力靠近圣水
在源地留下我的吻痕，那是一个必然的日子
我走了那么久，寻找等待了那么久

我在山之一侧阅尽光华，那莅临
那玫瑰馨香里的示意与交付，仿佛寻着前定
沿山谷而下，缓慢滑向静谧的源头

2011 年 12 月 16 日下午，于北京南城

颂诗的荣耀

今夜，我已看到那座峰峦，它在信仰的下面
在目光的上面，它高于旗帜，低于风
在我的脑海里，它成为不可撼动的耸立

为此，我愿放弃黄金屋宇
我要选择颂诗的荣耀
用我火一般的心智向它围拢
直至触到那个核心

但是
我不会让人类看到火焰
我所感受的温暖藏在语言深处
像一棵树，守望高原

2011年12月16日午夜，于北京南城

前世的恩泽

你可知那是前世的恩泽
鲜红的花瓣上站立着蜻蜓，也有露珠
你可知在来世的夏天，有什么归来

你可知在今世，说出一句真言有多么不易
比如爱，表达或抚摸的方式，比如遥远的桑榆
你可知在最美的夕阳下，有什么等待

你可知活着，不可失去一腔热血
就像黎明辉映的屋檐，上面挂着精美的粮食
你可知轻轻俯身的一刻，有什么开怀

2011 年 12 月 17 日零时后，于北京南城

隐　　喻

像水
像风，像划过圣途的一行一行雁鸣
像我从不相信能够破译的手语
像谷子的金黄，在那里闪动

像我少年的幻想
落着白雪的远山
像我对初吻最神秘的想象，像我醒来
河那边的山峰铺满鲜红

像一条永无尽头的道路
像蓝色的纱巾飘在无人的海岸
像夏夜的回声，像听到呼唤
但看不见人类的身影

2011 年 12 月 17 日凌晨，于北京南城

永世（二）

我沉迷于那种体味
感觉与天使为邻，永世的劳作只为仁慈
为一朵花开，为十朵花开
为十个人获得十种幸福

我真的浇灌了心血
为我醒着的黎明，醒着的夜晚，醒着的湖畔的火焰
我的诗歌生长在永恒的时间里，但我常常选择无言

我的永世只有一世
我热爱粮食，净水，还有和平中的人类
我的诗歌，最终还是对那种无尽体味
最诚挚的赞美

2011 年 12 月 17 日夜，于北京南城

我所拥有的心灵

此刻，
神明就在我的上方
那是另一个故乡，我的至纯之地
此刻，我如此安静

我所拥有的心灵
在人间冬夜的过渡中感知，大概在少年
在我学会仰望的日子，我就接近了存在
我追忆最初，故园之息
或者开启我心智的人

一切就那样决定了
我顺从，我在此刻的灯光里听到了神语
那么真，那么近
在隔着冬夜神秘的此刻
我独自迎送无声的光阴

2011 年 12 月 17 日夜，于北京南城

夜那边的河

有人在说什么？此刻
在高原雪顶，有什么在闪烁
是的，我想寄托什么？在新岁
对夜那边的河

有人在做什么？此刻
我识别某种纹络，犹如识别古老的生活
是的，我想留下什么？在故园
对夜那边的河

有人在梦什么？此刻
一万里祝福只为挽留，然后选择沉默
是的，我想再现什么？在路途
对夜那边的河

2012年1月1日午夜，于故园

图腾之地

我回来，在神山前焚烧我的颂诗
我的敬畏那么深，如厚重的泥土，或午夜之潭
一群鸽子飞过兴安岭以东，飞过我的圣湖
一个古老的心愿，就像树，在那里站立

图腾之地，我是你的赤子
黎明是什么颜色，我的心就是什么颜色
在玛瑙的故乡，美丽的花纹在阳光下显现
爱也在阳光下显现，但没有声息

我的图腾之地已经进入严冬，西风酷烈
这让我想到酒，酒里的歌唱，午后斜阳里牧人的神情
在那样的注视下，我的图腾之地无限博大地拥着一切
七千年圣灵，不留任何印记

2012 年 1 月 3 日下午，于故乡南蒙

祭祖之后

我告诉母亲，在第八年
第八年之冬，第九年的河已经懂海
那个被你疼爱的蒙古少年
将思念凝于眉宇

祭祖之后，我以父亲的身份告诉儿子
你是树木，生于青草茂盛的边缘，那些给了你河流的人
那些在黄土下静默的人，他们爱你
祭祖之后，我跟随阳光，走在大地

2012 年 1 月 4 日夜，于故园家中

今夜，我们的雪

像灵异一样，我说最初的纷飞
在北方古都的岁初如期而至，是一个预兆
在别辞之上铺展皓白

古老的节日在倒数的时光里
像我们隐秘的心情，我们接受幸福
这赐予，此刻是雪的纷飞

这是我们的雪，当然也是我们的时代
像星际一样，我说光明的距离
在雪融的水中就是汇集

今夜，精心选择人类最美的词语赞美这雪
感恩并珍视，一生一世，那一刻
在微明的灯下显现什么样的图形

2012 年 1 月 7 日零时后，于北京南城

时光码头

从岸到栈桥，到栈桥那端的甲板
挥在风中的手穿过一个雨季，那一刻航船起锚
到汽笛声回旋，航船融入雨幕，到遗忘

到另一个夏天，阳光凝滞于沿岸
天雨再一次淋湿栈桥，但航船未归，人未归
那只举在风中的手，到梦境

到无人的山前默念一个名字
在槐花开放的五月嗅苦涩的异香
月光慢慢燃尽地上的暗影，到清晨

到重返码头的道路，静静的地平线
燕子站立在夏天的黎明，那一刻时光如此辉煌
到向日葵移动，天光覆盖湛蓝，到仰望

2012 年 1 月 7 日深夜，于北京南城

怎样画一个夏天

我想画那个夏天
不用油彩，用东方的淡墨，如指纹一样
慢慢浸染悄无声息的触觉

我无法画出某种吟唱
那接近童谣的边陲，所有的鲜花远离海滨
盛开于峰顶，珍珠般的滴露汇成了涓流

在我无比熟悉的左手，感觉一面旗帜拂过夏天的领地
感觉银色的月光飘过额头，感觉雪融一样的萌动就在近旁
感觉在一支曲子的音符之间，出现了前世今世，还有来世

感觉夏天的喘息穿过指间
然后幻化为色彩，在云里是白，在橘里是黄
在夜里是光，在遥远的渴望里，那是桃红，就像爱情

2012 年 1 月 9 日夜，于北京南城

在水与时间的两岸

什么时候可以走到那里
让被斩断的河流获得水的接续
或许需要再等一等，在我们更老一些的时候
写好最后一封信

然后，我们会写上一个地址
写上那个影响了我们整整一生的姓名
然后，我们透过鸟笼的缝隙看着鸽子的眼睛
就如再一次看看往昔

有一支曲子，它的音符仿佛永远也不会停歇
有一种记忆，比如青春，某一时刻的朝露
怎样感动过我们的心灵
使我们深怀永恒的骄傲

2012 年 1 月 11 日零时后，于北京南城

静若微茫

此刻我守着，我的笔下与文字中的旗帜
古老的钟鼓楼上安睡着鸟类
我守着诗歌中的圣殿
想到远，或心的边地

一定有什么在望着我
许久以来，我所获得的启悟如绿色的叶子
在阳光下泛红，那非凡的密语决定了一个过程

那就是一生，依托不朽的美丽
像我的旗杆，立于无限安静的苍夜，遥望夏天
此刻，我守着，是这样的安静
让我念着降临与归途
夜安，我的岁初

2012 年 1 月 12 日零时后，于北京南城

净水洗沐

被光罩着，我的童年依然张望静静的垭口
我的天雨丰沛的图腾和依存

在梦中描述那双手，我等待，我就在水边
在一个语词证明的森林边，我接近古老的驿站

我等待，如等待雪融于峰顶
驿站的主人融于奔腾，抚摸融于长长的安静

之后，我就说，这是我们的诗歌
我们的夜色与河，不见一丝微波

2012 年 1 月 12 日深夜，于北京南城

暮色之下

我的栖息地在温暖中
以一羽微茫象征未睡的山河
这个时刻，神意的降临近了，就如心

就如怀抱里的语言，说留守
或灯光下的对视，这个时刻，西域的楼兰醒着
那遍地金黄，乳形的沙丘伏在月下，就如魂

就如说起臂弯里的夏天，那隐隐的预示
我的微微摇曳的百合与火，这个时刻
一首纯美的诗歌诞生在灵息里，就如神

说我们是亲人，说咫尺之间一定成长着奇异
但不说天宇，或群星显露。这个时刻，就在这个时刻
我们熟悉的人类景观肯定是永恒的草，就如琴

2012 年 1 月 14 日零时后，于北京南城

在臂弯一样的夏天

那是光之吻，留在高原与平原
它大概源于时间的恒定，在必然的时刻闪现
在那里，我将铭记生命的映像，确信牧童目送了马匹
他的形象接近忠诚的信使，如果他站在河流的主航道
他就是一艘船，分开两岸

我在夜里，我在永生永世的感激里
我的午夜刚过，那个牧童就到达了黎明
河流到达时间深处，那个时刻果实成熟
但不见风帆

臂弯一样的夏天就在冬夜里
我看到自然的曲线那么美，那么静
我看到夏天的眼睛，白的云，黑的珍珠
在岁初，在凝眸与怀想里回到臂弯一样的夏天
轻轻触碰相拥一样的温暖

在臂弯一样的夏天，冬夜静谧
我在想，那是什么样的过程？在臂弯一样的夏天
究竟是什么，被持续点燃

2012 年 1 月 14 日晚，于北京南城

冬夜赋

需要设想解析的方式，对两只手，或神秘的同义词
这无法选择，我们在相逢与离别的人间生活，接受命定
关于修远，我们可以确信，十条道路肯定会通往一个故乡

肯定会有遥远的落叶，鲜红的苹果与枫树的冠顶
柚子金黄的外壳，它瓢瓤的分瓣；我们不会遗忘乔木与嫩枝
就像我们走到某一个站口，未曾忘却刚刚走过的来路

在岁初冬夜，我们不愿解析成熟的果实
无限感激伟大的赐予，我们以掌心相对
相对于真实搏动的心，往昔逝水中燕子的倒影

我们看到那么诚挚的眼睛，有些忧伤
但不会冲淡幸福，不会改变一支神曲或一首诗歌的节奏
这就是我们的时代，在美丽梦境的边缘，就是日出

2012年1月16日零时后，于北京南城

第 二 夜

在那样的灿烂中，我停留于时间的缝隙
你们不要联想峡谷，或蔚蓝下珊瑚摇动的海沟
我的花朵开在崖上，对于我，那是最迷人的景致
对映星语。人的耳语与呼吸相融，那真的没有边际

为此，我感激神，我知道神圣的庇佑来自哪里
在第二夜，我知道，这个冬天最生动的语言是光
是藏香飘逸的空间里，对恩赐表达足够的尊重
是一只杧果上的红，唇语一再暗示水一样的温柔

我从不否认残缺，比如山脉断裂，破碎的宝石
常常让我想到心灵。但是，我们确曾活在人类世界
在第二夜，我想用交叉的十指形容某种结构，比如山依偎山
水依偎水，一颗心活在另一颗心里，如一朵玫瑰依偎另一朵玫瑰

2012 年 1 月 17 日零时后，于北京南城

由北向南

那个时刻我们到达蒲黄榆
由北向南，似乎是某一条河流从上游到下游
沿岸的灯火燃着，时节走着，我们的舟楫
在那个时刻闪现于天庭，这最初的启悟
通过掌心直抵内心

由北向南
我们记住了这个年代
最后一班地铁停靠在下一个站台

在那个方向，必将生长永生的记忆
在藏香缭绕的一隅，音符中的岛屿由北向南
音符中命定的天与地
一部打开的书，翻过扉页
就如翻过人间一日

由北向南
由北向南的午夜的天坛
河畔的语言凝于耳畔，我们的舟楫
缓缓驶入命一样的久远
藏香深处鲜花灿烂

2012 年 1 月 20 日零时后，于鸭绿江畔

从左到右

纵横九万里，感觉过程只有一日
在只有一刻的塑造中，神曲的伴随未曾改变
远方，灰瓦叠加的屋檐下古街安谧
此时此刻，我守在夜海
像一棵树守住我们的道路

我感觉飞翔的心灵以什么方式
在云中自语，然后栖落
那是另一种过程，那是迎向古老节日的羽翼
坚韧而忧伤

你要相信，因为我相信
有一座屋宇建筑在水边，此时此刻
我的思绪就在那里，对时光敬奉最崇高的礼仪

2012 年 1 月 20 日深夜，于鸭绿江畔

昨夜今夜

五个指纹，五颗线条柔美的星斗
昨夜，臂弯处的海滨铺展月色
活在轻轻移动的年代中
我的知觉与隐伏的脉络

今夜，密集的指纹属于遥远的山河
活在无际的气象中，听海呼吸
从容迎迓古老的节日，我的昨夜在指纹的核心
栖息臂弯的天使，心怀安睡的黎明

昨夜今夜，由北向南的路上嵌着谁的身影
我在此刻听海，幻听神秘的逶迤
如何启悟血的心灵，在淡雅的倾吐里复活夏
然后，在寒冷的冬夜静静回味灯光下的幸福

2012年1月22日春节，于鸭绿江畔

午夜山河

我在午夜山河的一侧，夏在另一侧
夏都，夏的海，夏的记忆犹如蓝色海岸线揽着陆地
庞大的气韵高于人类的一切幻想
无比接近飘过云端的光阴

是的，我们已经祝福过了
我在午夜山河的一侧退至冬之静地想象温暖
想象直立的桅杆不可能远离海，它直指夏夜穹窿
就像某种怀念存在于高处

想啊，是什么在冬夜里燃烧
在午夜山河的一侧，我的边缘不是海岸
也不是极地之光。我的边缘应该是神秘羽翼的边缘
在午夜山河的一侧时隐时现

2012 年 1 月 24 日凌晨，于鸭绿江畔

永世不疑

我敬重远赴埃及的舞者
这个人在人间选择长路
在遥远的年代，一个少年选择了一角星空

红玫瑰映衬的非洲，尼罗河畔夏天的正午
羚羊一样优雅的舞者超越阻隔，就如穿过夜海的精灵
在阳光下闪耀，像青草气息弥漫的传说

被拥戴的心灵，舞者的领地萦回唯一的圣乐
那是持久，放射诺言一样的血色
那是少年的梦，恩赐成为花朵的历程

今夜，我在东方似乎送别了什么
在举起手臂就能看到光明的此刻
我幻想柔软的旗帜，与曾经的凝视和触摸

2012 年 1 月 25 日凌晨，于鸭绿江畔

幻想都城

我在燕国的平原上幻想一座都城
在绿树成荫的街巷，在尽头，我是编草的人
续草的女子，身着素雅布衣的女子
是我水做的妹妹

我的帛书已经写了很久
翻开泥土的历史，万分轻柔地贴近一颗心灵
翻开信仰和悲痛，我告诉水做的妹妹
我们无法翻开冰凉的碑文

我在水流纵横的迷宫中穿行，我是一个谜
在草的尽头，夏天绿了，然后红了
水做的妹妹，你的纱巾飘为蓝天一角
在燕国，在夏天，在蒲黄榆，在草的尽头

在草的尽头就是那座都城
是由北向南的道路上，那自由的风
是牵手的前定，柚子一样的月亮
是水做的妹妹走在星光下，寻找一双眼睛

2012年1月29日零时后，于鸭绿江畔

梦影重叠

就是那里了，我的云中的马，宫殿
被天雨洗净的衣衫也晾晒在那里，我的遗址
永远深藏于荒芜的湮灭，举着鲜嫩的青草

被拥戴者，我所崇敬的根系
在悠远的族谱中就是图腾，举着火把的人
在一片云到另一片云之间，仿佛是从一个村庄
到另一个村庄，传递最古老的音讯

而我的妹妹，那个水做的女子
是光明世界的一部分，她迎着某种呼唤而来
她在同样光明的隧道里铭记一个出口
比如东南，或时间之河的岸边
一定会出现奇异，如指间的语言
飘向天籁萦绕的云端与峰峦

2012 年 1 月 30 日零时后，于鸭绿江畔

今夜禅定

我的山河在岁月的那一页，小于院落
在生长宋词的地方，我的山河不会囿于栅栏
那可能是一匹马一生奔驰的时间
我就在那里，在那一夜

幻听边塞曲，驿站的风铃，一弯冷月
一定悬在怀想的心灵，星光照耀万物
照耀我的山河，那四季葱茏的一隅

我就在那里，我知道苍茫的往事里留下了什么
我知道，就在今夜此刻，我日夜守望的圣境藏香依然
我知道，我的山河没有入睡，它高于浮云

一切都在我的感觉里，比如骨骼，永恒的脉动
比如一句话语，以风的形态穿越河流，在彼岸的沼泽上停歇
我似乎触到丰饶的领地，在低于雪线的位置
我遗忘松柏，但获得了果实，同时看到绝美的精致

2012 年 1 月 30 日夜，于鸭绿江畔

为心而歌

我是寂静的，我是豹子的故乡
我的天空间存在异类，像仁慈的箭
随着星光奔驰

我是寂静的，我不是拒绝诗歌的都市
我所见证的悲苦中的爱情，没有丧失忠贞
那是两个不可分离的名字，就像一双翅膀

我是寂静的，我扶摇，抑或栖息
我的眼睛都会凝望黎明，我相信最红的部分
就是天宇的心灵

我是寂静的，我听到斧子劈开青石的声音
航船犁开大水的声音，百合接住滴露的声音
我感觉有什么远去了，在落雪的黄昏

2012 年 1 月 31 日夜，于鸭绿江畔

红日以北

一定要观谛听那个时刻
微雨过后，是什么耸立在仲夏的山峰
对史诗一样浩荡的北地说了话语

那是一个无限光明的出口，向上的奔涌
使永恒的故乡渐渐明晰，久已遗忘旧址的人
在那个时刻获得神的启悟

在扣紧的十指间，掌心相对
被记载的往昔，在哪一天会变为史实
至少有一个后人，能够揭示珍贵的依存

红日以北，我今夜的诗歌如此灵动
它在广大的安宁之上，在深邃的怀念之上
最终臣服神鸟的啼鸣，然后歌唱

2012 年 2 月 4 日零时后，于鸭绿江畔

立春如夏

在一条夹道，在两片雪花融汇的一刻
故国的春天到了。我没有错过第一日，我在其中
在白雪覆盖的沉思下，回到少年

我想说一些话
一些话，像雪一样干净和柔软，一些奥秘
音符一样走过春和雪的夜。在梦的尽头，我看见夏
我看见流水，像妹妹那样安静

我想说，怀念不是轻盈的
比如山，比如凝重的眸子，比如遥指平原的手
无论怎样都渴望爱与自由支撑起一切
包括苍茫的远别

2012 年 2 月 4 日立春，于鸭绿江畔

时光信札

我看见了
今夜，我的前生在一盏灯火的照耀下依着蔚蓝

今夜，我也看见了雪，雪中的建筑，在人类语言的故乡
那种真实就如醒在午夜的手
握住此世的幸福

我看见被揉碎的时间在摩擦中重新组合
今夜我看到前生，两个迷醉道路的孩子牵手走过东方都城

今夜，我也看见了光，光中的肌肤，在由南向北的凝视中
那种隐现浓缩了人类的全部美丽
神乐庇佑的圣途
回到原初

2012 年 2 月 6 日元宵节深夜，于鸭绿江畔

静处听海

在一掌之间，或在一寸目光之间
我的波峰凝固。我的感觉在一念之间远离族群
触到隐隐的悲戚

波峰浪谷之上的天色深处蜃景逼真，一句祝祷
在星光之下飞越了楼兰，曾经的关隘里埋着魂灵
黄沙下埋着典雅的帝国，一个女子的叹息
至今贯穿地下城垣
形如不解的疑问

如果可能，如果还能记得纯粹的表述
如果能够在尘世的喧沸中让心获得片刻的安宁
在静处听海，在一寸目光之间看着缓慢燃烧的生命
想一想人类，就不会感到日渐冰冷
或陌生

2012 年 2 月 9 日夜，于北京南城

两侧宇宙

如果没有双耳或双手
那就是一体。我们视觉有限的双眼看不见最远的果实
那些悬浮于净空的宝石
我们难以识别的色彩与光，或者声音
就在那里

只能用平和的心灵敬畏那一切
那一切未知，一切远，一切有序
一切深，深到无尽

两侧的宇宙才是我们的故乡
不必想象什么在飞，一切都很静，一切都在那里
人类从山上取石，山在那里
转身诀别一个梦
人在那里

那么远，远到哪里呢
两侧的宇宙，两侧的星系，两侧的气息
实际上没有一丝距离
一切，就在那里

2012 年 2 月 10 日零时，于北京南城

相守时光

回到林地边缘，最终回到溪流的近旁
像粮食回到种子的屋檐，马回到草原
遥远的心穿越火焰
回到故地

回到对往昔的守望，最终回到有序与安宁
回到至纯，充满梦幻和无虑的年代
看鸟群在天上飞
云影在地上飞

回到幸福，回到牵手走过的黄昏
等待第一颗星出现
当暮色渐蓝，回到仰望
遗忘起落的浮尘

回到溪流的近旁，就是回到了故乡
回到干净的清晨，在霞光中洗沐，回到成长
一起想象陌生的边疆，看夏花开放

2012 年 2 月 10 日下午，于北京南城

心海远岸

隔着波涛望你，隔着夜色轻柔的飘浮
我看见你的身影，你在陆地的人群中闪现，那一刻
我相信奇迹就是莅临

我相信世间存在这样的感动
在一只雏鸟的斜飞里，我看见曲线，还有雨
我看不见风，但我看见了尊严的生命

我看见了你，奔赴前世之约的人
我看见微笑是自然光明中的一部分，我看见默立山麓的树木
被夏天之晨的氤氲笼罩

我从未设想放弃舟楫
在一个无限古老的传说里，很多人试图破解谶语
可我相信岸，就如我相信你莅临后，会出现涟漪般环绕的指纹

2012 年 2 月 11 日零时，于北京南城

未来某日

那一天
这个叫人间的地方没有我了
这个地方死去了一个诗人，会有一些人为我哭泣
我的最后一行诗歌，将证明我一生的坚守与诚挚

那一天
我从自己诗歌的天空陨落，像一片干净的树叶
也像一滴干净的雨
化为微尘

那一天
会有人在忧伤深处捧读我的诗歌，像捧读秋天的心
会有人在我的诗歌中回望无比美丽的春夏
然后走向遥远的雪季

那一天
我爱的人与爱我的人，将以怎样的方式对语
我们，在人间活过。依然活着的人，他们送我
他们会尊重我的遗嘱，在我长眠的地方，没有墓志铭

那一天
我希望能有片刻的时光告别一下原野
还有不可能再次出现我身影的路径
然后，我希望握住一只手

那一天
我专注的凝视是最后的语言
我将微笑，我希望在另一双流泪的眼中
看到光明

那一天
我难以想象在什么时节，或在哪里
但我相信天空明亮，至少星空明亮
白云依然高于所有的枝头

那一天
我会听到最美的圣乐，它穿过自然迎面而来
在我的耳边戛然而止
就像史集的断章

那一天
我诗歌中的十万只天鹅同时起飞
在故乡穆斯塔尔晚霞垂落的草原湖畔，年轻的一代骑手
同声呼唤古老的姓氏，不是呼唤我，是呼唤永恒不变的源流

那一天
我在向上的光明中再次想象神秘的通途
我所爱的，我所求的，我所珍视的人间依存
在高原骑手的呼唤中渐次苏醒

那一天
我想告诉很多人
那种依存，是一棵仁慈的大树，像父亲
像我用尽一生追索的诗歌灵魂辉光闪耀
众神在那里舞蹈

那一天
我不会留下最后的别辞，我所有的发现
都隐藏在诗行里，我所敬畏的时间河流，给了我锯齿般呈现的启悟
我曾是一个戏水的孩童，我在巨大的保佑下成长
最终懂得了用心贴伏

那一天
我一生的探寻与探问都为那一刻，那一刻
我的身边一定站着人的女儿，她的脸颊淌着泪水，那忧伤的美丽
曾经支撑起一部大诗的结构，那一刻
人的女儿再次让我看到水的特质

那一天
我骄傲的儿子一定会躲在无人的地方痛哭
不是躲开我，是躲开他的儿女，那两个如圣童般的孩子
他们分别握住我一只手，像在一条道路的两边
握住不愿亡失的庇佑

那一天
我一定是一个幸福的人
被我仰望的诗歌王冠就在云端，那是人类诗歌理想唯一的圣地
那里低于星群日月，高于峰峦旗帜；在那里
存在纯粹的醉与飞

那一天
我将为什么忏悔？爱过一定就是伤过。关于过往
没有结论，结论就是没有结论
无论世间，还是人类

2012年2月14日正午，病中，于北京南城

在时光沿岸 5

1987-2017

舒洁◎著

人民出版社

目　　录

启悟 /　1

纷纷扬扬 /　2

天 /　3

静 /　4

黄金桥梁 /　5

早春远空 /　6

设想翻越 /　7

白驹过隙 /　8

点燃遥远 /　9

与静相守 /　10

活在庇佑中的我们 /　11

辉光闪现 /　12

海上冥想 /　13

与水为邻 /　14

致幻之地 /　15

复活温暖 /　16

到过那里 /　17

蓝色花朵 /　18

独坐一隅 /　19

1976：对雪的故乡与离别的定义 /　20

1965：某个午后的零散片段 /　21

2012：本来可以说给母亲的话语 /　22

望北 /　23

西塔潘猜想 /　24

净雪融化，在灵息依然的那里 /　25

其实那就是恩赐的幸福 /　26

触摸未来 /　27

苍茫，通常就是孤独和寂静 /　28

2012：母亲的营地和远山 /　29

渊源：那是不可改变的存在 /　30

夜读：巴尔喀什启悟 /　32

天与地：那里与这里 /　33

那样的心 /　34

从声音开始，到指纹 /　35

此生，我能将什么给你 /　36

恩宠，在仰视与俯视之间 /　37

2012：对一个梦境的记述 /　38

清明：在 2012 年的故地 /　39

蒲黄榆：一个地名的寓意 /　40

静穆：这个时刻的人间 /　41

此刻，北方的夜海连着南方 /　42
静默的胸怀就是祖国 /　43
雨中：不说等待的蒲黄榆 /　44
夜记：一个蒙古诗人的惋惜 /　45
说史：或诗歌中的永恒 /　46
挥别：或在异乡最终老去 /　47
触 /　48
梦 /　49
前世：两个人的鼓浪屿 /　50
牧你：这个午夜的信札 /　51
此刻：4 月 28 日 /　52
高处 /　53
偶得 /　54
立夏 /　55
立夏书 /　56
天赐 /　57
五月 /　58
五月：初始之章 /　59
三十年后 /　60
笃信：答案在风中 /　61
我们的今生 /　62
走走停停 /　63

闯入者 / 64

晨：或翼动 / 65

恒久的依存 / 66

天地仰俯 / 67

我知道 / 68

与四月有关的恩赐 / 69

我为什么拒绝了汗位 / 70

前世 / 71

脉动 / 72

圣山 / 73

王妃 / 74

登基 / 75

指纹 / 76

照耀 / 77

隔代 / 78

白塔寺：1368 年的雷火 / 79

洁白 / 80

作品 1 号 / 81

作品 2 号 / 82

羽书 / 83

蜕变 / 84

一生 / 85

行者 /　86

苍原 /　87

四问 /　88

芭儿 · 拉法莉 /　89

去吧，去达里诺尔 /　90

途中 /　91

一个人的成都（一）/　92

成都，我的元代已经安睡 /　93

再见！成都 /　94

端午诗 /　95

汨罗辞 /　96

什邡女孩 /　97

隼，与某种燃烧 /　98

风雨中的前定 /　99

圣童的隐语 /　100

此刻，蒙古高原隐于夜色 /　101

征服者 /　102

南宋的王妃 /　103

怀想：或正午的雅歌 /　104

穿越暗夜的神曲 /　105

谛听东海 /　106

红玛瑙 /　107

写给一个美丽的女孩 / 108
穆斯塔尔的雪 / 109
在深夜想象蔚蓝 / 110
一支曲子两个主题 / 111
在转换之间 / 112
往事拾遗 / 113
呈给天使的颂辞 / 114
花朵与姓氏 / 115
在帷幕那边 / 116
梦比群山遥远 / 117
水与尘土的人世 / 118
一条河流的气息 / 119
西拉木伦 / 120
界河 / 121
一条河流的气质 / 122
关于流向的隐喻 / 123
箴言之光里的信札 / 124
第三日 / 125
白鹿的眼睛 / 126
河源书 / 127
轻声耳语 / 128
在河源想到高贵的生命 / 129

你的黎明我的夜晚 / 130

领地 / 131

你那里的天 / 132

一个人的成都（二）/ 133

蜻蜓的衣裳 / 134

青石与花朵 / 135

明天 / 136

神鸟 / 137

笃定（一）/ 138

山峦上的指纹 / 139

白塔寺 / 140

红 / 141

星辰的宣喻 / 142

流水无痕 / 143

水与花蕊 / 144

前世的妹妹 / 145

午后 / 146

穆斯塔尔的默者 / 147

上苍的遗使 / 148

请把最美的春天留给孩子 / 149

人间的忠贞 / 150

科尔沁（一）/ 151

今夜注定 / 152

雅歌：第九个预言 / 153

——写给已故母亲的颂辞

梦中的史籍 / 154

酒那边的世界 / 155

河流见证的仪式 / 156

我们说点什么吧 / 157

向西的契丹 / 158

帝国的遗址 / 159

独舞的境地 / 160

隐身者 / 161

圣途与临界 / 162

五种色彩的草原 / 163

陌异 / 164

你在其中 / 165

逝水昔年 / 166

用心领受 / 167

这个世界上最重的恩情 / 168

马背上的帝国 / 170

众神伴我 / 171

雅托克 / 173

午夜之后 / 174

深深迷恋 / 176

淡墨 / 177

脉动 / 178

未来 / 179

马头琴 / 180

黑暗中的羽动 / 181

神物 / 182

点燃 / 183

看不见火焰的记忆 / 184

神在庇佑每一个孩子 / 185

离别幻城 / 186

又见残月 / 187

在银川 / 188

贺兰山下 / 189

我说 / 190

南寺 / 191

永恒的心 / 192

破碎的意象 / 193

光与暗 / 194

奇迹初现 / 195

写给十二岁的安恬 / 196

今夜 / 197

永恒的女子就是月光 / 198
手捧野花的母亲 / 199
云南 / 200
大理 / 201
雪水穿越的古镇 / 202
远天远地 / 203
10月27日：预言 / 204
需要救赎 / 205
忏悔吧 / 206
午后的边疆 / 208
穆斯塔尔：定义 / 209
穆斯塔尔：帷幕 / 210
穆斯塔尔：隐语 / 211
穆斯塔尔：在两场雪之间 / 212
穆斯塔尔：默 / 213
穆斯塔尔：在夜的故乡 / 214
穆斯塔尔：雪夜 / 215
穆斯塔尔：母羊与羔羊 / 216
穆斯塔尔：牧途 / 217
羊的眼神 / 218
科尔沁（二） / 219
心之呈奉 / 220

十三・舍利 /　221
第二日 /　222
第三日 /　223
第四日 /　224
第五日 /　225
第六日 /　226
七日之后 /　227
生死信札 /　228
数字里永恒的王国 /　229
此刻的幻象 /　230
伊瓜苏瀑布 /　231
十种指纹的秘语 /　232
与神同在 /　233
光阴的正反面 /　234
在雪地雨幕和灯光那边 /　235
航程 /　236
守望 /　237
分辨 /　238
陨落 /　239
在两层夜暗之间 /　240
祖鲁节 /　241
笃定（二）/　242

终结日 / 243

未来旅行 / 244

女神 / 245

——致伊莎贝尔·阿佳妮

复活 / 247

从贡格尔到奈曼 / 248

最后 / 249

界限 / 250

雪和雨 / 251

侧身而过 / 252

我的夜 / 253

四十八小时 / 254

圣辞 / 255

仓央嘉措 / 256

今夜 / 257

上帝粒子 / 258

活在德令哈的妹子 / 259

纪念一种旅途 / 260

重返穆斯塔尔前夜 / 261

另一个世界 / 262

2012：别辞 / 263

空白处 / 266

守夜 /　267

肌理或纹络 /　268

再望契丹 /　269

小妖 /　270

一尾鱼的游动方式 /　271

此刻就是 /　272

片段 /　273

正午的灵异 /　274

不朽的人 /　275

写给未来的留言 /　276

浣衣的少女 /　277

心动故乡 /　278

神会佑你 /　279

天赐之岸 /　280

一切无语 /　281

美丽者 /　282

群星之首 /　283

飘远的云隙 /　284

那一场雪 /　285

穆斯塔尔信札 /　286

帝国的信使 /　296

春天诗 /　297

少年幻境 / 298
1988 年的诗篇 / 299
节日临近 / 301
天外 / 302
此时此刻 / 303
苍茫一隅 / 304
写给儿子 / 305
缓慢流逝 / 306
玉的意象 / 307
接纳 / 308
天与地 / 309
关于高加索 / 310
与梦说 / 311
纪实 / 312
边界 / 313
遥想 / 314
美丽 / 315
异香 / 316
在穆斯塔尔 / 317
黑暗中的舞者 / 318
四行诗 / 319
四月 / 320

魅惑 /　321

往事 /　322

再写南寺 /　323

谛听的午夜 /　324

从高处下来 /　325

活着的遗存 /　326

乳房 /　327

时间的考验 /　328

雅安，你不远 /　329

雅安，挺住 /　330

雅安，我的献诗 /　331

只有领受 /　332

蜃景 /　333

血脉 /　334

回望 /　335

与你说 /　336

在星语与大地之间 /　337

献祭 /　338

柔风中的莅临 /　339

已经走远的母亲 /　340

静与动 /　341

零时的山河 /　342

感觉归来 / 343
我回来，然后告别 / 344
生为男人 / 345
远逝 / 346
再续 / 347
必将复活 / 348
此刻，空与地 / 349
两个女孩 / 350
三日 / 351
单程车票 / 352
六行诗 / 353
七月的对语 / 354
天水的女儿 / 355
与科尔沁有关的记述 / 356
高原上的一年 / 357
结在树上的火焰 / 358
寂然中的光芒 / 359
今夜·幻象 / 360
栅栏那边 / 361
人间（一）/ 362
深怀笃定 / 363
旅程无尽 / 364

世世代代 /　365

你的怀抱 /　366

苏菲·玛索 /　367

崇高的心 /　369

今夜诗 /　370

致敬 /　371

停滞之后 /　372

此刻，于静处 /　373

恍若隔世 /　374

在闪念之间 /　375

不可描述 /　376

安谧的源 /　377

心与近邻 /　378

开花的手指不是证明 /　379

天道 /　380

在光与暗的缝隙 /　381

毫无疑问 /　382

人间（二）/　383

今夜 /　384

隐伏与手语 /　385

饥饿年代 /　386

泅与渡 /　387

遗址 / 388

风 / 389

八月夜 / 390

气息美丽 / 391

是什么将我们照耀 / 392

远方 / 393

极顶 / 394

国子监 / 395

雨后 / 396

中秋，母亲的营地 / 397

敬奉 / 398

再说寂 / 399

心中的野马 / 400

我们 / 401

今夜 / 402

在时光缝隙 / 403

往事 / 404

克什克腾 / 405

离别克什克腾 / 406

九月·今夜 / 407

雅歌 / 408

淡了 / 409

一个人的草原 / 410

贡格尔夜歌 / 411

在寂静岸边 / 412

这个时节的草原 / 413

接受 / 414

阿斯哈图山谷 / 415

美丽原初 / 416

鼓浪屿（一）/ 417

鼓浪屿（二）/ 418

梦 / 419

时间之岸 / 440

为智者书 / 441

眺望生我养我的祖地 / 442

驿 / 443

心怀圣念 / 444

雨雪交替 / 445

从午夜到晨曦再现 / 446

西北偏北 / 447

穆斯塔尔圣童 / 448

在荒芜那边 / 449

洒满阳光的草坡 / 450

人间一瞬 / 451

再见圣河 / 452
岁初的贡格尔河 / 453
心随天籁 / 454
入梦 / 455
人间世间 / 456
红与孤 / 457
居庸关 / 458
心随远途 / 459
属于天空的苹果 / 460
节日即到 / 461
上下 / 462
我的遗址 / 463
又过一岁 / 464
色彩分明的午夜 / 465
最后的边疆 / 466
冬夜书 / 467
不疑 / 468
活在今夜 / 469
远方在远方 / 470
火焰之子 / 471
第三天 / 472
千年之后 / 473

山海关：史上的双眼 / 474
在一首诗中祝福和等待 / 476
2015 / 478
苦艾的暗示 / 479
河那边的火焰 / 480
穿透黑暗的哭声 / 481
应昌路（一）/ 482
在天雨之间 / 483
灵魂的海滨 / 484
十指连心 / 485
最终的臣服 / 486
叶子与叶子的距离 / 488
空 / 489
那片草原 / 490
想到古人 / 491
应昌路（二）/ 492
少年时 / 493
生者的对语 / 494
想一想天宇 / 495
最美的记忆是母亲的花朵 / 496
顺光之途 / 498
夜暗是另一种云 / 499

红与牧 / 500

年轻的心 / 501

关里关外 / 502

指纹与暗示 / 503

神绘 / 504

此时此刻 / 505

蒙古夜 / 506

那颗星 / 507

从一到九 / 508

不可否认 / 509

老哈河（一）/ 510

老哈河（二）/ 511

看一眼往昔 / 512

与谁说 / 513

水 / 514

德令哈：致敬 / 515

某个时代 / 516

开往蒙古的火车 / 517

兄弟姐妹 / 518

今夜平安 / 519

对一匹蒙古马的阅读 / 520

今夜：默 / 521

今夜：得 / 522

远方 / 523

在乌兰巴托 / 524

认识贡格尔 / 525

2017 年 / 526

第二日夜 / 527

已知 / 528

第二日：九行 / 529

病中 / 530

旗帜与刀锋 / 531

——为顾建平五十岁生日而作

同在雾霾下 / 532

京京，我的今夜 / 534

断章：一字歌 / 535

超越超越 / 536

阳光与高原 / 537

去吧 / 538

隐于心 / 539

夜望蒙古 / 540

江山宠我 / 541

十二行：与你说 / 542

一半冰河一半水 / 543

橘红落日 / 544

十步内外 / 545

只要有黎明 / 546

断章：接受 / 547

听吧 / 548

就这样认定 / 549

抵达 / 550

后　记 / 551

启 悟

百万里江山，日落一瞬
我只要一片
你叫故园

2012 年 2 月 15 日傍晚，于北京南城

纷纷扬扬

想对你说德令哈
站在青藏高原阶梯上的蒙古女子
她忧伤的神情多么贴近遥远的年代

这就不能不说到雪，女子视线中的羊群飘浮在山腰
在一闪一闪的怀念里，一闪一闪的马匹
驮着一闪一闪的时间
融入一闪一闪的金色

记忆是这样一种东西
它不会开花，也不会凋谢，更不会陈旧
它像一闪一闪的雪或雨
有些忧伤，但非常美丽

2012 年 2 月 17 日正午，于北京南城

天

天，他就在那里，像大地，具体到一片原野
他的位置没有改变

天，他灵性依然，像一棵永恒的植物
你看见青草，他就在微笑；你看见飞雪，他就在交融

天，他还像风，那永远透明的伴随
你看见树冠摇动，那就是他的语言

天，也是神定，你看见头顶最亮的星星
那就是他的眼睛，像孩子一样安宁

天，你若幸福，他就幸福
天，你若悲痛，他就悲痛

2012 年 2 月 18 日零时后，于北京南城

静

没有什么留在寂寞的黄昏
停在某个断面，光停在山脊，一句箴言
停在前朝与新朝之间，记忆守着广大的悲痛，直到子时

我听到哭泣，那么孤独
停在某一片槐荫，心停在漠野，一语祈求
停在爱情与离散之间，怀想守着无尽的过程，直到老去

我听到叹息，那么无助
停在某一滴泪水上，灯停在远处，一声鸟啼
停在花开与花落之间，羽毛守着无雨的天空，直到天明

2012年2月20日夜，于北京南城

黄金桥梁

那一年冬天
我在桥梁东端等待你
就如等待一个年轻的帝国
这意味着，你将从西边出现
在灿烂的灯火中，我看到西风之刃闪耀着白光
我感觉刀锋划在光滑的冰上，划在时节的肌肤上
仿佛划在星语上，暗示我
就如暗示一个驿差

那一年冬天
我的黄金桥梁，是通往凯旋与祥瑞的必由之路
我等待了多久？或者说，我凝望了多久？
我看到黑暗的背景那么近，似乎触手可及，我发现
原来光明的星子与人间的灯光
都点缀在黑色的幕布上，像熊皮上的雪
或虚无上的珍珠

那一年冬天
你从桥梁西端走向我，就如一个年轻的帝国
在寒冷的包围中接受我的雅歌
那一刻，关于莅临，我只能以驿差的身份证明一个奇迹
我没有给你马，但我给了你誓词
我给了你灵魂宣喻般的拥抱
银灰色的天空，在那一刻俯瞰人类

2012 年 2 月 22 日下午，于北京南城

早春远空

总是那么远，总是静着
一千年苍云凝滞，或飘飞，像恒定之光
或这个早春一如往昔的氤氲

我的童年，在故园守望一条一条旧路
那是我的身影，那是一再被确认的高原奇异
随日月升落

我的感伤的心灵，因这万年缄默的大地
渴望鹰翅之抚，这等于说，我的心也飞在圣境之间
我逾越了人间山脊，但我无法逾越人间悲痛

于是，我栖落，领受雾一样的岑寂
在对早春远空静静眺望后，我知道什么也没有改变
那些树，那些屋宇，还有我献给河流与山谷的怀想

2012年2月23日正午，于北京南城

设想翻越

我能翻越那一年，可我不能翻越你
我记忆的江山停在你那一页，停在灯光深处
一首神曲的尽头

我能翻越五十年沧海，可我不能翻越你的溪流
你的呼吸在时光中变为鸽群，它们从你的睫毛下起飞
一只，然后又是一只，它们依次飞向我，它们从不栖落

我能翻越一层一层夜暗，可我不能翻越子时阑珊
我的心灵像鸽翅那样起伏，贴着你的山峰与山谷，那极致的美
我的感觉停在飞翔的过程

我能翻越这样的日子，可我不能翻越耳语
从一月到二月，从冬到春，或从一个路口到另一个路口
我都不能翻越浓密的离愁

2012 年 2 月 24 日下午，于北京南城

白驹过隙

我肯定就在那个地方
我是你的瞬间，也是你的永远

我是你的永世不可揭示的存在，像树一样真实
我也是你的幸福，我在时光的一侧望你，我的血脉
穿过只能感觉的丰饶，抵达你的秘境

像光一样逸入，然后往复
然后，我们说活着，说空间与柔软的云包裹着什么
然后，我在那个空间确认最美的悬浮，比如树上的果实
比如山谷里的雾，或你神迷的钟乳

其实那就是一瞬，像闪电一样，像骤雨击向沃野一样
像紧紧相拥一样，那瞬间的融汇与苍茫

2012 年 2 月 25 日下午，于北京南城

点燃遥远

我知道
我终会在这座人类的都城看穿所谓生活，我守着
从那一年到这一年，我的精神之邦没有雨雪交替
但有水与火

我不可能放弃这两种物质
它们更像两条兄弟般的河流，或两匹无鞍的马
它们穿越深刻的孤独，让我看到铁一样的本质，之后
它们以静的形态环绕我，在时间的概念中，我的形象接近岛屿
偶尔会发现鸣叫的鸟类

那种飞在空中的灵
说着我永远无法听懂的语言，它们飞来，它们消失
它们让我获得了自由的记忆

此刻
我想，云没有岸，那真的就是遥远
其实不可能被我点燃。在云海那边，或许就是遥远的火焰

2012 年 2 月 25 日深夜，于北京南城

与静相守

当羊变为骨头，雪变为水
渐渐消失的青春依然没有走出候鸟的四季
当笑容隐于空旷的漠野，逝者变为土，母亲成为永远的怀念

当我坐下来，我看到平原也坐下来
那个时刻，我高于河，低于怀想，我想着一个少女
怎样变成了妇人，最终走向必然的衰老

我想到自己，我的生与命，在告别与失落中
怎样延长一条道路？当羊变为牧途，牧途变为黑暗的背景
我在所谓远方，伸手就可触到某个片刻

我感激静。当爱变为梦想，梦想变为无声的词语
候鸟的四季中依然存在我们的生活，存在遥念，像尘埃那么密集
此刻，我在华北平原，是二月，我的天地如此静谧

2012 年 2 月 26 日夜，于北京南城

活在庇佑中的我们

就是此刻了，就在这远离蒙古高原之琴的夜晚
我以赤子的身份，静静谛听母亲时代的歌声
我的母亲，她已经故去了九个年头，像九个世纪那么漫长
我活在没有她的人间
时刻感受她的庇佑

我的孤独比暗夜还要深重
我想象一头睡在危岩上的狮子，唯一的狮子
在黎明之前，我仿佛看到它的泪水，在它张望的目光里
行走着它的同类

月光落在大地上
长风吹过，月光在河面上粉碎一层，我的怀念就粉碎一层
就是此刻了，就是此刻人间的生活
让我回望九个寒暑，像孤独的狮子回望黎明
像心灵那样，感觉这庇佑

贴服母亲，我感觉恩赐
活在人间，贴服水一样洁净的女子，我感觉爱情
就是此刻了，我的诗歌贴服母亲的营地，她永恒安息的营地
我感觉叮咛，像庇佑一样，那么暖；像黎明一样，那么红

2012年2月27日，去香港前夜，于北京南城

辉光闪现

那道辉光一闪，在我的前头
那道一闪即逝的辉光就像战乱年代的爱情
像遥远世纪的花，错开于今日

今日，那朵花美丽，那朵花忧郁
那朵花在三月午夜刚刚降临的一瞬就是辉光一闪
然后熄灭

然后，我听到原野合唱
我听到一首杰出的颂诗展开起始的部分
然后，我在一棵古老的榕树下独自怀念一些珍贵的日夜

然后，我想，这就是我们必须面对的生活
接受启示，或进入熟睡。可是，那瞬间的辉光真的呈现了
那错开的花，就如回返人类退远的梦境

2012 年 3 月 1 日下午，于澳门圣奥斯丁教堂

海上冥想

在这里，或在那里发出我们的气息
在树下看群鸟飞过三月林间
我在海上，在无际大水的托浮中
我陆地上的故乡已经退到记忆深处

这是一种伟大仁慈的力量
它能够平复我们的心，它无比柔软的波涌透着蔚蓝
当所有的一切还原为水，我们开始寻找岛屿
在鸟翼朝向阳光的时刻
渴望看到森林的遗痕

只有一种事实会割断我们的想象
如果没有舟楫，如果大水淹没最高的陆地
我们在哪里？还有我们生存的记忆，会不会坠入永恒的沉寂？

2012 年 3 月 2 日下午，于澳门至香港客轮上

与水为邻

旧城消失了，还有那些老人
他们曾经象征的生活，如今是我们的记忆
这有些疼痛，如箭在弦上，或捏住箭尾拉开圆弓的手指

那时我们活在怡然里，水是近邻，还有树木
在走出家门就是泥土的春天，可以看到蒲公英
阳光直射在水上，照耀我们的生活，也照耀干净的谷物

如果必须让我们承认缺失，那就是怀想
我们曾经的边疆那么近，我们曾经爱着的女子，那么素雅
我们曾经年轻的母亲，那么热爱门前的土地

那样的视线渐渐模糊，就如我们在自己的生活中
目送蒲公英远离干净的泥土，树根远离了干净的水
我们被迫进入喧沸的年代，远离干净的道路

2012 年 3 月 7 日凌晨，于北京南城

致幻之地

致幻，那永恒隐伏的花朵，水的故乡
依托美丽的平原迎迓莅临，然后看着我们的月亮
在江山的一侧冉冉上升

从一个少年的想象开始，从一只手臂开始
到达肩头，然后看到轻柔的夜暗被光芒慢慢焚烧
在幻境与飘浮里，看到花朵盛开

水的故乡，你的水源具有无限的可能
你在光明与夜暗之间剔除人间所有的痛苦
你确认一棵树木的生长与存在不在岸边

致幻，在水的近旁，山谷迷蒙呈现
那个时刻，说一匹蒙古马正跑在时光的中途
说一生一世，那就是幸福

2012 年 3 月 7 日夜，于北京南城

复活温暖

那是我的故国，我的疆域辽阔的历史
写在光洁的额头，吻痕擦拭光阴的时刻
是我此生的节日，宣谕降临

那是可以浓缩的幸福，在胸怀中释放
在呼唤里，在双臂的边缘，在灵性舞动的过程
看到精美的核心

活在地球上，随地球在宇宙航行一辈子
相约静止，感觉奇妙的花蕊在神曲中开放
一朵，然后又是一朵，在我的故国

那样的光辉持续闪耀
它穿越十指的缝隙，向四周飘散，那是我们的奇迹
可以复活的过程

2012 年 3 月 9 日零时，于北京南城

到过那里

我们到过那里
但不会告诉世界，那些先期抵达的人
没有留下任何踪迹

一只蝙蝠的黄昏那么低，有时候低过屋檐
有时候，我们不知道谁走了，谁来了，有谁和我们一样
想到永远消失的建筑，心怀怅然

有时候，人就缺一个方向
但不自知。风就不会迷失方向，但我们不知道风从何处来
那个方向非常接近我们的理想

我们到过那里
我们曾经迷醉，如果这一切来自同一个源头
我们也不会告诉背影

2012 年 3 月 10 日凌晨，于北京南城

蓝色花朵

在阶梯一样的故乡，我是说逐渐上升的高原
降雪后依然闪闪发亮的湖泊，是我蓝色的花朵
三十年驻足回望，我少年时代的梦幻依然伏在鹰翅上飞

在奇异避开行人的夜晚，我是说肉身跟随着心灵
以虔诚的方式探问前路，星光洒向雄峻的雪山，那个时刻
我听不到一句人语，可我拥有蓝色的花朵，那是天空

在人间，我是说当母亲给了我生命
当仁爱的脐带终于断开，就意味着第一次离别。后来
我独自面对的异乡之旅依然开放蓝色的花朵，那是怀念

在一天又一天，我想象灵光也会凝固为岩层
我是说这样的生活，我如朝觐一样守望一个又一个夜晚
就我一个人，感觉蓝色的花朵在寂寞中开放，那是抉择

2012 年 3 月 11 日下午，于北京南城

独坐一隅

是的，我早已领受
我在动物的神情里看到深深的忧伤
那源自遗弃——在垂直的旗杆下，是蛰伏的夕阳

这广阔无垠的土地与天空
我的夜晚静谧，我在其间，在这幢奇怪的建筑里没有我的亲人
我们甚至不知道彼此是谁，为什么在这里栖息

断裂，通常就是疼痛
我在灯下独坐，我的身旁流淌着诗歌河流
一切都在那里。一切，包括相望的彼岸与迢遥

一切，如果没有这灯火
如果高楼下的道路被大水淹没，如果有一声呼唤被风托起
如果放弃，会不会铸成过错

2012 年 3 月 12 日深夜，于北京南城

1976：对雪的故乡与离别的定义

看到一些名词：星系，植物，贝壳
像看到未来的彼此
在那一刻相遇

即使没有黑暗，也存在很多看不见的东西
菠萝的心，苹果的种子，鹰飞苍云间某一片闪闪发光的羽毛
它灵巧躲避的一瞬

在隔着幕墙的那边
感觉无限远，我在黎明中
幕墙那边的影子在夕照中，那么清晰，但没有移动

命运红线
会将多少人捆绑在一起？
1976，雪，故乡，离别，西风中的小站
一座山峰，低垂苍老的头颅
仿佛正在痛哭

2012 年 3 月 14 日夜，于北京南城

1965：某个午后的零散片段

一只鹰
阳光酷烈的眩晕的天空，它在飞，像孤独的王拒绝浮世庆典
它飞向隐，元瓷破碎

一只手
伸向另一只手，是父亲的手握住长子的手，前者说了最后的话语
他们哭，两只手一旦松开，就再也不可能相握

一个男孩
他像八岁的河流，他在鹰与那对父子之间
在自由与悲痛之间微笑，这未来的精灵，刚刚咽下一口食物

一个院落
一种死亡就是表情永恒的凝固，那个死去的男人是我的父亲
那个比我大一些的男孩，是我的长兄

一世诀别
母亲痛哭着朝院外奔跑，我坐在窗前，那一年我八岁
我看着阳光，我看着院子里突然涌入那么多人

一种仰望
我听到很多人在哭，我的身旁躺着三岁的弟弟，他在睡
我看着天空，我在想，那只鹰啊，它怎么消失了？无影无踪

2012 年 3 月 15 日上午，于北京南城

2012：本来可以说给母亲的话语

美丽可以飞翔
在云上，在翅上，在叶子上，在海的浪峰上
在草的故乡

在歌谣唱着花朵的年代
走过大地的心灵正值青春，那时候
你是否想象过我们？在西拉木伦河以北，那个年代的早晨

怀念可以飞翔
在心上，在月上，在泪光上，在马的长鬃上
在山的北方

我们失去了你
我们哭，我们寻找，即使我们走遍这个世界，都不会再拥有你
你是母亲，我此生此世唯一的故乡

2012 年 3 月 16 日零时后，回故乡前，于北京南城

望　北

在老哈河与西拉木伦河之间
正在落雪，白色天使静静降临在午夜
辽代睡着，在玉的圆润中

沙漏
垂向地心的水的通道，光明怀抱着水滴
童年的小路怀抱着秋天
我的母亲在河之北岸，在我望北的此刻
点燃达里湖畔火焰

我的母族的言辞
巴林桥，向北的必经之地，桥下的风
等待东山顶上的黎明
一切，都显得非常缓慢

2012 年 3 月 19 日零时后，于故乡

西塔潘猜想

肯定存在未知的河流，这种假设
像一棵孤立的树，最顶上的那片叶子
应该最忧伤。沿岸，在直面的纵深与山影清晰的背后
至少有两个人，其中的一个人认识我
我认识三月，无论如何都会去往四月
正如我认识人与生命，等着，找着，
最终都会老

肯定存在非凡的爱恋
像遥远的山峰存在于时光那边，鹰遁云间
肯定有两个人，永远不见

从三月到四月
我看见雪那么静，天空那么低
举向眉心的手曾经弹奏竖琴
肯定会有那么一天，整个世界再无倾轧与战争
只为爱情和孩子深深感动
崇敬母亲的眼睛

2012 年 3 月 21 日下午，于北京南城

净雪融化，在灵息依然的那里

那个武士曾经滞留我的降生地
在水边留下一尊彩石。传说，在石头朝阳的一面
刻着一个群体的名字，就如石头的纹理
仿佛浸着血迹

传说，那尊彩石淹没在大山深处
水还在那里，深潭映着月光，我部族的骑手
每每途经那里，都会跳下马背。传说，就在那里
曾经出现过一个圣婴，他会歌唱，但拒绝与任何人对语

我曾经遗忘那个传说
在我年轻的时代，我一步一步脱离了故乡，走向某种诱惑
终于在梦中看见开花的信仰，我开始怀念那个永远年轻的人
在哪个世纪，他选择了独自离去

传说，十匹白马曾经围着深潭嘶鸣
在十个秋季，雪落远山；在十个夜晚，夺目的光芒
都曾出现于圣殿般的谷地
融化的雪，终成灵息

2012 年 3 月 22 日零时后，于北京南城

其实那就是恩赐的幸福

我的族人在平安的一隅牧羊而生
他们在水边，在两种光明中间，在日月之间
将第三种光明给了出嫁的女子

我的族人，他们相信死亡是没有光明的黑暗
他们将第三种光明给了出嫁的女子，在烈酒与牧歌中
他们给一对新人以最真的祝福

我的族人，那个庞大的群体
一定会让新郎牵着新娘的手穿过鲜花搭建的拱门
他们相信祈福的泪花是另一种光明，在婚礼上闪耀

我的族人，他们从不怀疑恩赐的幸福
他们因此唱诵了千年，他们相信知恩的心，就是天幕上的星子
光明洒在草地上，是无字的典籍

2012 年 3 月 22 日深夜，于北京南城

触摸未来

那些精密的排序不止星群
也不止遥远连缀着遥远，空挽着空，让你想到无
不，可以不说血，那太静谧，而且恋着源头，你无从遥想
我只提示你近旁的存在
比如同样精密的蜂巢，向日葵，大地上的麦芒
是的，还有树冠上的叶子
即使飘落，也那么有序

如果这还不够
我就对你提示吻，唇的契合与舌尖的缠绕
双臂的作用就是贴近，心望着心
你还可以看看你的掌纹，那不可改变
你一生的过程都写在那里，那种纵横与两指间的空
是多么神奇的境地

站在高山之顶，你一定会远眺群山，还有变幻的云
我还要提示你，那是一瞬，下一瞬就是你的未来
它不会发出一丝声音，这也如星群，水面上的波纹
或接吻的唇

2012 年 3 月 23 日下午，于北京南城

苍茫，通常就是孤独和寂静

很想握住什么
此刻，相信芦花在夜色那边，火也在那边

很想描摹一种色彩，在此刻的光影中忽视阻隔的墙壁
像音符飘过怀念，水飘过晚秋
黑白相间的鸥鸟
飘过桅顶

很想从一座山到另一座山
再次实现自由的旅途，会的，在柔美的山谷
我也会停留

很想听到一种声息
此刻，华北平原没有月光，也没有雨
但有记忆

2012年3月24日零时后，于北京南城

2012：母亲的营地和远山

母亲的营地在一面阳光灿烂的斜坡上
朝向远山，雪后，我接近那里
阳光照在雪上，鸟落在树上
我走在怀念上

那个时刻，我联想到高粱篾席
母亲睡在金黄色上面
在经纬之间，她望着我
我望着故乡

那一天，望着堆积的黄土
我跪下，背对远山
生我的人，她在黄土里熟睡
遵从古老的习俗，我焚纸
焚三月的默念与隔着黄土的距离
可我焚不尽生死神秘

而远山，就在那一刻望我
像祖父为我指明通向西拉木伦河的道路
最终，他让我在诗歌中看到少女时代的母亲
那个美丽的牧女涉过三月的水流，再也没有回返故地

2012 年 3 月 24 日深夜，于北京南城

渊源：那是不可改变的存在

我们的渊源写在星空
头顶的，下面的星星
我们永生看不到下面的星海
那种垂落下来的光总在提示

我们久已习惯装饰墙壁，门或窗子
在墙之间，在午夜帘子的后面
黑暗的核心是人
是人类的视觉，被物质阻碍

我们悬浮
地球悬浮，没有根系
哲学的最深暗示是那些树
那些被砍伐后显现的年轮
象征人类的苦楚

我们活在强大的意念中，活在一个瞬间
与晨露和流星并无二至
人类用木头装饰窗棂，在窗棂之间
我们能够看到星星，这叫仰视

伸出手臂，我们就能感到光的照耀
望着彼此的眼睛，我们就能感受光的照耀
就是这样，你活了，就是一生

就是这样，关于生死，你什么也不能改变
你只能改变某些方式，比如手势，神情，或吻
或在巨大的幸福中
感觉自己变成了云

2012 年 3 月 25 日下午，于北京南城

夜读：巴尔喀什启悟

手
穿过荆棘的暗影接近玫瑰与葡萄藤
手垂于夜幕，指向土，目光止于雪峰上方

静
那片花开着，像琥珀，像血与雪，像玛瑙与朱砂
你只需感觉，那片花海就存在

远
这人间的概念，远是银河畔的两个方向
就如心与心之间隔着波涛，远也是静，是花开无声

信
这不需要语言，语言太轻，文字太重
相信有一种主宰，在有序的宇宙，就是仁慈，让我崇敬

2012 年 3 月 27 日零时后，于北京南城

天与地：那里与这里

就在那里
就在蔚蓝与嫩黄完美衔接的安宁之地
展现纯粹的紫与橘红。就在那里
一定存在不朽的乐章，爱情不会老，年轻的树木
不会丧失珍贵的生命，河流不会被荼毒

就在这里，噪声冲击黄昏的海滨，雏鸟失去了群体
一个孩子走在寒冷中，渴望温暖的手抚摸额头
不错，就在这里，失去土地的人们奔向陌生的城市
他们远离家，目光里藏着惊恐
在埋头辛苦劳作的日子，他们很少凝望天空

就在那里，无名的大鸟鸣叫着，它的翅膀闪着金光
它飞过毫无危险的草甸，飞过树冠摇动的森林
飞过人类幻想一样的花海。就在那里，它飞过
两个孩子的头顶，然后栖落

就在这里，一场浩大的婚礼刚刚结束，两个并不幸福的人
刚刚接受人们的祝福。就在这里
我看见柳树绿了，梨花开了，沙尘时节到了
爱情已经苍老无语

2012年3月28日深夜，于北京南城

那样的心

轻盈在高处
在那条叫黄河的上空，中原安宁的村庄里
永远废弃的碾道和石磙，那日渐变深的青色
越来越重，这让我想起一代一代的孤独，那样的心
在午夜朝向空寂，就如无人观赏的绽放

总在设想倾吐的方式
假如高处有一条道路，哪怕有一条小径
那样的心，就会选择行走

在这之间
有一种东西在飞，不是泪，就像迷惑
那样的心，穿越静谧的手语

2012年3月31日正午，于北京南城

从声音开始，到指纹

一切都开始于声音
光推动黑暗，神推动星群，意念推动盛开的花蕊
心推动接吻的唇

鸽哨，午夜深处传来一声钟鸣，风吹窗棂
雨落南方的边地，雪飘向西部的群山。四月到了
旧时的驿道已不见骑马的人

活在辽远的感知里，比边地和群山更远
比诺言真实，相融于水，火推动火，指纹漫过全部隐秘
就像云覆盖云

2012 年 4 月 2 日正午，于北京南城

此生，我能将什么给你

我不知道将什么给你
想给你百合，它属于枝头，或蜂与蝶的翅膀
想给你一条道路，那身后的苍茫与缄默，它属于往昔
我的身影如初吻那样留在大地上
每前行一步，就如一次深吻

只有遵循
我一生迷恋的岛屿，从来不见鸟迹
想给你双手，给你指间以上的温暖与光芒
想给你掌纹断裂处隐藏的答案
也就给了你黎明

想对你说一个完美的过程
不说从哪里开始，想给你光一样的飞翔和鸟一样的栖落
想对你说我所发现的一切奇异
可我没有翅羽，你也没有
但我们一定会描述飞的痕迹

2012 年 4 月 3 日零时后，于北京南城

恩宠，在仰视与俯视之间

我的血缘已经注定
隼的高度，在最远的那页族谱上有我的姓氏
我飞在最静的天空，在最高的牧场，我的亲人们
记得渡河而去的少年
穿过了雨幕

心灵告诉我
我从未丧失根的低微
我是一株草，你是相邻的另一株草，马在我们的梦幻上奔驰
涓流连着我们，那种呼吸

绝对是高原上最迷人的语词
说一生相依，离不开一个前定。这就是为什么
在十三世纪的牧歌里，会出现一个裸足的孩子
他在六月的草地上挥舞双臂
仰视隼

有时俯视
就那样凝眸，并不象征某种尊贵，其实就那么近

2012 年 4 月 3 日深夜，于北京南城

2012：对一个梦境的记述

在玫瑰色光明升腾的顶端
琥珀色的座椅空着，光明每上升一寸，座椅就上升一寸
被时间摧毁的王者，如遗落荒原的虎骨，每一段都布满裂痕
每一段时间都有人类的语言，那么悲伤，亡失之痛
被微笑掩饰

等待
不可穷尽之水，托起玫瑰色的光明，在朝北偏西的一隅
某个清晨，在两座峰峦之间，我感觉雁阵出现了
那是眼帘以下的春天
也是秘境

2012 年 4 月 8 日下午，于北京南城

清明：在 2012 年的故地

母亲，你活着，在我的童年里剪纸
是一个节日，我的鸢在飞，我的梦横跨于一条河面
这是你剪出的一部分。在你全部的热爱中
我和父亲是另一部分

那一刻，我在燃纸
我与你不仅隔着河流，也隔着生死
母亲，你曾经拥有美丽的岁月
如今被我祭奠，我是你的儿子
我看到灰烬在飞，我想对你说，在西拉木伦河南岸
那些树木还没有绿

在我全部的怀念中
母亲，你是核心，我曾被恩准，在你的核心孕育
就十个月，母子相连的十个月
我用十个世纪也无法报答的神恩与深恩
那一天，我跪着，为你燃纸

母亲，你一定对我说了什么，可我听不到
一只鸟落在临近的树上，燃烧的祭火没有声音

2012 年 4 月 9 日下午，于北京南城

蒲黄榆：一个地名的寓意

是圣途
已经抵达。从一只洁净的手臂开始
在安睡的疆土上一再确认：心醒着，心
以花蕾静放的形态回应某种探寻，似乎在等待风
是那样的拂动，让坚冰融尽

是美丽的人间
在远离拉萨的地方，一缕藏香
飘入灯光下的海，一切似乎都荡漾起来，那个冬天
在由北向南的路上走着天使，所有的隐秘
就那样被手语洞悉

2012年4月11日傍晚，于北京南城

静穆：这个时刻的人间

听着
火焰初燃的古州，被锋刃切割的青石
城垣之外的人群，寻找女儿的父亲，那勇敢的汉子
朝城门奔去

未曾告别，那一切就进入了历史，那勇敢的人
从此再未闪现。听着
我尝试用最真的缅怀读懂那一切，那个没有出城的女子
一定是在等待什么
那个夜晚

我的想象停留在古州陷落的一瞬，我不再倾听
我看见火光越来越高，照亮一些大树，和祖父一样的门楼
火焰一直燃烧到早晨，我看见毁灭与灰烬

静穆
似乎只有我喘息的声音，在这个时刻的人间
我尝试仰望
但隔着墙和屋宇

2012 年 4 月 13 日零时后，于北京南城

此刻，北方的夜海连着南方

那是茶香
我告诉夜，那是少女指间的风
雨前的春天

不可远离安宁与清澈的河流，或湖水
至少我在两片水域之间，能够看到青翠
至少神能看到我

此刻，我想描绘的田畴长着禾苗
我的嗅觉，在非常接近雾气的地方
停下来，就像等待一个久违的故人

那里，就是山脚了
采茶的少女从那里上山，然后下山
那个过程，多么接近我此刻的怀念

2012年4月16日深夜，于北京南城

静默的胸怀就是祖国

此刻，我接近另一个夜晚
但我不能拥抱星空下的祖国
天亮着，高楼下的梨花开着，怀念念着

再走一步还是异乡
再退十步也不是故乡。四月
我从一首高贵的诗歌中归来，我的高贵的祖国
梨花开着，离散散着，遗失失着

我依然是那个无比向往山外的牧童
隔着河流，我凝望黛色；隔着四月，我可以感觉到飞雪
此刻，我是一个失去了故乡的人，辽远远着，幻想幻着

我的胸怀珍藏着世纪惊雷与激情
静默默着。在我的胸怀，一万匹马奔过水边
我护着百合，那些马，多么像我少年时代的梦境，自由着
穿越着，向着天光铺展的深处
我目送着，此刻，河流流着

2012 年 4 月 18 日傍晚，于北京南城

雨中：不说等待的蒲黄榆

那就是等待，某一个黄昏
感觉活着的瞬间。在比朝觐更真实的时间中
黄昏终于垂落为巨大的叶子，那个时刻
一定会有迷人的音乐从圣境里飘来，那不需要识别
在高于文字信仰的浪峰
那种起伏象征雨季

这预示着
等待之后的旅途，那样的重复多么幸福
你听鹰飞，你听花开，你听雨声
你听人类的世界紧闭的门扉
四个方向的马匹
聚往草地

在华北平原，此刻落雨
有一个地名在雨丝和灯光下灿烂着
它不像花朵，更不像诺言，它是抚摸一样的记忆
它是蒲黄榆

2012年4月19日零时后，于北京南城

夜记：一个蒙古诗人的惋惜

一只鹰轻收翅羽
从南宋栖落在元朝。入夜
杭州湾燃起火光，须髯皓白的长者烧掉草舍
没有折断笔。他对最小的晚辈说了什么，他们手牵着手
远离火，隐入无声与大暗

那一年
南宋亡了。那一天，那只夜鹰从元朝飞回来
它的巢穴还在那里，它落在湿地，没有人惊动它
没有人注意它翅羽上的尘埃

那一天
我想，在一个王朝灭亡的瞬间
一定有同时终结的爱情，如果一朵花开了
一定有一朵花谢了

然后，迅疾的马蹄止息了
杭州湾静了，元初的记载有了，南宋没了

2012 年 4 月 19 日夜，于北京南城

说史：或诗歌中的永恒

就从一株文竹说起
看到美，静静的光，身穿纱裙的女子在宫廷舞蹈
在更远的地方，是巴尔喀什，那一半咸一半淡的湖水
多么贴近古老的心情

然后，我们说到一个优雅的王朝
她的词，她的瓷器，她的词一样尊贵瓷一样光洁的躯体
为什么流落风尘

是的，必须说一说那些古城
我们可以忽视煊赫的门楼和宫阙
但不可忘却安谧的街巷，那里的人与生活
还有高大的树木，比祖父更加苍老的屋脊
往昔出嫁的女子，为什么频频回头

最后，我们必然说起怀念
那个身穿纱裙舞蹈的女子，为什么含着泪水
那些微醉的征服者，观舞的人，甚至没有卸下身上的兵器
那个含泪舞蹈的女子，在一个雨夜投湖身亡
人们遗忘了她的姓氏，但记得她，怀念她
这个美丽绝伦的女子
是旧朝的王妃

2012 年 4 月 20 日零时后，于北京南城

挥别：或在异乡最终老去

就是这夜幕
这时光无形的栅栏，午夜像青春一样闪过
绝对没有发出声息。此时，在灯光黯淡的街道两旁
停着很多汽车，像沉睡的野兽。就是这种感觉
让我念起青草萌动的田园

我们
是这个城市中的一部分，彼此陌生的一部分
人们像沙尘一样散落，缓慢地摧毁自己。在这样的生活中
可能遭遇更大的危险，在陷落中陷落，在急速离去的光阴里
丢失最珍贵的乡音

在这里
只有在一首诗歌的尽头
我才能看到那些马，它们在星光下休憩，鬃毛闪亮
它们相继卧在湖泊那边，不是等我
而是等待自由的早晨

2012 年 4 月 22 日零时后，于北京南城

触

触到火焰，我就触到了棉花
火的柔软和丝的柔软。触到剑戟
我就触到了英雄的身影，他的一声叹息

触到光，我就触到了星群，干净的水
流过宇宙。触到额头，我就触到了绝美的身躯
像回到家园，被无限的温暖真实拥抱

触到记忆，我就触到活着的伤痛
所有无雨的夜晚和早晨。触到哪怕一滴水
我就触到了海洋，一只孤独的军舰鸟飞向云层

触到睫毛，我不敢触摸心灵
只有联想，月夜，森林中的落叶轻轻浮动
触到山峰，我就触到了最高的肌肤

触到唇，我就触到了夜语
灯光深处的思绪。触到音符，我就触到了遥远的迷惑
渴望依存，能够触到谁的衣襟

2012 年 4 月 23 日零时后，于北京南城

梦

我是鹰
我曾见证千年暴雪埋没黄昏的碑林
还有那些英雄，那些战死的人，活着的人
他们的骨头白于乳，硬于我的羽翼
在那样的清香里，他们亲吻天下最美的少女
她们的唇如夏花一样开放
对于英雄的心灵，那就是征服

我是鹰，我知道为什么飞
八万里风雷滚动，我只凝望黎明的极地
我从深重的苦难中飞过，在雪海的边缘
我看见河流，大地上发光的物质，奔跑的马
如古老心结一样曲折的路径

那么真，我从飞旋的梦境中醒来
我看见了屋顶，它隔着天空
你们一定要记住——
在我深藏的企图里
就有幸福

2012年4月24日零时后，于北京南城

前世：两个人的鼓浪屿

那就是前世
在鼓浪屿，在预言和深蓝中
你是一片海水，水做的妹妹

在弓形的岸边遥望北方
马的嘶鸣声很远。我的横跨洲际的征途
一寸泥土接一寸泥土，这也如你剔透的目光
在鼓浪屿，在前世的雨季

你是我梦中的鸥鸟
飞过边塞城池，我的十六岁的青春
依偎一匹年轻的马，在星光下休憩
我面朝南方，马的头颅面朝南方，也就是鼓浪屿

水做的妹妹，我是百万军中的幸存者
我吻你，我一万次想象，吻你，就从你的睫毛开始
那是我前世的记忆，是你，是鼓浪屿
我今生今世还未到达的领地
高扬精神之旗

2012 年 4 月 25 日下午，于北京南城

牧你：这个午夜的信札

我久已不再牧羊
我牧你，这心灵和目光双重的追随
有时候你那么远，有时候你毫无踪迹

我牧你，我只选择一个角度
你拥有最远的土地，过一条河流
你就拥有最美的草原。而我，始终都在这里
闭上双眼，我就能看见你的夜晚，你拥有最美的星群

我牧你，这需要静默的虔诚
有时候，一个音符就能使我们相遇人间
在一个音符的宇宙下，是我们，那多么好
有时候我们绝对不需要语言，像两条溪流
也像两片槐荫，在那里重合

为此，我常常等待
就如此刻，祈福的全部理由就是这样
你可能从天上来，从海上来，从大地上来
你可能在一个不朽的预言中对我挥手
牧你，但永世不会剥夺你的自由

2012 年 4 月 26 日零时后，于北京南城

此刻：4 月 28 日

就一刻，前世开了，来世有了
这是今生，就一刻，目光就信了
那支曲子始终也没有停歇，那梦想般的叠加
脊梁一样撑起宇宙，在人间，在四月的最后几日

树木高举着花朵
灯光与心灵，在那一刻穿越午夜
直抵童话的国度

就一刻，初夏就到了
在如此古老的中国，拉萨睡了
高原的身躯上屹立着雪山，那么洁净
寻找雪莲的女子，在那一刻，她的唇语暗含馨香

就一刻，果实熟了，神鸟飞了
这是初夏，就一刻，时光就融了
在一点微红里，存在那么多飘柔的黎明

2012 年 4 月 28 日深夜，于北京南城

高　处

向下一步
高处仿佛也向下一步，就那么远
这地与天。仰望时刻感觉卑微的心灵
在夜色中独守，栅栏不存，锈蚀的箭镞不存

我的骑手曾经迎着朔风落泪
十字路口，道路边缘长满荒草
在一群麻雀飞过的北方，久旱无雨的天空留下火烧云
那一天，一位智者在没有缝隙的光阴里获得开启
他发出一句誓言，从此选择沉寂

智者说
这夜色实际上就是烈火，梦是灰烬
而高处，永远都会存在我们无法听到的声音

2012 年 5 月 2 日夜，于旅途

偶　得

这众生的喧沸
植物的五月从不理会疲惫的人类

极顶，鲜红色的巉岩
攀缘的人，那么渴望朝天空接近

这迷阵
充满哀伤的动物的眼睛，无处躲避

自然之子
他的心灵匍匐大地

2012 年 5 月 3 日夜，于旅途

立　　夏

我听到天堂的水声
我听到鹰翼倏然收拢，轻轻穿过雾锁的山谷
我听到颂歌，精神的祈求与拯救
在这一天属于每一片绿叶
我要告诉你们，那也属于这个春季
最后的一日

我听到波涛拍击海岸
我听到掌纹间的密语，从舒缓到激越
我听到祝愿，心灵的指向与花朵
在这一天同时盛开。我要告诉你们
是这样的声音让世界展开
豹子的黎明，在微雨中降临

我听到风雷的挽留
我听到一孔圣泉四溢的奇幻，就如传说
我听到幸福，水流的融汇与闪耀
是这人间的光芒，向永恒之树聚拢
我要告诉你们，这就是恩赐
若人间灯熄，就与神共眠

2012 年 5 月 4 日，立夏前夜，于旅途

立 夏 书

夜举着星斗
我举着忧思，我在一个古老国度的夏天
凝望亲爱的手足

我的兄弟们，你们
肯定都会深爱一个女人，你们
严守永生的秘密，对世界微笑

我知道，你们和我一样
时刻感受敏感的语言，我们的表达
必将成为精神的树木

那些未来的通灵者
一定会在浓荫下念起我们，说那些人
如何深爱自己的女人，并将目光击向冰冷的土地

2012 年 5 月 5 日，立夏深夜，于途中

天　　赐

在羊水中，在奶水中
在净水中看到绿色的山菜
隔着窗棂初识雨水，在壮美的雷电中
在流水中，在湖水中
在泪水中感觉越来越近的正午
洁白的云，变幻的云，湛蓝的天宇
有一种注视永远不可改变
在滴水中，在溪水中
在露水中静静守望剔透的黎明
在珍贵的怀想与怀念中
在心中

2012 年 5 月 6 日夜，于途中

五　　月

阅读你
需要向上的视野，越来越低的心灵
在贴近水的层面，阅读你的飘逸，犹如
用全部感知破解一个神秘
像鹰那样穿越天空

那完全可以意会的时光
干净的手与眸子，在随处可见的生活残缺中
你的存在就是红色山崖，在海的近旁

我是说，阅读你
你就是黎明时刻红色的花朵
你知道是什么在那里自由起落

2012 年 5 月 9 日正午，于北京南城

五月：初始之章

一脉山，两面水，花开人类
一脉灵舞，两面羽翼，蝶飞蝶醉

我们没有在那景色中肃立
五月，这初始之章，瞬间点缀的苍茫
是隐秘的花朵幸福开放

我们
在一扇门里倾听千古，遥远的马匹
对于我的高原，就是最真的倾诉

2012 年 5 月 10 日深夜，于北京南城

三十年后

是的，我肯定不会建成那座桥梁
我的斧凿将会锈蚀，在我一生仰望的高度
只有寂寞的云

在人间，我甚至不会留下一根完整的肋骨
那是我身躯结构的一部分，曾是我的支撑
我从未怀疑，人的心灵存在一个边疆
若我倒下，这个边疆就会失去唯一的主人
为此，我联想到永恒的荒芜

三十年后，谁从我的诗歌中走过
谁就获得了我的祝福。这是一个生者
也就是今夜的我，珍藏在时光深处的语词
我当然希望有两个年轻的人
牵手走过我诗歌的清晨与黄昏
然后，一个人说——你看，在那个年代
有这样一个人，除了诗歌
他没有留下任何声音
也没有别的印痕

2012 年 5 月 11 日深夜，于北京南城

笃信：答案在风中

想问天宇要一个答案
我知道，这是奢求。想问岩缝间五月的青草
它的根须，在尽头是否充满了痛楚
想问午夜要一颗星斗，那水一样的银辉
隔着厚厚的云层

想一个名字远隔山水，但气息贯通
想问大地要一个身影，那灯光下的微笑
稀释人类的哀愁。想此刻
想战乱年代两个人至死不渝的爱情
是此刻的风，没有回声

2012 年 5 月 10 日正午，于北京南城

我们的今生

我们在泪光中呼吸
月光敲打着山谷。在缓慢伸展的根脉里
影子退到树下，如某个旧朝

我们的生命在一寸一寸燃烧
看不见灰烬。新的叶子，我是说那些树木
它们同样站在大地上，仿佛没有哀伤
它们的影子同样贴伏于大地
没有飘逝

但是
我确信听到了骨骼的声音
在越来越浓的意念中，所有的一切都在复活
守着圣泉，我想到吻
那生死忧乐唯一的出处
濡染无尽

2012 年 5 月 14 日正午，于北京南城

走走停停

走在少年，遇到一场雨
停在偶遇的某地，那条大江被晚霞染红

走在由北向南的途中
停在遥远的岛屿，然后告别浪迹的青春

走在归程，一直走到乌珠穆沁
停在牧歌里，停在云下，天空下

走在异乡，这难以抗拒的宿命
停在两行诗歌之间，停在想象里，凝视一双眼睛

2012 年 5 月 14 日深夜，于北京南城

闯入者

就那么一刻
就那么一个开始，你被确认了身份
你等了那么久，最初是高原
然后是湖

然后是一种征服，如此强大
你想到拯救，滴水的钟乳
你想到那就是人类的幸福，是融化
也是绽放，接近高贵的雪莲

你读
你珍视每一秒钟的所得
如根系伸向水。你读再也不可分离的气息
你想到一个少年的身影慢慢变长
后来，你在距海很远的燕国
迷失在春季

2012 年 5 月 16 日下午，于北京南城

晨：或翼动

只有你能让我感觉水的祖国
你能让我相信，在一只豹子守护的黎明
如果桃花开了，一切就开了

波涌出现在五月的天际
有什么踏浪而来，有什么焚烧着，有什么舞着
只有你能让我体味云，在我的双臂间，无比柔软

只有你，我水的祖国
开着桃花的岛屿，倾吐永恒灵息的岸
就在你的近旁，我幸福而眠

2012 年 5 月 17 日晨，于北京南城

恒久的依存

只有你，我记忆之岩上的花纹
高处的美丽，传说中的火照亮古寨
每一根摇曳的草

那是温暖，但不会被烧灼
只有你，我的和平年代的身影，在路的尽头
你的起始是海边夕阳下的折返
你说，会有什么与鸟同宿

在必须接受的生活中
只有你，才能象征一个村庄的安宁
与恒久的依存

2012 年 5 月 18 日下午，于北京南城

天地仰俯

雨后，云阵飘过山脉
在东边消失。那个时刻
我们是彼此的帝国。我们
说起一只鸽子，它水洗的羽翼
成为午夜深蓝里的一部分

那个时刻，舞蹈者
说河流劈开了夜暗，水草向两边倒伏
安睡的婴儿突然惊醒，开始啼哭

在天空的缝隙
我是说在两句星语之间
无形的手指，柔软的手指
拂去了尘埃

2012 年 5 月 19 日上午，于北京南城

我 知 道

我知道，那些奇异
是隐藏的花，我可以感觉盛开
我从缤纷的雨中走过，被你浸染

我知道，如果天空破碎
就不会留下一只完好的风筝
可你，却给了我永世的幸福和安宁

我知道，你多么宽容地接纳了我
像诗歌接纳了一个少年
春天接纳了种子

我知道，你的接纳是多么伟大的仁慈
就像一首诗歌描述的过程
就像奇异，将我照亮

2012 年 5 月 20 日下午，于北京南城

与四月有关的恩赐

如果目光真能到达疆域的边缘
在眉宇以上，越过平原一样的额头
我的天空排列着雁阵，你一定就在那里
在无限的恩赐中，你不失水的特质

我在两山之间突然怀念
梦境里的沼泽开着鲜红的花
群鸟还在睡着，水面那么平静
在那个过程，我想到璞玉，一切未经雕琢的美
可以自由出入的自由

在人间
我的唇痕印在哪里，爱就在哪里
就如接受恩赐，如期抵达起伏神秘的疆域
然后送别四月，也就是春季

2012 年 5 月 21 日晨，于北京南城

我为什么拒绝了汗位

1241 年
在多瑙河中游平原，我拒绝了汗位

那一年，我已经看到了凯凯什峰
还有异族美丽的女人，她们那么令我心动
可我怯于杀戮，我怎么能将宝剑
指向美丽女人的胸乳

七百多年以后，我再一次降生蒙古草原
母亲说我拒绝啼哭
说我在钻出母腹的瞬间就开始微笑

我几乎想了八百年
1241 年，我为什么拒绝了汗位
之后，我为什么会被赐死
我想，这与凯凯什峰有关
与多瑙河有关，与年轻美丽的异族女人
和她们坚挺丰满的胸乳有关

2012 年 5 月 21 日下午，于北京南城

前　　世

放弃弓箭，我没有拿起玫瑰
我也没有玫瑰。在蒙古马和蒙古语
向世界四方辐射的年代
我崇敬英雄，但我恐惧血
我在战事停歇的午夜
面对一群饮酒和舞蹈的男人
他们唱着亲切的牧歌，脸上都是泪水

我少年的记忆留在漫漫西途
距梦中的牧女越来越远
甚至超过了人间怀念，在巴尔喀什湖畔
我放弃弓箭，从此告别失去故乡的少年

我不知道睡了多久
或许已经度过了十世
我不知道西征的大军去了哪里
今夜，当我进入一首诗歌
也就进入了今生的沉寂

2012 年 5 月 21 日夜，于北京南城

脉　　动

当我俯身向你
如倾倒于毫无粉饰的帝国
请托住怦怦跳动的心，请把骑手的荣誉
和骄傲给我

请你托起比王朝更古老的仪式
但不需要任何礼仪
我甚至不需要你的语言
倒向你，我不会有一丝犹豫
像科尔沁银狐，进入最迷幻的山谷

我能感受到你的心，那向上的搏动
与我垂落的心，形成一个斜角
在这奇妙的交叉里
我们彼此焚烧
直到燃尽最后的晨暗

最后
我一定会成为你近旁的山脉
在黎明时分，我们一同漂浮

2012 年 5 月 22 日晚，于北京南城

圣　山

我只能对你说一个方向
嗅着青草的气息向北，在金山岭那边
你会遇到横亘的河流

但是
你不要联想什么巍峨
你要知道，即使在最古老的佛寺
那些屋檐也会保持低垂，如一颗心

或许你会错失
越过河流后，你会遭遇远大的孤寂
比如你面对舒缓的山坡，觅草的羊群
正在向四方散去

2012 年 5 月 26 日正午，于北京南城

王　妃

玉指与琴
你忧郁一分，江山就忧郁万分

走过水面的曲子
回到烛光初燃的宫闱

你是他的天上人间
你回来，停在火焰一样的注视下

荷花开了
一扇门闭了，你哭了，王睡了

2012 年 5 月 29 日正午，于北京南城

登　基

在祭礼之后
或者，在旷世阴谋之后，身着龙袍的王者
坐到前人的位子

废弃一些女子
包括年轻貌美的女子
直到死，也不准她们离开冷宫
重新选定一些女子，让她们属于登基的男人
赐她们鲜花一样的名字
等待宠幸

血腥之息弥漫天地
金簪穿过秀发，穿过脂粉的气息
从一个王朝到另一个王朝
旧妃在哭，新妃在笑
龙榻在摇

2012 年 5 月 30 日下午，于北京南城

指　纹

日落
退守幽州的武士倚墙而睡
那个梦

移动
月光洗净的疆域，最美的身躯
从湖到山脉，移动的指纹
渐渐接近图腾的午夜

潭
鹰倏然腾飞，鹰的身影覆盖指纹
涟漪荡漾，没有花瓣怒放

那个梦
在移动的指纹里，迎来了日出

2012 年 5 月 30 日深夜，于北京南城

照　　耀

那个驿站，一个人的驿站
唯一的马匹从元朝飞来
停在一隅静地
就那样等待

莅临
蓦然出现的神，广大的疆域上
最美丽的花朵深藏暗香

完美的契合
从那个朝代直到今夜
草未曾改变，一切
都在萌动的原初

就如同久远的理想
映照身影

2012 年 5 月 31 日深夜，于北京南城

隔　　代

你在光明中
我可以看见你的手
那是春天，雨落在极地
预言爱情的人睡在河畔

在光明的山顶
你仿佛面对两个世纪
素的星子，柔的月色，静的云
那时候，我们一定是痛失了什么
来到今生，我们面对陌生的路

人群
那些比树叶还要繁茂的方言
也就是人语，成长于艰难的时代
最终成为无声的史实

而你，在光明中仰望更加深邃的光明
就像仰望爱人的眼睛

2012年6月30日零时后，于北京南城

白塔寺：1368年的雷火

把我给你吧
白塔寺，我曾经是你光影下的少年
在国祭的人群里，隐隐感觉上天的雷火渐渐逼近

活着啊，把我给你
身着素衣的女子，我将深藏旷世忧伤
描述环绕塔顶飞翔的鸟群
它们的翅羽轻轻剪开一角黄昏

我就在那里
一生一世，把最真的微笑给你
你要遗忘1368年的灰烬
在通往尼泊尔的长途上
已经不见故人

2012年6月3日凌晨，于北京南城

洁　白

我在洁白的信笺上写下一些姓名
写下花朵，熔岩；在洁白的最上方
我写下洁白的雪，那是一个美丽的女孩

我也写了松柏，当然还有林涛
那些最终没有赢得爱情的人
他们赢得了清澈，就如溪流

我写了雨，就像泪滴
在无限远大的默念中，我祝祷时节
是这样的轮回，让我们铭记风雨

我在所有的缝隙写上复活
我看到无名的鸟群飞过雨幕
然后完全消隐，就像永恒的灵魂

2012年6月3日深夜，于北京南城

作品1号

我在灯光下守望
你没有来，你的年华曾经那么葱茏
你曾经让我笃信，你的美丽就是奇迹

我无法看到缄默的远山
但是，我看到岁月老了，还有泥土
我看到一只鸽子悄然起飞，逆风振翅

我看到草地铺展，那么遥远
深潭掩于山谷，一切如此安静
我看到神秘的影子，突然想到你的姓名

2012年6月5日，于北京南城

作品2号

我们该用什么样的心灵歌唱
或倾听忧伤
坐在一棵树下，看草地连绵
忽视苍茫

2012年6月5日，于北京南城

羽　　书

如果蘸着黎明的河水
羽书就是红的，那么安静
像初夜之后的女子，她醒着，泪流满面
她的眼前幻化一片枫林，那么近
就像刚刚被证明的忠贞

如果蘸着凌晨的风
羽书就是黑的，那么沉重
我的祖国不在这里，我是说
我的祖国不在这首小诗里，她醒着
迎来一场雨，一次洗涤

我的羽书
是一个音符推动一个音符
像一滴水推动另一滴水
像深埋于边关沙地的铜铃
像怀念，也就是无尽

2012 年 6 月 5 日正午，于北京南城

蜕　　变

我不愿惊扰安宁的视野
一切都那么静，没有火，没有聚集
就如夏天，故园的马群头尾相连
它们走在高原旧路，它们归栏
不会伤及鲜嫩的草根

那样的箴言
总有一天会成为精美的琥珀
风里的手，风里的自由和眼睛
一刻也未曾停止叩伏

灵魂
你说多高，灵魂就有多高
止于雨，那种照耀浸入土层
等待，止于彻夜飘摇

2012 年 6 月 5 日夜，于北京南城

一　　生

我发誓守住樱桃的秘密
守望潭，那没有岚的所在
永远也没有涟漪，没有群鸟啼鸣
看万山红遍，唯有你保持高贵的素洁
像一角蔚蓝的天宇

是哪些人
在何种时刻指点降临
在这个世界，你拥有最美的山脉
与不见一点芜杂的平原
一切都依赖水，那种滋润

是的
那就是故乡了，这不可抉择
我决意守在你奇幻的辉光里
不说痛楚，也不会描述恩赐与快乐
哪怕成为你环绕的礁石

2012 年 6 月 6 日零时后，于北京南城

行　　者

我总会到达那里
我在你的雨季感觉滚滚涛声
漫过一个边际，平息于凝视

我没有同行者
这只能是我的奔赴，日落，日出
你的影子在山的那边，归隐于湖

有一缕馨香逸出领地
我对岁月说，那是一朵玫瑰
还没有开放，那是花蕾，已含羞入睡

2012 年 6 月 6 日傍晚，于北京南城

苍　原

苍原
我这样呼唤一匹蒙古马的名字
感觉像在呼唤亲爱的女人

苍原倒在东归途中
它没有回到天山。今天
它活在额济纳人的牧歌里
在我感伤的想象中
苍原就是一个牧女

有时
美丽不分季节
比如苍原，额济纳原野上的胡杨林
都可以惊动遥远的黄昏

2012 年 6 月 11 日傍晚，于北京南城

四　问

我想给你不老的美丽
你问神

我想给你不变的相守
你问心

我想给你不竭的融汇
你问魂

我想给你不舍的自由
你问门

2012 年 6 月 11 日深夜，于北京南城

芭儿 · 拉法莉

如果你拒绝天使的称谓
我就把心留在故乡，我的出生之地
在苍凉的高原，我童年的身影
嵌在树荫下，就如一个暗喻

如果你专注雨中的花朵
在约旦河某个和平的黄昏，你说一些梦
我就描述地声，水流过根脉
洗濯宝石。然后，在熹微的光里
我看到你的泪痕

你是苦难民族的女儿
生于幸福。芭儿 · 拉法莉
你的美丽，足以让枪声消隐

2012 年 6 月 12 日凌晨 3 时，于北京南城

去吧，去达里诺尔

你们的新婚之夜应该在那里度过
在天鹅的近旁，刚刚降临的高原的黄昏
水波轻柔，葱绿的草地上铺着金辉

你应该牵着新娘的手走向达里诺尔
在你们的新婚之夜，除了酒与牧歌的祝福
还有远大的静谧与晶莹硕大的星斗

去吧，远离纷扰，到达里诺尔
开始你们最初的日子，接受那样的洗沐
在纯粹的星语下，梦见一生

2012年6月14日凌晨2时，于北京南城

途　中

一滴雨划过天际
在无限可能的缝隙中

列车穿越隧道，在六月西南的原野
它载着我们，倏然消失于陌生的山体

这样的形态已经接近某种未知
像一脉水流，不知一朵花
为什么在风里摇动

6 月 19 日
我们在途中，这必然的同行
我和兄弟们，把这段光阴
交给了巨大的神秘

2012 年 6 月 19 日正午，于重庆至成都高铁上

一个人的成都（一）

我的兄弟们都醉了
我的兄弟们，为了一个奔赴
没有遗忘男人的约定

我的兄弟们
他们谙熟夏花开放的节奏
雨，往昔，思绪

今夜
在我的一个人的成都，只有酒醒着
只有酒的山河走向抉择的女人
我不知道她是谁，我知道雨未停，血未凝，人未醒

今夜
在我的一个人的成都，那一天活着
那一天活在府南河无波的潜流里，像一个
不可倾吐的心愿
不会留下一句语言

2012 年 6 月 19 日深夜，于成都

成都，我的元代已经安睡

从巴尔喀什湖春天的午夜开始
直到此刻，一首颂诗没有写到终章

根植于水，我们的血脉
在族谱的核心，自由的马群与星群
是两种照耀，那交替的恩赐

诗歌中的树木散发异香
托起月亮。那个夜晚，一个少女
在远嫁途中含泪歌唱
她的身边不见新郎

2012年6月20日零时后，于成都

再见！成都

潮阳湖在波光中
如那场雨，那锁着的铁门
地上的雨花那么灿烂
树那么绿，人那么真实

灯光下的笑容就是往昔
这已不可改变，迷途的船
永远在那个水巷

再见！成都
你在远大的静默里
我在两朵鲜花的馨香里
举起右臂

2012 年 6 月 21 日下午，于成都双流机场候机楼

端午诗

她不一定叫汨罗
但她肯定是水做的女子
在霪雨中，她的感伤就如遥远的天际
没有佳音，只有一道幕，然后是另一道幕

雨滴与河面上散开的光
那样的倾斜和闪现，让我想到人的心灵
她不一定叫汨罗，甚至未曾成为新娘
但她肯定亲近这个日子
她的绝美在一切绿叶与鲜花之上
这是她的恐惧

她不一定叫汨罗，她可能叫寄托
比如雨，或汨罗江上的微波

2012年6月端午前日，于北京南城

汨罗辞

有很多东西已经改变
水，阳光下的身影与午夜的心灵
一些人，包括诗人，他们改变了赴死的方式

如今
在我精神的祖国
等待的概念如此不确定，那么远
为了一句承诺活着，就像为了一棵树
树荫下洗过的衣衫平放在草上
一个洁净美丽的女子
在那里张望

如果这还不能成为回返的理由
那就只有将最疼痛的文字刻入石头
然后，在夕照里想一想珍贵的初恋
想一个女子，以怎样的手势
送他远行

2012年6月22日端午前夜，于北京南城

什邡女孩

你问我远方的夜空是否澄明
我想到了什邡

那片像你一样美丽的土地
此刻未睡。此刻，你的眸子那么清澈
你为家园守夜，如心地透明的天使

什邡女孩
此刻，我没有注视夜空
我注视你，与你一道
静静感受什邡的呼吸

2012 年 7 月 3 日凌晨，于北京南城

隼，与某种燃烧

攀援的隼
终生迷恋高耸的峰峦
它贴近，它试图伸展充满气息的双翅
覆盖雪，与雪的灵性腾飞于午夜的故乡

在骨骼的声音里
深湖荡漾，远方闪现一点星火
它被神意托举，不只是风，或者黎明
它啜饮，它在无声的时光中告诉人类
什么是迷醉

清晨时分
你不可能看到隼的踪影
它安睡于峰峦的一侧，依着草与水
但没有远离人类

2012年7月10日夜，于长沙

风雨中的前定

没有什么不可说
假若沉寂接近生死的临界
可说蔓延，那曾经的美丽。在那一刻
一只手搭在对方的肩头，另一只手
伸向两个人的秘境

可以说无限古老的哀愁
怎样影响了我们的心灵，在那个时代
爱情多么纯洁。可以说年轻的唇与身躯
以怎样的方式接受抚摸与亲吻

在必须苦苦怀念的夏天
那些树木见证了雨，但没有虹
当然可以说某种献身，传到天际的声音
已经落定。而那么多灵魂，随着雨的停歇
携手上路，奔往神意的超度
今夜，我们相信所有的真实
正如在这个时代，我们听到婴儿啼哭
就会相信那是奇迹

2012 年 7 月 11 日夜，于武汉

圣童的隐语

那样的童声传自午夜
她问：猜猜我亲了你几次
我沉默，我想到九以下的数字
她说：十三次。我突然念起十三匹马
无鞍的蒙古马，飞过十三世纪

在深度睡眠中
我感觉那个圣童在前方引领我
让我站在黄金山前，目光越过金顶
我看到雪的群山一直绵延入苍茫深处

真的，圣童说
我亲了你十三次，第一次是水
第五次是雪，第九次是风，最后一次
——是梦

另外九次
我提醒自己，一定是圣童洁净的心灵
昭示我渡河，然后
让我自由穿行于神秘的空白
在彼岸，也就是躺在柔软的草上
仰望星宿

2012 年 7 月 12 日深夜，于武汉

此刻，蒙古高原隐于夜色

我不知晓她的名字
那个圣童，在最后一颗晨星退去之前
将小小的背影给了我

她身穿天蓝色衣裙
牵着马驹，但不见鞍子
她是时光深处无尽隐秘里蓦然显现的一瞬
在梦中，我接近那河，我确信
我看见了圣童的双眼，异常清澈
依稀闪动干净的泪光

我错失了一个多么珍贵的清晨
是啊，隔着梦，我承认就如隔着密集的栅栏
一道缝隙就是一个世纪
就是这样，我错失了
大概在午夜时分，她对我说了那些话
那时我睡着，在梦境之河的北岸
天鹅在飞

2012 年 7 月 13 日夜，于南京军区

征服者

玫瑰开着
最后的南宋随占卜者远去
玫瑰开着，女子的枕畔浮动馨香

轻纱脱落
女子的身躯显现辉光，那么洁净
开在宫闱的玫瑰那么美
杭州街巷上的马蹄声那么迅疾

你说多远
那种臣服就有多远
隔着纱幔，你说隔着山，那就是山
你说无法带走的河流是最终的见证和守护
那就是哀愁

凌晨
南宋的女子怀想陨落的旧朝
望着灯花，她没有说血，她在流泪
灯下的玫瑰绽放闭合
花瓣缤纷而落

2012 年 7 月 15 日晨，于南京

南宋的王妃

陷落
南宋的杭州丝绸舞动，那么柔
一只鸽子飞越西湖，它避开火光
飞到一座山上

南宋的王妃对镜梳妆
后宫洞开，纷乱的声音渐渐逼近
她年轻绝美的脸庞那么静，是正午
南宋的王妃，如一朵怒放的玫瑰

南宋灭了
最终，王妃消失在鸽子栖落的方向
她走了，背对亲爱的故乡

2012 年 7 月 15 日深夜，于北京南城

怀想：或正午的雅歌

蓄满母亲心怀的水
我们说那是湖

江山垂泪
然后晴了，五千年日月交替
原为一瞬

人类心灵
都渴望在一面柔软光明的裸体上起舞
那时候，你会忽视腋下的黑暗
也就是忽视悲痛
你会望着另一双眼睛
感觉轻盈与飘浮

在大山内部
正在慢慢形成奇幻的钟乳

2012 年 7 月 17 日正午，于北京南城

穿越暗夜的神曲

是，那是飘落
从这个时刻的星空间落下来
仿佛是洁白的裙子，也如轻轻翻卷的云
隔着墙，也隔着窗子，我突然牵挂远方的友人
是否安宁

遥念一场雨或雪
我们少年的天与地，麻雀
从一棵年迈的树上惊飞，在铁灰色的黄昏
我们站在那里凝望它们，我们
就那样渐渐长大

我们
在一个年代里获得珍贵的初吻
如今看着更年轻的一代美丽着，爱着
听啊，是谁在说，有一种符号代表天使，四周光辉环绕
你要相信，那就是神赐的幸福，提示珍重

2012年7月17日深夜，于北京南城

谛听东海

一定是痛失了什么
没有融化的雪，一定在杳然的山顶
闪耀孤寂的光

歌声中的人走了那么久
叶落晚秋，一定是错失了什么
这遥远的山河

以她神圣的慈悲拭去泪水
怀念者，一定在时光的边缘守着碑
但背对人类

2012 年 7 月 21 日晨，于舟山定海

红 玛 瑙

你握在右手
我能看见那种光，那玫瑰红
在午夜，你为我解说了一句古老的谶语
你预言大雨，将在第七日降临

你说在人间某地
一个和你一样大的女孩没有哭泣
她被雷声吸引，望着窗外，盼望父亲归
她年轻的母亲扶着门楣
一只麻雀跌落大水
另一只在树上发出低鸣

我的苍茫是那个梦
如我永生痛失的爱情，被你的光照耀
红玛瑙，我夏夜的星子
火一样的灼伤是大水冲向了村庄
一群蜻蜓在雨中艰难地飞
那是我最新的记忆

2012 年 7 月 22 日午夜，于上海

写给一个美丽的女孩

那隐隐到来的不一定是人与人群
可能是鸽子低回的鸣叫，恰好传导出
我们的缅怀

一个父亲说
孩子！我们回家啊
那个鲜花一样的女孩已经终结绽放
那一刻，她安宁地躺在父亲的怀中
她永远失去了人间的家
那个家，失去了美丽的女儿

如果我们的心
还有柔软的一瞬，仅仅为这年轻的生命
我们也会哭
永恒之爱
让我们悲痛

2012 年 7 月 25 日，回北京当夜记

穆斯塔尔的雪

我可以描述那场雪
驶过穆斯塔尔午夜的马车
那种纷扬与穿越

但是，我不能描述吻
在晚霞铺展的生活中，融化的唇
隐含多么巨大的悲痛
通常就是这样，你可以联想
折断于枝头的果实
瞬间的坠落无人问询

终结于雪，或开始
或顺着指尖凝视山顶上空的云
将一生一世的心语
交给唇

2012 年 7 月 30 日夜，于鸭绿江畔

在深夜想象蔚蓝

神没有确定的位置
神在那里，或这里，神从来不会远离光芒
对于我们，神就是照耀

神不在塔尖上方
这等于说，我们所仰望的物质
人类世界的某种景观，存在暗示

倾听，在远大的怀念中
用右手握住左手，感觉体温那么真
神那么近，近于星群

2012年7月31日深夜，于鸭绿江畔

劉兆平
寫意

一支曲子两个主题

在两片叶子之间
我的秋天出现在不远处
黄昏之后，诡异的云仿佛已经静止
此刻还是夏天，我看见那种纯白悬在远空
我是说云的边缘，在更接近夜空的地方
一条曲线的左边，就是深蓝

在大地上，两片叶子迥异
在两棵树木之间，人类的建筑是最鲜明的影像
突然想起故乡，此刻的穆斯塔尔
那些牧羊的人，是否在酒中歌唱

此刻，我难以选择
实际上，我难以抗拒
我迷失在一支乐曲中，它的死亡与缅怀的主题
据说是两个魔咒，很难被打破
我难以逃离，只有让它在这首诗歌里
永恒回旋。然后，我离开那个境地

2012年8月2日夜，于鸭绿江畔

在转换之间

那条河流就在近旁
午夜的黑暗，在你的呼吸中
被一寸一寸燃烧，唯一的鲜花开着
你的出现复活了那些名词和动词
你说奇迹就如向着山巅行进
然后飞下来，穿过轻柔的云朵

想到灯光
就会想到你的神情
那支曲子为我们存在了一万年
只为那一瞬间，你的呼吸燃烧黑暗

那么激荡
你对生命说，原来苏醒那么幸福
在这人间，原来还有那么完美的过程

2012 年 8 月 4 日下午，于鸭绿江畔

往事拾遗

我的少年停留在一棵杏树下
雨后，绿草鲜嫩，最初的隐秘微微洞开
几只麻雀在树上鸣叫，净水滴落

我记得那脉水流
它发源于沙地，在西拉木伦峡谷
它的色彩发生改变
像一个少女迎来美丽的青春

我的充满幻想的岁月见证沧桑
可我发现了永恒之美，那洞开的隐秘
慢慢消失在尘埃与真实深处
一个雨后的正午
如今就如一道栅栏横亘在远方
它非常接近处女的品质
高贵而牢固

2012 年 8 月 4 日夜，于鸭绿江畔

呈给天使的颂辞

那是对我的拯救
是其中的一次。我曾试图给你
穆斯塔尔的清晨，但我迟到了
你把异乡的夜晚给了我
你让我感觉到初雪一样的飘落
你所给予的一切
将使我受益终生

那种方式如此明确
我想说，你是我的第二个母亲
你突然的恩赐是色彩最美的果实
比如鲜红，日苏里海滨午夜的波涌
淹没你的青春

你生命激流的第一次浪潮
是我此生的幻影
也是不可治愈的疼痛

2012 年 8 月 5 日正午，于鸭绿江畔

花朵与姓氏

选择干净的花朵簇拥一个姓氏
选择洁白的菊花，在绿色之间
只为超度

选择鲜红的玫瑰
怀念血，血的青春与爱情
选择一个夜晚，以生者的名义默默站立

选择黑色的郁金香
在淡淡的香味中送往昔走远，山脉连绵
举着夜暗

选择紫色的飞燕草
选择那样的时刻，将活着的指纹
留在河中，静待天明

2012 年 8 月 8 日零时后，于北京南城

在帷幕那边

把我的马给你
或者，把我给你，还有那片星空下
八月的穆斯塔尔

你自由的心灵冲破帷幕
就如新生，你泪水的姐妹是那里的晨露
飞在花间的蝴蝶，是碧蓝的湖水
映照天光，是穆斯塔尔的恩赐
让你牵着聪明的马匹
获得伴随

入夜
你会在一种古老的礼仪中失去睡眠
你会亲近酒，牧歌，毡房外遥远的寂静
我的穆斯塔尔，还有我
会以星光的名义，对你
发出诚挚的挽留

2012年8月9日零时后，于北京南城

梦比群山遥远

传递讯息的人站在门外
在八月的雪地上，距寒冷的湖泊一箭之遥

传递讯息的人那么迟疑
隔着门，隔着时光与山脉，隔着语言

传递讯息的人在风中倒下
头颅朝向来路，门那么静，只有风可以进出

传递讯息的人醒在早晨，这个脱离梦魇的人
轻轻呼唤一个名字，开始痛哭

2012 年 8 月 9 日上午，于北京南城

水与尘土的人世

逆向的河流
沿途村庄的屋顶上铺着灰瓦
金黄的草叶在东风中倒伏
那是注定的日子，天空无雨
也无鹰翅

向着寂静的高原奔赴
这天堂的阶梯，每走一步都是尘土
燃烧后的灰烬恋着草根

我恋着你
我在尘土与流水一样沧桑的情怀里
背诵密语，我感受抚摸犹如水一样漫过
身旁的风灌满光阴的缝隙
在一个人的午夜
感受你的降临

2012 年 8 月 9 日深夜，于北京南城

一条河流的气息

就那样说了一些时光
说到始终未变的形态，我就会
感觉一条河流的气息，她奔流在
那么远大的背景中，在我的族谱里
她是证明，至少，在遥远的早晨
她看到了存在无限可能的迁徙

八千年，或者更久
蒙古高原活在年轻的爱情里
把过程写入酒歌与牧歌，复活一种节奏
把我放在远离故园的自由空间
远看黎明与黄昏
怎样飘展为苍鹰的双翅

你就在那里
我改变了，你也不会改变
我知道，活过一生，我不过是你瞬间的流程

2012年8月10日黄昏，于北京南城

西拉木伦

就如光明穿透尘埃
雨穿透季节，怀念穿透雪
西拉木伦，你在八月的高原面对我
在那样的静穆中给予我双重的体味
我的感激与感伤

就如母子脐带相连的天定
两个人的史实依恋相同色彩的血流
西拉木伦，你洞悉我的一切隐秘
并警示我，在你犹如飘扬起来的波光中
我看到了鹰与马群，还有我自己

就如再一次到来，然后离去
那样的行走总有说不出的语言
西拉木伦，你系着高原，也系着我
羊群系着牧人的心灵，在告别的时刻
我举起手臂，仿佛触到你古老的歌声

2012 年 8 月 18 日凌晨，于鸭绿江畔

界　河

我们看不见那双眼睛
我们看不见另一颗心灵
干净的鲜血怎样流向精美的脉络
我们能够看见垮塌的桥梁，但看不见谎言
在河的这一边，我们看不见人类的悲愤
绝望地盛开，抗拒无所不在的荼毒

在河流的那一边
上帝的积木依次摆放，被绿水映衬
爱情依然活在年轻的时代
我看见高贵的孩子走在年轻的父母之间
我看见年轻的早晨，怎样安抚惊飞的鸟类
但是，在孩子的双眼中，我没有看到一丝恐惧

2012 年 8 月 25 日下午，于深圳芝加哥国际公寓

一条河流的气质

默读河源
读灵异降临的初始
人类的珍重之语在目光的后面
在哀伤的后面站着一个女孩，还有树木

那些旗帜在风中飘着，在七月的蒙古高原
那些洁白的花朵开在无人的山谷
在这条河流的中游，我想到退隐的王朝
已经远离此地，再无声息

一个美丽的天使在都城等待
我想对她说，一条河流的气质就是从容
那是多么持久的美丽，一条河流的气质
就是守望，然后被夕照染红

2012 年 8 月 26 日零时，于深圳芝加哥国际公寓

关于流向的隐喻

肯定会流经辽朝
最干净的肌肤上飘过暗影
七月的荞麦地，雪一样的花开吸引蜂群
阳光睡在荫处
水流依然

这是一条没有舟楫的河流
没有渔歌，是的，当然没有纵身一跃的弧线
但她拥有飞瀑，牛羊在水雾的笼罩下吃草
在峡谷深处，触摸的记忆中悬着明月
那是西拉木伦神秘的凌晨
牧歌唱颂千古，美女落泪

在更远的地方
山的轮廓无比清晰，大鸟展翅
白桦燃烧洁净的身躯

2012 年 8 月 26 日深夜，于深圳芝加哥国际公寓

箴言之光里的信札

我已经在一条河流的发源之地
写上你的名字，我的目光
在两孔泉涌之间凝聚
我看见了你，水的女儿

我的心愿是借助一个梦境
带你回到那个时代，水做的女儿
那时候你不到十岁，你是七月百花中最美的一朵
你几乎就是幻想的化身

河流让我相信了寓言
我的心愿是牵着你的手臂踏向遥远的道路
这是幻想的一种
隔着时空

我的心愿是
因为我的存在，你能注视那条河流
让河源，那样的初始，还有我
成为你等待与期盼的理由

2012年8月27日深夜，于北京南城

第 三 日

十个指纹
九个腾飞于午后，一个隐藏
孤单的王

庙宇洞开
谁的手臂环抱圣婴，这人间的托付
闪闪发亮的青草那么悲伤

将指纹印在你的天庭上
印在鸟类惊飞的原野上，逾越河流
印在你长时间隐秘的岸上

一个高贵
两个重叠，七个指向前世的北斗
今生的故乡

2012 年 8 月 28 日傍晚，于北京南城

白鹿的眼睛

你在侧望
白鹿突奔的源头和丛林
她的眼睛，她的泪滴融在石臼中
浸入山体；之后，循着密集的根系回到树下
绽放为红色的花。在那里，一个绝美的少女牵着白马

记住：你已经拥有源头了
你会感受最初的萌动，那么有力
你将看到灿烂的星群，像久别的魂
第次闪烁。你在这样的过程里复活，但无声
你的每一寸肌肤都在真实回应，那就是你的语言

白鹿的眼睛在源头的暗处
你在侧望，你看见元朝的马车驶过黄昏
你相信马车上坐着我古老的亲人，你看见
一个少年纵马而来，你发现那个牵着白马的少女开始微笑
那是她所等待的相聚，你熟识她，在岁月深处，那就是你自己

2012 年 8 月 29 日夜，于北京南城

河 源 书

我在选择与你告别的方式
可我无法抉择怎样告别一座城池
那至美的极地，宽容与尊严的心
在骑士消失的地方迎接雪，那是
我一个人的地平线，不变的恒定
原来是必须恪守的秘密

就如你
我触摸的水流
在午后避开阳光的所在进入缝隙
那些朝觐的人们没有归来，他们像支流一样
奔赴一条大河。那个下午
我的胜境里匍匐一颗虔诚的心
静待你的包容

在史实深处
那座城池刚刚诞生，而我的记述
就从你开始，抵达雨季

2012年8月30日零时整，于北京南城

轻声耳语

你是我的祖国
我的唯一的祖国，我在你的疆域上驰骋
没有边界

在你永远的托举里
我飞，我说迷醉的气息
我说垂直的通道奇异变幻
在每一时刻都有降临

如果我必须描述蓝天下的金顶
那两种色彩映衬的洁白，也就是云
你就是我的眼睛

因为你的纵容
我从不怀疑庇佑下的幸福
对你，我轻声耳语，我的唯一的祖国
这样多好啊！云动，风动，泪光动，那样的过程

最终
我在你的怀抱里熟睡
梦见轮回，但背对黎明

2012 年 9 月 1 日深夜，于北京南城

在河源想到高贵的生命

骨笛
循着声音而来的鹿群低头饮水
一片天光悬在山谷上面
一匹马站在崖首，风吹长鬃

我在八月
突然想到某个雷电交加的午后
用指纹记录的山河，圣女高耸隐秘的双乳
一滴泪水滴落的瞬间
怎样变成了怀念

我抵达
在远离人类的河源想到高贵的生命
心高于平原，乳高于肋骨
手掌高于乳
那种贴伏

吻高于语言
语言高于等待的时日，光阴
大概不会高于水流，但高于树木
我的目光，低于高贵的凝视与思想
当然也就低于光芒

2012 年 9 月 2 日下午，于北京南城

你的黎明我的夜晚

我是你的牧童
昔日我不敢丢失活命的羊群
今日我不敢丢失你

在你的黎明我的夜晚
我在异乡，我已故的母亲在另一个世界
她知道我为什么等在这里，我念着
像一匹拒绝卸鞍的马
恋着路途

此刻，黑夜的绸子那么长
我的光明依然的昨日停在原地
我的存在无限感动的人间一定有昂首的花朵
但没有你，我就拒绝一切语言

2012 年 9 月 4 日夜，于北京南城

领　地

在中轴线最远的尽头
我的穹庐坐落于野马安睡的湖畔
我的领地，你是我的一隅，我的目光安静的八月
那些没有名字的水鸟，它们色彩斑斓的羽毛上
残留王妃的忧伤

当午夜降临
一声马嘶飘过塞外草原
我就会想起你，我的领地，你一定醒着
你一定会在某一时刻默念我的名字
阅尽山海，你还是我的典籍

你是我此生融入鲜血的神秘
翻过一页，是你的少年；再翻一页，是你的青春
你没有终章，你就在那里
在面向归来的路上
你是风，永无痕迹

2012年9月5日零时后，于北京南城

你那里的天

不知你能看见几重天
第一重在燕子和云之间
第二重在云的上方，映衬寂静与蓝天

你在远方仰望
第三重天空里缀满星群
我的想象在第四重，高于你的忆念

我和你的絮语在第五重
我熄灭烛光，你气息均匀
像我心仪的叶子，飘动在边疆

我在第六重，感觉是在第六天之后
迎接你，不是迎接雨。在第七重
燕子飞过，栖落，迎来潮汐

2012 年 9 月 6 日零时后，于北京南城

一个人的成都（二）

就像一个敌人
一种类似于脚步的声音停在那里
秋天停在那里

八天以后
我知道什么会苏醒，那些随秋天
一起舞动的草与叶子
从梦的裂痕间穿过

幸存者站在山上
罹难者睡在土里，面对大海的人
尝试解读碑上的文字，文字里的心

我接近那样的时光，从边缘走过
我依稀听到谁在哭泣，为了永别
或为影子一样的爱情

八天以后
我会将一座完整的都城给你
并接受你的照耀，就如接受天使的摩挲

2012年9月6日夜，于北京南城

蜻蜓的衣裳

此一世，我不能送你蜻蜓的衣裳
那只有一季的美丽与飞，是注定的自由
在蜻蜓的两个夏天之间，隔着梦

青春的湖泊
在氤氲之空仿佛站立着白马
那是一群，远方还有一群
我站立在时光的某个点上
我看你，你在那么遥远的地方
没有蜻蜓的衣裳

你将踏浪而来
或驾云而来，这像一个传说
缠绕我，如水，如翅膀一样的双臂

2012年9月7日正午，于北京南城

青石与花朵

嵌入青石的鲜花仍在开放
那是栀子，百合，染着玫瑰的鲜红
我闭目垂首，我的脑际惊现鸽群
它们穿过雨季，翅膀击痛史诗的年代
然后纷纷跌落，在青石上幻化为这样的花朵

脱离谶语的人
他的身旁站着同伴，这些伟大的幸存者
他们在一颗星到一万颗星之间
看到神的秩序，他们第一万零一次说
请让我们活在神赐的幸福与安宁里
与青草和森林分享葱茏

后来，那个史诗年代一年一年远去
健忘者，遗忘了幸存者
昨夜，在大洋那边出现一点烛光
然后出现一片烛光，那个时刻
我蓦然忆起他们年轻的面容
他们什么也不肯说，他们依然站在雨中
手臂挽着手臂
而那一点一片烛光
不是祭祀，那是遥寄花朵的祈愿
向东方奔走

2012 年 9 月 8 日傍晚，于北京南城

明　　天

我等待
我没有说寻找，那样的怜悯富有光
已深入骨髓

我甚至清楚抵达的时刻
有一种幻想，那里锯子闪亮，空气里
飘飞新鲜的木屑，还有声音
细碎的昔年如今距我们多远

我从不怀疑伟大的知遇
火一样自由燃烧的想象无限漫长
楔子，精美的契合
蝙蝠刚刚出现的黄昏
安宁的平原与山
那一切，都在明天的莅临中
呈现河一样的源出
灵动而精准

2012年9月8日夜，于北京南城

神　鸟

它再也没有回来
我们曾经对视，它在雨声清脆的窗外
我在阳台暗处，它扭头望我
眼睛那么美，那么小
它的羽毛那么干净

我与它相遇在一个古老的日子
那个日子象征离愁，但存在相逢
是偶然的时刻，一种惊悸闪过我的内心
我知道有什么来了
午夜，我从遥远的诗歌路途上停下
我发现了它，对它说了一些话

是七夕，那一天的暴雨有些异常
神鸟也有些异常，它看着我
一定看见了没有羽毛的人类有多么丑
它一定知道人类不会飞翔
但它不知道，人类为什么习惯折断飞翔的翅膀

我未能领悟一个暗示
它就飞去了，此后，我常常站在窗前凝望一片天宇
我承认，我很孤单，我非常忧伤

2012 年 9 月 9 日零时后，于北京南城

笃定（一）

我沉在安宁的时间里
如渐变的琥珀，我就在此刻
是的，我属于滴落，但不是泪水
我的痛苦，在寂静的掩埋中聚集了一万年
没有什么可以洞穿我的心灵

如果必须粉碎，将我投入火
你们就会嗅到异香，那是我的灵魂
在雨后的松涛里回归土
可能，那是焚烧后永恒的漂泊
由此生成另一种质地
就如凝视

再过一万年
我还会在最初的地方
那个时候，我们就老了
我们会记得某个秋天，那时节万山红遍
但我们真的老了，已经认不出彼此
在我们活过的世纪
长风叹息

2012 年 9 月 10 日傍晚，于北京南城

山峦上的指纹

读懂你的心灵
听沉雷滚动，在腐叶下面发现一瓣绿色
那一天，我们走过五百年路途
相遇在注视里，两个梦中的少年没有言语
一盏灯，悬在共同的宇宙

不想松开无罪的双手
你紧锁的眉头，我的山谷深处掩藏着什么
想到血，还有雪，我就遗忘了玫瑰和雪莲
在我们的天空下，村庄静谧
一条道路直抵想象的尽头

之后，我希望你获得最神奇的感觉
我们携手悄然而入
无视渡口

2012 年 9 月 10 日夜，于北京南城

白塔寺

你阴柔的痛，如此孤单的身体
远走的尼泊尔匠人，那些原本养鹤的人塑造了你
他们在你的胸前安放了雪莲，他们神秘归去，白塔寺

你膝下的孩子，大地上最美丽的花朵
他们走在夕阳里，在元朝蜿蜒而来的大路上说起马车
然后他们开始望你画你，他们身后站着年轻的父母，白塔寺

你是我一个人的宗教，我是指你的痛
我想说，大地上的每一个孩子都是我的太阳
他们应该活在你无限广大的仁爱里，白塔寺

流经我的脉络，我的一个人的史诗的年代
此刻，你檐上的铜铃那么静，流经充满祝福意味的手掌
在消失的古都南部我久久不睡，我在等待一只鸽子，白塔寺

我面对你，我的向北的视线中大雾弥漫
孩子们都睡了，在珍贵的平安中我幻听梵音
这是新的一天了，你洁白的玉体上罩着佛光，白塔寺

2012 年 9 月 11 日凌晨，于北京南城

红

那一抹鲜红
枫叶飘过我的海滨，它在天上
我在地上，那一线红光击穿无奈的岁月
你看不见子弹，你也看不见绝望的双眼
你能看见脚下的生活
距离河流那么遥远

古典的新娘为神秘流泪
巨大的充满安慰的手，故园的夜幕已经垂下
红，知你者是我，我一定要领着你
从纵横的沟壑中走出来
把你交还给自由的阳光
把我交还给守候

烛火
鲜红的灯花在深夜炸响
帷幔，惊恐的初夜早已过去
红，你望着，那不是黎明

2012 年 9 月 11 日傍晚，于北京南城

星辰的宣喻

牧羊的苏武没有归来
我的南贝加尔湖畔的草原
秋叶起落的夜晚，我的一行诗歌描述的心迹
再难觅寻，此刻寂然

我的预感被天象暗示
我告别了那河，就像告别青涩的少年
告别爱情，留下永生的悲痛
在这喧腾的世间，我们曾经彼此示意
就那么一个瞬间，两岸重合
此刻，我在原地，我想到忧伤的苏武
他的羊群一定是散落大地上的心绪
他的女人，是否还守候在圣河之源

此刻，我接受星辰的宣喻
我分开两扇窗棂
可我不能分开夜暗

2012 年 9 月 12 日零时后，于北京南城

流水无痕

整个下午
沉寂山南麓雁鸣不止
取水的道人头顶器皿，看上去
那像一只灰色的陶罐，水映苍天
水走在路上，水在云中

整个下午
这个世界保持平衡，群山静卧
爱情在墙的里面，战争在墙的外面
一群麻雀飞过林间的空地，雨在斜飞
城市里人声依旧

整个下午
从南非到阿尔泰山都没有雪的消息
我没有你的消息
天上没有月的消息
月台上没有列车的消息

2012 年 9 月 12 日夜，于北京南城

水与花蕊

我必须这样告诉世界
你是水中的奇幻，是一部分
这不像云影，也不像静静的卵石
你是那种花朵，总有一些散发馨香的痛苦
你的花瓣只为启悟绽放，那么娇羞
张开一瓣，然后张开另一瓣

在更多的时候
你沉寂，你保持仰望的姿态
你的花蕊是一颗心，错失一个春季
你在蜂鸣与百花盛开的时节
守护生涩的词语，比如复活
比如圣洁的雪，在燃烧里融化

你是流水的一部分
你多么渴望迎面撞击，那迷醉的飞溅
是复活后的粉碎，是牺牲
但被你视为奇迹

2012 年 9 月 13 日正午，于北京南城

前世的妹妹

你是我的旗帜
你山脉一样的身体如此通透
没有我，你拒绝风

你在迷宫般的森林中寻找救命的植物
你遇见了我，一个曾经接受神秘拯救的少年
牵住你的手

你那么安静
我前世的妹妹，你的舒展让我梦归无华的草原
我伏在山坳，我看见黎明红了，晚霞红了
我看见人类的任何一种悲痛都如花落
我等你，我看见星星睡了

旷野那么远
你在天边，低垂眼帘

2012 年 9 月 13 日深夜，于北京南城

午　后

我几乎遗忘了这个时刻的阳光
一个孩子在树干画鸟
他说，你飞啊

弋草的人在水边歇息
在这样的天地里，他的心灵安静下来
故人的衣衫仿佛漂在水面，还有一些神情
在秋天最初的清晨迷恋着故乡

阅读此刻
我告诉自己的心，一定要重归命定之旅
第三种岸不在人间

2012 年 9 月 14 日午后，于北京南城

穆斯塔尔的默者

一些灯亮着
没有声响，一些心醒着，一些星光
照耀孤独的马头，没有风
马的鬃毛美丽贴伏
垂向草

一首牧曲回旋于战乱年代
它起源于一条名叫少女的河流
在中亚东南，在穆斯塔尔
这一切，终于成为我缄默守望的理由
我有倾诉，但拒绝恳求

我是一个抵达河源的人
携带圣水我挥别了什么
我在那个地方留下了什么

故园作证
穆斯塔尔的默者是我
是夜夜高举诗歌光芒试图穿越黑暗的人
只有我自己，只有诗歌的伴随
在此时此刻

2012 年 9 月 15 日零时后，于北京南城

上苍的遣使

那个精灵来自云端
她避开大地上的火焰悄然而落
在一片挂着露水的青草边停下来
她没有叹息，她身后的城市浓烟升腾
一些人在那里呼喊，像饥饿的野兽
她吐出一个字：爱

这个时刻星光稀疏
人间幸福的孩子睡在母亲身旁
不幸的孩子睡在异乡

雾锁群山
梦的羽翼上沾着鲜血，沉重的心
突兀而立的可疑的建筑
昨天，我想在万涓之水里分辨出一滴
我想举向真实的太阳
看到心的色彩

又是零时
黑暗的迷阵中蛰伏魅影，那种力量
拒绝倾听精灵的话语

2012 年 9 月 16 日零时后，于北京南城

请把最美的春天留给孩子

然后
在另外三个季节
给他们平安

就这样轮回吧
让他们留下青草与花朵的记忆
在没有阴霾的天空下长大
获得爱情

爱他们
像爱空气，水，和我们自己
在他们清澈的双眼里，看到我们的污浊
然后，你可以蹲下身来
握住一个孩子的手
一起凝视黛色的山峦

他们
才是这片大地上最真实的延续
爱他们，就像爱食物，金子
就像热爱不可荼毒的自由
这应该成为神圣的约定
恪守终生

2012年9月16日凌晨，于北京南城

人间的忠贞

腐叶之下
人间的忠贞活着，像嫩芽
更像熟睡的婴儿

腐叶将变为土
在那里，一定会出现新生的花海
有的鲜红，有的淡紫，有的象征最美的忧伤

人间的忠贞活着
活在伟大的灵息中，脱离梦
就像不朽的爱情

2012 年 9 月 16 日下午，于北京南城

科尔沁（一）

从不说话的银狐
出现在月下，就一只
它蹲在无水的河道，面向牧场

金黄色的沙子缓慢侵袭
人与银狐的家园，马的家园，羊群的家园
在一天一天淹没的青草里
那些足迹也没有语言

那里曾经存在古老的生活
如今已经改变，河流也在改变
只有科尔沁，这个象征英雄的地名
在月光中静默，如一位等待的母亲

2012 年 9 月 17 日零时后，于北京南城

今夜注定

我将获得生命
五百年铺就一条通往人间的旅途
今夜注定

我与秋天一道成熟
或跌落，剪断脐带的痛楚，这必然的分离
今夜注定

我会看清这个世界
疼我的人，会在我的近旁，我在人间的边疆
今夜注定

2012 年 9 月 17 日，生日前夜，于北京南城

雅歌：第九个预言

——写给已故母亲的颂辞

合上双眼我都能看见泪洗的生活
她是高原岁月的一部分，是星河之下
我永恒不变的守护，槐花的清香

合上双眼都能看见她在洗我少年的衣衫
从河中取水，她就是河的一部分
她年轻的身影深深嵌入宿命的故土
她本来黝黑的头发，在这个过程里变白
我是她的一部分
她在任何时刻
都能感觉疼痛的血肉

合上双眼我都能看见她的存在
我少年的衣衫正在滴水，河上泛着光芒
我失去了她，已经失去了九年
在必须焚烧的孤寂中
我在梦里看见她依然在河边
晾晒我少年的衣衫
我想她，我唤她
她再也不肯发出一丝声音
她的名字叫母亲

2012年9月18日，生日正午，于北京南城

梦中的史籍

那页史籍飘过梦境
它承载了那么多，几乎接近了悲苦的目光
我的疑问在两行文字之间
被一朵云托举

它高于鹰，或许超越了人类仰望的高度
一场雨降落十一世纪
一匹马奔过那时的黄昏

我知道
我是在苦苦怀念，在两个空间
我的源流漫过河道
但悄无声息

2012 年 9 月 19 日零时后，于北京南城

酒那边的世界

一道门虚掩着
人在里面，心在外面
红色的衣襟在那边，幻化为蝶
在酒的边缘，一个燃点其实就是春天

墙，宫殿，黑暗深处的语言
洒落青石上的星光，打更的老者永失故乡
一缕炊烟，飘在那边

美丽着，孤独着，挣扎着
酒那边的世界醒着。昨夜已去
记得我在云一样的空间击水，我的亲人们
你们睡了吗？那时我穿越无雪的都城
在酒的世界，我是一个忧郁的少年

2012 年 9 月 20 日凌晨，于北京南城

河流见证的仪式

未曾举起一只手
向冥冥的天定致意，我的仪式
永远留在寂静的河源，我俯身取水
在那一天，那个时刻
我如圣子，垂首源头

未曾与你一起穿越峡谷
这是一种悲痛，它真实起源于
我少年的牧途，在一首古歌最忧伤的部分
我停滞，我看到了大地的心

未曾啜饮
我就醉在往昔之乡，那里尘埃浮动
你看尽头，河流闪亮

2012 年 9 月 20 日夜，于北京南城

我们说点什么吧

总有一条路径通往灵魂之门
在微微开启的那一瞬间终结漂泊
但不会遗忘风雨

孩子们在睡梦中微笑
大概回到了春天，在绝对的童真里
他们让我们相信：飞翔，不一定依赖张开的翅膀

冰雪莲
关于自由的美丽应该成为启示，这一世
不可辜负万物葱茏的视野，但你可以遥想极地雪飘

每一秒都存在未知的生死
就如花开花落，地表上的河流泛着玫瑰之光
羊群在两岸吃草，牧人纵马飞过黄昏的高原

这就是人间
总会有一种记忆压迫幸福的羽翼
在更多的时候，每一个人，都是自己的敌人

2012 年 9 月 21 日零时后，于北京南城

向西的契丹

到达喀什
直到巴尔喀什湖，他们肩上的鹰
始终面朝东南

他们说着神秘的话语
被巨大的黑暗与恐惧牢牢攫住
那些鹰，在篝火的照耀下仰首，发出哀鸣

酒后，狂欢之后
他们睡了，马和鹰没有睡，女人们也醒着
被马蹄丈量的大地接近蔚蓝，但远离祖州

耶律家族的男人们
在梦中亲吻祖陵的青草，他们到了
他们消失，在异乡，他们没有留下一丝声息

2012 年 9 月 21 日下午，于北京南城

帝国的遗址

或许，你会与我逆向行走
在两场雨之间，相隔玉米成熟的晴日
你久已遗忘母亲的抚摸
那种血缘亲近的恐惧伴随你，你联想到影子
一句亲爱的咒语，一颗无比焦躁的心灵
怎样出现了裂痕

而我，在陌生的人间寻找那些散落的石头
马鞍上的金箍，掩埋沙地的令牌
我甚至想在无水的河道挖出先人的遗嘱
至少我渴望手捧一缕黑发，感觉折射

你是十一世纪的女人
你的心犹如紧闭的城门
几乎在每一个夜晚，你都会准时醒来
目送一位骑手奔入另一个世纪
他是你的信使，寻找帝国的遗址

我看到了风暴
黄沙飞向庙宇的屋脊
是秋天，是午夜，在你的天空里
那远去的骑手置身高原，呼唤雁阵

2012年9月22日零时后，于北京南城

独舞的境地

是两个圣杯轻轻触碰的夜晚
山河初定，在贝加尔湖以南
王的旗帜破碎，迁徙的部族面对夭折
岚，那是你的家园
吐纳悲怆

雏形
刚刚形成的海，浪峰之上年轻的心
护着两片羽翼

有人在说
我的爱人啊，我为你而舞
你要安睡，像一个圣婴，你要微笑
你要在石缝间看到艰难的绿蔓
你要成为顶端的花朵

之后
最高的桅杆会发现岸，黎明的马群
仰首渴望干净的饮水

2012 年 9 月 22 日夜，于北京南城

隐 身 者

那些雾，那些曾经明亮的星子
月亮之下的土，那些凄苦的背影缓慢移动
怀念苦难的爱情
心智永难缝合裂痕，青石上的文字
在安宁的古城迎来雨季

隐身者
你在远东久远的传统里
那些奇异伴随着掩埋
那些闪烁光芒的思想，你迷幻的天地
永恒流淌少女的河流

为此
我致敬，然后粉碎你的悲愁

2012 年 9 月 23 日零时后，于北京南城

圣途与临界

时光没有动
我向前动了一步，二十年前的草原没有动
草动了，隐秘的门没有动，水动了
在静湖与森林之上，天空没有动
翅羽动了，是那种扶摇托起两颗心灵
山峦没有动，某种巨大的力量动了
没有暗影，但一定有什么
往返于山谷

地平线
那是可能触摸的边缘，谷子的金黄倒向南方
西风吹来荞麦的花香

大地
那么多植物活在每一日，风雨过后
林地的草上散落着杏子，一半翠绿，一半粉红
沟壑深处响着蛙声

我没有动
你向前动了一步，那是一个必然的日子
亚细亚没有动，一道帘子动了，飞出鸽子与光明

2012 年 9 月 23 日临近午夜，于北京南城

五种色彩的草原

好吧，你将看到五种色彩的草原
我得把想象给你，不是给你无根的花束
是为你遥指一条通往北方以北的道路

我希望你首先看到雪
但不要忘记雪下的灵息，冰雪下的水流
直到六月，你才能够看到葱绿
那不是一片，那几乎就是一个世界
你说绿色有多远，它就有多远

九月，我的草原霜季来临
在科尔沁，在呼伦贝尔，在杭盖山下
绵延金黄的大地上点缀羊群
在这之前，我是说在九月之前
你已经看到寓言一样的夕阳铺展玫瑰色
就如十万匹枣红马突然出现在柔软的草原
是那样的舞蹈，让你彻底遗忘身后的尘世

最后一种色彩
应该是你的梦幻了，那是在远离草原之后
你在熟睡中嗅到酒香，关于第五种色彩
你说年轻的渴望是什么颜色
孩子们的语言是什么颜色
那痛失就是什么颜色

2012 年 9 月 24 日深夜，于北京南城

陌　异

如果街灯突然亮了
是那种血红，麻雀发出从未有过的鸣叫
那个时候，我们是否还能认出彼此

如果北方的田畴结出黑色的谷穗
山谷里的罂粟变得金黄
那个时候，谁会失声痛哭

如果爱情不再是梦幻一样的美丽与纯粹
变为怵惕的欲，像恨，也像诅咒
那个时候，是否还有一条干净的溪流

如果我们不能握住那只仁慈的手
那只无形的手，就会抛弃我们
那个时候，我们将亡失最后的拯救

2012 年 9 月 25 日零时后，于北京南城

你在其中

在街道的脉动中
是什么在日渐消失
月晕，一团火焰漂浮于暗夜
那些人，他们去了哪里

一团火焰，在两个胸怀之间
没有形成风暴，吹箫的人，仿佛安坐云端

这里是充满欢乐与痛苦的生活
你在其中，你是白昼长街脉动的一部分
你呼吸，大地也在呼吸

伸出双手，你能握住什么
垂下双手，你能感觉什么
举起双手，你能托住什么
生命那么轻
罪孽那么重
你在其中

2012 年 9 月 25 日下午，于北京南城，时苍天落雨

逝水昔年

你说第五个季节在哪里
窗外的剪纸被雨水淋洗，谁还能想到指纹
看着遗留窗棂的殷红，我看到你
独行云中

那是在夏天
在西拉木伦以北，信奉箴言的人
拯救了一匹深陷泥泞的马驹

无论怎样，我都无法脱离那个传说
停战之后，大地一片荒芜
昨夜，我梦见麻雀躲在屋檐下
燕子双飞，雨停了
苍天未睡

2012 年 9 月 26 日下午，于北京南城

用心领受

你已经在我扫净了积雪的路上
在逐渐向上的途中，你用目光燃烧那些山峦
你猜想我在山峦那边，正在捆绑干草
双手握住劳作与仁慈

你不知道，我就在你的后面
严冬的阳光推动我们，你就渴望去山峦那边
我们是两个长不大的孩子，在路上
我们迷醉于未知与魅惑

疼痛是永远也发不出的声音
有人在一杯酒里观赏明月，我们却感觉到破碎
实际上那是某种裂痕，源于初始
我们无法看到珍重与微笑

2012 年 9 月 26 日深夜，于北京南城

这个世界上最重的恩情

站在泪光后面的人
是你的母亲，她站在黄昏
在你出生的地方，她想唤一声你的乳名
那片泪光属于她，也属于你，那是你永恒的照耀

如今你是一个自由的人
天地广阔，你要想着她，那个生育了你的人
是我的妻子，她曾经像你一样年轻，我也是
在像你一样年轻的岁月里
我们想象你，那么幸福地描述你
然后，我们给了你生命

你给了我们无限期待的理由
比如平安，比如你在节日之夜敲响家门
你的身后站着一个聪慧的女子

到那一天
我和你的母亲，会延伸期待
比如你成为那个女子的丈夫，然后你成为父亲
你成为一个家庭的屋宇
品行高贵

可你要相信
我越来越觉得，你还没有长大

也是在黄昏，你的母亲一声一声呼唤你的乳名
我看到你从一群孩子中间跑过来
脸上流着汗水，你的双手捧着一团泥巴
身上沾满尘土，那个时刻
你的双眼那么明亮，毫无杂质
让我想到纯粹的星子

2012 年 9 月 27 日夜，于北京南城

马背上的帝国

你能看见吗
我先祖的马背上驮着一个帝国
而清晨挤奶的少女从不说白色的伤痛
比如雪地深处的永别
怎样变得鲜红

你能看见吗
从科尔沁到乌兰巴托，有一条
神秘的路径，像水流一样，像夜晚头顶
永远不眠的星河，那么多眼睛，那么多心灵
从未亡失血脉的浸染
但保持清澈

你能看见吗
那取自河源的水，牧童的身影里
一季一季成熟的爱情，是这样的土地
让我们认识了河流，在地平线
怎样举起了天空

2012 年 9 月 27 日深夜，于北京南城

众神伴我

一个心愿闪现于大地尽头，倏然寂灭
这灯火辉映的都城，明代高贵的宫殿异常冷清
从甬道至塔楼，失去爱妃与江山的王者潜行夜海
他丢弃了权杖，他的旨意，在嘉峪关以西迷失戈壁
死亡降临了：那个忠诚的役使被箭矢击落马背
马拒绝逃亡，马保持跪倒的姿态，像臣服那样
它的血肉被时光蚕食。四百年之后
在嘉峪关以西，有人发现单骑狂奔
那是洁白的影子，如两片相连的羽毛

陨落，接着陨落
失去江山的王者一刻也没有离开皇城
他依然年轻，从甬道到塔楼
曾经的仪仗早已变为尘土，那些妃子
一生只为一个男人守节的女人，纷纷逃离朱红之囿

今夜，我独对沧海之变，这公正的寂静
四百年，或者再退回四百年，身着布衫的智者
为什么拒绝了荣耀？他曾断言某种结局，险遭流放
隔着夜暗，仿佛隔着蝉翼，我想象他的喟叹
一颗无人知晓的心灵哭了很久，在大地尽头寂灭

今夜，众神伴我，众神的目光聚向一个男婴
他在啼哭，他躲过了浩劫，他躺在一个异族女人的怀抱

吸吮乳汁，之后，他睡了。那夜，他获得了新的姓氏
今夜，我的记述来源于众神的眷顾，止于暗示与仁慈
此刻，我孤寂的想象，神奇抵达嘉峪关以西

2012 年 9 月 29 日零时后，于北京南城

雅 托 克

苍凉的胸怀与百合
从未愧对湛蓝的天穹，云贴向雪山
两种纯白的映衬多么接近人类的童真
抚琴的心灵，那高贵的世界，一扇门已经开启
朝向河那边的荞麦花

在十根弦筝的民间
光明一样的琴体隐含悲戚，沉睡的人
他生死的两极没有河那样的界限，梦见孤者
孤者不语，孤者的黄昏里新婴降生
雅托克为之而泣，这蒙古高原不朽的语词
向生命致敬

还有什么可以替代轻抚的手
在神秘的纵深，我的雅托克圣乐悠然而起
就是那里了，神说，你听吧
雅托克，雅托克
永恒的依存

2012 年 9 月 30 日零时后，于北京南城

注：雅托克，蒙古乐曲。

午夜之后

我将黑暗请进来
我长夜的主宰和朋友，我的最为亲近的存在
熄了灯盏，我想请你坐下，我想与你谈一谈人间
在阳光下面，你美丽的点缀
我半生挚爱的成熟的桑葚，为什么那么甘甜
还有乌梅，黑葡萄，蒙古丘陵地带黑色的枣子
颗粒饱满的黑穗醋栗，它谜一样的色泽
如何吸引我们的瞳仁

在恩赐我们食物的土地上
生长着蓖麻，黑豆，芝麻，葵花籽
我无法回避西瓜的种子，分布在鲜红的球体中
它们怎么呼吸

是的，黑暗，你请坐
我站在你无比轻柔的包裹里，你是否疼痛
你一定知道，我多么想与你谈谈人间诅咒
还有阳光下的罪恶，那些失去了孩子与自由的人
为什么那么恐惧你？我从不怀疑
你才是长夜的庇佑，你守护人类的梦境
甚至连枪声都不能击碎你
我对你的信仰来源于蒙古东部
我的少年的坐骑，那匹黑色的骏马
它的双眼常年饱含深邃的忧伤

打开灯光
我的朋友，你就隐在桌子下面
窗帘后面，河那边，可能更远
我可以想象这一时刻的星光与心灵
黑暗，我长夜的主宰和朋友，活了半生
我与你交谈了半生，你什么也没有回答
但是，我相信你拥有神秘的双眼
你能看到我的诗歌，还有我所热爱的一切
比如独自远行的道路与怀念
都很温暖

2012 年 10 月 1 日零时后，于北京南城

深深迷恋

我是迷恋宋词的，就如
我那么迷恋杭州，南宋最后的黄昏
有我的身影

你们不要问我的姓氏
我用鲜血浇灌的果实不是石榴
它接近玉石的品质，比玉石坚硬

在我的长夜里，没有你们
我的杭州睡在西子湖畔，睡在一片叶子上
睡在南国的初冬

十二颗星子俯瞰一片地域
少女的婚礼在行进中，也就是在马背上
那是春天了，冰雪消融

2012 年 10 月 2 日零时后，于北京南城

淡　墨

羽扇
挥毫的人，让顽童藏在树林里
他画鸟的翅膀，之后
在淡淡的天光下
他画出了故乡

那个顽童再也没有出现
那只鸟也没有出现，那片墨迹
掩埋于厚重的尘埃
秋天，花在凋谢
云落残阳

2012 年 10 月 2 日夜，于北京南城

脉　　动

那是两个人的河流
我相信帝国的背影在河源以北
在寂静的湮灭中，早已不见英雄与旌旗

我相信
即使所有的荣耀都化作尘土
你也拥有这河，这时光之斧砍不断的脉动
你感伤的心灵，在黎明中复活

我不能不垂首于蓝色史集
我想对你描述最灿烂的章节，比如一个女子
怎样追随她的英雄，她的夭折的爱情
葬在漫漫西路

一切
都还给了河流，还给两个人的河流
就在那里，我相信，我会看到你复活的笑容
我将引领你进入蓝色史集
感觉脉动

2012 年 10 月 3 日零时后，于北京南城

未　来

火光
火海
那一刻到了，我们紧紧相拥不再分开

大水
大灾
山一样的巨浪翻滚而来，荡尽尘埃

2012 年 10 月 3 日正午，于北京南城

马头琴

我所亲近的琴声
在草叶上是光，随风摇曳
在草根下面，它是虫鸣，唱一季秋歌
在马头的前额，琴声就是眼睛

回望五百年
我的马头琴曲在贝加尔湖上空
那是云，投映水中
是群马的倒影

总是这样
奏一曲苍茫，水动山动
奏一曲夜色，旋律入心，在那里
我不想说，在此刻，它是悲痛

2012 年 10 月 3 日深夜，于北京南城

黑暗中的羽动

仿佛隔着关山
但不隔心灵。在你我之间
万家灯火亮着，那是人间生活
隔着一个街区，然后是另一个街区
像一条河，然后又是一条河。在那里
我们相信，人间幻想存在成长的特质
它双重的属性那么真，那是幸福，也是痛苦

我们相信
因为河水，两岸的依存那么深
在古老箴言诞生的午夜，雨季过去了
光洁的道路上落满金黄的银杏叶，像一颗一颗心
怀想，让我们渴望树上的果实，凝视的体味那么美

枕着夜色入梦
枕着轻柔，感觉如同枕着河畔的青草
感觉一双手握着神秘，但不会握住自由
我们相信，泣血的预言就在河的那边，静静地隐于黑暗
在遥远的地方，陨星明亮，有人举手告别，面对落泪的长安

2012 年 10 月 4 日零时后，于北京南城

神　物

神物在水中
在一个不变的意念里轮回，它有光
你看不见闪烁

你看不见过程被什么遮挡
不像树叶遮挡了果实，果实遮挡了一点天空
手遮挡了暗影，微笑遮挡了隐痛

神物
它永不偏离唯一的通道，它象征纯粹的自由
它冲破一切禁锢，在相同的语言里，它拒绝掩饰

可以获取
如果你肯于潜行，像一缕光那样，像激流穿越
迷人的峡谷，你就读懂了生命

2012 年 10 月 15 日零时后，于北京南城

点　　燃

众鸟起飞
它们鸣叫着，向着天光和纵深飞而去
我站在那里，你曾说堆积的玫瑰，离泥土越来越远
雨后垂直的虹，离天空越来越近

我幻听群山
还有斧凿的声音，那些自由的鸟儿
真的消失了，在那年夏天，那一时刻
夕阳照亮羊群，羊群照亮河流，河流照亮我

箴言啊
在我们前头？还是在我们身后
那一年，那一时刻，我看到夕阳点燃了云
彤云点燃了远山，时光点燃人类平凡的生活

你点燃我的寂寞
寂寞点燃我，我点燃无限仁慈的爱与怀想
我发现草黄了，羊群依然那么白
你没有归来

2012 年 10 月 5 日午夜，于北京南城

看不见火焰的记忆

在什么时候
你丧失了隔着泪水的山河
凝望树林，你能谛听溪流
背对窗棂，你能感受夏夜的鸟啼飞过天宇

惊雷
闪电的光芒穿越雨幕
举起黑伞的女子留下曲折的足迹
雨水飞溅的花朵逼近破碎与真实

喧闹，聚集的人海
我想到平静的沧桑和岩岛，军舰鸟的双眼
被人类砍伐的大树，流血的年轮
在无情年代遗弃的爱情，已经悄无声息

但是
请相信：那颗心灵活着！依然那么美
这颗心灵永远柔软，在仿佛飘动的地平线
那是岚，那是看不见火焰的记忆

2012 年 10 月 6 日深夜，于北京南城

神在庇佑每一个孩子

陷入俗世纷争的人
不会想到这个时节，在我的高原
有霜期到来了。早在九月，在达里诺尔
十万只天鹅同时迁徙，我想到神的召唤
它们向着温暖飞翔，它们在逆风的空中排成人字
被人类忽视，它们飞越人类的头顶

再晚一些时候
它们就会飞越干草的气息与高原酒歌
同时飞越一个人的怀念，然后我会看到雪
与幸福的羊群融入晨色

活在久远的凝望中
我们是人，我们什么时候开始忘记
用自然之雪清洁灵魂的屋宇
在每一天微微启动的光明里
我们沉睡，因此错过玫瑰色的阳光
那个时刻，苍鹰已经在天空飞翔了
它拥有一条更为自由的通途，但远离人类

只有孩子们饱含最仁慈的天真
他们关注天空，还有神秘的羽翼
我们关注大地，还有滚滚浊流

2012 年 10 月 7 日零时后，于北京南城

离别幻城

离别幻城
他将一个疑问埋入砂砾，凝视暮色突然聚拢
时光重合于一瞬。他痴迷仰望
神鸟曾经飞过的天际
乌云凝滞

向着一条圣河奔赴
那不可预测的旅途，未知的远方已不见耕作的人
离别幻城，他跟随前定上路
仿佛有什么燃烧，就在身后
在午夜，噪声依然没有止息

2012 年 10 月 9 日深夜，于北京南城

又见残月

那一角金黄
悬在无尽的深灰里，下面是人间
破碎的声音出现在凌晨，那时
我希望在天宇看到排列的雁阵
它们象征活着的旧朝，就从夏商开始吧
到现世，到金黄的残月

到银川
然后到泾河，到渭河，到遗存尽失的沿岸
追寻陶片一样的心情
让一匹马在熹微移动的大地上复活
到佛罗伦萨，到罗马，到西斯廷教堂
到燕子的一羽

最终
这轮残月回到一首不朽的诗歌中
将光明，放入盲童的眼睛

2012 年 10 月 10 日正午，于北京南城

在 银 川

我以为始终在那个地方
我的少年的枣林，沟壑中的水，绿草掩映的源
我以为始终拽着妈妈的衣襟，在遍地黑暗中
消除惊悸。我以为，杏落树下就是成熟
如翅搏云里，前辈的夙愿
仍处在成长期

我以为真实的表达能够赢得一颗心灵
我的半生的感悟，苦痛中的冥想
我以为妈妈没有到那个不可知的世界
她依然呵护我，给我食物和水
让我感觉平安，在暴雨和惊雷中
为我唱摇篮曲，看着我入梦

我以为那些花开了，幸福就来了
自由就像宽容的父亲，像我们赤足走过的原野
从不惧怕荆棘，哪怕脚上浸出血液
也不回头。我以为，在这个世界
只要我们献出诚挚的心灵
我们就可赢得广阔

2012 年 10 月 11 日深夜，于银川

贺兰山下

亡失
最初的消息从青海传出来
那个背负着一世情缘与悲苦的人
也背着莲花

他似乎背着天空
他走到哪里，天空就到哪里
他用一个夜晚唱了六世情歌，他那么年轻
他的道路那么远

他叫仓央嘉措
今天，在他安眠的地方，我面对一棵榆树
诵经的僧人在正殿里，闭着眼睛
这里，是一朵莲花最终的归宿

2012 年 10 月 13 日，从仓央嘉措安息地归来，于银川

我　说

真的，柔软的爱在云端里
不在尘世。我们久已悟到的真实
在羽翅的上空，比羽毛更轻盈，那是自由
我们可以选择自己的信仰与路，就如我们选择赴死的爱情
选择一个安息地，与爱人同时安眠

可是
活过一生，我们懂得珍视，对每一季
每一个清晨和夜晚，我们一定会用最诚挚的话语
表达感激。我知道，如果没有一个牺牲的女性
也就没有我。那年，我对父亲说，对不起
将来，我要为我的母亲送终

我知道
在这个世界，诗歌能够给予我们的
也只有安慰。想了又想，这已经足够
活一场，活一生，哪怕就活一刻，因为这种安慰
我不悔，我向伟大的爱恋致意

2012 年 10 月 13 日深夜，于银川

南　　寺

那不是秋天的疼痛
就是这样，时光粉碎于容颜
爱粉碎于怀想，我相信白骨的光芒可以温暖土地
虚无粉碎于悬浮

仰望金顶，我默念你的名字
仓央嘉措，你正殿西侧的古榆显得那么苍老
你的爱情那么苍老，你还是未能逃离
在贺兰山下，在阿拉善，在南寺
我看到同样苍老的云，从你的金顶上空游过

这个世界那么累
大地上的河流那么累，你活着的心
日夜守着那棵古榆，我看见它的叶子落了
在碎石之间，那一片一片金黄
就如你的秘语，远离人类

2012 年 10 月 14 日夜，于北京南城

永恒的心

总有一天
你们会站在我曾预言的现实里
那时候，或许我已经不在你们中间
你们要面对远方自由的晚霞
为一切先亡者补写墓志铭

总有一天
大地会变得干净而安宁
动物回到原来的属地，天空里没有毒气
孩子们，那些最可爱的花朵
将获得净水

总有一天
你们会苦苦念起一些不朽的姓名
你们会在我的诗歌里寻找他们存在的灵息
你们会相信爱，就如相信左手和右手
你们会流泪，低垂着头颅

2012 年 10 月 15 日下午，于北京南城

破碎的意象

我会准时入睡
在此之前，我和灯光醒着
有一些动物也醒着，比如饥饿的银狐
警觉的羊，还有守护雏鸟的飞禽

在此之前，我们相信世界也醒着
相信一个真实的消息，就在雨幕那边
相信一些誓言，一定会以真理的名义将旗帜
挂满屋顶。孩子们举着右手，他们注视
他们跟随一种声音
重复着誓言

那些黄羊从不在白昼进入南蒙
那些智慧的黄羊。在此之前，我的草原美如圣境
我是说，在陌生的足迹踏脏草原之前
那些草活着，花开着，水流着
那些马醒着，在辽远中奔跑
驮着原初

2012 年 10 月 15 日深夜，于北京南城

光 与 暗

太阳黑子喷射的光焰
那种异彩旋转着，巨大的光柱自上而下
像一道咒语，在梦之殇，在梦之上，在人类
一切荣耀之上
下面是暗

当光或暗成为交替不变的主宰
在人类星球的草原深处，一个部族与另一个部族
都在寻找水，他们把最美的女人与孩子留在营地
打着火把上路，那是一个注定诞生英雄的年代
必须失去生命的年代，他们历险
他们在亲人的注视中落泪

孤独无所不在
想象他们，那些斩断荆棘的人
我就会想到树木的叶子，绿了，黄了，落了
那样的景象总在提醒人类的心灵
光就在不远的地方
暗就在不远的地方
对于人类，那象征生死
但不留印痕

2012 年 10 月 16 日深夜，于北京南城

奇迹初现

门里的手
指点门外的一切
隐秘的手，在光明与黑暗的临界挥了一下
那射向天空，然后迅疾铺满大地的金黄
斩断罪恶的手，巨门轰然洞开

稻子蜕变，成为米
少女成为妇人，妇人成为寡言的祖母
心灵成为火焰，火焰成为风暴一样的激流
新生的婴儿，从此成为自由的人

多么好
承接天光的大地，我们的河流
不再呜咽，爱情不再浪迹，生命的花朵不再枯萎
走过严冬的孩子们，不再身着单衣
门里的手，从此不再是沉重的暗影

2012 年 10 月 17 日夜，于北京南城

写给十二岁的安恬

在洁白的纸上看到你的名字
安恬，我看到你净水一样清澈的双眸
你在注视自己的天空，在你想象的领地
在第一声雁鸣传来之后，春天就到了
居住在河那边的人们隐入雾霭
他们在那里对你挥手
但你听不到他们的声音

你拥有一万种色彩描绘梦幻
安恬，你画鸽子的羽毛，画它飞翔的轨迹
你画鸽子的眼睛，它们瞳仁边缘的云
然后，你画草，高于草的花朵
低于草的昆虫；你画一条土路
上面行驶着马车，你画驾车的农人
但你画不出他哼唱的歌谣

可是，今夜
安恬，我在已经安睡的都城里给了你祝福
真的，孩子，我还想给你诗的安宁
你让我想到这人间的生活
一种灵性一定成长在最美的幻想里
那就是你，还有你的同伴
就如星星，点缀夜晚

2012 年 10 月 18 日零时后，于北京南城

今　　夜

被野火灼伤的幼鹿走进额济纳
居延海干涸，饥渴的幼鹿双膝跪地
它喘息，它用含着眼泪的目光凝望夜
周围那么静，深藏危机。在另一片沙地
一只母鹿绝望悲鸣，点点白光飘落，就像雪

就像人间永难愈合的创痛
今夜，额济纳河不见流水，干涸
干渴，胡杨林，幼鹿，人类的日子
时刻面对沙海的逼近，就像我们的日子
就像石头龟裂，不见鲜红

今夜，想到最终的拯救
我就想到天使的激励，是那样的恩泽
平衡世界与人类的心灵
点燃三支香，我默念三个心愿
我看到那只受伤的幼鹿，已经走到天边

2012 年 10 月 18 日夜，于北京南城

永恒的女子就是月光

走在琴弦上的帝国
让闪耀玛瑙色泽的牧歌伏在马背上
看到这个画面，你就会想到灵魂
如果你想到一个深深爱过的女子
她缎子般光滑的肌肤毫无褶皱
她把初夜给了你，在那个过程中
她让你成为帝王，然后她去了陌生的异乡

如果我说
背景里像少女，她双乳一样成长的果实
存在隐隐的疼痛
你就会发现，一个帝国的消亡
近似折断的爱情。站立起来的人们
擦去泪水的男人们，都会追随前方的女性
在两个音符或两匹马之间，飘着奶香

2012 年 10 月 19 日下午，于北京南城

手捧野花的母亲

你听没听见呼喊？
旗帜下年轻的心慢慢围拢的雨季
那些人，他们活过

你听没听过时间？
青涩的爱情在黎明中诀别
是离散，那些高举光焰的人，他们活过

你听没听过遗忘？
无字之墓前的花与青草
守着灵魂，那些泪雨纷飞的人，他们活过

你听没听过圣乐？
在天国海滨金黄的沙滩
他们相聚，那些花一样的人，他们活过

你听没听过怀念？
一位母亲出现在深秋郊外
她手捧野花喃喃自语：孩子们，你们活过

2012 年 10 月 20 日下午，于北京南城

云　南

我将启程奔向你
在你红土的呼吸中，走近你的树木与河流
走近你无可倾诉巨大的感伤
雪山下的人们，那些默者
他们注视异乡的人类

我将这首诗歌给你
我将影子给你，我会将发现深藏脑海
在红河岸边感觉永恒赤诚的祷告
让一片普通的叶子作证
在这无限古老的生活里
我们真的献出了心灵

然后，我设想离别
在云的下面，我想到遥远的星际
但凝视河水

2012年10月21日，去云南前夜，于北京南城

大　理

我的大理是飞起来的
我的山水，夜里的南诏岛，飞起来的篝火
酒与歌声，飞起来的诗歌，风与树

让想象飞起来的诗人们
那些洞悉了古老隐秘的人，在火光中舞蹈
雪山上的水流下来，像一个预言穿越古镇
我们在那里相遇，如前世的亲人

睡去的人，一定梦见了典雅的王朝
一匹马自原上飞来，一匹马在飞
那么优美而激越

2012年10月22日夜，于大理

雪水穿越的古镇

石板路
契合的缝隙，光阴的缝隙中洒落夕阳
大理，雪水穿越的古镇，在精美的石桥下
我依稀看到苍山的倒影，它飘着，浮动着，接近鹰

我迎接生命里注定的高度
大理，我遗忘云，但我怀着神秘，是那些蜡缬
高贵的色彩让我联想到旌旗
刺绣的手，擎着旗帜的手，渴望躯体的手

活在伤痛与感动中的人类，比如我们，是过客
大理，你接纳了什么？你在那夜的灯光下给了我们什么
午夜，我们与雪水一道穿越你，我看到净水穿越你
神泣穿越雪光，你穿越群星之语，完成示意

2012 年 10 月 23 日夜，于大理古镇

远天远地

在云南，未必在云的南方
一个蒙古人突然开始想念他的马
他的坐骑消失在漠南，那个没有水的地方
此刻，我在大理，在雪水闪亮的古城
再一次追寻孤独的牧歌

远天远地
我的兄弟们来到云南
在花的世界亲近火，这样的温暖和灼热
提示十月，盛开着，美着，痛着，畅饮烈酒
火焰燃在甬道，灰烬飘啊
我人间的亲人们，请接住雨滴
凝视粉碎与蔓延

云南
远天远地
这个瞬间

2012 年 10 月 24 日夜，于昆明

10 月 27 日：预言

总有一天
你们会成为没有故乡的人
你们将会恐惧记忆，就如恐惧必然的衰老

总有一天
你们会在僵硬的指间嗅到血腥
那个给了你们生命的地方，一定会将你们彻底遗忘

总有一天
你们会回避孩子的眼睛，你们有罪
你们将会在诅咒中死去，但无法回到荒凉的祖地

2012 年 10 月 27 日夜，于北京南城

需要救赎

你们已经忘记人子的身份
一根脐带连接的母体，那个叫母亲的人
她的崇高与阵痛

你们从那里来，剪断了脐带
你们在那个叫故乡的地方拥有一个摇篮
你们喝干净的奶汁，干净的水

后来，你们开始熟识少年的道路
你们，不能因为剪断了脐带，就斩断泥土之恩
哪怕在别人的故乡，你们也不能污毒土地

因为那里必将生长新的生命，年轻的母亲们
将孕育新的婴儿，他们也需要干净的奶汁，干净的水
在干净的空气中，第一次睁开眼睛

你们无处可逃，世界很小，但有日月
你们不可能背着先人的遗骨上路，你们扭曲的灵魂与双手
已经惊扰他们的安宁。不信，你们听呜咽的风声

2012 年 10 月 28 日正午，于北京南城

忏 悔 吧

是啊，我是预言了
但是，八万里风情与坦荡，你们不具有
你们甚至不及无声的落叶，不及枫叶鲜红
不及银杏嫩黄，不及桃花洁白
你们在挥霍珍贵的时光
它只有那么长

当你们以主宰的神情看待人世
当你们真的感觉自己是一隅大地的主宰
大地杳然，大地从不以她的深厚和辽远
衬托你们的渺小和卑微，你们
绝对不及宇宙空间的一粒尘土
比如地球，她蓝色的光芒
那么仁慈

听一听
因为你们违背了母性，你们的母亲那么羞愧
她们说：你怎么就遗忘了奶水，在阳光下
奶水鲜红，像血，像诺言，像信仰，像寄托，像来世的道路
但是，唯独不像你们的作为

忏悔吧
以手抚心，以泪浇灌忧伤的土地
以你们的诚挚真实悔罪，告诉远方的地平线

你们曾是渴望食物的孩子，等在土墙里面
等待母亲出现，等待着，母亲端着装满苞谷面的瓦盆
等待母亲点燃灶，看着沸水蒸腾，狭窄的灶房飘出饼子的清香

你们
忘却了这一切，这意味着
你们将以十辈后人的坎坷赎回本真
从而叩伏祖先的营地，泪流不息

2012 年 10 月 28 日深夜，于北京南城

午后的边疆

一定会找到那个边疆
当我在奔驰中跳下马背，看着水
把缰绳和坐骑松开，在明亮的午后
听我的马发出一声响鼻，我知道，我来了

等待了那么久，我来了，我看到
所有的奇异排列有序，我的边疆衰草已黄
我看到了一切，包括忧伤

2012 年 10 月 30 日正午，回故园穆斯塔尔前日，于北京南城

穆斯塔尔：定义

马的骨头安睡高原
马的骨头在秋草下面，贴着土与根
风中飘着哈达。一骑独尘，我只能看见马
我只能感觉黎明的牧歌在尘埃之上，在那个时刻
我抵达，仿佛远离了人类，只有遍野岑寂

就是这样，我归来，我告别
穆斯塔尔不动声色。她将黎明给我
将夜晚给我，将历经洗濯的史集给我
之后，我听到马头琴声从北方传来，北方
杭盖山已经落雪，这是一个确定的信息
在硕大的北斗下面，静静走过古老的心情

一撮白骨闪亮
马的白骨，白银一样，照亮我的故乡

2012 年 10 月 31 日正午，于故乡穆斯塔尔

穆斯塔尔：帷幕

今夜，我在高原腹地饮酒
身边围拢着羊群，它们卧着，在看星空
我想到两种语言，羊的语言，星子的语言
在远方，在我曾经游历的都市，此刻，我的兄弟们
你们是否也在饮酒？真的，今夜
在穆斯塔尔，我与你们隔着酒的帷幕
就如隔着宽阔静谧的河流

有一扇微启的门
里面闪现牧女的身影，请相信
她们置身劳作的仁慈中，她们也在帷幕那边
在高原，她们拥有星星一样美丽的名字
她们等待出嫁，一生甘愿踏上母亲已经走过的道路
我知道，她们将穆斯塔尔视为永远的父子
在异乡，她们会以古老的仪式为父亲敬酒
将蓝色哈达拴在树木的枝杈上
向北方凝眸

我回来，我痛饮
我从不表达内心的感激，这就是理由

2012 年 10 月 31 日夜，于故乡穆斯塔尔

穆斯塔尔：隐语

我不会给你证明
我给你夜色，此时，这广大寂静中的心
这初雪的高原，举着烛光的人，也举着岁月

那么渴望破解
那么坚毅，帘子后面的声息，帘子后面
人类的秋叶泛黄，在爱情的故乡，果实陨落

卸鞍的马正在食草，它所象征的奔驰的族群
从不说疲惫，哪怕倒在远途
都会凝视自己的主人

这不是我听到的全部
在可能的预见中，那种脉动连着青草
那是天下的姐妹，幸福落泪，但不说归期

2012 年 11 月 3 日夜，于故乡穆斯塔尔

穆斯塔尔：在两场雪之间

世界坐在那里
我坐在这里，你将一场雪放入特定的情境
安静的房子，在北方，在雨之后

我看到另一场雪
一匹黑马在飞，在穆斯塔尔酒歌沉醉的午夜
我踏向旧路，雪未停，我看不见天空

在两场雪之间，秋天走了
竖起一根手指，我就能感觉寒冷，在雪之后
河流静了，那匹马归来，与我一道朝遥远凝视

2012 年 11 月 4 日深夜，于穆斯塔尔

穆斯塔尔：默

星星草
默的晚秋，在羊群边缘的人，默的目光
横在草地上的鞭子，默的往昔
纯粹的渴慕与地平线

布满裂痕的湖面，默的水纹
阳光斜射的午后，默的云，默的云的缝隙
那高远的深蓝，默的音讯
失踪者，默的背影
淹没于人类

我的默的穆斯塔尔
默的雪飘，此时此刻，大地的心默着
默的天色里，已不见鸟群

2012 年 11 月 5 日下午，于故乡穆斯塔尔

穆斯塔尔：在夜的故乡

想吃一些泥土中成长的东西
萝卜，山药，花生，可爱的土豆或白薯
想说神灵就在身旁，在一句祝祷里，在夜的故乡

比如树上的果实，枝蔓上的果实
比如苹果，柑橘，红枣，可爱的丝瓜或葡萄
想说供奉啊，以一颗心灵感觉复活，在夜的故乡

双手合十，闭上眼睛都能看到那些食物
那些恩赐，可爱的红茶与绿茶，美丽的樱桃
想说好好活着，在肌肤相亲的人间，在夜的故乡

2012年11月6日零时后，于故乡穆斯塔尔

穆斯塔尔：雪夜

一直静到那个时刻
世界只有那么大，雪在高原上睡了
在穆斯塔尔，最后一盏灯火倏然熄灭
我在黑暗中，一直静到可以听到自己的心跳

一直静到群羊安歇
那一片雪色，一片心，羊的眼神
静到人类无法听懂的忧伤

一直静到星语止息
某种幻象凸显，静到一个离去者的背影
那年轻的决绝，闪着泪光

我在高原的黑暗中
一直静到回望归程，看不到雪山
静到此刻，在父母的营地
我拒绝睡意，默念一个舞动的姓名

2012 年 11 月 8 日深夜，于故乡穆斯塔尔

穆斯塔尔：母羊与羔羊

蘸着羊奶
我在贡格尔草原玫瑰色的霞光中
描摹一只羔羊，我画出它的跪姿，它在吃奶
画出它的绒毛，那种精细让我想到人的情感
但我看不见它的眼睛

我看不见最难描摹的部分
羔羊的双眼，我看见远方山峰上空
有什么闪了一下，是一种纯白射向深蓝
像羊奶一样纯白，突然想到母羊跪着
吃奶的羔羊也跪着
突然想到母亲与手足

突然想到人类
纯白的奶水在阳光下慢慢变红
突然感动，但没有言语

2012 年 11 月 9 日下午，于故乡穆斯塔尔

穆斯塔尔：牧途

这里是祖先的牧场
我只能看到父母的遗存，马的路途
通向鲜花之地，在危岩的后面，还有
另一片草原

不必追寻古歌的灵魂
入夜，只要你愿意行走，这个领地
就属于你，硕大的星光会照耀你，你和你的身影
那么亲近地感觉雪，被覆盖的草
这空旷肃然的美与自由

而我
拥有不可割断的根系，我是高原的儿子
也只有在这里，我才敢大碗饮酒
像凯旋的英雄那样歌唱。对于我
也只有这里，才能够起死回生

2012 年 11 月 9 日下午，于故乡穆斯塔尔

羊的眼神

一只羊脱离族群，被拴在木桩上
它在哀叫，跪着哭泣。一群人朝这里走来
他们接近一个正午，这群人对食物的选择
将决定杀戮

一群羊在附近吃草
一只羔羊朝这边凝望，眼神悲伤
一群人饕餮，他们扔掉骨头
惊动一群羊

2012 年 11 月 10 日夜，于北京南城

科尔沁（二）

一个帝国的传说落在大鸟的翅膀上
在中亚上空抖一下光芒

永失骑手的契丹姑娘
在故乡凝望，她是帝国的忧伤

科尔沁沙地金黄
沙子淹没青草的语言，西去的契丹在夜里歌唱

2012 年 11 月 11 日深夜，于北京南城

心之呈奉

割破手指，我就能看见血
我的流经肌体的语词，写着过程
朝北的窗子很少打开，掀起布帘，透过玻璃
那面挡住目光的墙壁上没有藤蔓
可是，我知道谁会从北边来
那是某一天最光明的部分
行进中的仪式，根植缘起

我相信左手的语词
而右手，将托起某一天的光阴
某一个午后，世间的哲人们都在缄默
活着的，死去的哲人
念眉宇舒展

开启一扇门
我就能看见奇迹，就在那里
在非凡的相遇里，这样的心
已经贴近神

2012 年 11 月 12 日正午，于北京南城

十三·舍利

十三世纪
十三日，走过时空的预言里出现两个孩子
他们看着光明从午后的大地上升起，归于缘定

是那样的心，一个孩子说
向东，高洁的舍利等待一个人
是遥远的恩赐，在同一天，目光中还有相握的十指
被照耀者，静静体味那样的馈赠

一个孩子想到八十岁
那年深秋，他的红木手杖
他想到在那一年，他今天美丽的妹妹
她的白发在风里飘。他说，我们一定会相视于那一年的原野
在会意与回忆里，幸福微笑

2012 年 11 月 13 日夜，于北京南城

第 二 日

我获得石头的信息
那圣地的灵，旗帜飘在正殿之顶
贺兰山怀抱，温润的岁月就如安抚
我来了，我走了。他在那里，在永恒之地

溯源
我带走了水，水的信息泛光
照亮我的夜晚，我所回望的遥远的牧途
印着马蹄。一切都指向必然的日子，某个时刻

我们互为拯救
顿悟聚合，神秘之门隐隐开启
在穿越中闭合。是第二日，我听到舍利的信息
入夜，我相信一种奇迹已经发生，舍利的信息，就是降福

2012 年 11 月 14 日下午，于京西蓝靛厂

第 三 日

在疆界边缘
梦幻的蒙古马停下来喘息，然后饮水
向前一步就是新的岁月
它在回望澄澈，人的神情
感念的双臂拥住整个疆域，石头贴着肌肤
贴着纵横的掌纹，浸润的清凉源自山脉，一切都醒着

莅临
圣境也在等待一个时刻
三十年，或者更久，麻布象征典雅的王朝
一颗扣子，下面是第二颗扣子，掩住神迷
豹子的黎明鲜红，玫瑰鲜红，还有心
一切都醒着，一切都为这样的莅临

纹理，麻布与肌肤的纹理
泥土的纹理，水的纹理，目光的纹理
印在北方初冬的落叶上，提示一季

2012 年 11 月 15 日上午，于京西蓝靛厂

第 四 日

填满目光缝隙的洁白，神的羽毛
色彩比云深，比天空浅，比谷穗柔软

第四日，我如置身广大的聚合，游在星海
我的树木植在古城南端，第一场雪之后，叶子落了
那时，我在穆斯塔尔午夜梦见手握石头的女子安坐一隅
玉雕一样的眼神藏着奥秘

第四日，天堂的庆典没有结束
我在其间，我在安宁的祝福中选择色彩
我关注人类的服饰，在心灵的供奉下
我注视脸颊上的红晕。我听说人间的拯救
犹如少女重返开花的庭院，在一滴晨露里看到最美的倩影

之后，等待成为充盈的理由
石头的微凉，是让滚烫的心，回归恬静的原初，如此幸福

2012 年 11 月 16 日凌晨，于京西蓝靛厂

第 五 日

那一天，我枕着青草入睡
也枕着石头的语言。那一天气息浮动
我所面对的帝国存在三种怀念
河源，祖州，两河交汇处。我的三种时刻的高原
亘古的肃穆与沉淀不忘约定

那一天，我描述三种抵达
如果活着的时间曾经迷失，我会等待
我相信一颗心，就如我相信马莲开花的时节
一切都在苏醒。那一天相望无言
在渐次亮起的街灯中预言东行

那一天，山脊清晰，鸟飞自海滨
是的，鸟飞自海滨，人群已经散尽
我铭记最后的约期，感觉时光的那头被什么牵着
一寸一寸朝我接近。那一天神秘莫测
我仿佛坐在云端，迎迓诞生

2012 年 11 月 17 日零时后，于京西蓝靛厂

第六日

侧翼
我的帝国静下来，从深秋到初冬
一瓣心香的人间雨雪，杳然的山门里
藏着一个夏天

侧翼，举向光明的手
古人悲苦的五洲王朝交替，呼声逸入岑寂
我们曾在那个世纪里耕作，远离纷乱
被我们亲近的诗词无限安宁
泛着五谷的色泽

侧翼，我们的河流静下来
前世的约期到了，信鸽落在窗外，它收拢翅羽
睁着美丽的眼睛。它是我们今生的奇幻
它到来，然后静下来

侧翼
在第六日，你所主宰的两条道路
在特定处交汇，这多么像河流，我们的河流
沉入帝国的星语，一个名词接一个动词，温暖大地

2012年11月18日正午，于京西蓝靛厂

七日之后

我是光的仆从
这一刻，我的世界没有纷乱，只有安宁
古城在雾里，我在屋里。这一刻
我的夕阳已经走到山的那边

七日之后
尘埃中的佛语如此清晰
我试图发现群山举起的云阵，在那样的涌动中
识别深灰与浅白，想到层次，我的一个人的幻梦
想到人类的服饰与七日，我就会想到初始
微笑之上的眼神

爱着，这纯粹的年代，七日之后
菩提的果实洒落河之沿岸。我在第八日
在预言的故乡遥念抵达
与伸向佛光的手臂

2012 年 11 月 20 日傍晚，于北京南城

生死信札

一片叶子飘在两束光辉之间
我曾走在父母之间，成为他们的果实
我成为一个人，热爱天地，并接受恩宠

我曾将自由想象为奇妙与神秘
然后我离开了故乡，在身后目送我的人
守着故土，他们一辈子的根系都扎在那里
而我，是他们躯体上的枝蔓，因他们的血，我得以生

在距离他们越来越远的旅途中
我两次被死亡的噩耗召回故乡，父亲走了
然后，母亲走了。那是两个冬天，无比寒冷

感觉断流，就如感觉十指折痛
在这个世界，我成为没有双亲的人
就如今夜，我如此孤寂，我如伤残的古城一样孤寂
午夜中的落叶仿佛流着血
如我一样感伤与安静
活着，如水如梦

2012 年 11 月 21 日零时后，于北京南城

数字里永恒的王国

我还在你的世界中
你有我，看见河流的沿岸你就会相信春天
我的誓言中有你，走出城市你就能看到原野
大树上的鸟巢，还有河流，那是我们共同的依存

你看远方织就的土
我是说，你看大地上含蓄的花纹
上面的庄稼或青草，觅食的燕子落在水边
你看那驾着马车的人，仿佛怀抱平凡的生活，总是无语

十三世纪，一个武士回到穆斯塔尔草原
从此，十三，这个神秘的数字成为一个古老部族的定数
我走了很远，在这个过程里，我接近你，我的不可轻慢的奇迹
一定与十三有关，比如今天，或者夜晚

我都不能悖逆灵息的方向
就那么一个瞬间，你就不再是我的异域
我对你说了很多话，比如眼神，在瞳仁深处退远的岁月
比如一个热爱色彩的女孩，在她的世界里，没有十三世纪

2012年11月21日夜，于北京南城

此刻的幻象

奶色洁白
在尽处，唯见雁群起落，一个季节离去

一种年代离去，竖琴未变
我迷于其间的命未变。细读王朝，这一刻

十三世纪亡失的骑手睡在河畔
他年轻的骨头，他周身白骨的缝隙与洞孔中穿过风

幻觉的海，安澜与鸥鸟
多年后，我应该会出现在边疆，拄着手杖

2012 年 11 月 22 日正午，于北京南城

伊瓜苏瀑布

神的居所
群鸟的翅痕只在黄昏重叠
水帘后面岩石灼热，某种迎迓等了千年
时光之眸，被我们称颂为湖泊的净水举着什么
你到来，你只有三个夜晚，足以回望走远的前世

站在那里，一只鹰也曾站在那里
或一匹马。走到哪里都会想起水的源头
一孔泉涌象征一个预言，假如不能破解
那就是痛楚。我从梦中来，感觉是从水中来
我成为自己的谶语，深陷寂静

2012 年 11 月 26 日上午，于长沙

十种指纹的秘语

九个孩子涉过河流
一个孩子在巉岩的高处喊了一声
到达对岸的九个孩子，都没回头

后来，那九个孩子
五个成为丈夫，四个成为妻子
一个女子没有出现，她在指纹之外，在秘语之外
一个孩子在孤单的深夜
守着童年

只有一个孩子远离岸
时光过去了那么久，他仿佛依然坐在巉岩
望着消失的同伴
还有苍茫的春天

2012年11月26日正午，于长沙

与神同在

众神舞蹈
众神将美妙的果实放在树上，放在玉米之怀

众神目送你经过苍茫的草原，让你
发现葱茏的绿色覆盖远山，众神不会对你说话
你远足，你的心香是临别一语，恋着水晶

水，大瀑布
在圣杯的光泽里显现人影，怀念者
从不敢忘却人类的颂辞
奶色，血色与月色

2012 年 11 月 27 日夜，于北京

光阴的正反面

相信玻璃
我就相信天空，还有地上的水
阳光穿透水的波纹，照耀你的神情

隔着玻璃，我阅读最亮的羽翼
我可以想象那一切，在最高与最远处
或在最静与最低处，你都那么纯净
你抄写经书的手脉络清晰，这也如河流

一寸一寸的黑暗与时间
此刻，你的一寸一寸的观望与沉思
被我轻轻点燃

2012 年 11 月 28 日午夜，于北京

在雪地雨幕和灯光那边

你们绝对忽视雪地上的影子
雨幕前的影子，灯光后面的影子
忽视了那么久。你们的初吻就在影子深处
一种伤残，像草根断裂，像羽翼一动，然后消失

你们仿佛活在浮尘之上
浮沉，但不再飞翔。你们甚至不再回味
初吻的晕眩，整个世界都在动，心在动
在四只手臂之间，两颗心，两个宇宙，一个影子

在天光焚尽的海滨，永恒的蔚蓝轻托岛屿
那是生命中光明的部分，最干净的部分，疼痛的部分
问沧海多远，初吻的心与唇，初吻的人，独对杳然
那里不是诞生的地方，不是获得爱情的地方，那叫异乡

许多年之后，你们老了，就会迷恋夕阳
你们突然发现，安宁的世界那么美，安宁的人类
那么累。那一天，你们会想到谁？谁的影子
会让你们喟叹追怀？再问沧海，只见月光如水

2012 年 11 月 30 日上午，于北京

航　　程

近了
那个奇迹，一颗心在雪地之上
这夜海，岁末的高原，被安静的眼睛
所铭记的子时，风已止息

向着我们的北方返航
心安于圣殿，语言止于确切的音讯
感怀止于凝眸，时间止于残破，幻象止于梦

人间幸福永远不会止于相拥
那也是一种航程，闭目飞跃九个时区
站在光芒之上，或斜卧于名词之上
静待雪融，在水之上，不说返航

2012年12月3日子时，于内蒙古故乡

守　　望

我在紫薯成熟的季节等你
在屋门前，瓜架之下
面对长着玉米的田园

我的头顶是密集的青藤
葡萄紫了，阳光滤过枝叶
在黄土地上留下浮动的影子

在河那边就是草原
像诗歌那样，像不老的爱情那样
像忧伤那样，像地球舒展的翅膀那样

你飞来，你知道我会在夜里守着烛火
我守望一个十日，然后是下一个十日
你飞来，我对你说远山落雪，高原苍茫

2012 年 12 月 4 日清晨，于内蒙古故乡

分　辨

此一刻
我不能分辨夜暗，回想正午的阳光大地
我可以分辨树，但不能分辨根

是这样的生活，让我们分辨善恶与花朵
但不能分辨背影，在智者一再喟叹的往昔
我们不能分辨宫闱，但可以分辨服饰

此一刻，被心灵印证的一切活着
孤独活着，但我们不能分辨目光，月色明朗
我可以分辨山，但我不能分辨石头的纹络

2012 年 12 月 4 日深夜，于内蒙古故乡

陨　　落

玛雅陨落
七个世纪没有陨落，美洲的七个世纪
印第安人的七个世纪，新婚一样的七个世纪
没有陨落

预言陨落
魔力没有陨落
肌体一样的山脉没有陨落，血色没有陨落
忧伤的印第安，忧伤的部族家园沦丧
血色没有陨落，山脊的血色，河流的血色
誓言的血色在巨大瀑布的后面
没有陨落

拯救陨落
世界上最高的那棵树，最高的那片叶子没有陨落
进入琥珀晶莹中的灵息，犹如辉煌七日与七个世纪
在遥远处示意，这活着的心灵与大地
这肌体契合与摩挲般的恩典
没有陨落

2012年12月7日上午，于北京南城

在两层夜暗之间

在广大的寂静中，我守着一隅
我与一盏灯光，仿佛被夜暗逼向时间的尽头
我感觉四种燃烧，我的火与水，我的山峰与玫瑰

我的北山的雪，南山的苍郁，东山的雨，西山的鹰笛
在横向纵向的视野相对而飞，这永无疲倦的颂扬，预言者
我的伴随不是灰烬，是岩上的花蕾，那么长久地感动人类

是那样的色泽，让我拥有恒定的心
向着午夜旅行，我将马安顿在高原上
闭着双眼体悟路途，体悟尽头的你与旷世的隐秘，不可分离

2012 年 12 月 7 日夜，于北京南城

祖 鲁 节

宗师走远
少年打马走过寒冷的草原

入夜，遍地灯火
遍地未解的哀愁在怀念中成为幸福
然后成为节日

然后
我懂得铭记这一天，这一天黄昏
我在人间想象天堂
还有无比温暖的酥油的光芒，照耀忧伤

2012 年 12 月 8 日，祖鲁节，于寒冷中的北京南城

笃定（二）

我将在一支曲子的余音中睡去
梦归天光燃尽的草原，看到湖泊
我就看到了大地的眼睛清澈明亮
像典雅的爱情，我必须回望的源流之地

我能读懂泛黄的史籍，但读不懂心灵
读不懂一串佛珠来自哪座山脉，或河流
我也读不懂这个年代，浮尘中的人类
为什么丧失了感动

我知道
我会在沉默里远离一个胜境
在一支曲子的人间等待剔透
那是我的一个人的帝国，于灰烬里再生

2012 年 12 月 8 日午夜，于北京南城

终 结 日

我的隐秘至今藏在一个村庄
一面窗子，窗子外面敞开的山脉
我的隐秘，熟识养育我的土，我的路

向着神的方向奔跑
神不说话，神在一针麦芒指向的北方
牧人在星空下喂马，白雪落山崖

我归来，我在金山岭以南怀念少年
在一天一天之后，我仍然属于那时的梦想
我属于残破，犹如雪崩

终结日
我最新的隐秘正在接近某种毁灭
我微笑，看着正午缓慢西移，成为过去

2012 年 12 月 9 日正午后，于北京南城

未来旅行

不错，我看到了那一天
酷寒中的前门，明代灰瓦，金黄的草
握住一只手，你就握住了密语
是这样，在可以传导温暖的人间
我看到了未来，还有旅行

终结日后
我在同一支神曲中行走了很远
然后我听到一种声音，我听到海的声音
这意味着，我触到了柔软

放弃了！我的河源
我的霜气逼人的故里，契丹的祖州
我曾视为生命的拯救

我从母亲安睡了十年的地方走出来
我看到了燕山，我看见精神的树木站立高地
幸福地张望夏天

2012年12月9日夜，于北京南城

女　　神

——致伊莎贝尔·阿佳妮

在离神越来越远的年代
连河流的波纹都不再美丽
世界大地上曾经见证过史诗与纯粹爱情的河流
如今浑着，被毒着，断流干涸，或咆哮决堤泽国
但你美丽着，伊莎贝尔·阿佳妮
你承袭了上帝给予的神秘基因
在最深的安宁中，让我们相信亮色
隐含不可拒绝的魅惑

这是一种极致的美丽
需要尊重。伊莎贝尔·阿佳妮
实际上，你的品质更接近天籁，源自深蓝
你一定能够听懂云的话语
比如圣洁与飞，或停留在村庄上空
与羊群对称

直到今夜
在所谓人间，伊莎贝尔·阿佳妮
任何一丝轻慢都会惊扰你，你专注的眸子
还有你玉脂一样的肌肤，将荼毒逼远
你让充满热爱的人们走近
看你微笑，听你的声音
你一定肩负天使的密令

你以高贵的气质暗示世界
倾听倾诉，必值得倾诉，伊莎贝尔·阿佳妮
这与时间无关，与距离无关，与承诺无关
当整个世界都开始寻找你的背影
你在水边，你安坐那里
你的身后是火红的夕阳
爱你的人，你爱的人
都不会看到你的泪水
只有你知道，你来过
你已完成使命

现在
我要对你说，在人间
活着与死，都会让我们想到告别
不是告别你，伊莎贝尔·阿佳妮
是告别一个年代，是一个年代替代一个年代
但是，无人可以替代你
就如任何一个地域
都不能替代浪漫忧郁的法兰西
就如人，不可替代神或女神
月光下的记忆

2012年12月10日零时后，于北京南城

复　活

我想点燃沉沉寂静
点燃雪，西山流云，点燃时间的血肉
我不会点燃瀑布
那种流泻，在平凡的感动中所象征的高度
连着天空

此刻
美洲的谶语活着，那是写在骨头上的语言
在欧洲，人类的庆典正在进行
相隔精神的幔帐，人们看不见另一个世界
这无法点燃。在非洲，饥饿的孩子头顶水罐
去寻找水源

有一类燃烧不见火焰
最后，我还是要说一说复活
看看飞越林梢的鸟群吧，看看那里
然后，你可以看看自己的掌纹
是否能够听到什么声音

2012 年 12 月 11 日零时后，于北京南城

从贡格尔到奈曼

在贡格尔到奈曼之间
我的部族是散居的，这个时节的雪
有些暴戾，像醉酒的汉子将匕首刺向羊群

你能看到的鲜红，是一道霞光
或新娘初夜呈现于洁白上的血
这是生活中的一部分
怀念是真实中的一部分

在贡格尔到奈曼之间，还有孤独与空旷
源头那么静，一只觅食的鹰在山谷上空盘旋
杀戮随时都有可能发生

在贡格尔到奈曼之间
我的想象深埋雪下，一个绝美的女子
在窗前怀念一匹马
那匹马是她生命中的一部分
那匹马灵动，激越，充满原始的力与忧伤
在贡格尔到奈曼之间，那匹马没有家，只有天涯

2012 年 12 月 12 日上午，于北京南城

最　后

最后，我的眼前为什么会出现阿尔泰山与杭盖山
在黑暗的重压下，我渴望触到
两只最美的乳房，我应该在鄂尔浑河谷
而不是在钢筋水泥的建筑里
我设想跪着，或斜卧
与一个亲爱的女人说着什么

最后，我们的对话一定与肢体有关
感觉像剥开一枚果实，我们彼此抚摸
感觉剥去一切掩饰的契合
我们不会告诉世界，那就是幸福
在耳语中，或在疾风般的狂吻与冲撞中
将一切羁绊燃为火，让我们的耳边
发出感人迷醉的声音

最后，我也想与兄弟们饮酒
我希望有一些美丽的女人坐在身边
看着我和兄弟们，怎样变成单纯的孩子

最后，如果必须抉择，我还是选择你吧
在激情鼎沸的时刻，我不会呼喊上帝
我呼喊你，你呼喊雨，我们同声呼喊
——活着！或这样死去

2012 年 12 月 12 日下午，于北京南城

界　　限

我的帝国在雪日走远
此刻雪依然飘着，推动这个距离
我见证陨落，但不会描述
我坐在分解幽静与苦难的南城
臣服于主宰，这一夜，关于过去的一日
那一日所象征的苏醒与拯救
将被雪和心灵尘封

在红酒闪耀的下午
我是一个独自穿行异乡的人
没有人呼唤我，没有人留意雪后的时间
只有界限，我这样告诉上苍
我陪着你的雪，我陪着你的夜
我陪着你不断恩赐的文字
念起一切，但没有语言

2012 年 12 月 14 日零时后，于北京南城

雪和雨

我把一片雪丢了，雨无约期
爱在天国是丝绸般的蓝色，最后的等待
立于船首，桅杆刺入天穹，人间可见
夏日的惊涛中有你，此世有你

彼岸晴朗，金黄的沙丘在严冬塌陷
此刻，雪入门扉，雪入铭言之隙，雪入
相望无声的海滨，夕岚神迷
拥一羽岁月叹这皓白，独品沉醉

身体的风暴从未止息，听任
心引领路途，蜿蜒着，通向你
交付你，不仅是雨和雪，是命中的一环
融九世慧光，神秘之器，被青藤紧紧缠绕

2012 年 12 月 14 日下午，于民族饭店

侧身而过

一切飞在头顶的东西，天宇之怀
如侧身而过的篝火，那种升腾，苦念
往日白云低垂的春天，树冠那么静
昔年已逝，飞在头顶的东西，保持安谧

母族啊，你迁徙的车轮越来越远
爱在故地，乡音也在故地，与群山相隔
真的是告别了！少年的水，梦幻的天
切开雪夜的马蹄突入黎明之地

焚烧，在火焰附近，有安坐的神
香气缭绕的异乡午夜，与什么会意
默读星海，从一千读到一万，到十万
祷告初始，从河源出发，到长途千里万里

2012 年 12 月 15 日零时后，于北京南城

我 的 夜

将一生的理想置于崖顶，比鹰巢更高
那无可倾诉的所在，心中的风暴总是逆向天光
午夜之后，回到人间的肉体舒展着，在墙与墙之间
提示平安的钟声刚刚响过，一颗流星自夜空划过
设想一个夜行者，刚刚越过北方沼泽

我开始谛听遥远的心，像渴望抚慰
是的，我一定会想到这样的生活，月光下的锯齿
怎样切开树木的花纹
就如我的冥思被黑暗切开
我看见了真理，我看见
最高的理想比信仰和绝望矮一些
但高举着慈悲

人类
我是你们中的一分子，我所深怀的隐秘
有时会追随西去的契丹
到喀什，我知道也就到了中亚
而我的肉身，无论怎样都拒绝燃烧
它舒展着，接近一个有序的帝国
沉入安谧

2012 年 12 月 16 日零时后，于北京南城

四十八小时

天黑了两次，雪降了一次
暮光移过古城边缘，我望了一次

我是想过的，就向那个方向而去
穿越河北，在晋西北朔州渡过黄河
我会看到第一天曙光漫过雁门关
在准噶尔马嘶中展开双翼

是啊
天明了两次，雪停了一次
我在古城以南梦了一次

之后，我发现一切都默着
人群默着，岁末默着，罪恶与慈悲也默着
第二夜默着，黄河默着，水默着
我在一个巨大的疑问中，默着

2012 年 12 月 17 日零时后，于北京南城

圣　辞

不会再念起了，那些名字没有写在钟声鸣响的地方
这彼此的遗忘，彗星之翼，飞速燃烧消失的光焰

照亮一方天宇，午夜之后
教堂的塔尖举着风，风举着语言，我举着手
我必须证明，这笼罩黑暗的大地举着我
让我渐渐接近一颗心灵的高度，我静默
我所发出的誓言犹如紧扣的十指，贴着唇

在掌心相对的宇宙里
圣辞清晰，贯穿神秘的掌纹
有一些岁月正在迷失，少年，青春，记忆中最重的某个人
唯有圣辞
不时闪耀于指纹的河岸，你可以想象摇动的芦花
投入静水的倒影，一驾马车拖着扬尘
驶向远方的林地

而我，会在那种时刻忆念洒落细雨的石径
凝望越来越亮的高处，最深的辞就在那里
心灵之血，无声填满身后的缝隙，像完美的祭礼

2012 年 12 月 19 日零时后，于长沙

仓央嘉措

最终，你臣服自由的心
告别布达拉。你让一个绝世女子
在尘封之地哭诉圣殿，在西藏，在青海
在金黄的蒙古阿拉善，你幻化，痛失前缘
你在贺兰山平安的怀抱里感念梵音
你的远方是居延海，活着或死去的胡杨
你年轻的圣歌那么凄美，被放逐者
渐渐退往那年深秋

在掀开帷幕就是真相的地方
人们叩伏，以手抚石。你的被淹没的眉宇
后来出现交替的日月，轮回照耀
唯独不见你的身影
合十的手掌举向眉心
举向永恒之念，举向黄河与高原
最终，你也未能寻见那个女子，那个同样悲伤的人
默于隐世，成为你的隐痛

关于贺兰山，我的记忆就是一块石头
是的，你在那里，苍凉的云飘在那里
或许，一种古老的血脉流在那里，直抵遥远的世纪

2012 年 12 月 20 日零时后，于长沙

今　　夜

今夜，听到亲人声音的人是幸福的
看到大雪或走在雨中的人
都不够幸福

今夜，自然里的一切都会被视为征兆
我安我心，我守着自己的圣殿
我安我魂

今夜，我注定从雨走向雪
没有伴随。我猛然忆起书信年代
可我遗忘了某个地址

今夜，岁末的人类同说一个预言
我说幸福，在雨雪和泥土下面
地河闪耀，波纹美丽

今夜，我写这首诗歌
我写一次旅程，的确充满幻象
我说听到亲人的声音，如此幸福

2012 年 12 月 20 夜，于夜行列车上

上帝粒子

距离，光的手指
花朵的形状是一个预言
破解者，你首先被撞击，你入梦
你在更大的星团中再次迷失

水含其中，水
水中的物质，应该有一双眼睛
洞悉我们的尘埃，地球，我们，人类
最高冰山上的雪莲不为人知。尘埃，这一切
完全被距离主宰，声音遁世，比遥远更遥远

我们是宇宙竖琴下最微小的音符
漂浮于苍宇，我们在距离中熟记一些名词
风雨，雪与道路，屋宇和故乡
唇，胸乳，我们必然走向一个宿命般的动词
吻

还是距离
主的苍穹有序，我们是彼此的距离
日历，日期，日记，日迷
吻，停息，目光与手臂

2012年12月22日下午，于京西蓝靛厂

活在德令哈的妹子

在德令哈上空
我的星系没有改变，我的妹子
那个渴望人间爱情的女子，已为人妻

活在无声的残破中
我的妹子，那个仰慕高原骑手的女子
至今珍藏一枚箭镞，这个信物活着
在牧歌里，在泪水里，在巨大的秘密里
我的妹子独忍痛惜

幻想遥远的星系不需要理由
在德令哈上空，深邃的蓝，正午的阳光
也无法穿透怀念，我的妹子手握箭镞
在沙地上写骑手的名字
一个消失了许久的人，他的形象
不时闪现在树干上，在岩石上，或在清澈的水底

我的妹子活在德令哈
我的丧失了美丽爱情的妹子，正在慢慢老去

2012 年 12 月 23 日零时后，于京西蓝靛厂

纪念一种旅途

枯萎
这饥饿的雪季，最后的抒情属于河源
水所行走的道路，伴随怎样的心

祭祀肃穆
在克什克腾湟源敖包周围，丘陵托着幼树
血的长驰遗存可辨，在幽闭的谷地
王子的叹息贴着砂岩，云贴着崖顶
那个秋天
在贡格尔到奈曼之间复活的史籍里
首先出现蜃楼一样的辽国
金人北上，上京在火光中陷落
入夜，我在不见星河的林东幻听牧歌
那是蒙古

之后，我就告别了，我将无限的感念还给时间
将祖州还给契丹，将没有回声的暗夜
还给了自己

2012 年 12 月 24 日零时后，于京西蓝靛厂

重返穆斯塔尔前夜

选择岑寂
在神的诞辰日独自向北
只有那个怀抱，才能在严寒的岁末
给予我雪的洁净与慈悲，让我静下来
回望都市与人类

循着光，而不是循着水声
循着干草的气息回到穆斯塔尔
我就遵守了一个誓言

我的血与骨骼充满相同的渴望
在没有枪声的午夜，我准备逃离，这很真实
一个预言说，重返那里吧，在黎明到来前捧起雪
你就会识别琴声，它来自你的上空
它盘旋，就如鹰翅

就如我的冥思
我的灯盏下的身影，我的准备启程的今夜
宣谕降临

2012 年 12 月 24 日深夜，于京西蓝靛厂

另一个世界

永隔神情
凝眸微笑，或泪水之光
那是我的极地，是第四极
我的平畴和攀缘的景致在时光那边
气息喷吐如坐莲花

我看不见那种情怀
我在其中，我可以感觉存在
听唇语润泽，关于前世今生
应该是一羽灵翅的两面
坚韧而生动

在大都去穆斯塔尔途中
我接近另一个世界
把闪耀光辉的下午留在身后

2012 年 12 月 26 日晨，于重返穆斯尔途中

2012：别辞

我相信遥指
在穆斯塔尔雪中的午夜
醒着的心和屋宇，那种存在
向我传达远隔山川的音讯

我相信今夜
玛雅预言一定携着很多悲苦的心灵
那些曾经寻找真理与温暖的人
对未来的人类暗示
比如红色危岩的裂痕，躲避焚烧的蚂蚁
隐隐闪现在海洋上空的异象
期待安抚的手

我相信黑马奔过的草原
雪后，羊群突然出现
这个时刻，我相信雅歌夜夜回旋的夜晚
一棵青草或一棵干草
能听懂水的语言

我相信渴求与恳求
一切焦灼的心与目光，总是无声
我们已经等待了那么久，此刻我们挥别
在这个世界，我与兄弟姐妹们
道一声夜安，我的手中没有金子

我紧握着，我痛惜，我感觉一年时光的流泻
穿过我的指缝，我们真的看不见印痕
我想到离散，破碎的酒杯刺开食指
然后看见鲜红的血滴

我相信存在
终将形成高贵的记忆
为此，我感谢时隐时现的身影
在一句谶语中，那是一生不变的奇异
你在了，身影就在

我相信奔赴
在自然荒芜的走廊，一根白骨
可能就是一位英雄的喟叹或遗嘱
我身怀崇敬，在那里，人间的箴言已被掩埋
但灵息飞着
风飞着

我相信爱
大地上干净的水
流过神秘的村庄，孩子们在水边嬉戏
炊烟飞着，飘往一个市镇
一定有两颗心相对
在空中飞着

我相信
我们活在非凡的时间中
感觉一切飞，感觉一杯水的温度
就像生命的温度，感觉即将过去的这一年
就如陨落，但辉光不熄

我相信铭记
苦的果实与甜的果实
总有一些愿望不可诉说
就这样告别，我相信一只伸向夜色的手
象征最深的孤寂
但接近神性

2012 年 12 月 30 日零时后，于故地穆斯塔尔

空 白 处

我留下
在那个悬念中，雪落岁末
我迷恋一个遗址，我可以解开重重环绕
在两个锐角之间，我希望解开
典雅王朝陨落的诱因

我解你
我陪你历险，我无法描述燃烧的唇
关于逸入，起源于由北向南的道路
不说金国，但要穿过元朝
空白处，在几个后来的朝代
我们在远离战乱纷争的水边
牧羊而生

空白处
是与我们无关的史实
在安宁的边疆，我们浇灌大树
粗壮的枝杈上结着星子，肌肤温存

2012 年 12 月 31 日零时后，于穆斯塔尔

守　　夜

守着
雪的燃烧不见火焰
这一刻，在新岁寂静的上面
我想象纵马，我希望以这样的方式实现挽留

守着
浮华的浩歌距我那么远，我尊重某种狂欢
这一刻，我在穆斯塔尔以东，邻近冰封的湖
我的意念飞在新岁寂静的上面
寻找不眠的眼睛

守着
这一刻，我可以听到冰裂的声音
夜风吹过雪地的声音，一颗心灵的声音
仿佛也能听到肌肤相亲的声音

守着
这初始，这样的时刻存在阵痛
这一刻，我的高贵的彼岸，就是你的心灵

2013 年 1 月 1 日零时后，于故地穆斯塔尔

肌理或纹络

突然想到战国的谋士
那个乘坐马车的人，在什么时刻
抵达失去了霸王的楚国

我曾在垓下拾起青灰色的瓦片
那一天，我突然想到一双灵巧的手
握不住故乡青草

突然想到悲愤一刎
万古之殇，不可缝合的肌理与纹络
一江流水，两片山河

我在穆斯塔尔面对日落
突然想到人间幸福，马走雪阵
那一刻，我熟悉贴着耳畔的风语，肌肤的光芒

2013 年 1 月 2 日夜，于故地穆斯塔尔

再望契丹

今夜我想念身穿布衣的女子
她眼帘上面的天空，无雨的眉宇
跟随语言，她走过无限遥远的道路
她见证一种图腾，忽生忽灭

她血统高贵
她眼帘下面的土地曾经诞生英雄
金人劫掠，上京的契丹失去了故乡
她失去了寻找的方向

遥望中亚
喀什没有留住契丹，他们走了
身穿布衣的女子守在科尔沁
千年一瞬，西拉木伦河源迎来新的早晨

我距她那么近
就如面对典雅的王朝，烛光燃着
在古老的生活中，微笑活着，青草与怀念活着
雪飘着，足迹被掩埋着

2013 年 1 月 3 日深夜，于故地穆斯塔尔

小　　妖

想到你，我不说涅槃
我也不会给你一封家书，在隐隐的遗址中
我们是两头本真的豹子，含着微笑
那时候，古城落雨
谁也没有想到陷落

在河流都会改道的人间
神会原宥偏失，飞雨难道不是倾斜的吗
还有箭矢，它风中的弧线
它的落点恰好是一面陡峭的雪坡
刺目的光类似不可言说的创伤
藏于寂静

如果世间还有一种东西没有改变
小妖，我会说那是心灵，那是独立的所在
那是最后的边疆
可能不是故乡
可能是忧伤

2013 年 1 月 6 日零时后，于北京南城

一尾鱼的游动方式

潜游于水
它抖动着，身躯光滑，仿佛泛着光芒
它游动的方式由浅入深，然后折返
没有任何力量阻止它重复游动
垂钓者，通常是鱼的主人
他在岸上，在山谷前
在巨大的幸福中

一尾鱼的王国
唯一的王与王后相拥于时间
他们是鱼的主宰，褪去全部遮蔽
他们决定一尾鱼游动的方式
他们耳语，他们呼喊
都不会惊动鱼

鱼饵不在时间的岸上
一尾鱼游动的方式，绝对接近沐浴的美丽
累了，它会躺在主人之侧
显得安静，听风生水起

2013 年 1 月 7 日下午，于北京南城

此刻就是

你听钟鸣，在光明之上的故里
刺绣的少女，那个永远摆脱了魔掌的人
她指间的银针闪亮，连缀蔚蓝

她不是我们的亲人
她在高处，在艰难的尘世
她曾经随着深重的悲痛缓慢上升
负罪者，在她越来越小的影子后速朽

你要相信
她是天上的百合，不会在人间枯萎
她滴落寒冷泥土的泪珠终会成为琥珀
你要相信每一个春天，草会绿，燕子也会归来

此刻就是
你要相信，想到你，我就会感觉巨大的幸福
你要相信，一切负罪者都将老去
化为粉尘，永失双翼，死于寂地

你听钟鸣，此刻，相视的眼睛与心
这赐予，少女的故乡总有新婴哭泣
这是人间的感动，邪恶与诅咒都无法拦阻

2013 年 1 月 8 日正午，于北京南城

片　段

一只大鸟在叫
不见踪影，在上京到克什克腾之间
暴雪已经止息，向北的旅途那么静
沿途只有惊飞的群鸟

我在河流之侧
在史籍的迷宫，我所投身的科尔沁大地
埋葬了四处掘墓的金国
那个深夜，这条河流泛着白光
上京燃起大火，烈马嘶鸣
耶律家族的后人们含泪西去

是什么人，在这个世界，以什么方式剥夺了
更多人的自由？走在白雪覆盖的高原
我心怀疑惑

走在河流之侧
仿佛走在爱人之侧，我想大声告诉世界
片段真的就是残缺，但岁月高贵的礼仪活着
自由心灵的光芒从未消隐
你看，金国死了，时间活着
掘墓者，你可以掀开无罪的厚土
但你终将在尊严的血脉前却步
就如你无法斩断涌动的河流

2013 年 1 月 8 日深夜，于北京南城

正午的灵异

那些精灵
它们比水安静，那种极致就在他们近旁
听他们在艰难时世，以缅怀的语气说起幸福

正午
东四南大街上有很多人，有一些车辆
有一种生活被天注视
有两个人隔窗望着，谈起灵异

遥远的和田浓缩在一块石头中
温润，就如圣洁的胸乳
一片紫红出现在和田尽头，在中亚一角
抚摸者，一个将马视为图腾的人
试图握住缘定

在人间，那些精灵不会轻易显现
它们伏着，蹲着，或者卧着
它们在那里听人间恩赐，还有罪孽
敬畏灵异的人，他们隔窗望着，那是正午
地点：北新桥三条
在一站之外，就是雍和宫

2013 年 1 月 10 日午后，于北京南城

不朽的人

不朽的人
你用不到三十个寒暑读懂了人类
你在午夜的墙壁上留下手语
那是活着的心，缓慢脱离痛苦的土地
在没有少女的屋宇下感觉飞

不朽的人，你信奉仁慈，你因而微笑
在仿佛燃烧的孤独中
你向伟大的水手致意，你说
海啊，请庇佑他们，请让他们回到平安的码头
再次回到岸上的生活
请你收下我的诗篇
这鸥鸟般的献辞

不朽的人
你在这个世界上没有敌手，但你有爱人
她是你诗歌中最美的意象，她永远年轻
她激励你飞，你去后，她守护你入睡

2013 年 1 月 11 日零时后，于北京南城

写给未来的留言

如果我没有为你建成诗歌之塔
穷尽一生，我还原为在树下等待星光的牧童
我倚在那里，独自面对人间与人类

那个黄昏，你在哪里
如果你远离穆斯塔尔，我的降生地
望着道路尽头，你想到我，还有我在年轻时代
用心血浇灌的诗歌，最终成为神秘的花朵
但你看不到盛开，我最后的心愿是
你不要联想一片废墟

我一万次想象
我是走过天边雪线的牧人，我拒绝歌唱
如果我被风雪吞噬，只留下牧鞭
你就等待眨眼的星子，是那种开启
让我在蝙蝠的鸣叫声中感觉恐惧与吸引
我是说神秘，人类不可知的一切
怎样暗示近旁与明灭

如果那样，你不要哭泣
如果我先走了，我会将红木手杖放在树下
是留给你，你可以想象一个追寻羊群的人
消失于风雪弥漫的彼岸，从此隐于无形
等你渡河，再次携手

2013 年 1 月 11 日黄昏，于北京南城

浣衣的少女

那很神秘
在河流的倒影里，你看到真实
微微敞开的胸怀，行走的心

你想象触觉
天光之下的自然如此静谧，只有你
你俯下的身躯，看见水中的乳房已经成熟

浣衣的少女
先把自己交给河流，然后回到梦里
把自己交给一个男子

2013 年 1 月 12 日深夜，于北京南城

心动故乡

我想到归
不是逃离，是归
我想到冲破深重雾霭的方式
踏上通往澄澈之乡的道路
沿途，我希望迎迓漫天飞雪
我希望，在我的身后
疲惫的帝都被阳光照耀

此刻
我希望天使的额头出现美丽的雨季
如果她垂首，大地就会痛哭
此刻，我在华北，好像在一个谶语里
等待篝火飘向蔚蓝夜空
点燃星斗

2013 年 1 月 13 日下午，于雾霭中的北京南城

神会佑你

神不会挽着你的手
神在两片海洋之间，在两朵花之间
神在两座山峰之间，让你看见远空
神在两个季节之间，让你看见雨雪
你抬一抬手，就会看见燕子飞翔
神在两种幸福之间，成为等待

神在遥远的目光里
你看见地平线，就看见无声的日子像岚一样
你在两个愿望之间倚着河流

神没有纪年
你心念爱和仁慈，神就是拯救
你污毒双手举枪欲射，神就是祈求

神会佑你
你信奉，你相信两滴泪水之间的山河
曾经破碎，但你从未怀疑
神会佑你，在十个王朝之间
那种光，从未寂灭

2013 年 1 月 14 日夜，于北京南城

天赐之岸

雪乡，我所心怀的高原清晨
麻雀在树上叫着，有些凄婉
很久以后，我懂得那种叫声源自饥饿
但我忽视它幼小的羽翼，关于飞，觅食
在巢穴等待的更小的鸟，与我一样
与我单纯的少年时代一样，受困于雪地
那一年，他还没有获得启悟，远离天赐之岸

今夜，我多么感激那时的记忆，雪乡
我留在宽广高原上的足印，从那个时代开始
指向你，通向你，通向天赐之岸
一定可以枕着涛声
我想，那是江涛，或海的波涌撞击岩岛
是的，我们可能会错过一个清晨，在天赐之岸

一个被预言深深魅惑的少年
从雪乡启程，他仿佛走了很久
后来抵达一座古城，后来
他拥有了誓言一样的方向
由北向南，然后，由北向东
在圣女梳妆的时刻抵达天赐之岸

2013 年 1 月 15 日零时后，于北京南城

一切无语

当然
我知道往昔渐远，青铜之锈掩住王朝的美丽
露出伤残

埋入黑暗的编钟依次排列，就像一种命运
牧者，那位深深隐藏真实身份的人躲避火焰
但不恐惧灰烬

故亡，祭祀之晨的雨依然斜飞
女子怀揣蓝色纱巾面朝逆旅——那是很久以前
在远东草原，英雄默泣

2013 年 1 月 15 日零时后，于北京南城

美 丽 者

你成为一个理由
在蝉翼这边，我们指点星海
你看一半夜空，我看一半夜空

有一种东西不可触碰，美丽者
你拥有与青草一样颜色的名字，你的目光保持清澈
你注视一颗星子，有一种光就在你的头顶上方闪一下

似乎真的隔着蝉翼，你的肌肤桃红
微露胸乳，让我耽于对古老节日的幻想
一个少年提着灯笼走过街巷，偷看邻家梳妆的少女

美丽者
你说，人间的某个约期是否近了？就在
马车消失的年代，蝉翼那边已经停止浮动

你成为唯一的理由
你到了，雪就化了，你微笑，花就开了
你来了，幸福就来了，午夜的雁阵就开始往复出现了

2013 年 1 月 16 日零时后，于北京南城

群星之首

我没说你是神树
在高端，你是最大的果实，在你的上方
依然是无边圣域

我在人间戴着玉观音
有时候，我对你仰望，想象在你的光下牧羊
在温润的胸前，感觉一个宇宙

群星之首
你永失枝头，我永失渡口，在所谓异乡
独自行走

2013 年 1 月 19 日零时后，于长沙

飘远的云隙

高原上飘移巨大的阴影
云隙翻卷，是一层黑暗叠压一层黑暗
望望天空，云没有动，阳光与风在动
草地上，觅食的羊群在动

我成长在传说茂盛的地方
一块玉石的历史，可能超过十个王朝
比如三千年，一百个王者，一颗心
如何从一条云隙穿越到另一条云隙
伴随幻灭，一颗心以怎样的艰难
证明爱活在人间

我在动
我行走在没有云隙的远途
岁月没有动，缘定依然在鹰翅下面
它也没有动，融形于草
就如某种蹉跎融于强大的心灵

2013 年 1 月 20 日午夜，于上海浦东

那一场雪

迷阵
混沌中的马头犁开逆风
进入阿斯哈图山谷

弓形的雪野
大幕，少年草原在马的后面
自由长驰，血的渴望与鲜红之光
融化一处河岸

美女在那里舞蹈
舞天之雨，体之香，梦之狂放，蓝之蕾
舞那一场雪染白塞外
枕畔花开

聚合
那一场雪飘过元朝，回返南宋
湖水濯洗低垂的马头

2013 年 1 月 21 日，于雪野归后写就

穆斯塔尔信札

这里是我的核心
我在这里孕育于母腹，我已故的母亲
安睡于这里的土

我熟悉这里草尖上的黎明
那么安宁啊，那种玫瑰色首先出现在东山之顶
它疾速铺展，漫过白的羊群，绿的草，黑的马匹
它告诉我生命中一天的起始
我嗅着奶香，我看见邻家美丽的姐姐
在毡房前梳头，我看见一个牧羊女子
令人迷醉的倩影

在穆斯塔尔久远的传说中
绝对忽视更迭的王朝
我在一个核心，有时
我在某种巨大的欢乐与悲伤里
感觉生息，我听马嘶
我听鹰翅刺破厉风的声响
我听婚礼上的牧歌，醉酒的汉子
踉跄着走向他的坐骑

我们的生活从未因王冠的轻重而改变
我们崇敬天空，父辈们说
马走万里，北斗七星还在原来的位置

心还在怀念的位置

穆斯塔尔在群山之间
群山很远，你去了，就会拥有一片草原
可是，你不要奢求那里的岁月
通常，它静着，那里的河流也静着
曾经的辉煌静着，史实静着
不可战胜的尘埃从高处飘落
划过圣山与石壁

必须这样说
我的少年时代活着，活在那种静谧中
五十年一瞬，时光就如风雨
从马背一侧移向另一侧

那个时候
我是一个不愿被群山囚禁的孩子
我是说远山，我看着它落雨，然后飘雪
我看着晚归的牧人在那个方向纵马
我看着黄昏闭合，我的亲人们聚向一盏灯光

实际上
我的贡格尔草原非常辽阔
我看不见时光，但我能够看到时光的变化
一个牧人醉了，然后醒了
一匹黑骏马在不易觉察的飞驰中
让一个少女变成了妇人

我看着自己
仿佛看到了未来
未来啊，一个途经山口走向世界的人

心中没有一丝恐惧

是的
我是一个被群山与青草宠大的孩子
我是故乡的神秘，世界是我的神秘
在这之间，我在永恒的依恋与幻想之间
最终迷上了路途

你可以想象某种凝望隔着栅栏
倾吐隔着时间，两岸隔着水
两个王朝隔着战乱
山与山之间
隔着岚

你可以贴近穆斯塔尔古歌
那种旋律诞生于篝火轰燃的部落
一个人降生了，一个人出嫁了，一个人离去了
那里的人们都会哼唱
或许，你永远听不到一句歌词
你在那里肃立，感觉一扇巨门从未关闭

在穆斯塔尔
你可以感受云端之上的百合
以什么样的力量托举起圣洁
是一些什么样人，在艰难的岁月中举杯祝福
将虔诚与尊严视为生命

我在夜空的注视下成长
我熟睡，抑或仰望，它都存在
它存在，它是一句深长的证言
它给我们雨雪，给我们风云，给我们雷电

它像父亲，它在人间给了我们母亲
它给了我们星海，这多么像遥远的怀念

它让我们以手抚心
我们说：天啊！这个时候
假如我们看到一颗流星
我们就会想到天良与天理
想到一个人，也如无声的流星
奔赴寂地

它任鸟高飞
它给了我们日月
它北斗高悬，给了我们方向
它汇聚一个蒙古少年的全部神秘
在穆斯塔尔，它也是重逢与离愁

如果你问我一颗心灵
以怎样的方式恋着风雪，在某种失落中
同样感觉到巨大的悲痛
我就会对你说，活着，活在穆斯塔尔
活在像被水洗过的天空下
看星光一片一片撕开黑暗
那个时刻，我承认
我会赞美爱人的裸体
远方有山，你有胸乳
草原上有蓝湖，你有澄澈的眼睛

一切
都因为有你
天鹅有羽毛，你有不变的温润
你是我一生等待或追寻的理由

在穆斯塔尔午夜
你是心头一闪一闪的光芒
我的醒着的世界

你就是那个将全部体味献给缄默的女子
在一首牧歌的中部
你是幸福

这样的幸福
在忘情的迷醉中比黄金更重
它是我年轻时代的失落，是我中年时的懊悔
但是，我的旗帜飘着，在蓝天的风中
我的旗帜是祈求
只为原宥

那一闪一闪的光芒
落在秋叶上，忧伤的特质充满血色
年轻的女子，我的此世的诉说
不会发出声音，在穆斯塔尔雪夜
你啊，为何让我如此心痛

疼痛啊
超越了折断的手足
假如可以重新抉择，我愿与你走在干净的路上
为受伤的鸟儿擦干血痕
看着康复的它，振翅朝向一个季节
在公正的九天将云垂向人世
而我，一定会在原野上痛哭
对不起！那时啊
我多么年轻

我曾经信奉的疆域
是一匹蒙古马一生丈量的距离
它接近我的理想，它在熟悉与陌生的长驰里
留下飞的形象

是血脉
而不是穆斯塔尔，让我在逆风的午夜
想起刀刃断掉的青丝
所谓衰老是人类珍藏起久远的生活
面对最新的岁月发出的感喟

总有一个人令我们怀念不已
当我在逆风的午夜持续向北
我的马匹打着响鼻，是这样的陪伴
让我相信缘定不死
在人间，一定存在一个约定
就像树上的果子熟了
就像天鹅飞回了
静卧于湖畔

就像我们在梦中惊醒
突然说出一个名字
感觉黑暗在飘，感觉一瞬一瞬的眼神
熟读风雪，与静为伴

在这里
时间的印痕是一片草原
由绿色变为黄色，是羊群归栏
后面突然飘起白雪

是古歌飞旋

在废弃的驿道扬起风尘
是箴言闪耀的年代，一种声音告诉你
有一种山河之殇可以治愈

是你张开手掌接住雪花
看着它慢慢融化，在不易觉察中迎来春天
草原又绿，不久以后
你再次看到摇曳的花海

是你对岁月许下诺言
然后骑在马背上寻找一个人
你是诚挚复活的证明，你指一指天空
那里就可能出现鹰翅

不说轮回
有两种东西不会改变：草原与血脉
那里的歌者从年轻唱到年老
他信奉神灵常伴左右

在史诗之源
那里的印痕只有岑寂
就如同错失的爱情
永生永世恋着青草的家园

走在都城与高原之间
在一个辉煌之梦的注视下
我无须确立身份的属性
在河源，当我跪下取水，当我的目光
与水的光芒轻轻贴近
我想到人的语言，还有泪水浸透的承诺
神秘呈现的玫瑰般的色泽

那一刻没有喧响，在我不远的地方
横亘着枯死的树木，就如
上苍恩赐我桥的意象

是的
活在人间，我曾在穆斯塔尔书写
智者的引领。我从不否认
孤独的品质依着源头
亦如自由心灵的痛楚

我所赞美的吉祥神女
真实而坚定，她长久独行
她的怀中藏着净水
那可能是一个世纪的珍存
誓约源自前一个世纪
在第三个世纪与漫天飞雨融为一体

而我认识的高原穹窿
每一颗星子都在原处，是这样的奇异
引导我抉择，比如远行
比如在一个陌生的地方怅然回首
我都会感觉仁慈上升

有时
我拒绝倾吐
因为青草与星宿都不需要倾吐
怀揣净水的吉祥神女
也没有倾吐

活一次
足可以证明，我们，人类

一定在冥冥往昔痛失了什么
而我的穆斯塔尔，我的命中的领地
以一场秋雨为我洗礼
后来，我就认识了威严的天空

那是西拉木伦河源幽闭的山谷
我俯身取水，我心怀最高的敬畏与崇敬
那一刻，我的天空湛蓝
她看着我，我看着涓流
涓流看着缄默的科尔沁

那一刻
我想说：我来了
我将带着圣水回返路途
我愿意描述大地的心，但我不愿说出一个意念
是的，我会纵马，但我不会哼唱最后的牧歌
我不是辉煌陨落的见证者
我是一个人，我是穆斯塔尔的儿子
铭记承诺，我只身穿越不动声色的山河

我能够感觉到身后的注视
那是神意的相随
即使隔着连绵雪山，我也知道那如花朵
我是说，我行走，我的后方存在美丽的摇曳
那种美丽在绝对静谧的岁月里
那么可信，那么饱满
安宁而执着

那一刻
我告诉大地的心：这不是我的一个人的河流
这是必然的一天

在科尔沁腹地，我无言取水
就如捧着一颗心

就如我有你
对你说剔透灵息，有一种人活在琴声里
一生笃守纯真的忧伤
对你说高原夜风，那个归家的少年
怎样获得暗示和拯救
说穆斯塔尔，说这河流
七千年寒星冷月
人间，宽广与温暖之怀
怎样复活神秘疆域

那一刻
我突然唤醒冰的记忆
冬天，黄昏，母亲在沟壑上面叫我的乳名
那一刻，我想对你说感动

在我冰的记忆里燃着柴火
我能听见草籽的脆响
火光映照母亲
也映照故乡

那一刻
在人生中途，我完美实现了一个约定
故园拥我，我的灵魂拥你
穆斯塔尔山谷拥着西拉木伦河源头
泛黄的史书，拥着远去的家族

2013 年 1 月 25 日，于故乡赤峰

帝国的信使

在西域到上京途中
帝国的信使寻找族人
他带来一个消息，他确认血脉未断
在金人的壁垒中，他一骑独行

信使抵达亡失的故国
他没有听到一条大河的声息
那泛着白光的水，那见证与破碎
他将图腾的口信带到了祖陵
寂夜，他祭拜，完成一个人的祭礼

多年以后
在中亚，人们说起信使的名字
说他未曾归来，说在巴尔喀什湖畔
一个绝美的女子如何成为帝国的传说
直到在暮色中老去

2013 年 1 月 26 日深夜，于故乡赤峰

春 天 诗

我要告诉你
在古老族谱中舞蹈的少女，躲开刀刃之光
草一样的忧伤无法割刈

舞蹈的少女
在语词和旋律的峰峦上展示美
美的孤寂与身影，美的月色和大地

我要告诉你，舞蹈的少女
等待遥远的爱人，她的遥远的爱人
在异乡喂马，他们应该相会于北方雪日

闭上眼睛
我才能看到指纹，我要告诉你折断的乡愁与真爱
在哪种时刻显现血痕

2013 年 2 月 4 日正午，于鸭绿江畔

少年幻境

我彻底遗忘了一片山河
牧羊河畔，我拥有安宁的穆斯塔尔
我坐着，我的坐骑走着，它在吃草
至少有十条道路通往远方
至少有一个人，在河那边静望
至少有一个美丽的姑娘
在正午歌唱活着的忧伤
白雪，飘在无人的晚上

2013 年 2 月 4 日下午，于鸭绿江畔

1988 年的诗篇

那一年
一个青年诗人在永定河边丢弃了诗稿
在蒙古高原，有年迈的智者辞世
他是我的同族，他说过，如果你关上心灵之门
你就再也回不到故乡
那时我走在一座都城
天空阴云堆积

那一年
我在风雨停歇的午夜想着人间
我依然听到阵阵喧响
我在城里，我的写诗的兄弟身居远郊
在同一个时区，他离草原更近

1988 年
我所认识的爱情非常干净
初吻动人心魄，被世界见证
在北方通向南方的大路上，驾着马车的人
抡响皮鞭，但鞭子没有落在马背上
我猜想，那是一个回家的人
他的脸上落着尘土

1988 年
上苍让我听到一句谶语

我写了进入山谷的孩子，他握着枯枝
奔跑在六月。看着他
我未能破译神秘的唇语
后来，我睡了。后来，醒在谶语应验的凌晨
我欲哭无泪

2013 年 2 月 6 日正午，于鸭绿江畔

节日临近

训诫
在两颗星之间，光依然
我怀念。一只银狐穿越科尔沁，它迁徙
冬天也在迁徙

遗忘
密室无语，这一切生灵的天地。如果
放逐者的背影中出现马，它保持昂首的姿态
前蹄悬浮，我将为自由感动

放逐者
在极地的危崖边，抉择死与生

2013 年 2 月 7 日正午，于鸭绿江畔

天　　外

山那边就是天外
山那边也是云那边，山那边
永远超越身体的疆界，神秘峰峦隔开两世
天外遥远，梦念钟鸣

天外
我的记忆在那里萌生，也在那里折断
透过火光，或编织细密的雨幕
我用心描摹的故人没有踪影
众鸟飞尽，空留静寂

我所想象的史诗的年代
劳作的人们热爱节日，面对离散
没有谁哭诉苦难，在山那边
天外的花朵第次开放，照耀人间

2013 年 2 月 7 日深夜，于鸭绿江畔

此时此刻

需要静下来
需要告诉心灵如何分辨飞起来的语言
感觉泪水，就如感觉渡河的过程
或江山甫定。此时此刻
需要遥念，好好梳理一些记忆

需要感动
需要静下来，想一想
我们感恩的心怀为什么总是柔软
此时此刻，节日之夜的雪舞步轻盈，这圣灵

需要穿过一支曲子
回到某个站台，在那里迎接自己的亲人
北方寒冷，需要握住一只手
走向古老的街巷
需要温暖，需要时间证明
我们正在老去

需要等待
此时此刻，我需要北方
如此真实的接纳，如舟停靠渡口
接近拯救

2013 年 2 月 9 日，除夕夜，于鸭绿江畔

苍茫一隅

坐在苍茫一隅
与马为伴，随风飞扬的马鬃指向地平线

午夜降雪
我的北斗在积云上方，我的银河系
我的部族唯一的归隐之地，依着蔚蓝

我依着怀想
我依着一个名词：故乡
坐在苍茫一隅，我独自送走节日和雪
我留下寂静，留下一句箴言，点亮人间与痛楚

2013年2月11日夜，于鸭绿江畔

写给儿子

到这一天了
我想象你成为父亲的一刻
在你我之间，不是隔着梦境，是隔着时间
那一刻，我成为祖父

无比感激这样的生活
我们是亲人，我们是一脉源流的上游和下游
我们是父子

那一刻
上苍赐你女儿，或儿子
你的目光将从我的身上离开，你用心守护
一个美丽的女子，他是你的妻子
刚刚成为母亲

到这一天了
我们再不能相逢古老的节日
你将心与爱给了一个女孩，那个同样爱你的人
与你携手。儿子，在人间
有一句最美丽的语言
叫幸福

2013 年 2 月 12 日正午，于鸭绿江畔

缓慢流逝

我面对雪地上的鸟儿
它在觅食，就一只，在高原清冷的岁初
它留下爪痕

雪地明亮，比忧伤还要明亮
我看见那只鸟儿跳着，然后向着北方腾飞
除了我，那一刻的高原雪野再无人迹

猛然想起河源
隆起的冰，冰层之下的水与气体，潮湿的沙
羊群在无冰的地方饮水，天色朗然

相信最重的苦恋臣服于静默
相信回首，在横亘的远山会出现殷虹
是的，相信时间，就如相信风，天地贯通

2013 年 2 月 15 日深夜，于鸭绿江畔

玉的意象

我已抚摸玉体和色泽
润是一种语言，肌理光滑
我相信玉的疼痛源于破损
是透过泪水看到的山野
景象远大

闭目即可触动千年
那玉体，细微之处成于幻梦，飘展如旗
我在那句伟大的预言中感喟
一万年不长，十万里不远

只需一片
我就拥有了永恒的帝国，只需一刻
只需轻轻抚摸

敬奉
我想，对于彼此，就是一切，拒绝哀伤

玉的意象融入苍茫

2013 年 2 月 17 日上午，于鸭绿江畔

接　　纳

我的上帝在高原接纳了一个女子
同时接纳了雨季

我的雨季在女子的胸怀
她接纳了我，同时接纳了遥远的距离

2013 年 2 月 20 日凌晨，于北京南城

天 与 地

你让我在一个高度获得飞行
我们互为神秘，隐在更大的神秘中

就像梦境
就像我背对星光，飞过一片海洋
始终凝视你的眼睛

2013 年 2 月 20 日夜，于北京南城

关于高加索

只有高贵的人种与血统
才能召唤那样的雪季，当然不可回避融化
高加索男子的美髯，在河水里动，在一点灯光
象征的生活里，高加索在坡上，也就是在高处

在贝加尔湖那边
实际上更远，目光读透闪闪发亮的雪山
你肯定不会想到高加索
你甚至遗忘了我跪拜源流的草原
当然就不能读懂我的夜晚

此刻有霾
那些鸽子不知栖息哪里
关于高加索，我不能说出更高的神秘，就是这样
我守着。此刻，很多很多人都已睡去

2013 年 2 月 21 日午夜，于北京南城

与 梦 说

我错失了庆典
在一片沼泽阻挡马群的七月
我穿越科尔沁，我捧着河源之水

西拉木伦河下游已经干涸
那种灼痛深深刻在大地身躯上
在奈曼，我坐在无水的河岸，就如
坐在历史的断层，但依然能够听见回响

暗影隐在前方的丛林
我对焦渴的故乡说，我回来了
水没了，我少年时代的鸟群没了，灵性远了
我的近旁铺满金黄，那是河道黄沙，是朝向天空的眼睛

我真的错失了庆典
我所怀念的马匹在天上，成为星子
想到心灵的同行者，我就想到草，那旷世的忧郁避开约期

2013 年 2 月 22 日夜，于北京南城

纪　实

一堵墙倒在流血的帝国
一座塔建在废墟上
护着伤痕

一颗心留下倒影
一丝疼痛隐忍经年
只为花开

一匹马奔驰在琴声里
在越来越高的境地，一片云
遮住鹰翅

2013 年 2 月 23 日下午，于北京南城

边　界

没错
我的目光缓慢抵达
躲开爆竹的脆响，这节日之夜
空中焰火吐着红舌

我守住了心灵
没错，在四面墙壁之间，我远离家乡
向着动人的欲望行走
就像飞，就像突然发现无边青草自由舞动
就像重归河畔，在初恋之怀摸索边界

这不死的祈求绝对拒绝旗帜
没错，我赞美马，它在这个时刻穿越了沼泽
而我，正迷失于一首诗中
在特定的语境里
与天地诉说

2013 年 2 月 24 日，于北京南城

遥　　想

你给了我唯一的圣殿
我献上烛，我让你感觉最古老的火焰
怎样变为征服。这不是不敬
你知道，我怀着贡奉的心
我甚至想举起两座山峦
我歌唱，我能看见的光明
是你的眸子，是山峦之间的氤氲
移向你的额头

我从不掩饰巨大的沉醉
但我们醒着，仿佛能够抚摸一寸一寸的幸福
一点一滴的溢出或融入

我们从未渴望拥有整个人间
你给了我唯一的圣殿
我给你烛，这几乎就是全部

2013 年 2 月 24 日，于北京南城

美　　丽

那东西有毒，比如月亮，还有空寂里
一再出现的声音，仿佛附在光上
毒性深重

种植罂粟的人在地上画云
他却画出了胸乳，罂粟花开，淡淡的乳晕在那光里
舌尖有毒

不要告诉我答案的后面还有疑问
不要说月亮，那太遥远，时光未动
蝶在眼前，你已经看不见日出

2013年2月25日深夜，于北京南城

异　香

舞袖
神的马头劈开夜暗，唤醒我
在燕山以西，诸神降临

我接受赐予
这异香，绸缎般的河永恒洁净
此刻，山谷之门已经开启，我听不到声息
绸缎的河，你在岚之上
你在人类无法释解的忧郁之上
让死去的天鹅于凌晨复活

羽
不是雨，不是指纹传导的心情
贴着肌肤，是异香
不是异乡

我在其中
我在一种无限古老的生活中拥有此刻
我臣服，但我无法送别
我记述，在异香中
圣灵起舞

2013 年 2 月 26 日凌晨，醒后诗记，于北京南城

在穆斯塔尔

你看到鹰在飞，你看不见草原在飞
她飞在一句箴言里，色彩淡雅，像少女的衣衫
你看到黑暗在飞，你看不见石头在飞
它在一条弧线里，你不要想到光
或者奇异，那都很远

在牧歌轻轻拂过的正午
幸福是一个动词，被赞美者，那个人
也在飞。是的，那个人，仿佛飞在茶香里
偶尔停顿，听一听风声，在哪里止息
那个动词，如此艳丽

2013 年 3 月 4 日正午，于重庆

黑暗中的舞者

我的指尖当然会触到黑暗
没有关系，你将一个冬天留在我掌心里面，在城南
我对你说，那个渴望读懂鹰翅的少年是我，那真是迷恋
鹰翅是黑的，我们的瞳仁是黑的
夜是黑的，神就在灯前

你在掌心里面，潮润着的，我的梦一样的王国
一支曲子响彻整夜
雪飘整夜，我们整夜穿越
我在一种藏匿里完美接近少年的理想
我说，真好啊，两条道路指向平原，雁落枕畔

2013 年 3 月 4 日夜，于重庆

四 行 诗

纵火者
在孩子内心留下旷世黑暗
一位母亲在冬夜擦亮火柴
紧紧抱住孩子，不说温暖

2013 年 4 月 12 日下午，于长沙

四　月

在比死亡稍高一点的地方，是生
四月进入疫期，你和我，山坡上放牛的孩子

我们已经看见了春天，在一闪一闪的绿色里
伏着隐忧。锯齿，切开什么你就能听到那种声音

一片石头藏着光，密语与旗手的荣誉
一个边缘就如痛苦。水，箭与戟

传说中的王朝，刚刚在视线尽头陨落
它仿佛决定了我们的命。燕子劈开云层，它们飞

2013 年 4 月 13 日下午，于长沙

魅　　惑

真好
就这样，我对一个事物说，我与你

我们知道终结，每一次都是
比谶语更魅惑，比黑暗更深，坠落

如果一切都未曾发生，前世舞剑的女子
不会恐惧刃

寂静了
梦，牧羊者，河源，石头突然变为灰烬

2013 年 4 月 14 日正午，于北京南城

往　事

那是对应的，头颅，肌体与火焰
一万匹马起跑，只有一匹奔到尽头

供词
我想说，在废弃铁路的一端出现了沼泽
天蓝色的车厢被移到另一端

想到拯救，我就想到年轻的心
淫雨，撑起黑伞的人，蛙鸣
你曾走在那个方向，那个方向
一道斜坡闪着金光

上行火车
它叫着，它嘹亮的汽笛声穿越隧道
静静飘落于开花的村庄

2013 年 4 月 14 日下午，于北京南城

再写南寺

那个人没有陪伴
圣殿，被我拜谒的南寺将一刻时光举过金顶
高于山脊，这永恒的仪式

他已经表达，他就像一个英雄
仓央嘉措，他说永世，但没有说漂泊
隔着雨季，我听他哭泣

流落广大人间的女子，最终失去了姓氏
我只有玄想，她的手中应该握住一块石头
她是传说之中的传说，是他的悲痛

只能如此
手捻菩提的指尖点着夜色
仓央嘉措无泪无歌

2013 年 4 月 14 日深夜，于北京南城

谛听的午夜

在一支乐曲的峰峦，我几乎看见整个人类，活着的
死去的人，仅仅隔一层光，今夜的奇幻是我走入往事
然后从往事中走出来

我已经被很多人遗忘，很多人
他们在光的尽头，嗯
应该都在中途吧？你们与我，我与夜，夜与黎明

总感觉有一个少女在梦里张望西夏
她失去了家，我失去了马，雨季失去了喜马拉雅
我与她，我与你们，你们与心，都在天涯

2013 年 4 月 16 日零时后，于北京南城

从高处下来

我不能确定那句话在空中飞多久
正如占卜者，他不能确定帝国的新娘
在哪一天受孕

在暗处吧
那句话，它应该飞到一万只箭射出的距离
而我还在原来的地方，我是一个相信等待的人
我承认，那句话影响了我
像这个时代，患一种通病

每一次想到边疆
我都热血沸腾，我都渴望坠落，即使险象环生
我都不会发出呼救

2013 年 4 月 16 日正午，于北京南城

活着的遗存

在树上吧，或在草根
我也想到更高的地方，比如云空
遥远的心灵，老了吗

我们有一万种理由不说怀念
这意味着，我们忍着一万种疼痛
那个走到边疆的人，老了吗

在间隙，或在哭诉一样的音乐里
往昔怎样拽住我们的身影？当午夜降临
星光落在静处，曾经灿烂的爱情与眼眸，老了吗

2013 年 4 月 17 日下午，于北京南城

乳　房

我是在黑暗中长大的孩子
我熟悉恐惧的气息，比如蝙蝠的翅膀
那些夜，比如传说
在某个时代倒挂在古柳上
很久以后我才懂得，我们与星光为伴
而月亮，是传说的一种

我们在黑暗中那么渴望成长为光明
就像星光那样
就像乳房照亮的世界那样

今夜
我要告诉世界，哪怕握住一只丰满的乳房
就会感觉握住了故乡
这就是幸福，是的
还有一些感伤

2013 年 4 月 17 日零时后，于北京南城

时间的考验

时间的考验在水上
在一个深吻之后的春天
忧郁的女子成为妇人

诺言之刃，被割伤的目光中飘着冬雪
那么疼痛。是什么站立在近旁
时间的考验随水流绕过岛屿
进入忘川

至此，人类的愁结再也没有打开
在怀念接着怀念的年代，我们不如一只鸟
我们不会飞

我们只能在梦里飞，在欲望里飞
以便实现一个心愿
醒来后，我们发现灯火已熄，只剩灰烬

神秘的身体欲望依然
驾着马车的人幻想回到旧朝
他说，自由很远

那一年，世界中部诞生一个帝国
那些人进入新的时间
但拒绝接受考验

2013 年 4 月 19 日正午，于北京南城

雅安，你不远

你距“5·12”还有22天
相当于22公里，或22句谶语
在你和汶川之间，肯定隔着一道雨幕
或泪水缤纷的春天

一位年轻的母亲背着女儿
她几乎背着一生的希冀，她们逃离建筑
站在大街上，她的背上伏着未来

雅安
淡雅的雅安，少女一样的雅安
你距“5·12”还有22天，或22座山峦
雅安，你这雨城，你这哭泣的少女
站在成都西南

今日
我只能燃一炷藏香为你祈福
为罹难者垂泪，为背上的女孩祈祷一条吉祥的道路
雅安

2013年4月20日下午，雅安地震日，于北京南城

雅安，挺住

我们早已记住你美丽的名字
雅安，今夜，你将把我们刺痛

你不孤立
雅安，以我们的手，我们的心
以我们灵魂一样的贴近，让你感觉
这广袤仁厚的土

你是我们的手足
雅安，你痛，我们就痛
我们相同的梦想，在相同的叶片上活着
你会挺住！雅安不哭

2013年4月20日下午，雅安地震日，于北京南城

雅安，我的献诗

此刻
整个世界都在望你，你的倩影
在东方大地，依然美如夏花
雅安，是的，我理解你的悲伤
因为这就是我的悲伤

雅安
此刻，给你多少祝福都显得很轻
我们的眉宇，必将凝着你的夜晚
你的今夜，很重很重

那么
雅安，就让我们以血脉作证
我们与你在一起，这不会动摇
就让我们托起一种分量，哪怕无语
我们也将用身影，或用相连的手臂告诉世界
你醒着，巴蜀大地醒着，希望醒着
心灵之光照耀你，是这样的温暖
让你相信永恒的存在
就如下一个黎明

2013年4月20日下午，雅安地震日，于北京南城

只有领受

我们寄托在人间的
那无限漫长的爱恋与忧愁，红蓝两色
相距并不遥远

不可分离
你会联想摇摆的两臂，该怎样界定前后
假如握住双手行走
你猜哪只手握着爱恋
哪只手握着忧愁

岸
星河之岸，故乡或异乡的河流之岸
心岸，同为两边

在往昔的日子里，我们曾经痛失
这无从寻觅
也不能忘记

2013 年 4 月 21 日凌晨 2 时，于北京南城

蜃　景

两道平行的光，一座宫殿
我在外面

我在高原之春对一轮冷月，逝水残留
在微微隆起的部分，在暗影处，潜着自由

想到遥远的心，想到那一时刻
我以怎样的怀想背对河源
背对你的梦

午夜
我们被围困，在各自的时光里拒绝对视
无辜的手握不住一个瞬间，你在昨天，我在外面

2013 年 4 月 30 日，于高原归来后，记于北京南城

血　　脉

在辽中京到上京途中
神护送一驾马车走了很久
那个家族最小的男婴刚刚降生
他获得一个高贵的姓氏，有些神秘

从老哈河到西拉木伦河，他睡着
他年轻的母亲，那个绝美的少妇怀抱他
他同样年轻的父亲，驾车的人
直面刺目阳光，在西北方天空
色彩接近浅蓝，但不见飞鸟
这是一个伟大家族的一脉
被神护送，他们浑然不知

这不是迁徙
因为降生，他们奔往祖地
我知道，他们必须去那里完成庄重的仪式
就如我站在老哈河北岸
目送马车走远，突然消失
我相信神就在极目处
但我看不见神的踪迹

2013 年 5 月 1 日零时后，于北京南城

回　望

我看着燃起烈焰的血脉
分开河流，你的河流，你舟楫一样浮动的午夜中
有我，我们血脉贯通

这镀满黄金之光的年代
我们的年代，远离幽怨，是我们的年代
我曾在你耳畔说起苍茫，就是那样，我们向恩惠致意

我们沉醉于一句不朽的语辞里
我告诉你一朵花开了，缀着珍珠
你的泛着金光的肌肤照耀暗夜，照耀我的脸庞和双眼

你的光芒在我的两侧飞
那个时刻，我们只有幸福，没有恐惧
那个时刻，一个暗示推动升腾，你是天使，隐藏双翼

2013年5月3日上午，于贵阳饭店

与 你 说

我试图寻找你的边界
你就在那里，仰躺在无比柔和的光明中
我不能否认，你让我看到了最美的山脉
它就在我的对面，感觉那才是值得迷醉的北方

如果说上面是北
那么下面就是南方了
不错，你的充满奇幻的躯体周围是延伸的宇宙
你是主宰，我必服从你的核心
伏在你的山峰上，我的目光越过你的眉宇和长发
停在虚空中。那个时候我是你的
我是你精美宇宙中的一点
顺应你的轨迹

找不到边界，那太远大
你的奥秘绝对超过我的想象
仿佛在雨中，我们亲近契合，那一刻
我习惯于对你说，你是我的宇宙，我的王国
我的永恒之乡

我可以确认你是光
不仅是暖与柔软，不近不远，你如此灿烂

2013 年 5 月 3 日下午，于贵阳至北京飞机上

在星语与大地之间

那句话在天空一角，隔着黑翅
它缀在蔚蓝或深灰的底色上，直面真相

真相是黑
不像煤，更不像孩子的瞳仁
那是黑翅

遮蔽，总会让我们怀念阳光，或星语
或干净的空气中，祖母一样安坐的村庄

那句话不是秘密
它与自由相关，挥动在人间的光明中
那句话，为什么总是充满悲痛

2013年5月5日正午，于北京南城

献　祭

那是优雅的献祭
你活着，你投身了，你以注视维护了完整

原因
这很复杂，一定是有什么背叛了什么，但不说初始

一定会想到如何相见
一定会怀念，比如门，如何分开了身影

在一个人的河源
我想到无数人的河流，还有手和渡口，当然也有自由

2013 年 5 月 5 日夜，于北京南城

柔风中的莅临

在你的发际，我倾听风
一万个黎明走远，我留住一个正午
感觉光阴西斜，停在你身侧

我们在无限古老的心愿里上升，直到云端
然后缓慢飘落幽谷

我想对你说风，可我在你的额头上方
看到了遥远的黎明

莅临
你说，那有多么好啊
就如行进

2013 年 5 月 5 日午夜，立夏日，于北京南城

已经走远的母亲

现在，我是说此刻，母亲在幽冥中望我
她保持一贯的神态，有一些鼓励被她悄悄掩饰
一如她缄默中的仁慈。一如岁月与痛楚
某个艰难的年代

想到边缘
我就会想到母亲的死亡
是啊，那真像风一样迅疾
她甚至没有给我告别的机会
她没有对我挥一挥手，就将这样的人间给了我
十年，或者更久，我都不敢相信这种真实

你说世间还有什么不能缝合？你说
如果母亲依然在灯下飞针走线
我突然看到她指尖的血，她将指尖贴近舌尖无言吸吮
那个时刻，我是否会仇视针尖

真的远了，我与母亲
如今隔着生死两界，隔着永恒的夜晚
那不是时间，对于未来，那就是昔年

2013 年 5 月 6 日下午，于北京南城

静与动

是我们在动，生活没动
不要认为生活像风中的叶子，或荒芜的草
生活是有序，几乎接近真理
你看到云飞，是目光在动
你看见山飞，是梦在动

可以想象苍老的心灵
在怎样怀念年轻的逝者，不是泪动
是血液在动，在苦难中奔流

我们久已忽视真实的语言
不是因为恐惧，而是源自冷漠
五十年后，如果奇迹出现，仍是我们的福
我们静着，我们大概已在土中
生活没动，从生到死
我们在动

那一刻
我们看见后人们走过清明的原野
是早晨，生活没动
缅怀在动

2013 年 5 月 8 日零时后，于北京南城

零时的山河

就是今夜了
兄弟姐妹们，山河依然，我不说险峻
我说一颗心，她属于母亲
她高贵美丽，也充满忧伤

这颗心与我们的生命如此亲密
就是今夜了，兄弟姐妹们，你们听
五月的风在高空推动云海
这让我想到愤怒，想到攀上桅杆的水手
在暴雨中张望遥远的岸

在有些时候
人类显得非常无助，就是今夜了
兄弟姐妹们，如果我们能够正视一片叶子上的虫洞
我们就能理解非凡的痛苦
正如母亲，当她独自忍受时
总是无声

2013 年 5 月 10 日零时，于北京南城

感觉归来

阅尽你，用这一世可能不够
纵马历险，你的春色中站着一个少年
而我，就像一个英雄

你接纳了我
等于选择了一条充满起伏的道路
真的，我看不见星群，在你眉宇上方
是午夜，或正午

你能看见那个心怀神秘的少年
就如看见生长的苍茫与忧伤
看见我的双眼，被你深深迷惑

感觉归来
你托举我，那么用力，你那么美，任我陷落

2013 年 5 月 20 日夜，于北京南城

我回来，然后告别

一根草的高原，通常是一个人的高原
一匹马，它的背上已不见鞍子
在整个春天，我都在想象复活的形态
我用心描摹一个张望河源的人
怎样使自身成为静水

一年，不，一定会更久
一个人的高原就是那条河，就是河源
连着广大气息的流程
被启悟者，追念永恒的正午

请注视
请在五月的黄昏深处倾听水流
那种细密，穿越辽国的辉光
就如一个背影

2013 年 5 月 23 日黄昏，于北京南城

生为男人

幸福，就是一个夜晚的时间
天亮后，有人打马而去，有人除草
有人睡去，在梦里成为帝王

我很容易满足，哪怕就一晚
我的手里可以放弃宝石，但不能放弃你
我握住什么，服从心，还有你水一样的浮动

你是我酒后最美的山河
我的黑暗中的使者，你隐去翅膀，但可以飞
我隐在你的胸间，遗忘凄苦的人类

2013 年 5 月 24 日正午，于北京南城

远　　逝

我的河源之水在墙那边
在一派寂静接住落花的地方，柳树下的鸟群
不知为什么突然惊飞

那个时候，我在辉煌梦境的外面
就如河源之水，那个时候，我相信人的微笑
一定来源于最真的心灵

我停顿
在伟大的示意中，我接受远逝，这是一个结局
暴雨落在巴尔喀什湖以南，风声正急

2013 年 5 月 25 日下午，于北京南城

再　续

我们大概生活在一语寻常的意念中
身后香火，在细雨里寂灭

身后
那些生者与故者，谁也不可抗拒轮回
我说时节有序，我说你活过一个午夜
就不可躲避渐老的黎明

回味高原
我就回味水，当然还有燃烧的河道
那么贴近苦痛

我没有改变
我守在恒久的时间深处，幻想灰烬终成羽毛
依着夜色回归大地
午夜，远山迷离

2013 年 5 月 26 日深夜，于北京南城

必将复活

那是一抹嫣红，像人类的青春
温暖之光终将移向冰冷大地，让一切醒来
在如此沉重的怀想中，我们应该祝福孩子
我们要把真相告诉他们，以这样的方式
传递一个真理

希望着，面对苦难
将意念紧紧攥在掌心，就如攥着必将揭示的隐秘
看到花落，想到走远的灵魂
一定会停在某个岔路口，一定会的
那是自由的象征，依恋这时节

不可放弃生之尊严
不可背弃相约，当风雨再来
我们彼此挽起臂膀，面对远空
我们发出曾经的誓言，到那一天
我们不要强忍哭泣，只为这土地

2013 年 5 月 28 日夜，于北京南城

此刻，空与地

一只鸟，以什么方式穿越雨幕
仿佛穿越人类的生活。六月的黄昏
在穆斯塔尔，一只鸟没有引起牧人的关注
它向北振翅，最终消失于远空

当我再次回味往昔
当那里寂然，我就结束了等待
我曾经的想象像那只鸟一样，像自由一样
为一次降临，鸟飞天宇，我在原地

我在无限空蒙的一隅，曾经信奉
始于河源的赐予，比诺言珍重十万倍
我带走了水，留下身后的道路，在两河交汇处
我想到一只鸟的命运，多么接近漂泊的心灵

2013 年 6 月 14 日深夜，于北京南城

两个女孩

远空的湛蓝深处坐着另一个女孩
她守着一棵神树，在人间

一个女孩仰望天宇，她独自守着一个日子
这与降生有关

在她们之间
隔着所谓岁月，如窗棂隔着目光和雨
渐渐长大的她们还未曾相识
她们是隔着无限神秘的姐妹

我选择祝福，哪一个都可以
神树，此刻的天宇，大地上的女孩
静静仰望高远的女孩，她们同样清澈
亦如两朵素雅的鲜花馨香飘逸

亦如孪生
她们的眸子那么相像，还有唇与眉宇
是的，还有睫毛。午夜时分
她们相望无语，但彼此懂得
那时，我在灯下，在一个特定的时刻
想象未经呈现的语词，怎样成为河流

2013 年 6 月 15 日夜，于北京南城

三　日

我的诗歌在赤水河畔停了三日
我也在那里，我在一片叶子接住雨滴的瞬间
联想无限苍老的生活，那一刻我在习水
凝望四川的山脉，那里是泸州

三日
我的诗歌
几乎穿越了三个世纪的幸福与哀痛
今天，我回来，我的诗歌也回来了
我在云中飞行，我的诗歌飞在我的一侧
形态非常接近奇异与云朵

此刻，我在寂静里
感觉某种复活仍在高处，在神的家园
将幻化为雨，而我迷醉的河源
在七月的科尔沁
已经隐入幽闭

2013 年 7 月 3 日深夜，于北京南城

单程车票

应该是那一年
那是迷失。1989 年深秋某夜
我在一节硬座车厢里，看着时间飞过长江
那一年我三十岁

那一年，我离故乡越来越远
越来越接近诅咒般的魅惑
我将六岁的儿子留在北方，留下我的背影
那一定是一个巨大的疑问
而我，就是疑问的核心
象征疼痛

我的魅惑在永恒的路上，不可回返
一个少年在远方长大
据说他已经获得了爱情

2013 年 7 月 13 日深夜，于北京南城

六 行 诗

今夜，联想一朵花开，隐秘的手指
以什么方式触到尽头

我承认迷情，具有神赐的属性
你透彻的美，永远不会高于肌肤

仰视或俯瞰，天与大地都那么远
今夜，我联想你，你就盛开，就如原初

2013 年 7 月 21 日零时后，于北京南城

七月的对语

请不要问我举起了什么
如果你们看到超越头颅的手，看到
七月的背景中，那抖动的山峦与风
看到某种岁月在岁月里老去

请关注离你最近最亲的事物，比如心
比如不幸夭折的爱情，在你的近旁
以草的语言说着恒久，比如一滴水
怎样让你追忆年轻的泪

请珍重即将消逝与到来的时刻
活得像一个人。当你看到绝望的人群
出现在天宇下，女人的怀里睡着孩子
当你看到这些人的背影，好似突然看到故乡
请合上双眼，感觉仁慈并不伟大，但那么神圣

2013 年 7 月 23 日夜，于北京南城

天水的女儿

你从地上来，在地上学步
学会自己梳妆，你成为少女
后来，你是我最美的记忆

天水的女儿
在一句预言中，你晾晒衣衫
你那么安静，你身后的群山那么静
在兰州到天水途中
天空那么静

泽国
此刻，天水的女儿，你的故园
泛着浊浪。一扇巨门关闭着，没有声息
一片往事，被风剪为天上的云朵
其中的一朵是你
你凝望，但没有诉说

2013 年 7 月 28 日下午，于北京南城

与科尔沁有关的记述

我几乎遗忘
如果没有那条河流，没有契丹
在上京留下一个背影
如果没有大湖唤来奔驰的群马
我不会归去

我几乎遗忘
如果没有科尔沁，没有银铃不息的驼队
象征曾经的高原，比如绿
如果没有史籍记载的苦难与情史
我不会表达

我几乎遗忘
如果没有你，没有正午的阳光与生活
关于辽远，就是静处
如果没有郑重的约定，像盟誓一样美
我不会启程

我几乎遗忘
如果没有时间，没有如此真实的缕析
像洗沐那样，甚至接近怀念
如果今夜，我没有再看河源之水
我不会回眸

2013年8月5日夜，于北京南城

高原上的一年

告诉你那个地方，八月开花的山顶
九月霜临。告诉你七月的牧羊女，她歌唱
让心回归六月的爱情，从五月开始
再退一步就是四月。告诉你
那种生活充满了自由
三月飞雪，群羊的脊背
闪着光辉

告诉你一月的篝火，可能会燃到二月
很有可能，在一个背影里，你会发现马匹
到十月，满目的金黄一直铺到天边
久远的怀想缓缓上升，迎迓十一月
一声一声星语向十二月飘落
成为牧歌

告诉你我出生的地方，那里叫草原
我所敬畏的庄严不是日出，而是午夜
一切都静了，除了心灵

2013 年 8 月 8 日，回归故乡前夜，于北京南城

结在树上的火焰

我斜卧那里
我的身旁传来虫鸣，仿佛
随处都是围困，如古老的家族叮咛
一些身影，藏在更深的阴影里
一颗心举向另一颗心

我看见火焰
结在八月的树上，像星子
是的，我承认，那也像宝石
为什么我感觉它更像某一种伤痛
看枝头，犹如看到我们年轻的手臂
举着天空，但绝对忽视云

我斜卧那里
我所有的亲人都在远方
看这山河，我想到陨落者
大概就是永恒的守候

2013 年 8 月 22 日夜，于北京南城

寂然中的光芒

我在一角蔚蓝下等云
马在等我

谁的昔年等待回眸？光影
鸟群贴着水线飞翔，云等待雨

青色的巉岩等待鹰足
极致的险峻，山脊等待一个人

想到复活，蝶等待花香，枝叶等待蕊
落泪的诗歌，等待人类

2013年8月26日夜，于北京南城

今夜·幻象

墙壁那边的栅栏，柳枝的缝隙
我的宇宙中活着唯一的恋人

隔着栅栏，我的天空那么美
一线一线的蓝，偶尔飞过一线一线白
燕子的翅羽一闪而过

这一年，八月最后的夜晚
我的远山没有枯黄，我看见黛色
托起无尽的蔚蓝

不错，人间最为珍贵的感觉
活在一首诗歌里，细腻的肌肤与唇
一句誓言至今成长在风中，多少有些悲痛
隔着栅栏，契丹的烽火燃着，逆河而上的金人
最终失去了中都

墙壁那边的栅栏，枝头所指的远空
我的宇宙中活着唯一的恋人，伴着雁鸣

2013 年 8 月 31 日夜，于北京南城

栅栏那边

栅栏那边，我的亲人们正在老去
母亲睡在栅栏边缘，仿佛睡在花瓣上

仿佛什么都没有发生
十个世纪前的战乱与爱情，背叛
都在栅栏那边。镶嵌宝石的王冠埋于厚土
只有平凡的生活，铺着安宁

栅栏那边，我的少年面对落雨的地平线
听母亲唤归，那时节，柳绿了，古老的水井边
开着马莲花，淡紫色的香气
熏染布衣和习俗，邻家待嫁的女子
在静水中美丽绽放

仿佛什么都没有改变
关于人心，仍然是最脆弱的世界
仍然隐秘，不可倾吐和发现。每当暮色渐蓝
在栅栏那边，总会闪现一些身影
感觉如深秋飘飞的树叶
依着人间

2013 年 9 月 1 日正午，于北京南城

人间（一）

一个盲人坐在街角
他指着正午的光明，他这样告诉世界
你看那里，多么黑暗

2013 年 9 月 2 日，于北京南城

深怀笃定

想给你九月，避开高原
霜期的山坳，就如给你怀抱
越过我的肩头，让你看到前世今生
所有的欢乐与苦痛，都萌于心

想给你众神降临人间的午夜
而我不过是一个牧童，我挥着鞭子
绝对不会抽向绵羊的背脊
因为众神，或者心
我亲吻怜悯

想给你发现中的发现
那是无尽，在这样的时刻
我背对星群，倾听花草的声音

2013 年 9 月 4 日深夜，于北京南城

旅程无尽

真的，我们已经拥有伟大的旅程
同观天象，我们说雨，说第三日
大地将呈现密集绽放，在激越与推动中
神异与相随活在预言里
在枕畔留下花一样的气息

真的，这没有尽头
奔赴者，你只能让我想到海，海的女儿
我们说天雨丰沛，那也是旅程
笑对人间，对有灵的一切致意
让扶摇，成为旅程的证明

2013 年 9 月 6 日上午，去江南前，于北京南城

世世代代

整个人类活在无所不在的仁爱中
这是旋律，如铁轨上传出的节奏
或花的语言

世界的罪恶，只能以蛇的冰冷
让人类惊悸。但是
浩荡的风总会在三月到来
它的特制特别接近干净的爱情
怀抱中的爱人，传导永恒的温暖

在山前，在珠穆朗玛峰之巅
在约旦，在好望角海面平静的夜晚
在亚马孙丛林昆虫歌唱的瞬间
人类的表情刻在水底与树上
静待晴天

遥远，不是我们张望的地平线
如果你不能理解生命
请联想严寒中的篝火，大洋深处的岩岛
孤单，桅杆，海燕
婴儿的双眼

2013 年 9 月 7 日正午，于南京

你的怀抱

你就是唯一，我的午夜波涌的海，在东南方
我的坐标那么准确，不差毫厘

奔于人世，寻找仁慈的人与心
你的岛屿神秘，你的岛屿，上苍预言的圣地
印着我的唇痕。就是这样
我的直率的言语，洞穿时间
在你的怀抱停歇

在纵向的自然，你行走在由北向南的路上
你的记忆，就是我们共同行走的地方
岁月因此闪亮

而我们的约定，就在特定的维度，像一棵树
或醒着的灵魂，将我们吸引
来世，我们已经描述，关于幸福
就是忠诚与久长，牵着彼此的手
遗忘世间一切忧愁

2013 年 9 月 30 日下午，于北京南城

苏菲·玛索

因为你，这个世界应该让和平复活
在你绝世的美丽下，复活美丽的树与花朵
苏菲·玛索，我不愿将你形容为女神
你的水一样的青春，就是神赐
你让灵息生出翅膀
在人间飞

苏菲·玛索
世间存在十万种幻想，你是唯一
今夜，你也是我写作这首诗歌的理由
此刻，你飞在我的午夜，在清风中
在你我相隔的遥远的空间中，神祇与话语
等在星光的两面，一面是你舞着的秀发
一面是你的眸子与唇

只有一次
苏菲·玛索，你和我坐在秋天的树下
你就像妹妹，你望着前方的河
对我说那么多离散，说挥舞的手
怎么就不能握住幸福和自由

我生于东方，在贡格尔
那片草原有我的马匹，如今，它老了
它在贡格尔静静的夜空下等我，就如我

在那个梦到来之前等你
那棵树，树下的草，我们眼前的九月低空
飘着细长的白云。在我所认定的慈悲里
你闪耀辉光，但没有声息

我曾经想过
在我的少年时代，我曾经想，到哪里
我才能发现干净的圣泉，只要饮一口
我就会赞叹，关于甘美，苏菲 · 玛索
就如你的微笑
从你发间飘散而出的淡淡的馨香
你知道，一切，都依赖水
你的洁净，就是水的洁净

苏菲 · 玛索
这个时刻，我的东方睡了，我的贡格尔
那片广大地域托着马与草，托着最古老的箴言
但是，因为你，这个世界应该让和平复活
在你优美的注视下，让所有的孩子远离枪声
让他们欢笑，在静下来的时候
都能听到没有硝烟的风声
还有头顶的雁鸣

2013 年 10 月 1 日零时后，于北京南城

崇高的心

静下来，感觉一线白云
轻轻飘过你的眉宇，感觉崇高的心
倚着没有波涛的河流

感觉已经遥远的初恋
活在时光深处，那不像山峰，它像树
有一些孤独

闭上双眼，感觉光影变幻
告诉崇高的心，这就是生活，是你
必须置身其中的存在。十月
北方山中的叶子红了，大路上没有马车
感觉那条黄土大道
绝对通往静处

感觉一个人，活在永远的十八岁
你曾见证的早霞，那种粉红
落在一个人的脸庞
如鲜花绽放

2013 年 10 月 7 日正午，于北京南城

今夜诗

好吧，我不能告诉你们什么是生活
因为活着，在广大的黑暗中
生死一瞬，花落无声

我也不能对你们说那些山
关于凸起，或深谷，不要说诡异
至少，那是两种可视的真实
不像絮语，更不像谎言
像最美的身躯激发我们的幻想
最美的身躯笼罩雾，让我想到人类的衣衫
透过眼神表达的渴慕

今夜
我没有说幸福，我说活在每一日
已经有些沉重，我还说了自由
但是，我没有说逝水
或明天的风

2013 年 10 月 12 日零时后，于北京南城

致　　敬

向一个伟大的名词致敬
向活在记忆中的人，感觉一双
伸向酷寒的手，试图握住永恒的慈悲

我愿意选择默立
我不清楚能够挡住什么，一切
并不像传说那样，或无限遥远的梦

唯有爱
在孤寂深处祈愿平安的人，将幸福
描述为真实相依，发誓守住素雅的生活

一匹马，它不会记住奔驰的时间
它会记得主人。在慢慢聚拢的黄昏中
它吃干净的草，睁着干净的眼睛，拒绝凝望天空

2013 年 10 月 17 日夜，于北京南城

停滞之后

我该怎样描述一片
接着一片鲜红？在信仰与心灵相同的故乡
那种存在已经背离血，就如诺言背离了爱情
而我，从此不敢想象寒夜深处的眼睛

关于清澈与泪水，还有
像传说一样遥远的追寻，曾经掩于鲜红
如今，是什么掩于巨大的谎言？孩子们
在集体朗诵的语境里迷失，他们很少仰望天空

在飘动与垂落之间，一些灵魂
对另一些灵魂说话，充满永难愈合的疼痛
只有光阴贴近很多干涸的故道
我看不见手臂，但我从未怀疑忠诚

2013 年 11 月 6 日夜，于北京北城

此刻，于静处

在一千个预言中
我只选一种。此刻，我能感觉
隐于大光里的事物，在一千个预言之外
你的前世与我，隔着河流

我所选择的预言如此安静
就像午夜舟楫，应该也如等待
那是第一千种，下一个就是你
此刻，你在午后阳光的那边，我们之间
隔着河流，也隔着雾

活在不可打破的隐秘深处
那个所在，需要自由勇敢的心灵
激励双手。不错，就这一世
你若错过，光阴就不会回头

2013 年 11 月 10 日午后，于北京北城

恍若隔世

不要释解玫瑰破裂的声音
你能想到的终结，在风雪之前
旧时的马车上安坐着谁的女人？那个时节
有一条河流刚刚十岁

对你说年轻的玫瑰
它的燃烧没有火焰的形态，没有声息
破裂的疼痛也没有声息。在荒芜的王朝
自由的意念高举着自由，如一对兄妹
或父女，或清风拂过的海滨
成熟的岩石举着年轻的岩石

对你说亲吻的力量源自安宁
那里才是众神起舞的所在，追寻的心
远离雾霾

必须承认，在地平线那边
或者更远，被一点鲜红辉映的少女
成为黎明的近邻

2013 年 11 月 19 日，于北京北城

在闪念之间

一只大鸟消失在黄昏深处
在天上，它的黑翅突然贴近地平线
之后，它踪影隐去
留下一派空寂

这一天
准确地说是那个时刻
我想到人类所言说的幸福
仿佛悬在半空，像不可采摘的果子
仰望的人，那个人
他的姓氏闪过谁的记忆
在谁的听觉里
天空有雨，大地呼吸

昏睡者
或许距神最近，距亲人最远
距天光灵动的水面
最深

2013 年 11 月 22 日夜，于归家途中，北京

不可描述

向着蓝顶攀升
可能错过玉石一样的星子
看见边缘

曾经梦到嵌着黄金的海岸
就在那个地方
曾经悲痛，也曾垂首
发现云影在飞

感觉温暖冰冷的群山
压着时间，温情的双手
曾经握住幸福与自由

蓝顶
在那里，一颗星子
就如一个村落，一团火
在边缘尽头燃着，那么明亮

那么明亮
仿佛就是人类的忧伤

2013 年 11 月 27 日深夜，于北京北城

安谧的源

我想写一首这样的诗歌：歌者
把听众留在剧院里，她清澈的目光越过
人的头顶，感觉声音穿透墙壁
在一面斜坡停下来，那里
有一只待宰的绵羊

她的目光那么干净，就像羊的眼睛
但没有泪水。那一刻，整个世界
在光明与黑暗中运行，这让我想到爱与罪恶
想到美丽非凡的歌者，怎样用目光安抚一只羊

在我少年的记忆里
一只羊跪着，叫着，哭着，阳光明亮着
一群羊，在附近的河边吃草
看看山峦，那里静着，云飘着，天空远着
那个年代，我还不理解人类的悲痛
也就不会发现，一只羊
有多么忧伤

我想写一首这样的诗歌：伸出手掌
我们就能接住仁慈，就如接住上苍的雨滴
但不能遗忘泪水

2013 年 11 月 29 日深夜，于北京北城

心与近邻

你们，不要摧残美丽的花
被遗弃者，她在高远的空间有一个故乡
总有一双眼睛，看着羔羊

不要低估语言，它应该像锦缎一样柔软
其间点缀着浅蓝，深红，或鹅黄，或者
你们想象神秘的手，在黑暗中接住了什么
某个音讯，或沉重的承诺

一生都不要放弃对温暖的贴近与追问
请珍重体抚，就像指纹游过周身那样
或者亲吻，闭着眼睛感觉睫毛迎迓风
洗净身心，亲近神灵

2013 年 12 月 1 日正午，于北京北城

开花的手指不是证明

我不能见证潜行的一切
在哪一时刻飞过我的故乡
在地下，或在天上

我可以肯定
那种飘飞高于水，低于澄明
应该与幸福平行，或深重的痛

这两个概念属于人间
像甘甜和有毒的植物，我们分辨一生
它们伴我们一生，在夜与昼

在指纹被血染红的春天，花也开了
仰首正午的天宇，只见云层
但没有雁鸣

2013 年 12 月 2 日深夜，于北京北城

天　　道

望于极顶，只有空
是那种深蓝，连成一片的深蓝
我的幻觉中闪现水
但不见泅渡

天道
从一片最普通的落叶开始
到奔马的足痕，飞舞的鬃毛，那种
被我视为人间美丽的燃烧

不可想象唯一的形态
人间有一种火，从不见烈焰，你只能
感觉炽热，像愤怒与痛苦那样
像遗忘了族群的牧人那样
像寒冬的树

但是
不要否定存在，一切
都在那里，在开始处，也在结束处

2013 年 12 月 8 日深夜，于北京北城

在光与暗的缝隙

翻越一座山峰，接着翻越另一座山峰
一座山峰铺着星光，一座山峰铺着月光
我是不想惊扰什么的，就如泅渡

是的，游过去，或潜入其中
感觉一万年闪耀，我被托浮
我的双脚仿佛踏着魔境

我是说光，或柔美的夜暗
推动我。在遥远的异地，嗅着茶香
我如此感激！念着故乡

2014 年 7 月 2 日凌晨，于北京

毫无疑问

肯定是在定数中
这不期而遇的雨，从三月到七月
时停时续

青石之花，古老的斧凿之痕
被举念护着的烛火，一直燃着
梦境深处的手，已经放下哀愁

一切，都不会有定论
心灵最高的树木刻着这样的铭言
爱一次，老一次；然后，痛一次

2014 年 7 月 2 日凌晨，于北京

人间（二）

有人离开了城市
有人找他，他带着不断变换的地址
行走山河，永失故乡

城市是他其中的一站
他在这里留下亲人，那是一些
闪闪发光的日子

旷野，他的身影那么小
人间那么小，活一生
原来生命那么小

2014 年 7 月 3 日，于北京

今　　夜

我活在一些年轻的生命中
我感觉他们呼吸，他们
在一滴水中，在山脉里

我想到旺盛的青草
飞过屋檐的燕子，在春天
雨落之前，我会想到临近

是他们！我确信
那是他们的声音，我活在今夜
这遍地风动，与飞

2014年7月3日夜，于北京

隐伏与手语

黄土掩埋母亲，光在那里停留一瞬
然后埋住奶茶一样的歌谣
那是母亲的年代，倏然断裂

永恒分离
我的眼前闪过童年，母亲那么美
如今她去了，成为永恒的痛

谁说割不断时间
谁就不懂怀念，不懂这山河之间
存在隐伏，还有无声的手语

2014 年 7 月 4 日上午，于北京

饥饿年代

一个少年面对西山，或雨
但不见丰收的农田
孤独的鹰，在正午盘旋

黄昏时分盼借粮的母亲
少年的兄弟们眼望窗子，盼她归家
炊烟越来越淡，天色越来越暗

入夜，点着柴火的母亲开始煮粥
已到中年的母亲，艰难的母亲
她蹲着，守在锅前

2014 年 7 月 4 日正午，于北京

泅与渡

我看着燃起烈焰的血脉
你舟一样浮动的午夜和献身
这镀满黄金之光的年代远离幽怨
是我们，我曾在你耳畔说起苍茫
就是那样，我们向恩赐致意

我们沉醉于一句不朽的语词
一朵花开了，然后是下一朵
你的泛着金光的肌肤照亮暗夜
在我的两侧飞升，那个时刻
你是我的天使，双翼隐藏

2014年7月5日，于北京

遗　址

风打古刀，可以感觉刃之痛
其实什么都没有走远
一切，都在原处

帷幕不可能挡住天幕，在栅栏那边
另一个秋天活着，另一个女人
将初夜的秘密传授给女儿

群马奔过八月高原，就是这个时节
想说火焰燃烧往昔与时间
那个过程异常短暂

2014年8月9日午后，于北京北城

风

你能想多远
风就有多远
但是，请不要说出人类的感伤
在银河系之外，风起风息
在那里，在某一颗星体上
最鲜明的象征不是黄金山峦
是风掠旷野，绽放蓝色水珠

想到迁徙
想到风，我就想到极致与臣服
我们常常描述风暴
比如心，比如
永远看不见的情感波澜
这是距我们太近的存在
唯有风，它轻拂，它酷烈
它绝对安静或走远
甚至不会让我们
觅见一丝印痕

2014 年 8 月 4 日下午，于雨中京西

八 月 夜

如果必须说一个年代
说一些人为什么活着，或死去
就不能回避风雨；如果说，一个老者
将夕阳读为黎明，而一个少女
在黑暗中选择洁白的衣裳或花朵
就不能回避阻隔

一切，都如此轻
如果必须说到天空，就不能回避飞鸟
可以忽视云，像忽视诺言那样
你听，曾经的破碎如今已没有声音
一切，都如此寂静

此刻
我在燕山以南，想象中的那条绳索
已蜿蜒至悬崖尽头

2014 年 8 月 11 日夜，于北京

气息美丽

这是从北方飘来的气息
纯粹，真实，刈草的时节即将到来
就要出嫁的蒙古女子，在娘家
朝阳的草坡抚摸绵羊的额头

毫无疑问，这是久远生活的一部分
在西拉木伦河以北，这是高原景观的一部分
雁栖达里湖畔，是秋天的一部分
它们即将迁徙远途，某个温暖的地方

沿着燕山铺展的阳光，就如寻找，或回眸
在古老的语言中，蒙古女子婚期临近
她是青草气息的一部分，借助牧歌，她拥有了翅膀
我在华北，是早晨
我只能想象那种飞翔

2014 年 8 月 14 日晨，于北京

是什么将我们照耀

这个时刻我不说北归
我的故园金黄的草，大地之语
那么亲近地依偎山脉。不要认为
那是岚的边缘，黄昏之后
那道比金子更灿烂的线
照耀人类，仿佛托举大鸟的翅膀

在饥饿年代
食物的香味那么真
绝对超越性的诱惑
渴望咀嚼的过程，超越时间

母亲啊，生育我们的人
仿佛一直站在父亲阴影的深处
她从不争辩，从年轻到老
她所认定的命运中
我们是最真的奇迹

由此，我们相信最伟大的示意
是母亲老去，但美丽依然

2014 年 8 月 25 日零时后，于宁波

远　　方

那不可抵达
前世之语在窗子外面，像蝉鸣
在平原那边，伐木的声音从未止息

窗内是我们熟悉的生活，与耕作无关
远方，是一个婴孩儿能够爬到的地方
在饥饿时，远方就是他的母乳

远方，是热恋到新婚之夜的距离
是相守相携
直至老去

2014 年 8 月 26 日正午，于北京

极　　顶

我能想象的鲜红变为橘黄
后来是银白。大概每天都如此
很难说是什么光或色彩
覆盖了什么光与色彩。那一切
是被我们描述为神秘的存在和所在
有时，有人会伸出手臂指向天空
他说：你看，那就是奇幻

生下来，就要好好活
这叫生活。每个人都有自己的极顶
那是一个静处，没有主宰

通常，我们行走或安睡于极顶下面
品味食物，梦，离散
或所谓爱情

2014 年 8 月 28 日傍晚，于北京北城

国 子 监

静下心，就会感觉一介布衣站在对面
远空天光放射，有麻雀在飞

布衣神态安详
他的体态非常接近乡间的祖父
而他的美髯，则透露出高贵的威严

这里
是一个字一个字汇成的河
有瓷的质地，墨的浓酽，银的色泽

是的，还有鲜红
江山万里尽在回眸
他们将唯一的心，安放在静处
最终成为无字的典籍

2014 年 8 月 30 日深夜，于北京北城

雨　　后

是午夜了，我想到雪
那些雪山，比如梅里，珠穆朗玛
人类梦一样的乞力马扎罗

雨后
我幻听雪飘，我甚至遥想暴雪中的鹰翅
为什么逆风而动？在广大的天宇
它们丢失了什么

最终，我是说雨后
我想到母亲，她曾在雨中哭
以此定格，她的泪水，仿佛点燃了某个年代

2014 年 9 月 1 日零时后，于北京

中秋，母亲的营地

仍然是雨
在华北通向塞外的路上，已不见
儿时的马车。那时，母亲的山河
爪果飘香，在她的营地
我是幸福的人

后来痛失
仰望正午的天空，我幻听
时光逆流四十载，感觉就如
一只燕子飞越土墙。我
仍是那个盼望节日的少年
在她的营地
入夜不眠

2014 年 9 月 3 日正午，于北京

敬　　奉

我不知道有什么站在黑暗之顶
那柔软的，几乎象征人类
远大哀愁的涌动，海一样对向星光
很久很久了！这夜，这闪现

不要怀疑
我们，我们的前人和后人
都活在无限仁慈中，因为存在罪恶
人类祈祷；因为爱
人类悲伤

血
这永生永世的光芒照耀我们
而高峰之雪，这绝对高于黑暗的敬奉
怎样浸润我们的双眼
还有心灵

2014 年 9 月 6 日零时后，于北京北城

再说寂

枝头上没有果实，没有鸟
甚至没有风动。马车经过树下
九月的地表河经过山口

云，显得遥远，背景深蓝
我少年时代的幻想经过梦境
是的，我梦见了蝙蝠
在黄昏低回

很多人去了，似乎比云更远
比树孤单

2014年9月6日夜，于北京

心中的野马

我对它说
是啊，你要慢下来，保持静美
你看云，它就静着，从不会划伤天空

对于我
你是言辞，这让我想到利刃
不见血的痛。有时，我在原地
你已奔至我难以把控的尽头

你要慢下来
让我描述人间之爱，那是至尊至幻
在最美的心灵和躯体上
绝对应该覆盖月光一样的温暖
与轻柔

2014 年 9 月 7 日晨，于北京

我　　们

拥你入怀
万山为我们葱绿，花红
然后吻你，从睫毛开始，让你
感觉雪飘雪化，让一种纷飞
保持洁白，一层一层融于溪流
让该去的去
该来的来

拥你吻你
让你相信一万匹马奔过星空
让你相信，幸福的距离
大概只有一寸

那时，众神齐唱
我想对你耳语，那不是星光
不是幻听苍茫
你仿佛睡了
我守着边疆

2014 年 9 月 7 日，于北京

今　　夜

肯定是近了
我不是说节日，我说星河

我说已逝岁月举着先人之悲
那曾经的焦渴如今化作光
在草叶上闪亮

肯定有什么被夜色掩映
我不说断裂的声音，我说今夜
一切等待观月的人
与先人无关

我说一切怀念都会刺痛心
一切，都曾经活过，大草原
雁阵，忧伤的羊群

2014 年 9 月 7 日夜，于北京

在时光缝隙

要承认悬浮
大地上的根系属于树木与花草
或细密的地泉
但不属于人类

人类，我们
只有谱系，但你不能说这是源头
要承认悬浮，知道你依附什么
或感觉飞

要承认悬浮
人类远大的哀愁源自永不可知的星际
在土星近旁，我们不知有什么掠过
我们不知，在圆月深处
是否有含泪的眼睛

海洋
是另一种飞，它推动自由之桅
桅推动云，云推动雨
雨，推动遥念与边陲

2014 年 9 月 8 日深夜，于北京

往　事

人群
正午的烈日，红色消防车呼啸而过
到处都是喊声

最美的人在典籍中沉睡
她无视火焰与燃烧，还有灰烬

最美的人在更久远的往事里
成为我们的想象，这不可示人
最美的人，在喧嚣中已是罪恶

最美的人啊
我曾相信，她在静处微笑
无视乾坤颠倒，梦幻中的大鸟
在风雨深处扶摇

往事
如今想来，那个年代只有疯狂与私密
爱情隐着，就如大地禾苗

2014 年 9 月 10 日，于北京

克什克腾

最早的马匹已无踪迹
最早的歌者和智者，在很久以前
就已赴约期

天鹅在这里留下一滴泪
那是蓝湖；它将另一滴泪留在远途
你说它在迁徙
天说它在别离

遗址
最早的英雄在草根下沉睡
曾经相思百万里，一切依然
此刻，克什克腾九月的落日
仿佛再次留下了低语

2014 年 9 月 12 日傍晚，于克什克腾经棚

离别克什克腾

我距那种星空远了
在那里仰望银河，就如感觉近邻

九月
在贡格尔草原，那样的静
仿佛人类就没有存在过
我也未曾来过

离别克什克腾后
感觉都会的喧嚣那么轻，心那么重

感觉曾经的近邻在远空走着
银河两边与云阵上下
没有悲痛

2014 年 9 月 16 日深夜，于北京

九月 · 今夜

今夜
我距母亲的营地如此之近
可我推不动九月之门

如今母亲在深处熟睡，她的
婴儿一样的晚年终结于无花的寒夜
在可以记忆的离别中
我终成游子

我的存在，至少能够证明女人的光荣
关于爱，往昔，历经磨砺的心智
在母亲的苍老中成熟

是的
今夜，我在故里，在蒙古东南部
我生在九月，我与母亲远隔生死
可我分明嗅到了她的气息

2014 年 9 月 19 日夜，于故乡赤峰

雅　　歌

我不清楚云的故乡
那种浓厚与散谈，在缥缈中
刺痛少年的视野和想象

记忆中的井
在井边用清水洗菜的农妇
奔向西北方向的蒙古马，以长驰
告诉我自由，就是挣脱绳索

井边的农妇与奔向降生地的蒙古马
我的永远的家，最初的爱与吻
永恒的天涯
不是童话

2014 年 9 月 20 日夜，于内蒙古故乡

淡　了

真的淡了
晚秋的鲜红与五月的雪，那时
在蒙古沙地，丢失奶牛的人
不知怎样面对母亲

真的淡了
一切，一切的可能，都是未知
唯有银河，永隔时间

2014 年 9 月 20 日夜，于内蒙古故乡

一个人的草原

此刻，我背对阳光
让一些往事在寂静中藏一会儿
此刻，十万里草原举着相似的安宁
也举着我

此刻，牛在归栏
在我所面对的方向，云在归天

此刻，我不否认
有一类焚烧永远不会熄灭
在阴霾中，在城市的喧沸中
随处可见心灵离散
一个孩子躲在安全岛里
谁都看不到烈焰

此刻，自由的心仍在远途
在枯草的摇动里，怀念活着
在我的一个人的草原

2014 年 9 月 21 日下午，于克什克腾贡格尔草原

贡格尔夜歌

我可以感觉澎湃的心海
无形之水从大念峰顶，顺着
山脊倾泻而下

一直在默读一个名字
在巨石的纹理间，我读气息
隔着群山，被无数先人仰慕的英雄
已经落寂

今夜
这远大的静与苍茫融为一体
两个人的银河，依然在高天闪烁静谧

2014 年 9 月 22 日夜，于克什克腾贡格尔草原

在寂静岸边

我追怀午夜的贡格尔
属于星空与牛羊的草原

可以确定
我不是那里的过客，我知道
在我面前，或身后，有什么在舞蹈
我所听到的地声
已经存在无数个世纪

想到智者
我是说，在午夜草原
我多么渴望握住一只手！那时
我是寂静中的寂静

一百年后
我们都走了，我们，不一定走在
相同的预言中
但实属同路

2014 年 9 月 25 日深夜，于北京北城

这个时节的草原

应该选择什么样的语言
对你们说那片草原，这个时节
在我熟悉的星空下，霜期已至
是的，羊还没有分栏
今年的新草垛在那里
散发阵阵香气

出嫁的新娘没有回来
她在另一片草原，走在古老的生活里
被同一支牧曲亲密缠绕

傍晚
归家的牛群比人类怡然，它们叫着
最前面的一头似乎咬着夕阳

每个夜晚
我牧羊的亲人们都会早睡
只有我，在空旷的草原上
凝望远方的天光

2014 年 10 月 2 日，于北京

接　受

在神所掌握的真相中
我们活或死

风没有方向
叶子随风摇动，也没有方向
只有光芒

入夜
一群忧伤的鸟儿
飞过没有人类的边疆

2014 年 10 月 12 日夜，于北京

阿斯哈图山谷

在那里
你无须寻找什么见证
仿佛一切道路都指向北方
鹰的巨翅，仿佛从未停歇

你不必问询
直抵圣境的心灵为什么忧伤
若你到来，你的视线就是峰峦的视线
它被水光托举，被阳光覆盖
被星光点缀，被月光读解
但是，在那里
你听不到古老折页开启与闭合的声音

需要探究
在那里，一个先例跨越漫长的历程
直到最后的信使从异地归来
直到他老去，直到每年相同的时节
暴风雨袭击食草的羊群

我的阿斯哈图石林
都不会泄露时间的隐秘

2014 年 10 月 14 日，于北京至合肥高铁上

美丽原初

所有生锈的东西都被远弃
在溪流中微动的手，再次被水驯服

曾经伟大的年代
那一切，那存活于诗中，在色彩中
在美丽女人的欢乐与忧伤中
依然前行着的，人类不朽的记忆
没有深埋典籍

瞬间之火
一个婴儿的哭声穿透夜暗
年轻的女子成熟为母亲

你不可抗拒肉体的衰老
但你能够保持童真，在你
无限仁慈的凝视下，可以让一切
回归原初

2014 年 10 月 15 日夜，于合肥

鼓浪屿（一）

此刻
我不说涛声
我的梦未醒，在甜与咸之间
还有苦

沙滩如此细密
一定有遥远的火焰，在烧灼
在上帝的安抚下
渐渐恢复安宁

活着
行走中的人类会告别鼓浪屿
我也会，我们都不知道属于何方
此刻，这里阳光灿烂
海的气息也如妇人
如此逼真

2014 年 12 月 4 日下午，于鼓浪屿海滩

鼓浪屿（二）

我肯定是飞在光与风之间
入夜，我不属于涛声，也不属于梦

透过绿树的缝隙
我看海，我身后古老的根
它们裸露在岩石上，没有语言

我是入侵者
我飞，我肯定击穿了某种安宁

阳光
我是说在这里，在十二月
在有些苍白的海面上
它的侵入比我更彻底

再见
亲爱的鼓浪屿，我停止飞
我的比梦更迷幻的远天远海远地

2014 年 12 月 5 日中午，于鼓浪屿

梦

你是我最近最远的天与地
我醒着睡着幻听的竖琴

一定隔着最真的色彩
在帷幕那边，人类想象
能够到达的地方，神奇就是贴伏

这让我想到婴儿贴向母乳
人间最美的吸吮，洁白的乳汁
怎样在阳光下变红

还有奔跑
或飞，或在那个过程中
怎样遗忘泪

你可能错失对的方向
但你不会走失梦

你将在轮回的日月中长大
世间纷乱，你会在一条道路的中途
遇见某个人，你们相爱
获得最美的初吻

丝帛一生
那种纹理如此接近人的肌肤
你说神秘，它就神秘

但是
没有谁能抗拒从生到死的距离
留一个身影在原野
留一点心念在梦中
给前生来世，留下一缕温情
与日月辉映

马在异乡的夜色中奔跑，渐成魅惑
马穿越沼泽，穿越十月的雨幕
几乎穿越人类的想象和悲痛

马朝更高的山峰奔跑，那里炸响雷电
那突现的光焰和燃烧
还有飞扬的马鬃
几乎接近魅惑之核

我的遥远的少年啊
蒙古之秋，那绝对布满裂痕的初始
在七颗北斗下至今无眠

我经过一道灿烂之门
发现另一道门黑暗一些

突然想到逃脱，想到
那么多人不知去了哪里，想到
人的命运，是否有根

河
那闪亮的所在吸引我，于是
我忽视了身后隐约出现的声音

天地之间马的旅途仿佛没有终点
它站在山巅，是一幅剪影
我们能够看到的高度没有飞翔
甚至遗痕
在猛烈燃烧的云中，是什么在哭泣
马在山巅没有停留太久
它突然消失，我停在原处

我似乎停在某种伤痛中
看着大地缓慢苏醒

帝国的背影有些苍凉
就在不远处，帝国的马群
在河边拒绝横渡

我能看到的九月，比如北方
肯特山顶的雪，山下草地上的营盘
我曾经那么熟悉的人与生活
如今静着，帝国的马群
在河边静着

在伸出手指就可以触到飞翔的高原
帝国的大马群等着骑手

隔着河
仿佛隔着遥远的时节
帝国的背影在河流以北，大马群

也在河流以北，在河流以北
雪与营盘的金顶都不再闪亮

那一刻，北方桃花生成
如此饱满。开放是另一个过程
比如闪电和霹雳，比如雨

面对桃林。一个少妇走过
沾满雨水的草坡，我看到燃烧
在河流彼岸，林间隐秘的路径
被什么照耀

必然的凋谢。云压过山顶
光在云之上，某种悲苦在心之下
这让我突然想到人间生死
关于美丽，最终无人考证

麻雀飞来，在逆光方向
它们翅膀灵动。是的
它们鸣叫，那是我无法听懂的语言
它属于天地，那种尊严
被人类长久忽视

我听到狂风粉碎梅花的声音
隔着墙壁，我听到水粉碎时间的声音

我没有听到马嘶或牧女歌唱
我的身后静卧古典的年代
雕花门楣，院落，高大的树木
活在古词中的妇人
不远的河面上闪现鱼类

穿越暗夜的旅者啊
你在寻找什么？你曾拥有什么
我目送你，就如目送我的往昔

一些人睡了，一些人聚在一处
他们站着，远离水和青草
似乎在等待什么

我的马已无踪迹，这让我想到青春
那些日夜，邻家长大的女孩
与我隔着院墙

一个少年脱掉鞋子，是正午
他追逐龙卷风，我站在阳光下
追望少年的背影

橘黄色
我相信那不是绸子，也不是土
当然，那也不是后来缓慢闭合的天幕

在辽上京到克什克腾途中
五月飞雪，我的河流，那条
叫西拉木伦的血脉，发出一声浩叹

我跟随一群马，是野马
我所热爱的庞大的羊群没有出现

月亮，然后是太阳
我应该在月亮与太阳之间
感觉是在向往与怀念之间

在不远的地方
一些人，一些非常陌生的人
在谈论高原的星子，他们说明亮
说在最远的星空下
不知是谁的故乡

我是看着天明的
那一刻，我的脑海突现严寒时节
午夜降生的羔羊

那个人消失在人海夹缝中
那个人曾经熟读梵语
将五月高原飞雪
形容为离愁

突然开始怀念鹰
那一刻，身在异旅，我怅望
祖父一样威严的北方
仿佛一切都那么远
一切，实际上井然有序

多年以前
一个热爱诗书的女孩死在雨里
她死了！从此就不会回来
活着的人，包括我
直到今天，也没有解开深重的疑问

我看到夜色迷幻，那是波光
曼妙轻柔，像美丽女人的裸体
我看到北方那么亮
几乎接近了诗歌和忧伤

后来
所有的一切都静下来
我的视野里常态还原
山，泥土和水，那是我所熟悉的
唯一的改变是：波光消失

后来
我听到一种声音，是尾音
细密，坚定，似挽住眷恋的手臂
对着背影最后挥舞

那一瞬间
想到人类，我就想到
唯有拥在怀中的才是爱情
吻，交融，然后凝视，说起一些
寻常的事物

我不相信隔着河流的诺言
或思念

我相信血的奔流，它循环在
看不见的神秘里，它奔流
证明你活着！就像面对火焰那样
你感觉灼热与燃烧

如此
就是听从上帝的话
活着，在相拥之间，也就是
在最贴近心的地方
才是最温情的家

我不知那些人走了多远
我想叫他们回来，我想说
你们无力走出水土
在胸怀之外
是人间，也是空落

童年
就在你们身后，或近旁
就像岚一样依然纯粹
你们久已忽视午夜的星语
在拉萨，在德令哈，在克什克腾
我都想对你们说
停下来，请听一听

远天远地
近处的马嘶，鸟一样飞向星宇

曾经有个裸体的牧童
在西拉木伦河嬉水，在阳光下
他的身上黏着黄沙

那个时候我在中国南方
在梦里，我们相遇，他躺在细沙上
问起我的归期

他那么透明，像浮在空中
他是接受了天地恩宠的孩子
只为这一刻，他说等了很久

牧童说，此刻，你就在北方了
这是圣河，前面是圣地

在长着白桦的地方，是圣山

那夜，在我的梦境里
始终萦绕着圣乐，而那个牧童
没有疑问，是呼唤我回归的圣子

没有任何一座山峰超过鹰飞的高度
没有，没有任何一条道路
能替代自由

没有沉寂不接纳呼声
没有任何一缕光明，能够剥夺凝视

没有了！除了梦
没有任何一种想象
能够自由出入

哪怕突然醒来
一切，依然历历在目

一声马蹄中的元朝
一阵风，吹落山顶的花朵

河
我面对一脉清流，一片乌云
依稀驮着夜色

一个牧女牵着坐骑，她非常美丽
她对我示意彼岸
那应该就是异乡了，我在迟疑
河那边的山前出现大马群

是的
总想对岁月说些什么，一切
无声消失的，未曾到来的
那些人，某个人
某一时刻

一骑北去
那绝美的女子从此隐瞒姓氏

那一天
响箭在古城墙下纷扬而落
城头已经易帜，在北面金山岭
满目鲜花突然凋谢

无人哭泣
那绝美的女子背对古城
向着故地纵马，她没有回头
直至消隐于鹰飞的北方

那一刻
我想到悲伤的智者应该守着大湖
他的心声久已无人倾听

许久之后
一个部族选择东归，他们历经生死
在夏日清晨回到祖地，很多人哭了
他们带回的羊群马群
啃食葱一样的绿草
复活，已经成为现实

我常梦见的骑手没有归来

在这个世界，他也没有陵寝
他被广大的青草掩埋，他属于牧歌
在冬季，青草之上盖着白雪

他是一位母亲思念中断裂的部分
是活着的部分；对于牧女
那是永远的疼痛
不错，翻遍史籍
你看不见他的姓名

我常梦见的骑手，他的灵魂
在盐的光泽中闪耀
入夜，那种色彩非常接近
荒凉之地的白银

我常梦见的骑手从不言语
他在河边牧马，在草的斜坡上熟睡

那个时候
我等他醒来
我凝视鹰飞

我常梦见的骑手
在他缄默的背影里，活着一个王朝

我承认
如今，往昔已经消隐
城垣，具有高贵血统的女人
高墙之内的酒歌与马嘶

不！不止这些

我常梦见的骑手，他的年轻的心
照耀我的北方，我的梦境
随着他的移动缓慢扩展

所以
我们，我常梦见的骑手
我与他，在缥缈深处仰望北斗
从不说乡愁

我常梦见的骑手
在远方世纪熟睡，和我一样
在他的梦中，很多爱马的人
供奉伟大质朴的爱情

那些男人啊
那些从不畏惧风雨击打的男人
在女人的怀中流泪

像品味美酒一样
他们品味女人的奇妙，那是醉
是一个骑手最温柔的边陲

只有在纯真的复活中
我才能穿行那个年代，穿越忧伤
我就拥有光芒

我常梦见的骑手错失婚礼
他把自己交给远途
将心爱的女孩交给故地
将生命交给梦，将终生崇拜的鹰翅
交给天空

他什么也没有给我
在岁月的前额，我试图觅见兆示
只见远行的马匹
脊背上月光升腾

我常梦见的骑手一直向北
他静默，犹如移动的化石
血色鲜红

那种色彩，生命中最痛的色彩
我们的源拒绝喧嚣

我常梦见的骑手
在午后试图拯救困巢中的雏鸟
枪响之后
母鸟亡

后来
他哭了！他说，我远方的妈妈啊
我救不了它们！它们那么小
天地这么大

我不敢想象雏鸟的命运
这就是世间，不仅仅是人间
每一种生灵的轨迹
都不可割断

但是
毫无疑问，雏鸟的命断了
在人间

我常梦见的骑手
远离一叶浮萍摇曳的北地
他在某种荒芜的静处，成为
最高的一点，背对芬芳

他是我的高原上的高原
他的骨骼发达的肉体，那种光
那种如厚土覆盖青石的结构
召引我！我常梦见的骑手
是永远的英雄

西路
在它曾经走过的远途，幼驼饥渴
庞大的马队从荒漠边缘掠过
那时，故乡与爱情就是一曲琴声
是站在草尖上的露水辉映的华年

那峰幼驼跟随他走了很久，他远远落在
西征大军的后面
直到水源丰沛的山前

那峰幼驼活在时间的见证里
随风呼吸

风
是时间的一部分，雪是另一部分
我常梦见的骑手，他的血脉
是帝国情史的一部分

你看
牧歌的翅膀在长调的尾声中闪现

夕阳拽着最浓的乡愁

亲爱的家园隐在其中
马在其中，马，卸鞍之后的王朝
硕大的基石已经龟裂

那是怀念的一部分
我们听到的叹息来自彼岸
但看不见人影

我敬畏一切祈祷
一切寻求安宁的人，因为亡失
仰望生，如此生动

这个时刻与梦无关，一切
属于神，一切定数层次分明

我在其中
我的不可悖逆的旅途
与本原之地渐行渐远

传说中的英雄早已落寂
他们将自由给了马，将眺望
给了氤氲，在唯一的可能中
他们头对故乡，在异地睡去

如果没有梦
我就无法接近圣途，我能看见的
少女的五官，她的睫毛
在光芒里闪动
在一个不朽的祈愿下，她是湖

她是骑手的妹妹，痛失兄长
她是十三世纪夜空下
最美的树木

面对她
我的梦境如此干净！首先是空气
然后是雨，土地，粮食，水
是的，还有心！像雪一样
像骑手的妹妹，一个古老部族
被怀念最深的祖母

一个少年面对巴尔喀什湖
远方蓝蓝的的天际升起云阵
形如高原马群

那个少年是我终生的迷幻
直到最后，我也没有看见他的神情

活着，梦着
我一再确认，那些远征的男人
一定将某些话语留在了沿途

沿途
那是多么辽远的世界！马
这大地上的精灵，让陌域洞开
让一句伟大的谶语获得应验

而那个少年
再也未能见到他的父兄
他在神一样的想象中长大
从未发出任何求助

他是十三世纪的孩子，他的大湖
那接纳了智者的圣水
至今波涌不息

对于我
那个少年是时间中的时间
这就如高原幼马
让我相信道路，比如断裂
比如荆棘，或不知疲倦的持续

除了水土
巴尔喀什湖岸之唇还吻着什么
唇，岁月与时间的舞蹈
若吻星辰，湖光就是照耀
若吻你，一切都将成为背景

湖岸之唇
最高的火焰，在最低处
没有留下灰烬，恒久的光芒
那种总让我们感怀的东西
在远方生长着！所有的一切
都活着

马
在向西的荒芜中拖着沙尘
不必惊悸
一切，就是这样
如果你和我一样
在梦中听到花朵哭泣
听到季节的手指发出响声
你就理解了悲痛和告别

不要轻言拯救
马死他乡，马在最后一刻
躺下呼吸，它侧望的神态那么美
它的泪水
被风粉碎

而骑手
那年轻的牧人之子，他跪下
仍然手挽着缰绳
在远空，黑色大鸟刺穿云
向东南飞
骑手抚合马的双眼
夜幕低垂

虚幻
仿佛只有落花留在枝头的余香是真的
当然，还有马
它撕裂狂风的奔腾是真的

我期待苏醒
我对孤独的骑手说，你可以歌唱啊
你可以让你死去的坐骑
在长调中嘶鸣

我知道
有一种痛楚我们永难倾吐
落叶时节，那些精致的花纹
在风中舞，黄的，红的，紫的
这种美丽，永难躲避践踏
或焚烧

是啊
我对骑手说，你可以歌唱啊
那上升着的
那最终消失了的
原来如此珍贵

马背那边的冬天已经日落
在马背那边
杭爱山下的营地疾风吹雪
雪粒飞扬，刺向夜空

所谓思念
是两种神情之间的同一盏灯火
远隔山岳
在这样的凝望中，除了心
一切都很轻

那些被淡忘的
深埋于时间帷幕寂处的东西
曾经被烈焰灼烤的荣耀
与杭爱山下的营地和孤守毫无关联

我常梦见的骑手
永难归乡的骑手滞留远途
他是那个营地的儿子

我追随他
他拒绝与我交谈，他的身影
就如鹰翅投放大地的暗影
有时显现，有时消失

这无比疼痛的隐喻
这高贵的尊严与爱，这痛失啊
已经不见血痕

如果说远
还有什么能够超过风的故乡
如果说近，还有什么
能比耳边的声音
如果玫瑰粉碎于冷雨
马蹄断裂于时间
如果在掌纹的边缘突然呈现某种幻影

在一切可能中
我常梦见的骑手仰望高原夏夜
他忽视我，在青草萌动的大念里
他以那种身姿与神情
亲近云中的帝国

那一刻
在西北天空 现一道奇异的光芒
不错，在光芒深处
我看到了骑手的父兄
那些脱离马背的人
坐在一条无名河畔
身边静卧着天鹅

歌唱者
守在营地的美丽女人
她光照长夜的躯体，骑手最迷恋的疆域
蜿蜒起伏

我承认
我曾面对那种透明，那么近
上面的每一颗水珠都在滑动
但没有声音

这一切
我一再问：这一切是怎样开始的呢？
激越十万里，草伏花开
原来就是复归

从山前湖畔到大陆海边
这是过程吗
是什么力量让十万匹马向西而动
后来啊，疑惑
在阿拉善幻化为葡萄玛瑙
在巴林草原
变为精美的鸡血石
在骑手孤独的仰望里
疑惑，是天上神秘的星群

2014 年 10 月 19 日至 12 月 3 日，
于北京、合肥、长沙、贵阳、克什克腾、厦门写就

时间之岸

我能感觉的存在是岚
在无限广大的氤氲里，第一缕阳光
移过山顶，那么迅疾

我要赞美的存在不是此刻
是什么醒着，像彻夜未睡的婴儿
是某种忧郁倚着时间之岸
它那么小，让我想到一粒种子

我承认
我守望净水、粮食、移过
窗前的阳光，这个时刻属于无尽的过程
但是，我看不到彼岸

这个时刻
我能感觉的波动、水动、心动
还有长天羽动，所有的一切
都如此美丽！在人类祝福的包围中
我们再次迎迓起始
是的，某种忧郁那么小
比一滴水还要柔软

2015 年 1 月 1 日早晨，于鸭绿江畔

为智者书

然后
我们对夜晚说，这就是送别了
不是第一次，不是最后一次

然后
我们对山河说，一切留存都有温度
痛苦如此，幸福如此

然后
在灯火两边，或在遥远两边
雨活着，雪活着

然后
我们接受，等待安宁的午夜
云在飞，光在飞

然后
我们听血液流过周身，那么静
鹰过山顶，风过山顶

2015 年 1 月 1 日夜，于鸭绿江畔

眺望生我养我的祖地

那山远了
还有星空，星语，绸缎一样的河流

那幸福远了，空气中飘着荞麦花香
蝈蝈的叫声留在秋季

那路远了，马的嘶鸣
在我血脉般的北地，在安宁中

那气息远了，我的母亲长眠厚土
她将我给了异乡，永远入梦

2015 年 1 月 2 日夜，于鸭绿江畔

驿

我的关山在未知的秋季里红着
我的点点滴滴的幸福

我的少年，已经不能连缀起来的幻境
在祖地活着。那是质朴的生活
我曾经尊重的人们
如今都已衰老

我昔日的恋人，如今是别人的妻子
这种追忆有些破碎
但难以躲避

爱我的人
我是说，那个与我行走高原的女子
她心怀隐疼，她是人子之母
对于我，她是大地上的云
来去无踪

未来
我的一切存在于对一切的接受中
远离祖地，亲近陌路

2015 年 1 月 3 日下午，于鸭绿江畔

心怀圣念

我触到深水之纹
柔软的、仿佛有鹰翅摆动
天色暗下来，祭祀之火在我的后面
一般的形容是：那很遥远

如果永远活在这个过程
我就是幸福的人！如果我能触到红珊瑚
那就是奇迹

我就是那个曾经渴望成为英雄的人
我曾拥有坐骑
但没有征途

如今
我活在精细的族谱里，像一个王子
被一行忧郁的诗歌深深征服

2015 年 1 月 4 日傍晚，于鸭绿江畔

雨雪交替

没有南方，没有北方
只有悬浮，不时可见孤独的月亮

你能想多远，它就有多远
在铁与火的悖论中，那种蔓延不见边缘

我们移动，山野江河就移动
群峰站立，或仰卧，总是无声

久已习惯倾吐的人类，在这交替里
感觉爱，幸福，离散，月一样清冷孤寂

你能看见枫叶燃烧，看见雨雪
但你看不见泪水，在何处慢慢冷却

2015 年 1 月 5 日夜，于北京

从午夜到晨曦再现

可以确认那些花儿开在岩壁上
已经不会凋谢。可以确认鲜红与淡紫
深入石头的馨香，在朝向湖的一面
飘逸了七千年

可以确认岩画中的白鹿活着，依然美丽
当然，我没有忽视水鸟
它们飞在半空，再也不可能鸣叫

在穆斯塔尔
可以确认古老仁慈的生活没有脱离马背
入冬之后，我的亲人守着归栏的羊群

可以确认
清水在牧歌里流动，我的族人
那些默者，他们在梦的暗示下凝望鹰
对那种翱翔，他们拒绝结论

可以确认，我在梦境中复活
我能感觉到光明的洗沐，是那样的纤指
让我迷恋今世，在晨曦中苏醒

2015 年 1 月 6 日夜，于北京

西北偏北

那缕夕阳在驼峰上停了片刻
帝国的牧歌就诞生了
根源根系，时间之刃曾经斩断的情缘
在音符中闪耀，断腕的武士
被人们遗忘了姓名

西北偏北
一个少女长大，催生一棵胡杨
我不是说，秋天的金黄，我说春天的叶子
为什么摇动美丽

流星现于午夜
不要说它刺穿了什么，那种飞行
比人心更孤独，比最后的奔赴更悲

静观天象的人
他的身后出现巨大的沙漏
那是大地之殇。在不远的那边
我是说在西北偏北，在女人
点燃柴火的地方
牧草与庄稼活着，还有古歌感动人类

2015 年 1 月 8 日，于北京

穆斯塔尔圣童

那一天
祖地突降飞雪
他没有骑马
他在黄昏里奔跑，赤着双脚
我们之间是梦

那一天
在我熟记的预言中，他睫毛以上的空域
一片安宁

有人追问沉重的心，那个所在
与大雪的关联，一切被覆盖的，一切
逼近真相的物体
低于穆斯塔尔圣童

只有一次
我相信只有一次，我们在那里相遇
把疑惑还给时间，把雪的高原
还给圣童安坐的夜晚

2015 年 1 月 9 日，于北京

在荒芜那边

已经难以分辨
远天远山，草与雪的漠野
已经难以分辨青色山体上的铭文
曾经的牧女，如今已是祖母

勒勒车已被废弃
曾经的道路，那些深怀理想的人
相继离去

如果我们必须证明有什么没有改变
那就只有奔赴荒芜，在深邃的寂静中
安抚我们的心

在荒芜那边
就是我的穆斯塔尔，你拥着或深吻
都会倚着安宁的前定

2015 年 1 月 9 日，于北京

洒满阳光的草坡

激荡万里之后，风在穆斯塔尔歇了
那个时刻，我在夕照下感觉旧时的山河
刈草的人们神态专注

我的近旁就是栅栏
那种阻隔拦不住鸟儿，但会扼杀奔鹿
阻隔，像冰与刀锋一样寒冷

切割
首先从人心开始，到牛羊
到某个世纪中叶，人们逃离烧毁的城门

英雄们，那些对过往守口如瓶的人
是穆斯塔尔新的牧者
新朝初定，一种反复亦如耕土

我的近旁就是栅栏
入冬，草坡曲线柔美
让我想到旧朝的女人，眼含热泪

2015 年 1 月 11 日晨，于北京

人间一瞬

山河笃定，美女永念西行的父亲
面对夕照与落英，她说
父亲，我接受征服
只为一个英雄

红玛瑙的春天
红色的心与心愿，走在歧途的人
在泪光中看到八个太阳
其中一个正在西沉

在穆斯塔尔
新生的羔羊寻找母乳，那一刻
寒风凄厉，接生的妇人
她的身后站着女儿

2015 年 1 月 13 日夜，于北京

再见圣河

冰雪时节
祖地穆斯塔尔炉火正旺
这里远大的安宁让我想到少年之夜
那些幻想的日子
我的乐园

再见圣河
如再见远逝的母亲，她的神情
那宁静中的慈悲

血
也在安静中流，这种肃穆
超越一切誓言，也超越怀念

再见圣河
河边的暖草，轻轻摇曳

2015 年 1 月 14 日夜，于穆斯塔尔

岁初的贡格尔河

它从辽国苍凉悲歌的余音上流过
从古玉上流过，一羽鹰翅
劈开雪，但不见闪光
它劈开草根

我不能劈开河的记忆
或马驹的低鸣，河的幼子
在炉火前裸着身躯

它可以见证母亲的美丽，那个牧羊的少女
这意味着，一切远逝的东西
仍在天地间呼吸

真好！雪后，我面对它
那瞬间变幻的粒子，高原白昼的银河
绝对不会发出声响
这让我想到家族的历史
一匹老马或它的眼睛

为什么我总会感觉幸福和疼痛？
究竟为了什么，我总会感觉
在这干净的怀抱中活一瞬
就会超越一生痛苦

2015 年 1 月 22 日下午，于北京

心随天籁

穆斯塔尔雪后的夜晚
饮酒的人们慢慢安静下来
他们围着炉火，听长者说古

创造箴言的人在巴尔喀什湖畔故去
他留下异常美丽的女人
他最小的女儿还没有出嫁

我在其中
我是说，我在一群饮酒汉子中间
我的眼前荡漾蓝湖，新生羔羊也很美丽

她们流泪，他最小的女儿，他的妻子
她们焚烧的时间与心灵进入梦与牧歌
走过万重山水的人，没有遗失羊群

我想到沙漠之泉
和草根一样相连相握的兄弟
飞过夜空的声音

我的祖母曾经绝美
她是湖的一部分，花海的一部分
为我指着陌异和远途

2015 年 1 月 22 日，于北京

入　梦

我永难理解一匹马的忧伤
午夜，我在梦中目送一次迁徙
我注视金色边缘，那驾马车
已经变为小小的黑点

我的牧歌是另一种语言
如果将音符拆开
它们就是遍地花朵
而严寒中的雪片
则是安抚

在这个世界
你不可漠视头顶，比如云白
那看似凝固的美依着蓝天
关于那里，你感觉轻盈它就轻盈
你感觉沉重，它就沉重

有一个所在没有边疆
正如面对一匹马
我无法理解它的忧伤

2015 年 1 月 23 日傍晚，于北京

人间世间

你说哪些雪活着？哪些雪死了
哪些人，在足迹里发出呼吸

哪些人在蓝色的烟雾上站立
让我想到苦恋，白雪幼小而广大的心灵

确认久远音讯的人终于归来
可是，谁能确认他的旅程？或真伪

红玛瑙，它奇异的暗光让我感动
实际上，那是闪耀，但很内敛

割断谷子的镰刀上留下血迹
天空留下麻雀的划痕

雨，还有泪，孪生的绵羊跪在地上
一群并不饥饿的人，在正午高谈生死

2015 年 1 月 24 日夜，于北京雪中

红 与 孤

红草时节
开在峭壁的紫花孤独着，是一朵
连接一朵

我的母族的马车
那翻滚尘土的车队向东而行
婴儿在车厢熟睡

人间花香一样的温情
流水，源，奔赴，这一切
所滋育的爱情，生死诺言，活着

就要相信
一滴泪水安抚的江山，生长着
那些色彩，是妹妹的梦

妹妹酷爱紫花，她说
亲人们呐，爱你们，并不影响
我为峭壁上的紫花叹息

午夜星光
流水般的银色倾斜而下，那么干净
就如红，美丽的孤独，少女的眸

2015 年 1 月 27 日夜，于北京

居庸关

金国公主没有到达那个隘口
她永远消失，在大都破城的前夜

关内人家，被弃的家畜和农舍
伏在城墙阴影里，云声穿过无雪的夜空

无限忧伤美丽的金国公主背对大马群
据说在这个关隘，夜夜都会出现她的身影

2015 年 1 月 30 日傍晚，于北京

心随远途

后来
在居庸关内外，野草托举的夕照
同样凄美，还有墙

山谷，在一面阳光一面阴影的时间中
送金国消遁，还有公主与被砍倒的树

后来
在鳞片一样的记忆中，诞生新的村庄
那些农人，很少谈起远方

我，只有在古歌里辨别
关于雪或雪中的牛羊

2015 年 1 月 30 日夜，于北京

属于天空的苹果

那群大鸟落在草垛上
阳光落在羽翼上。而苹果
在岁月的某一页，挂在空中

它使抚摸成为一种欲望
由青色到红，到午夜星光下的迷惑
那是一季美丽，令人怜惜

属于天空的苹果
属于凝望，我少年神秘的山谷
传说出没，那时，我是局外人

当我拥有一夕，也就有了一季
苹果挂在空中，星子也在空中
所谓枝杈，实则无趣

2015 年 2 月 5 日正午，于北京

节日即到

现在，待宰的牛羊活着
它们在我亲爱的草原上回家
一头接着一头，情景生动

我恐惧它们哀鸣
当然拒食它们骨肉，现在
它们活着，在夕阳下吃草饮水

水很柔软，牛羊的泪水柔软
羔羊和牛犊的叫声柔软，远山
将雪高高举起，那样慈悲

现在，很多人都在计算回家的路途
我的眼前叠印牛羊的表情
年老的牧人守望水井

2015 年 2 月 5 日下午，于北京

上　下

其实枉然
只有天知道，地不知道

我们比云低很多
面山怀想，我们比树低一些

自由高于鸟群，泥沙低于水
有太多太多的东西高于人类

必须珍重的幸福是：上为父母
下为晚辈，与天地相随

2015年2月6日晚，于北京

我的遗址

守护遗址的人拒绝节日
有人说他拒绝了幸福

他已是遗址的一部分，或者说
他是某个久远帝国的一部分
他一生食素，但常擎着鹰

我的少年
长于纯粹的暗喻下，但我不知
在贡格尔草原，有关他的传说
后来让我感觉到注视

牧者常说
他守着一些巨石，那是帝国的根基
是遗址，他就在那里故去

2015 年 2 月 10 日夜，于北京新街口外

又过一岁

你能见刀锋闪亮
但你可能忽视了大山雪光
我的意思是，你要知道一个源头
生死无定，你不可忘记曾经的温柔

尖锐的石头切割风
但无法割断悲痛，是的
它甚至无法割断溪流，在无人之地
你要知道有什么活着
极目荒芜，火在暗处狂舞

你能看见黑暗
但你不会想象树下的眼睛
在闪亮与雪光之间，对了
也就是在泪水与怀念之间
又一年所恋，已经远去

2015 年 2 月 10 夜，于北京新街口外

色彩分明的午夜

大概有九种色彩
只有一种在燃烧

我所熟识的黑在黑暗里
那是深重的隐伏
我能看到的轻盈，午夜时刻
最高的火影卷动着
自由的挣脱总是接近天空

喜爱七种色彩的女孩
那个让我忽视火焰的人
在一条陌生河流的彼岸背对我
就如珍重与提示

女孩一身洁白
在她消失的凌晨，火焰未熄
关于某种色彩，仍是疑问

2015 年 2 月 13 日夜，于鸭绿江畔

最后的边疆

想说点什么
想告诉心灵怎样面对远寂
想说故人永远忘却了身影
想说，在节日之前
独自渡过冰冷大河的人
为什么奔往异地

想说我的穆斯塔尔
帝国的遗址被大雪掩埋
最亮的星在最寒的北方，像一颗魂
像我丢失的坐骑，在高空眨着眼睛

想说怀念如水，如五月高原之雪
如闭目静坐，感觉时间一寸一寸流过
在这个日子，想说一生
决定于一瞬，到另一瞬
但你听不到声音

想说相守
我的最后的边疆，岚舞依然

2015 年 2 月 14 日正午，于鸭绿江畔

冬 夜 书

的确
那非常遥远了，我的旧地
葬马的人已经年老
他谢绝帮扶

仿佛遍地破碎，是花朵
曾经的美丽，那短暂的绽放期
当昨天成为既往，第一片落叶出现龟裂
青石之语，渐渐退入山中

的确
那是我熟读不厌的大地之书
还有葬马的长者
我不敢忘怀千年约定，流云十万里
我在原初，云未离天际

幻听血
的确，我在那样的光芒中静守
相隔十万里，再隔十万里
怀念马匹，不念花期

2015 年 2 月 14 日夜，于鸭绿江畔

不　疑

此刻，正午
我对若隐若现的阴影说
大地雪化，江河就不会断流

没有什么能超越人心的尊贵
没有任何力量可以阻止想象
只有干净的源流，才能赐我们幸福

血，日出，三角梅
红色，对自由之旅的虔诚
让所有的等待，都如圣婴啼哭

2015 年 2 月 17 日正午，于丹东鸭绿江畔

活在今夜

不需要仪式
我能感觉的复活在雪阵和雨网中
一声叹息，随天幕垂落夜晚

逆行者
被我视为迷途的人，在光芒深处
屈身于溪流

像蜡烛那样
未来的时间越来越短，五月的雪
融化于七月的阴山

2015 年 2 月 18 日夜，于丹东鸭绿江畔

远方在远方

在墨迹的结构里
北宋开封送别节日。那些词
与词人，孤寂着
一只鸟，鸣叫着飞越洛河

是的
我能听到古老的愁绪和忠诚
我仿佛触到水的波纹
那么凉，失群的羊
走过积雪的山岗

手宣，丝绸
火红的剪纸，朝向南方的窗子
北宋的女子衣着典雅
批阅奏折的帝王
双眼噙泪

雨在远方
相爱的人，在远方，远方在远方
绿色浮萍犹如芳草
远方，在远方

2015 年 2 月 19 日凌晨，于丹东鸭绿江畔

火焰之子

在清凛的水边苏醒
他不知道有什么在水中沉淀下来

一定不是灰烬，或许是时间
某一种遥想，此刻的寂

大火过后，草根活着
游向山巅的蚁群，依稀发出泣声

他听到了！那个瞬间，他面对星空
一切，都那么远

有一种珍贵粉碎于静默
火焰之子，他在想，怎样将黑暗点燃

2015 年 2 月 19 日夜，于丹东鸭绿江畔

第 三 天

我不再寻找失踪者
在雪线以南，那些陌生的花儿开在一季
我相信真实，我相信
梦中的奇幻，一定与怀想有关

我在雪的世界，在山海关外
古老的祝词被一再重复，爆竹
在炸响中飞着鲜红
我仰望寒冷的夜空
早逝的诗人，安息于土

第三天
在星与星之间，在念与念之间
在梦与梦之间，在时间与时间之间
相隔风，这无人能懂的自然之语
穿越群山和苦难

我不再寻找失踪者
有一天，或许有人找我，或许不会
或许，我一生都不能走到神秘的边缘

2015 年 2 月 20 日夜，于丹东鸭绿江畔

千年之后

就一千年，不要更久
在那时的人间，还有谁能记得你我

千年之后，曾经的家园
可能变为荒漠，在新的陆地，物种奇特

没有人能识别我们的道路
坚守，等待，墓志铭，无人关注的花朵

那时，在永恒的沉寂中星河依然
千年之后，有一种灵魂无处停泊

2015 年 2 月 20 日夜，于旅途

山海关：史上的双眼

守关的武士非常年轻
在他一侧青砖城垛的拐角
几个兵士蹲着，其中一个托着火绳

有人在吸火烟
一点鲜红闪一下，然后又闪一下
你会注意那张被风雕刻的脸
目光忧郁，特别接近那个年代的河山

夏夜，武士直面关外
那是明朝的异地，远方的光
显得锋利凄冷

有人歌唱
有一个女人，在没有星光的午夜
歌唱秦皇岛

当飞尘逼近
武士仰望昏暗的天际
红日已被遮蔽

群马的长嘶随飞尘而来
据说，在那一天
年轻的武士被清军俘获

他回头张望，双眼含泪

据说
在那一天，秦皇岛以北降落苦雨

2015 年 2 月 21 日正午，于长途中

在一首诗中祝福和等待

我不能给你坦途
因为我没有

我无法在北国雪季赠你红玫瑰
这是天注定

我想为你破译命运，比如逆旅
但我走不出重重神秘

我在你的背景里感叹：天地远大
人的视线被山阻隔，一切静默

我很难分享你的欢乐，开解你的悲苦
我承认距离，迷惑像雾一样轻盈

我永世不会停止为你祈福
人间生死，想象一定高于眉宇

我无力为你重复天语
我承认局限，有太多的东西人不可知

我可能走在你的前头或身后
请你坦然接受

我们都将变得苍老，像两座相连的山
为河流落泪，那叫记忆

我曾幻想，从年少与你携手
直到两鬓斑白，依然十指紧扣

如果你属于未知的远方
我就在一首诗中等待，守望原初

2015 年 2 月 22 日夜，于丹东鸭绿江畔

2015

是啊，那些山脉没有变
在故园，长辈们守住的乡音没有变

我再也找不到古朴的心情
曾经坐在柳树下的人们
如今不知身在何处

感觉陌生而遥远
那些河流，那些曾经清澈
曲线优美的河流，如今这般孱弱

无比怀念少年之夜
我记得低飞的燕子，新泥和春草
老哈河沿岸盛开的杏花
我的母亲，此刻枕着冻土长眠
她曾经年轻而美丽

随处可见殇
但不见悠闲自由的马匹
往昔的安澜，已然飘远

2015 年 2 月 23 日下午，于丹东鸭绿江畔

苦艾的暗示

我嗅到苦艾的气味
我知道，在这个时节的关东
所有的种子都紧闭着眼睛

请不要联想沉睡
向前一步就是异域，一切都醒着
我所感觉的慧光迎面飞来
保持双手洁净的人
试图拥住冰雪山脊

克什米尔
昨夜梦你，昨夜
不可穷尽的苦艾之香伴着我
我伴着一些人，而你的女儿
那个走向冰川的女子
双手握着玉石

我不能说出她的名字
但我可以证明，有一种东西必将复活
这无关风雨，就如尊贵的心
在黑暗里望着天空

2015 年 2 月 25 日下午，于丹东鸭绿江畔

河那边的火焰

我是透过雪阵发现火焰的
是静默的燃烧，在冰河那边
天宇上悬着几颗寒星

曾经坚信，我可以追上那个预言
我可以翻越几座雪山看到海洋
我的分离许久的爱人，在岩石上安坐

我没有同行者
我在梦与梦之间确认活着
许多人酷爱远途，然后返回原地

河那边的火焰
火苗的上升有些艰难
像隐形的手，渴望握住什么

雪舞
在我与火焰之间，视野斑驳
就如面对另一个世界，追寻飞翔的泪

我的分离许久的爱人比火焰更远
在冰河那边，火焰无声
不见飞燕

2015 年 2 月 24 日夜，于丹东鸭绿江畔

穿透黑暗的哭声

墙壁那边传来婴儿的啼哭
那是穿透黑暗与孤寂的声音
非常干净！如某种预示

随后，窗外爆竹脆响
微弱的、伸向天空的火焰
仅仅持续了一瞬

相对而言，我热爱那个陌生的婴儿
他的哭泣让我想到饥渴或天性
或某种缘故

窗外，点燃爆竹的人们
正在送别古老的节日，但生活
还在持续，哪怕存在不安和隐痛

是的，婴儿的哭声还让我想到宿命
这就是开始了！他的一生
无论幸福，还是凄楚

然后，我感觉到密集的围困
在灵魂相守的一隅，恐惧就是荼毒
谁与谁互为拯救？或一世爱抚

2015 年 2 月 26 日深夜，于北京北城

应昌路（一）

就剩那些巨石了
不！应该还有呼吸，在草与雪的世界
应昌路拒绝回望王朝陨落的背影
它累了，它在休憩

我在湖畔问询岁月的心灵
你记住了什么？你失去了什么
如果存在复活，你又能给予什么

对于天宇，那些巨石就是沙粒
一月，我在应昌路迎着酷寒
那些人不在了！胜者与败者
那一瞬间的辉煌和阵痛
甚至不及一行雁鸣

所谓辉煌
不及平安地活着，一只手牵住一只手
彼此温暖，迎向天光
静静体味行走的自由

2015 年 2 月 27 日深夜，于北京北城

注：元应昌路在赤峰市克什克腾旗达尔罕境内，达来诺尔湖西畔。建于元初，历经整个元代，明初亦曾沿用。元末顺帝妥欢帖睦尔迫于明军追击而北迁应昌，并以此为据点，凡二年余，直至病故应昌。

在天雨之间

那个玄机润泽一颗心灵
随之飘向又一颗心灵

不能借助手语，可以通过眼睛
看到比黑暗更深邃的存在

不一定是底部，可能在更高处
有一种花儿开着，昼夜色彩变幻

你不要想到描述，比如异香
因为遥想，人类总是深陷迷惑

那个玄机依赖源流，在更静处
有一种旅途不见道路

2015 年 3 月 1 日凌晨，于北京北城

灵魂的海滨

它就在那里，它不是等待，它是黑发般舞动
被美丽证明的风，所轻轻安抚的实体
它决定了某个正午，我们坐在光下
突然觅见神秘与真切
就如土地之于花朵，是的
没有疑问，我们不是短聚
而是重逢，这不可抗拒

相通相融，我们借助语言的桥梁，让自己
站得更高，在更高的所在
肯定存在缘起，而另一种语言
从未脱离血脉，这如自由般的尊严
只有在空中相遇的羽翼，才能完美注释

不可否认迷雾深处的山峦
它是真实的！而羽动所吸引的羽动
不会有声，高贵的水，通常源自暗流
而海滨，属于灵魂的依附
始终成长于幻想的肌体
你可以说目光，说充满安慰的呼吸
穿行于拥吻之间，但是，直到老去
你也不会忘记

2015 年 3 月 1 日傍晚，于北京

十指连心

十个愿望在北方故地就是十颗星斗
开在夜晚的梨花，在十个方向
不一定属于十个家

十个少女，她们的名字与植物相关
十个愿望的天宇，十种想象
她们耕地的情人，牧羊的情人
守着珍贵的初夏

十指连心啊！连着我的母体
母亲安睡于土，真的不再说话

2015 年 3 月 2 日傍晚，于北京

最终的臣服

会的，那一刻终会到来
我们将怀念一些人
他们曾经举着心灵，让雨阵
闪现可以穿越山河的温暖
那是光，在沉默的鹰翅上
那是被泪水雨水确认的坐标
以此证明，无论活着或亡失
过程都如肌体般美丽

会的，蜜的语言在温水中分解
那一刻，有人说
某种苦涩来自最深的悲痛

会的，真
这个文字所蕴含的一切无须复活
像不朽而平凡的爱情那样
抚摸肌肤的手，从额头到脚踝
从脊背到胸乳，这就是一个世界
所有的一切都在这里
黑暗，黎明，草与花束
安宁的故地与放逐的道路

会的，敞开帷幕就见天光
那一刻，我们说，是的

一秒一秒地活着，送别
所有的一切都没有脱离悬浮
与年轻的心

会的
你到来，你臣服最真的引领
就如物质，臣服苍宇磁性
获得永生

2015年3月3日晨，于北京北城

叶子与叶子的距离

至少两片叶子，很多片叶子
才能形成距离

至少两个人，很多人
才能看到叶子光明的一面
或低垂下的暗影

至少两个春天，哪怕一次雪化
叶子的距离才能显现出来
这也像人类，至少在两个人的世界
经历一次悲情，才懂得疼痛

至少需要两次春雨
牧羊的少女才能听到叶子叹息
是啊，是在风中
叶子的距离很近，很遥远
那个牧羊的少女
在叶子神秘的距离和叹息中
终成人妻

2015 年 3 月 4 日正午，于北京

空

那么静
我告诉心，就像午夜孤独

就像等待之后的真相
群雁迁徙离别北方蓝湖，我的九月
在一个少年的眸子里复活
马车逆向回家的路

有时，我感觉距人类那么远
我感觉刚刚逝去的昨夜
就像我的青春

就像水声
墙壁那边神秘的手，一种景象
陌生，距我们这么近

就像永远丢失了什么
不可觅寻

2015 年 3 月 5 日下午，于北京

那片草原

那片草原在我的梦中改变色彩
它托举起马，少女，雪地之光
它任无限古老的哀愁形成相握的草根
如此密集，但留下缝隙，给了净水

那片草原让我懂得时间的定义
不是年轻与衰老，而是仁慈
入夜，星斗闪亮

那片草原永存气息
在荒芜深处，一切奥秘都如双手
紧握缘起，但不失本真
在我们可以仰望的高度
白云就是故乡

在朝露与晚霞之间
那片草原将恩宠给了一切生灵
那里的河流，无不泛着金色

那片草原
是永恒的父母或一生一世的依附
任尘埃起落，天籁如初

2015 年 3 月 6 日午夜，于北京北城

想到古人

我们不及他们，永远都是这样
如果有谁说自己是果实
他们是树

他们未曾苍老，真的
近看飞檐，那有形的智慧
源自精密之心的创造
如今不见指纹

土地，水，耕者
成长在过程中的人的女儿
在早春的新绿中被深深感动

很难说我接受了什么
除了天地恩惠，很难说
在灿烂之光里，为什么会有人
低垂着头颅

2015 年 3 月 8 日下午，于北京

应昌路（二）

在西拉木伦河源头
年老的凝望者被寂静焚烧
他是一个古老家族最后的牧者
这一天，在高原初雪里
他是声息，拖着身影

那么多先人
将最后的酒歌给了应昌路
失去主人的马匹脱缰而去

那是科尔沁辽远的天地
灯火未熄

后来
智者说，一千年
让心安静下来，像一个少年
在牛背上阅读天地

他一定会忽视应昌路
还有那些开花的巨石。在遗址上空
一只大鸟，忽隐忽现

2015 年 3 月 10 日傍晚，于北京

少 年 时

总想将那些鸟从天上或树上打下来
打下其中一只，让树叶或一片云
出现某种伤残
在大兴安岭腹地，如果接近一个山洞
新奇和恐惧的想象比洞穴更黑

见到陌生的人，就如遭遇山外世界
他们的口音一定与水有关
还有，总会感觉
随他们走过远路的孩子比我幸福

常盼节日
大雪纷飞，最诱人的一天也就近了
对食物和新衣的渴望
让寒冷变得异常亲切

认识很多植物，其中一种植物的名字
是暗自喜爱的少女
她在地上，感觉比天还要遥远

总会送别一些长者，或面对被砍倒的树木
入夜，可能听雨，可能观望星空
可能，在不知不觉中
少年时光，正悄然远去

2015 年 3 月 10 日夜，于北京

生者的对语

很难说它是怎样到来的
你说，试图穿透迷雾的目光
为什么亲近橘黄

为什么山野大地容留所有的逝者
你说，岁月的心灵被一问再问
所谓怀念，是醒着面对睡者
有人手指彗星之尾
不说故乡

很难说它是怎样离去的
你说，活在河流之间的人们
为什么不肯放弃牧羊

2015 年 3 月 11 日下午，于北京

想一想天宇

其实不远，我们能够想到的地方
不远。我们那么小
小于一滴水映照的微尘

我们能够看到的星宿，不远
那种距离不属于人类
我们能够想到的地方，比水晶透明

在人类群山最深的洞穴里
石笋花开，从不凋谢
我们能够感觉的存在充满奥秘
入夜，一颗彗星飞过天际
它奔赴，它燃烧，那种献身如此美丽

地球那么小
我们是它的某一种花儿，一开再开
如果我们嗅到异香
我想，那可能就是无限神秘的天光

2015 年 3 月 13 日晨，于北京北城

最美的记忆是母亲的花朵

我希望在摇曳的花朵上
看见母亲的微笑，是少女时代的母亲
而我的父亲，正在土地上学习耕种

那是两个少年的春天
是的，我的父母还没有相爱
在那个年代，大地上有很多石拱桥
河道水流清澈，乌篷船上
活着一个家庭

我希望伸出手掌
就能触到母亲的脸颊，那是
触到一片花儿，素洁中心含着粉色
那一刻，我的父亲坐在耕地边缘
他坐在青草上，那个少年
对后来的我毫无想象

生
就是一个精灵穿越梦境降临人世
我们都是被奇迹培育的果实
红的是血，白的是骨，黑的是瞳仁
是的，黄的是肌肤

我希望回返
我是说，至少，我希望退回原野
在燕子的呢喃中注视依然年轻的父母
哪怕在他们拥吻的过程
暂时遗忘我的存在
我也会感受巨大的幸福

2015 年 3 月 14 日零时后，于北京北城

顺光之途

卧在山巅的白鹿一动不动
凝视它的族群
在它身后，最后一颗星遽然消失
深灰色的天宇瞬间变为玫瑰红

我的高原上的雪！传说中的素洁
在霞光推动下腾飞，融化
它纷纷扬扬，沿途留下牧歌与花朵

世间永生的心愿结在树上，包括桂树
在月光与星光之间，霞光是宇宙之女
顺着光明前行，渴望有一个同伴
一同抵达安宁之地
顺光，是无尽旅途最美丽的唇语

2015 年 3 月 15 日正午，于北京北城

夜暗是另一种云

总是可能触到什么
如果触到火，就会遭遇疼痛
可能触到爱人的身躯，那么熟悉
所谓的生活已经过了那么久
其实一切都没有改变

降生之地！可能触到永恒的族谱
那些曾经活着的人，他们的灵魂
在遗址和遗言之间保持飞的形态
除了梦，再也无法倾吐

可能触到永世抱憾
时光之刃刺破记忆，但不见血痕
其实一切都活着，已经过去的某个清晨，某种声音
两个人的河岸，曾经的鱼群

可能触到鲜花或荆棘
这必然的过程，有关青春与衰老
两个极地之间的世界那么拥挤
占卜者与祈福者，陌生的手臂在风中相遇
早逝者啊，不知走到哪里
是这样的云，这样的轻与重
可能让熟睡的婴儿，触到光明

2015 年 3 月 16 日夜，于北京北城

红 与 牧

太远的山河与我无关
烛光下的怀念，总让人泪流满面
曾经发誓相守到老
曾经在雨里，描述最初的圣地

我曾经是奔赴者
你说，你回来，我们在一起，就是全部
背弃就是诅咒
我对你说，错一次，一世难过

那个赤裸的少年，在我
曾经的梦中，曾经复活，但被我错过
今夜此刻，孤独的绳索缠绕我
曾经的过去，曾经的雨，山河

不能回去了！不能
我接受，火的烧灼无声无色
回不去了！曾经的山河是你我
最真最纯的牧歌

2015 年 3 月 17 日夜，于北京北城

年轻的心

我珍重接续
这必行之路，就如诗歌承诺
可见血色，不留痕

他的年轻的心！他的依赖灵羽的才智
在平凡的人间成为岛屿
但不显孤寂

三十年后，他曾经年轻的妻子
与另一个男人走在黄昏，他可能说
曾经年轻的人啊！你为何沉睡

使命
我知道年轻的心将在哪里复活
我不问结果，但铭记承诺

2015 年 3 月 18 日，于北京

关里关外

不止一关，关于远方
你可以想象
万重山外玫瑰花开，少女情怀

你只能想象
有多少人交错而过
关内白鸽，不知栖落谁家阳台

风雨层叠
密集的心不问未来
在与不在，关里关外，不落尘埃

2016 年 12 月 5 日，于北京

指纹与暗示

抚摸你，无关夜色与曙色
在如此的移动中
我的指尖轻触你的山河

对于你
我圆形的指纹就像轮回一样，每一圈里
都有绽放的玫瑰，夜，被逼退

我所携带的风，变为彼此的呼吸
你会说，真好啊！这小小的炙热的太阳
将杂芜焚尽，只留身心

抚摸你
此刻，我的细密的指纹
最后移向你湖一样波动的眼神

2016 年 12 月 10 日，于赤峰

神　　绘

我们在水雾那边
神在这边，在有序和安宁中
神守护藤蔓与花朵

需要一个梦，需要澄湛
需要一个神女在水边梳妆
需要水中的倒影
让梦中的人类
感觉伟大与卑微

在这永恒的背景下
人类醒来，确认天地依赖
就如殷红的血
从未曾断绝

2016 年 12 月 10 日，于赤峰

此时此刻

我又一次想起远去的契丹
酒后的蒙古高原，在林东
这个季节的雪没有掩住山门
一座石屋，如此孤单

2016年12月11日，于赤峰

蒙古夜

行啊，在这样的黑夜，我的神
在彼岸点燃火，雪落
我的儿子，你在异国海滨
面对水的蓝色

2016 年 12 月 11 日，于赤峰

那 颗 星

那颗星在我们头顶
像鲜红的太阳
光芒飞往五个方向

那颗星照耀我们的青春
我们年轻的边陲与黄昏
我们的夜与晨

那颗星在我们头顶
那时候，我们也渴望爱情
渴望亲近年轻的异性

2016 年 12 月 12 日零时，于赤峰

从一到九

从第一片雪到第九片雪
到第九个怀念日
到一个节日

这是蒙古的冬天
从第一匹马到第九匹马
之间隔着永恒山崖

2016 年 12 月 12 日夜，于赤峰

不可否认

你不能否认一次远行
也不能无视阵痛
每一季，十万只天鹅
从达里诺尔起飞，它们迁徙
地球也在迁徙途中
永恒的生命，让我们感觉轻与重
不说泪雨，浴火重生

2016 年 12 月 13 日，于赤峰

老哈河（一）

天上的圣水飘落人间
让一位新娘
有了水一样美的姓名

群山
从此成为慈父的象征
后来，北方诞生了上京

2016 年 12 月 14 日，于赤峰

老哈河（二）

看不到你的头
还有你的尾，你的岁月的水
一定是苍天的泪
滋润这一方人类

恒河落霞的光
伏在母象的背
一直向北，牧人微醉

2016 年 12 月 14 日，于赤峰

看一眼往昔

没有看见希望发现的发现
明月当头，没有看见那个身影
夜色那么远，覆盖深渊

没有看见举起酒杯的人
侧耳倾听，谁在默念
谁在酒后遗忘了酒中的语言

2016年12月15日夜，于赤峰

与 谁 说

我对你们说的江山没有树木
那是玉一般的舒展
细腻，透着气息

随处都是边缘
我所热爱的江山没有鸟群
只有我，徜徉无尽

2016 年 12 月 16 日，于赤峰

水

每一滴都是永别
你不理解水的疼痛
遥念世间江河湖海
一滴水，或一滴泪
辉映的黎明

每一滴都曾干净
在浑浊的涌动中
我仰望夜空

2016 年 12 月 17 日深夜，于赤峰

德令哈：致敬

我幻听某种声音
细微的，真切的，有些隐秘
德令哈，在这尘世
我们甚至不知一粒尘土会飘向哪里
或归隐哪里

德令哈，我能听到古老的语言
在一棵树上是新枝，在溪流中是水
对充满感激与悲伤的心灵
是一滴泪

但是，德令哈
我还是要致敬，不是对一切
是对奇迹般鲜活的生命
在尊严中开放的花朵
对淡淡的馨香，我致敬
然后，我就感念一生

2016 年 12 月 18 日夜，于赤峰

某个时代

一首古诗已失踪很久
一首宋词飘落瓜洲古渡头
敬奉新诗的孤者
否认山河依旧

我承认破碎
不是一切，是本来安宁的心
在永无尽头的路途
放弃了寻求

2016年12月21日，于北京

开往蒙古的火车

是旧时，开往蒙古的火车经过辽西
可以想见，机车炉火正旺
蓝色车厢一节接着一节
车内旅人疲惫，一些人在沉睡

站台，然后又是站台，人们上下
携着包裹
有时，车厢过道上挤满了人
有人离乡，有人归乡，同属苍茫

那时，我也是计算抵达时间的人
车过老哈河，我感觉它顿了一下
仿佛向上爬了一下，就到了蒙古

那时，我年幼的儿子跟随我
他记住了回返祖地的路

2016年12月22日，于北京

兄弟姐妹

这些名词正在消失
但不会变为化石，这些名词曾经血脉相连
像一棵大树的根系
也如涓流依着大河

或者说，这些无限亲切的名词
是树上的果实，是两棵树相拥
一棵叫父亲，一棵叫母亲

这些消失的名词
将会成为后人最深的疑惑与问询

2016年12月23日，于北京

今夜平安

尘缘尘世十万里，与谁说
雪飘雨落，风吹草木雁鸣空中
心念一点红

怀想多情江山，与谁醉
摇曳花蕾，万涓溪流不言相送
今夜伴神明

2016 年 12 月 24 日夜，于北京

对一匹蒙古马的阅读

不一定从它的双眼开始
可以选择它的尾部
你一定会看见最美的夕阳

是金色，摇动着，那是一条道路
通过它的脊背
你会看见隐约的元朝

当然
你不会忽视马头前方的山脉与雪
而它的形态，我是说无论它悠闲吃草
还是奋蹄疾飞
都会使琴声骤起
像一些花儿开了又谢

最后，它会停下，它会看着你
让你成为朋友，或它的另类
关于对一匹蒙古马的阅读
你只能想到飞，但遗忘边陲

2016年12月26日夜，于北京

今夜：默

我记得彗星之尾
是的，没有那么明亮
它最后的飞翔，没有什么值得忧伤

在高山之顶仿佛站立庞大的人群
活在平原上的人们
等待收获救命的苞谷

农家马车已经归来
在亮起灯火的城市
一个家庭围坐一处
长者谈起临近的节日

没有什么能够改变
明天，新的阳光与水
我记得彗星之尾，它消失了
也就消失了！真的无关人类

2016年12月26日夜，于北京

今夜：得

我仰慕先驱者与他们的勋章
美丽的人！在替换
服装的时节，向阳光之父
展示神秘的胎记

今夜
在楚辞和宋词的故国
我幻听河流之母，向前方的午夜
问询大雪的佳期

2016 年 12 月 27 日夜，于北京

远　方

如今我囿于燕山之怀
三十年，成为自己的等待

远方啊！我的边疆如血一样
长驰的路，一个牧人的雪线
地平线，饮酒的夜晚
西风托举广大的哀愁

我的金顶在阳光下
这心灵与目光永恒的敬奉
源自祖语。逐渐向上
我的曾静年轻的理想伴着离乡

即使如此，我们，真实的人
属于火把、牧歌与传说的的人
在异乡大城，也从未遗忘刀锋

现在，大城正午降临，我在默处
我远方的边疆，如何在梦境幻化为异性之怀
让我持久感动

2016 年 12 月 28 日正午，于北京

在乌兰巴托

激越的
创造荣誉的岁月
从一根琴弦跳到另一根琴弦

贡格尔
祖源之地，一条河
一座圣山，一隅废弃的宫殿

十个牧童说同一种语言
在乌兰巴托，有人歌唱
道路尽失的雪原

第十二月
岁末，我在灯下独饮
在乌兰巴托，我梦见万山红遍

2016 年 12 月 29 日零时，于北京

认识贡格尔

我对贡格尔草原的认识
不是始于我的牧场，而是母亲的家族
跌宕的，有些模糊的往事，就如雪
有时飘飞，有时融去

我的兄弟们曾与我走过这条路
是一个圆，像轮回
那时我们都很年轻
崇敬珍贵的爱情

贡格尔，会在每年七月让我回归
我的感觉是，我在重读一部旧书
有一些人在里面睡着
另一些人醒着，还有一些人走出书外
在草原上矗立为岩石
或流淌为水

我对贡格尔草原的认识
属于几只羔羊，如今已经丢失

2016 年 12 月 29 日夜，于北京

2017 年

在背靠燕山的这个地方
今晨，我看不见燕山
2017 年，第一日
我也没有看见阳光

在霾中，在阴沉的阻隔中
我们彼此祝福
会的！一定会有人在阳光和蓝天下
用心想一想我们
我不否认，此刻
我们犹如深陷毒海
我们渴望蓝天和阳光
感觉如此奢侈

在这里活着，死去
已经无人想到差异

2017 年 1 月 1 日，于北京

第二日夜

黑暗，不是一层一层的
是一滴一粒的，但不是堆积
黑暗悬浮着，形态接近乌云
但不会那样翻涌

午夜，或午夜后
我所亲近的真理是一线光
是划过天宇的闪电
在更多的时候，它是穿越黑暗的鸟群

我所亲近的真理远离人类的语言
它保持寂静
如大殿的飞檐
迎接风

在黑暗中
我倾听充满尊严的寂静
原来也有回声

2017年1月2日零时后，于北京

已　　知

已知，走向下一步一定是未知
已知，明天早晨未必可见红日
已知，一切写就的未必是真实
已知，有些被掩盖的未必已死

2017 年 1 月 2 日晨，于北京

第二日：九行

三度关山
七度雪，故人说别
十度雨幕独自穿越

红尘诗文
月下夜，武士悲咽
万里之外静空飞鹊

心隔沧海
亡者阙，旧日残缺
遥念一瞬梵音如约

2017年1月2日午后，于北京

病　中

这个时候上苍怜你，也在剥夺你的尊严
一棵树倒下，我在移动一片高大的树林
在深灰色建筑的窗口
闪现妇人的脸庞

这是梦
我昏睡不醒，我背着那片树林
从西边走到东边

西边，东边
这应该是睡与醒的距离
我不知道，在这个过程里
究竟有多少人再也没有醒来

2017 年 1 月 4 日晨，于北京

旗帜与刀锋

——为顾建平五十岁生日而作

兄弟，我无法将净空给你
因为那不是我的
我与你都无法唤回往昔蔚蓝

兄弟，在雾霾之下，我能感觉隐藏的刀锋
那不是隐喻，在缺失的道德中
我们相信手足，相信风与泥土

兄弟，第五十年，这是你的旗帜
你舞它就舞，你静它就静
当然，你痛，它就痛

兄弟，而我，在这个日子
只能将这首诗歌给你
如一个驿手，从遥远的边陲
为你送达平安的音讯

兄弟，然后，我们举起透明的酒杯
为一个夜晚祈福
那个时刻，一定会有很多人
说起前路，一切，并不如初

2017 年 1 月 5 日夜，于北京

同在雾霾下

连小草都在哭泣
我们都是雾霾的奴隶
这是多么厚重的阻隔
孩子们！在我的诗中
我恐惧将你们形容为花朵

这凝滞不散的幽灵
在雪的季节不见雪
东山不见红日，西山不见落霞
节日亡失佳音

已经没有尊贵
只有屈服，但绝非臣服
年轻的，年老的心灵
如一座一座陷落的城堡
随处可见窒息与废墟

如果非要说幻想
那就幻想神的赐予吧
幻想宽阔洁净的河流
幻想捧起来就饮的湖水
幻想清晨，阳光逸入窗内
窗外的一切就如典雅的宋朝

但是，因为连神的赐予都已成为幻想
我就不再相信梦
连树木都在泣泪
如果再不选择，你就无处逃离

2017 年 1 月 6 日，于北京

京京，我的今夜

京京，今夜，你的眼睛照亮我的世界
你的眼睛的光芒
像箭镞一样穿透霾

京京，又快到节日了
我已痛失你！你的未来
就是我的未来

京京，多么渴望将一片红色挂在你的脖颈
那是祝福啊！今夜，如此想你念你
此刻，你在水边，你在林地
你在我的梦里，轻轻呼吸

2017年1月6日夜，于北京

断章：一字歌

一匹孤狼奔过山野
一支突发的响箭
一片浮动的鲜红的草

一位武士卸下铠甲
一个少女凝望窗外雪飘
一声惊呼：我的最后的秦朝

2017 年 1 月 7 日夜，于北京

超越超越

超越地平线的人是我
超越我的是诉说
超越诉说的是火

超越火的是星河
超越星河的是宇宙花朵
超越花朵的是风，轻轻拂过

2017年1月8日夜，于北京

阳光与高原

可以肯定
你们，从未读懂我的高原
你们来了，你们走了
西拉木伦河谷不为所动

你们不懂
我的蒙古为什么被牧歌照耀
你们从未读懂这样的诗史
激越、忧伤、辽远、蓝而血红
那些沉默的人，仿佛在天上牧白云

你们，盲行者
你们从不肯承认，心灵之恨
会多么深重地伤及灵魂

2017年1月12日晨，于北京

去　吧

你应该去那里
在金山岭以北，花谢后的美丽是遍地苍雪
那无比远大的静

你应该去那里
用最质朴的语言歌唱遥远的爱情
然后，请你眺望短暂的一生

2017 年 1 月 13 日，于北京

隐 于 心

面对河流，我听不到水声
它隐伏烟尘
我隐于心

北方！再一次想念父亲
我在冰河之侧
不见牧人羊群

2017 年 1 月 14 日，于北京

夜望蒙古

顺着冰河
我就能抵达更宽阔的水域，
那一定是陌生的异乡

我不是寻找宝藏的人
无需破解千年隐秘
沉船，岩洞，沙漠中的残城
这一切，远不及血脉与情

我是一个在神秘中长大的牧童
只有北方高原
才能让我一生动容

2017 年 1 月 14 日夜，于北京

江山宠我

我有自己的江山
你们不要联想辽阔
正如我有自己的祖国

我的江山没有地平线
但有隐约的灯火，那是照耀
我的驰骋，依托永恒的光泽

2017年1月15日，于北京

十二行：与你说

当我的一只手
在一月的风中触到雪的语言
我的另一只手，正在解读寒冷与温暖

我在阴山以西寻找一匹蒙古马
时光飞逝八百年
它未曾奔离我的草原

我的族系入地，我的琴声入天
我的一个又一个夜晚
在燕山以南，常常无言无眠

2017 年 1 月 15 日夜，于北京

一半冰河一半水

不见一半月
浓雾中的北宋守望运河

我深知这不是同一脉源流
今晨，一半冰河，一半水
仿佛还有半滴泪

阳光去了哪里
北方十省，何处有大泽

再次想象光明的缝隙
今晨，一半冰河，一半水
一半鬼魅，一半人类

2017 年 1 月 16 日晨，于北京

橘红落日

对我而言，这个时刻你就挂在树上
但你不是人类的凝望

你更接近古老的心情
比如离乡思乡，或诗歌中永恒的光芒

一匹马象征的王族难觅寂寞边疆
只有心，如大湖荡漾

2017年1月16日夜，于北京

十步内外

就这样，在十步之外，十步之内
是你的往事，你若回头，前方也有十步之外
你的身后依然如故

你已知的一切都在十步之内
未知在十步之外
天地初开

2017 年 1 月 17 日凌晨，于北京

只要有黎明

我从未寻找通往圣地的港口
我已熟读马的腾跃
还有青草，玉米，谷子
它们风中的絮语

我从未告诉英武的儿子
关于救赎，通常与此生无关
那是感觉我们的心灵
抵达珍贵的静处

我从未丧失
比如在诗歌中
在一个不朽的示意中，我的一切
如此热爱新的黎明

2017 年 1 月 18 日夜，于北京

断章：接受

面对一块石头，我读群山
面对一滴雨水，我读苍天
面对异旅我读故乡之路
面对寒冷我读火焰

寂静
寂静不一定是寂静的近邻
还有森林，轰鸣的树冠
松塔与鸟巢，久远与瞬间

2017 年 1 月 19 日夜，于北京

听　　吧

听吧！太阳红了
遥远的雪白了

听吧！珠穆朗玛
举着浩荡的风

听吧！活着的，故去的
那些美丽的眼睛

2017 年 1 月 20 日，于北京

就这样认定

实际上
黑夜，就是一片黑色的叶子
它摇动于宇宙的树上
我们永无脱离摇篮的可能

实际上
生命，包括自大的人类
就是走一遭，但是
永无脱离飘摇的可能

实际上
我全部的想象都臣服色彩
包括血，我身上的血
永无脱离灵与肉的可能

2017 年 1 月 21 日，于北京

抵　　达

不是这一片
是那一片阳光抵达旧城

王，日出，山河
年轻的王妃素颜以对
绝对的静默

抵达
早已不见北宋的马车

2017年1月22日，北京至丹东高铁上

后　　记

今天，在编就《在时光沿岸》（第五卷）之后，我在灯光下沉默了许久。我在想，伴随人类文明的进程或倒退，诗歌之于这个世界，到底意味着什么？

每年的这个时节，我都会想念远逝的母亲。那个给了我生命的人，以她最终的故去，让我相信了手语。十五年前，在蒙古高原，母亲在夜晚的家中送我，她左手扶着冰冷的防盗门，向我挥动着右手。那一天，在母亲注视下，我进入夜色；我回首，却看到母亲关上了家门。

我踏向返回北京的途中。

临近午夜，在苍茫山顶与青灰色天空相接的地方，我看到一线金子般的光芒。当时，我的脑际闪过一个名词：金顶！我承认，在那个瞬间，我遗忘了母亲。第二天清晨，在与家人通电话时，我得知，母亲走了！

在发现自然的金顶之后，我永远失去了伟大而仁慈的母爱。

是这样的巧合，让我相信了手语。

还有什么呢？

我相信，人类诗歌将永远是心灵的慰藉，是源自人类心灵深处最为真实、真切、真挚、真情的语言；真，则包含着人类的忧伤、怀念、痛惜与怀想；所以，在诗歌中，哪怕出现一个虚妄、虚夸、虚伪、虚假的文字，都是写作者的耻辱。

在这个世界，那些长久感动人类心灵的诗歌，难道不是诗人留在天地之间的最鲜活的手语吗？阅读这样的诗歌，我们会发现，那些不朽的诗人的心灵，因为他们不朽的诗歌依然活在人类中。

所以，我相信手语。

写作诗歌，这也是我一生不懈追求的品质。

感谢诗歌，让我在一派喧哗的现实里获得了珍贵的宁静。

犹如此刻，我在诗歌中怀念母亲，我依稀看到母亲手扶高原之门，对我打着生动的手语；而母亲的身影，则慢慢退隐到箴言的后面，成为我写作一生的激励与启示。

那就是手语。

2014 年 6 月，在我即将写就长诗集《仓央嘉措》的时候，我回到故乡贡格尔草原。某夜，感觉提醒我，在完成《帝国的情史》、《仓央嘉措》两部长诗集后，我该编这套诗选了。

写作诗歌的过程是幸福的，我因此拥有了地理纵深和相对辽远的空间。近些年，我从北京出发，足迹遍及中国香港、澳门、内蒙古、上海、江苏、辽宁、山东、湖南、青海、安徽、贵州、重庆、福建等地，这是命运对我的恩赐。我领受了，我没有错失只有一次的契机。有时候，契机就是奇迹。

我希望我能写出一些充满生命挚爱与尊严的诗歌。

我希望《在时光沿岸》是纯粹的，没有一丝芜杂。

我希望，所有珍重诗人称谓的人都能够敬畏神明，就如敬畏母亲。

我希望，在编就《在时光沿岸》之后，我能幸福地告诉自己的心，我没有偏离少年时代确立的诗歌理想，我的诗歌依然如人的少年一样干净和通透。

我希望母亲在天堂对我微笑，在我无法抵达的圣境深情地呼唤我的乳名！

我希望，我绝对听从了神明的召唤，并以我的感悟，忠实记录了我的热爱与思索。

我希望，我的这套诗集是精神的花束，敬奉无所不在的神灵。

之后，我就要潜心阅读、写作长诗集《母亲》了。

感谢人民出版社黄书元先生，陈鹏鸣先生；感谢著名画家刘兆平先生，继长诗集《帝国的情史》、《仓央嘉措》之后，我与兆平先生再次合作，这是我的荣幸；感谢顾建平先生为拙著题写书名；

感谢本套诗选责任编辑冯瑶女士，她辛勤的劳作令我尊重！

感谢诗歌，让我的精神如此富足。

舒　洁

2018 年 10 月 28 日深夜

于蚌埠龙子湖畔古民居博览园老宅